Silke Böschen
Träume von Freiheit
Flammen am Meer

SILKE BÖSCHEN

TRÄUME VON FREIHEIT

FLAMMEN AM MEER

ROMAN

GMEINER

*Personen und Handlungen sind frei erfunden,
soweit sie nicht historisch verbürgt sind.*

Immer informiert

Spannung pur – mit unserem Newsletter informieren wir Sie
regelmäßig über Wissenswertes aus unserer Bücherwelt.

Gefällt mir!

Facebook: @Gmeiner.Verlag
Instagram: @gmeinerverlag
Twitter: @GmeinerVerlag

Besuchen Sie uns im Internet:
www.gmeiner-verlag.de

© 2019 – Gmeiner-Verlag GmbH
Im Ehnried 5, 88605 Meßkirch
Telefon 07575 / 2095-0
info@gmeiner-verlag.de
Alle Rechte vorbehalten
3. Auflage 2020

Lektorat: Susanne Tachlinski
Herstellung: Mirjam Hecht
Umschlaggestaltung: U.O.R.G. Lutz Eberle, Stuttgart
unter Verwendung der Bilder von: © https://commons.wikimedia.org/wiki/
File:Ladies_at_Longchamp_1908.jpg
und https://beeldbank.amsterdam.nl/afbeelding/010019001853
Druck: GGP Media GmbH, Pößneck
Printed in Germany
ISBN 978-3-8392-2464-9

Für Leiwi. In Liebe.

Vorangestellt

Allmächtiger, ewiger Gott, Du bist unsere Zuflucht für und für. Deine Hand hat uns getroffen. Bewahre uns in Gnaden vor aller Bitterkeit, allem Trotzen und Murren. Hilf, dass wir uns von ganzem Herzen unter Deine gewaltige Hand bemüthigen. (…) Erbarme Dich, lieber Vater im Himmel, der Hinterbliebenen. Gieße den Trost Deiner ewigen, unwandelbaren Liebe in ihre Herzen. (…) Erbarme Dich, oh Herr, über uns alle, dass wir nicht als Tote die Toten begraben.

Gebet von Pastor Heinrich Wolf vor der Abfahrt des Leichenzuges mit 41 Särgen am 14. Dezember 1875 in Bremerhaven.

Teil I

1. Die Explosion

Bremerhaven, 11. Dezember 1875

EINE LOCKE HÜPFTE auf die Stirn. Eine blonde, unartige Locke. Johanne stöhnte. Nun hatte sie das Haar schon so streng zurückgekämmt, und immer noch widersetzten sich ihre Haare allen Versuchen, Teil einer damenhaften Erscheinung zu sein. Mit einer weiteren Klemme stopfte sie die Strähne zurück unter den Hut. Er passte so gut zu dem neuen Paisleyschal, den ihr Christian geschenkt hatte. Trotz der Kälte entschied sie sich gegen einen Muff. Mit Elschen auf dem Arm brauche ich nur Handschuhe, überlegte sie und riss die Schublade an der Garderobe auf. Leer.

»Gesine! Gesiiinne! Wo sind meine Handschuhe?«

Das Dienstmädchen kam aus der Küche gelaufen. »Gnädige Frau, ich habe gestern Abend alles zum Trocknen vor den Herd gehängt. Hier, bitte sehr!«

»Wie umsichtig, Gesine. Vielen Dank.« Sie schenkte dem Mädchen ein herzliches Lächeln.

Gesine freute sich über das Kompliment ihrer jungen Herrschaft. Sie hatte Glück mit der Anstellung bei den Claussens mit ihrem Baby. Hier wollte sie länger aushalten.

»Nun muss ich aber los. Ist Elschen noch in der Küche?«

»Ja, ich habe sie in ihr Kinderstühlchen gesetzt, sie ist aber schon zurechtgemacht.«

Johanne zog die kleine Elisabeth vorsichtig aus dem Stuhl. Das Mädchen war jetzt neun Monate alt. Und Gesine hatte sich alle Mühe gegeben, sie warm anzuziehen. Zwei Schichten wollene Wäsche, die selbst gestrickte rote Mütze mit den passenden Handschühchen, dazu der dicke, viel zu große Kindermantel – das Baby ähnelte vom Umfang einer kleinen Robbe. Johanne musste lachen.

Gesine beobachtete sie. So fröhlich und so hübsch, wie die junge Frau Claussen da vor ihr stand. Mit geröteten Wangen und diesem Ausdruck von Arglosigkeit in den blauen Augen.

»Bis später, Gesine, die ›Mosel‹ müsste so gegen halb zwölf ablegen. Dann komm ich direkt wieder nach Hause!«

Die Tür fiel ins Schloss, und Gesine begann in der Küche, den Kohl für das Mittagessen zu rupfen.

Die Wintersonne blendete. Ein wolkenloser Himmel in einem leuchtenden Blau erstreckte sich über den Deich hinaus auf die Weser und die beginnende Nordsee. An Land war alles weiß. In der Nacht hatte sich eine geschlossene Schneedecke gebildet. Durch den Schnee wirkte alles gedämpft, selbst die Betriebsamkeit des Hafens wirkte langsamer als sonst, dachte Johanne, als sie am Alten Hafen vorüberging. Ein ungewöhnlich schöner Tag für diese Jahreszeit. Der Dezember war im Norden üblicherweise ein Monat mit grauen Tagen und viel Regen. Doch jetzt war die Luft eisig und ließ Johannes Wangen brennen vor Kälte. Diese Winterstimmung versetzte sie in ein Hochgefühl. Auch Elsie lugte aus ihrer Umklammerung hervor und lachte ihre Mutter an. Johanne gab ihr einen Kuss auf die kalte Kindernase und drückte das Baby an sich. Jetzt waren es keine zwei Wochen mehr bis Weihnachten. Das erste Weihnachtsfest mit ihrer eigenen Familie! Die selbst gebastelten Strohsterne lagen schon bereit, und Christian hatte ihr einen schönen Baum versprochen.

Was würden ihre Eltern sagen und die Geschwister? Sie alle sollten kommen am ersten Weihnachtstag. In Johannes neues Zuhause. Doch da verdüsterte sich ihre gute Stimmung. Gustav würde nicht dabei sein. Ausgerechnet Gustav, ihr Lieblingsbruder. Jetzt gleich musste sie Abschied nehmen. Johanne schluckte. Im Dezember nach Kalifornien aufzubrechen, so etwas Verrücktes. Gestern Abend noch hatte sie mit Christian darüber gesprochen. Es war die schlechteste Jahreszeit für eine Atlantik-Passage. Raue See. Stürme. Vielleicht sogar Eisberge. Wie schnell konnte da ein Schiff untergehen. Gerade erst war die »Deutschland« gesunken. Was für ein Drama vor der Küste Englands. Wohl über hundert Menschen waren dort ertrunken im eisigen Wasser. Bei dem Gedanken daran blieb Johanne abrupt stehen. Ihr Herz schlug schneller. Sie hatte Angst um Gustav. Aber so etwas hatte es noch nicht gegeben, dass zwei Dampfschiffe kurz hintereinander Schiffbruch erleiden, beruhigte sie sich. Außerdem war die »Mosel« ein Dampfer des Norddeutschen Lloyd. Die Schiffe waren solide, technisch auf dem neuesten Stand. Sie überlegte. Dennoch. Auch die »Deutschland« gehörte zur Flotte des Norddeutschen Lloyd.

Eine kreischende Möwe riss sie aus ihren Gedanken. Johanne musste sich beeilen. Die »Mosel« hatte das Hafenbecken schon verlassen und lag abfahrbereit an der Südkaje. Der schwarze Schornstein rauchte, die Brücken waren noch nicht eingeholt. Die letzten Passagiere gingen an Bord, und Hafenarbeiter schleppten Koffer und Kisten auf das Schiff. Johanne sah, wie sich die meisten Passagiere schon an der Reling aufgestellt hatten und den Zurückbleibenden zuwinkten, die sich vor dem Schiff versammelt hatten. Johanne hörte einen Kutscher schreien. Er trieb zwei Pferde an, die nur langsam mit ihrem schwer beladenen Leiterwagen vorankamen. Der Kutscher ließ seine Peitsche knallen. Einige Umstehende zuckten zusammen, endlich kam das Fuhrwerk an der Bordwand zum Stehen. Nur Minuten später wurden Truhen und Kisten mit einer Winde auf das Schiff gezogen und auf der »Mosel« in Empfang genommen.

»Johanne! Da bist du ja!« Christian bahnte sich einen Weg zu ihr. Erleichtert drückte er seine Frau an sich.

»Sei vorsichtig, ich habe doch Elsie dabei!«

Er blickte direkt in die graublauen Augen seiner Tochter. »Komm, ich nehme sie dir einmal ab. Dann kannst du dich in Ruhe von Gustav verabschieden. Deinen Vater habe ich auch schon gesehen. Er steht mit Auguste dort hinten, siehst du?«, rief er.

Gemeinsam drängten sie sich an den anderen vorbei, bis sie bei ihrer Familie angekommen waren. »Hanni, wie schön, dass du es noch geschafft hast!« Gustav lächelte.

Johannes Hals wurde eng, nur mit Mühe konnte sie ein Schluchzen unterdrücken. Die beiden Geschwister hatten von den fünf Etmer-Kindern das innigste Verhältnis zueinander. Der frühe Tod ihrer Mutter vor elf Jahren hatte sie zusammengeschweißt. Gemeinsam mit ihrer ältesten Schwester Catharine hatten sie sich damals um die jüngeren Geschwister gekümmert, bis auch Catharine ein paar Jahre später starb.

»Nun guck nicht so traurig! Ich werde schon wiederkommen. Und wenn nicht, dann kommst du eben nach Amerika«, versuchte Gustav, sie aufzumuntern. Seine Fröhlichkeit war aufgesetzt.

»Ja, du hast recht. Dann fahre ich eben nach Amerika«, auch Johannes Lächeln war etwas schief. Sie log. Was sollte sie in Amerika? Hier, in Bremerhaven, war ihr Zuhause. Hier war auch Gustavs Zuhause. Wenn er es doch nur bald merken würde, dachte Johanne und wischte sich über die Augen.

»Ach, meine Große, jetzt bist du traurig, was?« Philipp Etmer drückte seine älteste Tochter etwas ungelenk an sich.

Johanne sah ihren Vater prüfend an. Alt war er geworden, dachte sie. Jetzt, an der Seite seiner zweiten Frau, die mehr als 20 Jahre jünger war als er, fiel es ihr viel stärker auf als vorher. Die Hochzeit war erst im August gewesen. Niemand hatte mehr damit gerechnet, dass er sich nach dem Tod von Johannes Mutter noch einmal eine Frau suchen würde. Doch bei einer Geschäftsreise nach Hamburg hatte er Auguste Fuhrer kennengelernt, und sie dann – kein Jahr später – geheiratet.

Johanne tat sich schwer mit der neuen Frau an seiner Seite. Vom Alter her hätten sie beinahe Schwestern sein können oder Freundinnen. Doch das Verhältnis blieb kühl. Zu sehr betonte Auguste ihre Hamburger Herkunft und behandelte Bremerhaven und die Menschen hier immer mit einer Spur Herablassung. Johanne blieb in der Nähe ihrer Stiefmutter meistens zurückhaltend und still. Auch heute zwischen all den Menschen ragte Auguste heraus. Nicht weil sie größer war als der Rest, sondern lauter und bestimmter. »Viel Erfolg, Gustav! Bring den Namen Etmer in die Neue Welt!«, rief sie ihm nach.

Er drehte sich um und lüftete den Zylinder: »Ja, das werde ich. Versprochen!«

Wie schneidig er aussah in dem neuen Ulstermantel, dachte Johanne. Und in den Abschiedsschmerz mischte sich Stolz auf den großen Bruder.

Gustav war tatsächlich der erste Etmer, der sich auf den Weg nach Amerika machte. Alle hatten mit dem Auswanderer-Geschäft zu tun, doch bislang hatte es keinen von ihnen selbst über den Atlantik gezogen. Und so war die gesamte Familie vollzählig erschienen. Johannes Schwestern – Henriette mit ihrem Ehemann Wilhelm Glauert und dessen Familie. Sophie war da, die jüngste Schwester, die sich gerade erst mit Ludwig Bomhoff verlobt hatte. Und völlig außer Rand und Band sprang Johannes jüngster Bruder Philipp junior an der Kajenmauer entlang.

»Fall nicht ins Wasser«, rief sie ihm zu. Als älteste Schwester fühlte sie sich immer verantwortlich.

Der Junge sah gar nicht auf. »Natürlich nicht! Bin ja nicht zum ersten Mal hier.«

Johanne schüttelte den Kopf. »Dann lass dir von Vater erklären, wie gefährlich es hier ist.«

Sie berührte den Arm ihres Vaters und wollte ihn zu seinem Jüngsten ziehen. Erst da bemerkte sie, dass dem alten Mann die Tränen über das Gesicht liefen. Johanne erschrak. Dass ihm der Abschied von Gustav so nahegehen würde, hatte sie nicht gedacht. Ihre Hand sank herab. Auch ihre Augen brannten.

Das Horn der »Mosel« ertönte. Das Signal für den endgültigen Abschied. Gustav stand an der Reling und winkte noch einmal hinüber zu seiner Familie. In dem Moment fing ein Baby an zu weinen. Johanne erkannte sofort die Stimme ihrer kleinen Tochter. Suchend sah sie sich um. Christian war mit Elsie im Arm ein paar Meter aus der Menschenmenge herausgetreten und wiegte sie etwas ungelenk. Vergeblich. Es dauerte nicht lange, und Elsie schrie aus Leibeskräften. Sie strampelte und versuchte, sich aus ihrer warmen Hülle zu befreien.

»Gib sie mir! Vielleicht hat sie Hunger, oder ihr ist kalt.« Johanne hatte sich einen Weg zu ihrem Mann gebahnt und nahm ihm ihre Tochter aus dem Arm. Beruhigend flüsterte sie auf sie ein. Doch es half nicht. Elsies Gesicht war rot vor Anstrengung. »Ich bringe Elschen nach Hause, das hat ja keinen Zweck«, entschied Johanne.

Christian nickte verständnisvoll. »Zum Mittagessen bin ich da«, versprach er und küsste sie auf die Wange. Ein schneller Abschied.

Denn das brüllende Bündel namens Elisabeth Claussen ließ keine innige Verabschiedung zu. Umstehende drehten sich zu Johanne um. Einige begannen zu murmeln, und eine Frau verzog missbilligend das Gesicht mit Blick auf das Kind. Trotz der Temperaturen traten Johanne Schweißperlen auf die Oberlippe. Warum musste Elsie ausgerechnet hier, ausgerechnet in diesem Moment so schreien? Hastig schob sie sich aus dem Gedränge. Nach ein paar Metern wurde das Baby ruhiger. Johanne atmete tief aus und blieb stehen. Sie drehte sich noch einmal um und versuchte, Gustav zwischen den anderen Reisenden auf dem Schiff auszumachen. Es gelang ihr nicht. Ihr Blick glitt hinüber zu zwei Hafenarbeitern, die sich abmühten, einen Riemen um ein Fass zu legen, das sehr schwer zu sein schien. Endlich war auch dieses letzte Stück verschnürt und hing an der Winde, um verladen zu werden. Sie sah, wie das Fass in der Luft schwebte. Sah, wie die Männer Handzeichen gaben, und sah auch, wie eines der beiden Pferde, die vor den Leiterwagen angespannt waren, Atemwolken aus den Nüstern stieß und mit dem Huf aufstampfte. Auch später sollte sie sich immer daran erinnern. Ein Pferd, das in der Dezemberkälte schnaubt und dampfenden Atem ausstößt. Die letzten Bilder aus ihrem alten Leben, das am 11. Dezember 1875 um 11.20 Uhr endete.

Das Fass war schwer. Fast 700 Kilogramm hingen in der Luft. Ein Seil riss, das andere rutschte ab. Wie in Zeitlupe sah Johanne, wie das Fass hinabfiel und auf den gefrorenen Boden vor dem Schiffsrumpf krachte. Der Knall war ohrenbetäubend. Das Geräusch schoss durch Johannes Gehörgang und schien ihren Kopf von innen zu zersprengen. Es war, als drückte es ihre Augen aus den Höhlen. Sie schnappte nach Luft und presste instinktiv ihr Kind eng an sich. Ein stechender Schmerz zuckte von den Ohren durch ihren Kopf. Sie schrie und sah, wie direkt vor der »Mosel« eine meterhohe Feuersäule emporschnellte. Orangerote Flammen hoch wie ein Haus in scharfem Kontrast vor dem blauen Winterhimmel. Das Feuer loderte genau dort, wo eben noch all die Menschen gestanden hatten. Christian, ihr Vater, Gustav, die Schwestern – Johanne wollte schreien, aber in dem Moment spürte sie, wie eine gewaltige Welle aus heißer Luft auf sie zurollte, ihren Körper umhüllte und dann wie mit einer riesigen Faust auf ihre Brust und ihren Bauch schlug. Sie konnte nicht mehr atmen.

Nur sehen konnte sie. Sehen, wie Menschen wie Zinnfiguren durch die Luft wirbelten, ein ganzes Pferd wie ein Spielzeugtier aus seinem Gespann gerissen wurde. Und sehen, wie Körperteile und einzelne Gliedmaßen durch die Luft geschleudert wurden. Johanne schrie – vor Schmerz, vor Entsetzen, vor Angst. Dann wurde auch sie von der Kraft der Druckwelle gepackt und in die Luft gehoben. Mit einem harten Schlag fiel sie auf das kalte Pflaster. Sie hatte Elsie nicht losgelassen. Und auch jetzt, im Moment des Aufpralls, reagierte sie instinktiv so, dass sie nicht mit ihrem Gewicht auf das Baby fiel. Brennende Holzstücke rasten wie Geschosse durch die Luft. Glasscherben, schwarze Klumpen, Pflastersteine. Und über allem verstreut die Überreste von Menschen. Arme, Beine, manchmal ein Rumpf, der noch in glimmende Kleidung gehüllt war, oder ein Kopf.

Zusammengekrümmt lag sie im Schnee, spürte die Kälte auf ihrer Wange und hielt die Augen geschlossen. Sie fühlte sich leicht, merkte, wie sie davonglitt. In eine barmherzige Ohnmacht. Plötzlich schlug etwas Hartes auf ihre rechte Hand, die ausgestreckt neben dem Bündel mit Elsie lag. Ein Stück glühendes Eisen war mit voller Wucht auf die Hand gefallen. Ein neuer Schmerz durchfuhr sie. Sie schrie auf – und konnte sich dabei selbst nicht hören. Die Ohren taub, die Hand zerschmettert.

Johanne verlor das Bewusstsein. Und sehr viel Blut. Es sickerte aus ihrem rechten Mantelärmel. Eine Lache bildete sich, durch die andere Menschen achtlos liefen. Die roten Schuhabdrücke waren überall im Schnee zu sehen. Denn es war nicht nur das Blut von Johanne. Der gesamte Platz war zu einer einzigen, riesigen Blutlache geworden.

Verstörte Überlebende kletterten über Leichen, wollten fliehen, andere versuchten zu helfen. Kaum jemand wusste, was er in diesem grauenhaften Durcheinander tun sollte. Jemand fand einen kleinen, blutüberströmten Pelzmuff, wie Kinder ihn trugen. In ihm steckten noch die abgerissenen Hände eines Mädchens. Gleich daneben krümmte sich ein Hafenarbeiter und starrte fassungslos auf die Stelle, wo eben noch seine Beine gewesen waren. Er schrie vor Entsetzen. Eine Frau, die ihr Schultertuch vor den Mund gepresst hielt, um gegen die aufkommende Übelkeit anzukämpfen, kniete sich zu ihm und versuchte, den Mann zu beruhigen. Doch er starrte weiter auf das Blut, das aus seinem Unterleib strömte, fiel nach vorn und starb.

An der Stelle, wo das Fuhrwerk gestanden hatte, klaffte ein vier Meter breites und etwa zwei Meter tiefes Loch. Ein Schlund, in dem Flammen loderten. Eines der beiden Pferde lag mit zerschmettertem Leib und ohne Beine auf der Erde. Von dem anderen Tier war nichts mehr zu sehen. Ein einzelnes Rad fand man später mit gebrochenen Speichen im Hafenbecken. Das war alles, was von dem Wagen übrig geblieben war. Rings um die Stelle der Explosion lag eine Mischung aus Trümmerteilen, menschlichen Überresten, Asche, Toten und Verwundeten. Ein eiserner Laternenpfahl war in der Mitte umgeknickt wie ein Streichholz.

War der Anblick schon entsetzlich, kam auch noch der Geruch dazu. Verbranntes Fleisch, versengtes Haar, der scharfe Gestank von Lithofracteur, eines Sprengstoffs, der noch stärker als Dynamit war. Um den Leuchtturm und das Leuchtturmwärterhaus herum glitzerte der Boden. Es waren Glasscherben von den Fensterscheiben, die allesamt durch die Druckwelle aus den Fassungen gesprungen waren. Am Fuße des Turms fand jemand ein Bündel. Es war der tote Körper eines kleinen Jungen.

Auch die »Mosel« war stark beschädigt. Die Schiffsbrücke hing in Einzelteilen über dem Wasser. Der Rumpf war eingedrückt. Die schwere Eisenwand durchbohrt. Keine Glasscheibe war heil geblieben. Ein Matrose hielt einen toten Mannschaftskollegen im Arm und weinte. Aufgelöste Passagiere suchten ihre Angehörigen zwischen leblosen Körpern und Schwerverwundeten. Frauen klagten in fremdländischen Lauten, rissen sich die Kopftücher herunter und rauften sich die Haare. Egal, wohin man sah, das Grauen, das qualvolle Sterben war überall. Auch im Wasser. Direkt zwischen Mole und Schiff schwammen Leichen. Ein Frauenrumpf, dessen Wollkleider sich mit Wasser vollgesogen hatten, begann zu sinken.

Elsie schrie. Sie schrie aus Leibeskräften. Der leblose Körper ihrer Mutter lag halb auf ihr. Das Kind versuchte, sich zu befreien, und strampelte hilflos in seinem wollenen Bündel. Es schrie, bis es vor Erschöpfung immer leiser wurde. Und aus dem Schreien ein Schluchzen wurde.

»Oh Gott, noch eine Tote!«, rief eine Frauenstimme.

»Aber sie weint doch noch. Hilf mir, sie umzudrehen!«, sagte ein Mann mit bleichem Gesicht.

Vorsichtig bewegten sie Johanne. Noch immer sickerte Blut aus ihrem Ärmel. »Oh, nein. Die Hand! Oh mein Gott, das ganze Blut!«, rief die Frau und schlug entsetzt ihre Hand vor den Mund.

Johannes Gesicht war aschfahl, ihre Kleidung nass und schmutzig. Selbst das Bündel, in dem Elsie steckte, war mittlerweile rot eingefärbt. »Oh Gott, das Kind weint. Es ist das Kind!«, vorsichtig nahm der Mann das Baby aus Johannes Umklammerung.

»Hier, nimm du das Kind, ich suche einen Arzt«, schrie er und drückte der Frau Elsie in die Arme. Er begann zu laufen. Dann drehte er sich noch einmal um: »Und die Mutter? Ist sie tot?«

Die Frau strich über Johannes Gesicht. »Nein, sie lebt!«, rief sie ihm hinterher. »Sie atmet.«

Die fremde Frau legte Elsie vorsichtig neben sich in den Schnee und riss sich ihr Tuch von den Schultern, um Johannes blutendes Handgelenk zu verbinden. Dann nahm sie Elsie in den Arm und wiegte das wimmernde Kind, bis ein Arzt kam.

2. Verlassen im Schnee

Strehlen bei Dresden, 11. Dezember 1875

CECELIA HASSTE DIESES WETTER. Schon seit Tagen schneite es. Die Villa Thomas in der Residenzstraße 14 wurde förmlich erdrückt von den Schneemassen. Dieser deutsche Winter hatte in Cecelias Augen nur einen Vorteil: Sie konnte – nein, sie musste – Pelz tragen, um nicht zu erfrieren. Das Feuer im Kamin brannte schwach. Nicht einmal für Feuerholz war genügend Geld da. So hatte sie sich das nicht vorgestellt, als sie vor zwei Jahren zusammen mit ihrem Mann William und den drei ältesten Kindern in das Haus gezogen war. Mittlerweile war noch Töchterchen May dazugekommen.

Cecelia seufzte. Vier Kinder, das Jüngste erst neun Monate alt, und dann allein. Sie konnte den Ärger nur schwer unterdrücken. Diese Winter in Deutschland zerrten an ihren Nerven. Doch noch schlimmer war die Tatsache, dass William sie nun schon wieder zurückgelassen hatte und sie kaum wusste, wo er war oder was er vorhatte. Sie ging zum Sekretär und zog den letzten Brief ihres Mannes heraus, den sie gestern bekommen hatte.

Mein liebes kleines Hühnchen! Du darfst nicht böse sein mit mir, jetzt wo Du schon zwei Wochen lang so geduldig auf mich wartest. Ich schwöre Dir, nächste Woche bin ich wieder bei Dir! Die Rechnung von Gottschalk ist noch nicht fällig, nicht vor Weihnachten. Gottschalk wird Dich nicht belästigen. Mach Dir bitte keine Sorgen wegen der Rechnungen, ich werde sie bald bezahlen. Im Moment haben wir nun einmal nicht viel. Egal, sag den Leuten, wenn ich wieder da bin, werde ich alles bezahlen. Hab keine Angst, ich werde Weihnachten bei Dir sein. Schon am nächsten Donnerstag bin ich wieder bei Euch, versprochen! Ich brauche nur noch ein paar Tage. Ich habe mir überlegt, dass es besser ist, zu den Noacks nach Leipzig zu ziehen. Da würde es Dir besser gehen, und Du hättest auch nicht mehr den ganzen Ärger mit den Dienstboten. Das einzig Dumme wäre die Packerei und der Umzug ausgerechnet jetzt, so kurz vor Weihnachten. Aber Du könntest ja schon einmal mit den Kindern zu den Noacks gehen, und ich würde mich dann um den Umzug und alles Weitere kümmern. Was hältst Du davon? Lass es mich nur bald wissen, dann kann ich alles in die Wege leiten. Für den Moment habe bitte noch ein wenig Geduld, dann wirst Du Dein Dickerchen wieder bei Dir haben, den ganzen Winter lang! Alles Liebe und ganz viele Küsse – für Dich, Blanche, Willie, May und natürlich für Klina, Dein William

PS: Dies ist die Antwort auf Deinen Brief von Dienstagabend. Am selben Abend habe ich Dir übrigens

200 Mark geschickt. Da haben wir beide das Gleiche gedacht ...

Cecelia atmete tief durch. »Mein kleines Hühnchen!« So nannte er sie. Ein Kosename, den sie früher gern gemocht hatte. Dein »kleines Hühnchen« ist nicht dumm, dachte sie mit Bitterkeit. Er wollte sie in Sicherheit wiegen. Doch sie glaubte ihm nicht. Zehn Jahre waren sie nun verheiratet. Zehn Jahre, fünf Schwangerschaften, unzählige Ortswechsel – all das hatte Spuren hinterlassen. Cecelia stand auf. Mit dem Brief in der Hand ging sie zu dem prächtigen Spiegel, der über dem Kamin hing. Zwischen den Deckelvasen und Porzellanfiguren auf dem Sims betrachtete sie sich. Grau war sie geworden. Das Haar war zwar noch kräftig, trotz aller Schwangerschaften, aber es leuchtete nicht mehr in dem dunklen Ebenholzton, der ihr so gut stand. Und dann erst die Augen! Wie viele Männer hatten von ihnen geschwärmt, ihren großen, dunklen Augen. Cecelia seufzte ernüchtert. Jetzt sahen sie müde aus, umringt von kleinen Falten und dunklen Schatten. Sie trat noch einen Schritt näher an ihr Spiegelbild. Selbst in der matten Dämmerung des Raumes waren die Linien auf der Stirn und neben den Mundwinkeln nicht zu übersehen. Cecelia Thomas war an diesem Morgen gewiss keine strahlende französische Schönheit.

Hier stand eine Mutter, allein gelassen, mit vier kleinen Kindern, unwilligen Dienstboten, die seit Monaten auf ihre Bezahlung warteten, und ungezählten offenen Rechnungen in der Schublade. Mit einem Mal bekam Cecelia Mitleid mit der Frau im Spiegel. Und es war alles noch schlimmer. Sie war eine betrogene Ehefrau, das spürte sie. Grimmig malte sie sich aus, wie es William wohl erging im fernen Bremen. Ein bisschen Abwechslung gab es dort bestimmt: jünger, schöner, williger. Eine Träne tropfte auf das dunkelgrüne Samtkleid. Cecelia wischte über den Stoff und berührte dabei die auffällige Brosche. Wie drei Erntegarben waren die Blüten aus Rubinen angeordnet, in ihrer Mitte leuchteten Diamanten. Wenigstens habe ich den Schmuck. Den kann mir keiner mehr nehmen, dachte sie mit Genugtuung. Heutzutage konnte William keiner Geliebten, wo auch immer sie sein würde, eine solche Kostbarkeit schenken. Alles Geld war weg, die Miete hatten sie seit zwei Monaten nicht bezahlt. Kein Wunder, dass Herr Gottschalk, der Vermieter, so schlecht auf sie zu sprechen war. Aber er war nicht der Einzige. In Dresden selbst konnte sie sich kaum noch blicken lassen, überall hatten sie Schulden. Sie wusste ja nicht einmal, was sie den Kindern zu Weihnachten schenken sollte. Selbst im Spielwarengeschäft hatte sie schon anschreiben lassen.

Wieder kam die Wut hoch. Wie konnte William sich in einer solchen Lage mit einer anderen vergnügen? Woher hatte er das Geld, um eine andere zu bezahlen? Hier war doch seine Familie, hier war doch sein Zuhause! Ja, bei den Noacks in Leipzig wäre es wirklich besser, da hatte er recht in seinem Brief. Ein großes Apartment im Hotel de Pologne, mit genügend Platz für die Kinder. Die freundlichen Noacks, die sich um alles kümmerten. Leipzig gefiel ihr ungleich besser als dieser Vorort von Dresden. Strehlen, ein besseres Bauerndorf, aber der einzige Ort, an dem sie sich eine Villa leisten konnten.

Zum Glück hatte William die 200 Mark mitgeschickt. Das Geld musste sie sich gut einteilen. Am besten schnell wegschließen, damit es die Dienstboten gar nicht erst zu sehen bekamen. Cecelia rollte die Scheine in ihrer Hand zusammen und ging zurück zum Sekretär.

Auf einmal wurde die Tür aufgerissen. Ein atemloser William stand hinter ihr, das Haar zerzaust, eine lange Schramme auf der linken Wange. Schnell drehte sich Cecelia um. »Was ist denn jetzt schon wieder?«

Ihr siebenjähriger Sohn japste nach Luft. »Blanche hat mich gekratzt! Es blutet«, heulte er los.

In dem Moment kam seine Schwester. Nur ein knappes Jahr älter als ihr Bruder überragte sie ihn doch um einen halben Kopf. »Er hat selber schuld!«, schrie sie. »William hat meine Puppe kaputt gemacht. Mommy, schau nur!« Anklagend hielt sie die Puppe in die Höhe, an der ein Arm fehlte.

»Nun seid endlich still! Ihr weckt noch das Baby!«, zischte Cecelia ihre beiden Ältesten an.

Zu spät, man hörte schon das Wimmern aus dem Schlafzimmer. Cecelia schob sich an den beiden vorbei zur kleinen May. »Wo ist denn überhaupt Louise? Wo ist euer Kindermädchen?«

Blanche schob die Unterlippe vor. »Die ist mit Klina unterwegs«, antwortete sie. »Klina musste aufs Töpfchen.«

Cecelia stöhnte. Das Weinen wurde durchdringender. Schnell nahm sie ihre jüngste Tochter aus der Wiege und begann leise, ihr ein französisches Wiegenlied vorzusingen. Doch die kleine May blieb unversöhnlich. Ihr Geschrei zerrte an Cecelias Nerven. Sie spürte, wie das Blut in ihren Adern pochte. »Louise? Wo stecken Sie?« Ihre Stimme klang beinahe so schrill wie die des Säuglings.

Endlich kam das Kindermädchen mit Klina an der Hand angelaufen. Die Wärterin entschuldigte sich und nahm das Baby entgegen. Doch auch in ihren Armen gab May keine Ruhe. »Ich glaube, die Kleine hat Hunger«, sagte Fräulein Stern unterwürfig und gab Cecelia das schreiende Kind zurück.

Mit einem Seufzer nahm Cecelia auf dem Schaukelstuhl vor dem Kamin Platz, schickte die anderen aus dem Zimmer und begann, May zu stillen. Keines ihrer Kinder hatte sie jemals zu einer Amme gegeben. Ihre Freundinnen und sogar das eigene Personal schüttelten nur den Kopf. Es schien ihnen primitiv, ja, animalisch, den Kindern die Brust zu geben. Der einzige Mensch, der für ihre Haltung Verständnis hatte, war ihr eigener Mann. William liebte seine Kinder abgöttisch. Wie andächtig er ihr so oft zugesehen hatte, so voller Stolz und Zärtlichkeit, wenn sie wieder mit einem neuen Baby im Arm auf diesem Schaukelstuhl saß! Manchmal wechselte er den Kleinen sogar die Windeln. Cecelia schloss kurz die Augen und träumte sich in diese Zeiten zurück. Ihr Kopf sackte zur Seite und sie schlief ein.

Als sie wach wurde, fiel ihr Blick auf das Foto ihres Mannes, das im vergoldeten Rahmen auf der Kommode stand. Ein kräftiger Mann. Ein Mann, an dessen Seite sie sich sicher und beschützt fühlte. Der sauber gestutzte dunkle Vollbart, in dem bereits das erste Grau zu sehen war. Erst vor ein paar Wochen hatten sie seinen 48. Geburtstag gefeiert. Zu Hause mit ein paar Gläsern Rheinwein. Gäste waren keine da. Wie hätten sie sie auch bewirten sollen bei dieser kümmerlichen Ausstattung der Speisekammer und des Weinkellers? Wie anders war es noch vor ein paar Jahren gewesen. Da hatte es Hummer, Austern, geräucherten Lachs, Gänseleberpasteten aus Straßburg, exotische Früchte und französisches Konfekt gegeben. Die Feste bei den Thomas' waren berühmt gewesen. Und zu beinahe jedem Fest, im Grunde schon zu jeder größeren Soirée trug Cecelia ein neues Kleid. Eine perfekte Gastgeberin, die mühelos auf Deutsch, Englisch oder Französisch parlieren konnte. William war stolz auf sie gewesen. Manchmal war er, kurz bevor die Feier begann, zu ihr ins Ankleidezimmer gekommen und hatte sie mit einem Schmuckstück überrascht. Sie sollte noch mehr funkeln, hatte er dann gesagt. Und dass sie für ihn das größte Juwel sei. Ach, William. Cecelias Blick glitt wieder über das Foto.

Ernst sah er aus auf dem Bild, ernst und seriös. Die feine Goldrandbrille stand ihm gut, ebenso der tadellos sitzende

Anzug mit der großen Perle als Anstecknadel. Ein Geschenk von ihr. Plötzlich fühlte Cecelia eine tiefe Sehnsucht. Vielleicht war er gar nicht bei einer anderen Frau. Vielleicht stimmte alles, was er schrieb, und er hatte geschäftlich in Bremen zu tun. Sie brauchten schließlich Geld, und William hatte viele Verbindungen in Europa und in die alte Heimat Amerika. Vorsichtig legte Cecelia May zurück in die Wiege. Noch einmal ging sie im Geiste die Briefe durch, die er ihr in den vergangenen Wochen geschrieben hatte. Zärtlich und besorgt klang er, nie ausfallend oder vorwurfsvoll, so wie ihre eigenen Briefe häufig endeten, dachte sie beschämt. Wahrscheinlich war es etwas ganz anderes, was ihn in Bremen festhielt. Vielleicht war er krank? Vielleicht brauchte er ihre Hilfe? Ganz allein, in einer fremden Stadt. Mitten im Winter. Oh Gott, wenn sie ihm unrecht getan hatte? Es überhaupt keine andere Frau gab? Unruhig ging sie im Schlafzimmer auf und ab. Vielleicht konnte William aus der Ferne ihre Situation nicht richtig einschätzen? Cecelia setzte sich und begann zu schreiben.

Mein lieber William! Wenn Du wüsstest, wie ich mich nach Dir sehne! Und wie einsam ich bin – und die Kleinen, hier so allein in dem Haus, ohne ihren Vater. Die Dienstboten fürchten sich bei uns zu Tode, wenn sie abends unten in der Küche schlafen gehen. Sie glauben, dass sie alle eines Nachts ermordet werden bei uns. Sie sagen, dass sie dauernd unheimliche Geräusche hören würden. Ich verliere langsam die Geduld, am liebsten würde ich sie rausschmeißen. Wenn ich doch nur anständige Dienstboten finden würde. Und dann sind wir auch noch von der Welt abgeschnitten. Der Schnee liegt einen Meter zwanzig hoch! Zum Teil kommt gar kein Licht mehr durch die Fenster. Stell dir nur einmal vor, es fängt irgendwann an zu tauen, dann kann man sich das ganze Frühjahr nicht mehr aus dem Haus rühren ... Du weißt ja, wie schlecht die Anbindung hier ist, aber mittlerweile sieht man überhaupt keine Droschke mehr auf der Straße. Morgen sind wir alle bei Funckes eingeladen zur Geburt der kleinen Tochter. Aber wir werden nicht hingehen können. Der Weg ist zu weit zu Fuß, und der Schnee liegt so hoch, da kann ich den Kinderwagen nicht benutzen. Außerdem ist es viel zu kalt, wir brauchen eine Droschke. Aber ich weiß jetzt schon, dass ich keinen Fahrer finden werde. Nach Anbruch der Dunkelheit fährt niemand mehr ganz hier raus nach Strehlen. Und es ist im Moment um vier Uhr am Nachmittag stockfinster! Seit Du fort bist, habe ich das Haus nicht verlassen. Nur einmal war ich kurz bei den Funckes. Ein anderes Mal hatte ich mich gerade fertig gemacht, aber es war so furchtbar kalt und der Schnee lag so hoch, dass ich wieder umgekehrt bin. Es macht mich verrückt, die ganze Zeit ans Haus gefesselt zu sein. Ich brauche LUFT und sehne mich danach – genauso wie ich Fleisch brauche zum Essen.

Cecelia hielt inne und überflog die Zeilen. Sie konnte ihre eigene Schrift kaum lesen. Sie überlegte kurz, ob sie noch einmal von vorn beginnen sollte. Aber nein, William sollte nur alles wissen, wie schlecht es ihr erging und den Kindern, wie unerträglich ihre Lage war. Cecelias Blick verfinsterte sich. Die Wut war wieder da. Sie schrieb weiter:

Ich möchte jetzt endgültig wissen, ob Du bis Weihnachten nach Hause kommst oder nicht. Sage mir jetzt endlich die Wahrheit! Ich ertrage sie mit Sicherheit besser als diese Ungewissheit. Du machst einen großen Fehler, mich im Unklaren zu lassen und zu behan-

*deln wie ein kleines Kind. Ich bin alt genug! Sage mir
ehrlich, wie lange Du noch fort sein wirst. Ich will gar
nicht wissen, was Dich noch aufhält. Weihnachten ist
schon in ein paar Tagen. Und wenn Du nicht recht-
zeitig hier sein wirst, nehme ich die Kinder und gehe!*

So hatte sie ihm noch nie gedroht. Aber es war vielleicht das
Einzige, was er verstand. Und Cecelia wusste, dass sie ihn damit
treffen würde. Mit einem tiefen Seufzer lehnte sie sich zurück.
Natürlich konnte sie nicht einfach gehen, mit den Kindern.
Wohin denn? Mit welchem Geld denn? Und trotzdem. Anders
würde William nie begreifen, was sie hier durchmachte.

3. Adventsspaziergang

Dresden, 12. Dezember 1875 – am frühen Nachmittag

LANGSAM ROLLTE DIE DROSCHKE durch die Seestraße auf den
Altmarkt zu. Die Straßen waren gefegt, links und rechts lag der
Schnee aufgehäuft. Die Fußwege waren mit Asche bestreut
für die vielen Spaziergänger, die an diesem Sonntagnachmit-
tag an den festlich geschmückten Schaufenstern vorbeiflanier-

ten. Keine zwei Wochen mehr bis Weihnachten. Was Cecelia den Kindern dieses Jahr unter den Tannenbaum legen sollte, es war ihr ein Rätsel. Wie sollte sie Geschenke besorgen, wenn doch das Geld so knapp war? Der Kutscher brachte das Pferd zum Stehen.

Aufgeregt sprangen die Kinder von den Sitzen. »Mommy, essen wir jetzt Stollen?« William schaute seine Mutter bittend an.

»Willie, wir sind doch gerade erst angekommen«, tadelte ihn Cecelia. »Geduld, Geduld!«

Die hatte keines der Thomas-Kinder. An der Seite ihrer Mutter und der Kinderfrau, die die kleine May auf dem Arm trug, hüpften sie über den Altmarkt. Die Kinder überhörten die Ermahnungen ihrer Wärterin, und Cecelia ließ sie gewähren. Sie war selbst so erleichtert, dem ungeliebten Strehlen einmal zu entkommen und endlich wieder in Dresden zu sein. Cecelia hatte sich herausgeputzt für den Spaziergang durch die weihnachtliche Stadt. Sie hatte das dunkelrote Promenadenkleid mit dem Überwurf aus Robbenfell gewählt – dazu den passenden Hut, ebenfalls mit Fell verziert. Niemand sollte bei ihrem Anblick auf die Idee kommen, dass die Familie kurz vor dem Bankrott stand.

Ihr Blick ging hinüber zur Fassade des Tuchwaren-Geschäfts an der Ecke zur Baderstraße. Elegante Morgenkleider und Schlafröcke waren im Schaufenster drapiert. »Kinder, wartet einmal!« Cecelia betrachtete die Auslagen interessiert.

Als gelernte Hutmacherin hatte sie ein gutes Auge für Stoffe und Schnitte. Sie sah sich selbst darin, in diesem Traum aus ganz zarter, cremefarbener Baumwolle mit der hübschen Spitze an den Ärmeln. Früher hätte sie sich gleich mehrere Modelle auf einmal gekauft. Doch die Zeiten waren vorbei. Sie hatte kein Geld, und im Moment noch nicht einmal einen Mann, jedenfalls nicht hier. Sie seufzte. Langsam gingen sie weiter. Da riss sich Klina los und rannte davon, bis sie zwischen zwei Hauseingängen zum Stehen kam. Dort saßen zwei ärmlich gekleidete Kinder. Das Mädchen trug ein schmutziges Kleid, das viel zu dünn war für dieses Wetter. Auch der Junge fror in seinen zerrissenen Hosen und dem fleckigen Umhang. Seine nackten Füße steckten in Holzschuhe. Cecelia schauderte es.

»Guck doch mal, Mommy, die Kinder verkaufen diese lustigen kleinen Männer zum Essen!«

Cecelia warf einen schnellen Blick auf den Bauchladen des Jungen. Dort lagen eine Handvoll Männchen, die aus getrockneten Pflaumen zusammengesteckt waren.

»Kann ich so einen haben? Bitte! Die Kinder sind so arm. Wir müssen ihnen Geld geben!« Auch Blanche sah ihre Mutter mit großen Augen an.

Cecelia reichte dem schmutzigen Mädchen ein paar Pfennige. Das Kind murmelte einen Dank und verstaute das Geld schnell unter seiner Schürze. Am liebsten wäre Cecelia sofort weitergegangen, aber nun hielt ihr der Junge seine klebrige Ware unter die Nase. Sie sollte sich ein Männchen aussuchen.

Hastig wickelte sie einen dieser Pflaumentoffel in ein Taschentuch und verstaute ihn in ihrem Beutel.

Klina guckte erwartungsvoll.

»Den gibt es später!«, erklärte sie ihrer Tochter. Eilig zog sie ihre Kinder weiter. Diese zerlumpten kleinen Gestalten kamen ihr vor wie ein schlechtes Omen. Cecelia wollte dieses ungute Gefühl abschütteln und beugte sich zu ihren Kindern hinab. »Wollen wir jetzt Stollen kaufen?«

Im Nu waren der Pflaumenmann und seine armseligen Verkäufer vergessen. Ausgelassen zogen die Thomas-Kinder weiter zu Hermann Königs Conditorei und Stollenbäckerei. Es war ein ganzes Stück zu laufen, aber das wollte Cecelia auf sich nehmen. Alle waren warm eingepackt, selbst die kleine May guckte zufrieden mit roten Winterbäckchen über die Schulter ihrer Wärterin. In der Conditorei gab es jedes Jahr eine große

Weihnachtsausstellung. Um den Christstollen aus der eigenen Backstube wurden Christbaum-Konfekt und Makronen drapiert. Es gab Marzipan aus Königsberg und aus Lübeck. Dazu üppige Torten aus Marzipan und Kakao. Vor der hell erleuchteten Konditorei hatte sich bereits eine Schlange gebildet.

Cecelia reihte sich ein und versuchte, ihre Kinder zu beruhigen, die direkt hineinstürmen wollten. »Halt, Willie! Bleib bitte bei mir. Und du auch, Blanche!« Ihr Tonfall war streng.

In dem Moment drehte sich die junge Frau vor ihr mit dem großen Hut um. »Cecelia! Deine Stimme habe ich doch sofort erkannt!«, rief sie erfreut.

Es war Florence de Meli. Eine auffällige Erscheinung in ihrem petrolfarbenen Winterkleid zwischen all den dunkel gekleideten Menschen. Florence war zwar erst Anfang 20, trotzdem gehörte sie zu Cecelias besten Freundinnen in Dresden. »Wie gut, dass ich einfach losgegangen bin. Da sehe ich dich endlich einmal wieder! Die Kinderfrau ist mit Minnie und Henry auch da drüben«, sie zeigte auf die Wärterin, die mit dem Baby im Kinderwagen und dem fünfjährigen Henry ein paar Meter entfernt stand. »Ich hab's zu Hause nicht mehr ausgehalten. Ich musste frische Luft schnappen! Und außerdem ist Henri gerade wieder unausstehlich«, Florence verdrehte die Augen. »Du kennst ihn ja.«

Cecelia nickte und umarmte ihre Freundin herzlich. »Meli, du siehst fabelhaft aus! Ist das Kleid neu?« fragte sie und strich bewundernd über die pelzverbrämten Ärmelöffnungen.

»Ja! Gefällt es dir? Ich habe es mir im ›Petit Bazar‹ anfertigen lassen. Echter Nerz. Aber sag mal, was machst du hier? Wo steckt William? Wieder irgendwo unterwegs? Ach, ich wünschte, mein Henri wäre auch so viel auf Reisen wie dein Mann«, stöhnte Florence.

»William hat gerade in Bremen zu tun. Aber er hat mir versprochen, dass er auf jeden Fall zu Weihnachten zurück ist«, antwortete Cecelia und versuchte, sich ihren Ärger über das lange Wegbleiben ihres Mannes nicht anmerken zu lassen.

»In Bremen? Hoffentlich nicht in Bremerhaven«, antwortete Florence aufgeregt.

Cecelia schaute sie fragend an. »Es kann schon sein, dass er auch dorthin muss. Warum?«

»Henri hat mir vorhin aus der Sonntagszeitung vorgelesen. In Bremerhaven gab es wohl eine schlimme Katastrophe. Ein Schiff ist explodiert oder so. Jedenfalls sind ganz viele Menschen gestorben«, berichtete sie.

Cecelia wurde blass. »Was sagst du? Ein Schiff ist explodiert? Das ist ja schrecklich!«

»Aber dein Mann ist doch in Bremen. Mach dir also keine Gedanken!«, versuchte Florence, Cecelia zu beruhigen.

»Oh, Gott. Wenn William etwas zugestoßen ist ...« Cecelia schlug die Hand vor den Mund. Sie spürte, wie ein Schluchzen in ihr aufstieg.

»Bitte, Cecelia, beruhige dich doch!« Florence strich ihr über die Schulter.

Die Wartenden ringsherum beobachteten neugierig die Szenerie. Die Ersten begannen, hinter vorgehaltener Hand zu tuscheln. Florence blickte missbilligend um sich. »Cecelia, vielleicht solltest du nach Hause fahren. Bestimmt liegt dort schon eine Nachricht von William«, tröstete sie ihre Freundin.

Cecelia tupfte sich die Augen ab. »Louise, bitte kaufen Sie etwas Stollen für die Kinder. Und passen Sie auf sie auf. Ich bin gleich wieder zurück. Ich will nur schnell eine Zeitung holen.«

Wie betäubt lief Cecelia durch die Straßen. Die Menschen auf den Gehwegen waren in aufgeräumter, fast feierlicher Stimmung. Weihnachten war nahe, die Auslagen in den Geschäften versprachen eine großzügige Bescherung, jedenfalls für diejenigen, die es sich leisten konnten. Cecelia hatte keinen Blick mehr für die kunstvoll drapierten Kleider, Hüte und Juwelen. Wo war nur so ein verdammter Zeitungsjunge? Sonst standen sie doch überall herum und fuchtelten mit ihren Blättern.

Endlich erblickte sie einen Jungen, der einen Stapel Zeitungen in der Hand hielt. Den Dresdner Anzeiger. Cecelia nahm sich ein Exemplar und gab dem Kind ein paar Münzen. Und tatsächlich, da stand es:

Ein dem Norddeutschen Lloyd zugegangenes Telegramm aus Bremerhaven meldet: »*Nachdem der nach New York bestimmte Dampfer Mosel (dem Norddeutschen Lloyd gehörig) die Passagiere im Vorhafen an Bord genommen, explodierte der Kessel des Schleppdampfers Simson, der vor der Mosel lag. Es sind durch den Unglücksfall wenigstens 50 Menschen ums Leben gekommen, und eine große Anzahl ist verwundet. Die Mosel ist beschädigt und kann heute nicht abgehen. Nach einem anderen Telegramm explodierte nicht der Kessel, sondern eine am Landungsplatz stehende mit Sprengstoffen gefüllte Kiste.*«

Sie las den Text gleich ein zweites Mal. Um Gottes willen, eine mit Sprengstoff beladene Kiste! Das war ja entsetzlich!

Atemlos kam Cecelia wieder bei Louise und den Kindern an. Zum Glück fand sich kurz darauf eine leere Droschke, und die Familie konnte sich auf den Weg zurück nach Strehlen machen.

Die Kinder starrten ihre Mutter ängstlich an. Keines traute sich, etwas zu sagen. Endlich schob Klina ihre Hand in die ihrer Mutter. »Mommy, was ist los? Warum bist du so traurig?«

Cecelia schluckte. Sie konnte ihrer Tochter nicht in die Augen blicken. »Ach, es ist nichts. Ich hatte nur gerade wieder einmal so schreckliche Schmerzen. Weißt du, mein Rheuma kommt eben immer wieder. Und manchmal ist es nicht zum Aushalten«, log sie. Die Kinder sollten nichts mitbekommen. Cecelia richtete sich in ihrem Sitz auf. »Es ist alles schon wieder gut«, sagte sie mit einem gezwungenen Lächeln. »Jetzt fahren wir nach Hause und essen Stollen.«

Es begann schon zu dämmern, als sie vor der Villa Thomas ankamen. Die Kinder freuten sich über den Stollen und eine Tasse heiße Schokolade. Cecelia setzte sich ins Schlafzimmer mit der Zeitung auf den Knien und weinte.

4. Im Lazarett

Bremerhaven, 12. Dezember 1875 – am Nachmittag

JOHANNE VERSUCHTE, DIE AUGEN ZU ÖFFNEN. Sie blinzelte. Selbst diese winzige Bewegung ihrer Augenlider war kaum auszuhalten. Ihr Kopf war schwer, fühlte sich dumpf an. Sie konnte sich nicht umdrehen. Am liebsten wäre sie wieder eingeschlafen, um fortzukommen von den Schmerzen. Doch da hatte sich schon der Geruch in ihre Nase gesetzt, eine Mischung aus Alkohol, Blut und menschlichen Ausdünstungen. Sie war wach und roch nasse Kleidung, muffige Feuchtigkeit und etwas unangenehm Süßes, das sie nicht zuordnen konnte. Es war Chloroform.

Johanne wurde schlecht. Sie spürte, wie die Übelkeit in ihr aufstieg. Ruckartig drehte sie sich zur Seite und übergab sich. Erst jetzt merkte sie, wo die eigentliche Ursache ihrer Schmerzen lag, in der rechten Seite, in ihrem Arm, ihrer Hand.

»Hier ein Tuch! Bitte bleib liegen, Hanni, du darfst dich nicht bewegen«, hörte sie die Stimme ihrer Schwester Sophie.

Johanne blickte auf und sah in ein Paar rot geweinte Augen. Sie wollte sprechen, aber es gelang ihr nicht.

Sophie nahm ein anderes Tuch und wischte ihr das Gesicht ab. »Ach, Hannchen, es ist alles so furchtbar!«, sagte sie leise.

Johanne schaute sie fragend an.

»Hier, versuch, ein wenig zu trinken!« Sophie reichte ihr einen Becher mit Wasser. Doch Johanne konnte den Kopf kaum anheben. Sofort riss sie ein stechender Schmerz herunter. Es war die rechte Hand. Sie schrie auf. Dieser Schmerz nahm ihr beinahe die Luft. Sophie strich ihr über die Stirn und glättete ein paar verklebte Haarsträhnen. Dann versuchte sie, ihrer älteren Schwester mit einem Esslöffel ein paar Schluck Wasser einzuflößen. Doch das meiste davon lief an Johannes Hals hinab. Ihre Stimme war heiser und sehr leise. Sophie konnte sie kaum verstehen.

»Was mach ich hier? Was ist passiert? Wo ist Elsie? Wo ist Christian?«

Sophie nahm vorsichtig Johannes linke Hand und streichelte sie. Dann begann sie zu weinen.

Johanne wurde unruhig. »Bitte sag mir, was passiert ist!«

»Es gab ein Unglück«, begann die Schwester zu erzählen. »Eine furchtbare Explosion. Zuerst haben alle gedacht, dass es der Kessel vom Schleppdampfer war.« Ihre Stimme wurde immer leiser. »Hanni, da war ein riesiges Feuer. Alles ist verbrannt, alles ist kaputt«, flüsterte sie unter Schluchzen.

»Aber wo ist Elsie? Wo ist Christian?« Trotz der Schmerzen versuchte Johanne, sich aufzurichten. »Wir waren zusammen am Schiff. Ich hab doch Elsie im Arm gehalten. Wo ist mein Kind?« Jetzt schrie sie beinahe.

»Elsie geht es gut. Beruhige dich. Sie ist bei euch zu Hause. Gesine kümmert sich um sie. Ihr ist nichts geschehen. Du hast sie gerettet, weil du sie so gut festgehalten hast!« Wieder schluchzte Sophie. »Aber die anderen …«, sie verstummte und streichelte Johannes gesunde Hand immer hektischer.

»Ja? Was ist mit den anderen?«

Sophies Stimme war kaum noch zu verstehen. »Die anderen sind tot.«

Johanne lag ruhig da. Hörte, wie das Blut in ihren Ohren rauschte, spürte ihren Herzschlag, war ganz ruhig und starr und sah ihre Schwester an, als sei sie eine Fremde. Eine fremde Frau, die über fremde Menschen sprach. Sie atmete schwer: »Wer ist tot?«

»Alle sind tot, Hanni, alle.«

»Und Christian?«

Sophie konnte ihrer Schwester nicht in die Augen sehen und nickte nur. Die Tränen strömten über ihr Gesicht.

Johannes Augen weiteten sich. Der Schmerz in ihrer Hand breitete sich im ganzen Körper aus. Sie zitterte und schrie so laut, dass Sophie ihr erschrocken das Taschentuch vor den Mund presste.

Als Johanne das nächste Mal erwachte, war ihr Mund trocken. Sie versuchte, sich aufzurichten, um an den Krug Wasser neben ihrem Lager zu kommen. Unmöglich. Der Schmerz an ihrem Handgelenk machte es unmöglich. Mit einem Stöhnen ließ sie sich zurücksinken. Zum ersten Mal versuchte sie, ihren verletzten Arm zu betrachten. Alles war in grau-weißes Leinen gewickelt, an der Spitze, dort, wo die Hand sein musste, sah sie getrocknetes Blut. Der Verband war nicht mehr ganz sauber. Die kleinste Regung ließ sie vor Schmerz aufschreien. Sie begriff, dass sie ernsthaft verletzt war. Vorsichtig strich sie mit der linken Hand über den Verband. Dann starrte sie verwirrt auf ihre Arme. Der linke war länger als der rechte. Das konnte nicht sein! Noch einmal ein prüfender Blick. Tatsächlich, der linke Arm war länger als der rechte. Waren es die Schmerzen? Hatte man ihr Medizin gegeben, die den Geist vernebelte? Johanne glitt erschöpft auf ihr Kissen zurück.

In dem Moment trat ihre Schwester an ihr Bett.

»Sophie, was ist mit meinem Arm? Der eine ist kürzer als der andere«, flüsterte Johanne.

Sophie seufzte tief und setzte sich zu ihr. Sie presste ein Taschentuch vor ihren Mund, versuchte, das wieder aufkommende Weinen zu unterdrücken. »Du hast dich verletzt«, sagte sie leise.

»Aber warum sind meine Arme unterschiedlich lang?«, fragte Johanne und wehrte sich mit aller Macht gegen die Ahnung, die in ihr aufstieg.

»Hanni, ich weiß gar nicht, wie ich es dir sagen soll. Bei der Explosion ist etwas gegen deine Hand geschleudert worden. Mit voller Wucht. Es hat sehr geblutet. Hörte gar nicht wieder auf. Wir dachten schon, du überlebst es nicht«, antwortete ihre Schwester. »Aber zum Glück hast du es überlebt!«

»Und werde ich wieder gesund?«, fragte Johanne.

»Ja, das wirst du. Aber du wirst lernen müssen, alles mit deiner linken Hand zu machen.« Sophies Stimme zitterte.

Johannes Gehirn weigerte sich zu begreifen, was ihre Schwester ihr sagen wollte. Was war mit ihrer rechten Hand? War sie gelähmt?

Sophie blickte ihr direkt in die Augen: »Deine Hand musste amputiert werden. Die Ärzte konnten nichts anderes mehr tun.«

Ein paar Sekunden herrschte Stille. Johanne wirkte ganz ruhig. Es schien, als würde sie darüber nachdenken, über das, was sie gerade erfahren hatte. Dann bahnte sich ein Schluchzen den Weg ihre Kehle hinauf. Johanne weinte. Sie weinte lange – um ihre verlorene Hand und um ihren toten Mann.

Es war kalt und zugig. Johanne versuchte, die Decke hochzuziehen, bis unter das Kinn. Dann lag sie da. Regungslos. Sie lauschte ihrem eigenen Atem. Und sie hörte diesen hellen Ton. Dieses schrille Fiepen in ihren Ohren. Was war das? Die ganze Zeit war dieses Geräusch in ihren Ohren, in ihrem Kopf. Erschöpft drehte sie den Kopf zur Seite. Vielleicht würde es dann aufhören. Jemand schrie nach einem Arzt, sie hörte das Weinen einer Frau. Zum ersten Mal nahm sie ihre Umgebung wahr. Seit knapp 24 Stunden lag sie in einem Lazarett. Eigentlich war es nur ein Hafenschuppen, der notdürftig für die vielen Verletzten umgerüstet worden war. Es war dämmrig. Johanne drehte langsam den Kopf zur anderen Seite, ohne ihren Körper zu bewegen. Sie musste so ruhig wie möglich liegen – jede ihrer Bewegungen übertrug sich sofort auf den rechten Arm. Und wie ein Messerstich kam die Antwort aus dem Handgelenk zurück.

Sie versuchte zu erkennen, was um sie herum geschah. Sie sah eine Art Gang. An einem Holzbalken hing eine Petroleumlampe, die rußiges Licht verbreitete. Links und rechts des Ganges waren Betten aufgestellt. Einige Patienten hatten keine Betten, sondern lagen auf Strohsäcken und Decken, die in der Eile herangeschafft worden waren. Ein Mann, dessen Kopf von einem Verband umwickelt war, schlief unruhig und redete dabei. Von woanders, irgendwo aus der Dunkelheit, hörte Johanne ein Wimmern. Es klang wie ein Kind.

Schritte kamen in ihre Richtung. Eine junge Frau in Ordenstracht beugte sich zu ihr. »Haben Sie Schmerzen?«, fragte die Nonne freundlich und kleine Atemwölkchen bildeten sich vor ihrem Mund.

Johanne nickte.

Die Nonne sah sie mitfühlend an. Dann zog sie eine Flasche Laudanum aus ihrer Rocktasche. Schon nach ein paar Schlucken setzte die schmerzstillende Wirkung von Alkohol und Opium ein. Johanne schloss die Augen und schlief ein.

5. Unbezahlte Rechnungen

Strehlen bei Dresden, 12. Dezember 1875 – am Abend

CECELIA SASS AN IHREM SEKRETÄR im Salon. Von draußen fiel ein schwacher Strahl durch die Samtvorhänge, die Anna nur nachlässig zugezogen hatte. Das trübe Licht der Gaslaterne, nur erhellt durch den Schnee überall. Das Haus, die Straße – alles weiß, alles still, wie betäubt. Jemand läutete an der Haustür.

Sie hörte, wie Anna die Tür öffnete, hörte eine fremde Männerstimme. Ohne auf ihr Dienstmädchen zu warten, eilte sie hinunter und erblickte einen jungen Mann in Uniform. Er hielt einen Umschlag in der Hand. Ein Telegramm. Atemlos stand Cecelia vor ihm und nahm ihm die Depesche ab. »Vielen Dank. Anna gibt Ihnen gleich etwas.«

Damit verschwand sie in den Salon. Ihre Hände zitterten, als sie den Umschlag aufriss. Eine Nachricht aus Bremerhaven! Hoffentlich hatte Gott ihre Gebete erhört.

Dann las sie. Es war ein Schreiben von der Bremerhavener Polizei. William sei schwer verwundet. Sie müsse zu ihm kommen. Gegen 11 Uhr würde sie ein Polizeiinspektor morgen Vormittag abholen und mit ihr zum Bahnhof nach Dresden und weiter nach Bremerhaven fahren.

Cecelia atmete flach. Was hatte das zu bedeuten? Wenn William so krank war. Sie las den Text noch einmal. Und zu ihrem Schutz würde sie ein Polizist begleiten, überlegte sie. Wie gut, bestimmt hatte William dafür gesorgt, obwohl es ihm so schlecht ging. Cecelia begann zu weinen. Schluchzend legte sie das Telegramm zur Seite. Ihr armer, armer William.

Ihre Gedanken rasten. Vielleicht wussten die Steuarts in Leipzig mehr über sein Schicksal. Immerhin war John Steuart amerikanischer Konsul. Und vielleicht könnten sie sich in ihrer Abwesenheit um die Kinder kümmern. »Hallo! Hallo? Junger Mann, sind Sie noch da?« Die Haustür war bereits geschlossen. »Anna, schnell, holen Sie den Mann zurück. Ich muss ein Telegramm aufgeben, es ist dringend!«

Anna rannte hinaus und keuchte dem Telegrammboten hinterher. Doch der winkte ab. »Nee, das darf ich nicht. Da muss Ihre Herrschaft schon selbst zum Postamt kommen.«

Nur zweieinhalb Stunden später stand der Bote wieder im verschneiten Garten der Villa Thomas. Nachdem sich Cecelia aufgemacht und persönlich den Steuarts nach Leipzig telegrafiert hatte, erschien der Kurier nun mit der Antwort des amerikanischen Konsuls. Ja, die Kinder könnten sie nehmen, las Cecelia erleichtert. Aber über den Verbleib von William wussten die Steuarts auch nichts.

Enttäuscht las Cecelia die Depesche noch einmal. Aber vielleicht war das ein gutes Zeichen? Sie versuchte, sich selbst Hoffnung zu machen. Wenn die Steuarts trotz ihrer Position und trotz ihrer Kontakte nichts über William gehört hatten, dann war er in jedem Fall noch am Leben. Denn sicher gab es schon eine Liste der getöteten Passagiere. William war am Leben. Und er war ein unschuldiges Opfer in dieser entsetzlichen Katastrophe am Hafen.

Die Standuhr tickte laut. Nervös sah Cecelia auf den mächtigen Kasten aus dunkler Eiche, der neben der Tür stand. Sie konnte den Blick nicht abwenden. Das Pendel holte aus, der Gong ertönte. Das Geräusch riss sie aus der Starre. Sie musste alles vorbereiten für die Reise. Cecelia fand zu ihrer gewohnten Tatkraft zurück. Sie läutete nach dem Dienstmädchen. »Anna, ich werde morgen für ein paar Tage verreisen. Holen Sie doch bitte schon einmal die beiden braunen Reisetaschen vom Speicher.«

Anna knickste und machte sich auf den Weg.

Cecelia ließ die Flamme der Petroleumlampe aufflackern. Ihr Schein fiel auf einen Stapel Briefe, Visitenkarten, ein paar Fotos, Rechnungen, Mahnungen und noch mehr Papiere. Vor der Abreise musste sie Ordnung schaffen. Alles ins Reine bringen. Ihr Leben in Ordnung bringen. Die Briefe von William legte sie ganz nach außen. Nein, jetzt nicht noch einmal lesen, ermahnte sie sich selbst. Dafür war nun keine Zeit. Der nächste Stapel bestand aus den Briefen von zu Hause. Aus St. Louis. Die schwungvolle Schrift ihrer Mutter, dann die vielen, vielen Seiten von Fanny, ihrer Lieblingsschwester. Sogar drei alte, leicht vergilbte Briefe von Carl Fröhlich waren dabei.

Was wohl aus ihm geworden war? Was wohl aus ihr geworden wäre als Mrs. Fröhlich? Wahrscheinlich wäre sie dann nie aus St. Louis hinausgekommen, hätte nichts gesehen von der Welt. Nein, als Ehefrau eines kleinen Bankangestellten wollte sie nicht enden. Sie schob die Briefe ihres ehemaligen Verlobten ganz nach unten, unter den zweiten Stapel.

Jetzt Visitenkarten, Korrespondenz, Fotos – Zeugnisse ihres Lebens in Europa. Wehmütig strich Cecelia über geprägte Kronen und verschnörkelte Namens- und Titelzeilen. Schweres, teures Papier. Fotos von eleganten Frauen und von Männern, die einen weltmännischen Blick aufgesetzt hatten. Genauso wie sie selbst und William. In diesen Kreisen war sie bewundert worden für ihren exklusiven Geschmack, die aufwendigen Kleider, den wertvollen Schmuck. Ja, die anderen hatten sich selbst gern mit ihr und William geschmückt. Als William noch Vizepräsident des amerikanischen Clubs war. Dazu ihre eigenen französischen Wurzeln. Das machte Eindruck in Dresden.

Cecelia seufzte. Was für ein Aufstieg, was für ein Leben! Vom unehelichen Kind einer Putzmacherin im Elsass zu einer umschwärmten Dame der Gesellschaft in Deutschland. Mit Verbindungen bis in hohe Adelskreise und zu schwerreichen Unternehmerfamilien. Ja, so wollte sie leben. Nicht als Frau eines unbedeutenden Büroschreibers wie Carl Fröhlich, sondern als Gattin von William King Thomas, Geschäftsmann, Privatier und Inhaber eines großen Vermögens.

Nun gut, Letzteres stimmte so nicht mehr. Schon lange nicht mehr. William hatte ihr nie Einblick gewährt in das, was er tat und wofür er angeblich pausenlos in die USA reisen musste. Doch sie hatte es an seinen Reaktionen gemerkt, wenn wieder eine Rechnung kam für ein neues Kleid oder einen weiteren Hut. Seine Wutanfälle, wie er sie angeschrien hatte und zuletzt sogar am Arm gepackt und in seinem Furor geschlagen hatte. Da wusste sie, dass es finanziell nicht gut um sie stand. Früher hatte William ihr jeden Wunsch von den Augen abgelesen und sie verwöhnt mit teuren Kleidern und auffälligem Schmuck. Cecelia dachte an die unbeschwerten Jahre zu Beginn ihrer Zeit in Sachsen. Vorbei. Jetzt lagen auf dem Sekretär unsortierte Rechnungen und Mahnungen vor ihr. Es wurde der höchste Stapel.

Sie betrachtete den Rubinring an ihrer rechten Hand. Ein funkelnder Stein, ungewöhnlich groß, eingerahmt von Diamanten. Diesen Ring hatte ihr William noch zur Geburt von May geschenkt. Das war gerade einmal ein Dreivierteljahr her. Ein teures Stück, das konnte jeder auf den ersten Blick sehen. Unbezahlt, wie sie nun feststellte, die Rechnung und zwei Mahnungen vom Juwelier hatte sie bereits auf den Stapel mit den Forderungen gelegt. Egal, was der Juwelier noch dafür haben wollte, der Ring gehörte jetzt ihr. Eine Art Belohnung für all das, was Cecelia in der letzten Zeit hatte mitmachen müssen.

Fünf Kinder geboren, eines verloren, das Jüngste noch ein Säugling, die vielen Umzüge, das unstete Leben an der Seite von William, seine Wutanfälle. Jedes Schmuckstück, das er ihr geschenkt hatte, hatte sie sich redlich verdient, davon war Cecelia überzeugt. Sie stand auf, fasste sich an ihre Frisur und strich mit den Fingern über die verspielten Steckkämme, Horn mit Gold und Perlen verziert. Cecelia liebte nun einmal Schmuck, das hatte William gleich gemerkt. Ja, er war ein aufmerksamer Ehemann. Von Anfang an. Und jetzt? Jetzt war er vielleicht schon tot!

Sie starrte in die Flammen im Kamin. Eine Explosion. Irgendetwas war an dieser Meldung aus Bremerhaven, das sie unruhig machte. Es war nicht nur die Sorge um ihren Mann. Nein, es war noch etwas anderes. Eher eine Ahnung. Ein schlechtes Gefühl, das Cecelia am liebsten verdrängt hätte. Aber es gelang ihr nicht. Sie wusste, wie sehr sich William für die Kraft von Bomben und Sprengstoff interessierte. Er hatte ihr ganz zu Beginn ihrer Ehe von einem Pulverturm in seiner Heimatstadt Halifax in Kanada erzählt. Und dass dieser Turm eines Tages in die Luft geflogen war. Cecelia erinnerte sich, wie er von dem Unglück beinahe geschwärmt hatte. Und dann fiel ihr ein, wie kalt er von dem Untergang der »Deutschland« in seinen Briefen aus Bremen geschrieben hatte. Völlig unbeteiligt und gleichzeitig sensationsheischend. So als wären ihm all die armen Opfer, die in der eisigen Nordsee ertrunken oder erfroren waren, gleichgültig. Cecelia grübelte. Was war, wenn William etwas mit diesem schrecklichen Verbrechen in Bremerhaven zu tun hatte?

Schnell stand sie auf. Nein, nicht ihr William. Er liebte doch seine Kinder. Er würde doch nicht seine Familie ins Unglück stürzen. Cecelias Blick fiel auf sein Foto. Ein Geschäftsmann, der sich auf internationalem Parkett bewegen konnte. Da gab es gar keinen Zweifel. Und wie entzückend er mit den Kindern umging, er liebte sie von ganzem Herzen. Niemals würde er wollen, dass es ihnen schlecht erging. Cecelia begann zu schluchzen. Aber würde er aus Sorge um seine Familie ein Verbrechen begehen? Wieder kamen diese schrecklichen Gedanken in ihr auf. William liebte seine Familie, seine Kinder. Sie sollten ohne Sorgen aufwachsen – doch dafür brauchten sie Geld. Und das war schon lange nicht mehr da. Sie seufzte und putzte sich die Nase. Aber deswegen gleich ein Schiff in die Luft jagen? Nein, nein und nochmals nein. Nicht ihr William. Oh Gott, vielleicht war er gar selbst schon tot! Und sie, Cecelia, eine Witwe mit vier kleinen Kindern. Mit solch schändlichen Gedanken. Sie schämte sich und weinte. Nur langsam konnte sie sich beruhigen.

Nach einer Weile stand sie auf und ging mit der Lampe in der Hand in ihr Schlafzimmer. Der Raum war kalt, das Feuer im Ofen schon vor Stunden heruntergebrannt. Ärgerlich dachte

Cecelia an Anna, ihr Dienstmädchen. Ja, auch sie hatte seit einigen Wochen keinen Lohn mehr bekommen, aber das war noch lange kein Grund, die Arbeit hier so schlampig zu erledigen. Schließlich hatte sie Kost und Logis frei – Cecelias Mund wurde schmal. Genau wie ihr Ehemann hatte auch sie eine Neigung zu Wutanfällen. Doch jetzt war keine Zeit, das Dienstmädchen zur Rede zu stellen. Cecelia nahm sich einen breiten Kaschmirschal aus dem Schrank und legte ihn über die Schultern. Dann ging sie zur Spiegelkommode und schloss die drei Schubladen auf, in denen sie ihren Schmuck aufbewahrte. Der Anblick tröstete sie. Ringe, Ketten, Broschen, Armbänder, Armreifen, Colliers, Zierkämme und sogar Diademe lagen hier funkelnd nebeneinander. Cecelia war nicht mehr kalt. Das alles gehörte ihr! Ein Vermögen aus Gold, Diamanten, Rubinen, Saphiren, Perlen, Granat und noch mehr Diamanten. Das, was hier ausgebreitet vor ihr lag, waren zehn Jahre Ehe. Cecelia schluckte kurz. Ihre Lippen zitterten.

Tief in ihrem Inneren hatte sie eine Ahnung, dass es einen Zusammenhang zwischen der Katastrophe am Hafen und ihrem Mann geben könnte. Schon seit Langem wusste sie, dass William Geld beschaffen wollte – um jeden Preis. Und schon bald nach ihrer Hochzeit im Sommer 1865 hatte sie gemerkt, dass dieser freigiebige und humorvolle Mann auch eine verschlagene und gewissenlose Seite hatte. Warum hatten sie damals aus Amerika fliehen müssen? Mitten in der Nacht? Angeblich trachteten ihm Gläubiger nach dem Leben. Warum verfolgten sie ihn durch halb Amerika? Warum war William damals nicht zur Polizei gegangen? Warum überhaupt »William«? Sie hatte ihn als Alexander kennengelernt. Alexander Thompson. Er hatte ihr irgendwann stolz das verschnörkelte »A« auf seinem Oberarm gezeigt, das er sich noch vor ihrer Ehe hatte tätowieren lassen. Und womit hatte er all das Geld verdient, das sie in Europa so sorglos ausgegeben hatten?

Sie durfte keine Zeit verlieren. Wenn ihr dumpfes Gefühl stimmte, dann hatte William etwas mit diesem Verbrechen zu tun. Und wenn nicht, war er vielleicht bald tot oder so schwer verletzt, dass er nie wieder würde arbeiten können. So oder so – Cecelia musste an die Kinder denken. Und an sich.

Sorgfältig räumte sie die Juwelen aus den Schubladen und verstaute sie in verschiedene kleine Säckchen, die sie anschließend in die Bibliothek brachte, wo sie sie im Geheimfach hinter dem Bücherregal verstaute. Dann ging sie zurück in den Salon. Die Flammen loderten hell, als sie Seite für Seite die Briefe aus St. Louis, die Briefe aus ihrem alten Leben in Amerika ins Feuer fallen ließ.

6. Wieder zu Hause

Bremerhaven, 13. Dezember 1875

GESINE SASS AM KÜCHENFENSTER. Wenn man die mit Brettern zugenagelte Öffnung so nennen wollte. Es zog. Die Dezemberkälte kroch durch die Ritzen, ebenso die Feuchtigkeit vom Hafenbecken. Die ohnehin schon rote Nase des Dienstmädchens begann, im Dämmerlicht beinahe zu leuchten. Seitdem alle Fensterscheiben im Haus durch die Explosion zersprungen waren, nieste und schniefte sie in einem fort. Das Feuer im Herd flackerte unruhig. Bis auf das Küchenfenster und das Fenster in der Speisekammer waren mittlerweile alle zerbrochenen Scheiben im Haus ersetzt worden. Die beiden Glasermeister in Bremerhaven hatten noch nie so viel zu tun gehabt wie in den Tagen nach der Explosion. Gesine klemmte noch eine alte Wolldecke in die Fensterlaibung, um die Kälte abzuhalten. Mit dem Schürhaken ließ sie die Funken im Herd fliegen. Wieder tropfte ihre Nase.

Alles war ruhig. Elsie schlief in ihrer Wiege. Und Johanne lag von Opium betäubt im Bett. Gesine merkte, wie ihre Augen feucht wurden. Nein, weinen wollte sie nicht. Obwohl der gnädige Herr gestorben war. Zerrissen vom Sprengstoff. Vor einem Monat erst hatten sie seinen 25. Geburtstag gefeiert. Eine fröhliche Geburtstagsrunde. Gesine hatte extra einen Napfkuchen mit viel Rotwein, Schokolade und Zimt gebacken. Eigentlich eine Art Weihnachtskuchen. Aber Christian Claussen hatte darauf bestanden, dass Gesine dieses Weihnachtsrezept schon am 5. November hervorholte. Es war sein Lieblingskuchen gewesen. Gesine schniefte.

Und seine arme Frau! Johanne war am Morgen mit einer Krankenwiege in die Wohnung gebracht worden. Nur raus aus dieser zugigen Baracke. Gesine schauderte es bei dem Gedanken an die vielen Verwundeten und die Särge mit den Toten, die dort verwahrt wurden, bis sie endlich identifiziert worden waren. Sie hatte gehört, dass es manchmal gar nicht möglich war, einen Leichnam zu erkennen, wenn der Kopf fehlte oder das Gesicht stark entstellt war. Der tote Kapitän Hebich war nur anhand seines Eherings identifiziert worden. Gesine schloss die Augen und seufzte. Sie wollte sich die Schrecken gar nicht bis ins Detail ausmalen.

Schlimm genug, dass nun auch noch die Stiefmutter von der gnädigen Frau ihren Verletzungen erlegen war, und um Johannes Schwager Wilhelm Glauert stand es auch nicht gut. Sie schnaubte sich noch einmal energisch die Nase. Jetzt war es aber genug mit den traurigen Gedanken, schließlich war sie selbst am Leben. Ihr war gar nichts geschehen. Und genau deswegen war sie jetzt gefragt! Sie musste helfen, zum Weinen war keine Zeit.

Sie strich ihre Schürze glatt und richtete sich auf. Aber ein wenig Stärkung brauchte sie trotzdem. Mit mehr Schwung als erwartet schloss sie die Ofenklappe und ging hinüber zum Küchenbuffet. In dem mächtigen Eichenschrank voller Geschirr und Gläser standen zwei große Blechdosen. Bis obenhin gefüllt mit Zimtsternen von ihr selbst gebacken. Gesine steckte sich gleich zwei Kekse auf einmal in den Mund. Vorsichtshalber ließ sie eine Handvoll weiterer in ihrer Schürzentasche verschwinden. Die Nacht war noch lang.

Gerade als sie sich die Krümel vom Mund abwischte, hörte sie das Baby wimmern. Schnell ging Gesine die Treppe hinauf in den ersten Stock. Hier lag das kleine Mädchen in seiner Wiege im Wohnzimmer. Wie eigenartig der Raum aussah im Dunkeln, nun, wo alles mit Tüchern verhängt war. Ein Trauerzimmer. Kein Wunder, wenn die kleine Elsie es mit der Angst zu tun bekam. Morgen Abend würde sie die Wiege doch lieber ins Schlafzimmer von Johanne zurückstellen. Selbst wenn die gnädige Frau von ihrer Tochter geweckt werden würde, man konnte so ein unschuldiges Kind nicht in ein Zimmer stellen, in dem die Uhren nicht mehr schlugen und alles von Tüchern verborgen war.

Gesine leuchtete mit der Lampe in das Bettchen und sprach zärtlich zu dem Kind. Dann nahm sie die Kleine heraus und wiegte sie. Bald darauf war Elsie wieder eingeschlafen. »Du hest das good, hest noch all dine fingers! Dine arme Mudder nich. So en Verbreken. So en Verbreken!«, flüsterte Gesine und strich dem Kind über die warmen Händchen.

Mit leisen Schritten ging sie ins Schlafzimmer, wo Johanne lag. Sie hatte die Augen geschlossen, das bleiche Gesicht war eingerahmt von ihrem langen dunkelblonden Haar. Der rechte Arm, der von dicken Bandagen aus Leinwand umwickelt war, wurde von mehreren Kissen gestützt. Das Gesicht sah eingefallen aus, wie bei einer alten Frau, dachte Gesine. Dabei war ihre Herrschaft gerade einmal 20 Jahre alt. Ängstlich betrachtete Gesine den versehrten Arm. Diese dicken Lagen Leinwand, die das Handgelenk zu einer unförmigen Kugel verschnürt hatten. Ein Anblick, der das Dienstmädchen frösteln ließ.

In diesem Moment öffnete Johanne die Augen. Mit einem unterdrückten Stöhnen drehte sie den Kopf und bemerkte Gesine. »Ich habe solche Schmerzen! Bitte gib mir etwas Laudanum!«

Gesine sah die Flasche auf dem Nachtschrank und goss vorsichtig etwas Flüssigkeit auf einen Löffel. Als sie versuchte, Johanne den Löffel zum Mund zu führen, konnte sie ein Niesen nicht länger unterdrücken und verschüttete etwas von der Medizin.

»Pass auf! Nichts verschwenden. Es ist das Einzige, was mir gerade hilft«, sagte Johanne mit matter Stimme. Wieder schloss sie die Augen.

Gesine stammelte Worte der Entschuldigung hervor. In der Aufregung über ihr Missgeschick fiel sie wieder in die plattdeutsche Sprache zurück. »Verzeihung! Gnädige Frau, Verzeihung! Dat wull ick nich. Oh, ick bün so tüffelig. Dat deit mi leed.« Sie prustete in ihr Taschentuch und wischte sich damit unbemerkt auch schnell die Tränen weg, die sie nun nicht länger zurückhalten konnte.

»Schon gut«, murmelte Johanne, bei der die Wirkung des Opiums zusammen mit dem Alkohol einsetzte. Erst als Gesine sah, dass Johanne wieder eingeschlafen war, ging sie zurück in die Küche. Ihr fiel ein Spruch aus einem Ratgeber für Dienstboten ein: »Leiden lehrt, Geduld zu üben, unsern Nächsten mehr zu lieben, und, wenn wir ihn elend sehen, mitleidsvoll ihm beizustehen.« Erst jetzt verstand sie den Sinn des Spruches.

Nachdem sie Häubchen und Schürze abgenommen hatte, holte sie die Zimtsterne hervor. Mit den Keksen im Mund griff sie nach der Bremerhavener Zeitung, die noch immer auf dem Küchentisch lag. Halblaut las sie mit stockender Stimme noch einmal in Ruhe den langen Artikel über die Explosion.

Die Katastrophe am neuen Hafen.

Größer leider, als nach unserem ersten Bericht zu schließen, hat das Unglück am Sonnabend in Bremerhaven gewüthet und seine Schrecken unmittelbar und mittelbar auch in entfernte Orte und Kreise getragen. Zeugnis davon gab vorgestern und gestern auch der Verkehr auf Post, Omnibus und Eisenbahn, die mit jedem Zuge eine Menge Personen brachte, welche, um Angehörige und Bekannte aufzusuchen oder den Ort des grauenhaften Ereignisses in Augenschein zu nehmen, gekommen waren.

Der Platz am Hafen war denn auch fortwährend stark frequentiert. Der Verlust an Menschenleben ist leider viel größer, als im ersten Augenblicke allgemein angenommen wurde. Bis jetzt sind an Todten und Verwundeten 158 Personen festgestellt. Ein Verzeichnis der Todten und Verwundeten lassen wir später fol-

gen, nachdem dasselbe möglichst genau festgestellt sein wird, vorher noch einige Thatsachen.

Da können wir zunächst einige Züge von Menschenliebe anführen. Mit edler Bereitwilligkeit eilten viele in der Nähe und Ferne bei der ersten Kunde herbei und boten ihre Hülfe an oder suchten sich sonst nützlich zu machen. Frauen rissen sich unter lautem Weinen die Schürzen und Tücher vom Leibe, Mäntel und Jacken zum Verbinden und Zudecken der armen Unglücklichen hingebend. Eine fremde Dame trat in die Lloydhalle und da sie hörte, dass es an Verbandszeuge fehlte, trat sie bei Seite, ließ ein Paar feine leinene Unterröcke von ihrem Körper herabfallen und übergab sie einem dort bei einer schwer verwundeten Frau beschäftigten ärztlichen Heilgehülfen zum Zerreißen als Verbandsstücke. Eine volle Anerkennung gebietet sämtlicher hiesigen Heilgehülfen und Barbiere, die alle sofort an der Unglücksstätte erschienen waren und unermüdlich dort bis zum letzten Augenblick in voller Thätigkeit ausharrten und später fast alle noch bis spät abends im Krankenhause beschäftigt waren.

Auch die Herren Fuhrwerkbesitzer, besonders die Schlachter Kuhman, P. Seeger und Lohndiener I. Langer, waren mit mehreren Fuhrwerken zum Transport der Verwundeten erschienen. In besonders hellem Lichte aber zeigte sich an dem Schreckstage der rastlose Eifer und die aufopfernde Thätigkeit unserer sämtlichen Herren Ärzte, von hier und den Nachbarorten, die ohne Aufhören bis in die späte Nacht unermüdet beschäftigt waren. Später kamen zwar noch circa 20 Ärzte mit mehreren barmherzigen Schwestern mittels Extrazuges von

Bremen, da war aber fast alles schon gethan, was Kunst und Wissenschaft zu leisten im Stande sind.

Leider hatten sich nach dem furchtbaren Ereignis auch die »Hyänen des Schlachtfeldes« alsbald am neuen Hafen eingefunden und sind selbst anständig geklei-dete Personen beobachtet worden, die fortwährend suchend auf dem Boden umherlungerten und bald diesen oder jeden Gegenstand aufhoben und in ihre Taschen verschwinden ließen. Einer wurde von einem resoluten Herrn abgefasst, als er bereits die Taschen voll und auch noch ein Kleidungsstück über dem Arm hatte und sich eben bücken wollte; nach einigen der-ben Hieben u. f. m. wurde er einem Dragoner über-geben. Es lagen auf dem Platze, wie viele Augenzeu-gen angeben, einzelne Portemonnaies, Brieftaschen und Geldstücke sowie andere werthvolle und brauch-bare Gegenstände, die aber bald aufgelesen und ver-wahrt wurden.

Gesine schüttelte angewidert den Kopf. Wer machte denn so etwas? Den Toten das letzte Geld, ja, sogar die Kleider vom Leibe stehlen! So ein Gesindel! Aber so ein großer Hafen zog nun einmal auch dunkle Gestalten an. Das beste Bei-spiel war ja wohl dieser Mann, dem das Fass mit dem Spreng-stoff gehört hatte. Wie hieß er noch? Johannes Schwiegervater, Georg Claussen, hatte den Namen heute Morgen bei seinem Besuch erwähnt. Der Mann soll ein Amerikaner sein, wurde erzählt. Und dass er sich zwei Kugeln in den Kopf geschossen hat, nachdem er gesehen hatte, dass sein Fass explodiert war. Einfach so, in den Kopf geschossen. Jetzt lag er mehr tot als lebendig zwischen seinen eigenen Opfern im Lazarett. Sein Bett war abgehängt mit Laken und er wurde bewacht, hatte der alte Claussen erzählt. Wie hieß er nur? Gesine überlegte angestrengt. Sein Name war ihr entfallen.

Dafür las sie andere Namen. Mit dem Finger ging sie die Liste der Toten und Verwundeten auf der Zeitungsseite durch. Sie kannte so viele von den Männern und Frauen, die aufgeführt wurden. Bis auf ein paar Passagiere stammten die meisten Opfer aus Bremerhaven, Lehe und Wulsdorf. Viele Hafenarbeiter, Packer, Heizer und Schiffer waren darunter. Ihre Witwen und Waisen lebten hier, überall in der Stadt. Gesine seufzte. Der Küchenwecker tickte laut. Gesine hatte ihn aufgezogen, auch wenn normalerweise alle Uhren in einem Trauerhaus stillstanden. Sie brauchte den Wecker – zum Kochen und Backen.

Es war gleich halb zwei am Morgen. Sie faltete die Zeitung zusammen und löschte das Licht. Auf der harten Küchenbank, die sie sich mit ein paar Kissen zu einem Nachtlager umgebaut hatte, lag sie noch lange wach. Der Schnupfen machte ihr zu schaffen. Und das Unglück, das über diesem Hause lag.

7. Reise nach Bremerhaven

Strehlen bei Dresden, 13. Dezember 1875

CECELIA WAR FRÜH auf den Beinen. An Schlaf war nicht mehr zu denken. Klina war in der Nacht zu ihr ins Bett geschlüpft und hatte sich auf die leere Seite von William gelegt. Das tat sie seit ein paar Nächten regelmäßig. Mit einem ernsthaften Gesicht hatte sie ihrer Mutter erklärt, dass sie so das Bett von ihrem Papi warmhalten wolle, falls er irgendwann nachts nach Hause käme. Gerührt strich Cecelia der schlafenden Vierjährigen über das Haar. Friedlich lag sie da, die kleine Klina, der Liebling ihres Vaters. Direkt daneben schlief die Jüngste, May. Cecelia war es mittlerweile zu umständlich, nachts das Baby nach dem Stillen immer wieder in die Wiege zurückzulegen. Also ließ sie sie bei sich schlafen. Das warme Kind, das noch so süß nach Baby roch, war ihr ein Trost in diesen schlaflosen Nächten.

Sie zog sich ihren Morgenrock über und suchte nach Streichhölzern für die Petroleumlampe. Eigentlich müsste Anna schon in der Küche sein und arbeiten. Cecelia lauschte. Das Haus war ruhig. Auch aus dem Souterrain war kein Laut zu hören. Endlich hatte sie die Streichhölzer gefunden und ließ die Flamme der Lampe aufleuchten. Sie fröstelte. Die Scheite waren in der Nacht heruntergebrannt. Wenigstens in der Küche sollte doch wohl schon ein Feuer flackern. Energisch ging Cecelia die Treppe hinab, bis sie vor der verschlossenen Küchentür stand. Ohne anzuklopfen, ging sie hinein.

Anna lag noch in tiefem Schlaf auf der Küchenbank. Cecelia leuchtete über das Lager. Eigentlich hatte das Dienstmädchen eine eigene kleine Kammer, aber natürlich schlief sie in diesen Winternächten lieber in der Küche. Hier war der wärmste Raum des Hauses. Vorsichtig stellte sich Cecelia vor die geschlossene Ofenklappe und genoss für einen Moment die schwache Hitze an ihrem Rücken.

»Aufwachen! Anna, aufwachen! Warum ist hier noch nichts gemacht?« Ihre Stimme zitterte vor Wut.

Erschrocken schlug Anna die Augen auf. Schneller als gedacht sprang sie von ihrer Schlafstätte auf und stand dann mit gesenktem Kopf vor ihrer Herrin.

Wie unwürdig, dachte Cecelia. Ich will keine Dienstmagd im Nachthemd mit unfrisiertem Haar sehen. Sie musterte sie verächtlich. »In einer Viertelstunde möchte ich einen Kaffee und ein kleines Frühstück im Salon einnehmen«, sagte sie mit leiser Stimme.

Anna nickte. »Ja, gnädige Frau, natürlich!«

Endlich bemerkte Cecelia wieder so etwas wie Unterwürfigkeit bei der jungen Hausangestellten. Na, dann war mein Überraschungsbesuch hier unten ja doch zu etwas gut, dachte sie zufrieden.

Beim Hinausgehen sah sie sich kurz in der Küche um. Warum nur alle Dienstboten etwas gegen diese Küche hatten, dachte sie verwundert. Der große neue Herd mit dem gewaltigen Kaminschacht darüber. Zufrieden betrachtete sie die Stieltöpfe, die nach Größe sortiert, sauber und poliert an der Wand hingen. Auf dem Schneidetisch vor dem Fenster lag ein Messer, daneben, eingeschlagen in ein grobes Leintuch, ein halber Laib Brot.

Na, da hat wohl jemand Hunger gehabt zu später Stunde, Cecelia registrierte die Spuren, sagte aber nichts. Der Küchentisch war mit einer blau-weiß karierten Decke bedeckt, in der Mitte stand eine Schüssel mit Winteräpfeln, deren Schale langsam schrumpelig wurde.

Bevor Cecelia den Raum verließ, drehte sie sich noch einmal um: »Ach, Anna, und dann sagen Sie bitte der Köchin Bescheid, dass ich mit ihr sprechen muss.«

Anna, die noch immer wie versteinert vor der Bank stand, machte einen Knicks und nickte. Cecelia raffte ihren Morgenrock zusammen und ging wortlos am ihr vorbei. Schräg gegenüber lag das Zimmer der neuen Köchin. Schon bei dem Gedanken an die Frau entfuhr Cecelia ein ärgerlicher Seufzer. Warum sie ein solches Pech mit dem Personal hatte, es war ihr unbegreiflich. Malwine hatte ein freundliches Wesen, war bescheiden und fleißig. Doch am Herd hatte sie kein Geschick. Cecelia schüttelte sich, als sie an das letzte Mittagessen dachte, das die Köchin allein zusammengerührt hatte. Hühnerpastete mit Krebssoße, das sollte doch wohl jede Frau beherrschen. Nicht so Malwine. Sie servierte eine hellrosa Pampe, die nicht einmal die Kinder essen wollten. Seit diesem Vorfall übernahm Cecelia meistens selbst die Regie in der Küche.

Einen Vorteil hatte Malwine allerdings, sie hatte noch kein Wort gesagt über die ausstehenden Lohnzahlungen. Wenn sie doch nur wieder mehr Geld hätten, dann könnten sie sich auch vernünftiges Personal leisten! Cecelia dachte mit Ärger an ihren Mann.

Doch ihre Wut verrauchte schnell. Zu schrecklich war das, was sie aus Bremerhaven gehört hatte. Hoffentlich war William wohlauf. Hoffentlich hatten seine Geschäfte nichts mit dieser Katastrophe zu tun. Sie blieb in der dunklen Diele stehen und murmelte ein kurzes Gebet. Allmächtiger Gott, beschütze meinen Mann.

Nach einem einsamen Frühstück im Salon tauschte Cecelia ihr Morgenkleid gegen das dunkelgrüne Tageskleid mit den schweren Bordüren. In der Nacht hatte sie lange wach gelegen. Was wäre, wenn die Gläubiger zu ihr nach Hause kämen? Wenn William nicht mehr arbeiten konnte wegen seiner Verletzungen?

Sie begann, kleinere Wertgegenstände, Porzellanfiguren, Bilder in üppigen Goldrahmen, Tischuhren und das Silberbesteck zusammenzutragen. Wohin damit, sodass es niemand findet? Cecelia war findig. Die ungeliebte Küche wurde in der Villa Thomas nur noch von dem düsteren Kartoffelkeller übertroffen. Sie schlug die wertvollen Dinge vorsichtig in Baumwolltücher ein und brachte sie in den Keller. Danach sah sie sich prüfend um. Für jemanden, der die Wohnung nicht kannte, fiel es nicht ins Auge, dass etwas fehlte, dachte sie zufrieden. Die Dienstboten würden es bemerken. Sicher. Aber besser, sie selbst ließ die Sachen verschwinden, bevor es ihre Angestellten tun würden.

Mittlerweile war es 9 Uhr. Nur noch zwei Stunden, dann würde die Reise nach Bremerhaven beginnen. Cecelia ging zu den Räumen der Kinder. Zwei Zimmer, nur getrennt durch eine große Flügeltür, genug Platz zum Spielen und Schlafen für Blanche, William und Klina. Louise hatte ihre Kammer gleich nebenan. William saß auf dem Fußboden, ganz vertieft in sein Spiel mit einer kleinen Ziegenherde samt Hirten aus Pappmaché. Er blickte nur kurz auf, um gleich darauf die Spielzeugtierchen neu zu gruppieren. Auch Blanche war konzentriert. Ihre Puppe Becky musste täglich stundenlanges Kämmen und Frisieren über sich ergehen lassen. Nur Klina war ausgelassen. Sie saß auf dem hölzernen Schaukelpferd und schwang sich übermütig hin und her. Dabei versuchte sie, wie ein Pferd zu wiehern – offenbar war die Kinderfrau gerade in nachsichtiger Stimmung.

»Louise, ich muss mit Ihnen sprechen. Ich muss ganz kurzfristig nach Bremerhaven reisen. Ich möchte, dass Sie mich begleiten. Und sich um May kümmern«, begann Cecelia.

Die Kinderfrau hatte sich erhoben und stand abwartend vor

ihrer Herrin. »Oh! Ja, das kann ich selbstverständlich machen. Aber was ist mit den drei anderen?« Sie sah Cecelia fragend an.

Diese seufzte. »Blanche, Willie und Klina werden heute Mittag von Frau Steuart abgeholt. Sie bleiben in den nächsten Tagen in Leipzig, bis ich wieder da bin. Fangen Sie ruhig schon einmal an zu packen. Für sich. Und einen Koffer für die Kinder. Ich weiß noch nicht, wie lange wir fort sein werden.«

»Was ist los, Mommy, verreisen wir?« William war aufgesprungen und sah seine Mutter erwartungsvoll an.

Cecelia strich ihrem Sohn über die Schulter. »Ja, ihr fahrt nach Leipzig, zu den Steuarts. Denn ich muss für ein paar Tage nach Bremerhaven. Euer Vater wartet dort auf mich«, erklärte Cecelia.

»Ich will auch mit, ich will auch mit!« Behände war Klina vom Schaukelpferd herabgeklettert. »Ich will auch zu Papi!«

»Nein, nein, das geht nicht, mein Schatz. Aber du wirst deinen Papi bald wiedersehen. Wir wollen doch zusammen Weihnachten feiern, hm?«

»Nein, das dauert mir zu lange. Ich will ihn jetzt sehen!« Klina konnte sehr unnachgiebig sein. Ein kleiner Dickkopf wie ihr Vater.

»Ach, Engelchen, bei den Steuarts ist es doch auch schön. Und ich komme auch ganz schnell wieder zurück, versprochen!« Cecelia tätschelte Klinas Wange. Und sah dabei zu Blanche. Ihre Älteste war wie so oft ruhig geblieben und hörte genau zu.

»Gut, wenn Mama das sagt, machen wir es auch so«, sagte sie und blickte ihre Geschwister an.

»Wie gut, dass wenigstens du vernünftig bist.« Cecelia zwinkerte Blanche zu und ließ ihre drei Ältesten dann mit der Wärterin zurück. Sie hatte keine Zeit zu verlieren.

Konzentrierte Geschäftigkeit durchzog in den darauffolgenden Stunden das Haus in der Residenzstraße 14. Die Dienstboten taten, was ihnen befohlen worden war. Die Kinder blieben erstaunlich ruhig. Sie spürten die veränderte Stimmung. Es war ihre Mutter, die heute keinen Widerspruch duldete. Und so blieb selbst die sonst so vorlaute Klina artig, beinahe ängstlich und klammerte sich an ihre großen Geschwister. Cecelia packte derweil ihre Taschen.

Um Punkt elf meldete Anna Besuch. Ein junger Polizeiinspektor stand vor der Tür. Cecelia ging so gemessen, wie es ihr möglich war, in die Halle. Ihr Herz klopfte. Sie war eine Dame von Welt, der Beamte nur ein sächsischer Zwirbelbart in Uniform, beruhigte sie sich selbst.

Der Polizist verbeugte sich vor ihr und stellte sich vor. »Carl Winkler, Polizei Dresden. Ich werde Sie nach Bremerhaven begleiten.«

»Wissen Sie, wie es meinem Mann geht?«, fragte Cecelia ängstlich.

»Er ist am Leben. Mehr kann ich Ihnen nicht sagen«, antwortete er, ohne sie anzublicken. Cecelia wollte gerade etwas erwidern, da fuhr der junge Mann fort: »Es tut mir leid, aber wir sollten uns ein wenig beeilen. Draußen wartet die Droschke. Der Zug geht in einer knappen Stunde.«

Verdattert wandte sich Cecelia an Anna. »Meinen Pelz, bitte! Und sagen Sie Louise Bescheid.«

Die Kinderfrau kam mit allen Zöglingen zur Tür. Cecelia umarmte und herzte ihre drei Ältesten. Die Tränen konnte sie nicht zurückhalten. Noch nie war sie von ihren Kindern getrennt gewesen.

Auch die Kinder weinten. Angstvoll sahen sie ihre Mutter an. »Mommy, du kommst doch bald wieder, ja? Und dann bringst du den Papi mit!«

Cecelia drückte Klina an sich. Sie räusperte sich und versuchte, unbeschwert zu klingen: »In einer Stunde sind die Steuarts schon da und holen euch ab. Und dann habt ihr es lustig in Leipzig!«

Ein letzter Kuss für jedes Kind, die letzten Anweisungen an Anna und Malwine, dann verließ Cecelia mit der kleinen May auf dem Arm und der Kinderfrau die Villa Thomas. Polizeiinspektor Winkler geleitete sie zur Kutsche.

»Ein Gutes hat die Reise ja, endlich raus aus dem Schnee!«, stöhnte Cecelia, als sie Platz genommen hatte. »Wissen Sie, wie das Wetter in Bremerhaven ist?«, wandte sie sich an den Inspektor.

»Nein, das kann ich Ihnen nicht beantworten.« Er vermied es immer noch, ihr in die Augen zu schauen.

Was für ein unangenehmer Reisegefährte, dachte Cecelia, als sich die Droschke in Bewegung setzte. Doch das Schaukeln und das durch den Schnee gedämpfte Hufgetrappel beruhigten sie und, was noch wichtiger war, auch die kleine May.

Am Bahnhof angekommen zog sich Cecelia den Schleier vors Gesicht. Unschöne Begegnungen wollte sie in jedem Fall vermeiden. Es war schon auffällig genug, an der Seite eines Polizisten zu reisen. Seine glänzende Pickelhaube mit dem vergoldeten, sächsischen Wappen und die akkurat sitzende Uniform sorgten für erstaunte Blicke. Cecelia merkte, wie die Menschen auf dem Bahnhof sie anstarrten. Sicher, es war ein seltsamer Anblick, wie dieser junge Polizeiinspektor zwei Frauen mit Reisetaschen, Kinderwagen und Baby zum Bahnsteig brachte. Aber so zu gaffen? Als kämen sie direkt aus dem Panoptikum.

Als sie endlich am Gleis angekommen waren, hatten sie noch etwas Zeit. Der Zug nach Berlin hatte Verspätung. Dort, in der Hauptstadt, wartete dann hoffentlich die Bahn nach Bremen. Und dann sollten sie wohl noch einmal umsteigen – nach Bremerhaven. Eine weite, beschwerliche Reise.

Doch was war mit den Menschen um sie herum? Cecelia war verunsichert. Es wurde getuschelt. An dem jungen Wachtmeister allein konnte es ja wohl nicht liegen. Hilfesuchend sah sie Louise an, die das Gemurmel ringsherum längst wahrgenommen hatte und versuchte, sich nichts anmerken zu lassen. Geschäftig schüttelte sie die Kissen im Kinderwagen auf und klopfte die kleine Bettdecke zurecht. May saß solange auf dem Arm ihrer Mutter. Sie war hellwach und gut gelaunt. Sie strahlte jeden an, der sie anblickte. Doch es kam fast nie ein Lächeln zurück.

»Das ist doch die Frau! Die Frau von dem Thomas!«, hörte Cecelia auf einmal eine Männerstimme.

Erstauntes Geraune.

»Ja, das ist sie. Die Frau von so einem Ungeheuer!« Irgendjemand traute sich, die Stimme zu erheben und Cecelia zu beleidigen.

Sie blickte weg. Auch Inspektor Winkler sah zu Boden.

Was war hier los? Was redeten die Leute? Ihre Schulden konnten nicht das Thema sein. Wie konnten sie ihren Mann nur so beschimpfen?

Cecelia war verunsichert, gleichzeitig wütend. »Was haben die Leute?«, fragte sie den Polizisten.

Winkler schnäuzte sich und wich ihrem Blick aus. »Ah, die Eisenbahn kommt!« Er wirkte erleichtert.

Auch Cecelia war froh, als sie die schwarze Lokomotive von einer Dampfwolke umhüllt in das Bahnhofsgebäude kommen sah. Der Boden vibrierte, die Lok lärmte ohrenbetäubend, als sie über die Gleise rollte. Mays Augen weiteten sich. Ängstlich schlang sie ihre kleinen Arme um den Hals ihrer Mutter und begann, laut zu weinen. Doch niemand nahm Notiz davon. Für den Moment war Cecelia mitsamt ihrer sonderbaren Reisegesellschaft völlig uninteressant.

Im Abteil angekommen, bat sie Inspektor Winkler, sie für einen Augenblick in Ruhe zu lassen.

Der Polizist sah sie verwundert an. »Das geht nicht. Meine Aufgabe ist es, Sie zu bewachen«, sagte er schlicht.

Cecelia war verärgert. »Sie sehen doch, was mit dem Kind ist. Es hat Hunger. Es muss gestillt werden. Dazu möchte ich Sie bitten, das Abteil für eine Weile zu verlassen. Das werden Sie doch wohl verstehen?«, rief sie empört. »Schließlich sind Sie zu meinem Schutz hier. Mein Mann hat doch dafür gesorgt, dass Sie mitkommen, damit ich nicht allein durchs ganze Land reisen muss!«

»Ihr Mann hat mich nicht beauftragt. Ihr Mann hat versucht, sich umzubringen«, antwortete der Polizist und blickte sie kühl an.

Cecelia spürte, wie ihr Herz schneller schlug. Was? William sollte versucht haben, sich das Leben zu nehmen? Niemals! Doch es kam kein Ton aus ihrem Mund. Nur May schrie unaufhörlich.

Der Polizeiinspektor nickte kurz: »Nun gut, ich werde im Gang warten.«

Sie sah den Schatten seiner Pickelhaube durch den Vorhang. Wie er auf und ab ging. Die Spitze seiner Haube sah aus wie ein Dolch.

8. Das Verhör

Bremerhaven, 14. Dezember 1875

HIMMEL. NUR GRAUER HIMMEL. Ab und an ein paar schwere Wolken, die sich noch nicht entschieden hatten, ob sie Regen oder Schnee schicken würden. Cecelia sah aus dem Fenster des Zugabteils auf eine öde Landschaft. Viel Horizont, viel Himmel, viel Nichts. Seit fast eineinhalb Tagen war sie nun schon unterwegs. Sie stöhnte leise. Nach einer unruhigen Nacht in einem kleinen Bremer Hotel saß sie jetzt, am frühen Morgen, schon wieder in einem Zugabteil. Die letzte Etappe bis Bremerhaven. Der sächsische Wachtmeister neben ihr hielt die Augen geschlossen. Ob er schlief? Oder nur so tat, um nicht mit ihr sprechen zu müssen? Cecelia betrachtete ihn von der Seite. So ein Elend, dass man ausgerechnet diesen Mann dazu bestimmt hatte, sie zu begleiten. Viel mehr als seinen Namen wusste sie nicht von ihm. Carl Winkler, dazu abgestellt, sie unter Polizeischutz nach Bremerhaven zu bringen. Sie wandte sich ab.

Auf dem Schoß von Louise saß May und spielte mit einem silbernen Ring, in den sie immer wieder versuchte hineinzubeißen. Cecelia beugte sich vor und streichelte die zarte Babyhaut unter der Spitzenhaube. May gluckste und ließ den Ring fallen. »Gleich sind wir da, mein Schätzchen, gleich haben wir's geschafft!«, flüsterte Cecelia mehr zu sich selbst als zu ihrem Kind.

Der Zug verlangsamte sein Tempo und kam mit einem lauten Pfiff zum Stehen. Schnell richtete Cecelia ihren Hut, legte sich das dunkelbraune Nerzcape über die Schultern und sah den Wachtmeister erwartungsvoll an. Carl Winkler nahm wortlos die Taschen und hielt den beiden Frauen mit der kleinen May und dem sperrigen Kinderwagen die Tür auf.

Nachdem sich der Dampf der Lokomotive verflüchtigt hatte, sah Cecelia zwei Männer in Uniform, die gemessenen Schrittes auf sie zugingen.

»Guten Tag, Frau Thomas! Ich hoffe, Sie hatten eine angenehme Reise. Mein Name ist August Schnepel. Ich leite die Ermittlungen zu der schrecklichen Katastrophe im Hafen«, sagte ein schlanker Mittvierziger und verbeugte sich. »Und das ist mein Kollege Rudolf Pohl. Er ist Polizei-Comissair.«

Sie reichte den beiden Männern die Hand. Dieser Herr Schnepel machte doch einen etwas anderen Eindruck als der zugeknöpfte Sachse, der noch immer nicht von ihrer Seite wich. Inspektor Schnepel war schon leicht ergraut, mit tiefen Ringen unter den Augen. Seine Stimme war angenehm.

»Herr Inspektor, wie geht es meinem Mann?«

August Schnepel verschränkte die Arme vor der Brust. »Er lebt«, sagte er und sah sie durchdringend an. »Aber er ist in einer schlechten Verfassung.«

Cecelia schluckte. »Kann ich gleich zu ihm?«

»Nun, nach dieser anstrengenden Reise bringen wir Sie erst einmal zu Ihrem Hotel. Dann sehen wir weiter.« Sein Lächeln war freundlich, die ganze Haltung aber unmissverständlich. Der höfliche Vorschlag mit dem Hotel war eine Anweisung.

Die Männer bahnten ihr und Louise mit dem Kinderwagen einen Weg durch die vielen Menschen, die auch aus dem Zug gestiegen waren und alle heute noch zum Hafen wollten. Auswanderer. Für sie begann in ein paar Stunden ein neuer Lebensabschnitt.

Nachdenklich beobachtete Cecelia das Treiben ringsherum. Vor fast genau zehn Jahren war sie selbst hier angekommen, in Bremerhaven. Hatte die andere Richtung gewählt. War aus der Neuen Welt ins alte Europa gereist. Nicht ganz freiwillig. Sie erinnerte sich mit Schaudern an die Flucht aus St. Louis – mitten im Winter, krank, ängstlich, ahnungslos und mit einem Ehemann, der seinen Verfolgern entkommen musste. William hatte ihr nie genau erklärt, warum er die USA so überstürzt verlassen musste. Es hatte irgendetwas mit dem Bürgerkrieg zu tun. Mit Schiffen. Cecelia konnte sich nicht mehr genau daran erinnern. Nur daran, wie er damals vor ihr gestanden und beteuert hatte, das Opfer einer Intrige zu sein. Sie hatte ihm geglaubt.

»Frau Thomas, hier entlang.« Inspektor Schnepel öffnete die große Tür zum Bahnhofsvorplatz.

Hier draußen war es schlagartig still, obwohl der Platz voller Menschen war. Eine wartende Menge aus Männern, die die Hüte abgenommen hatten, und Frauen, die nur gedämpft sprachen. Selbst die Kinder waren still. Einige flüsterten. Von fern war Musik zu hören. Eine Kapelle, die einen Trauerchoral anstimmte. Cecelia blieb wie angewurzelt stehen. Inspektor Schnepel nahm seinen Hut ab. Sein Kollege folgte seinem Beispiel. Der sächsische Wachtmeister salutierte. Gebannt starrte Cecelia auf die Musiker, die »O Welt, ich muss dich lassen« spielten. Direkt hinter der Militärkapelle folgte ein Pferdegespann. Der Wagen war mit Fahnen und Tannenzweigen geschmückt. In der Mitte lag ein Sarg. Cecelia schluckte. Eine weitere Kutsche rollte langsam vorbei. Auch sie war geschmückt mit der großen Fahne eines Turnvereins und immergrünen Zweigen, die um einen Sarg drapiert waren. Und dann kam noch ein Pferd mit einem Wagen, auf ihm lagen gleich zwei Särge. Der Anblick schnürte Cecelia die Kehle zu.

Man hörte ein Schluchzen aus der Menge am Straßenrand. Eine Frau neben Cecelia schniefte in ihr Taschentuch, ihr Mann strich ihr hilflos über die Schulter. Und weiter ging die Prozession des Todes. Noch mehr Pferde, noch mehr Leichenwagen, noch mehr Särge. Ein Trauerzug, der nicht enden wollte. Cecelia war fassungslos. Das Hufgetrappel dröhnte in ihren Ohren. Das mussten die Opfer sein von der entsetzlichen Explosion. Um Gottes willen! Sie schlug die Hand vor den Mund. Tränen traten ihr in die Augen. Sie suchte nach einem Taschentuch. Ihr Weinen wurden lauter. Einige Menschen sahen erstaunt zu ihr. Diese elegante Reisende war fremd, vielleicht eine Angehörige? Aus Cecelia brach plötzlich alles heraus. Der Kummer und die Angst der vergangenen Tage. Mitgefühl mit den Opfern. Trauer um ihren Mann. Und Mitleid mit sich selbst und ihren Kindern. Sie schluchzte laut. Inspektor Schnepel sah sie überrascht an.

Die Kapelle war mittlerweile kaum noch zu hören. Und immer noch rollte ein Sarg nach dem anderen an Cecelia vorbei. Endlich, die letzte Kutsche fuhr vorüber. Jetzt folgten die Geistlichen, danach kamen die Vertreter des Gemeinderates, der Stadt Bremerhaven, Offiziere, Kriegsveteranen mit blinkenden Orden an den dunklen Revers. Erst dahinter begann der eigentliche Trauerzug. Die Familien und die Freunde der Toten. Cecelia sah Frauen, die ihr Sonntagskleid trugen, darüber einen schlichten Umhang oder ein Tuch, einfache Frauen, mit roten Augen. Einige hielten Kinder an den Händen. Andere weinten unaufhörlich. Leise in ein Taschentuch. Oder laut an die Schulter eines Begleiters gedrückt. Sie sah alte Frauen, Mütter von zu Tode gekommenen Hafenarbeitern. Einige mussten untergehakt werden, weil dieser Gang zu schwer für sie war. In Cecelias Kopf rasten die Gedanken. Waren sie die Opfer von William? Hatte ihr Mann diese Menschen auf dem Gewissen? Die Toten. Und die Lebenden, deren Leben zerstört war. Ihr wurde schlecht. Nein, nein, das konnte nicht die Wahrheit sein.

Auch zwei Stunden später, als Cecelia zwei Zimmer in Löhrs Hotel bezogen hatte, konnte sie sich nicht beruhigen. Das Mittagessen, das man ihr gebracht hatte, rührte sie kaum an.

Sie wartete auf Inspektor Schnepel. Warum musste sie hier ausharren, wenn doch ihr Mann mit dem Tode rang? Immer wieder kreisten ihre Gedanken um William. Unruhig ging sie auf und ab. Sie sah die Särge vor sich, wie sie einer nach dem anderen an ihr vorüberzogen. Das sollte ihr Mann getan haben? Cecelia betrachtete ihre jüngste Tochter, die schlafend im Kinderbettchen lag. Sollte dieses unschuldige Baby das Kind eines Verbrechers sein? Sie atmete tief ein. War sie die Frau eines Massenmörders? Dann klopfte sie an die Verbindungstür zum Zimmer ihrer Kinderfrau: »Louise, könnten Sie bitte eine Zeitung besorgen?«

Sie gab der Wärterin ein paar Münzen und schickte sie nach draußen. Dabei bemerkte Cecelia den Wachmann, der vor ihrer Tür postiert war. Man ließ sie nicht aus den Augen. Seit Beginn ihrer Reise war immer jemand in Uniform um sie herum.

»Guten Tag, was machen Sie hier?«, fragte sie den dicklichen Polizisten.

»Ich bin hier im Auftrag von Inspektor Schnepel«, antwortete er.

»Wovor müssen Sie mich beschützen?«

Der Polizist rang nach Worten. »Gnädige Frau, mein Auftrag ist es, Sie zu bewachen.«

Empört schloss sie die Tür. So eine Unverschämtheit! Sie, eine unschuldige Frau, Mutter von vier Kindern, wurde bewacht wie ein Schwerverbrecher.

Ein energisches Klopfen riss Cecelia aus ihren Gedanken. »Herein!« Rasch stand sie auf.

Es war der Inspektor zusammen mit dem Comissair. »Dürfen wir Platz nehmen?«

»Selbstverständlich, bitte sehr! Darf ich etwas zu trinken für Sie bestellen?«, als Gastgeberin machte Cecelia immer eine gute Figur, selbst in dieser absurden Situation.

Die Männer lehnten ab. »Bevor wir zu Ihrem Mann gehen,

möchten wir Ihnen ein paar Fragen stellen«, begann Schnepel das Gespräch.

»Bitte! Aber ich habe auch Fragen. Was ist mit meinem Mann? Wie geht es ihm?«

»Dazu kommen wir gleich«, beschwichtigte Schnepel.

Wieder klopfte es an der Tür, Fräulein Stern hielt eine Ausgabe der Nordsee-Zeitung in der Hand.

»Danke sehr. Aber ich habe jetzt keine Zeit. Bitte kümmern Sie sich um May«, wies Cecelia die Kinderfrau an, die kurz darauf das schlafende Kind zu sich ins Zimmer nahm. Die Zeitung legte Cecelia achtlos aufs Bett.

Aufgeregt saß sie auf dem zierlichen Damensessel. Die Männer tauschten einen Blick aus, dann begann Inspektor Schnepel: »Frau Thomas, vermutlich wissen Sie längst, weshalb wir Sie nach Bremerhaven gebeten haben.«

Cecelia sah ihn fragend an: »Ja, weil mein Mann schwer verletzt ist.«

»Nein. Sie haben doch vorhin den Leichenzug gesehen, am Bahnhof?«

Cecelia nickte.

»Diese Menschen, die heute zu Grabe getragen wurden, sind Opfer der fürchterlichen Explosion geworden. Erst hatte man gedacht, ein Heizkessel im Maschinenraum des Schleppdampfers sei in die Luft geflogen und hätte das Inferno angerichtet. Doch das stimmte nicht. Es war eine Sprengstoff-Explosion. Lithofracteur, sagt Ihnen das etwas?«, fragte Schnepel und sprach gleich weiter. »Äußerst gefährlich. Dieser Sprengstoff war in einem Fass gelagert. Und dieses Fass gehörte Ihrem Mann.« Er räusperte sich.

»Was heißt das?«, fragte Cecelia mit leiser Stimme.

»Nun, das wissen wir noch nicht. Aber Sie können uns weiterhelfen. Was war der Anlass der Reise Ihres Mannes? Was hatte er vor?«, prüfend sah Schnepel Cecelia an.

»Ich weiß es nicht genau. Wissen Sie, mein Mann war schon seit Wochen unterwegs. Er hatte Pläne für Unternehmungen, irgendetwas in New York, glaube ich. Er muss regelmäßig nach Amerika fahren«, antwortete sie.

»Aber wozu hatte er denn ein Fass mit Sprengstoff dabei?«, fragte Schnepel. Seine Stimme klang streng.

»Woher soll ich das wissen? Vielleicht wollte er es verkaufen?« Cecelia zuckte mit den Achseln.

»Sie haben doch gerade gehört, wie gefährlich eine solche Ladung ist. Und Sie haben gesehen, was hier passiert ist! Man ist nicht einfach so mit einem Fass Dynamit unterwegs. Das ist doch kein Fass mit eingelegten Heringen zum Verkaufen«, donnerte er los.

Cecelia zuckte zusammen.

»Erzählen Sie uns, was Ihr Mann vorhatte!« Aus dem freundlichen Inspektor war von einer Sekunde auf die andere ein zorniger Mann geworden.

Wie hatte Cecelia ihn am Morgen noch sympathisch finden können? Selbstmitleid stieg in ihr auf. Sie tupfte mit dem Taschentuch Tränen fort, die noch gar nicht geflossen waren.

»Nun«, sie suchte nach den richtigen Worten. »Wir hatten seit einiger Zeit gewisse Geldnöte. Ich weiß, dass mein Mann dabei war, uns aus dieser Situation zu befreien. Er hat mir einmal erzählt, dass er mit einem Schlag alle Verbindlichkeiten bezahlen könnte, wenn das Geschäft abgeschlossen sei.« Betont harmlos sah sie den Inspektor an.

Schnepel rang um Fassung. »Mit einem Schlag alle Schulden bezahlen!« Er schüttelte den Kopf. »Wissen Sie, Frau Thomas, in dem Fass Ihres Mannes befand sich nicht nur Lithofracteur, sondern auch ein Zeitzünder. Ist Ihnen das ein Begriff?«

Cecelia schüttelte den Kopf.

»Das ist ein Gerät, eine Uhr, die nach einer vorherbestimmten Zeit einen Schlag auslöst und damit den Sprengstoff zur Explosion bringt.«

Cecelia sah ihn verständnislos an.

Schnepel schüttelte den Kopf und drehte sich zu seinem Kollegen um: »Mit einem Schlag alle Schulden los. Da hat er seine Frau noch nicht einmal angelogen.« Rudolph Pohl rollte mit den Augen.

Schnepel wandte sich wieder an Cecelia: »Verstehen Sie, Frau Thomas? Ihr Mann hat geplant, den Sprengstoff hochzujagen! Er hat geplant, Menschen zu töten. Er hat geplant, zu zerstören!« Schnepels Gesicht war rot angelaufen. Er schrie beinahe.

Nun traten wirklich Tränen in Cecelias Augen. »Ja, was wollen Sie mir denn damit sagen?«

»Ihr Mann wollte dieses Fass mit dem Sprengstoff explodieren lassen. Irgendwo auf hoher See. Das Schiff zum Kentern bringen. Alle töten, die an Bord waren.«

Cecelia knetete ihre schmerzenden Fingergelenke. »Nein, das glaube ich nicht. Er wollte doch selbst mit dem Schiff reisen«, entgegnete Cecelia mit tonloser Stimme.

»Ja, er war selbst Passagier auf der Mosel. Da haben Sie recht. Aber Ihr Mann wollte nur bis Southampton fahren, nicht bis New York. Er hatte nur ein Billet für Southampton gekauft. Dort wäre er von Bord gegangen. Und ein paar Tage später, mitten auf dem Ozean, wäre das Fass explodiert, und die Mosel wäre verloren gewesen!«, Inspektor Schnepels Stimme klang rau. »Das war sein teuflischer Plan.« Er schwieg.

Cecelia schwieg ebenfalls. Ihr Herz klopfte bis zum Hals. »Das glaube ich alles nicht«, brachte sie schließlich hervor. »Hat er Ihnen das erzählt?«

Jetzt schaltete sich der zweite Kommissar ein. »Das tut jetzt hier nichts zur Sache. Es gibt Beweise, Frau Thomas. Welche Rolle haben Sie denn dabei gespielt? Sie müssen doch mitbekommen haben, was Ihr Mann vorhatte!«, Rudolph Pohl sah sie streng an.

»Nein! Wie kommen Sie darauf? Ich habe keine Ahnung!«, entgegnete Cecelia mit fester Stimme. »Ich verstehe das alles nicht. William ist kein Mörder!«

Schnepels Antwort klang gereizt: »Ihr Mann hatte seine Ladung hoch versichert. Und die Versicherung sollte zahlen, wenn die Ladung verloren geht. Also mit dem ganzen Schiff auf den Grund des Ozeans sinkt. Und mit diesem Geld wollte er dann wohl Ihre Schulden bezahlen.«

Das Pochen in den Fingergelenken nahm zu. Unauffällig versuchte Cecelia, ihre Finger zu strecken. Die Gelenke waren geschwollen und schmerzten. Sie knetete ihre Hände. Für die Polizisten sah es aus, als wollte Cecelia damit Zeit schinden.

»Hören Sie auf, Frau Thomas, hier die Unschuld zu spielen. Was haben Sie gewusst?« Rudolph Pohl legte alle Zurückhaltung ab.

Sie schluchzte: »Oh my god! That's too much for me. I can't stand this.«

»Frau Thomas, wir sprechen hier Deutsch. Ich möchte Sie bitten, auf Deutsch zu antworten«, forderte Inspektor Schnepel sie auf.

»Mein Mann ist kein Verbrecher. Alexander ist ein guter Ehemann. Er liebt seine Kinder über alles!«

»Alexander? Ihr Mann heißt Alexander? Er nennt sich hier William King Thomas. Ist das gar nicht sein richtiger Name?« Schnepels Stimme wurde noch lauter.

»No. Ich meine, nein. Er heißt William. Ich nenne ihn nur manchmal Alexander.« Cecelia merkte, dass sie einen Fehler gemacht hatte.

»Das glaube ich Ihnen nicht. Heißen Sie überhaupt Thomas? Im Lazarett hat Ihr Mann auch schon erzählt, er heißt in Wirklichkeit Thompson. Was ist denn jetzt Ihr richtiger

Name? Frau …? Frau …?« Schnepel war bei diesen Worten ganz nah an sie herangerückt. Cecelia blickte direkt in seine grauen Augen. Sie sah die roten Äderchen im Augapfel. Der Inspektor musste sehr müde sein.

»Bitte hören Sie auf! Ich heiße Thomas. Mein Mann heißt Thomas. William King Thomas, Sie haben es doch selbst gesagt!«

»Und wer ist hier Alexander? Sie lügen doch, Frau Thomas, oder wie auch immer Sie heißen!« Kommissar Pohl warf ihr einen verächtlichen Blick zu.

Cecelia weinte. Die Männer schwiegen.

Nach ein paar Minuten hatte sie sich wieder gefasst. »Ich sage Ihnen jetzt gar nichts mehr. Ich bin Amerikanerin. Sie können nicht so mit mir umgehen. Ich bin mit dem amerikanischen Konsul John Steuart in Leipzig befreundet. Ich möchte sofort ein Telegramm nach Leipzig aufsetzen«, Cecelia hatte ihre Fassung wiedergewonnen.

Die Polizisten wechselten einen Blick. »Einen Moment bitte, Frau Thomas. Wir sind gleich wieder da«, murmelte Inspektor Schnepel und verschwand mit seinem Kollegen auf den Flur. Die Männer unterhielten sich leise vor der Tür.

Dann kehrten sie zurück ins Hotelzimmer. Cecelia sah sie misstrauisch an.

»Vielleicht bestellen wir erst einmal etwas zu trinken, was meinen Sie, Frau Thomas?«, fragte Rudolph Pohl mit einem Lächeln. »Das viele Sprechen macht einen ganz trockenen Hals.« Er läutete nach dem Zimmermädchen.

Der Rest der Befragung verlief zurückhaltender. Als das Gespräch nach beinahe zwei Stunden vorüber war, war Cecelia erschöpft und fast erleichtert über Schnepels Vorschlag: »Für heute ist es zu spät. Wir werden Sie morgen früh gegen 8 Uhr abholen und dann gemeinsam ins Lazarett gehen.«

Endlich war sie allein. Die Kinderwärterin war mit May spazieren gegangen. Cecelia hatte noch einen Augenblick

Zeit für sich, um ihre Gedanken zu ordnen. Draußen wurde es dunkel. Es war kurz nach vier am Nachmittag. Sie beobachtete aus dem Fenster, wie die Gaslaternen auf dem Marktplatz angezündet wurden. Weit reichte die Sicht nicht. Die Luft war feucht und nebelig. Nur vereinzelt sah sie jemanden über das Pflaster eilen. Die Stadt wirkte wie ausgestorben.

Cecelia fror mit einem Mal in ihrem warmen Hotelzimmer. Hoffentlich kommt Louise gleich zurück, dachte sie. Diese Stadt wirkte unheilvoll. Die arme, unschuldige May in dieser Umgebung, zu dieser Stunde. Um sich abzulenken und um einfach irgendetwas zu tun in dem kleinen Zimmer, das eher einer Gefängniszelle glich mit dem Wachmann vor der Tür, begann sie, einen Brief an William zu schreiben.

Mein guter, armer William!
Ich bin hierhergekommen mit unserem jüngsten Baby.
Mein Herz ist gebrochen. Mag Gott gnädig sein und
unsere armen Kinder beschützen. Wenn ich könnte,
ich würde Dich und unsere armen Babies beschützen gegen all das Böse – ich würde dafür den letzten Tropfen Blut hergeben. Du weißt, wie sehr wir
Dich lieben. Vielleicht werden Dich die Gebete der
Kinder retten. Sie beten jeden Abend für ihren herzensguten Vater. Es war Deine große Liebe zu uns,
zu Deiner Familie. Deine Sorge um uns hat Dich zu
diesem schrecklichen Schritt gebracht. Lass mich zu
Dir kommen und mit Dir sprechen. Ich möchte in
Dein herzensgutes Gesicht sehen. Dieses Gesicht so
voller Zuneigung, so strahlend voller Freude, wenn
Du auf Deine Familie geschaut hast und uns glücklich
wusstest. Oh, mein armer, armer William, niemand
kennt Deine wahre Güte, niemand kann Dein armes
gebrochenes Herz ergründen – nur Deine unglückli-

che Frau. Du hast es getan, um mich und die Kinderchen zu schützen und uns ein gutes Leben zu ermöglichen. Das war Dir wichtiger als Dein eigenes Leben.

Deine arme Pettie

Cecelia ließ sich aufs Bett fallen. Nur die Lampe auf dem Sekretär verbreitete ein wenig gelbes Licht durch den geblümten Schirm. Es fiel auf die Schlagzeile der ungelesenen Zeitung – »Die Katastrophe von Bremerhaven« stand da.

9. Laudanum

Bremerhaven, 14. Dezember 1875

Es war ganz und gar dunkel im Schlafzimmer. Aber dieses Schwarze, völlig Düstere half ihr nicht beim Einschlafen. Johanne war wach. Hellwach. An die Schmerzen in ihrem Arm hatte sie sich beinahe schon gewöhnt. Tagsüber ging es einigermaßen. Mit viel Selbstbeherrschung und Disziplin. Aber in der Nacht, wenn es nichts gab, was sie ablenken konnte von den pochenden Schmerzen in ihrem Armstumpf, da spürte sie den Druck in der Wunde umso mehr.

Zum Glück stellte ihr Gesine jeden Abend das Fläschchen Laudanum auf den Nachtschrank.

Mühsam richtete sie sich auf. Tastete nach der kleinen braunen Flasche und dem Silberlöffel, der immer danebenlag. Was für ein Unsinn! Wie sollte sie die Flüssigkeit auf den Löffel gießen – mit nur einer Hand? Johanne ließ ihren Kopf mit einem Seufzer nach vorn sinken. Einen Augenblick später kehrte ihre Entschlossenheit zurück. Sie nahm die Flasche, klemmte sie zwischen Arm und Brust und drehte den Verschluss auf. Dann goss sie sich die Flüssigkeit direkt in den Mund. Der Alkohol brannte auf ihrer Zunge. Sie musste husten. Aber es dauerte nicht lange und sie spürte die Wirkung des Opiums. Die Dunkelheit um sie herum wirkte nicht mehr bedrohlich. Nein, Johanne fühlte sich von einer warmen Schwärze umgeben, weich und beschützend. Langsam sank sie auf ihr Kissen. Der Schmerz ließ nach.

Sie lauschte den gleichmäßigen Atemzügen ihrer Tochter. Nun, seit es ihr etwas besser ging und sie nicht mehr jede Nacht schreiend wach wurde, stellte Gesine wieder die Wiege zu ihr ins Schlafzimmer. Ihre Tochter schlief fest. Was wohl in dem kleinen Köpfchen vor sich ging, dachte Johanne. Hat sie das ganze Elend, die Katastrophe vielleicht gar nicht so mitbekommen? Johanne hoffte es sehr. Während sie mit geschlossenen Augen in ihrem Bett lag, spürte sie, wie eine wohlige Schwere durch ihre Arme und Beine kroch und sie auf eine angenehme Art bewegungslos werden ließ.

Nur in ihrem Kopf kehrte keine endgültige Ruhe ein. Zu viele Bilder waren da. Bilder von Christian. Von ihrer Hochzeit in der Großen Kirche. Johanne konnte sich gut erinnern. An den 27. März vor nicht einmal zwei Jahren. Es war kurz vor ihrem 19. Geburtstag gewesen. Wochenlang hatte die Schneiderin an ihrem Brautkleid gearbeitet. Ihr Vater war großzügig gewesen. Johanne war schließlich das erste seiner sieben Kinder, das nun heiraten würde. Und dann auch noch einen Sohn aus einer der angesehensten Familien der Stadt, den Claussens. Ein aufwendiges Brautkleid sollte es sein. Viele Lagen feiner Seide in Altweiß wurden gerafft und drapiert. Dazu ein langer Schleier aus Florentiner Spitze. Für Bremerhavener Verhältnisse ein sehr außergewöhnlicher Anblick, heirateten doch die meisten Paare in schwarzer Festtagskleidung. Johanne selbst hatte das Modell in einem Modemagazin entdeckt. Ihr Vater konnte ihr diesen Wunsch nicht abschlagen.

Johanne erinnerte sich an den Gang durch das lang gestreckte Kirchenschiff. Die meisten Bänke waren vollbesetzt gewesen. Viele Geschäftsfreunde und Kollegen ihres Vaters und ihres Schwiegervaters waren da. Die Gesichter wurden undeutlich in ihren Gedanken. Doch das Gesicht von Christian sah sie ganz klar vor sich. Wie er da stand vor dem Altar. Dieses Bild hatte sich in ihr Gedächtnis gebrannt. Christian im schwarzen Gehrock mit gestreifter Weste, die Uhrenkette blitzte hervor, die lockigen Haare gebändigt mit viel Pomade, ein frisch rasiertes Gesicht, strahlende Augen. Die Orgel spielte, Pastor Wolf sprach seine Predigt. Die Hochzeitsgemeinde sang mit Inbrunst, nur Johanne bewegte die Lippen lautlos. Ihre Rührung war zu groß. Sie brachte kein Wort heraus. Selbst ihr »Ja« war leise, während Christian sein Bekenntnis zu ihr laut hinausrief. Johanne erinnerte sich, wie sie Christian dabei im Profil angesehen hatte und schon wieder ein Schluchzen hatte unterdrücken müssen. Tränen der Freude. Nun war sie verheiratet – Frau Johanne Claussen, geborene Etmer. Verheiratet mit dem Mann, der drei Jahre lang um sie geworben hatte.

Das Laudanum half nur begrenzt. Johannes Dämmerzustand war vorüber. Die Beruhigung hatte nachgelassen. Keine Chance, der Trauer zu entfliehen, den Schmerzen zu entkommen. Keine Chance, sich forttreiben zu lassen. Morgen ist die

Beerdigung, dachte sie. Morgen würde Christian wieder seinen Hochzeitsanzug tragen – als Leichenhemd. Sie weinte. Am liebsten hätte sie geschrien, doch sie wollte Elsie nicht wecken. Das Schluchzen wurde weniger. Im Geiste ging sie noch einmal die Todesanzeige durch, die sie gemeinsam mit ihren Schwestern aufgegeben hatte:

In der Folge der hier am 11. dss. stattgehabten Explosion traf uns der unaussprechlich harte Schlag, unsern guten Vater Johann Philipp Etmer, die liebe Mutter Auguste, geb. Fuhrer, und unsere lieben Brüder Gustav und Johann durch den Tod zu verlieren, welches hiermit tiefbetrübt zur Anzeige bringen die hinterbliebenen Kinder. -- Am 11. dss. starb plötzlich und unerwartet mein lieber Gatte, der Kaufmann C. D. Chr. Claussen im 26. Lebensjahre, welches ich hiermit tiefbetrübt zur Anzeige bringe. Johanne Claussen, geb. Etmer. -- Am 11. d. Mts. starb plötzlich und unerwartet unser lieber Sohn und Bruder Conrad Glauert in seinem 37. Lebensjahre. Um stilles Beileid bitten die trauernden Eltern und Geschwister. Bremerhaven, 14. Dezember 1875

Sie betete.

10. Am Sterbebett

Bremerhaven, 15. Dezember 1875 – am Vormittag

EINE MÖWE LANDETE kreischend auf dem Pflaster. Eine zweite kam dazu. Die Vögel stritten um einen toten Fisch. Cecelia stand am Fenster und beobachtete das aufgebrachte Geflatter. Es war gerade hell geworden. Von ihrem Zimmer aus sah sie auf den Marktplatz und die Bürgermeister-Smidt-Straße, eine schnurgerade Achse gesäumt von Geschäften aller Art. Ein trüber Wintertag. Immerhin konnte man sich hier noch normal bewegen, nicht so wie in Strehlen bei all den Schneemassen, dachte Cecelia. Doch es bewegte sich niemand. Die Hauptstraße war leer. Nur eine schwarz-grau getigerte Katze schlich an der gegenüberliegenden Häuserfront vorüber. Beim zweiten Blick war auch sie verschwunden. Seltsam, an einem Mittwochmorgen um kurz vor acht. Alle Rollläden der Geschäfte waren herabgelassen, die Türen verschlossen. Fahnen hingen auf Halbmast. Der Droschkenstand war leer. Nicht einmal Kindergeschrei war zu hören. Eine Art Totenstarre schien die Stadt zu lähmen. Zusammen mit den vielen Särgen gestern war offenbar auch das Leben der jungen Hafenstadt begraben worden.

Es klopfte an der Verbindungstür. Die Kinderfrau hielt May auf dem Arm. Für einen kurzen Augenblick vergaß Cecelia die bedrückende Atmosphäre und nahm ihre jüngste Tochter an sich. »Vielen Dank, Louise! Ich denke, für Sie ist unten im Speiseraum ein Platz reserviert für das Frühstück. Ich habe schon im Zimmer gefrühstückt.« Cecelia öffnete der Wärterin die Tür hinaus in den Korridor.

Mit Erstaunen sah sie, dass vor ihrer Tür wieder ein Wachmann postiert war. Man ließ sie nicht aus den Augen. Der Mann war von seinem Stuhl aufgesprungen und grüßte höflich. Sie nickt ihm zu.

»Dann sehen wir uns gleich wieder, nicht wahr?«, wandte sie sich an ihre Kinderfrau und schloss die Tür.

May griff nach den Perlenohrringen ihrer Mutter. »Nein, mein Schätzchen, nicht daran ziehen!«, Cecelia nahm das runde Kinderhändchen und küsste es. May gluckste vor Vergnügen.

»Ach, du kleiner Engel, was soll nur aus uns werden? Aus dir und mir und deinen lieben Geschwistern? Was hat euer Vater uns angetan?«

May betrachtete ihre Mutter mit großen Augen, wieder versuchte sie, an die verlockenden Ohrringe zu kommen. Mays helles Lachen klang wie aus einer anderen Welt. Cecelia schloss die Augen und drückte ihre Kleine an sich. Dieser Duft, so süß und so unschuldig.

Es klopfte.

»Guten Morgen, Frau Thomas!« Inspektor Schnepel sah etwas besser aus. Das Gesicht nicht mehr ganz so grau, die Schatten unter den Augen schienen kleiner als gestern. May hielt inne und ließ das Haar ihrer Mutter los. Die sorgfältige Frisur hatte Schaden genommen.

»Ach, entzückendes Kind«, begann der Polizist eine harmlose Konversation. Während sich Cecelia die Haarsträhne zurücksteckte, versuchte Schnepel, das Baby mit albernen Geräuschen zum Lachen zu bringen. Ein hilfloser Versuch, wie so oft bei Männern, die eigentlich nichts mit Kindern zu tun haben, dachte Cecelia. Wie anders war William! Er konnte sich vergessen im Spiel mit seinen Kindern.

»Ja, Frau Thomas, wenn Sie so weit sind, können wir aufbrechen zum Lazarett«, sagte Schnepel freundlich.

20 Minuten später stieg Cecelia aus einer Droschke und

schritt neben dem Inspektor durch das kalte Bremerhaven. Vor einem schmalen Gebäude aus Holz kamen sie zum Stehen. Ein flacher Bau, ein besserer Hafenschuppen. Wie sollten denn hier Menschen gesund werden?

Schnepel schien Cecelias Gedanken zu ahnen. »In Bremerhaven gibt es kein richtiges Hospital. Wissen Sie, die Stadt ist noch keine 50 Jahre alt. Bislang brauchten wir kein Krankenhaus. Aber wir haben gute Ärzte und Schwestern«, beruhigte er sie.

Vor dem Haus standen einige Fuhrwerke. Es roch nach frisch gehobeltem Holz. Drei neu gezimmerte Särge standen übereinandergestapelt neben dem Eingang. Ein Polizist begrüßte den Inspektor höflich. Die beiden Männer wechselten ein paar Sätze. Von drinnen hörte man ein Schluchzen. Ein alter Mann wankte nach draußen, gestützt von einer Schwester in Ordenstracht und einer jungen Frau, die selbst einen Verband um ihren Arm trug. Er war es, dessen Weinen Cecelia gerade gehört hatte. Die Schwester strich ihm über den Arm und drückte seine Hand. Daraufhin ließ er die andere Hand mit dem zerknüllten Taschentuch sinken. Seine Augen waren tiefrot und verweint. Der Anblick schnürte Cecelia die Kehle zu. Was war ihm passiert? Hatte er seine Frau verloren? Gebannt schaute Cecelia zu ihm hinüber. Der Alte war nicht fähig zu sprechen, er reagierte auch nicht auf den Gruß von Inspektor Schnepel.

Auf Cecelias fragenden Blick raunte Schnepel ihr ins Ohr: »Das war der alte Glauert. Er hat seinen Sohn verloren. Und auch um seinen zweiten Sohn steht es schlimm. Wahrscheinlich wird er seine Verletzungen nicht überleben. Es nimmt den alten Mann furchtbar mit. Er hängt sehr an seinen Söhnen.«

Weiter kam er nicht, denn ein aufgeregter Polizeibeamter kam ihnen entgegen.

»Inspektor, der Verdächtige hat sich seinen Verband abgerissen und versucht, aus dem Bett zu kommen. Wir haben die Wachen verstärkt und ihn isoliert«, berichtete er.

»Oh«, Schnepel sah ihn erstaunt an. »Dann ist es ja gut, dass wir jetzt kommen. Das hier ist übrigens Frau Thomas!«

Cecelia spürte wieder dieses Pochen in den Fingern. Vorsichtig streckte und dehnte sie die schmerzenden Gelenke. Dann öffnete Schnepel die Tür zum Krankensaal. Ein beißender Geruch nach Fäulnis, Blut und Schweiß hing in der Luft. Ein paar Petroleumlampen verbreiteten ein schwaches Licht, durch die Fenster kam nur wenig Helligkeit herein. Es war sehr kalt.

Ihre Augen gewöhnten sich an das schummrige Licht. Jetzt erkannte Cecelia einen Mann mit bandagiertem Kopf in einem Bett. Er hatte die Augen geschlossen, sein Gesicht war weiß. Eine Nonne schüttelte behutsam die Bettdecke auf, da bemerkte Cecelia, dass der Mann keine Beine mehr hatte. Kurz oberhalb der Knie endeten sie. Dicke Verbandslagen waren um die Stümpfe gewickelt, in denen Blut und andere Flüssigkeit eingetrocknet waren. Cecelia drückte ein Taschentuch vor ihren Mund und ihre Nase. Ihr war schlecht.

Im Bett daneben saß ein Geistlicher vor einem Kranken und sprach mit leiser Stimme auf ihn ein. Der junge Mann hatte ein zerschrammtes Gesicht und nur noch einen Arm. Auch eine Frau saß an dem Bett. Sie sah noch sehr jung aus und weinte still in ein Taschentuch. Vielleicht die Ehefrau oder die Verlobte – und wahrscheinlich bald die Witwe. Cecelias Augen füllten sich mit Tränen.

Aschfahle Gesichter, manche verunstaltet durch die Explosion. Cecelia ahnte, dass nur die wenigsten aus diesem Lazarett lebend herauskommen würden. Oh Gott, wie stand es um William?

»Inspektor«, Cecelia flüsterte. »Was hat mein Mann zu dem Brief von mir gesagt?«

Schnepel räusperte sich und suchte nach Worten. »Um ehrlich zu sein, hat er nicht viel gesagt. Nun, er kann in seinem Zustand ja auch kaum sprechen.«

»Aber er muss doch ein Zeichen gegeben haben?« Cecelia sah in drängend an.

»Was soll ich sagen? Ich glaube, er wollte nicht damit behelligt werden. Er sagte so etwas wie, dass er in Ruhe gelassen werden wollte.«

Sie sah ihn entgeistert an.

»Aber jetzt haben Sie ja die Gelegenheit, selbst mit ihm zu sprechen«, kam er weiteren Fragen zuvor.

»So, da wären wir!« Inspektor Schnepel schob ein fleckiges Laken beiseite, das an die Decke gehängt worden war.

Cecelias Herz klopfte. William lag regungslos in seinem Bett. Sein Kopf war teilweise bandagiert, er hatte die Augen geschlossen. Doch das Schlimmste war, dass seine linke Gesichtshälfte völlig verquollen und schlaff war. Ein zweigeteiltes Gesicht – wie nach einem schweren Schlaganfall. Cecelia hielt sich die Hände vor den Mund. Sie starrte ihren Ehemann an.

Erst jetzt erkannte sie, dass man ihn mit Gurten an das Bett gefesselt hatte. »Herr Inspektor, was soll das? Warum ist mein Mann fixiert? Er ist schwer krank, das sieht man doch!« Ihre Stimme überschlug sich.

»Beruhigen Sie sich, Frau Thomas! Ihr Mann hat versucht, zu fliehen, und sich den Verband abgerissen. Vielleicht wollte er sich endgültig umbringen. Aber wir müssen die Wahrheit herausfinden. Er hat noch nicht gestanden. Obwohl die Beweislage gegen ihn mit jedem Tag eindeutiger wird. Ihr Mann gibt gerade einmal das zu, was nicht mehr zu leugnen ist. Wir kommen nur in kleinen Schritten voran«, Schnepel schüttelte verständnislos den Kopf. »Wir müssen herausfinden, ob es noch Hintermänner gab. Vielleicht plante er ein weiteres Verbrechen«, jetzt sah er Cecelia durchdringend an. »Und eines noch, Frau Thomas, hier wird Deutsch gesprochen. Wenn Sie Englisch mit Ihrem Mann sprechen, brechen wir den Besuch sofort ab«, warnte sie der Inspektor.

Cecelia nickte und sah William an. Er schien zu schlafen. »William, William«, flüsterte sie leise. »William, ich bin's, dein wifie, deine Henny!«

Er zeigte keine Regung. Nach einer Weile hörte man ein Röcheln, er kam zu sich. Ganz langsam, so als würde es ihn unendlich anstrengen, bewegte er seine Hand in ihre Richtung. Cecelia griff vorsichtig nach ihr und drückte sie sanft.

»William!« Sein Anblick – das zugeschwollene Auge, die verklebten Haare, der herunterhängende Mund – es war schauerlich. Sie begann zu schreien: »Dear Doctor, kill him! Kill him!«

Der Arzt, der neben dem Bett stand, guckte sie überrascht an.

Inspektor Schnepel griff ihren Arm. »Beruhigen Sie sich! Niemand hier wird Ihren Mann töten. Das ist allein Gottes Entscheidung«, sagte er leise.

Cecelia schluchzte. »Darf ich die Hand meines Mannes küssen?«

Schnepel nickte.

Cecelia bedeckte die Hand ihres sterbenden Ehemannes mit Küssen. »William, du musst sagen, was geschehen ist! Bitte sag die Wahrheit! Bitte! Wir werden uns sonst nicht wiedersehen am Tag des Jüngsten Gerichts. William, du musst die Wahrheit sagen, bitte!« Sie schluchzte.

Stöhnend versuchte Thomas, seine Hand wegzuziehen.

»William, ich bitte dich, sag die Wahrheit. Gott ist unser Richter!«

Er zeigte keine Regung. Unter großer Anstrengung versuchte er, seinen Kopf wegzudrehen. Doch seine schweren Schussverletzungen machten es unmöglich. Cecelia weinte bitterlich, als sie merkte, dass er kein Zeichen der Zuneigung, kein Wort der Liebe für sie fand. Der Arzt beugte sich zu Inspektor Schnepel herüber und beide sprachen leise miteinander.

»Frau Thomas, bitte kommen Sie! Wir sollen Ihren Mann jetzt in Ruhe lassen. Es geht ihm nicht gut, das sehen Sie ja. Morgen werden wir wiederkommen«, sagte Schnepel.

Cecelia nickte nur. Kurz bevor sich das Laken wieder vor dem Bett senkte, sah sie ihren Mann noch einmal an. Widerstrebende Gefühle stiegen in ihr auf. Mitleid und Liebe für den so übel zugerichteten William, und gleichzeitig Abscheu und Widerwillen. Ein Monster. Er sah aus wie ein Monster. Und wenn es stimmte, was alle sagten, dann war er auch eines.

Schnell ging sie an der Seite des Inspektors durch den Krankensaal zurück ins Freie. Was für ein Albtraum! Wohin war sie hier geraten? Ihr ganzes Leben war zerstört! Eine Frau mit vier kleinen Kindern – jetzt die Familie eines teuflischen Verbrechers. Draußen angekommen, stürzten sich zwei Männer in dunklen Gehröcken und Bowler-Hüten auf sie.

»Sie sind doch Frau Thomas, richtig?« rief der eine.

Der zweite unterbrach ihn und fasste sie an den Arm. »Mein Name ist Gerhard Hinken. Ich bin Reporter für die Provinzial-Zeitung. Frau Thomas, wie geht es Ihrem Mann? Hat er das Verbrechen gestanden?«

Ärgerlich zog Cecelia ihren Arm weg. »Was fällt Ihnen ein?«, fuhr sie die Männer an.

Inspektor Schnepel trat vor sie. »Meine Herren, bitte gehen Sie aus dem Weg. Und belästigen Sie uns nicht«, sagte er mit lauter Stimme.

»Belästigen? Das ist gut! Ihr Mann hat über 50 Menschen umgebracht. Unzählige Familien zerstört. Die ganze Stadt ist getroffen. Frau Thomas, was wussten Sie von den Plänen Ihres Mannes?« Der Kollege der Provinzial Zeitung blieb hartnäckig.

Cecelia ließ den Schleier von ihrem Hut vor ihr Gesicht fallen und schwieg.

Der Inspektor schob sie in Richtung der Droschke, die

vor dem Lazarett auf sie gewartet hatte. »Lassen Sie uns in Ruhe!«, herrschte er die Männer an.

»Frau Thomas, wir könnten doch vielleicht einmal in Ruhe sprechen? Ich bin von der Weser-Zeitung aus Bremen. Hier ist meine Carte de Visite. Ich weiß, Sie wohnen in Löhrs Hotel. Wir könnten uns doch dort ungestört unterhalten«, schlug der zweite Reporter vor und stellte sich breitbeinig vor den Inspektor.

Schnepel nahm ihm die Karte ab und schlug die Kutschentür zu. Langsam setzte sich die Droschke in Bewegung.

11. Die Beerdigung

Bremerhaven, 15. Dezember 1875 – am Nachmittag

»DU MUSST DEN ÄRMEL AUFSCHNEIDEN. Es geht nicht anders!« Johannes Stimme klang leise, aber bestimmt. Es war ihr unmöglich, mit dem Verband am rechten Arm das schwarze Wollkleid anzuziehen.

Gesine nahm die Schere und befolgte die Anweisung. Gemeinsam mit Johannes jüngerer Schwester Sophie stützte sie ihre Herrschaft und half ihr in die Trauerkleidung.

Anschließend nähte Gesine den Ärmel, so weit es ging, wieder zusammen. Johanne verzog das Gesicht vor Schmerz, als ihr Dienstmädchen dabei versehentlich gegen ihren Armstumpf stieß. Sie hatte das Fläschchen Laudanum immer bei sich im Beutel, doch heute, am Tag der Beerdigung, wollte sie so wenig wie möglich von dem Betäubungsmittel nehmen.

Gleich sollte der Arzt noch einmal kommen, um den Verband zu wechseln und ihr eine Spritze zu verabreichen. Vielleicht würde es reichen für den Tag, machte sie sich Mut. Gleichzeitig vergewisserte sie sich mit einem kurzen Ruck am schwarzen Beutel, dass die Laudanumflasche noch gut gefüllt war.

Sophie hatte sie dabei beobachtet und strich ihr über die Schulter. »Du wirst das schon schaffen«, flüsterte sie. »Du bist jetzt die Älteste von uns. Du bist jetzt das Familienoberhaupt.«

Johanne blickte die 17-Jährige an. Sophie hatte recht. Mit 20 Jahren war sie tatsächlich die Älteste in der Familie. Noch nicht einmal volljährig. Vollwaise und Witwe zugleich. Eltern tot, Brüder tot, Ehemann tot. Und auch der Verlobte von Sophie, Zahlmeister Bomhoff, war vor zwei Tagen tot aus der eisigen Weser gezogen worden. Eine ganze Familie nahezu ausgelöscht. Für ihren Schwager Wilhelm Glauert sah es schlecht aus. Er lag nach seinen schweren Bauchverletzungen im Sterben. Nur Johanne, ihre beiden Schwestern und die kleine Elsie hatten das Inferno überlebt.

Gesines Ausbesserungsarbeiten am Kleid waren fertig, auch Hut und Schleier lagen schon neben dem Spiegel auf der Kommode. Johanne betrachtete sich und schauderte. Sie strich sich mit ihrer linken Hand über die Wange. Zum Glück hatten die Nonnen bei der Amputation der Hand ihren Ehering gerettet. Den trug sie nun links zusammen mit dem Ring ihres toten Mannes. Sie erhob sich. »Ich möchte zu Christian gehen«, sagte sie. »Ich möchte mich verabschieden.«

Gesine begleitete sie ins Wohnzimmer. Dort lag der Leichnam aufgebahrt in einem mit weißem Tuch ausgeschlagenen Sarg. Es roch nach Tanne und Lilien. Bodenvasen gefüllt mit Tannenzweigen, weißen Rosen und Lilien standen vor dem Tisch mit dem Sarg. Die Kerzen brannten. Es war kühl.

Johanne atmete schwer. »Bitte hol Elsie«, flüsterte sie mit einem Schluchzen in der Stimme zu Gesine.

Diese nickte und tat, wie ihr geheißen.

Johanne betrachtete das Gesicht ihres Mannes. Seine Züge waren entspannt, beinahe als würde er schlafen. Die tödliche Wunde an der Stirn war von einem Tuch gnädig überdeckt. »Mein Christian!« Ihre Stimme versagte. Die Tränen strömten über ihr Gesicht. Sie griff nach seiner Hand. Johanne erschrak. Für einen Moment hatte sie tatsächlich geglaubt, die Hand müsse sich warm anfühlen. So wie immer. Nichts war wie immer. Sie streichelte über seine Wange. Weich, ganz weich. Vorsichtig berührte sie den dunkelblonden Schnurrbart, den Mund, strich mit dem Zeigefinger über seine Lippen. Nie wieder würde dieser Mund sie küssen, nie wieder lachen, nie mehr singen, nie mehr zu ihr sprechen. Die Trauer stieg mit einer Wucht in ihr auf. Sie hätte schreien mögen, doch es kam nur ein lautes Schluchzen. Sie setzte sich aufrecht neben ihren toten Ehemann und tastete noch einmal über sein Gesicht. Die Haut war kalt und fühlte sich wächsern an, tot.

Die Tür knarrte. Es war Gesine mit Elsie auf dem Arm. »Darf ich hereinkommen?«, fragte sie unsicher.

Johanne nickte.

Das Dienstmädchen setzte Elsie behutsam auf den Schoß ihrer Mutter. Die Kleine trug ein dunkelblaues Kleid, die blonden Locken waren zur Seite gekämmt, gehalten von einer blauen Schleife. Elsie guckte sich mit großen Augen um und begann, in ihrer Babysprache zu erzählen. Ein Segen! Bei aller Schwere des Schicksals fühlte Johanne doch Dankbarkeit, dass ihr kleiner Schatz am Leben geblieben war. Unversehrt. Ein Wunder – in all der Trauer und der Verzweiflung. Gesine schloss leise die Tür und ließ Mutter und Tochter allein.

Die nasskalte Luft kroch durch Mäntel, Schultertücher, Schals und Pelzkrägen. Den ganzen Tag schon hing der Himmel grau und schwer über der Stadt. Der Nebel wurde dichter. Trotzdem wuchs die Zahl der Menschen, die sich vor dem Haus versammelten, unaufhörlich. Einige Hundert waren es wohl, die gekommen waren, um Christian Claussen und der Etmer'schen Familie das letzte Geleit zu geben. Das leise Gemurmel drang bis nach drinnen. Von Zeit zu Zeit meinte Johanne auch ein Schluchzen zu hören. Erstaunlicherweise nicht ihr eigenes. Äußerlich ruhig saß sie im Esszimmer und blickte auf die Straße. Das Feuer brannte seit Stunden im Ofen, sodass Johanne unter ihrem schweren Wollcape warm wurde. In wenigen Minuten würde Pastor Wolf da sein, und dann würde sich der Trauerzug auf den Weg machen zum Leher Friedhof.

Ihr Schwiegervater saß schweigend neben ihr. Georg Claussen faltete immer und immer wieder ein Taschentuch in seinem Schoß. Er rang nach Worten. »Johanne, du kannst dich immer auf mich verlassen. Ich werde dir helfen, dir und deinen Schwestern. Über Geld müsst ihr euch keine Sorgen machen. Ich kümmere mich erst einmal um alles. Außerdem haben schon viele Menschen gespendet für die Opfer. Und ich werde mich dafür einsetzen, dass ihr euren Teil bekommt. Auch wenn das nur ein schwacher Trost ist in diesem Moment.«

Johanne sah ihn an. Das Unglück hatte auch in seinem Gesicht tiefe Spuren hinterlassen. Der 67-Jährige, der sonst so tatkräftig und energisch auftrat, sah müde aus und alt. Er war dreimal verheiratet gewesen. Jede seiner Ehefrauen war gestorben. Wenn ein Mensch ahnen kann, wie sie sich heute fühlte, dann war es er, dachte Johanne.

Plötzlich hörte man ein Kreischen von draußen. Schreie, Schimpfen, das Geräusch einer Dampflokomotive. Johanne und der alte Claussen sprangen auf und sahen aus dem Fenster. Eine Rangierlok war beinahe in den Trauerzug gefahren. Die Gleise lagen direkt vor dem Haus, vermutlich hatte der Lokführer die Menschen wegen des Nebels erst so spät bemerkt. Empörung auf der Straße. Doch zum Glück war nichts passiert. »Nicht noch mehr Unheil. Ich kann nicht mehr!«, murmelte Johanne und trat wenig später an der Seite ihres Schwiegervaters aus dem Haus.

Fünf Gespanne machten sich auf den Weg. Die Särge von Christian Claussen und Conrad Glauert, dem Schwager ihrer Schwester Henriette, waren schon auf die Wagen gehoben worden. Nun setzte sich der Zug in Bewegung zu ihrem Elternhaus, nur ein paar Häuser weiter am Alten Hafen. Dort wurden die Särge ihres Vaters, ihrer Stiefmutter und ihrer Brüder abgeholt. Der Sarg vom kleinen Philipp Etmer war leer. Seine Leiche war bis heute nicht aufgefunden worden. Schleifen und Kränze wurden befestigt. Die Pferde setzten sich in Bewegung. Einige Bänder an den Kränzen wehten, als würden sie müde winken. Schweigend ging die Menge hinter den Särgen her. Nur die dünne Stimme eines Jungen störte die Ruhe. Er pries eine Extraausgabe der Provinzial-Zeitung an, die er ausgerechnet hier verkaufen wollte. Erboste Männer jagten ihn davon. Dann wurde es wieder ruhig und gemessen. Sogar auf den Schiffen, deren Masten man über den Hafenschuppen erkennen konnte, waren die Fahnen auf halbmast geflaggt. Die Arbeit an Bord war für einen Moment zum Stillstand gekommen.

Die Kapelle, die den Zug anführte, spielte einen Choral. Viele Menschen standen vor ihren Häusern und senkten die Köpfe, als die Leichenwagen an ihnen vorbeirollten. Johanne drückte ihre kleine Tochter an sich.

»Ach, Elsie«, murmelte sie. Das Mädchen war unruhig, als wollte es die düstere Stimmung vertreiben, es zog die Hände aus seinem Muff und fuchtelte damit in der Luft.

»Nein, steck deine Hände wieder da hinein!«, befahl Johanne leise. Doch das Kind ließ sich nicht beruhigen, sondern zerrte am schwarzen Schleier seiner Mutter. Mühsam versuchte Johanne mit ihrer gesunden Hand, die kalten Babyhände wieder in den Kinderpelz zu stecken, da riss Elsie ihre Arme in die Höhe und schlug um sich. Sie traf den pochenden Armstumpf ihrer Mutter. Johanne schrie auf. Eine Frau in einem schwarzen Kleid mit Pelzbesatz sah überrascht auf. Sie stand in der Tür von Löhrs Hotel, und ihre Blicke trafen sich. Es war Cecelia.

12. Die Frau des Mordgesellen

Strehlen bei Dresden, 16. Dezember 1875

DAS HAUS LAG VOLLSTÄNDIG im Dunkeln. Cecelia blickte überrascht aus dem Droschkenfenster. Nur die Gaslaterne an der Straße kurz vor der Pforte leuchtete schwach in den frühen Abend hinein. Wie merkwürdig, wenigstens in der

Küche musste doch Licht brennen. Cecelia war mit einem Schlag hellwach und voll unguter Vorahnungen. »Sind Sie sicher, dass Sie hier richtig sind?«, fragte der Kutscher. »Hier ist keiner zu Hause.« Er wuchtete die Reisetaschen auf den Boden. Dann stutzte er und schien kurz nachzudenken: »Warten Sie mal, ist das nicht die Adresse von diesem Thomas? Der Mann, der mit der Höllenmaschine in Bremerhaven so viele Menschen umgebracht hat?« Er sah Cecelia genauer an. »Ja, was wollen Sie denn hier?«, fragte er misstrauisch.

»Das kann Ihnen egal sein, hier ist Ihr Geld!«, Cecelia wollte gerade nach der ersten Tasche greifen, als der Kutscher sich ihr in den Weg stellte.

»Na, sagen Sie mal, dann sind Sie wohl die Frau von dem Verbrecher! Das gibt's doch nicht. Da fahre ich hier die Frau von so einem Scheusal durch die Gegend«, ereiferte sich der Mann. Seine Stimme dröhnte laut durch die Straße.

»Um Gottes willen, nun hören Sie schon auf!«, Cecelia stieß ihn mit einer Tasche beiseite. »Kommen Sie, Louise!«

Die Kinderfrau hatte die Szene stumm verfolgt, senkte den Blick und kümmerte sich um May und ihr eigenes Gepäck.

»Das Geld ist dreckig!«, rief der Kutscher den Frauen hinterher. »Das Geld von so einem Mörder!« Seine Worte hallten in Cecelias Kopf wider.

Du liebe Güte, wenn schon ein einfacher Droschkenkutscher sich so aufführte, wie sollte es denn erst in den nächsten Tagen werden? Nicht nur, dass sie quasi bankrott war, nein, viel schlimmer, sie war die Frau eines Mörders.

Vor der Haustür schloss Cecelia für einen Moment die Augen und atmete tief ein, dann drehte sie sich blitzschnell um und schrie dem Mann hinterher: »Sie brauchen es ja nicht zu nehmen!«

Der Kutscher, der sich gerade auf dem Kutschbock die Decke über seine Knie legte, brüllte etwas Unflätiges in so

starkem sächsischem Dialekt, dass Cecelia es glücklicherweise nicht verstand. Dann hörte sie nur noch, wie er rief:
»Die Zeitungen sind voll über Sie und Ihren Mann. Verbre-
cherpack! Hier haben Sie Ihr dreckiges Geld zurück!« Die
Münzen fielen lautlos in den Schnee. Und die Kutsche rollte
davon, zurück ins hell erleuchtete Dresden.

Erst jetzt bemerkte Cecelia das Siegel vor dem Türschloss.
»Polizeidirektion Dresden«, konnte sie entziffern. Deswegen war niemand da! Das ganze Haus war versiegelt. Was
sollte sie jetzt machen? Fieberhaft überlegte sie. Leise rief sie
Annas Namen. Vielleicht war ja wenigstens das Dienstmädchen noch da. Doch nichts tat sich.

»Louise, geben Sie mir May. Und dann gehen Sie bitte noch
einmal zur Pforte. Dort muss das Geld liegen, das der Kutscher nicht haben wollte.«

Mit dem Baby auf dem Arm schritt Cecelia an der Hauswand entlang. Sie würde sich noch die Schuhe ruinieren, hier
in dem Schnee, dachte sie ärgerlich. Vielleicht konnte sie ja
über den Dienstboteneingang ins Haus kommen. Aber nein,
auch hier prangte ein Siegel über dem Türgriff. Die Vorhänge
waren zugezogen. Sie konnte auch nicht in die Küche schauen,
obwohl sie im Souterrain lag. Doch im Fenster daneben sah es
so aus, als sei hinter den verschlossenen Vorhängen ein Licht.
Cecelia klopfte gegen die Scheibe.

»Anna? Anna, sind Sie da? Hier ist Frau Thomas. Ich bin
zurück.«

Nichts tat sich. Vielleicht hatte sie sich auch getäuscht, und
das schwache Licht kam gar nicht von einer Kerze, sondern
war eine Spiegelung des Schnees auf dem Glas. Cecelia richtete sich wieder auf und schob die Mütze von May zurecht.
Das arme Kind, draußen in der Kälte.

May sah ihre Mutter mit großen blauen Augen an. Winzige
Atemwölkchen tanzten vor dem kleinen Mund. Mit Mühe

unterdrückte Cecelia ein Schluchzen. Wo sollte sie nur hin? Hoffentlich ging es den drei anderen Kindern gut! Hoffentlich waren sie noch in Leipzig bei den Steuarts.

Langsam stapfte Cecelia zurück zum Eingang. Ihre Augen hatten sich mittlerweile an die Dunkelheit gewöhnt. Da entdeckte sie ein Kuvert, das auf eine der Buchsbaumkugeln neben der Tür gelegt worden war. Der Umschlag war feucht, die Schrift darauf schon etwas verwischt. Doch Cecelia erkannte den Absender sofort. Es war John Steuart. Hastig riss sie den Umschlag auf und überflog die Zeilen. Das Haus sei versiegelt wegen der Forderungen der Gläubiger, las sie. Und dass es ihren Kindern gut ginge, immer noch bei den Steuarts zu Hause in Leipzig. Sie solle sich melden, wenn sie wieder da sei. Und dass er vorsichtshalber zwei Zimmer in der Pension Richter am Wasaplatz in Strehlen für sie und die Kinderfrau reserviert habe. Von William kein Wort.

Cecelia überlegte kurz. Zu Fuß durch den Schnee – mit Baby und Gepäck würde es wohl bestimmt eine Viertelstunde oder länger dauern bis zum Wasaplatz. Jetzt eine Droschke zu finden – aussichtslos. Und so setzten sich die beiden Frauen in Bewegung. Abwechselnd trugen sie das Kind und die Reisetaschen. Zwei keuchende Gestalten auf der verschneiten Residenzstraße. Cecelia war zurück in Strehlen.

Die nächsten Tage erlebte Cecelia wie hinter einer Wand aus Glas. Sie wusste, dass es für William keine Hoffnung gab. Seine Verletzungen waren zu schwer. Inspektor Schnepel hatte es ihr schon in Bremerhaven gesagt, dass die Ärzte ihn aufgegeben hatten. Trotzdem war es ein furchtbarer Schlag, als sie das Telegramm aus Bremerhaven öffnete, in dem der Tod ihres Mannes bestätigt wurde. Nur einen Tag später erhielt sie einen Brief von Schnepel. Darin schrieb er ihr, dass der Leichnam ihres Mannes nicht zur Bestattung freigegeben werden könne, weil er für medizinische Untersuchungen benötigt würde. Cecelia war fassungslos. Nicht einmal Abschied nehmen konnte sie von William. Die Rheuma-Attacken nahmen zu.

Nach dem Erlebnis mit dem unverschämten Kutscher verließ sie das Haus kaum noch. Die Dresdner Zeitungen überschlugen sich mit Meldungen über das ungeheuerliche Verbrechen in Bremerhaven. Fotos machten die Runde. Fotos von William und von Cecelia. Wie Sammelbildchen – zum Schaudern und um sich das Maul zu zerreißen. Cecelias Tage in Strehlen waren gezählt, das spürte sie. Ihre Tage in Deutschland waren gezählt – sie musste fort. Daran gab es gar keinen Zweifel. Hier konnten der kleine Willie und seine Schwestern unmöglich bleiben. Kinder eines Massenmörders, wie entsetzlich. Mit dem Finger würde man auf sie zeigen, sie anspucken und sich weigern, ihnen jemals die Hand zu geben. Cecelia hatte Bilder im Kopf, wie ihre Kinder an den Rand der Gesellschaft gedrängt würden. Nein, sie waren unschuldig. Sie konnten nichts dafür, dass ihr Vater in seiner Ausweglosigkeit so viele Menschen mit in den Tod gerissen hatte. Jetzt musste sie handeln. Sie war nun das Familienoberhaupt.

Nach zwei Tagen durfte sie zurück in die Villa Thomas. Der Gerichtsvollzieher kam. Möbel wurden beschlagnahmt, Teppiche herausgetragen, das Porzellan-Service in Kisten verstaut und abgeholt. Ein Albtraum. Dazu kam noch ihr Rheuma, das mit jedem Tag schlimmer wurde, doch Cecelia konnte sich nicht ins Bett legen. Wer wusste schon, wie lange das Bett überhaupt noch da war, dachte sie grimmig. Noch am selben Tag kehrten ihre Kinder zurück aus Leipzig. Die Steuarts brachten sie – am Abend, als es schon dunkel war. Sie wollten kein Aufsehen erregen, sagten sie. Vielleicht wollten sie aber auch selbst nicht gesehen werden – in der Residenzstraße 14. John Steuart legte wortlos eine Ausgabe der Dresdner Nachrichten auf den Tisch. Wieder war die »Katastrophe von Bremerhaven« auf der Titelseite. Unter der Rubrik »Politisches« las Cecelia:

»Ich habe Pech gehabt« – diese letzten Worte des Bremerhavener Mordgesellen wird man lange in den Ohren gellen hören. Man wird sie zitieren als den Ausbund eines unglaublichen Zynismus. In der Sterbestunde zieht der in seinen Denkfunktionen nicht gestörte Mensch gleichsam die Hauptziffer seines Lebens. Eine jammerhaftere Summe aber werden wenige Sterbliche addiert haben, als die, welche Thomas – alias Alexander herausbrachte.

Die triviale Bezeichnung des »Pechhabens« drückt der gemeinen Gesinnung des Massenmörders auch den gemeinsten Stempel auf. Kein Wort des Bedauerns für seine Opfer, kein Dämmern der Erkenntnis der Verruchtheit seiner Unthat! In der Verstocktheit, mit welcher er sowohl seine Mitschuldigen als auch die Gattung des Sprengstoffes verschwieg, um die Fabrik nicht zu compromittieren, trifft auf jene Art von Spitzbuben-Treue, die unter den ehrlichen Leuten so selten zu finden ist.

Seine Seele fuhr lieber unerleichtert von einem umfassenden Geständnis ab, als dass er zum Wortbrüchigen gegen seine Mordgesellen wurde. Hätte er diese benannt, so wäre vielleicht die Wiederkehr ähnlicher Verbrechen, vor denen wir zittern möchten, vereitelt. Ein solcher Mensch hört auf, das Ebenbild Gottes zu sein. Er erstickt in seiner teuflischen Gesinnung alles Menschliche. Man sage nicht, dass ein solcher Verbre-

cher ein guter Gatte, ein zärtlicher Vater sein konnte. Abgesehen von der Zweifelhaftigkeit des vermeintlichen Eheglücks, worüber man so viel munkelt, so ist es undenkbar, dass in demselben Herzen reine Familienliebe und höllische Mordgedanken nebeneinander schlummern können.

Bei seiner Frau mag er vielleicht eine grobsinnliche Neigung, bei seinen Kindern einen in jedem ernstbeschäftigten Mann ruhenden Trieb zur abwechslungsvollen Spielerei befriedigt haben – wer aber Projekte in seinem Hirn wälzt, bei welchen Hunderte von Menschen unbarmherzig draufgehen müssen, dem blüht nicht zugleich auch das Himmelsglück treuer Gatten- und zärtlicher Vaterliebe, der spielt höchstens mit Weib und Kind wie ein Raubthier mit den Seinen.

Das Thier hat, nach den neuesten Untersuchungen von Sir John Lubbock, keine Kenntnis vom Tode, es lässt sich ihn nicht träumen. Thomas oder Alexander – dieser Menschen-Name war nur der Klang für eine thierische Existenz, die, weil sie in den eigenen Tod dummbrutal hineintrottet, auch Hunderte bessere Menschen vernichtet, ohne mit jenem Muskel, den wir Herz nennen, zu zucken.

Sie konnte das Haus nicht mehr verlassen. Selbst aus der amerikanischen Kolonie war kaum Unterstützung zu erwarten. Einzig Flori de Meli hatte ihr einen Brief gesandt und versprochen, ihr zu helfen. Doch das musste sie heimlich tun, ihr tyrannischer Ehemann würde ihr das Leben zur Hölle machen – würde er davon erfahren. Vor ihren Kindern musste Cecelia die Fassung bewahren. Sie erfuhren nicht, dass ihr

Vater tot war, nein, ihr Vater war auf Reisen, in Amerika, es würde noch länger dauern, so tröstete sie ihre drei Töchter und ihren Sohn.

»Mommy, warum fehlt der Schrank im Salon? Ist er kaputtgegangen?« Klina zeigte auf die kahle Stelle an der Wand.

Cecelia nickte. »Ja, genau, mein Schatz. Der Schrank ist zum Tischler gekommen. Dort wird er repariert.« Dankbar übernahm sie den Erklärungsversuch ihrer Tochter.

»Aber warum hat er auch den Teppich mitgenommen?« Klina war unerbittlich.

»Ach, der war so schmutzig!« Cecelias Stimme klang einen Hauch zu hoch.

Blanche sah sie schweigend an.

»Was ist, Darling? Warum schaust du mich so an?«

Blanche schwieg. Sie hatte denselben durchdringenden Blick wie ihr Vater, dachte Cecelia und musste schlucken.

»Hier fehlt auf einmal so viel«, sagte Blanche mit ruhiger Stimme. »Waren Räuber im Haus?«

»Nein, nein. Es ist alles in Ordnung, Kinder. Geht in euer Zimmer. Dort ist alles so wie immer«, Cecelia warf der Kinderfrau einen vielsagenden Blick zu.

Louise verstand und trieb die Kinder mit aufgesetzter Munterkeit hinaus. Nachdem die Tür ins Schloss gefallen war, sackte Cecelia zusammen. Lügen, nichts als Lügen. Sie musste die ganze Zeit etwas vorspielen. Den Kindern, dem Personal, sich selbst. Nach allem, was geschehen war, konnte sie noch nicht einmal trauern – um ihren toten Mann. Oder um ihr altes Leben.

13. Der Pastor

Bremerhaven, 23. Dezember 1875

DER DUFT VON ORANGEN und Gewürznelken zog durch das Haus. Erst vor ein paar Tagen war eine Kiste mit frischen Apfelsinen direkt vom Schiff zu Johanne geliefert worden. Eine kleine Aufmerksamkeit von ihrem Schwiegervater. Johanne ging langsam durch den Flur sog den Duft ein, als jemand an die Haustür klopfte. Das musste Hinrich sein, er hatte ihr einen Tannenbaum versprochen. Johanne ging die Treppe hinunter und öffnete.

»Moin, Johanne, ick hev di en Boom mitbrocht. Kiek mol, is de good?«, fragte der alte Kutscher, den Johanne von Kindesbeinen an kannte.

Sie musste lächeln. Der Alte, der sich die Mütze zur Begrüßung vom Kopf gezogen hatte, war kaum zu erkennen hinter der ausladenden Fichte. »So groß!«, staunte Johanne und rief nach Gesine, um den Baum in die Diele zu schaffen.

Das Dienstmädchen erschien und gemeinsam mit Hinrich zogen sie den Baum ins Haus. »Was bekommst du, Hinrich?«, fragte Johanne.

Der alte Mann räusperte sich verlegen und starrte auf das Muster der Fliesen im Hausflur. »Nee, is good. Gor nix. Vielleecht kun ick di so en beten hulpen. Dien Wihnachten is schlimm genuch«, murmelte er. Er verbeugte sich kurz, setzte seine Mütze wieder auf und ging.

Johanne blickte ihm nach. Ein leichter Schneeregen hatte eingesetzt und hüllte diesen 23. Dezember in ein trübes Grau. Sie hörte Hämmern, das Rollen von Fässern auf dem Asphalt.

Ein Pferd wieherte. Im Hafen war nie Ruhe. Nicht einmal einen Tag vor Weihnachten. Schiffe kamen und andere legten ab. Auf der Straße sah Johanne, wie Familien mit ihrer Habe auf dem Rücken zur Lloydhalle unterwegs waren. Auswanderer. Wer in dieser Jahreszeit nach Amerika aufbrach, hatte noch weniger Geld als die meisten anderen. Denn die Passagen in der Winterzeit waren günstiger als im Sommer. Dass eine Atlantik-Überfahrt in diesen Tagen weit gefährlicher war als bei ruhigem, sonnigem Wetter, hatte sich auch in die entlegenen Gegenden des Deutschen Reiches herumgesprochen, von wo die Menschen kamen.

Kinder sprangen umher, eine Mutter schimpfte in einem Dialekt, den Johanne nicht verstand. Es war gefährlich auf der Straße so dicht am Hafen. Pferdegespanne zogen schwer beladene Wagen, in regelmäßigen Abständen fuhr die Eisenbahn vorbei und spuckte noch mehr Passagiere, Kisten, Truhen und Koffer aus. Und überall Menschen. Matrosen, Hafenarbeiter, aber auch besser gekleidete Herren, die ihren Geschäften nachgingen. Dienstmädchen, die mit gefüllten Körben vom Markt kamen. Damen, die sich die Schultertücher zum Schutz über Hut und Frisur gelegt hatten und nun nach Hause eilten.

»Hanni, mach doch die Tür zu, es ist kalt!«, rief Sophie vom Treppenabsatz im ersten Stock zu ihr hinunter.

Johanne schloss die Tür. Neugierig kam ihre Schwester die Stufen herab.

»Oh, das ist ja ein prächtiger Baum! Den werden wir schön schmücken. Elsie wird Augen machen, wenn sie ihn sieht. Es ist ihr erstes Weihnachten«, sagte sie und legte Johanne die Hand auf die Schulter.

»Ja, es ist ihr erstes Weihnachten«, antwortete Johanne leise. »Ohne ihren Vater.« Tränen sammelten sich in ihren Augen.

Am Nachmittag – der Baum war längst in das Wohnzimmer geschafft und aufgestellt worden – saß Johanne mit ihren

Schwestern Henriette und Sophie vor den zwei kleinen Kisten mit dem Weihnachtsschmuck. Vorsichtig wickelte sie einen silbernen Zapfen aus dem Papier.

»Wie hübsch er ist. Wisst ihr noch, den hat unser Vater der Mutter geschenkt, zusammen mit den drei anderen hier«, erinnerte sich Johanne.

Der kleine Karton mit den Anhängern stammte aus ihrem Elternhaus. Dort war es nun dunkel und verlassen, nachdem die drei jungen Frauen am Mittag wieder einmal Kondolenzpost und ein paar persönliche Dinge abgeholt hatten. Sorgsam hängten die Frauen die zerbrechlichen Ornamente auf. Elsie krabbelte auf dem Teppich und rollte einen Apfel unter den Tisch. Stolz beobachtete Johanne ihre Tochter in dem hellblauen Kleid mit den winzigen Blumen darauf. So ein kleines Persönchen, dachte sie, als Elsie den Apfel nahm und mit ihren vier kleinen Zähnen versuchte hineinzubeißen. Sie war erfolgreich, der rote Apfel hatte nun eine kleine Stelle, an der die Zahnspuren zu sehen waren.

Sophie herzte ihre Nichte. »Aber Elsie, hast du so einen Hunger? Das sollte doch unser schönster Apfel am Baum werden!«, tat sie entrüstet.

Das Kind hielt den Apfel mit beiden Händen fest und guckte seine Tante mit einem Anflug von Schalk in den Augen an.

Sophies Herz schmolz. »Ich hole ein Messer und schneide dir ein Stückchen ab. Das kannst du besser kauen!«, sagte sie und sprang auf, um in die Küche zu gehen.

Auch Henriette legte für einen Moment das rote Band zur Seite, aus dem sie Schleifen machte. »Du hast es schon gut, Hanni. Trotz alledem. Du hast deine Elsie. So ein liebes Kind!«, sagte sie und seufzte.

Auch sie hatte sich Kinder gewünscht. Mindestens vier oder sogar fünf – so hatten Wilhelm und sie es sich manchmal ausgemalt. Ein Haus voller Kinder. Nun war das Haus der Glauerts ein Trauerhaus. Henriettes Schwiegervater hatte seit der Beerdigung seiner Söhne allen Lebensmut verloren. Selbst seine Tochter, Adeline, Henriettes Schwägerin und seit vielen Jahren ihre enge Freundin, konnte ihrem Vater keine Stütze sein. Sie war seit der Explosion selbst ein Krüppel und würde nie wieder gehen können.

»Denkst du an Wilhelm?«, fragte Johanne.

Henriette nickte und sagte mit leiser Stimme: »Weißt du, Hanni, ich halt es dort in unserer Wohnung manchmal einfach nicht aus. Mein Schwiegervater sitzt nur noch da und starrt vor sich hin. Er isst kaum etwas, sagt fast nichts. Manchmal denke ich, er will seinen toten Söhnen am liebsten nachfolgen. Und Adelines Bein hatte sich nach der Amputation so entzündet. Was müssen das für Schmerzen sein!« Henriette schüttelte den Kopf. »Sei froh, dass bei dir alles so gut verheilt.«

Johanne sah an sich hinab. Das Weiß des Verbandes um ihren Armstumpf stand in deutlichem Kontrast zum Schwarz ihrer Trauerkleidung. Unter der Leinwand und dem Charpie pochte es. Sie seufzte. Ihre Hand war amputiert worden, bei Adeline musste der Fuß abgenommen werden. Zwei junge Frauen, die auf einmal aussahen wie die Opfer eines Schlachtfeldes. Was war das für eine Welt? Sie sah wieder die Körbe vor sich, die im Lazarett an ihr vorbeigetragen worden waren. Körbe voller zerfetzter Körperteile. Sie erinnerte sich an einen derben Männerschuh, der aus den Überresten herausragte, in ihm steckte ein abgerissener Fuß. Johanne schauderte. Manche Bilder stiegen immer wieder in ihr auf.

»Gesine, kannst du bitte noch ein paar Scheit mehr auflegen? Mir ist kalt«, wandte sie sich an das Dienstmädchen, das gerade mit einem Tablett Tee und Anisplätzchen in den Raum getreten war.

»Natürlich, gnädige Frau, einen Moment.« Behände deckte Gesine das gute Geschirr auf und goss den Tee ein. Dann heizte sie den weißen Kachelofen, der zwischen Tür und Sofa stand. »Gleich kommt ja auch der Herr Pastor!«

In dem Moment läutete es unten an der Tür. Sie hörten die Stimme von Pastor Wolf. Nachdem er Hut und Mantel abgelegt hatte, kam der Geistliche schwer atmend die Treppe hinauf. »Meine liebe Johanne, das darf ich doch sagen, oder? Ich kenne dich seit deiner Taufe. Und die Schwestern sind auch da! Wie schön. Guten Tag!«, begrüßte er die Frauen, um kurz darauf von einem Hustenanfall durchgeschüttelt zu werden. »Ach, ich habe mich so erkältet«, japste er. »Die vielen Besuche in den vergangenen Tagen, die Beerdigungen. Ich bin kaum zur Ruhe gekommen. Und überall Trauer, das macht auch mir zu schaffen«, seufzte er und ließ sich in den grünen Sessel fallen, den Johanne ihm angeboten hatte.

Gesine hatte auch den Bremer Klaben aus der Speisekammer gebracht. Der schwere Kuchen, fast schwarz war vor lauter Rosinen und Korinthen im Teig, war eigentlich für das Weihnachtsfest vorgesehen. Aber so oft hatte man schließlich keinen Pastor zu Besuch.

Seine Augen leuchteten, als er den Weihnachtskuchen sah. »Wie könnt ihr wissen, dass ich Klaben so gern mag?«, fragte er mit einem Lächeln in die Runde.

Johanne lächelte zurück und versuchte, ihm ein Stück abzuschneiden. Es war ganz still. Alle starrten auf den Tisch und sahen, wie sie sich abmühte. Niemand sagte ein Wort, bis Pastor Wolf endlich das Schweigen durchbrach: »Wunderbar! Danke dir, Johanne!«

»Gern!« Johannes Gesichtsausdruck war angestrengt. Sie versuchte, freundlich und beherrscht zu sein. Das konnte man von ihr als Gastgeberin und älteste Schwester erwarten. Doch wieder einmal spürte sie, wie sich ihr der Hals zuschnürte.

Der Pastor hatte sie über den Rand seiner Teetasse beobachtet. »Das ist eine schwere Prüfung von Gott, Johanne. Für uns alle. Aber ganz besonders für dich und deine Schwestern«, sagte er mit ernster Stimme.

Sophie strich Johanne über den Arm. Johanne warf ihr einen dankbaren Blick zu, in dem Tränen schimmerten.

»Wir dürfen in diesen dunklen Tagen nicht bitter werden, obwohl euer Los ein sehr hartes ist«, sagte der Pastor.

Die drei Frauen schwiegen.

Henriette räusperte sich: »Ja, aber ich verstehe nicht, wie Gott so etwas zulassen konnte.«

Der Pastor sah sie fragend an.

»Wir haben unsere Eltern, unsere Brüder und unsere Männer verloren. Was haben wir denn getan für eine solche Strafe?« Henriettes Stimme zitterte.

Der Geistliche seufzte. Bevor er antworten konnte, fuhr Henriette fort: »Nur weil ein Mann Geld brauchte und sich so einen teuflischen Plan ausgedacht hat. Das ist doch nicht gerecht!«, ihre Stimme wurde lauter. »Und dann bringt er sich selbst um und kann auch noch seiner Strafe entgehen!« Sie schüttelte den Kopf.

Der Pastor unterdrückte ein Husten und setzte zum zweiten Mal zu einer Antwort an. Doch Henriette war noch nicht fertig. »Ich hab's in der Zeitung gelesen. Er hatte eine Frau und vier Kinder in Dresden. Ich habe die Frau gesehen, als sie ihn im Lazarett besucht hat. Ganz vornehm tat sie. War fein und teuer angezogen, das habe ich gesehen, wahrscheinlich wusste sie von dem Plan. Wahrscheinlich haben die zwei unter einer Decke gesteckt!« Henriettes Stimme überschlug sich.

»Henriette, Kind, nun beruhige dich doch!«, sagte Pastor Wolf leise. »Das wird die Polizei schon herausfinden, ob die Frau etwas wusste. Inspektor Schnepel macht seine Sache gut, sei dir sicher. Und wenn deine Vermutung stimmt, wird sie ihre gerechte Strafe bekommen«, versuchte er, die aufgebrachte Frau zu beschwichtigen.

Johanne konnte sich nicht länger beherrschen: »Was für eine gerechte Strafe? Wofür sind wir denn bestraft worden? Was haben wir verbrochen, dass wir unsere ganze Familie zu Grabe tragen müssen?«

Henriette nickte. Ihre Stimme zitterte. »Und wir sind nicht die Einzigen. Mein Schwiegervater spricht mit niemandem mehr. Seine beiden Söhne sind tot. Seine Tochter verkrüppelt! Er selbst, ein gebrochener Mann. Und die vielen anderen Familien in Bremerhaven, die jetzt keine Väter mehr haben. Das kann Gott doch nicht gewollt haben!«

Es war still. Nur Elsie war zu hören, wie sie unter dem Tisch Apfelreste auf den Boden spuckte und leise gluckste.

14. Das Weihnachtsgeschenk

Bremerhaven, 24. Dezember 1875

IHR ERSTES WEIHNACHTEN mit eigener Familie. Und alles war schwarz, schwer und düster. Trauerkleidung, Trauerflor, Liliengestecke – dagegen kam auch der liebevoll geschmückte Tannenbaum nicht an. Johanne stand im Türrahmen und betrachtete die Szenerie im Wohnzimmer. Ihre beiden Schwestern in

schwarze Kleider gehüllt, dazwischen die kleine Elsie. Ein Farb-
tupfer in ihrem weißen Kleidchen, unschuldig, nichts ahnend,
Halbwaise. Johannes Mund wurde schmal. Sie spürte Bitterkeit
in sich aufsteigen. Nur zu gut wusste sie, was Henriette meinte,
wenn sie laut zweifelte an Gott. Ja, auch sie haderte und zweifelte an ihrem Glauben. Warum mussten all die Menschen sterben? Was hatten sie verbrochen? Ihr Mann? Ihr Vater? Die beiden Brüder? Von den vielen anderen Opfern ganz zu schweigen.

Und jetzt sollte sie die Geburt Jesu feiern. Den Erlöser der
Menschheit. Wo war der Heiland am 11. Dezember gewesen?
Warum hatte er die Menschen in Bremerhaven allein gelassen? Allein mit einem Mann, den der Teufel geschickt hatte?
Eine Frage, die auch Pastor Wolf vorhin im Gottesdienst in
der Großen Kirche nicht beantworten konnte. Wieder und
wieder hatte der Geistliche in seiner Predigt die Gemeinde
beschworen, stark zu sein im Glauben. Er zitierte den 68.
Psalm: »Gelobt sei der Herr täglich. Gott legt uns eine Last
auf, aber er hilft uns auch.«

»Stille Nacht, heilige Nacht«, Johanne blieben die Töne im
Hals stecken. Nach dem Gottesdienst kamen viele Menschen
zu ihr. Sprachen Trost aus, schüttelten ihre Hand, wünsch-
ten ihr und ihren Schwestern ein gesegnetes Weihnachtsfest.
Nur mühsam konnte sie den Ansturm überstehen. War froh,
als sie endlich auf dem Heimweg waren – zurück ins schüt-
zende Haus, zurück zu ihrer kleinen Tochter, die bei Gesine
geblieben war.

Während Johanne weiter auf die brennenden Kerzen auf
dem festlich geschmückten Tisch starrte, näherten sich von
hinten Schritte. Es war Gesine. »Gnädige Frau, wann soll ich
das Essen auftragen?«

Johanne reagierte nicht.

Gesine versuchte es ein zweites Mal: »Gnädige Frau! Das
Essen, der Braten. Wann soll ich ihn anrichten?«

Fahrig sah sie das Dienstmädchen an und wusste immer noch nicht, was dieses von ihr wollte.

»Der Braten? Wann wollen Sie essen?«, fragte Gesine geduldig.

»Ach ja, essen. Wie spät haben wir es?« Johanne blickte zur Uhr auf dem Kaminsims. Es war gleich sieben. »In einer halben Stunde, so wie geplant«, antwortete sie.

Das Essen verlief schweigend. Obwohl sich Gesine viel Mühe gegeben hatte. Es gab Fleischbrühe mit Grießklößchen, Ragout fin, gefolgt von Rebhuhn mit Sauerkohl. Doch das meiste davon blieb unangerührt. Nur Klein-Elsie schien der Brei aus püriertem Rebhuhn mit Kartoffeln zu schmecken. Henriette fütterte ihre kleine Nichte hingebungsvoll. Johanne sah ihr zu. Sah auf Elsies Schälchen und sah auf ihren eigenen Teller, auf dem das Essen ebenfalls klein geschnitten lag. Eine gut gemeinte Hilfe ihrer Schwestern. Wie sollte sie das Besteck auch halten, mit nur einer Hand? Johanne schob den Teller weg.

»Nun komm schon, Hanni, Gesine hat fabelhaft gekocht!«, sagte Sophie und sah sie aufmunternd an. »Es wäre doch schade darum.«

Johanne staunte. Ihre Rollen innerhalb der übrig gebliebenen Familie begannen, sich zu verändern. Es gab nicht mehr nur die älteste, immer verantwortungsvolle große Schwester Johanne. Und daneben Sophie als die Jüngste, mädchenhafte – harmlos und naiv. Nein, Johanne war froh, dass Sophie ihr einen Teil der Sorgen abnahm, die sie jetzt als ungewolltes Familienoberhaupt zu tragen hatte. Und trotzdem schien sie sich ihre unbeschwerte fröhliche Art, die sie überall so beliebt machte, bewahrt zu haben. Johanne seufzte. Sie dachte kurz an Wilhelm Bomhoff, Sophies Verlobten. Sie waren so ein schönes Paar gewesen. Johanne murmelte ein Gebet für den toten Zahlmeister, dessen Leiche erst so spät in der kalten Weser entdeckt worden war.

Und wieder war es da, das Grauen der Katastrophe. War ins Wohnzimmer geschlichen. Verdarb die Unschuld und zerstörte das Glück. Johanne ergriff die Hand ihrer kleinen Tochter. Doch Elsie zog den Arm zurück. Kein Wunder, Johannes Hand war kalt. Schnell stand sie auf und stellte sich an den Kamin. Das Feuer knisterte hinter ihrem Rücken. Sie spürte, wie ihre Hand zu kribbeln begann. Wie beide Hände zu kribbeln begannen. Johanne blickte auf die leere Ärmelöffnung, in der nur der Verband zu sehen war. Woher kam nur dieses Gefühl immer wieder? Als sei ihre Hand noch da.

»Was meint ihr? Wollen wir ein Gläschen Portwein trinken?«, fragte sie in die Runde.

Erstaunen lag in den Blicken. Normalerweise tranken die Frauen selten Alkohol, höchstens mal ein Glas Wein oder vielleicht ein Bier auf einem Tanzfest im Sommer.

»Ja, warum nicht!« Henriette stand auf und ging zur Vitrine, um die Kristallgläser herauszuholen. Dann läutete sie nach Gesine. Wenig später brachte das Dienstmädchen den Portwein herein. Johanne holte ein weiteres Glas heraus. »Hier, Gesine, trink mit uns mit. Es ist ja Weihnachten«, sagte sie und hielt ihr das Glas hin.

Gesine schüttelte den Kopf und blickte schüchtern zu Boden. »Nein, gnädige Frau, das ist sehr freundlich. Aber ich trinke gar nichts«, murmelte sie.

»Heute, am Heiligen Abend, können wir alle einmal gemeinsam einen Schluck vertragen. Es ist alles nicht leicht. Und du hilfst mir, wo du kannst. Ich danke dir dafür«, sagte Johanne.

Scheu blickte Gesine auf das gefüllte Glas und hielt es dann mit ihrer Herrschaft und deren Schwestern in die Höhe.

»Zum Wohl! Frohe Weihnachten!«, rief Henriette.

Kurz darauf war nur das Husten von Gesine zu hören, die sich an dem ungewohnten Getränk verschluckt hatte.

Der Portwein und zwei Löffel Laudanum halfen Johanne durch den Heiligen Abend. So konnte sie tatsächlich lachen, als ihre Schwestern zur Bescherung kurz aus dem Zimmer gingen und dann mit einem großen, verhüllten Gegenstand wieder hereinkamen. Unter dem dunkelroten Samttuch hörte man ein Krächzen und kurze Pfiffe. »Guck, Hanni, unser Geschenk für dich!«

Die Schwestern stellten das beinahe hüfthohe, umhüllte Etwas auf den Boden. Vorsichtig nahm Johanne das Tuch ab. Vor ihr stand ein halbrunder Käfig, in dem ein grüner Papagei saß. Der Vogel blinzelte sie an und sträubte das Gefieder. Sie sah die grün schillernden Federn und die roten und gelben Farbklecksen an den Seiten. Und sie sah den kräftigen gebogenen Schnabel, mit dem sich das Tier blitzschnell an den Gitterstäben des Käfigs einhakte und mit schief gelegtem Kopf direkt zu Johanne blickte.

Sie war perplex. Ein Papagei – nie hatte sie davon gesprochen. Nicht einmal daran gedacht! Wie kamen ihre Schwestern nur darauf, ihr ausgerechnet so einen großen Vogel zu schenken?

Elsie gluckste und wedelte mit den Händchen, um an den Vogelbauer zu gelangen. Der Papagei bemerkte das Baby und starrte es an. Elsie machte aufgeregte Geräusche.

Auf einmal antwortete der Vogel. »Prosit! Prooosit! Meine Herren!«, schnarrte er.

Das kleine Mädchen war außer sich vor Freude. Johanne sah ihre Schwestern ratlos an. Sophie und Henriette erzählten, wie sie den Vogel von einer betagten Kapitänswitwe abgekauft hatten. Die alte Dame wollte zu ihrer Schwester ziehen und hatte dort keinen Platz mehr für das Tier.

»So ein Papagei kann uralt werden, das wisst ihr doch, oder? Wie heißt er? Oder ist es eine Sie?«, fragte Johanne.

»Johann heißt er. Die Frau hatte erzählt, dass ihr Mann ihn eines Tages von einer Reise mitgebracht hatte. Sie meinte, das sei vor über 30 Jahren gewesen. Und wie alt er damals war, das wusste sie natürlich auch nicht«, antwortete Henriette.

»Johann!« wiederholte Johanne. »Na, das passt ja.«

»Aber die Frau hat immer Johnny zu ihm gesagt«, mischte sich Sophie ein.

Wie auf ein Stichwort meldete sich der Papagei: »Johnny, komm mal her! Johnny – guter Junge! Guter Junge«, krächzte er.

Alle staunten, jedes Wort war deutlich zu verstehen. Die Schwestern sahen sich an und lachten, Elsie ruderte mit den Armen und strahlte. Es war der erste unbeschwerte Moment in diesem Haus seit zwei Wochen.

15. Strümpfe am Kamin

Strehlen bei Dresden, 25. Dezember 1875

DAS FEUER BRANNTE schon seit fast zwei Stunden und hatte erfolgreich die Kälte aus dem Zimmer vertrieben. Cecelia hielt ihre Hände vor den Kamin. Die Wärme tat ihren vom

Rheuma geplagten Fingern gut. Heute wollte sie nicht am Brennholz sparen, nicht am ersten Weihnachtstag. Sorgfältig drapierte sie die Strümpfe am Kaminsims zurecht. Vier Kinderstrümpfe – Klina hatte sogar einen zweiten von sich herausgegeben, damit auch das Baby etwas vom Weihnachtsmann bekam. Cecelia lächelte bei dem Gedanken an ihre zweite Tochter. Sie schien von allen Kindern die Fröhlichste zu sein. Obwohl sie jeden Tag nach ihrem Vater fragte, gab sie sich mit den Antworten zufrieden, dass er in Amerika sei und so schrecklich viel zu tun habe, ihnen aber in jedem Brief einen Ozean von Küssen schicken würde. Unendlich viele Küsse – von denen konnte Cecelia jeden Tag Tausende dazuerfinden. Anders als im wahren Leben. Denn hier im Haus in Strehlen war alles sehr begrenzt, sehr abgezählt.

Gab es in den vorangegangenen Jahren noch große Geschenke für die Kinder – ein Schaukelpferd für Klina, eine Dampfmaschine für William und den hübschen Puppenherd mit den kupfernen Töpfen und Pfannen für Blanche –, so sah es in diesem Jahr bescheiden aus. Um kein Aufsehen zu erregen, hatte sie Louise nach Dresden geschickt. Sie hatte eine Handvoll Zinnsoldaten für William und das deutsche Bilderbuch vom Struwwelpeter für Klina besorgt. Für Blanche hatte Cecelia selbst aus Stoffresten zwei hübsche Puppenkleider genäht. May bekam ein Stoffpüppchen, ebenfalls selbst gemacht. Dazu noch etwas Schokolade, ein paar Äpfel und Pfeffernüsse.

Die Strümpfe sahen dennoch hübsch aus – wie sie da aufgereiht über dem Kamin hingen. Mit Tannenzweigen ausgestopft und golden bemalten Nüssen verziert. Auch Anna hatte ganze Arbeit geleistet – wie sie die noch verbliebenen Teppiche und Sessel geschickt um den Kamin herum drapiert hatte, sodass es wenigstens in diesem Winkel des Zimmers behaglich wirkte.

Und dann war da noch der Tannenbaum. Dieses deutsche Weihnachtsritual hatten die Thomas' bald nach ihrer Ankunft in Sachsen vor neun Jahren übernommen. Flimmer auf den Zweigen, rote und silberne Kugeln leuchteten im Grün. Dazu wächserne Kringel und Engelchen. Etwas kleiner als in den Jahren zuvor, aber nicht minder prächtig, dachte Cecelia zufrieden. Und für einen Moment war ihr feierlich zumute – weihnachtlich.

Während sie in die Flammen starrte, musste sie an die Karte von Dr. Grenser aus Leipzig denken. Er war einer der wenigen gewesen, die sich nach Bekanntwerden des ganzen Dramas bei ihr gemeldet hatten. Aufrichtige Anteilnahme ließ er ausrichten. Ein anständiger Mann. Er war Cecelias Gynäkologe. Alle fünf Geburten hatte er begleitet. Damals, im Sommer 1866, als Cecelia ihr erstes Kind verlor, hatte der Arzt ihr zur Seite gestanden. Es war ein kleiner Junge gewesen, tot geboren im siebten Monat ihrer Schwangerschaft.

Cecelia erinnerte sich, wie Dr. Grenser kaum an sich halten konnte, als William unmittelbar nach der Geburt zusammen mit ihr weiterziehen wollte zu den Schlachtfeldern im Preußisch-Sächsischen Krieg. Cecelia schauderte bei dem Gedanken an die Lazarette, die sterbenden Soldaten, die frisch gezimmerten Särge und Kreuze, die sie damals mit ansehen musste. William war wie von Sinnen über das Kriegsgeschehen vor ihrer Haustür. Wie eine Touristin schleppte er sie überallhin, kaum dass die Waffen schwiegen.

Damals war sie zusammengebrochen. Neun Jahre war das nun her. Seitdem gehörte Dr. Grenser zu ihrem Leben. Er hatte eine Weile in London praktiziert und sprach hervorragend Englisch. Ein Segen für Cecelia. Ein Mann, der eine Frau im Wochenbett gesehen und betreut hat, vor dem hat sie keine Geheimnisse mehr, dachte Cecelia mit einem Seufzer. Ich werde ihn zum Tee einladen, nahm sie sich vor. Doch dann verwarf sie den Gedanken wieder. Niemand kam noch auf einen Besuch in der Villa Thomas vorbei. Auch die amerikanische Kolonie in Dresden schwieg beharrlich.

Das Tapsen nackter Füße auf dem Dielenboden riss Cecelia aus den Gedanken. Sie hörte, wie vor der Tür geflüstert wurde. Ein Kichern, die Klinke wurde vorsichtig heruntergedrückt. Der Spalt öffnete sich und die drei ältesten Thomas-Kinder in ihren weißen Nachthemden stürmten ins Zimmer.

»Frohe Weihnachten, frohe Weihnachten, ihr lieben Kinder!« Cecelia breitete die Arme aus und drückte ihren Sohn und die Töchter an sich.

»Mommy, welcher ist mein Strumpf?« William riss sich los.

»Ich will meinen! Ich will meinen!« Klina hüpfte aufgeregt auf und ab.

»Mommy, darf ich mir meinen nehmen?« Auch Blanche ließ sich von der Aufregung anstecken.

Unbemerkt war die Kinderfrau ins Zimmer gekommen und trug die jüngste Tochter an den Kamin. »Hier, Frau Thomas, alle Kinder sollen doch bei Ihnen sein. Frohe Weihnachten!«, sagte sie leise und überreichte ihr die kleine May, die mit großen Augen auf das Spektakel um sie herum schaute.

Und so erlebte Cecelia ihr letztes Weihnachtsfest in Deutschland. Beinahe fröhlich, beinahe sorglos. Zu ihrem Erstaunen hielt sich die Enttäuschung der Kinder in Grenzen, als sie endlich ihre Strümpfe mit den Geschenken auspacken konnten. Cecelia war erleichtert. Sie hatte immer befürchtet, dass sie die Kinder zu sehr verwöhnte – von Williams manchmal schon verrückter Großzügigkeit ganz zu schweigen. Doch nun machten die drei Großen den Eindruck, als seien diese rauschhaften Momente, in denen jeder Wunsch von den Augen abgelesen wurde, längst vergessen. Während William seine Bleisoldaten in Stellung brachte, saßen Blanche und Klina mit der kleinen May auf einem der letzten Perserteppiche im Haus vor dem Kamin und spielten mit den Puppen.

Cecelia trank ihren Kaffee in dem dunkelroten Ohrensessel, auf dem William so gern gesessen hatte. Die Flammen im Kamin erhellten das Papier, das sie in den Händen hielt. Es war eine Depesche, die sie schon Dutzende Male durchgelesen hatte. Ein Telegramm aus St. Louis von ihrem Stiefvater. Er hatte von der Katastrophe in Bremerhaven gehört, auch davon, dass William der mutmaßliche Mörder war. Selbst die Zeitungen im Mittleren Westen der USA berichteten beinahe täglich über das Verbrechen. Er schrieb, dass er ihr Geld senden könne und dass sie doch nach Amerika zurückkehren solle. Und dann berichtete er noch, dass ihre Schwester Fanny ihren Job verloren habe im Kaufhaus – als bekannt wurde, dass sie die Schwägerin von William King Thomas sei. Cecelia schluckte. Damit war klar, dass St. Louis keine Zuflucht bot. Mit den Steuarts hatte sie schon darüber gesprochen. Auch sie rieten ihr zur Rückkehr in die USA. Doch wohin sollte sie dort gehen?

Es musste eine große Stadt sein, wo sie untertauchen könnte. Eine Stadt, in der Frauen Arbeit finden konnten. Cecelia musste Geld verdienen – warum nicht in ihrem gelernten Beruf als Hutmacherin? Bei all diesen Überlegungen kam für sie nur ein Ort infrage: New York. Auch die große deutsche Kolonie dort könnte ihr vielleicht von Nutzen sein. Schließlich hatte sie nun zehn Jahre in Deutschland gelebt, beherrschte die Sprache leidlich. Eine Amerikanerin mit französischen Wurzeln und Deutschkenntnissen – das war nicht die schlechteste Voraussetzung, dachte sie und stand leise auf. Die Kinder waren so in ihr Spiel vertieft, dass sie sie gar nicht beachteten.

Cecelia nahm das Blatt mit den Schiffsverbindungen Hamburg-Amerika in die Hand. Sie konnte nur über Hamburg ausreisen, in Bremerhaven durfte sie sich kein weiteres Mal blicken lassen, unmöglich. Wieder und wieder ging sie die möglichen Termine durch. Sie musste sich beeilen, bevor noch mehr Gläubiger ihr Geld wiedersehen wollten. Und bevor das Gerede in Dresden unerträglich wurde.

Mit dem Bleistift machte sie ein Kreuz. Am 19. Januar würde die »Wieland« von Hamburg aus nach New York ablegen. Dann blieben ihr jetzt noch gut drei Wochen, um die Abreise aus Deutschland zu organisieren.

Teil II

16. Stürmische Überfahrt

Auf dem Atlantik, an Bord der »Wieland«, 23. Januar 1876

DER WIND HEULTE. Immer wieder schwankte das Schiff und drückte sich gegen die Wellen. Das Wasser klatschte auf die Planken und gegen die Bullaugen. May brüllte wie am Spieß, ihr kleiner Kopf war schon dunkelrot angelaufen. Wieder schlug eine Welle gegen die Bordwand, Cecelia klammerte sich an einen Bettpfosten. »Haltet euch fest!«, rief sie ihren völlig verängstigten Kindern zu, die aneinandergedrückt auf dem Bett saßen.

Klina war außer sich: »Mommy, wir gehen unter! Das Schiff geht unter!«, schrie sie.

»Beruhige dich, mein Schatz. Dein Daddy ist doch jetzt im Himmel. Er ist unser Schutzengel. Er wird uns behüten«, versuchte Cecelia, ihre Tochter zu trösten.

Klina schluchzte laut.

Als Cecelia ihren Kindern vor zwei Tagen behutsam vom Tod ihres Vaters erzählt hatte – natürlich ohne die ganze schreckliche Wahrheit zu erwähnen –, hatte Klina völlig teilnahmslos gewirkt. Während Blanche und William ihrer Mutter weinend in den Armen lagen, war Klina einfach aufgestanden und hatte begonnen, mit ihrer Puppe zu spielen. Cecelia hatte entgeistert zugehört, wie Klina mit der Puppe sprach: »Du musst jetzt artig sein. Dein Daddy ist gestorben, hast du das verstanden? Jetzt musst du immer brav sein, vielleicht kommt er dann wieder.« Streng hatte sie die Puppe zwischen zwei Kissen gestopft. Dann hatte sie die Kissen gegeneinandergedrückt. »Du bist jetzt ruhig, hörst du? Ganz ruhig. Sonst kommt Daddy nicht wieder!« Klinas Stirn war gerunzelt.

»Was erzählst du da, Klina, mein Schatz? Daddy kommt nicht wieder«, hatte Cecelia begonnen und die beiden älteren Kinder vorsichtig zur Seite geschoben. »Daddy ist jetzt unser Schutzengel!« Die Tränen waren ihr über das Gesicht gelaufen.
Klina hatte sie besorgt angeblickt. »Mommy?«
Cecelia nickte.
»Dann pass ich jetzt auf dich auf. Zusammen mit Daddy. Einer im Himmel. Einer hier.«
Cecelia hatte sie in die Arme genommen. Erst da begann Klina zu weinen.

Die folgenden zwei Tage hatten Cecelia viel Kraft gekostet. Die Kinder, die vielleicht schon etwas geahnt hatten, waren am Boden zerstört. Und Cecelia musste weiterlügen. Kein Wort über Bremerhaven, kein Wort über die Explosion, kein Wort über die letzte Begegnung mit William, die so entsetzlich war. Die Geschichte für die Kinder klang ganz anders: Auf seiner letzten Geschäftsreise in Amerika hatte das Herz ihres Vaters aufgehört zu schlagen. Einfach so. Ein Herzanfall, daran sterben Männer häufiger, hatte sie erzählt.

Und als wäre die Stimmung in ihrer verwaisten Familie nicht schon verzweifelt genug, kam nun dieser fürchterliche Orkan dazu. Cecelias Atem ging schnell. Würden sie jetzt untergehen in den eisigen Fluten des Atlantiks? Oh Gott, hilf uns. Lass uns nicht sterben! Die Kinder können doch nichts dafür, dass ihr Vater ein so gewissenloser Mann war. Sie drückte Klina an sich. Blanche weinte leise, während William versuchte, sich über den Eimer zu beugen. Er litt am meisten unter der Übelkeit. Doch die heftigen Bewegungen der »Wieland« ließen den Eimer immer wieder davonrutschen, bis er schließlich umkippte.

Kapitän Hebich hatte es den Kajütspassagieren gleich nach dem Frühstück mitgeteilt, dass es stürmisch werden würde. Aber er hatte alle beruhigt, die Mannschaft sei erfahren, die

»Wieland« ein tüchtiges Schiff. Erst vor einem halben Jahr war sie von der Reederei in Hamburg in Dienst gestellt worden. Alles sei auf dem neuesten Stand, sagte Carl Hebich, der schon viele Jahre zur See fuhr. Cecelia wollte nur zu gern daran glauben. Sie gab dem keuchenden William ihr Taschentuch und legte sich schützend auf ihre Kinder. Blanche wimmerte und drückte sich an Klina. Wieder krachte das Wasser gegen die Schiffswand und die Gischt gurgelte an ihrem Fenster. Für einen Moment schloss Cecelia die Augen. Vielleicht war dies tatsächlich das Ende. Wollte Gott die ganze Familie bestrafen für das, was der Vater verbrochen hatte?

Mit halblauter Stimme begann sie zu beten. »Notre Père qui es aux cieux …« Das Vaterunser. In Todesangst fiel Cecelia in ihre Muttersprache zurück. Wenigstens waren sie alle zusammen. Wieder bäumte sich die »Wieland« auf, dann schlug das Schiff hart auf den nächsten Wellenkamm. Ein schwerer Wintersturm. Cecelia erinnerte sich. Vor zehn Jahren, im Januar 1866, als sie von New York nach Bremerhaven gefahren war, hatte sie solche Momente schon einmal erlebt. Mehr tot als lebendig war sie damals mit William von Bord gegangen. Jeder vernünftige Mensch vermied Atlantikpassagen zu dieser Jahreszeit. Doch was hätte sie tun sollen? Sie konnte doch nicht in Deutschland bleiben.

Sie hörte Schreie aus anderen Kabinen, vielleicht aus dem Zwischendeck, wo so viele Menschen zusammengepfercht und eingeschlossen in der Dunkelheit kauerten. Ihnen musste es vorkommen wie ein Ritt in die Hölle. Cecelia atmete tief durch. »Meine Lieblinge, Mommy ist bei euch. Uns wird nichts geschehen.« Aneinandergeklammert blieben sie auf dem Bett liegen, während das Schiff vom Druck des Wassers hoch- und niedergerissen wurde.

Nach über vier Stunden beruhigte sich das Meer langsam. Der aufgewühlte Atlantik hatte die Wieland nicht verschlungen. Cecelia richtete sich auf. Sie stellte die Stühle zurück an ihren Platz. Ihre drei ältesten Kinder lagen zusammengerollt beieinander. Blanche schien eingeschlafen zu sein. Auch Klina und William waren erschöpft. Ihre Mutter deckte sie zu. Dann stillte sie das Baby. Nach wenigen Augenblicken schlief auch May ein. Cecelia legte sie vorsichtig zu ihren Geschwistern. Ihr Kleid war fleckig, Strähnen hingen aus dem hochgesteckten Haar – nur langsam kehrte ein wenig Farbe in ihr Gesicht zurück.

Vorsichtig öffnete sie die Tür und schaute sich um. Sie brauchte Wasser. Zum Trinken, aber auch zum Saubermachen. Die Kleidung, das Bett, der Boden – alles hatte gelitten unter der Seekrankheit.

Der Gang war leer. Ein strenger Geruch überall. Cecelia schüttelte sich. Zielstrebig ging sie in Richtung Kapitänskammer. Alles wirkte wie ausgestorben. Da öffnete sich eine Tür. Nathan Simonsky trat aus seiner Kajüte. Ein schmächtiger junger Mann mit dunklen Locken, die er mit viel Makassaröl zu bändigen versuchte. Heute war es misslungen. Überhaupt sah er sehr mitgenommen aus, dachte Cecelia und grüßte ihn freundlich.

»Oh, Frau Thorpe. Dass Sie bei diesem Sturm unterwegs sein mögen. Wie geht es Ihnen? Wie geht es Ihren lieben Kindern?«

Hier an Bord kannte sie jeder nur als Mrs. Thorpe. Cecelia wollte in den USA ein neues Leben beginnen. Auf keinen Fall mit der schweren Bürde als Mrs. Thomas. Cecelia Thorpe. Eine neue Identität. Mutter, Witwe – und Hutmacherin, nicht zu vergessen. Sie hatte es auch schon den Kindern gesagt, dass sie nun alle einen neuen Nachnamen hatten. Thorpe. Die Deutschen konnten so etwas nicht aussprechen, deswegen hatten sie sich damals »Thomas« genannt. Aber »Thorpe« sei in Wirklichkeit ihr richtiger Name und in Amerika ziemlich verbreitet, hatte Cecelia erklärt. Die Kinder stellten keine Fragen. Zum Glück. Cecelias Lügengebilde wurde immer größer. Sie seufzte.

Nathan Simonsky war äußerst zuvorkommend, wie immer, wenn er sie sah. Er war erst 19 Jahre alt und schien für Cecelia auf eine unschuldige Art zu schwärmen.

»Ich bin auf der Suche nach Wasser«, sagte sie.

»Nun, davon gibt es hier doch wohl mehr als genug«, antwortete er mit einem verschmitzten Lächeln.

Cecelia nickte und verdrehte die Augen. »Ich meine Trinkwasser. Aber tatsächlich auch Wasser zum Aufwischen.«

»Das macht die Sache ein wenig komplizierter. Wir können gemeinsam jemanden suchen, der Ihnen hilft«, schlug er vor. Vorsichtig klopfte er an die Tür des ersten Offiziers. Keine Antwort. »Vermutlich sind alle mit dem Schiff beschäftigt. Die Wellen waren ja gewaltig. Hoffentlich haben sie nichts kaputt gemacht«, wollte Simonsky das Gespräch fortsetzen.

Doch Cecelia war nicht zu einem Plausch aufgelegt. »Ich kann meine Kinder nicht so lange allein lassen«, sie klang angespannt.

»Bitte, Frau Thorpe, kümmern Sie sich um Ihre Kinder. Ich werde für Sie Wasser besorgen, das mache ich gern!«, bot er an und begleitete sie zu ihrer Kabine.

Die Kinder schliefen. Ein friedlicher Anblick. Wenn nur der säuerliche Geruch nicht wäre. Mit einem Taschentuch vor der Nase begann Cecelia, mit einigen Servietten den Boden zu wischen. Wenig später klopfte es. Simonsky hatte sein Versprechen eingehalten und stand mit zwei Eimern Wasser vor der Tür. »Eine Karaffe mit Trinkwasser wird Ihnen gleich gebracht«, versicherte er ihr.

»Vielen Dank. Sehr, sehr freundlich! Bestimmt sehen wir uns später beim Dinner im Speisesaal«, sagte Cecelia mit einem Lächeln.

»Ich würde mich freuen!« Nathan Simonsky wurde rot. Schnell zog er sich mit einer Verbeugung zurück.

Auf dem Gang blieb er einen Moment stehen. Er zog seine Taschenuhr hervor. Im Deckel der Uhr trug er ein winziges Bild seiner Mutter. Große dunkle Augen, fast schwarzes Haar, eine anmutige Haltung – man hätte meinen können, das Bild sei eine Miniatur von Cecelia Thorpe. Simonsky seufzte. Er hatte keine Erinnerungen an seine Mutter. Sie war kurz nach seiner Geburt gestorben. Wer weiß, wäre sie am Leben geblieben, vielleicht würde die Familie dann noch immer in Krakau leben. Nathan lehnte sich an die Wand.

Nun war er ein Pole in New York. Ein polnischer Jude in New York. Und seine Zukunft war vielversprechend nach seiner Banklehre bei Kuhn, Loeb & Co. Er stand erst am Beginn seiner Laufbahn, das hatte ihm neulich noch der Leiter der Kreditabteilung versichert. Aber wenn er eines Tages eine Frau suchen würde, dann sollte sie sein wie Cecelia Thorpe. Nicht nur weil sie seiner Mutter so ähnlich sah, nein, Simonsky bewunderte sie, wie patent sie hier an Bord auftrat und gleichzeitig so liebevoll mit ihren Kindern umging. Eine Witwe, allein mit vier kleinen Kindern. Er würde ihr behilflich sein, wann immer er konnte.

Beim Abendessen war die Stimmung unter den Reisenden so gelöst wie an keinem Abend zuvor auf dieser Fahrt. Die Erleichterung über den überstandenen Sturm war jedem anzumerken. Selbst Kapitän Hebich sprühte vor guter Laune und begeisterte die Passagiere mit Schnurren aus seinem langen Seemannsleben. Ein Abend, an dem viel gelacht und getrunken wurde. Cecelia saß zwischen ihren Kindern an einem Tisch gemeinsam mit Nathan Simonsky, Georg Suckardt und Carl Müller.

Unter den Passagieren der 2. Klasse gab es größtenteils allein reisende Männer. Die Herren überboten sich in Zuvorkommenheit und Aufmerksamkeit für die verwaiste Familie. Ein Glück für Cecelia, denn es war eine große Umstellung, ohne Kinderwärterin unterwegs zu sein. Sie dachte kurz an den Abschied von Louise. Sie hatte ihre Schützlinge noch bis Hamburg begleitet, damit wenigstens die Bahnfahrt nicht ganz so strapaziös für Cecelia war. Und diese hatte es ihr gedankt. Louise war die einzige Bedienstete, der Cecelia den ausstehenden Lohn zahlte. Die anderen hatte sie vertröstet. Obwohl sie wusste, dass sie niemals Geld von ihr bekommen würden. Woher auch? Es gab so gut wie nichts mehr. Und schließlich musste sie sich mit vier vaterlosen Kindern durchschlagen.

»Frau Thorpe, welche Pläne haben Sie für Amerika?«, fragte Georg Suckardt, durch das ein oder andere Glas Wein mutig geworden. Er lebte schon seit einigen Jahren in den USA und hatte die Reise für ein Wiedersehen über die Weihnachtstage mit seiner Familie in Westfalen genutzt.

Cecelia wischte Klina den Mund ab, dann wandte sie sich an ihren Tischnachbarn: »Ach, wissen Sie, meine Familie lebt im Mittleren Westen. Dahin werden wir fahren. Doch zuvor werden wir ein paar Tage in New York verbringen. Ich war schon so lange nicht mehr dort. Es soll sich alles so unglaublich entwickelt haben dort.«

Suckardt nickte. Er betrieb in Little Germany eine erfolgreiche Druckerei. »Wann waren Sie das letzte Mal dort?«

»Oh, es ist furchtbar lange her. Vor zehn Jahren!«, antwortete Cecelia.

»Ja, da war ja der Krieg gerade erst vorbei. Sie werden die Stadt nicht wiedererkennen. Die Häuser wachsen immer mehr in den Himmel. Kein Vergleich zu Deutschland.« Er stieß abfällig die Luft aus.

»Entschuldigen Sie meine Neugier«, schaltete sich Carl Müller ein, der eine Zimmerei in Hoboken betrieb, »aber wohin werden Sie dann weiterziehen? Der Mittlere Westen ist groß!«

Der stämmige Mittdreißiger hatte eine unangenehme Art. Sehr laut, sehr direkt, sehr amerikanisch, dachte Cecelia. Dabei war er doch eigentlich ein Deutscher. »Sie wollen es aber immer ganz genau wissen!« Sie bedachte ihn mit einem charmanten Lächeln und drehte sich dann zu ihrem Sohn um: »William, magst du noch ein Stück Kalbsbraten?«

Der Junge schüttelte den Kopf.

Cecelia ignorierte den fragenden Blick von Carl Müller und schwieg. Von ihr würde niemand erfahren, dass sie aus St. Louis stammte. »Carte blanche« hieß das Motto, das war ihre einzige Chance auf einen Neuanfang. Sie musste an die Kinder denken und äußerst vorsichtig sein.

»Meine Lieblinge, nun bekommt ihr noch ein schönes Dessert. Und dann geht's ins Bett. Es ist spät geworden!« Cecelia wollte die Runde verlassen, bevor die Fragerei erneut begann.

»Wie schade, Frau Thorpe. Aber natürlich haben Sie recht. Die Kinder müssen schlafen«, sagte Nathan Simonsky und sah die vier Thomas-Kinder freundlich an.

In dem Moment kam der Kapitän an ihren Tisch. »Frau Thorpe, geht es Ihnen gut? Die Kleinen haben sich bestimmt erholt von dem Geschaukel, oder?« Carl Hebich strich William übers Haar. Der Junge blickte gebannt auf. Die Uniform des Kapitäns sah beeindruckend aus.

»Frau Thorpe, hätten Sie einen Augenblick für mich?«

Cecelia nickte und merkte, wie ihr Herz schneller schlug.

Der Kapitän ging ein paar Schritte in Richtung Tür. »Bei unserem Halt in Southampton habe ich einen kleinen Stapel Post für die ›Wieland‹ entgegengenommen. Es ist alles verteilt. Nur drei Briefe sind darunter, die kann ich nicht zuordnen. Adressiert an eine Frau Cecelia Thomas auf der ›Wieland‹. Wir haben niemanden mit diesem Namen an Bord.

Aber vielleicht sind Sie gemeint? Soll ich die Briefe einmal holen?«

Cecelia war blass geworden.

Als der Kapitän wenig später mit drei Kuverts zurückkam, merkte sie, wie sich Schweißperlen auf ihrer Oberlippe sammelten. Carl Hebich schien völlig ahnungslos zu sein. Sie blickte auf den Stapel und erkannte sofort die Handschrift von John Steuart.

»Ja, ich glaube, die sind für mich. Ach, typisch. Ich glaube, für die deutschen Ohren klingen die Namen einfach zu ähnlich. Thorpe und Thomas«, sagte sie schnell.

Der Kapitän stutzte. »Na, wenn Sie sich sicher sind, dann nehmen Sie doch bitte die Post.«

Cecelia bedankte sich und eilte zurück an den Tisch. Dort ließ sie die Briefe schnell in ihrem Beutel verschwinden. »Da muss Sie ja jemand sehr vermissen, wenn er Ihnen schon die Briefe aufs Schiff nachsenden lässt«, bemerkte Carl Müller mit wieder erwachter Neugier.

Cecelia zog die rechte Augenbraue hoch und warf ihm einen verächtlichen Blick zu. »Das dürfte Ihnen wohl nicht passieren.«

Müller schwieg verdutzt. Nathan Simonsky war hingerissen. Wie schlagfertig sie war. Noch eine Seite an ihr, die er bewunderte.

Nachdem die Kinder endlich eingeschlafen waren, setzte sich Cecelia müde auf den Sessel in ihrer Kabine. Zum Glück war der Raum noch einmal gewischt worden, alles stand wieder an seinem Platz, ein paar Spritzer Rosenwasser sorgten für Frische. Das Bündel Briefe lag in ihrem Schoß. Langsam öffnete sie das Band. Der erste Brief war von den Steuarts. Dann war noch ein Umschlag mit der Handschrift von Flori de Meli dabei. Und tatsächlich noch ein Brief vom »Petit Bazar« in

Dresden. Um Gottes willen, wollte der Inhaber tatsächlich immer noch sein Geld eintreiben? Pah, was bildete sich der Kerl ein! Keinen Pfennig würde er von ihr bekommen.

Cecelia ging der Reihe nach vor und begann, den Brief von den Steuarts zu öffnen. Gute Wünsche las sie darin. Und sorgenvolles Nachfragen. Und dass sie doch bitte in Kontakt bleiben mögen. Vielleicht könnten sie ihr und den Kindern in Amerika behilflich sein.

In dem Umschlag steckte noch eine Karte. Sie war in weißes Papier eingeschlagen. Darauf ein paar schnell geschriebene Sätze von Martha Steuart. Eine Warnung vor dem Inhalt. Aber sie musste es ihr schicken, wer weiß, vielleicht kursierte das Bild schon in Amerika, schrieb sie. Sie solle gewappnet sein. Cecelia verstand nicht und wickelte die Karte langsam aus. Eine Postkarte. Sie drehte sie um und schrie auf. Auf dem Papier war der abgetrennte Kopf eines Mannes zu sehen. Ihres Mannes. William King Thomas. Und direkt daneben ein Porträtfoto von ihm, lebend. Ein grauenhafter Anblick. Entgeistert starrte sie auf die beiden Fotografien. Ihr wurde schlecht. Sie schaffte es gerade noch zur Waschschüssel und übergab sich.

17. Der erste Geburtstag

Bremerhaven, 29. Januar 1876

EIN KLEINER NAPFKUCHEN stand auf dem Tisch. Dazu eine
Kerze in einem silbernen Halter. Gesine stellte eine Vase mit
Schneeglöckchen daneben. Heute war Elsies erster Geburtstag. Das Kindchen war noch zu klein. Es würde gar nicht
verstehen, was es zu bedeuten hätte, dachte sie und rückte
den Teller mit dem Kuchen zurecht. So waren die Geschenke
besser zu sehen. Sie selbst hatte an den Winterabenden für
Elsie ein rot-blaues Mützchen mit passenden Handschuhen
gestrickt. Von den Tanten Sophie und Henriette gab es eine
schöne Puppe mit Porzellankopf und echtem Haar. Gesine
schüttelte den Kopf. Was sollte denn Elschen damit anfangen? Die Puppe würde doch sofort kaputtgehen.

Gesine hörte Geräusche aus dem Schlafzimmer. Johanne
und ihre kleine Tochter waren wach. Dann würde sie jetzt
schnell einen Kaffee aufsetzen und das Frühstück vorbereiten.

Voller Vorfreude machte sie sich ans Werk. Endlich einmal
ein Tag, der vielleicht ein wenig unbeschwerter war als alle
Tage, die nach dem 11. Dezember gekommen waren. Gesine
wünschte es sich sehr. Gleichzeitig ahnte sie, dass es dafür
noch zu früh war. Die gnädige Frau war schmal geworden in
den letzten Wochen. Sie sprach nicht viel. Selbst ihre kleine
Tochter brachte sie selten zum Lachen. Wie gut, dass Sophie
sich so rührend um ihre Nichte kümmerte. Ob das Kind wohl
etwas davongetragen hatte von der Explosion? Gesine machte
sich so ihre Gedanken. Aber jedes Mal, wenn sie die Kleine
sah, verwarf sie die düsteren Vermutungen. Elsie war ein ver-

gnügtes Kind – genau wie ihre Eltern es einmal gewesen waren. Schluss jetzt mit dem Trübsinn, tadelte sie sich und nahm die Kaffeemühle. Als der Duft der gemahlenen Bohnen in ihre Nase stieg, war ihre gute Stimmung wiederhergestellt.

»Zum Geburtstag viel Glück, zum Geburtstag viel Glück. Zum Geburtstag, liebes Elschen, zum Geburtstag viel Glück!« Elsie zappelte auf dem Arm ihrer Mutter, als die drei Schwestern ihr das Ständchen vortrugen. Johanne hatte Schwierigkeiten, sie zu halten, und ließ sie vorsichtig auf den Boden hinab. Elsie zog sich am Tischbein wieder hoch. Die Frauen sahen ihr amüsiert zu, wie sie mit einem Fuß in der Luft versuchte, einen Schritt zu machen. Ihre Beinchen wackelten. Elsie ließ das Tischbein los und ruderte mit ihren Armen. Nur einen Moment später plumpste sie auf den Teppich. Wieder zog sie sich am Tischbein hoch und versuchte es ein zweites Mal. Sie schwankte ein paar Sekunden, dann siegte die Schwerkraft erneut.

»Meine Güte, Elschen, willst *du* uns heute ein Geschenk machen an deinem Geburtstag?« Sophie staunte.

»Sie fängt an zu laufen«, flüsterte Johanne gerührt. »Ach, wenn Christian das sehen könnte!« Sie schluchzte.

Henriette und Sophie sahen sich an. Dann stützten sie ihre älteste Schwester und setzten sich gemeinsam an den Tisch. Sophie nahm Elsie auf den Schoß. Das Geburtstagsfrühstück verlief schweigsam. Gesines Wunsch nach ein wenig mehr Unbekümmertheit ging nicht in Erfüllung.

Zwei Stunden später verließ Johanne mit Sophie und Elsie im Kinderwagen das Haus. Heute war es trocken. Kein Schneeregen wie in den vergangenen Tagen. Sie wollten ein paar Besorgungen machen für die Kaffeetafel am Nachmittag. Elsie trug die neue Mütze von Gesine. Ihre Hände steckten in den selbst gestrickten Handschuhen. Es dauerte nur bis zur nächsten Ecke, und sie war eingeschlafen.

»Lass uns zu Ebhards gehen. Die haben eine große Auswahl«, schlug Johanne vor. Sophie nickte. Hier waren sie Stammkunden.

Keiner hatte sie vorgewarnt. Niemand hatte ihnen einen Hinweis gegeben. Johanne blieb wie angewurzelt stehen im Haushaltswarengeschäft von Carl Ebhard. Ihr Herz raste. Sie spürte, wie das Blut in ihren Schläfen pochte. Der Teufel. Vor Johanne stand der Teufel. Auf einem Tisch, bedeckt mit einem roten Samttuch mit schweren Troddeln an den Enden waren zwei Büsten postiert. Es waren die Büsten desselben Mannes. Übergewichtig, mit Vollbart und kleinen Augen. Einmal waren die Augen geöffnet. Der zweite Kopf aus Gips sah aus, als wenn der Mann schlief. Die Gesichtszüge waren erschlafft, die Mundwinkel nach unten gezogen. Es war eine Totenmaske. Der Massenmörder William King Thomas in Gips gegossen, einmal am Leben, einmal im Tod. Sie las das kleine Schild mit der Bitte um Spenden für die Opfer der Katastrophe vom Neuen Hafen. Eine grüne Sammelbüchse vervollständigte das geschmacklose Stillleben.

So sah also der Mann aus, der ihr beinahe alles genommen hatte. Johanne konnte den Anblick nicht ertragen. Sie rannte nach draußen. Nach ein paar Metern, vor dem Seiteneingang der Großen Kirche, kam sie zum Stehen.

»Hanni, warte doch!« Sophie konnte ihre Schwester nur mit Mühe einholen. Sie hatte den sperrigen Kinderwagen vor sich mit der schlafenden Elsie darin.

Johannes Gesicht war bleich. »Hast du ihn gesehen? Wusstest du, dass sie ihn ausstellen würden?«, fragte sie aufgebracht.

Sophie schüttelte den Kopf: »Nein, das wusste ich nicht. Wie unanständig.«

Johanne sah fassungslos zu dem Ladengeschäft von Carl Ebhard. »Jetzt wollen sie mit dem Verbrecher die Leute ins

Geschäft locken. Widerlich.« Sie schüttelte den Kopf. »Bei Ebhard kauf ich nicht mehr ein.«

Die Schwestern gingen langsam zurück auf die Straße. »Komm, Hanni, wir gehen jetzt nach Hause. Ruh dich aus nach diesem Schreck.«

Johanne starrte auf das Straßenpflaster. Sie bemerkte gar nicht, dass ihnen jemand gefolgt war. Es war Pastor Wolf. »Johanne, Sophie, wartet doch bitte! Ich bin nicht mehr so schnell«, rief er.

Die beiden Frauen drehten sich um.

»Ich habe gesehen, wie ihr bei Ebhards aus der Tür gelaufen seid. Es ist wegen dieser Büsten da, nicht?«

Johanne nickte. Ihr Magen krampfte sich zusammen.

»Ich war auch erschrocken, als ich die Ecke dort mit den Gipsköpfen gesehen hab. Gestern waren sie noch nicht da«, erzählte er. »Ich hab Carl Ebhard heute früh schon gebeten, die Köpfe zu entfernen. Aber«, er seufzte schwer, »das wollte er partout nicht. Er meinte, es sei ja für den guten Zweck. Für die Opfer. Damit sie wenigstens Spenden kriegen.«

»Er will doch bloß mehr Kunden bekommen, das ist alles«, sagte Sophie voller Abscheu.

Der Pastor nickte. »Jeder hier weiß, was für ein Unglück dieser Thomas über Bremerhaven gebracht hat. Aber es gibt leider auch immer wieder Leute, denen ist die menschliche Seite gleichgültig, wenn es um ihren eigenen Profit geht.«

Johanne schwieg nachdenklich.

»Und bei aller Unterstützung, die ihr bekommt, macht euch darauf gefasst, dass es eben auch die andere Seite gibt.«

Die Schwestern sahen den Pastor beklommen an.

»Nun lasst euch nicht Bange machen. Man kann ja woanders einkaufen gehen.« Er drückte den Frauen die Hand und ging zurück zur Kirche.

18. Familienbande

New York City, 21. Februar 1876

ERSCHÖPFT LIESS SICH CECELIA auf einen der dunklen Sessel fallen. Die Bordüren an ihrem Reisekleid glichen den Verzierungen an dem Sessel. Frau und Möbelstück verschmolzen miteinander – dachte Blanche, die ihre Mutter beobachtete.

»Was ist, Blanche?« Cecelias Stimme klang gereizt. Ihre Füße schmerzten. Mein Gott, was sie hier schon für Wege zurückgelegt hatte – New York war riesig. Und immer die Kinder dabei, das Gepäck, alle Habseligkeiten. Hoffentlich war alles beisammen, flüchtig blickte sie sich im Zimmer um. Nach dem Umzug aus dem Boardinghouse wollte sie nun hier im Gramercy Park Hotel bleiben und in Ruhe überlegen, wie es weitergehen sollte.

Sie seufzte und zog vorsichtig die Hutnadeln aus der Frisur. »Blanche, bitte pass auf die beiden auf!« Gemeint waren Klina und William, die sich in den Haaren lagen. Klina schrie, als William ihr den Arm umdrehte. Da schlug auch May in ihrem Kinderbett die Augen auf und fing an zu wimmern. Klina trat nach ihrem Bruder und erwischte sein Kinn mit ihrem Schnürstiefel. William heulte auf.

Cecelia sprang aus dem Sessel. »Seid ihr alle verrückt geworden?«, schrie sie und zog die zankenden Kinder auseinander. Wütend sah sie Blanche an. »Du kümmerst dich jetzt um May!«

Blanche schmollte. »Immer muss ich alles machen!« Trotzdem ging sie hinüber zum Bett und nahm ihre jüngste Schwester auf den Arm. Das Schluchzen verstummte.

Cecelia schüttelte den Kopf. Wie sollte es nur weitergehen?

Ganz allein mit vier Kindern? Ihre Stimmung schwankte zwischen Wut auf den toten William und Selbstmitleid.

In dem Moment klopfte es an der Tür. »Mrs. Thorpe, wo sollen wir das Gepäck hinstellen?«, fragte ein junger Schwarzer.

Die Kinder rissen die Augen auf. Fasziniert starrte Klina die strahlend weißen Zähne des Hotelpagen an. In einem Kauderwelsch aus Deutsch und Englisch fragte sie ihn: »Wieso bist du so black? Musst du dich nicht waschen?«

Der Page lächelte unsicher und begann dann zusammen mit einem Kollegen, die schweren Koffer und Truhen in das Zimmer zu wuchten. Mit einem Trinkgeld in der Hand verschwand er wieder. Klina war ganz benommen von dem Anblick.

»Klina, bitte starr die Leute nicht so an. Es gibt Menschen, die haben dunkle Haut. Das hat mit waschen nichts zu tun.«

Das Mädchen nickte artig.

»So, und jetzt zieht euch aus und spielt ein wenig – heute Nachmittag kommen euer Großvater und eure Tante Fanny. Bis dahin muss ich hier Ordnung schaffen.« Cecelias Stimme ließ keinen Widerspruch zu. Gehorsam folgten die Kinder ihren Anweisungen.

Ein paar Stunden später hatte Cecelia die Koffer leer geräumt und die beiden Zimmer hergerichtet. Einen Teil ihres Schmucks brachte sie eingeschlagen in ein Samttuch zum Hoteltresor. Aber die meisten Stücke trug sie nach wie vor am Körper: Die riesigen Diamantbroschen, die mit Diamanten besetzte Armbanduhr, fast alle Ringe und die großen tropfenförmigen Ohrringe aus Saphiren und Diamanten. Alles zusammen wog mehr als ein Pfund, das Cecelia sorgfältig in kleine Beutel genäht und in ihrem Korsett verstaut hatte. Schon während der Überfahrt fühlte sie sich am sichersten, wenn sie ihre Reichtümer direkt auf der Haut spürte.

Unsichtbare Kostbarkeiten. Nach außen hin zeigte sich die junge Witwe bedeckt. Perlenohrringe, Granatschmuck und die zweireihige Kette aus schwarzen Jetsteinen. Zurückhaltend, wie es sich für eine Frau gehörte, die gerade ihren Mann verloren hatte.

Würdevoll ging Cecelia zur Rezeption des Gramercy Park Hotel und verlangte einen Schlüssel für den Park. Das private Areal stand nur den Anwohnern und den Hotelgästen zur Verfügung. Ein Umstand, den Cecelia genoss. Viele Privilegien waren ihr nicht mehr geblieben – seit den goldenen Zeiten in Sachsen, bevor das Vermögen dahingeschmolzen war. Sie seufzte. Ihr Stiefvater und Fanny waren immer noch nicht angekommen. Jetzt würde sie erst einmal ein paar Schritte durch den winterlichen Park machen. Allein schon der Kinder wegen.

Gerade als sie das Tor aufschließen wollte, hörte sie, wie hinter ihr eine Kutsche zum Stehen kam. Die Türen wurden aufgerissen und ihr Name ertönte.

Cecelias Herz machte einen Sprung. Ihr Stiefvater und ihre Schwester waren endlich angekommen! Das erste Mal seit ihrer Flucht aus Deutschland sah sie wieder Menschen, denen sie vertrauen konnte.

Cecelia drückte May an sich und lief mit ihren Kindern zu der Kutsche. Da stand John Paris und winkte mit seinem Hut. Mein Gott, wie alt er geworden war, dachte Cecelia erschrocken. Mehr als zehn Jahre hatten sie einander nicht gesehen. Immer noch ein eleganter Franzose, die Jahre im Mittleren Westen hatten aus ihm keinen Cowboy gemacht. Und doch – das Leben hatte Spuren in seinem Gesicht hinterlassen. Tiefe Falten links und rechts des Mundes, das Haar schütter und die Augen fast versunken in Tränensäcken. All das nahm Cecelia innerhalb von Sekunden wahr. Nach dem Tod ihrer Mutter vor zweieinhalb Jahren war er in sich zusammengefallen, das hatte Fanny ihr damals schon geschrieben. Jetzt wusste Cecelia, was ihre Schwester meinte. Sie umarmten sich. Cecelia liefen die Tränen über das Gesicht.

»Schwesterherz, ich bin auch noch da!« Fannys Stimme klang so fröhlich wie immer.

Cecelia wischte sich die Tränen aus den Augen und sah ihre jüngere Schwester an. Wie hübsch sie war! Gerade einmal Anfang 20 – ihr stand noch alles offen, dachte Cecelia wehmütig und drückte sie an sich. Fanny strahlte sie an. Ein paar dunkle Locken hatten sich aus der Frisur gelöst. Es hatte etwas Verwegenes. Dazu das schalkhafte Lachen. Bezaubernd, dachte Cecelia ohne Neid. Mit einer Einschränkung. Der braune Hut war nun wirklich nicht mehr das neueste Modell, das müsste man auch in St. Louis mitbekommen haben. Für eine Winzigkeit hob Cecelia eine Augenbraue und begutachtete die Kopfbedeckung ihrer kleinen Schwester mit Missfallen.

Fanny bemerkte die kritischen Blicke und wandte sich schnell den Kindern zu: »Wer von euch ist denn nun Blanche?«, fragte sie mit gespielter Ahnungslosigkeit.

Blanche trat zögernd hervor. »Ich«, sagte sie schüchtern und machte einen Knicks.

»Ah, das große Mädchen! Spielst du eigentlich noch mit Puppen?« Fanny begann in einer großen Samttasche zu suchen. Nach kurzer Zeit beförderte sie drei Puppen ans Tageslicht. »Hier, für jedes Mädchen eine Puppe!«

Blanche und Klina setzten zum wortlosen Knicks an. »Danke«, hauchte Klina und strich ihrem neuen Spielzeug vorsichtig über das Haar. Auch die kleine May wurde bedacht. Nur William stand schweigend daneben und man spürte seine Unsicherheit, die in Enttäuschung umkippen wollte.

»William! Wie schön, dass ich dich endlich kennenlerne!« Fanny lachte ihn an. Noch einmal glitt ihre Hand in den

Beutel und zog ein Geschenk heraus. Es war eine Lokomotive aus Blech. »Warst du schon einmal mit einer Eisenbahn unterwegs?«, fragte sie.

William wurde rot vor Aufregung. »Ja, als wir nach Hamburg zum Schiff gefahren sind«, antwortete er leise.

Er sagte »Schiff«, und nicht »ship«. Die Thomas-Kinder sprachen halb Deutsch und halb Englisch. Fanny sah ihre Schwester fragend an.

»Ja, ich muss mich unbedingt nach einem Lehrer für die Kinder umschauen, damit sie richtiges Englisch lernen«, kam sie ihrer Schwester zuvor.

»Alles der Reihe nach!«, mischte sich John Paris ein. »Nun sind wir erst einmal froh, dass wir uns wiedergefunden haben.« Nachdem er die Droschke bezahlt hatte, gingen sie alle zusammen in den Park.

Langsam schritten sie über die Kieswege. Die Frühlingssonne hatte noch keine Kraft, es war kalt und windig. Doch wie zum Zeichen der Hoffnung hatten sich büschelweise gelbe und violette Krokusse aus dem Boden gedrängt. Mit ernstem Gesicht hörte sich John Paris die Geschichte seiner ältesten Tochter an. Er stellte nicht viele Fragen, nickte manchmal und schüttelte immer wieder den Kopf.

»Cecelia, meine Güte, an wen bist du da geraten? Ich kann mich noch gut erinnern, als du William damals bei uns vorgestellt hast. Ich konnte deine Eile nicht ganz verstehen, warum musstet ihr so schnell heiraten? Aber gut, es war dein Wunsch. Ganz wohl war mir in seiner Gegenwart nie. Allein, wie er gegessen hat.« John Paris verzog das Gesicht vor Abscheu.

»Ich weiß ja, Vater, ich weiß.« Cecelia seufzte. Natürlich, Williams Benehmen bei Tisch fiel jedem auf, der nicht an einem Schweinetrog groß geworden war. Seine Gefräßigkeit war abstoßend gewesen. Jahrelang hatte Cecelia versucht, ihrem Mann bessere Tischmanieren beizubringen – der Erfolg war kümmerlich gewesen. Noch jetzt schämte sie sich bei dem Gedanken an so manche Abendgesellschaft, die William mit seiner gierigen Art verdorben hatte. Cecelia blickte ihren Stiefvater an. »Aber deswegen tötet man doch nicht so viele Menschen.« Ihre Stimme war leise. Vereinzelt kamen ihnen andere Spaziergänger entgegen. Niemand sollte ihre Geschichte erfahren.

»Nein, natürlich nicht.«

Sie schwiegen.

»Nach St. Louis kannst du auf keinen Fall kommen. Die Geschichte stand jetzt schon ein paarmal in der Zeitung. Bei mir haben sich Leute eingeschlichen, die heimlich etwas für die Zeitung geschrieben haben. Widerliches Pack!« Die Stimme von John Paris erhob sich.

»Pscht! Bitte reg dich nicht auf!« Cecelia versuchte, ihn zu beruhigen.

»Es ist so, dass ich kaum auf die Straße gehen kann. Selbst unsere alten Nachbarn, weißt du noch, die Deutschen? Die Brinkmanns grüßen kaum noch. Andere spucken mir vor die Füße. Sogar in Highlands hat dein Bruder Jules Probleme bekommen, seitdem die Leute wissen, dass William sein Schwager war. Und was mit Fanny passiert ist, weißt du ja!« Der alte Mann klang niedergeschlagen. »Deine Schwester wurde einfach auf die Straße gesetzt. Nachdem die Sache in den Zeitungen stand, dauerte es keine Woche, da hatte sie ihre Kündigung. Fristlos. Nein, St. Louis ist verbrannt. Da kannst du unmöglich hinkommen.«

Cecelia starrte ihren Stiefvater an. »Dass ich nicht mehr dorthin kann mit den Kindern, hatte ich mir schon gedacht. Aber, oh mein Gott, dass jetzt alle in Sippenhaft genommen werden. Das ist ja schrecklich!«

John Paris nickte. »Am besten wäre es, du bleibst hier. New York ist groß. Hier gibt es viele Möglichkeiten. Und vielleicht kann ja Fanny auch hierherkommen. Dann bist du nicht ganz allein mit den Kindern. Und für Fanny wäre es auch ein Neuanfang. Bestimmt findet sie hier ganz schnell wieder eine Anstellung. Ich habe mit ihr schon darüber gesprochen. Sie kann es sich durchaus vorstellen.«

Cecelia betrachtete ihre Schwester, die mit ihrer jüngsten Nichte auf dem Arm und Klina an der Hand auf dem Weg stand. Sie fühlte sich schuldig. Ihretwegen hatte die Schwester den Job verloren, ihren Ruf. Dieser Albtraum in Bremerhaven hatte sie längst eingeholt. Über 6.000 Kilometer entfernt bestimmte das Verbrechen ihr Leben und das ihrer Familie hier in Amerika.

Cecelia sah John Paris an. »Wir müssen zusammenhalten. Wir sind eine Familie«, sagte sie mit fester Stimme und drückte die Hand ihres Stiefvaters.

Das Abendessen nahmen sie im Hotelrestaurant ein. Das Gramercy Park Hotel war eine vornehme Adresse. Kristalllüster erhellten die elfenbeinfarbene Decke, die mit aufwendigen Mustern verziert war. Cecelia hatte dafür keinen Blick übrig. Anders als Fanny.

»Wie hübsch!«, staunte sie über die Ölgemälde an den braunen Wänden, die Landschaftsmotive zeigten. Dreiarmige Wandlampen tauchten den Saal, in dem etwa 15 Tische standen, in gelbliches Licht. »So schrecklich es auch ist, dass ich fortmuss aus St. Louis. So wunderbar ist New York. Cecelia, was meinst du, wollen wir es zusammen versuchen? Ich helfe dir auch mit den Kindern!« Fannys Art war entwaffnend.

Cecelia stellte ihr Glas Madeira ab. »Ach, Fanny, natürlich werden wir es gemeinsam versuchen! Was bleibt uns anderes übrig? Ich habe nachgedacht. Wir könnten uns selbstständig machen. Ein Hutgeschäft oder ein Modeatelier. Das haben wir doch beide gelernt«, sagte sie.

Fanny nickte.

John Paris räusperte sich. »So etwas in der Art hatte ich auch schon überlegt. Cecelia, erinnerst du dich? William gab mir damals zu eurer Hochzeit eine große Summe Geld. 15.000 Dollar waren es. Ich habe einen Teil in das Geschäft eurer Mutter gesteckt, aber das meiste Geld habe ich noch, aufgehoben für die Zeit, wenn eure Mutter und ich alt sind«, er schluckte. »Doch Louise ist seit fast drei Jahren tot, der Laden ist verkauft. Und ich brauche nicht so viel.« Seine Stimme zitterte. »Ich will euch helfen. 10.000 Dollar kann ich euch geben für den Anfang.«

Seine Töchter sahen ihn mit großen Augen an. Weil Cecelia noch kein Kindermädchen hatte, durften ihre Kinder ausnahmsweise mit im Restaurant sitzen. Da platzte es aus Klina heraus: »Mommy, sind wir dann reich? Wenn der Grandpa uns Geld gibt? Sind wir dann richtig reich?« Die helle Kinderstimme war nicht zu überhören.

»Bist du wohl ruhig!«, zischte Cecelia sie an und packte sie am Handgelenk. »Du bist ein unmögliches Kind. Beim Essen reden nur die Erwachsenen, hast du das verstanden?«

Die Gespräche an den umliegenden Tischen verstummten. Die anderen Gäste blickten hinüber. In dem Moment trat Blanche ihrer Schwester unter dem Tisch gegen das Schienbein. Klina schrie. Ein Kellner kam eilig zu ihnen. »Kann ich Ihnen behilflich sein?«, fragte er beflissen.

»Was machen Sie da mit dem Kind? Es schreit vor Schmerzen. Das ist ja unmöglich!«, rief eine Dame vom Nachbartisch, die alles beobachtet hatte.

Cecelia blickte feindselig zu der Frau. Was mischte sie sich in ihre Angelegenheiten?

Die Fremde hielt dem Blick stand. Sie war eine stattliche Erscheinung, vielleicht ein wenig älter als Cecelia. Ihre dunklen Haare schienen gefärbt – ein rötlicher Schimmer lag über der tadellosen Frisur. An den Ohren blitzten auffallend große Perlenohrringe. Die Dame saß kerzengerade am Tisch und zeigte stolz ihr dreibändiges Perlencollier im nicht mehr ganz jungen Dekolleté. Die Nerzstola war ein wenig von den Schultern gerutscht, sie passte perfekt zu dem lindgrünen Abendkleid. Die Lippen leuchteten rosa. Hier hatte jemand nachgeholfen. Auch die Wangen und Augen schienen geschminkt zu sein. Eine Dame aus der Halbwelt? Cecelia musterte die Frau kühl. Nein, sie machte trotz der modischen Kleidung und der Schminke einen ehrbaren Eindruck. Sie saß an der Seite eines Mannes, der um einiges älter war als sie. Auch er wirkte vermögend und hüstelte peinlich berührt in seine Serviette.

Von Klina hörte man nur noch ein unterdrücktes Schluchzen.

»Meine Dame, wie aufmerksam von Ihnen! Darf ich mich vorstellen? Mein Name ist Paris, John Paris! Und das ist meine Tochter Cecelia Thorpe«, sagte er mit halblauter Stimme und verbeugte sich knapp in Richtung der Fremden am Nachbartisch.

Die lächelte ihm zu und schlug kokett die Augen nieder. »Sehr erfreut! Mein Name ist Louisa O'Connor.« Nun wandte sie sich auch Cecelia zu. »Mir scheint, Ihre kleine Tochter hat sich wieder beruhigt. Ich war in Sorge um das Mädchen!« Ihre Stimme klang dunkel mit einem irischen Akzent. Jetzt schien ihr Lächeln echt.

Cecelia war perplex. Ihr Ärger über die Fremde und das devote Verhalten ihres Stiefvaters verrauchten. Freundlich nickte sie zu Mrs. O'Connor: »Ja, so ist das manchmal mit Kindern. Da lohnt die ganze Aufregung nicht.«

»Mit Sicherheit. Wissen Sie, ich liebe Kinder. Leider habe ich selbst keine eigenen. Und Ihre vier sehen so entzückend aus. Nicht wahr, meine Kleine?«

Klina lächelte und reckte sich Mrs. O'Connor entgegen. Cecelia seufzte leise.

»Ich bewundere Sie!«, sagte die neue Bekannte plötzlich zu Cecelia. »Wie Sie das machen – mit den vieren! Das ist sicher nicht einfach in Ihrer Situation!«

Cecelias Wangen wurden heiß. Wie konnte die Fremde Bescheid wissen?

»Oh, Pardon. Ich wollte Ihnen nicht zu nahe treten. Ich habe nur Ihre Trauerkleidung gesehen. Entschuldigen Sie bitte.«

Peinliches Schweigen. Wieder sprang John Paris ein: »Ja, Mrs. O'Connor, Sie haben ganz recht. Meine Tochter ist erst vor Kurzem Witwe geworden. Es ist nicht leicht.«

»Mein Beileid! Die armen Kinderchen!« Louisa O'Connor legte für einen winzigen Moment ihre behandschuhte Hand auf den Arm von Cecelia. »Wenn ich Ihnen behilflich sein kann, bitte lassen Sie es mich wissen. Hier ist meine Karte.«

Cecelia bedankte sich und überflog die Visitenkarte. Louisa O'Connor wohnte offenbar auch hier im Hotel. Vielleicht war der Atlantik ja doch breit genug, um den Schrecken von Bremerhaven hinter sich zu lassen, dachte sie. Und vielleicht könnte sie es schaffen, hier in New York. Ihr Stiefvater stand ihr bei, ihre Schwester. Nathan Simonsky hatte ihr seine Unterstützung auf der Überfahrt angeboten. Nun zeigte sich sogar diese fremde Dame hier behilflich. Mit einem Lächeln nahm Cecelia die Karte an. »Sehr liebenswürdig, Mrs. O'Connor. Ich freue mich sehr über Ihre Bekanntschaft.«

19. Visite

Bremerhaven, 28. Februar 1876

DER ARZT SAGTE IHR, sie mache Fortschritte. Die Wunde. Er meinte die Wunde. Johanne hörte ihn sprechen. Verheile gut. Keine Entzündung, na, Gott sei Dank. Sehr schön! Zufrieden sah Dr. Soldan sie an. Johanne blickte durch ihn hindurch. Sie traute sich nicht, hinunterzusehen. Auf ihren Armstumpf, auf das, was einmal ihre Hand war.

Der Arzt nickte Sophie zu: »Sie können jetzt einen neuen Verband anlegen! Aber wahrscheinlich können wir die Binden auch bald ganz weglassen.«

Johanne hielt ihrer Schwester den Arm entgegen und wandte den Kopf ab.

Geschickt wickelte Sophie die Stoffbahnen um den Stumpf, dessen Haut rosa schimmerte. Als sie fertig war, richtete sich Johanne auf: »Herr Doktor, ich spüre meine Hand noch immer. Die Schmerzen sind nicht im Arm, sie sind in der Hand. Wie lange wird das so weitergehen?«

August Soldan ließ das Schloss seiner Tasche zuschnappen. »Das kann ich nicht genau sagen. Es gibt nur Erkenntnisse aus dem Krieg. Von Soldaten, die ein Bein verloren haben. Bei den meisten ist es nach ein paar Monaten besser. Andere sagen, dass sie ihr amputiertes Bein noch Jahre später spüren.«

Johanne sah ihn schweigend an. Dr. Soldan räusperte sich unbehaglich. »Also, meine liebe Frau Claussen. Ich komme dann nächste Woche wieder. Ich denke wie gesagt, wir können den Verband dann auch bald ganz weglassen. Verlieren Sie nicht den Mut. Es wird schon alles!«

Bremerhavens bekanntester Mediziner lüftete den Hut und wollte aufbrechen, da rief ihm Johanne zu: »Herr Doktor, bitte noch einen Moment. Man erzählt sich in der Stadt, dass Sie den Kopf abgeschnitten haben. Den Kopf von Thomas, als er tot war.«

Der Arzt sah sie überrascht an. »Nun ja«, sagte er leise, »wir haben den Leichnam seziert, möchte ich sagen. Für wissenschaftliche Zwecke.«

»Sie haben ihn doch auch behandelt, als er im Lazarett war, nicht wahr?«

Er nickte.

»Welchen Eindruck hatten Sie von dem Mann? Sah er böse aus? Konnte man ihm ansehen, dass er ein Ungeheuer war?«

Dr. Soldan atmete hörbar ein: »Nun, was soll ich da sagen?« Er stockte. Die Selbstsicherheit des Mediziners war für einen Moment wie weggeblasen. »Also, das kann man schwer beschreiben.« Er schwieg. »Warum wollen Sie das wissen?«

Johannes Stimme war ganz klar: »Es lässt mir keine Ruhe. Dieser Mann hat mein Leben zerstört.« Sie sah kurz zu ihrer Schwester. »Er hat unser Leben zerstört, und das so vieler anderer in Bremerhaven. Und er hat mich zerstört«. Johanne deutete eine Bewegung mit dem Armstumpf an. »Wissen Sie, wenn das alles durch ein schreckliches Unglück geschehen wäre, eine Explosion im Maschinenraum von einem Schiff oder irgendetwas in der Art, das wäre schon schlimm genug. Aber dass ein einzelner Mann dahintersteckt. Dass ein Mann, der selbst eine Frau und Kinder hat, plötzlich so etwas Böses tut. Ich kann das einfach nicht verstehen. Wie kann man so etwas tun?« Ihre Stimme begann zu zittern. »Wie kann ein Mensch so böse sein?« Ihre Augen hatten sich mit Tränen gefüllt. Von Sophie hörte man ein unterdrücktes Schluchzen. Selbst Gesine, die im Türrahmen stand, weil sie den Doktor zum Ausgang begleiten wollte, wischte sich unauffällig eine Träne aus dem Gesicht.

August Soldan vermied es, eine der Frauen direkt anzusehen. Mit beiden Händen hielt er seine braune Ledertasche umfasst. Er blickte aus dem Fenster, das zur Straße hinausging. Der Himmel war tiefgrau, wahrscheinlich würde es heute noch schneien. Die Menschen draußen im Hafen hatten es eilig. Es war kalt, und die Aussicht auf Schnee ließ die Matrosen schneller als gewöhnlich ihre Arbeit an Deck verrichten. Er sah, wie Arbeiter Ladung löschten und wie dick vermummte Männer und Frauen mit ihren Kindern an der Hand zu ihrem Schiff zogen. Auswanderer nach Amerika. Der Arzt seufzte. William King Thomas kam aus Amerika. Stimmte es, was manche Zeitungen schrieben, dass dort der Abschaum aus Europa solche Kreaturen hervorbrächte? Nein, das war nicht die Erklärung. Es gab keine Erklärung.

War Thomas böse? Ja, er war ein Massenmörder. Er war gierig, habsüchtig und skrupellos gewesen. Doch nach allem, was er gehört hatte, war William King Thomas auch ein Mann gewesen, der sich liebevoll um seine Frau und seine Kinder gekümmert hatte. Gibt es Menschen, die wirklich abgrundtief schlecht und verabscheuenswert sind? Oder hat nicht doch jeder auch eine gute Seite? Und steckt das Böse nicht vielleicht in jedem von uns? Fragen, die er sich seit der Katastrophe am Hafen mehr als einmal selbst gestellt hatte.

Er drehte sich langsam um und beendete das Schweigen: »Frau Claussen, William King Thomas sah nicht böse aus – so wie manche Gewaltverbrecher roh und gefährlich aussehen. Nein, er sah aus wie ein übergewichtiger Mann mit einer schweren Kopfverletzung. Das Gesicht war durch die Kugeln, die er sich in den Schädel gejagt hatte, verunstaltet, keine Frage. Und er war mir auch nicht sonderlich sympathisch in seinen letzten Stunden, das gebe ich zu. Aber böse?

Ich weiß es nicht.« Er schwieg kurz. »Deswegen haben wir den Kopf ja aufbewahrt. Zu medizinischen Zwecken. Um genau diese Frage zu untersuchen.«

Johanne schluckte. Wie sollte sie mit dieser Antwort leben? War der Massenmörder gar kein Monster? Kein Bösewicht, dem man die Schlechtigkeit schon ansah? »Ich verstehe das nicht«, sagte sie leise. »Das geht doch gar nicht«, ihre Worte waren kaum noch zu verstehen. Die Tränen rollten ihr über das Gesicht.

»Bitte, Frau Claussen, bitte beruhigen Sie sich doch!« Dr. Soldan ging zu ihr und strich ihr leicht über den Arm.

Johanne verlor die Beherrschung und begann, laut zu weinen. »Ich verstehe das nicht!« Ihre Worte gingen unter in dem heftigen Schluchzen. August Soldan stand wie versteinert vor seiner Patientin. Der erfahrene Mediziner wusste nicht, was er tun sollte. Er stellte drei Fläschchen Laudanum auf den Tisch und verabschiedete sich eilig.

20. Im Paradies

New York City, 3. April 1876

Es sah aus wie das Meer. Wie das Meer an einem heißen Sommertag, an dem fast kein Wind weht. Ein irisierendes Blau mit grünem Schimmer. Cecelia zog ihre Handschuhe aus und befühlte die Struktur. Wunderbar fein gewebt, Seidentaft der besten Qualität. Noch einmal strich sie über den Stoffballen. Vor ihrem inneren Auge sah sie schon ein perfektes Abendkleid.

»Kann ich Ihnen behilflich sein, Madam?« Eine freundliche Verkäuferin, höchstens Anfang 20, riss Cecelia aus ihren Träumen.

»Oh, nein, vielen Dank! Der Stoff ist wunderbar«, murmelte Cecelia und zog sich die Handschuhe hastig wieder an.

Während die Verkäuferin den Ballen zurücklegte, ließ Cecelia den Blick schweifen. Sie war im Paradies gelandet. Dieses Paradies war sechs Stockwerke hoch, von außen mit einer italienisch anmutenden Fassade versehen und von innen voll mit wunderbaren Dingen, die auf eine Käuferin warteten. Das Paradies hieß »A. T. Stewart & Co.« und war ein Kaufhaus in der »Ladies Mile«, *der* Gegend in Manhattan, die nur für Frauen gemacht zu sein schien.

Die Auswahl war atemberaubend. Cecelia erschienen die Kaufhäuser und Geschäfte im eleganten Dresden dagegen beinahe wie Puppenhäuser. Kein Vergleich zu New York. Ein ganzes Stadtviertel nur mit Kleidern, Hüten, Strümpfen, Taschen, Schmuck, Pelzen – aber auch Porzellan, Kristall, Teppichen, Möbeln, Zierrat. Die erlesensten Waren, überall höfliches Personal – Etage um Etage. Sie hätte stundenlang durch die Gänge streifen können. Von einem Kaufhaus zum nächsten – Stewarts, Lord & Taylor, Arnold Constable & Co, Macys … Es waren Einkaufspaläste. Und sie, Cecelia, war die Königin. Wenn sie die Gedanken an ihre wirtschaftliche Lage verdrängen konnte.

Hier ließ sie ihre Weltgewandtheit aufblitzen, ihre Jahre in Europa, ihr Französisch und gleichzeitig ihre Kenntnisse in der Mode und Putzmacherei. Ein kritischer Blick genügte oder das prüfende Befühlen der Litzen und Borten, und die Verkäuferinnen merkten sofort, mit wem sie es zu tun hatten. Mit einer Dame von Welt, die sich in puncto Mode nichts vormachen ließ. Es waren diese Momente, die Cecelia genoss und die ihr Auftrieb gaben in dieser gewaltigen Stadt.

New York machte Cecelia Angst. Das Riesenhafte, das Tempo und die Jagd nach Geld. Sie wusste, dass sie sich auf diese Jagd einlassen musste, allein der Kinder wegen. Vor ein paar Tagen hatte sie sich mit Nathan Simonsky getroffen. Sie musste lächeln bei dem Gedanken an ihren jungen Verehrer. Er war ihr treu ergeben seit der Schiffspassage – dabei wurden doch ihre Schläfen schon grau. Sie schüttelte den Kopf. Einerlei. Der junge Bankangestellte war emsig um sie bemüht und nahm seine Aufgabe als Verwalter ihres Vermögens sehr ernst. Ein Großteil des Geldes von ihrem Stiefvater hatte sie Simonsky anvertraut. Auch einen Teil ihrer eigenen Barschaft, die sie aus dem Verkauf einiger Dinge aus dem Strehlener Haushalt hatte, übergab sie ihm.

Vor ein paar Tagen war sie sogar zu einem Pfandleiher gegangen und hatte ein paar Stücke von ihrem Schmuck in Zahlung gegeben. Sie brauchte Geld, um die neue Wohnung zu mieten. Dazu Mobiliar und Ausstattung. Und noch wichtiger: gutes Personal. Sie hatte ein deutsches Dienstmädchen eingestellt. Dora war erst seit ein paar Jahren in New York,

Tochter eines Zimmermannes in Hessen. Ihr Englisch war noch immer holprig, gut für Cecelia, so konnte sie den Preis drücken. Gleichzeitig freuten sich die Kinder, auf diese Weise hörten sie wieder Deutsch, die Sprache, mit der sie aufgewachsen waren. »Mein Schätzchen! Bist du goldig!« In einem weichen, südhessischen Dialekt.

Auch eine Kinderfrau hatte Cecelia gefunden. Ebenfalls eine Deutsche. Aber immerhin in New York aufgewachsen, in Kleindeutschland. Bloß keine Irin! Grete hieß die Wärterin, sie nannte sich Gretchen. Sie war ein Segen. Sie kannte sich in der Stadt aus und hatte ein gutes Gespür für die Kinder. William sollte nach dem Sommer in die Schule gehen. Es wurde wirklich Zeit. Der Privatlehrer, der jetzt an drei Tagen in der Woche kam und den Kindern englische Grundkenntnisse beibrachte, würde dann nur noch die Mädchen unterrichten.

Cecelias monatliche Ausgaben – allein durch das Personal – waren nicht unerheblich. Selbst die großzügige Geste ihres Stiefvaters konnte diesen Lebensstil in New York nur über einen begrenzten Zeitraum finanzieren, das wusste Cecelia. Und deshalb zog es sie immer wieder zur »Ladies Mile«. Sie überlegte fieberhaft, wie sie sich eine Existenz aufbauen konnte. Bei dieser gewaltigen Konkurrenz in New York ein kleines Hutgeschäft zu eröffnen als namenlose Putzmacherin, war ein hohes Risiko. Und mit vielen Anfangskosten verbunden; Nathan Simonsky hatte ihr eine Beispielrechnung vorgelegt und Cecelia damit eine schlaflose Nacht bereitet.

Was gab es für Alternativen? In einem der Kaufhäuser anzufangen? Als Verkäuferin? Als Näherin in der obersten Etage – in Reih und Glied mit Hunderten anderer Frauen? Undenkbar. Absolut unter ihrer Würde. Und brachte zu wenig ein. Als Zulieferin für die Hutabteilung? Ebenfalls schlecht bezahlt – das Nähen und Zusammenstecken wurde außerdem fast

immer in Heimarbeit von Einwandererfamilien in Klein-
deutschland gemacht.

Im Grunde müsste sie sich noch einmal reich verheiraten,
dachte Cecelia, als sie gerade an einer Auslage vorbeikam, in
der ein wunderschönes Brautkleid präsentiert wurde. Aber
diese Idee war natürlich absurd. Eine vierfache Mutter, mittellos, nicht mehr jung und – Witwe eines Massenmörders.
Wenn das herauskam, kein normaler Mann würde sich doch
auch auf so etwas einlassen. Nein. Völlig ausgeschlossen.

Neulich hatte Fanny wieder von Carl Fröhlich erzählt.
Cecelias ehemaliger Verlobter aus St. Louis. Cecelia blieb
vor dem Schaufenster stehen. Versonnen dachte sie an ihre
erste Liebe zurück. Ein ganz anderer Typ als William. Schlank,
dunkelblond, sehr blaue Augen. Ein schneidiger junger Mann
damals. Er kam aus einer guten Familie. Fleißige deutsche Einwanderer, die Eltern verstanden kaum Englisch. Auch Carl
selbst war noch in Deutschland geboren. Doch das schien seinen Ehrgeiz nur zu beflügeln. Er hatte seinen Weg gemacht.
Fanny hatte es ihr berichtet. Carl Fröhlich war mittlerweile
Direktor bei der Boatmen's Saving Bank.

Wehmut stieg in Cecelia auf. Diesen vielversprechenden
Mann hatte sie sitzen lassen wegen eines Hochstaplers. Ach
was, wegen eines Mörders! Sie schämte sich. Aber mein Gott,
sie war doch noch so jung gewesen. Gerade einmal 21 Jahre alt.
Was wusste sie damals schon von der Welt? Sie verscheuchte
die Gedanken und sah auf die Uhr. Vor lauter Grübeleien
war sie nun zu spät. Wie dumm! Hoffentlich wartete Louisa
O'Connor noch auf sie im Café Thompson. Sie hastete durch
die Menge der Frauen, die zu den Eingängen der Kaufhäuser
strömten oder – wie sie selbst eben noch – andächtig vor den
Schaufenstern standen.

Völlig außer Atem kam sie endlich im Café an. Das Lokal
war bis auf den letzten Platz besetzt – von Frauen. Sie saßen

hier zu zweit, zu viert oder in größeren Gruppen. Ein unablässiges Erzählen, Tuscheln, Berichten, Lachen. Es war, als summte der ganze Saal. Cecelia stand im Eingangsbereich und atmete tief durch. Zu glauben, dass eine Frau unter Frauen sich entspannen oder gar gehen lassen könne, war ein Irrglaube, dem nur Männer anhängen konnten. Das Gegenteil war der Fall. Ein flüchtiges Mustern, ein kritischer Blick. Cecelia wurde warm in ihrem schwarzen Kleid. Es war elegant und aufwendig gearbeitet. Doch hier in Amerika trugen die Frauen in dieser Saison kaum Samt. Und auch die dreireihigen Rüschen am Saum sahen unpassend aus. In Dresden konnte man sich so blicken lassen, aber hier fühlte sich Cecelia minderwertig.

Ein Kellner begrüßte sie höflich. Sie sah sich hektisch um. Wo war nur Louisa? Jetzt hatten sie sich verpasst!

Doch plötzlich hörte Cecelia ein lautes, beinahe vulgäres Lachen. Es war Louisa. Eindeutig. Ihr Lachen ließ die Tischnachbarinnen verstummen. Cecelia fiel ein Stein vom Herzen. Gott sei Dank, Louisa war noch da und wartete auf sie.

Sie saß da mit einer anderen Dame in einem auffälligen tannengrünen Kleid und einem extravaganten Hut. Feinste Qualität, das sah Cecelia sofort. Die Fremde, eine gepflegte Frau von Ende 40, wischte sich eine Träne aus dem Auge und schüttelte lachend den Kopf.

»Da bist du ja, Cecelia!« Louisa erhob sich und begrüßte sie herzlich. »Darf ich vorstellen, das ist eine andere gute Freundin von mir, Catherine Woods! Und hier haben wir – frisch aus Europa: Cecelia Thorpe. Eine Amerikanerin, die lange in Deutschland gelebt hat.«

Die Fremde nickte ihr freundlich zu.

»Entschuldige bitte, dass ich so spät bin«, fing Cecelia an, doch Louisa winkte ab: »Du siehst doch, wir haben uns prächtig unterhalten. Wir haben gar nicht gemerkt, wie spät es ist.«

»Ja, Louisa hat wieder Geschichten erzählt von ihren irischen Freunden«, bestätigte Catherine Woods.

»Psscht, keine Namen jetzt!« Louisa versuchte, streng zu gucken, musste aber gleichzeitig das Lachen unterdrücken.

Mit einem Räuspern wandte sie sich Cecelia zu: »Nun, meine Liebe, warst du einkaufen? Ich sehe keine Schachteln. Oder lässt du es dir nach Hause liefern?«

Cecelia schüttelte den Kopf. »Nein, ich habe nichts gefunden«, log sie.

»Na, kein Wunder. Du kannst es ja selbst viel besser«, sagte Louisa und wandte sich an Catherine Woods. »Weißt du, meine neue Freundin Cecelia kann nämlich selbst wunderschöne Hüte anfertigen. Sie ist gelernte Putzmacherin und kennt sich mit Mode aus. Denn eigentlich ist Cecelia eine echte Französin, nicht wahr, meine Liebe?«

Cecelia lächelte nervös. Warum musste Louisa nur manchmal so plump sein?

Die andere Frau schaute Cecelia an. »Ach, das ist ja interessant! Ich habe einen so großen Bedarf an Hüten, mein Gott. Am liebsten würde ich jeden Tag einen anderen tragen!«

Cecelia sah sie unsicher an. War das ernst gemeint? Oder machten sich die beiden gerade über sie lustig?

»Ist der auch von Ihnen?«, fragte die Fremde und deutete auf Cecelias Hut.

Zu dumm, ausgerechnet heute hatte Cecelia sich keine große Mühe gegeben bei der Auswahl der passenden Kopfbedeckung. Sie trug ein älteres Modell mit knapper Krempe, das sie kurz vor ihrer Abreise aus Dresden noch mit ein paar schwarz gefärbten Straußenfedern ausgebessert hatte.

»Charmant, charmant«, bemerkte Catharine Woods.

Doch Louisa ließ nicht locker. »Kate, wirklich, du solltest dir einmal eine Auswahl von Cecelia zeigen lassen! Sie ist gut!« Louisa war geschäftstüchtig und konnte sehr hilfsbereit sein. Beides kam gerade zusammen. Cecelia lächelte sie dankbar an.

»Ja, warum nicht? Ich kenne noch ein paar andere Frauen, die auch immer auf der Suche nach exklusiven Modellen sind.« Catharine Woods sah ihr direkt in die Augen.

Cecelia wurde es unbehaglich.

»Sagen Sie, arbeiten Sie denn hier auch als Hutmacherin?«

»Nein, ich bin erst vor ein paar Wochen in New York angekommen. Mein Mann ist gestorben. Jetzt bin ich hier mit meinen vier kleinen Kindern und muss mir erst einmal alles neu aufbauen. Zum Glück hilft mir meine Schwester«, erzählte Cecelia.

Catharines Blick wurde mitfühlend. »Oh, das tut mir sehr leid. Das ist ein hartes Schicksal. Aber vielleicht kann ich Ihnen irgendwie weiterhelfen.«

Noch bevor Cecelia antworten konnte, meldete sich Louisa zu Wort: »Ja, kauf ihre Hüte!«

21. In der Kolonialwarenhandlung

Bremerhaven, 12. Mai 1876

DIE LUFT ROCH NACH MEER. Eine milde Brise ließ die Bommeln am Sonnenschirm leicht wehen. Johanne atmete tief ein und schloss die Augen. Wie gut es tat, draußen zu sein. Auf einmal fühlte sie sich jung und unbeschwert. Einen winzigen Moment lang.

»Was ist, Hanni, warum seufzt du?« Sophie war zu einer genauen Beobachterin ihrer Schwester geworden.

»Ach, ich mag mich gar nicht freuen an dem schönen Wetter. Sofort denke ich, dass mir das gar nicht zusteht. Genauso gut könnte *ich* tot sein, und Christian oder unser Vater würde jetzt an meiner statt hier gehen«, sagte Johanne leise.

»Bitte, Hanni, so darfst du nicht denken! Sei dankbar, dass du am Leben bist. Bitte hör auf, dich mit solchen Gedanken zu quälen. Und sieh doch nur! Sieh, deine kleine Elsie! Du hast eine Tochter, um die du dich kümmern musst.« Sophie blickte ihre Schwester streng an.

Auf dem Bürgersteig machten ihnen die Entgegenkommenden Platz. Sophie schob den großen schwarzen Kinderwagen langsam über das Pflaster. Mit nur einer Hand war es Johanne nicht möglich, ihre Schwester abzulösen. Fest drückte sie den Stock des Sonnenschirms an sich. Wenigstens das ging noch, auch mit der linken Hand.

Johanne staunte, wie voll es überall war. Eine ältere, rundliche Frau drängte sich durch die Reihen und winkte ihr freundlich zu. Es war Gertraude Wieting, die Frau von Ernst Johann Wieting. Mit ihm arbeitete Johannes Schwiegervater seit vielen

Jahren zusammen. Nur ein paar Ecken von Johannes Wohnung entfernt hing das Schild »Claussen & Wieting, Speditions-, Commissions- und Inkasso-Geschäft sowie Agentur der schlesischen Feuer- und See-Versicherung«.

Gertraude Wieting blieb schwer atmend vor Johanne stehen. Ihre Wangen waren gerötet. »Hannchen, wie schön, dich einmal wiederzusehen!«, rief sie und wollte sie an sich drücken. Doch die Unsicherheit, wie sie mit Johannes Behinderung umgehen sollte, ließ sie in der Bewegung erstarren. Ungelenk schwang sie ihren Einkaufskorb vor sich her. »Na, wie geht es euch?« Verlegen sah die alte Frau nun beinahe durch sie hindurch.

Für Johanne waren solche Momente inzwischen nur allzu vertraut. Jeder in Bremerhaven kannte sie, wusste um ihr Schicksal. Unbefangen konnte ihr kaum jemand begegnen.

»Danke, danke, Tante Traude, mir geht es recht gut«, antwortete sie freundlich. »Ich komme viel zu selten vor die Tür. Sophie und ich fahren Elsie ein wenig spazieren. Die frische Luft tut ihr gut. Und uns auch!« Sie umklammerte mit der linken Hand den Sonnenschirm und legte den rechten Arm hinter die Rockschöße.

Gertraude Wietings Lider flatterten nervös. Sie war erleichtert, dass sie den schwarz umwickelten Stumpf, der aus dem Kleiderärmel lugte, nicht mehr sehen musste.

Die Frauen unterhielten sich, Gertraude Wieting guckte in den Kinderwagen. »Sie sieht ja aus wie ein Engelchen mit den Haaren!«, staunte die alte Frau gerührt. Tatsächlich, unter der weißen Haube sah man blonde Locken, die das schlafende Kindergesicht umrahmten. »Ach, Johanne, was für ein hübsches Kindchen du hast! Sag einmal, deine Elsie hat doch nichts abgekommen bei der Katastrophe, oder?«

Johanne schüttelte den Kopf.

»Das ist ja ein Wunder. Du hattest sie doch bei dir, nicht?

Da hat der Herrgott denn doch Gnade gezeigt«, murmelte die Wieting ergriffen, dann tätschelte sie Johanne und Sophie die Wange: »Bitte kommt uns doch einmal besuchen. Ernst und ich freuen uns immer, wenn wir euch sehen!«, sagte sie und nahm ihren Einkaufskorb in beide Hände. »Jetzt muss ich mich aber beeilen. Unsere Köchin ist krank, heute bin ich einmal wieder für alles zuständig. Erst wollte ich mir eine Leihköchin suchen, aber ich hab wohl doch noch nicht alles verlernt.« Sie zwinkerte den beiden zu und verabschiedete sich.

Schweigend gingen die Schwestern weiter. »Hanni, glaubst du, sie hat es ernst gemeint, dass wir einmal vorbeikommen sollen? Oder hat sie das nur aus Mitleid gesagt?«, fragte Sophie und sah ihre Schwester von der Seite an.

Johanne seufzte. »Ich weiß es nicht. Eigentlich denke ich, dass sie ehrlich ist. Aber natürlich reagieren die Leute seit der Katastrophe anders als früher. Jetzt sind wir Waisen, ich eine Witwe, noch dazu verkrüppelt. Aber bei Tante Traude glaub ich, dass sie es wirklich so meint.«

»Wir könnten sie doch einmal zu uns einladen zusammen mit Onkel Ernst!«, schlug Sophie vor. »Dann kann Georg noch dazukommen, und vielleicht noch ein, zwei Gäste mehr.«

Johanne drehte nervös an ihrem Sonnenschirm. »Meinst du nicht, dass es dafür noch zu früh ist? Wir leben schließlich in einem Trauerhaus«, antwortete sie.

Beide Frauen schwiegen und gingen langsam weiter. Kurz bevor sie den Marktplatz erreichten, fing Sophie noch einmal an: »Vielleicht sollten wir ein paar Kontakte pflegen, Hanni, überleg doch mal! Wir haben so viel Unterstützung erhalten. Das meiste kam von Herzen. Wir können uns nicht immer nur abschotten.«

Verwundert drehte sich Johanne zu ihr um.

Sophie atmete tief durch. »Natürlich wissen viele nicht, wie sie mit uns umgehen sollen. Und natürlich ist deine Verletzung schlimm für Leute, die so etwas noch nie gesehen haben. Aber trotzdem …« Sophie schluckte und sammelte sich.

»Sophie, du hast noch etwas vergessen: Was ist mit dem Geld? Was meinst du, was die Leute denken über die Spenden, die verteilt wurden. Überleg doch mal, über 100.000 Mark sind zusammengekommen. Viele werden glauben, wir hätten das meiste davon bekommen und hätten jetzt ausgesorgt.«

Sophie dachte nach und wäre beinahe mit dem Kinderwagen gegen einen Kohlenhändler gestoßen, der auf einem Handkarren Ware ausbrachte.

»Pass doch auf!« Johanne war ärgerlich.

»Es ist doch nichts passiert.« Sophie ärgerte sich über Johannes Bevormundung und wehrte sich auf ihre Weise: »Was ist eigentlich aus dem Brief geworden, der neulich aus New York kam? Von Meta? Hast du ihr geantwortet?«

Johanne schnappte nach Luft. So eine Unverschämtheit! Und das von ihrer eigenen Schwester. Abrupt blieb sie stehen. »Was fällt dir ein? Könntest du mir bitte einmal erklären, wie ich einen Brief beantworten soll? Wie ich schreiben soll? Ohne meine rechte Hand?« Sie war außer sich.

Passanten blicken überrascht zu den beiden Frauen mit dem Kinderwagen. Ein Streit auf offener Straße.

Sophie zischte Johanne an: »Nun reg dich nicht so auf! Es war keine Absicht von mir.«

Nervös drehte Johanne an ihrem Sonnenschirm. Sie versuchte, ihn so weit herunterzuziehen, dass niemand ihr Gesicht sehen konnte. Ihre Augen, ihre Tränen.

»Was machst du denn da? Willst du mich erstechen?« Sophie ging einen Schritt zur Seite, um dem Schirm auszuweichen.

»*Ich* nehme den Kinderwagen!«, rief Johanne und bemühte sich, den Stock des Schirmes unter den Arm zu klemmen, um mit der freien Hand den Griff des Wagens zu übernehmen.

Sophie blieb stehen und sah ihre Schwester verwundert an. »Das kannst du doch gar nicht allein!«

In dem Moment fiel der Sonnenschirm zu Boden, und der Kinderwagen schwankte bedrohlich, als sie versuchte, ihn wieder aufzuheben und gleichzeitig den Wagen zu halten.

Sophie schüttelte den Kopf. »Hanni, nun lass dir doch helfen!«

Im Wageninneren hörte man ein Weinen. Elsie war durch das Gerüttel aufgewacht. Johanne merkte, wie sich Schweißperlen auf ihrer Oberlippe sammelten. Herrgott, wie sollte sie das alles machen mit nur einer Hand? Sie ließ den Schirm auf dem Pflaster liegen und beugte sich zu ihrer Tochter: »Elschen, bist du schon wach?«

Das Weinen wurde lauter. Sophie kam ihrer Schwester zur Hilfe. Vorsichtig hob sie das Kind aus dem Wagen und legte es Johanne auf den gesunden Arm. Dann nahm sie den Schirm auf und klappte ihn zusammen. »Komm, wir gehen unter den Baum. Da ist Schatten«, schlug sie vor und schob den Kinderwagen und ihre Schwester unter eine kümmerliche Linde am Marktplatz, die ihre dünnen Äste der Sonne entgegenstreckte.

Hier waren sie einigermaßen unbeobachtet. »Es tut mir leid. Es war gedankenlos von mir, nach dem Brief zu fragen. Entschuldige bitte!« Sophie war aufrichtig zerknirscht.

»Ja, ist gut. Das dachte ich mir schon«, antwortete Johanne geistesabwesend und liebkoste ihre Tochter. »Komm, Elsie, Tante Sophie setzt dich noch einmal in den Wagen und dann besuchen wir deine andere Tante, Henriette«, sagte Johanne und sah ihre Schwester an.

»Ja, das ist eine gute Idee. Wir brauchen ohnehin noch Kaffee. Und Kakaopulver wollte ich auch kaufen«, erwiderte Sophie erleichtert.

Einträchtig zogen sie weiter über die Hauptgeschäftsstraße von Bremerhaven, die Bürgermeister-Smidt-Straße. Vor der

Hausnummer 32 blieben sie stehen. Die orangerote Markise war heruntergelassen, um die Auslage in dem vollgestellten Schaufenster vor der Sonne zu schützen. »Kolonialwarenhandlung Conrad Glauert« stand in geschwungener Schrift auf einem Schild direkt über dem Eingang.

Die Glocke an der Tür läutete, als sie eintraten. Durch die Markise drang das Sonnenlicht rot gefiltert in das Ladengeschäft. Die deckenhohen Regale waren sorgfältig befüllt – Dosen mit Kaffee, Tee und Kakao standen in den Fächern. An der Seite stapelten sich kleine Holzfässer an der Wand. »Essig« stand darauf und »Rum«. Spitze braune Papiertüten hingen an einem Haken neben dem Verkaufstresen mit der mächtigen Waage und der Registrierkasse. Auf den polierten Tresen hatte jemand eine Schale mit kandiertem Ingwer gestellt. Und über allem lag der köstliche Duft von Kaffee und Zimt und anderen Gewürzen, die Johanne gar nicht so schnell benennen konnte.

Auch Elsie hatte sich in ihrem Kinderwagen aufgesetzt und bestaunte die bunten Dosen und die unzähligen Schubfächer in den Regalen. »Wie gut es hier riecht, hm, Elschen? Pass nur schön auf, dass du mir nicht aus dem Wagen fällst«, sagte Johanne und schob ihre Tochter ein wenig unter den Kinderwagenhimmel zurück. Das Mädchen kam sofort wieder hervor. Zu aufregend war das, was es hier zu sehen gab.

»Was für ein seltener Anblick!« Es war die Stimme von Diedrich Meyer. Der junge Mann war der Geselle in Glauerts Geschäft – nach dem Tod von Conrad und Wilhelm Glauert nun der einzige Kaufmann in dem Laden, wenngleich es ihm noch an Erfahrung mangelte. Johanne schätzte ihn auf Mitte 20. Er stammte von der anderen Weserseite, aus Brake, und war erst vor zwei Jahren nach Bremerhaven gekommen. »Soll ich Frau Glauert holen?«, fragte er freundlich.

Die Schwestern nickten ihm zu.

Der junge Mann verschwand nach hinten und kam wenig später mit Henriette zurück. Die zweitälteste Etmer-Schwester trug eine gestärkte weiße Schürze über ihrem schwarzen Kleid und wirkte genauso aufgeräumt und ordentlich wie der gesamte Laden. Sie umarmte Johanne und Sophie und strich Klein-Elsie über den Kopf. »Na, das ist eine Überraschung! Wolltet ihr mich bei der Arbeit beobachten?«

Seit ein paar Wochen stand sie jeden Tag hinter dem Verkaufstresen. Sie wollten das Geschäft halten – nach dem Tod ihres Mannes und seines Bruders, die die Kolonialwarenhandlung gegründet hatten. Ein ehrgeiziges Vorhaben, denn gleichzeitig musste sie ihren Schwiegervater versorgen. Außerdem war da noch Adeline, ihre Schwägerin, die seit der Katastrophe in einem Ungetüm von Rollstuhl saß. Henriette erledigte die Schreibarbeit und arbeitete sich gerade in die Buchhaltung ein. Johanne war beeindruckt von der zupackenden Art ihrer Schwester.

»Heute Morgen haben wir süße Waren aus Dresden bekommen. Wollt ihr ein Stückchen probieren?«, fragte Henriette und zog eine Tafel Schokolade aus der Schublade.

Sophie war begeistert: »Wie köstlich! Davon nehmen wir auch etwas mit, was meinst du, Hanni?«

Johanne nickte und brach auch für Elsie eine kleine Ecke ab. Zufrieden standen die drei Etmer-Schwestern um den Tresen, Diedrich hatte sich dezent zurückgezogen.

»Sag mal, Hetty, wie machst du das? Du bist doch gar keine Kauffrau? Woher weißt du, wie so ein Geschäft funktioniert?«

Henriette winkte ab. »Ach, Hanni, so schwer ist das nun auch nicht. Ich habe ja lange genug bei Wilhelm zugesehen und mitgeholfen, außerdem ist mein Schwiegervater mir gegenüber noch einigermaßen gesprächig und gibt mir nützliche Hinweise, wenn ich ihn frage. Und Diedrich Meyer ist mir eine große Stütze. Sehr zuverlässig und loyal«, erklärte sie. »Außerdem hilft mir die Arbeit. So komme ich nicht so sehr ins Grübeln.«

Sophie räusperte sich. »Ich habe auch schon mit Johanne darüber gesprochen. Wahrscheinlich hast du recht, und man muss einfach etwas unternehmen, um wieder Mut zu fassen«, fing sie an. »Ich war vorhin ungeschickt und dumm, aber ich habe Hanni gefragt, ob sie nicht Meta in New York antworten will auf ihren Brief neulich. Hanni war zu Recht wütend auf mich, wie soll sie schreiben, jetzt nach der Verletzung. Aber …« Sophie stockte.

Die jüngeren Schwestern sahen Johanne an, die nervös mit der gesunden Hand an der leeren Ärmelöffnung auf der anderen Seite zupfte.

»Hanni, du hast doch von deinem Schwiegervater diesen wunderschönen Federhalter aus Silber zum Geburtstag bekommen. Wahrscheinlich musst du nur einmal anfangen. Du willst doch wieder schreiben können, nicht? Und du wirst es auch mit der linken Hand lernen. Ganz gewiss!«, vorsichtig strich Henriette Johanne über den Arm.

Johanne schluckte. Sie blickte ihre Schwestern an und räusperte sich: »Ich werde heute Abend beginnen.« Ihre Stimme war kaum zu verstehen.

22. Der eigene Salon

New York City, 22. Juni 1876

FÜR ENDE JUNI war es ungewöhnlich heiß und trocken in der
Stadt. Immer wenn eine Droschke vorbeirollte, zog sie eine
große Staubwolke hinter sich her. Vor zwei Wochen hatte es
das letzte Mal geregnet. Cecelia schloss schnell die Tür. Am
besten ließ sie weder Hitze noch Staub hinein – in ihren ersten eigenen Modesalon. Stolz sah sie sich um.

Rechts an der Wand stand ein beeindruckender Schrank aus
dunkel gebeizter Fichte – eine Mischung aus Vitrinenfächern,
Regalen und Schubladen. Hier war all das Material unterge-
bracht, das Cecelia zum Start ihrer neuen Existenz brauchte.
Bänder in allen Farben und jeder Beschaffenheit: Rips, Samt,
Baumwolle, Wolle, Seide, dazu Federn, künstliche Blumen,
täuschend echt aussehende Früchte und andere raffinierte
Accessoires, die einem Hut das gewisse Etwas gaben. In den
Tiefen der Schränke lagen Stoffballen, Filzsorten, meterlange
Zöpfe aus Stroh und feine Spitze aus Belgien. Bei dem Gedanken, was diese Ausstattung gekostet hatte, entwich Cecelia
ein Seufzer. Sie hatte über 1.000 Dollar investiert. Zum Glück
konnte ihr Fanny vieles zum Vorzugspreis aus dem Kaufhaus Lord & Taylor mitbringen, seit sie dort angefangen hatte.

Und auch an den Schrank mit dem dazugehörigen Verkaufstresen war Cecelia günstig gekommen. Durch ein Zei-
tungsinserat war sie auf das wuchtige Möbelstück gestoßen.
Eine Hutmacherin aus Brooklyn musste ihren Salon schließen und hatte ihn ihr überlassen. Hoffentlich ereilt mich nicht
das gleiche Schicksal wie seine Vorbesitzerin, dachte Cecelia

bang, als sie mit der Hand über den Tresen strich. Eine Pleite konnte sie sich nicht erlauben. Schnell verscheuchte sie die ängstlichen Gedanken. So fing man kein neues Geschäft an.

Die Wände in dem Salon hatte Cecelia in Altrosa streichen lassen. Der Farbton sollte dem Teint ihrer Kundinnen schmeicheln. So hatte es ihre Mutter Catharine auch immer gehalten in ihren Geschäften, erinnerte sie sich. Passend dazu war die Sitzgruppe mit der Chaiselongue mit dunkelrotem Samt bezogen. Auf den beiden kleinen Tischen davor hatte Cecelia hölzerne Hutständer platziert mit ihren neuesten Kreationen. Einige davon standen auch im Schaufenster. Außerdem war sie in den vergangenen Wochen etliche Male an den Schaufenstern in der »Ladies Mile« vorübergezogen, um sich inspirieren zu lassen. Aber ihre besten Anregungen holte sie sich aus den Modemagazinen, die Fanny regelmäßig aus dem Kaufhaus mitbrachte. Cecelia behandelte diese Blätter wie Kostbarkeiten. Neulich hatte sie Blanche erwischt, wie sie ein paar Seiten eingerissen hatte. Cecelia hatte ihr daraufhin eine Ohrfeige verpasst. In diesen Magazinen, von denen einige tatsächlich aus Paris kamen, stand alles, um auf der Höhe der Zeit zu sein. Die New Yorkerinnen waren schließlich anspruchsvoll.

Kein Wunder, in dieser Stadt gab es alles – alles, was man mit Geld kaufen konnte. Guter Geschmack und feiner Stil gehörten nicht dazu. Und genau das war Cecelias großes Plus. Sie war eine echte Französin, geboren im Heimatland der Mode. Da konnten die Menschen hier so viel mit Geld um sich werfen, wie sie wollten – natürliche Eleganz gepaart mit Anmut gab es nicht für Dollars. So hatte Cecelia sogar begonnen, ihren eigentlich längst unauffälligen französischen Akzent wieder stärker zu betonen.

»Mrs. Thorpe?« Von hinten steckte Gretchen vorsichtig den Kopf durch den Vorhang, der den Hutsalon von der dahinterliegenden Wohnung trennte. »Ich gehe dann jetzt mit Klina und May in den Central Park, ja?«, fragte sie höflich.

»Ja, wie besprochen, Gretchen. Um 13 Uhr wird gegessen. So, wie sonst auch«, entgegnete Cecelia.

Da noch keine Kundin im Salon war, ging sie schnell nach hinten und beugte sich zu ihren beiden jüngsten Töchtern hinunter. May saß mit einer hübschen Haube versehen im Kinderwagen und blickte ihre Mutter mit großen Augen an. Es gab Cecelia jedes Mal einen Stich, wenn ihre Jüngste sie so ansah. Es waren Williams Augen, dachte sie. Sie küsste sie und rückte ihr das Haubenband unter dem Kinn zurecht.

Klina stand für ihre Verhältnisse ungewöhnlich ruhig daneben. »Na, mein Schatz, freust du dich? Ein schöner Spaziergang mit Gretchen. Bestimmt seht ihr wieder viele Pferde unterwegs.« Cecelia war in die Hocke gegangen und strich Klina über die Wange.

Das Mädchen lachte und wieherte wie ein wild gewordenes Pony, dann schlang es die Arme um den Nacken der Mutter und versuchte, sich an sie zu drücken.

»Oh, Klina, das geht nicht, meine Frisur!« Schnell erhob sich Cecelia wieder und hielt lachend Klinas Hände fest.

»Mommy, dürfen wir dann mit einer Ziegenkutsche fahren? Bitte, bitte!«

Cecelia sagte nichts.

»Ja, aber mach jetzt hurtig, mein Tschipchen!«, antwortete sie mit dem sächsischen Kosewort für »Küken«. Eine Erinnerung an die Jahre in Deutschland. Alle lachten. Dann machte sich die Kinderwärterin mit den Mädchen auf den Weg.

Es war ganz still. Seit Blanche und William regelmäßig Unterricht bekamen, war Cecelia am Vormittag häufig ungestört. Nur Dora hörte man entfernt in der Küche hantieren.

Cecelia ging an das Schaufenster und ordnete die Hutständer um. Letzte Nacht hatte sie wieder ein neues Modell kreiert. Einen wunderbaren blauen Hut, die Seide war in enge Falten gelegt, dazu eine dunkelblaue Schleife und schillernd blau gefärbte Vogelfedern. Das neue Stück musste sie noch mehr in den Mittelpunkt der Auslage rücken.

Zufrieden betrachtete sie ihr Werk und wollte gerade wieder die Gardine zuziehen, als sie spürte, dass sie beobachtet wurde. Eine Frau in ihrem Alter stand auf dem Gehweg und schaute sich die Hüte im Fenster an. Mit einem scheuen Lächeln nickte sie Cecelia zu. Diese lächelte zurück. Langsam trat die Fremde noch einen Schritt näher ans Fenster. Cecelia ordnete die Gardinen, wartete noch einen Moment und öffnete dann entschlossen die Ladentür.

»Guten Morgen!«, begann die Unbekannte freundlich. »Ist das Geschäft neu hier? Ich bin ab und zu in der Gegend, aber einen Hutsalon habe ich hier vorher noch nicht gesehen.«

»Ja, ich habe mein Atelier erst vor einer Woche eröffnet«, antwortete Cecelia und betrachtete die Fremde. Sie war etwas kleiner als sie selbst, von zarter Statur und machte einen zurückhaltenden Eindruck, was durch die leise Stimme noch verstärkt wurde. Die rötlichen Haare waren hochgesteckt, gekrönt von einem braunen Kapotthütchen, wie Cecelia es schon einige Male in der Stadt gesehen hatte. Vermutlich ein Modell aus einem der Kaufhäuser. Nachdem die Fremde den Sonnenschirm ein wenig zur Seite gedreht hatte, konnte Cecelia ihr Gesicht vollständig sehen. Eine aparte Frau. Sehr heller Teint mit unzähligen Sommersprossen und etwas müden braunen Augen.

»Ich bin auf dem Weg zu meinen Eltern. Ich war mit einer Droschke unterwegs. Aber ich bin vorher ausgestiegen. Ich wollte einfach noch ein paar Schritte zu Fuß gehen«, erklärte sie ungefragt.

Cecelia nickte: »Noch ist es nicht zu heiß. Aber vielleicht haben Sie ja einen Moment Zeit, dann kommen Sie doch herein!«

Die andere Frau wirkte unschlüssig.

»Bitte, schauen Sie sich doch ein wenig um!« Cecelia ließ ihren Charme spielen.

»Dieser Hut da im Fenster«, fing die Fremde an, »der ist wunderschön!« Sie zeigte auf das blaue Exemplar, das erst vor ein paar Stunden fertig geworden war.

Cecelia war stolz. »Den könnte ich mir bei Ihnen sehr gut vorstellen«, sagte sie und nahm den Hut aus dem Fenster, um ihn der Kundin zu zeigen. Beide Frauen gingen zum Spiegel. »Darf ich?«

Die andere nickte.

Behutsam tauschte Cecelia den braunen Kapotthut gegen den blauen aus. Was für ein Unterschied! »Der steht Ihnen ganz ausgezeichnet! Haben Sie möglicherweise ein Kleid in Blautönen? Das würde dann noch besser passen«, anerkennend nickte Cecelia der Kundin zu.

Ein erleichtertes Lächeln war die Antwort. »Ich habe sogar mehrere Kleider in Blau. Wirklich, wunderschön!« Sie drehte den Kopf. Die Federn am Hut wippten leicht.

Plötzlich wurde die Frau kalkweiß im Gesicht. »Was ist los? Geht es Ihnen nicht gut?« Besorgt ging Cecelia einen Schritt auf die Fremde zu. In dem Moment sackte sie in Cecelias Armen zusammen. Mit Mühe zog sie die Ohnmächtige zur Chaiselongue. Zum Glück war die Frau klein und zart, sonst hätte sie es nicht geschafft.

»Dora, Dora!«, rief Cecelia nach ihrem Dienstmädchen.

Es dauerte, bis die Angestellte vorn war.

»Schnell, ein Glas Wasser! Und schau nach, das Riechsalz müsste im Schlafzimmer sein«, wies sie ihre Angestellte an.

Dora beeilte sich, nachdem sie die leblose Frau auf der Liege gesehen hatte. Währenddessen sprach Cecelia auf die Kundin ein und drückte ihre Hand.

Was sollte sie tun? Vielleicht das Kleid etwas lockern – aber das bei einer Wildfremden, wie unschicklich. Zum Glück kam auch schon Dora mit einer Karaffe Wasser und dem Riechsalz zurück. Und tatsächlich, das Salz zeigte Wirkung. Die Fremde kam wieder zu sich.

»Bitte sehr, ein Glas Wasser!«

Ohne etwas zu sagen, trank die Frau vorsichtig ein paar Schlucke.

»Wollen Sie sich lieber setzen?«, fragte Cecelia besorgt.

»Ja, gleich«, die andere atmete schwer. »Das ist mir furchtbar peinlich, entschuldigen Sie bitte!«

Cecelia entfernte vorsichtig den neuen Hut aus dem Haar der Frau. Das schöne Stück war etwas zerdrückt.

»Selbstverständlich nehme ich den Hut«, sagte sie leise. »Es ist mir so unangenehm.«

»Sind Sie krank? Ich hatte den Eindruck, dass Sie vielleicht Ihr Kleid etwas weiter machen sollten, dann können Sie besser atmen«, schlug sie vorsichtig vor.

Langsam öffnete die Frau die obersten Knöpfe ihres Kleides und atmete tief ein und aus. »Es ist jedes Mal das Gleiche«, stöhnte sie. »Ich glaube, ich bin wieder schwanger.«

»Ah, das erklärt dann natürlich alles.« Cecelia blieb hilfsbereit.

»Nein, nein, es geht schon wieder. Ach, der schöne Hut!« Mit Bedauern blickte sie auf das Vorzeige-Hütchen, das nun etwas ramponiert auf dem Tisch lag.

»Das krieg ich ganz schnell wieder hin«, erwiderte Cecelia und begann mit einigen gekonnten Handgriffen, die ursprüngliche Form wiederherzustellen.

Nach ein paar Minuten hatte sich die Fremde wieder erholt und stellte sich mit verlegener Miene als Jennie Byrnes Claussen vor. Sie erzählte von ihren drei kleinen Kindern und dass sie die Schwangerschaften immer sehr mitgenommen hätten. So musste sie lange liegen und sich schonen aufgrund ihrer

zarten Konstitution. Zweimal hatte sie bereits eine Fehlge-
burt erlitten.

Cecelia nickte, Tränen traten ihr in die Augen. »Das kenne
ich, auch ich habe ein Kind verloren. Es kam tot zur Welt.«

Jennie Byrnes Claussen seufzte. »Oh, wie schrecklich. Das
tut mir leid!«

»Ja, aber zum Glück habe ich noch vier gesunde Kinder
geboren«, erwiderte Cecelia mit fester Stimme.

Beide Frauen lächelten sich zu, eine leichte Befangenheit lag
zwischen ihnen. Sie kannten sich doch gar nicht und unterhielten sich so offen miteinander.

Während Cecelia den neuen Hut vorsichtig in eine Schachtel legte, schwiegen beide für eine kleine, verlegene Weile.

»Jetzt muss ich aber wirklich los! Vielen Dank noch einmal. Ich komme bestimmt wieder!«, verabschiedete sich die
Frau an der Tür.

»Sehr gern. Hier ist meine Visitenkarte«, sagte Cecelia und
überreichte ein hübsches Kärtchen mit bunten Pfingstrosen
und ihrem verschnörkelten Namen darauf. »Cecelia Thorpe,
Hüte, Bänder, Seiden, Federn und künstliche Blumen, echt
französisch! 20 West 36th Street/5th Avenue New York«,
stand da zu lesen.

Mrs. Byrnes Claussen nahm das Kärtchen und winkte kurz,
als Cecelia langsam die Ladentür schloss und sich noch immer
über diese außergewöhnliche Begegnung wunderte.

23. Schreibübungen

Bremerhaven, 3. Juli 1876

EIN SCHNARRENDES GERÄUSCH, beinahe ein Gurgeln. Dann schlug er mit dem Schnabel gegen die Sitzstange, plusterte sich auf und fing an, seine Federn zu putzen. Fasziniert betrachtete Johanne den Papagei. Der Vogel hielt inne, senkte seinen Kopf und sah direkt zu Johanne hinauf. »Good mornin'! Good mornin'! Good mornin' tojuuuuh!«, sagte er mit der Stimmlage eines alten Mannes.

Johanne musste lachen. »Guten Morgen, lieber Johnny! Good morning! Willst mir wohl zeigen, dass du schon ordentlich rumgekommen bist in der Welt, was? Aber täusch dich da mal nicht. Ein bisschen Englisch kann ich auch«, sprach sie ganz ernsthaft mit dem Vogel, der zuzuhören schien.

»Good mornin' tojuuuuuh!«, tönte er zurück. Dann hatte er genug parliert und setzte sein morgendliches Geputze fort.

Johanne stand vor dem Vogelbauer und schob vorsichtig den Zeigefinger zwischen die Messingstäbe. Johnny hielt inne. Ängstlich wartete Johanne, ob etwas geschehen würde. Der Vogel näherte sich auf seiner Stange. Vorsichtig berührte Johanne ihn an seinem Bauch. Wieder plusterte er sich auf, duckte sich und ließ sich dann von Johanne auf dem Kopf kraulen. Er schnarrte vor Wohlbehagen. Nie wäre sie auf die Idee gekommen, sich einen Papagei anzuschaffen. Und jetzt wohnte Johnny schon ein halbes Jahr bei ihnen. Der Vogel war ihr ans Herz gewachsen.

Nach ein paar Minuten kehrte sie an den Sekretär zurück. Es war kühl, das Schultertuch wärmte sie nicht richtig. Und das mitten im Sommer! Johanne stöhnte, kalt und regnerisch war es nun schon seit Anfang der Woche, sie würde Gesine bitten müssen, den Kamin anzumachen, dachte sie. Auch die halbvolle Teekanne fühlte sich nicht mehr warm an. Johanne trank noch einen Schluck, dann ordnete sie die Papiere und nahm den Federhalter in die linke Hand. Ein schönes Stück, das ihr Georg Claussen zum Geburtstag geschenkt hatte. Passend zu dem Federhalter standen noch ein Tintenfass und eine Löschwalze auf der Schreibfläche. Alles aus reinem Silber, Johanne schüttelte den Kopf. Was das wohl gekostet hatte? Viel zu viel. Wie gut, dass sonst kaum jemand dieses kostbare Schreibset zu sehen bekam, dachte sie. Das könnten die Leute auch falsch auffassen. Gesine hatte ihr neulich unter dem Siegel der Verschwiegenheit berichtet, dass in der Stadt schon geredet würde über das Engagement von Georg Claussen, wenn es um die junge Witwe seines Sohnes ging.

Johanne schraubte das Tintenfass auf und tauchte die Feder hinein. Die Feder kratzte über die Oberfläche. Ein Tintenklecks durchbrach die zitternden Bögen. Sie betrachtete das Blatt. Die Schrift war verschmiert, weil sie mit ihrer linken Hand unablässig über die feuchte Tinte wischte. Wie sollte daraus jemals ein leserlicher Brief werden? Noch einmal von vorn. Die Hand gehorchte ihr nicht. Selbst bei größter Konzentration entwischte ihr der Federhalter und machte krakelige Züge, die keiner entziffern konnte. Verbissen übte sie weiter. Irgendwann wird man es lesen können, dachte sie. Es soll nicht schön aussehen, nur leserlich. Im Hintergrund krächzte Johnny etwas von »Backbord« und »Steuerbord«, dann »Alle Mann an Deck!« Johanne hörte nicht hin. Sie übte so lange, bis ihre Hand schmerzte und sie ihren verkrampften Arm ausschütteln musste.

Jeden Tag saß sie nun hier und erlernte das Schreiben ein zweites Mal. Erst wenn es einigermaßen ansehnlich war, würde sie es ihren Schwestern zeigen oder ihrem Schwiegervater oder gleich einen richtigen Brief aufsetzen. Zum Beispiel an Meta. Johanne legte die Feder beiseite. Ja, Meta. Mit ihrem Brief aus Amerika hatte alles angefangen. Die Stunden am Sekretär, das tägliche Schreibenlernen. Ihre ehemalige Kinderwärterin sollte den ersten Brief bekommen in Johannes neuer Schrift. Hoffentlich hatte ihre alte Freundin aus Bremerhavener Kindertagen so viel Geduld. Johanne verschloss alle Schreibutensilien sorgfältig im Sekretär und lehnte sich zurück.

An die Zeit vor Meta hatte sie nicht mehr so viele Erinnerungen. Damals, als noch alles gut war, als die Etmers noch eine glückliche Familie gewesen waren. Der Name »Etmer« gehörte vielleicht nicht zu den führenden in der Hafenstadt, aber es war nur eine Frage der Zeit gewesen, bis es so weit sein würde. Ihr Vater war ehrgeizig – für sich und für seine Söhne. Doch dann kam das Jahr 1864. Johanne war neun Jahre alt, als ihre unbeschwerte Kindheit ein abruptes Ende fand. Damals starb ihr jüngster Bruder, Heinrich. »Heini« war ein kleiner Sonnenschein gewesen, der Liebling des Vaters. Doch der fröhliche Junge mit den flachsblonden Haaren bekam die Schwindsucht und starb innerhalb weniger Tage. Noch heute hörte Johanne die schrecklichen Hustenanfälle, die den kleinen Körper marterten, bis es ganz still wurde in seinem Bettchen.

Bei der Pflege des todkranken Kindes steckte sich Johannes Mutter an. Sie hatte sich nicht an die Ratschläge der Ärzte gehalten und war bei ihrem Sohn geblieben bis zum Schluss. Hochschwanger war sie gewesen, Johanne sah sie noch vor sich. Kaum ansprechbar durch den Verlust des Sohnes und gleichzeitig erschöpft wegen der erneuten Schwangerschaft verließ die Mutter nach Heinrichs Beerdigung das elterliche Schlafzimmer kaum noch.

Früher als errechnet brachte sie zwei Wochen später einen weiteren Jungen zur Welt. Auch er wurde Heinrich genannt. Kein glückliches Omen. Das Kind war krank, der neue Heinrich hatte einen Wasserkopf. Johannes Mutter erfuhr die traurige Diagnose nicht mehr. Mitgenommen von der Geburt und ausgezehrt von der Tuberkulose starb sie einen Tag später.

Johanne stand vom Stuhl auf und ging langsam ans Fenster. Sie hörte das Fauchen und Pfeifen der Lokomotive, die in fünf Waggons neue Passagiere zur Lloydhalle an den Hafen brachte. Der Zug kam zum Stehen, die Türen wurden aufgerissen, und schon ergoss sich ein Strom von Männern, Frauen und Kindern auf die Straße. Die Menschen verschwanden aus Johannes Blick. Sie hörte nur das Geschrei, die Rufe, die Stimmen. Damals, als ihre Mutter starb, fuhr die Eisenbahn auch schon hier am Hafen entlang, dachte sie.

Wie viel passiert war in den zwölf Jahren! Was sich alles verändert hatte. Zuerst hatte Johannes drei Jahre ältere Schwester Catharine versucht, den Platz der toten Mutter ihren Geschwistern gegenüber einigermaßen auszufüllen. Dabei war sie erst zwölf Jahre alt gewesen. Zum Glück war Meta gekommen. Sie sollte sich in erster Linie um den kranken Heinrich kümmern, doch natürlich war sie für alle Etmer-Kinder da. Leider hatte sie Bremerhaven verlassen, als auch der zweite Heinrich starb. Acht Jahre war er alt geworden. Die meiste Zeit musste er im Haus verbringen, er konnte nicht gehen und nicht sprechen. Aber gelacht hatte er viel, auch wenn es gar nicht viel zu lachen gab in der Hafenstraße 37.

In diesem Moment kam ein Sonnenstrahl durch die Wolkendecke. Johanne blickte in die dicken grauen Wolken, die über den Himmel zogen. Jetzt sind sie alle wieder zusammen. Ihre Eltern, die vier Brüder, ihre große Schwester und Christian. Gern hätte Johanne in diesem Moment die Hände gefaltet und ein Gebet gesprochen. Aber selbst das war nicht mehr

möglich seit dem 11. Dezember. Sie legte ihre gesunde Hand
auf den Stumpf und bewegte lautlos die Lippen.

24. Später Besuch

New York City, 4. September 1876

VORSICHTIG DREHTE CECELIA das Stellrädchen an der Petroleumlampe höher. Hier, im hinteren Teil des Verkaufsraumes
wurde es nie richtig hell. Sie starrte in die aufflackernde Flamme.
Ihre Augen brannten, so müde war sie. Abends, wenn es endlich still war in der Wohnung, nähte und formte sie in ihrem
Atelier neue Hüte. Es war ihr Ehrgeiz, möglichst jeden Morgen
ein neues Modell im Fenster zu zeigen. Cecelia wollte sich dem
New Yorker Tempo anpassen, unbedingt. Ihr Salon war klein
und noch völlig unbekannt. Aber sie würde sich behaupten.
Allein wegen der Kinder. Sie seufzte und rieb sich die Augen.

»Störe ich?« Fanny schob den schweren Vorhang zur Seite,
der den Durchgang zur Wohnung verdeckte.

Cecelia schüttelte den Kopf: »Nein, gar nicht. Komm doch
her und leiste mir ein wenig Gesellschaft!«

Auch Fanny sah müde aus. Aber nicht so erschöpft, dachte

Cecelia. Ihre Haare sind noch voll und dunkel. Keine grauen Strähnen, keine Linien im Gesicht und kein Hals, der anfangen will, faltig zu werden.

»Schwesterherz! Du siehst ein wenig mitgenommen aus. Komm, lass mich dir zur Hand gehen!« Fanny nahm ungefragt ein paar Federn und schaute ihre ältere Schwester erwartungsvoll an.

Cecelia musste lächeln. »Ach, Fanny-Schatz, leiste mir einfach nur Gesellschaft. Berichte mir, was die neuesten Trends sind und was die Leute kaufen!«

Fanny zog sich einen Schemel heran und legte ihre Füße darauf. »Ich darf doch, ja? Du kannst dir nicht vorstellen, wie meine Füße am Abend schmerzen, den ganzen Tag stehen!« Sie stöhnte. Dann erzählte sie von einer Frau, die heute schon zum dritten Mal da gewesen sei, weil sie unbedingt einen Hut mit Pfauenfedern wollte. Und immer wieder mit Straußenfedern abgespeist wurde, weil Pfauenfedern gerade nicht zu bekommen waren.

Cecelia zuckte mit den Achseln. »Ich habe doch welche hier. Kannst du dann nicht so einer Kundin einfach meine Karte in die Hand drücken?«

Fanny seufzte. »Ich hab's ja auch gedacht. Aber ich habe Angst. Wenn das jemand mitbekommt, dass ich Kunden weitervermittle, dann bin ich meinen Job los. Und das wäre dann schon das zweite Mal in einem halben Jahr.«

Cecelia schwieg. Sie konnten nicht auf Fannys Lohn verzichten. Solange der Salon nicht richtig lief, brauchten sie jeden Dollar.

»Oh, was ist denn das? Hast du einen Verehrer?« Neugierig betrachtete Fanny die Schachtel Konfekt, die Cecelia achtlos zur Seite gestellt hatte.

»Nein, die hat heute eine Kundin vorbeibringen lassen. Als Dankeschön!«

»Wer ist die Frau? Wieso schenkt sie dir Pralinen?«

Cecelia erzählte von dem Vorfall vor zwei Tagen, als Jennie Byrnes Claussen in ihrem Hutsalon einen Schwächeanfall erlitten hatte. »Sie war mir sehr sympathisch, muss ich sagen. Und ich kenne mich ja aus, was Schwangerschaften und die Begleiterscheinungen angeht«, beendete Cecelia ihren Bericht.

Fanny las das beigefügte Kärtchen und war beeindruckt. »Du hast noch gar keine Praline gegessen! Jetzt wäre doch ein guter Augenblick, oder?«, frage sie scheinheilig.

Cecelia schob den hölzernen Modell-Kopf beiseite. »Für die fleißigen Frauen von New York!«, sagte sie und hielt ihrer Schwester den edlen Karton entgegen. Beide Frauen probierten die Pralinen und schwiegen andächtig.

»Die waren bestimmt teuer. Das schmeckt man«, bemerkte Fanny.

Plötzlich pochte jemand an der Ladentür. Erschrocken sahen sich die beiden Schwestern an. »Wer mag das sein? Um diese Zeit?«

Es dämmerte längst. Das Klopfen wurde lauter. Cecelia nahm eine Schere in die Hand und stand auf: »Ich sehe nach, bevor noch jemand die Tür kaputt macht.«

Fanny sprang auf: »Ich komme mit.«

Ein Schatten war zu erkennen. »Hallo! Cecelia! Nun mach doch endlich auf!« Es war die Stimme von Louisa O'Connor.

Kopfschüttelnd schloss Cecelia die Tür auf und ließ den späten Gast hinein.

»Entschuldige bitte, liebste Cecelia! Ich weiß, ich bin furchtbar spät. Sei mir bitte nicht böse!« Louisa drückte Cecelia an sich. Da bemerkte sie die Schere in ihrer Hand. »Oh, du meine Güte, hast du gedacht, ich sei ein Einbrecher? Da habe ich ja Glück gehabt, dass du mich nicht erwischt hast!« Sie lachte laut. »Ah, und deine schöne Schwester ist auch da. Fanny, stimmt's? Ihr zwei seid wirklich ein elegantes Gespann. Man merkt einfach, dass ihr aus Frankreich kommt.«

Jetzt endlich kam Cecelia zu Wort: »Wir sitzen hinten. Ich arbeite gerade an einem neuen Hut und Fanny hilft mir dabei.«

Schnell musterte Louisa die Auslage. »Wirklich hübsch hier! Du hast einfach ein gutes Händchen für Mode, Cecelia. Das beeindruckt mich jedes Mal aufs Neue«.

»Ich könnte noch einen Tee aufsetzen«, bot sich Fanny an.

Louisa schüttelte den Kopf. »Ach nein, keinen Tee. Ich komme gerade vom Essen im Delmonico's. Habt ihr vielleicht noch ein Gläschen Madeira? Das ist ein wunderbares Getränk zu einer Schildkrötensuppe. Die hatte ich nämlich gerade. Ach, aber Madeira schmeckt auch ohne Suppe ...«

»Fanny, schau du doch einmal, ob wir nicht im Speisezimmer noch etwas von dem Madeira haben.«

Fanny nickte und machte sich auf den Weg.

Mit einem tiefen Seufzer ließ sich Louisa O'Connor auf einen Stuhl fallen. »Das ist ein Abend!«, rief sie.

»Schschsch, nicht so laut. Die Kinder schlafen«, Cecelia sah ihre New Yorker Freundin streng an.

Diese zuckte mit gespielter Verlegenheit zusammen. »Warm ist es bei euch, ich darf doch?« Ohne eine Antwort abzuwarten, knöpfte sie ihre Jacke auf und zog sie aus.

Ein hübsches Ensemble trug sie – dunkles Kirschrot, das stand ihr, dachte Cecelia anerkennend. Der passende Lippenstift war dagegen nur noch an den Lippenrändern zu erkennen. Auch die Haare saßen nicht ganz so tadellos wie sonst. Cecelia bemerkte es, ohne ein Wort darüber zu verlieren.

»Louisa, was führt dich zu uns?«

Diese schloss für einen Moment die Augen und atmete tief aus: »Ich war mit Richard im Delmonico's. Es war ein wunderbarer Abend. Aber plötzlich tauchten an unserem Tisch noch zwei Herren in Begleitung irgendwelcher Damen auf. Ich weiß nicht, irgendwelche Iren aus Tammany Hall oder so. Politiker. Vielleicht waren es auch Geschäftsfreunde von Richard. Jedenfalls hatte er auf einmal nur noch Augen und Ohren für die beiden Männer. Ja, und da saß ich plötzlich mit zwei wildfremden jungen Dingern am Tisch. Und mein Tischherr war mit diesen Iren auf und davon. Zum Glück hatte er die Rechnung noch übernommen. Ja, zu dumm. Denn gerade heute wollte ich mit Richard sprechen. Über meine Situation.« Sie schwieg.

Fanny trat leise an den Tisch und stellte ein Kristallglas und eine Karaffe ab. »Und für uns den Tee«, wandte sie sich mit einer Kanne an ihre Schwester.

Cecelia nickte geistesabwesend. »Was ist denn mit deiner Situation?«, fragte sie.

Louisa ließ sich Zeit mit ihrer Antwort. Genießerisch trank sie ihr Glas leer und goss sich noch ein weiteres ein. Dann schüttelte sie den Kopf. »Cecelia, ich habe dir doch schon einmal erzählt, dass ich Geld von meinem geschiedenen Mann bekomme. Er ist in San Francisco. Das Gold hat ihn damals angezogen. Na, egal. Normalerweise schickt er mir jeden Monat einen Scheck. Wir sind ja auch im Guten auseinandergegangen. Doch seit drei Monaten habe ich nichts mehr von ihm gehört. Kein Geld, keine Nachricht, nichts. Ich habe versucht, ihn ausfindig zu machen. Aber die Post kam wieder zurück. Ich habe keine Ahnung, was da los ist. Nur eines weiß ich: Ich habe kein Geld mehr. Ich bin jetzt schon an meine Reserven gegangen.« Sie seufzte.

Cecelia war überrascht. Louisa in Geldnöten – das war neu. »Und was ist mit Richard? Könnte er dir nicht aushelfen?«, fragte sie.

»Ja, das macht er ja schon. Aber das Problem ist natürlich, dass er ein verheirateter Mann ist.«

Cecelia sah sie an. »Bislang war das nicht das Problem, hatte ich den Eindruck.«

»Ach, Cecelia, nun sei nicht so moralisch! Verstehst du denn nicht? Richard ist großzügig. Guck hier, der Ring, der ist von ihm! Aber ich bin natürlich trotzdem ungesichert. Anders als seine Ehefrau.«

Cecelia nickte. Fanny saß da und hörte gebannt zu.

»Also, um es kurz zu machen: Ich bin übermorgen zu einem wichtigen Dinner eingeladen. Da muss ich einfach einen richtig guten Eindruck machen. Nun wollte ich dich fragen, ob du mir einen von deinen Kaschmirschals ausleihen könntest und …«

»Was, und?«

»Also, ich wollte ein eierschalenfarbenes Chintz-Kleid anziehen. Es ist schon etwas älter, aber ich habe es gerade ändern lassen. Jetzt sieht es wieder aus wie der letzte Schrei. Na ja, fast. Dazu bräuchte ich einen passenden Schal und etwas Schmuck.«

Cecelia rührte gedankenvoll in ihrer Teetasse. »Aber, wieso kommst du ausgerechnet zu mir? Du kennst doch so viele Leute in der Stadt. Warum fragst du nicht Kate Woods zum Beispiel?«

»Liebe Cecelia, die Antwort ist ganz einfach! Weil du den besten Geschmack hast. Niemand, den ich kenne, ist so stilsicher wie du. Deine Kleider, deine Hüte, dein Schmuck – wie soll ich es sagen, es ist alles so … so elegant, so französisch eben.«

Ein Lächeln huschte über Cecelias Gesicht. Wenn selbst Louisa dies erkannt hatte, diese gewandte, selbstbewusste Frau! Dann konnte es nicht mehr lange dauern, bis es auch die anderen New Yorkerinnen bemerken und ihren Laden stürmen würden. »An was hast du gedacht?«

»Oh, vielleicht ein Armband? Und etwas Passendes dazu. Ich weiß ja gar nicht so genau, was du alles hast.« Louisa legte ihre Hand auf Cecelias und drückte sie. »Es ist auch alles nur geliehen. Ich bring es dir wieder, sobald ich diesen Abend überstanden habe.«

»Was ist das denn überhaupt für ein Abend?«, mischte sich Fanny vorsichtig ein.

»Richard ist mit Collis P. Huntington verabredet. Und er will mich mitnehmen.« Bedeutungsvoll sah sie in die Runde.

Fanny zuckte mit den Schultern. »Kenne ich nicht.«

Auch Cecelia blickte ratlos zu Louisa.

»Ach, ihr zwei seid noch so neu hier in der Stadt. C. P. Huntington ist ein Eisenbahnbaron. Er ist unglaublich reich, hat ein Haus in der Lexington Avenue, in der Nähe vom Gramercy Park. Sehr schick! Es gibt sogar eine Stadt, die nach ihm benannt wurde.«

Beeindrucktes Schweigen.

Louisa fuhr fort: »Er wird meistens C. P. genannt, nach Collis Potter. Eigentlich ist er verheiratet, aber seine Frau ist ziemlich krank. Man sieht sie fast nie in der Gesellschaft. Dafür hat er aber eine sehr lebendige Freundin. Arabella. Sie ist um einiges jünger und soll auch ein Kind von ihm haben. Vielleicht ist es aber auch von einem anderen Mann. Es gibt Gerüchte. Lange Rede, kurzer Sinn: Mein Richard will mit C. P. Geschäfte machen, aber jetzt wollen die beiden sich erst einmal noch besser kennenlernen. Und Arabella und ich sind auch eingeladen.« Sie nahm einen tiefen Schluck aus ihrem Madeiraglas. »Wisst ihr, sie wird Belle genannt und soll sehr geschäftstüchtig sein. Vielleicht kommt eine nützliche Verbindung zustande. Ich muss einfach etwas für meine Absicherung tun. Sonst steh ich eines Tages auf der Straße.« Sie seufzte theatralisch.

Cecelia strich sich eine Strähne aus dem Gesicht. »Du kennst ja Leute! Aber verstehe ich das richtig? Dieser C. P. und auch dein Richard sind verheiratete Männer. Trotzdem gehen sie lieber mit ihren Freundinnen aus ...« Weiter kam sie nicht.

»Jetzt fang doch bitte nicht damit an! Wir sind hier in New York! Nicht im deutschen Kaiserreich, Cecelia. Ich bin doch selbst katholisch, aber so moralisch wie du bin ich bei Weitem nicht. Und wer weiß, vielleicht wird Richard seine Frau eines Tages verlassen. Glücklich ist er nicht in seiner Ehe.«

Cecelia nickte.

»Bitte, nun hör aber auf! Wir Frauen müssen zusammenhalten! Du steckst doch selbst in einer schwierigen Situation. Allein in einer fremden Stadt, vier Kinder und Witwe. Auch ich bin allein. Aber im Gegensatz zu dir habe ich keinen so wunderbaren Beruf gelernt, mit dem ich mich jetzt ernähren könnte. Was soll ich denn machen?«

Auf einmal sah Louisa alt aus. Die Schminke hatte sich in die Lidfalte gesetzt, die Wimperntusche war verrutscht. Das Petroleumlicht war nicht so barmherzig wie der Schein einer Kerze. Mit belegter Stimme fuhr sie fort: »Cecelia, ich verspreche dir, dass ich dir so viele Kundinnen besorge, wie ich nur kann. Ich mach jetzt schon immer Werbung für deinen Salon. Bitte glaub mir. Und bitte hilf du mir auch. Ich bring dir auch alles zurück.«

»Ja, Louisa hat recht. Wir sollten uns alle gegenseitig helfen, Schwesterherz. Und wer weiß, vielleicht tun sich nach dem Abend mit dem Huntington und seiner Freundin neue Chancen auf. Vielleicht kommt diese Arabella dann auch hier vorbei und kauft deine Hüte!«

Cecelia nickte. Sie war müde. Das Gespräch strengte sie an. »Stimmt schon, Fanny. Louisa, komm doch morgen oder übermorgen Abend vorbei mit dem Kleid, das du anziehen willst. Dann gucken wir zusammen, was von meinem Schmuck dazu passen könnte.«

Louisas Augen glänzten. Es sah beinahe so aus, als schimmerten Tränen darin. Vielleicht lag es aber einfach nur am Madeira.

25. Am Hafen

Bremerhaven, 17. September 1876

»GESINE, BITTE! NUN verwöhn Elschen doch nicht so.«

Johannes tadelnder Blick machte das Dienstmädchen nervös. »Gnädige Frau, is ja bloß 'n büschen von dem Vanillepudding, der noch übrig war.«

Johanne schüttelte den Kopf. »Immer ist irgendetwas übrig. Elsie wird völlig verzogen.«

»Dat kunn schon wehn. Bloss ick alleen bin nich schuldich, alle verwöhn' se doch dat Elschen«, murmelte Gesine. Und sie hatte recht.

Sophie, die mehr und mehr zur Kinderfrau ihrer nun eineinhalbjährigen Nichte geworden war, herzte das Mädchen unentwegt. Und auch Henriette war ganz vernarrt in das blond gelockte Kind.

Johanne sah Elsies verschmiertes Gesicht. »Ach, ist schon gut«, gab sie sich geschlagen und küsste ihre kleine Tochter auf den klebrigen Mund. »Mama geht mit dem Großvater ein wenig hinaus. Wir haben etwas zu besprechen und wollen uns die Arbeiten am neuen Hafenbecken ansehen«, sagte sie und strich ihrer Tochter über den Kopf.

Georg Claussen wartete vor der Haustür und freute sich, seine Schwiegertochter zu sehen. »Lass dich einmal betrachten, gut siehst du aus!«

Unsicher zupfte Johanne an ihrem Kragen.

»Nein, mein Deern, ich mein's ernst!« Der alte Claussen war das Komplimentemachen nicht mehr gewöhnt, seit er

Witwer war. »Ich mein, du hast wieder etwas zugenommen, kann das sein? Es steht dir!«

Johanne errötete. Hoffentlich hatte niemand etwas mitbekommen. Was sollten die Leute denken? Ein alter Mann macht seiner fast 50 Jahre jüngeren Schwiegertochter mitten auf der Straße den Hof. Wie unpassend.

»So, dann wollen wir doch mal gucken, wie weit der neue Hafen mit dem prächtigen Namen schon ist. Der Kaiserhafen!« Georg Claussen pfiff durch die Zähne. »Komm, Johannchen, hak dich ein, gehen wir gemeinsam.« Er hielt seinen Spazierstock erwartungsvoll in die Höhe und streckte ihr den anderen Arm entgegen. Auf ihrem Weg kamen sie auch am Etmer'schen Haus vorbei. Das Firmenschild mit dem Namen ihres Vaters war abgeschraubt. Auch der andere Schriftzug, der an der Hausfront gestanden hatte, war übermalt: »R. Luchting & Co« und darunter »Feuerversicherungsaktiengesellschaft zu Berlin, Caspar Diedr. Chr. Claussen«.

Johanne schluckte. Hier hatte Christian sein Büro gehabt, Tür an Tür mit Johannes Vater. Die beiden Männer hatten sich gut verstanden. In geschäftlichen Angelegenheiten war Christian ein besonnener Mann gewesen. Kein Heißsporn. Das mochte Philipp Etmer, der sich schnell begeistern konnte. Manchmal zu schnell. Mal war er für die eine Versicherungsagentur im Einsatz, dann für eine ganz andere. Plötzlich handelte er mit Steinkohle, dann wieder verkaufte er Schiffszubehör. Johanne seufzte, als sie an ihren Vater dachte, der nach dem Tod seiner ersten Frau noch ruheloser dem großen Erfolg nachgejagt war.

Aber sie wollte ihm nicht unrecht tun. Es war auch die Zeit, dachte Johanne, in der jeder das große Geld machen wollte. Erst recht an einem Ort wie Bremerhaven. Die Stadt wuchs jedes Jahr, die Ströme der Auswanderer rissen nicht ab. Immer mehr und immer größere Schiffe legten an und kreuzten die Meere – in die eine Richtung mit Menschen an Bord, in die andere Richtung mit Waren. Geld brachte beides. Jetzt musste sogar ein neues Hafenbecken gebaut werden, weil die beiden bestehenden zu klein geworden waren für den Andrang der modernen Dampfschiffe.

Georg Claussen hatte seine Schwiegertochter beobachtet. Er blieb stehen – direkt vor dem dreistöckigen Haus der Etmers. »Ich denk oft an Christian«, sagte er leise. »Ihr zwei wart so ein glückliches Paar. Eine Schande, dass ihr nicht mehr Zeit hattet«, seine Stimme war kaum zu hören in dem Lärm ringsherum.

Johanne schwieg. Wie oft war sie durch diese Tür gegangen? Hoch in die elterliche Wohnung. Sie sah die Zimmer vor sich. Zur Straße raus hatten sich Gustav und Philipp einen Raum geteilt. Die Mädchen hatten zwei Kammern gehabt, eine davon winzig – zum Hof hinaus. Das Esszimmer, die Küche, das Wohnzimmer, das Schlafzimmer der Eltern, sogar das Zimmer des Dienstmädchens und die Speisekammer – alles sah sie wieder vor sich. Jetzt waren die Räume leer. Das Haus stand zum Verkauf.

Ihr Schwiegervater hatte sie beruhigt, der Wert des Hauses sei gestiegen in den letzten Jahren. Das Geld, das sie zu erwarten hätten, würde ihr, Elsie und ihren Schwestern weiterhelfen. Zusammen mit der Auszahlung aus dem großen Spenden-Aufruf waren die Etmer-Schwestern dann beinahe wohlhabend. Nein, nicht beinahe. Sie waren es. Damit wollte sie der alte Claussen immer trösten. Aber es war ein schaler Trost.

Was hätte Johanne nicht dafür gegeben, wenn dieses Haus noch voller Leben wäre. Selbst ihre Stiefmutter wünschte sie sich plötzlich zurück. Vielleicht hätte ihr Vater mit Auguste noch einmal eine Familie gründen können. Kleine Geschwisterkinder für die erwachsene Johanne. Die Vorstellung irritierte sie nun nicht mehr. Ihr Vater hatte nie mit ihr darüber gesprochen, aber es lag auf der Hand. Auguste war ja erst 28 Jahre alt gewesen. Und nun war sie tot. Alle waren tot. Johanne schluckte und rieb verstohlen ihre Finger aneinander. Selbst durch den Handschuh spürte sie ihren Ehering. Und direkt darüber den Ring von Christian. Erst vor ein paar Wochen hatte sie ihn zum Goldschmied gebracht und ihn umarbeiten lassen, sodass er ihr jetzt passte. Und mit den drei Granatsteinen in der Mitte war er ihr das liebste Schmuckstück geworden. Sie wischte sich eine Träne ab.

»Oh, oh, oh, Johannchen, wie viele Tränen wir wohl noch weinen müssen?«, sagte der alte Claussen und blickte sie mit roten Augen an.

Hilflos zuckte sie mit den Schultern.

»Nun lass uns noch ein paar Schritte gehen.« Vorsichtig berührte er sie am Ellenbogen und schob sie zurück auf den Bürgersteig. Schweigend gingen sie weiter.

Völlig unbeteiligt sah Johanne, wie Fässer über die Straße gerollt wurden. Auch als ein Fuhrwerk neben ihnen hielt, beladen mit Koffern und Taschen, sah sie teilnahmslos durch den Berg Gepäck hindurch. Zwei Arbeiter begannen, die Sachen hinunterzuwerfen, ein anderer sollte sie auf den Laufsteg bringen. Er war ungeschickt, beinahe wäre ein großes Bündel ins Hafenbecken gefallen.

»Pass doch auf! Du Döskopp! Sonst kannst du gleich hinterhertauchen!« Ein muskulöser Mann mit aufgerissenem Hemd schrie seinen tollpatschigen Kollegen an. Der war noch jung und durch den bedrohlichen Auftritt des anderen völlig eingeschüchtert.

»Nu lass mal den armen Kerl in Ruhe. Er hat's doch nicht mit Absicht gemacht«, mischte sich Georg Claussen ein.

Der schwitzende Mann machte eine drohende Bewegung mit der Faust.

»Jetzt ist es aber gut, Freundchen. Sonst red ich gleich mal mit *deinem* Vorarbeiter. Dann kannst *du* aber hinter den Koffern herschwimmen!« Claussen war lange genug im rauen Hafengeschäft unterwegs, um auch mit solchen Situationen fertigzuwerden. Johanne staunte. Der verärgerte Arbeiter winkte ab.

In dem Moment erschütterte ein Knall die Luft. Johanne erstarrte. Das Geräusch kam von der Baustelle am neuen Hafenbecken. Vielleicht war eine Spundwand vom Wagen gefallen oder ein schwerer Eichenstamm aus der Halterung des Krans gerutscht. Für einen Moment hielten die Menschen inne, um dann mit ihrer Arbeit weiterzumachen. Es schien nichts passiert zu sein. Nur ein plötzlicher Lärm aus dem neuen Hafenbecken, das in zwei Monaten fertig sein sollte.

Claussen atmete aus und wollte weitergehen. »Da gucken wir doch mal, wer da so einen Krach macht im Kaiserhafen!«, sagte er mit einem Lachen und drehte sich zu Johanne um.

Doch die stand da wie versteinert. Ihr Gesicht war weiß, sie zitterte am ganzen Körper.

»Hannchen, beruhige dich. Da war nichts. Komm, wir gucken jetzt mal, was da los ist auf der Baustelle!«, versuchte Georg, so normal wie möglich zu klingen. Aber seine Schwiegertochter reagierte nicht. Mit aufgerissenen Augen starrte sie ihn an, während das Zittern immer stärker wurde.

Claussen legte seinen Arm um ihre Taille. »Johanne! Es ist alles in Ordnung. Möchtest du lieber nach Hause?«

Keine Antwort.

Claussen war hilflos. »Bitte, Johanne, beruhige dich. Es ist nichts passiert, gar nichts«, versuchte er es ein weiteres Mal.

Doch sie schien ihn nicht zu hören. In ihrem Kopf hallte der Knall nach. Ohrenbetäubend. Es war der donnernde Knall vom 11. Dezember.

26. In der Ziegenkutsche

New York City, 15. Oktober 1876

LEISE RAUSCHTEN DIE BLÄTTER an den Bäumen. Die Sonne funkelte durch die Zweige und tupfte Lichtkleckse auf den Kiesweg. Klina hüpfte auf einen solchen Sonnenfleck und drehte sich triumphierend zu ihrer Mutter um: »Guck mal, Mommy, jetzt leuchte ich auch!«

Cecelia musste lächeln. Sie nickte ihr zu: »Deine Haare glänzen schön.«

Klina strahlte und schlang die Arme um Cecelias Rock. »Mommy, hochheben! Bitte! Einmal nur!«

Cecelia beugte sich hinab und schüttelte den Kopf. »Du bist viel zu schwer.«

»Aber Papa hat mich immer hochgehoben. Sooo hoch!« Und sie zeigte mit ihrer kleinen Hand in den Himmel.

»Darling, Papa ist nicht mehr da. Er ist jetzt wirklich da oben, im Himmel. Das weißt du doch.«

Klinas Gesicht verfinsterte sich. »Ich will ihn wiederhaben. Er soll mit mir spielen!«

Cecelia ordnete die Locken ihrer Tochter und nahm sie an die Hand. »Komm, wir gucken mal, wo die Ziegenkutschen stehen! Das hatte ich euch doch versprochen.«

Die Wege im Central Park waren voller Menschen. Überall sah man Kindermädchen mit ihren kleinen Schützlingen, aber auch ganze Familien, die den Sonntag im Grünen verbringen wollten. Einige trugen Picknickkörbe, andere führten ihre Hunde aus. Dazu die milde Oktobersonne, die nicht mehr die Kraft hatte, die Stadt aufzuheizen, sondern nur einen matten Abglanz bot. Die Luft war feucht. Es roch nach Herbst. Cecelia seufzte. Bald würde ihr zweiter New Yorker Winter kommen. Allein die Kosten für die Kohle und das Feuerholz würden wieder am Ersparten nagen. Vielleicht wäre es besser, sie würde ein oder zwei Stücke von ihrem Schmuck zum Pfandleiher tragen.

Da fiel ihr Louisa ein. Noch immer hatte sie die geliehene Uhr mit den Diamanten, die Diamantringe und die Diamantbrosche nicht zurückgegeben. Auch auf den Kaschmirschal und den kalbsledernen Koffer wartete Cecelia bisher vergeblich. Wie lange war das jetzt her? Sie rechnete nach. Vier Wochen. Und dabei wollte Louisa die Sachen doch eigentlich schon am nächsten Tag zurückbringen. Seltsam.

Cecelia ärgerte sich über sich selbst. Wie konnte sie ihren wertvollen Schmuck nur so einfach verleihen? So lange kannte sie Louisa doch gar nicht. Wäre es Flori de Meli gewesen aus Dresden, überhaupt keine Frage, oder Martha Steuart in Leipzig. Ehrenwerte Frauen. Aber Louisa? Sie musste sie noch ein weiteres Mal zur Rede stellen. Immer wieder sagte Louisa dann, sie hätte es vergessen, aber das konnte doch gar nicht stimmen. In letzter Zeit war Louisa ihr auch regelrecht aus dem Weg gegangen. Keine Überraschungsbesuche mehr im Salon. Keine Verabredungen im Café Thompson. Was wäre, wenn Louisa den geliehenen Schmuck gar nicht mehr besaß? Vielleicht schon verkauft hatte? Nein, das konnte nicht sein. Oder doch? War ihre eigene Menschenkenntnis so miserabel?

Louisa hatte ihr geholfen, Kundinnen für den Salon zu finden. Selbst die Geliebte von C. P. Huntington, Belle Worsham, hatte sich für diesen Monat angekündigt und wollte – jedenfalls laut Louisa – ihre gesamten Hüte für die Wintersaison von Cecelia anfertigen lassen. Sie würde Louisa noch einmal auf die geliehenen Stücke ansprechen und wahrscheinlich schon in ein paar Tagen alles wieder in der eigenen Schmuckschatulle verstauen können, versuchte sich Cecelia zu beruhigen.

Mit dem Taschentuch tupfte sie sich den Schweiß von der Oberlippe und zwang sich zu einem Lächeln. »Na, Blanche, freust du dich? Einmal in einer Ziegenkutsche zu fahren?«

Ihre älteste Tochter sah sie ernst an. Warum guckte sie nur immer so streng? Sie war doch noch ein Kind, erst zehn Jahre alt! Ihr war das Mädchen oft fremd. Ein eigenartiges Verhältnis zwischen Tochter und Mutter, wie bei ihr selbst. Cecelia hatte nur noch schwache Erinnerungen an die Zeit im Elsass. Es waren keine guten Momente, die da vor ihrem inneren Auge auftauchten.

Die eigene Mutter immer fort. Sie selbst und ihr Bruder Jules ungeliebt von den Großeltern, im Ort verachtet. Einmal hatte eine Bäuerin vor ihr auf den Boden gespuckt und sie beschimpft. Cecelia erinnerte sich noch genau an diese Situation, ihre Mutter hatte sie damals zur Seite gerissen und sich laut zur Wehr gesetzt. Später saß sie weinend auf dem Bett, und als Cecelia sie trösten wollte, hatte sie sie zurückgestoßen. Nein, auch die Beziehung zu ihrer eigenen Mutter war nie innig gewesen. Bei Blanche wollte sie es selbst besser machen. Ihr erstes Kind, das am Leben geblieben war. Ihre wunderhübsche kleine Tochter. Jetzt schritt dieses Mädchen so verschlossen neben ihr. Cecelia fröstelte.

Der Vater fehlte, wie bei ihr damals. Doch Cecelia hatte Glück. Ihre Mutter fand trotz ihrer unehelichen Kinder noch einen Mann, der sie heiratete. John Paris. Er wurde ein liebevoller Stiefvater. Keine Selbstverständlichkeit, das hatte ihr ihre Mutter immer wieder eingebläut. Umso dankbarer war Cecelia. Selbst als dann die Halbgeschwister auf die Welt kamen, war seine Zuneigung zu ihr geblieben und hatte sie oft gerettet vor den Wutausbrüchen ihrer Mutter. Cecelia dachte mit Schaudern an die Anfälle im Geschäft in St. Louis zurück.

Wie ihr Stiefvater es mit dieser tobsüchtigen Frau aushalten konnte, es war ihr ein Rätsel.

»Komm, Blanche, gib mir deine Hand! Du bist schon so groß! Und ich bin so stolz auf dich, auf deine Fortschritte im Unterricht. Dein Englisch ist sehr gut!«

Gehorsam legte das Mädchen seine Hand in die der Mutter. »Ja, es macht mir Freude. Aber wenn ich träume, dann träume ich immer noch auf Deutsch, weißt du.« Vertrauensvoll sah sie ihre Mutter an.

»Ja, ich denke auch oft an unser Zuhause in Dresden zurück.«

»Ich vermisse Deutschland. Und weißt du, ich denke auch oft an Papa. Er fehlt mir.«

Cecelia drückte Blanches Hand. Sie spürte, wie ihre Augen feucht wurden. »Oh ja, mir auch.«

»Mommy, warum heißen wir jetzt eigentlich nicht mehr so wie Papa? Warum heißen wir nicht mehr Thomas, sondern Thorpe?«

Erschrocken drehte sich Cecelia um.

»Mein Name ist doch Blanche Thomas.«

Verzweifelt hielt Cecelia Ausschau nach den Ziegenkutschen. Hier irgendwo musste doch der Haltepunkt sein. Wo waren die verdammten Kutschen? »Mommy, in der Schule habe ich Blanche Thomas in mein Schreibheft geschrieben.«

Die wachsende Offenheit ihrer Tochter machte Cecelia sprachlos und wütend. »Das wirst du bitte schön wieder ausstreichen! Ich will das nicht! Wir heißen Thorpe. Blanche Thorpe. Das ist doch wohl nicht so schwierig!«

William, der mit einem Stock neben dem Kinderwagen Schlangenlinien in den Kies gemalt hatte, sah sich erschrocken um. Auch die Wärterin zuckte zusammen.

Mühsam beherrschte sich Cecelia. »Pass mal auf, Blanche, in Deutschland konnten die Leute Thorpe nicht aussprechen, verstehst du? Deswegen haben wir uns dort Thomas genannt. Das war einfacher für die Deutschen. Aber jetzt sind wir in Amerika. Und hier können wir auch wieder unseren richtigen Namen tragen. Reicht dir das als Erklärung?«

Blanche nickte eingeschüchtert. Längst hatte sie die Hand aus der ihrer Mutter gelöst. Sie betrachtete ihre Schuhspitzen beim Gehen. Ihre Mutter sollte ihre Tränen nicht sehen. Cecelia atmete tief durch. Mit Schrecken erkannte sie, dass ihre Stimme genauso schrill geklungen hatte wie die ihrer eigenen Mutter.

»Hallo, Mrs. Thorpe! Da sind Sie ja!« Jennie Byrnes Claussen winkte aufgeregt in Cecelias Richtung. Nun sah man ihr an, dass sie schwanger war. Ein kleiner Bauch wölbte sich unter dem gestreiften Baumwollkleid.

»Wie schön, dass es geklappt hat, Mrs. Byrnes!«

Heute sah sie viel besser aus als bei den vorangegangenen Treffen.

»Darf ich Ihnen meinen Mann vorstellen?« Jennie Byrnes drehte sich zur Seite und zeigte auf einen Mann mittlerer Größe mit blauen Augen und einem gepflegten Backenbart.

Adolph Claussen lüpfte seinen Zylinder und deutete einen Handkuss an. »Sehr erfreut! Jetzt weiß ich endlich, wer hinter den beeindruckenden Hutkreationen meiner Frau steckt.«

Sein deutscher Akzent war nicht zu überhören. Cecelias Freude über das Treffen war augenblicklich getrübt. Seit ihrer Flucht aus Dresden versuchte sie, alles Deutsche zu meiden, um bloß keine Verbindungen zwischen ihr und dem Schrecken von Bremerhaven herzustellen. Die einzigen Ausnahmen waren die Bediensteten Dora und Gretchen. Aber beide waren schon lange in New York. Also eher Amerikanerinnen mit deutschen Eltern. Cecelia lächelte ihr Salon-Lächeln. Dann beugte sie sich herab. »Und ihr seid die kleinen Claussens?«

»Ja, das sind Jennie, Matthew und Ida«, erklärte Jennie Byrnes stolz.

»Meine vier sind schon eine Spur älter, na, zum Teil jeden-falls«, sagte Cecelia und zeigte auf ihre Kinder. Klina ging auf die kleine Ida zu. »Niedlich!« sagte sie und streichelte dem fremden Kind über die Baumwollhaube.

Die verdutzte Ida Claussen drehte sich hilfesuchend zu ihrer Mutter. Dann blickte sie wieder zu Klina.

»Sie sieht aus wie eine Puppe!«, rief Klina begeistert auf Deutsch.

Die kleine Ida begann zu strahlen.

Mit Freude beobachtete Adolph Claussen, wie seine Lieb-lingstochter das Herz dieses fremden Mädchens eroberte, und wandte sich dann an Klina: »Du sprichst ja Deutsch!«

Klina nickte andächtig. »Hmm, wir kommen ja auch aus Deutschland.«

Claussen sah fragend zu Cecelia.

»Ja, es stimmt, wir haben früher in Sachsen gewohnt. Aber jetzt sind wir auch schon eine Weile hier, nicht wahr, Kinder?«

Claussen war neugierig: »In Sachsen, wo denn da? Etwa in Dresden? Das muss ja eine wunderschöne Stadt sein! Jeder, der schon einmal dort war, ist begeistert.«

Cecelias Mund war schmal geworden: »Ja, wir haben auch einmal in Dresden gewohnt. Es ist wirklich eine außerge-wöhnlich schöne Stadt. Und so viel Kultur!«

»Wie heißt noch gleich die berühmte Oper? Und dann sind da noch die Gemäldegalerie und die Schlösser und Kirchen … Tja, in meiner Heimatstadt gibt es so etwas nicht.«

Jetzt musste Cecelia wenigstens aus Höflichkeit nachfra-gen, woher er stammte.

Claussen tat geheimnisvoll. »Ich komme aus einer Stadt, die viele hier kennen. Aber nur als Durchreise-Station.«

»So?« fragte Cecelia. »Aus Hamburg?«

»Nein«, entgegnete Claussen, »ich stamme aus Bremer-haven.«

Cecelias Herz schlug schneller. Warum holte diese Stadt sie nur immer wieder ein? Sie war doch so weit fort. »Ach, das ist ja interessant. Aber vermutlich sind Sie schon eine ganze Weile in Amerika, wenn ich Ihr Englisch höre.«

Claussen lächelte geschmeichelt. »Ja, Sie haben recht. Ich bin jetzt schon seit über zehn Jahren in New York. Und ich habe eine Lady mit irischen Wurzeln geheiratet. Da sollte mein Englisch doch vernünftig sein!«

Jennie Byrnes lachte und stupste ihren Mann in die Seite. »Ehrlich gesagt, mein lieber Adolph, du klingst immer noch wie ein deutscher Junge. Aber das macht nichts.«

Ihr Mann warf ihr eine Kusshand zu. Cecelia sah zu Boden. Warum mussten sie ihr gegenüber beweisen, dass sie glücklich verheiratet waren? Sie konnten doch wohl sehen, dass sie Witwe war.

Da endlich nahm sie das Meckern im Hintergrund wahr. Nur ein paar Meter entfernt stand eine Kutsche mit zwei eingespannten Ziegen und wartete auf Gäste. Ein dunkelhäutiger Junge in einer Fantasieuniform hielt die Zügel. Adolph Claussen verhandelte mit dem kleinen Ziegenkutscher, und schon bestiegen die Claussen-Kinder zusammen mit Blanche, William und Klina die Kutsche. Jennie Byrnes lief aus Sorge um die quirlige Ida neben dem eigentümlichen Gefährt her.

Cecelia war mit May und Gretchen zurückgeblieben. Adolph Claussen leistete ihr Gesellschaft. Das Gespräch verlief stockend. Cecelia war zu sehr von der Bremerhavener Herkunft ihres Gegenübers irritiert. Erst als sie sich erkundigte, mit welchen Waren er denn handele als Kaufmann, nahm die Unterhaltung Fahrt auf. Begeistert berichtete er von seinem neuesten Vorhaben. Zuckerrohrplantagen auf Kuba. Ausführlich erklärte er ihr, welche Rolle Zucker mittlerweile in der amerikanischen Küche spiele und was die Vorzüge von Zuckerrohr gegenüber Zuckerrüben seien.

Cecelia hörte nur mit einem Ohr hin. Erst als er von den Renditen schwärmte, die zu erwarten seien, wurde sie aufmerksam. »Was? 20 Prozent Minimum? Ist das nicht zu hoch gegriffen?«, fragte sie überrascht.

Claussen schüttelte den Kopf: »Keineswegs. Das ist noch die konservative Berechnung. Wenn alles gut läuft, gehe ich sogar davon aus, dass bis zu 30 Prozent drin sind.«

Cecelia ließ sich sein Geschäftsmodell erläutern. Viel verstand sie zwar nicht, aber die Aussicht auf solche Gewinne beeindruckte sie. Wenn sie hier Geld investierte, müsste sie vielleicht nicht mehr zum Pfandleiher. Dann könnte sie ihren Schmuck behalten. Aufmerksam hörte sie zu.

Erst als die Ziegenkutsche wieder zum Halten kam und alle Kinder mitsamt einer kurzatmigen Jennie Byrnes wieder zurückkehrten, wechselte sie das Thema. Doch der Gedanke an das lukrative Geschäft mit dem Zuckerrohr beschäftigte sie noch länger.

27. Die Wasserheilanstalt

Homburg im Taunus, 1. November 1876

UNSICHER SCHLOSS JOHANNE DIE KNOPFLEISTE ihres schwarzen Kleides und zupfte den Kragen wieder zurecht. Sie blickte an sich herunter, das Kleid war neu. Sie hatte es sich extra anfertigen lassen für die Reise, um bloß nicht zu sehr nach norddeutscher Provinz auszusehen. Doch in Homburg angekommen, sah sie überall Frauen in Kleidern, die viel raffinierter geschnitten waren als ihres. Johanne seufzte; so war das wohl, wenn man aus einem Hafenstädtchen in ein mondänes Kurbad kam. Warum hatte sie sich auch von ihrem Schwiegervater überreden lassen? Warum musste sie ausgerechnet hier, im Taunus, wo der englische Kronprinz und seine Adelsclique verkehrten, ihre Kur antreten? Es gab kleinere, bescheidenere Orte, und günstiger wäre es woanders auch gewesen.

Hinter dem Vorhang hörte sie ein Räuspern. Oh Gott, jetzt stand sie seit Ewigkeiten hier herum und ließ den Arzt warten. Dabei hatte sie längst gelernt, sich mit nur einer Hand einigermaßen schnell anzuziehen. Mit geröteten Wangen trat Johanne hinter dem Vorhang hervor. Dr. Michaelis saß an seinem Schreibtisch und bat sie, Platz zu nehmen. Fragend sah Johanne den Mediziner an. Wilhelm Michaelis mochte wohl auf die 60 zugehen. Ein gepflegter Herr mit Bauchansatz in einem gestärkten Kittel. Das Haar war schütter. Doch diesen Umstand glich der Doktor mit seinem Schnurrbart aus: Eisgrau rollten sich die Enden über der Wangenpartie. Er hatte etwas von dem alten Kaiser in Berlin. Großväterlich, aber auch respekteinflößend. Mit einem feinen Lächeln nahm er seine goldene Brille ab und betrachtete die neue Patientin. Johanne rutschte unruhig auf ihrem Stuhl hin und her.

»Also, Frau Claussen«, begann er und legte seine Fingerspitzen aneinander, »für mich ist die Sache eindeutig. Wie ich schon in dem Schreiben von Ihrem Hausarzt, Dr. Soldan, gelesen habe, leiden Sie an einer Form von Nervenschwäche. Er schreibt von Herzrasen und Schweißausbrüchen, und dass Sie häufig nicht schlafen können. Das sind typische Begleiterscheinungen, wenn die Nerven nicht richtig arbeiten. Da pflichte ich dem Kollegen in …«, er stockte kurz und sah noch einmal auf den Brief, »da pflichte ich dem Kollegen in Bremerhaven bei.« Er schwieg. Johanne auch.

»Man nennt diese Krankheit Neurasthenie. Wir stecken noch in den Kinderschuhen, was ihre Erforschung angeht. Bei Frauen verstärkt sich dieses Leiden gern in Hysterie, die Gefahr sehe ich bei Ihnen auch.«

Johanne blickte ihn unverwandt an.

»Kein Grund zur Sorge. Zum Glück haben Sie ja nach Homburg gefunden. Hier können wir Ihnen helfen.« Er nickte ihr aufmunternd zu.

Dankbar lächelte Johanne zurück.

»Bei Ihnen liegt ein außergewöhnlicher Fall vor. Sie haben Schlimmes erlebt. So etwas kennt man ja höchstens aus dem Krieg, und da kämpfen nur Männer. Nein, gerade für eine Frau ist ein solches Schicksal wie das Ihrige im Grunde gar nicht vorgesehen. Das weibliche Geschlecht ist so viel zarter in seinen Empfindungen. Und wenn dann so ein Unheil geschieht, na, da kann eine Frau nur krank werden. Steht für mich völlig außer Frage. Ihre Verluste, die Familie, Ihr Ehemann – mein Beileid.« Er schüttelte den Kopf. »Und dann noch Ihre Verletzung an der Hand, Frau Claussen, da ist die Nervenkraft erschöpft. Das ist ganz klar.«

Johannes Stimme zitterte ein wenig: »Herr Doktor, was heißt das denn dann? Hysterie und Nervenkraft erschöpft? Werde ich geisteskrank? Muss ich in die Nervenheilanstalt?«

»Ach, was, Frau Claussen, wo denken Sie hin? Sehen Sie, das ist es, was ich meine! Jetzt sind Ihre Nerven schon wieder so überreizt, dass Sie gleich das Schlimmste befürchten.« Der Kurarzt strich sich über den Bart. »Frau Claussen, ich habe ja eben Ihr Herz und Ihre Lungen abgehört. Da habe ich keine Auffälligkeiten gefunden. Aber das ist ja gerade das Heimtückische an Nervenerkrankungen, organisch scheint erst einmal alles in Ordnung zu sein. Doch auf die Dauer geht's dann doch auf den Organismus.« Wieder betrachtete er sie. »Waren Sie immer schon so schlank?«, fragte er unvermutet.

Johanne war überrumpelt. »Ja, schon. Nur in letzter Zeit ist es wohl noch ein bisschen weniger geworden«, murmelte sie.

»Das dachte ich mir schon. Die Nerven zehren den Körper aus. Der ganze Drüsenapparat leidet. Sehr unschön. Sehr unschön. Das ist ein Teufelskreis, Sie werden schwächer und schwächer und Ihre Nerven immer gereizter.«

Angstvoll starrte Johanne den erfahrenen Mediziner an.

Michaelis zögerte seine Antwort hinaus. Insgeheim war dieser Augenblick für ihn der Höhepunkt eines Patientengesprächs. Wenn der Kranke voller Furcht vor ihm saß, nachdem der Arzt die Situation plastisch und durchaus besorgniserregend geschildert hatte. Langsam erhob er sich hinter seinem Schreibtisch. Dr. Wilhelm Michaelis hatte nicht nur denselben Vornamen wie der Kaiser und die gleiche Barttracht wie er, nein, er trug auch Verantwortung. Im Grunde wie der alte Kaiser in Berlin. An Dr. Wilhelm Michaelis lag es schließlich, ob ein Mensch wieder gesund wurde oder nicht. Und heute saß ein besonders schwerer Fall vor ihm.

Er hüstelte, dann legte er seine Hände hinter den Rücken und begann: »Meine liebe Frau Claussen, ich schlage Folgendes vor. Hier, in meiner Wasserheilanstalt, haben wir bei Fällen von Neurasthenie gute Erfahrungen mit der Abhärtung gemacht. Jetzt kriegen Sie keinen Schreck! Das bedeutet, Ihr Körper wird gestärkt – durch eine Mischung aus Bädern und Abreibungen. Als besonders hilfreich haben sich die schottischen Sitzbäder erwiesen. Da wird abwechselnd mit kaltem und warmem Wasser gearbeitet«, erklärte er. »Um den Effekt zu erhöhen, ist es sinnvoll, auch innerlich mit Wasser zu therapieren. Nun sind Sie hier in Homburg mit seinen Heilquellen – das wollen wir ausnutzen. Mehrmals am Tag werden Sie das Quellwasser aus dem Ludwigsbrunnen trinken, um den Drüsenapparat zuerst zu beruhigen und dann wieder anzuregen.«

Johanne nickte gehorsam.

»Sagen Sie, Frau Claussen, wo logieren Sie, wenn ich fragen darf?«

»In der Kurvilla Strelitz, in der Unteren Promenade«, antwortete sie.

»Dann sollten Sie dort mit der Wirtin sprechen. Ich empfehle Ihnen mindestens für die ersten zwei Wochen eine abgeschwächte Mastkur. Sie müssen wieder zu Kräften kommen. Ihr Magen und Ihr Darm müssen wieder zu größerer Leistungsfähigkeit erzogen werden. Und in ein paar Wochen werden Sie nicht wiederzuerkennen sein!«

Johanne war beeindruckt vom Vortrag des Doktors. Vielleicht war der Vorschlag ihres Schwiegervaters, ins teure Homburg zu fahren, doch richtig gewesen. Der Arzt übergab ihr noch einen Plan mit der erforderlichen Speisenfolge für die erste Woche, dann verabschiedete er seine neue Patientin.

Von der Wasserheilanstalt bis zur Villa Strelitz war es ein kurzer Spaziergang. Vorbei an Geschäften, Restaurants und Cafés. Es war wenig Betrieb auf der Straße, die Kursaison war längst vorüber. Im November verirrten sich nur wenige Gäste in das mondäne Taunusstädtchen. Johanne war es ganz recht.

Zum Glück war das Café de Paris noch geöffnet, auch wenn nur wenige Tische besetzt waren. Hier würde sie erst einmal eine heiße Schokolade trinken und in Ruhe darüber nachdenken, was der Arzt ihr gerade alles erzählt hatte. Was wohl ihre Schwestern sagen würden zu diesem feinen Lokal? In Bremen gab es so etwas Vergleichbares, aber in ihrer Heimatstadt? Nein, in Bremerhaven war das Leben doch schnörkelloser und einfacher. Ob heiße Schokolade erlaubt war in den Plänen von Dr. Michaelis? Er sprach von Mastkur. Ein Stück Frankfurter Kranz wäre sicherlich in seinem Sinne, beruhigte sie sich und gab die Bestellung auf.

Nach dem Café-Besuch spazierte Johanne langsam die Untere Promenade entlang, bis sie vor der Nummer 63 stand. Ein schönes Haus mit schmiedeeisernen Balkonen und einem gepflegten Garten, direkt am Kurpark gelegen. Bestimmt war es hier im Sommer herrlich, dachte Johanne. Aber selbst an einem eher trüben Novembertag wie heute strahlte die Villa eine freundliche Behaglichkeit aus. Das Dienstmädchen öffnete ihr, und kaum dass Johanne im Flur stand, kam auch schon die Wirtin des Hauses auf sie zu. Margarethe Schilling war eine hochgewachsene Dame. Auch sie war wie Johanne ganz in eine schwarze Witwentracht gehüllt. Doch bei ihr wirkte das dunkle Kleid gepaart mit den weißen, sorgfältig frisierten Haaren noch ein wenig vornehmer. Wahrscheinlich lag es an ihrer Haltung. Als Witwe des angesehenen Oberarztes Dr. Gustav Schilling hatte sie sich jahrzehntelang in den bevorzugten Kreisen der Kurstadt bewegt. Und selbst jetzt, drei Jahre nach seinem Tod, stand sie als alleinige Eigentümerin der Villa und selbstständige Pensionswirtin noch verhältnismäßig gut da in der Gesellschaft.

»Frau Claussen, schön Sie zu sehen!«, begrüßte sie Johanne, als sie auf sie zuschritt. Nach ihrer ersten Begegnung am Vormittag würde sie den Fehler nicht noch einmal machen und ihrem neuen Gast mit ausgestreckter Hand entgegentreten. Nun war sie sehr bemüht, diesen verunglückten Moment vom Morgen vergessen zu machen. »Wie war das Gespräch mit Dr. Michaelis? Er war ein Kollege meines verstorbenen Mannes und war ein paarmal bei uns zum Souper. Beste Referenzen, sagte mein Mann immer. Er hat ungewöhnliche Behandlungsmethoden in seiner Wasserheilanstalt. Aber ich sage ja immer, wenn es hilft …« Freundlich nickte sie Johanne zu. »Kommen Sie doch auf eine Tasse Tee in den Salon! Dort können wir alles besprechen, was der Arzt Ihnen verordnet hat.«

In dem großen Raum, dessen drei bodentiefe Fenster zum Garten hinausgingen, saß nur ein älterer Herr mit einer Ausgabe der Frankfurter Zeitung in der Hand am Kamin.

»Wir können uns hier ans Fenster setzen«, bot Witwe Schilling an und gab dem Dienstmädchen Anweisungen für eine Kanne Tee. Johanne erzählte von der Unterredung mit dem Arzt, berichtete von den schottischen Sitzbädern und der abgeschwächten Mastkur, die er ihr empfohlen hatte.

Die Pensionswirtin hörte sich alles aufmerksam an. Das Wohl dieser jungen Frau lag ihr am Herzen. So recht kannte sie deren Geschichte noch nicht, aber allein der Anblick der fehlenden Hand setzte ihr jedes Mal zu. »Ach ja, eine Mastkur. Das ist ein ausgezeichneter Vorschlag! Das kommt immer wieder vor, hier unter meinen Gästen. Und es ist immer wieder erstaunlich, wie schnell die Menschen dann wieder zu Kräften kommen! Sicherlich wird Ihnen das auch guttun, nach dem, was sie mitgemacht haben«, sagte sie in einem mütterlichen Ton und blickte kurz auf den leeren Ärmel, den Johanne hinter ihrem Beutel verbergen wollte. Die Wirtin hatte gehofft, dass sie vielleicht ein wenig mehr erfahren würde über das Schicksal dieser jungen Frau aus Norddeutschland. Aber da täuschte sie sich. Johanne schwieg lächelnd. Die Wirtin räusperte sich und fuhr fort: »Dann fangen wir gleich morgen früh an! Wir werden Sie hier im schönen Homburg richtig aufpäppeln.«

Nach einer halben Stunde freundlicher Konversation über Homburg, die Quellen und die adeligen Gäste aus England, die jetzt sogar dafür gesorgt hatten, dass hier der erste Tennisplatz in Deutschland gebaut worden war, ging Johanne erschöpft in ihr Zimmer im ersten Stock. Oben angekommen, riss sie das Fenster auf. Sie sah hinaus auf den Park und die Bäume, deren gelbe Blätter auf die Kieswege fielen. Johanne atmete die frische Abendluft tief ein. Wie anstrengend es hier war. Alles fremd, alles anders. Johanne setzte ihren Hut ab und ließ sich auf ihr Bett fallen. Dann nahm sie die Fotografie, die sie auf den Nachtschrank gestellt hatte. Elschen in ihrem hübschen karierten Kleid. Ach, wie vermisste Johanne ihre kleine Tochter. Einen ganzen Monat ohne ihr Kind! Aber sie wollte ja gesund werden. Armes Elschen – der Vater tot, die Mutter nervenkrank. Nein, Johanne musste wieder gesund werden. Wenigstens für ihre Tochter.

28. Frauen mit Geschäftssinn

New York City, 16. November 1876

VERLEGEN TRAT DER JUNGE von einem Bein auf das andere.
»Ich hab's versucht, M'am, aber der Portier hat gesagt, eine
Mrs. Louisa O'Connor wohnt dort nicht.« Er schaute Cecelia
mit großen Augen an. »Nur eine Louisa Williams war Gast.
Aber die ist jetzt auch nicht mehr da, hat er gesagt.«

Nervös suchte sie nach ein paar Cents, die sie dem Boten
in die Hand drückte. »Louisa Willams? Hat er denn nicht
gesagt, wo sie hingezogen ist?« Sie sah ihn eindringlich an.

»Ich hab's nicht richtig verstanden. In ein anderes Hotel,
ich glaube, es war das Barnum's Hotel. Irgendwas an der 5th
Avenue, das weiß ich noch.«

Cecelia stöhnte und rollte den zurückgekehrten Brief in
ihrer Hand. Sie überlegte kurz. »Warte mal, Junge, dann nimm
doch den Brief und versuch's beim Barnum's Hotel. Frag nach
Louisa Williams, hörst du?«

Er nickte und konnte sein glückliches Gesicht über den
Folgeauftrag kaum verbergen. Mit dem Brief in der Hand
rannte er davon.

Cecelia schloss die Ladentür und starrte nachdenklich
auf die beiden neuen Winterhüte, die auf dem Tresen lagen.
Das ungute Gefühl, das sie seit Wochen hatte, wuchs. Wahrscheinlich hatte Louisa den Nachnamen gewechselt. Aus
O'Connor war Williams geworden. Cecelia schüttelte den
Kopf. Dazu die dauernden Umzüge. Erst war es das Gramercy Park Hotel, dann das Hoffman House und jetzt schon
wieder eine neue Adresse. Unruhig zupfte sie an einem

Büschel schwarzblauer, künstlicher Beeren, die an einem Hutband befestigt waren. Drei Adressen in noch nicht einmal einem Jahr! Hoffentlich gibt sie mir bald meine Juwelen zurück, hoffte Cecelia inständig und blickte mit einem Stoßseufzer in den großen Spiegel. Stand hier eine dumme, naive Frau aus Europa, die der erstbesten Betrügerin in der Neuen Welt auf den Leim gegangen war? Schnell drehte sie sich weg. Zu bitter war die Ahnung, die langsam zur Gewissheit wurde.

Die Glocke an der Ladentür läutete schon wieder. Eine elegante Frau trat ein. An der Hand hielt sie einen kleinen Jungen, vielleicht sechs Jahre alt. Draußen hörte Cecelia, wie ein Kutscher seine Droschke wieder anfahren ließ. Hatte sich diese Frau extra zu ihr bringen lassen? Cecelia staunte. Die düsteren Gedanken wurden durch den Anblick der teuer gekleideten Dame verscheucht. Sie war jünger als Cecelia. Doch ihr Blick und ihre Körperhaltung zeigten ganz deutlich, hier stand eine selbstbewusste Frau. In ihrem dunkelroten Samtmantel mit den pelzbesetzten Trompetenärmeln war sie modisch absolut auf der Höhe der Zeit. Cecelia erkannte auf den ersten Blick, dass diese Garderobe ein kleines Vermögen gekostet haben musste.

Die Frau nickte ihr freundlich zu, und Cecelia fand ihre Fassung wieder: »Guten Tag, meine Dame! Kommen Sie doch herein! Und der junge Mann hier ist auch herzlich willkommen!« Cecelia beugte sich zu dem Jungen hinab, der seinen Kopf verlegen zur Seite drehte.

»Archer, sag Guten Tag! Du musst nicht so schüchtern sein, sei ein Gentleman!« Die Stimme der Frau klang trotz der mahnenden Worte zärtlich.

Der Junge nickte, wie man es von ihm erwartete, wagte es aber nicht aufzublicken.

»Mein Sohn ist sehr scheu«, erklärte die Fremde.

»Das macht nichts«, erwiderte Cecelia. »Ich habe auch
einen Sohn. Er heißt William und ist ungefähr so alt wie du.
Im Moment sitzt er in der Schule.« Sie lächelte das fremde
Kind an.

Vorsichtig blickte Archer hinter dem Rock seiner Mutter hervor.

»Siehst du, Archer, andere Jungen in deinem Alter gehen
in die Schule. Du hast Glück mit Mr. Jones, der extra für dich
zu uns nach Hause kommt. Aber jetzt habe ich mich gar nicht
vorgestellt. Ha, nun bin ich es, die unhöflich ist!« Die Frau
lächelte. Nicht eine Spur von Verlegenheit war zu bemerken.
»Mein Name ist Arabella Worsham. Ihr Salon ist mir empfohlen worden. Ich brauche dringend ein paar neue Hüte für
den Winter! Das Wetter ist ja grässlich heute!«

»Da kann man sich nur entsprechend kleiden. Zum Glück
habe ich gerade ein paar ganz neue Modelle fertiggestellt.
Schauen Sie einmal, dass trägt man jetzt in Paris. Ich lasse
mir immer die neuesten Modemagazine kommen. Und weil
ich ja selbst Französin bin, kann ich sie lesen und sofort nach
diesen Mustern arbeiten.« Cecelia lächelte mit einem kokett-
ten Augenaufschlag.

Arabella Worsham ging langsam zum Verkaufstresen und
ließ ihren Blick durch den Salon schweifen. »Ja, man spürt
die französische Handschrift. Kompliment! Wissen Sie, ich
verehre alles, was aus Frankreich kommt. Die Kunst, das
Essen, die Mode und die Sprache selbstverständlich auch!«
Sie seufzte. »Ich bemühe mich sogar, selbst Französisch zu
lernen. Aber das ist gar nicht so einfach. Wahrscheinlich geht
Archer schneller zur Universität, als dass ich in ganzen Sät-
zen auf Französisch parlieren kann!« Ihr Lachen war echt
und hatte etwas Ansteckendes.

Cecelia schmunzelte. Auf Französisch machte sie weiter:
»Nun, verehrte Dame, wir können gern Französisch mitei-

nander reden. Ich freue mich, die Sprache meiner Heimat zu sprechen, und Sie lernen ganz schnell und unkompliziert weiter, hm?«

Arabella Worsham nickte belustigt. »Selbstverständlich! Eine sehr gute Idee. Ich bin gekommen …, um mir Hüte anzusehen!«, entgegnete sie ebenfalls auf Französisch, wenn auch etwas stockend.

»Ja, dann sind Sie hier richtig. Bitte schön!« Cecelia holte die beiden neuesten Kreationen hervor.

»Sehr hübsch, hier die …, besser in Englisch: Hahnenfedern! Es sind doch welche, oder?«

»Ja, und zwar vom Auerhahn. Schwierig zu bekommen. Zum Glück habe ich gute Verbindungen«, wechselte nun auch Cecelia wieder ins Englische, und ihr Lächeln vibrierte dabei zwischen Stolz und Ergebenheit.

Arabella Worsham nestelte in ihrem Beutel und zog ein Lorgnon heraus. Eingehend musterte sie die Hüte.

»Möchten Sie nicht einmal schauen, wie sie Ihnen stehen?«

»Gern.« Geschickt zog sie ihre Hutnadeln heraus und ließ sich von Cecelia ein dunkelgrünes Modell aufsetzen. Mit Schwung drehte sie sich zu ihrem Sohn. Ihre Augen blitzten. »Nun, Archer, du bist mein Berater! Was sagst du zu Mommys neuem Hut?«

Der Junge lächelte und sagte leise: »Du siehst immer schön aus!«

Arabella Worsham ging in die Knie und drückte ihn an sich. »Ach, mein Goldstück, du!«

Und so wurde dieser Vormittag doch noch ein glücklicher – für die Geschäftsfrau Cecelia Thorpe. Sie verkaufte gleich drei Hüte an die neue Kundin und hatte den Auftrag für zwei weitere Modelle. Und nicht nur das. Die beiden Frauen mochten sich. Als Arabella Worsham dann noch berichtete, dass sie durch Louisa O'Connor auf den Salon aufmerksam geworden war, schwanden sogar die düsteren Gedanken an die umtriebige Freundin, die in diesen Tagen so unauffindbar war. Gut gelaunt stapelte Cecelia die Hutschachteln vor ihrer neuen Kundin, die ihr das Geld reichte.

»Wie war doch gleich ihr Name?«

»Thorpe. Cecelia Thorpe.«

»Das klingt ja nicht sehr Französisch!«

»Nein, mein Mann war Amerikaner.«

»Ich verstehe. Ja, natürlich.«

Schweigen. Ein fragender Blick.

»Er starb vor nicht ganz einem Jahr. Seitdem bin ich allein mit den Kindern. Drei Töchter und ein Sohn.«

»Oh, das ist nicht leicht. Auch ich bin Witwe«, antwortete Arabella Worsham leise. Sie räusperte sich: »Doch es hat sein Gutes. Ich musste lernen, allein zurechtzukommen. Auch wirtschaftlich. Und ich muss sagen, ich habe viel gelernt. Dafür, dass ich kaum etwas hatte, habe ich mich wohl einigermaßen schlau angestellt.«

Cecelia staunte und sah Arabella neugierig an: »Was heißt das denn, wenn ich fragen darf?«

»Nun, ich besitze mittlerweile einiges an Immobilien in der Stadt. Das habe ich allein geschafft.«

Cecelia war beeindruckt. »Kennen Sie sich denn aus in finanziellen Dingen?«

Arabella Worsham lachte kurz auf. »Das denke ich wohl!«

Dann erzählte Cecelia von ihrem Vorhaben, Geld in kubanische Zuckerrohrplantagen zu investieren.

Arabella Worsham hörte sich alles aufmerksam an. »Das ist ein Investment mit hohen Renditen, aber auch hohen Risiken. Wenn Sie mutig sind, dann könnten Sie so etwas angehen. Warum nicht? Wer steckt denn dahinter?«

Cecelia berichtete von Adolph Claussen und seinem Vorhaben.

»Wissen Sie was? Ich kenne eine ganze Menge Leute hier in der Stadt. Ich werde mich einmal erkundigen nach diesem Mann. Wenn er seriös ist und einen guten Namen hat, dann spricht nichts gegen ihn. Falls nicht, rate ich Ihnen ab. Ich werde mich in den nächsten Tagen bei Ihnen melden. Und wenn wir schon einmal beim Geld sind: Unter uns, Ihre Hüte sind besonders. Sie haben wirklich großes Talent. Sie können sie ruhig etwas teurer verkaufen. Nicht so bescheiden!«

Cecelia war sprachlos.

»Das meine ich ernst! Bitte verstehen Sie mich nicht falsch. Aber Frauen sollten häufiger zusammenhalten und sich gegenseitig unterstützen, nur leider machen es die wenigsten.« Sie sah auf ihre Taschenuhr. »Wunderbar, der Kutscher muss jeden Augenblick wieder da sein.«

Arabella Worsham drückte Cecelia zum Abschied die Hand. »Ich werde mich melden, wie versprochen. Und Sie bringen mir dann noch etwas mehr Französisch bei. Wäre das nicht ein gutes Geschäft?«

Cecelia nickte – noch immer beeindruckt von der Selbstverständlichkeit dieser Frau. Eine echte New Yorkerin, dachte sie. Und so eine wollte auch sie werden.

29. Brief an Meta

Homburg vor der Höhe, im November 1876

Meine liebe Meta!

Wie lange musstest Du auf eine Antwort von mir warten? Zwei Briefe von Dir liegen hier, und Du bekamst kein Zeichen von mir. Verzeihe dieses lange Schweigen. Du siehst es bereits an diesen wenigen Zeilen, meine Schrift ist kaum leserlich. Nach dem Verlust meiner rechten Hand durch die entsetzliche Explosion muss nun die Linke all das übernehmen, was mir mit rechts so leicht gelang. Es ist ein mühevoller Weg. Wenn Du wüsstest, wie sehr ich mich konzentrieren muss und wie schnell mir die Hand schmerzt, nur um ein paar Wörter auf ein Blatt zu schreiben. Doch ich will nicht in Selbstmitleid verfallen. Dazu habe ich keinen Grund.

Mein kleiner Augenstern, Elsie, hat den Schrecken am Hafen überlebt, genau wie ich und meine beiden Schwestern. Gleichzeitig ist unser Verlust durch die Katastrophe unvorstellbar. Mein innig geliebter Christian ist tot. Und unser Vater ist zu unserer lieben Mutter gekehrt, gemeinsam mit Gustav und Philipp. Nun habe ich keine Brüder mehr. Du kanntest sie alle. Jeden Tag füllen sich meine Augen mit Tränen bei dem Gedanken an die lieben Toten, die nun bei Gott sind.

Liebe Meta, es ist so bedauerlich, dass Du so weit fort bist im fernen New York. Wie gern denke ich an die Zeit zurück, als Du noch bei uns in der Familie warst. Was hätte mein Vater ohne Dich getan, mit sechs mutterlosen Kindern, eines davon schwer krank? Du hast ein so großes Herz! Nun wird Dein Ludwig dies zu schätzen wissen. Und ist es wahr, dass Du selbst ein Kind erwartest? Hetty schrieb es mir. Wahrscheinlich sind meine Schwestern fleißiger im Briefeschreiben und treuer über den Ozean hinaus. Wenn es also wahr ist, so freue ich mich von ganzem Herzen mit Dir! Wie habt Ihr Euch eingelebt in dieser riesigen Stadt? Bald seid Ihr zwei Jahre dort. Kannst Du schon flüssig Englisch sprechen? Du schreibst, Ihr wohnt in Klein-Deutschland. Was für ein putziger Name, denke ich jedes Mal, wenn ich ihn höre. Stimmt es, dass es dort nur deutsche Familien gibt? Deutsches Essen, deutsche Zeitungen und sogar deutsches Bier? Bitte schreib mir unbedingt! Ich will Dich auch nicht wieder so lange warten lassen.

Nun sind zwei Tage vergangen, und ich schreibe weiter.

Meine gute Meta, ich selbst bin auch gerade in der Fremde. Nicht so weit fort wie Du, aber doch getrennt von meiner kleinen Elsie, von Hetty und Sophie und meinem Zuhause. Ja, seit drei Wochen nun lebe ich in einer Kurpension im schönen Homburg im Taunus. Gar nicht weit entfernt von Frankfurt am Main. Vor meinem Fenster liegt der Kurpark mit seinen Heilquellen. Jeden Morgen finde ich mich dort ein und trinke das Wasser aus dem Ludwigsbrunnen. Es soll den Körper reinigen und kräftigen, sagt mein Arzt, Dr.

Michaelis. Ich muss es nicht nur trinken, sondern auch darin baden. Stell Dir vor, beinahe jeden Tag muss ich in die Wasserheilanstalt. Dort verbringe ich den Vormittag mit schottischen Sitzbädern. Dazu wird einmal warmes Wasser ins Becken gefüllt und im Anschluss kaltes Wasser. Bei den ersten Malen wäre ich beinahe hinausgelaufen, so habe ich mich erschrocken über den eisigen Guss. Doch die Schwestern von der Anstalt sagten mir, dass es so sein müsse. Nach dem Baden werde ich dann abgerieben. Und manchmal verordnet der Doktor noch nasse Einpackungen. Dann werde ich in nasse Tücher eingeschlagen fast bis an die Nasenspitze. Nun sind die ersten drei Wochen vorüber, und ich merke, dass mir diese Prozedur bereits geholfen hat. Ich fühle mich gestärkt. Die nervösen Momente, in denen mein Herz rast vor Angst, sind weniger geworden.

Auch ist mein Appetit zurückgekehrt. Wahrscheinlich muss ich mir in Bremerhaven die Kleider weiter machen lassen. Was das Essen angeht, so bin ich angehalten, eine Art Fütterungskur über mich ergehen zu lassen. Ich beginne den Tag gegen 7.30 Uhr mit dem ersten Frühstück. Dazu gehört eine Tasse Kaffee mit vier Teelöffeln dickem Rahm, einige Scheiben Schinken, ein Ei, Butter und ein bis zwei Weißbrötchen. Meine Wirtin, Frau Schilling, achtet genau darauf, dass ich mich an die Speisenverordnung des Doktors halte und alles aufesse. Ich tue ihr den Gefallen. Gegen 11 Uhr wartet sie mit dem zweiten Frühstück auf mich: Zwei Eier, 100 Gramm kaltes Fleisch und ein Glas Milch. Um 14 Uhr kommt das Mittagessen: eine Tasse Bouillon, Braten oder Geflügel mit viel Butter-

sauce, Kartoffelpüree, eine Süßspeise und ein Stück-
chen Käse. Gegen 16 Uhr wird Vesper gereicht: Wie-
der gibt es Kaffee mit einigen Löffeln dickem Rahm
und einem Stück Kuchen. Um 19.30 Uhr ist es Zeit für
das Abendessen, Fleisch oder Fisch, Eierspeisen, Salat,
Käse. Auch ein Gläschen Wein ist zuweilen erlaubt.

Ich verbringe meine Tage zwischen der Kurpension,
in der ich ein hübsches Balkonzimmer bewohne, dem
Kurpark, wo ich am Morgen meine zwei bis drei Glä-
ser Quellwasser trinke, und der Badeheilanstalt von
Dr. Michaelis. Am Nachmittag ruhe ich mich aus oder
unternehme Spaziergänge durch den Park oder durch
die Stadt. Es gibt einige sehr schöne Ladengeschäfte.
Allerdings herrscht zurzeit kaum Betrieb. Die Ruhe
und Beschaulichkeit tun meinem Gemüt gut. Nun
werde ich noch drei weitere Wochen hier verbringen.
Erst am 18. Dezember werde ich nach Bremerhaven
zurückkehren. Hoffentlich erkennt mich Elschen
überhaupt noch wieder! Ich vermisse sie schrecklich.
Gerade jetzt, wenn sich der Jahrestag der Katastro-
phe nähert. Es war die Idee meines Schwiegervaters,
den 11. Dezember in der Ferne zu verbringen, um
mich genesen zu lassen, wie er sagte. Aber ich hadere
mit mir, dass ich an diesem Tag nicht auf dem Fried-
hof sein kann oder im Gedenkgottesdienst, den Pastor
Wolf am 10. Dezember in der Großen Kirche abhal-
ten wird. So werde ich wohl an dem Sonntag hier in
Homburg in die Kirche gehen.

Liebe Meta, Du bist meine Vertraute aus Kindertagen,
hast mir die Mutter ersetzt, so gut es ging. Deswegen
will ich Dir gegenüber offen sein. Wäre meine kleine

Elsie nicht, ich habe wohl manches Mal gedacht, meinem lieben Mann zu folgen. Ich weiß, dass ich solche Gedanken gar nicht haben dürfte, nun schreibe ich sie sogar nieder. Erinnerst Du Dich noch an unsere Hochzeit im März vor fast zweieinhalb Jahren? Nun bin ich bald länger Witwe, als ich Ehefrau gewesen bin.

Liebe Meta, gestern Abend konnte ich den Brief nicht zu Ende schreiben. Die Erinnerungen an die Zeit mit Christian haben mich überwältigt. Heute fühle ich mich wieder etwas gefestigter. Und im Übrigen schmerzt die linke Hand auch nicht mehr so stark. Denn noch nie zuvor habe ich so viel geschrieben mit der Linken wie nun an Dich.

Für diesen Brief habe ich beinahe eine Woche gebraucht. Jeden Tag ein paar Zeilen … Ich hoffe, Du kannst alles entziffern. Während ich mich bemühe, zu einer halbwegs flüssigen Schrift zu gelangen, hat Sophie schon große Pläne für mich. Sie schickte mir eine Announce aus der Nordsee-Zeitung. Darin wird ein »Lehrbuch der Stenografie« von einem Herrn Rogol beworben. Sophie meint, ich solle diese Schriftform lernen, weil es für mich dann einfacher sei. Und Stenografie sei im geschäftlichen Verkehr die Schrift der Zukunft. Ich weiß nicht, was sie sich dabei denkt, aber ich werde hier einmal in der Buchhandlung nach diesem Buch fragen.

Meine gute Meta, nun habe ich Dir ein ganzes Paket voller Seiten zusammengeschrieben. Ich hoffe, mein Brief erreicht Dich noch vor Weihnachten. Dir und Ludwig wünsche ich ein gesegnetes Fest und sende Dir

*von Herzen alles erdenklich Gute für Dich und das
Kind, das nun bald Euer Glück vollkommen machen
wird.*

*In inniger Zuneigung
Deine Hanne*

30. Strafanzeige

New York City, 3. Januar 1877

ES WAR KEINE GUTE IDEE, sich mit dem Kinderwagen auf
den Weg zur Polizeiwache zu machen. Aber Gretchen war
krank, und Dora hatte heute ihren freien Nachmittag. Zum
Glück konnte Cecelia das kranke Kindermädchen überreden, die übrigen Geschwister zu Hause im Blick zu behalten.
Cecelia schob das sperrige Gefährt durch den Schneematsch.
Die Räder blieben stecken. Sie versuchte es mit noch mehr
Schwung. Der Wagen wäre beinahe umgekippt. May wurde
durch das Geschaukel wach und begann zu weinen. »Pscht,
wir sind ja gleich da. Nicht weinen, mein Engel. Ist ja gut,
schsch.« Cecelia strich ihr über die Wange. Vorsichtig schob

sie den Kinderwagen ein paar Meter weiter an eine Häuserwand und wiegte May auf dem Arm. Niemand nahm Notiz von ihr. Passanten eilten vorbei, ein paar schmutzig aussehende Kinder drückten sich herum, eines hielt die Hand auf. Die anderen murmelten Bettelsprüche. Cecelia verscheuchte die kleine Gruppe und musste sich dafür ein paar unflätige Beschimpfungen gefallen lassen. Sie drückte ihr kleines Mädchen an sich. Zum Glück war es nun nicht mehr weit.

Sie setzte May zurück in den Kinderwagen und band sie fest, obwohl die Kleine herzzerreißend weinte. Mit hochrotem Kopf stand sie schließlich vor dem Eingang der Polizeiwache. Zum Glück kam gerade ein junger Polizist aus der Tür und half ihr bereitwillig hinein. Cecelia atmete tief durch und machte sich auf die Suche nach einem Inspektor, der ihr weiterhelfen könnte.

»Ma'm, wohin wollen Sie?« Eine strenge Stimme schreckte sie auf. Ein älterer Mann in Uniform saß in ihrem Rücken und sah sie misstrauisch an.

»Ich möchte eine Anzeige aufgeben!«

»Soso. Um was geht es denn?«

»Ich bin bestohlen worden.«

»Auf der Straße? Was fehlt? Ihre Tasche? Ihre Geldbörse?«

»Nein, der Fall liegt anders. Man hat mich beraubt. Mir fehlen wertvolle Ringe und Ketten, mit Diamanten.«

Der Pförtner stutzte. »Dann gehen Sie am besten hier durch die Tür und dann den Gang entlang bis zum Ende. Dann zweimal rechts. Da müsste sie jemand in Empfang nehmen, der nimmt ihre Anzeige auf.«

»Kann ich den Wagen hier stehen lassen?«

»Ja, ausnahmsweise. Ich werde ein Auge darauf haben.«

»Oh, das ist sehr freundlich. Danke, Sir.«

In dem schlecht beleuchteten Korridor waren ein paar Bänke und Stühle belegt. Cecelia sah einen Mann ohne Mantel. Sein Anzug war fadenscheinig. Das Gesicht eingefallen. Er starrte auf den Boden. Es roch nach Bohnerwachs und ungewaschenem Haar. Cecelia presste die kleine May an sich. May guckte mit großen Augen unter ihrer Strickmütze hervor. Endlich hatte Cecelia die Tür erreicht, die ihr der Pförtner beschrieben hatte. Sie klopfte.

»Herein!« Die Stimme klang resolut. Cecelia öffnete die Tür. Als der Officer sah, dass vor ihm eine gepflegte Frau mit Kind auf dem Arm stand, wurde sein Blick weich. »Warten Sie, M'am, ich helfe Ihnen.« Schnell stand er auf und zog einen Stuhl zur Seite, damit sie Platz nehmen konnte. »Mein Name ist William Meyer. Womit kann ich Ihnen behilflich sein?«

Erleichtert sah Cecelia den drahtigen blonden Mann mit dem gewachsten Bart an. »Ich heiße Cecelia Thorpe. Ich möchte eine Anzeige aufgeben. Wegen Diebstahls.«

Der Polizist nickte interessiert, legte sich ein paar Unterlagen zurecht und begann mitzuschreiben.

Fast eine Stunde lang schilderte Cecelia, wie sie einer Hochstaplerin und Diebin auf den Leim gegangen war. Louisa Williams oder Louisa O'Connor oder Louisa sonst etwas … Als Freundin hatte sie sich ausgegeben und sich in ihr Vertrauen geschlichen, um sie dann kalt und berechnend auszunutzen. Cecelia redete sich in Rage. Officer Meyer hörte zu und machte sich Notizen. Der Fall schien ihn zu interessieren, oder war es die Klägerin? Auch Cecelia hatte Zutrauen gefasst zu dem Mann mit dem deutschen Namen. Meyer, zuerst war es ein Schreck. Jemand aus Deutschland. Jemand, der von der Katastrophe in Bremerhaven gehört hatte? Nein, dieser Mr. Meyer lebte schon lange in New York, sie merkte es an seiner Aussprache. Die deutsche Betonung war nur noch abgeschliffen zu hören.

»Mrs. Thorpe. Aber eines verstehe ich nicht, wie konnten Sie einer doch wohl eher fremden Frau ihre wertvollen Schmuckstücke anvertrauen?«

Was sollte sie zu Protokoll geben? Sie wusste es ja selbst nicht. Ihre Unterlippe zitterte, sie spürte, dass sie die Tränen nicht länger zurückhalten konnte. William Meyer räusperte sich und tat so, als müsse er seine Papiere durchsehen. Cecelia wischte sich über die Augen.

»Verzeihen Sie, bitte! Aber es ist nicht einfach für mich. Ich bin Witwe und erst vor einem Jahr nach New York gekommen, ich habe vier kleine Kinder, und dann passiert mir so etwas. Wem kann man denn da vertrauen?« Mit roten Augen blickte sie den Officer an.

Er nickte teilnahmsvoll. »Das stelle ich mir nicht leicht vor!«

Wieder spürte Cecelia die Tränen aufsteigen. Ein wildfremder Mann nahm Anteil an ihrem Schicksal. Ein Polizist, der Anstand und Benehmen hatte. Mit Grausen dachte sie an ihre letzte Begegnung mit der Polizei zurück. Im Dezember vor etwas über einem Jahr in Dresden und Bremerhaven. Wie waren diese Beamten damals mit ihr umgesprungen, als sei sie eine Verdächtige, eine Mitwisserin, vielleicht sogar die Anstifterin für die entsetzliche Explosion gewesen.

Langsam faltete sie das Taschentuch wieder zusammen. »Vielleicht lag es einfach daran, dass ich hier noch so neu bin«, versuchte sie, ihre Gutgläubigkeit zu erklären.

»Von woher stammen Sie denn?«

»Wir haben einige Zeit in Europa gelebt. Ich bin eigentlich Französin. Wir waren aber ein paar Jahre in Deutschland.«

»Oh, das ist ja erstaunlich. Als Französin in Deutschland – da waren Sie doch der Erbfeind, oder etwa nicht?« Er spielte auf den Deutsch-Französischen Krieg an.

»Ach, wissen Sie, aus der Politik halte ich mich heraus. Ich bin die längste Zeit meines Lebens in Amerika gewesen. Das prägt. Hier vermischt sich alles. Europa ist altmodisch.«

Meyer nickte lächelnd. »Ja, das denke ich auch manchmal.

Aber ich muss doch sagen, dass ich meine deutschen Wurzeln schätze. Zum Glück gibt es in New York einige sehr gute deutsche Turnvereine. In zweien bin ich Mitglied!«

Cecelia lächelte. Sie hatte es gleich bemerkt, die aufrechte Haltung, die gut sitzende Uniform. Seltsamerweise trug er keinen Ehering. Das war ihr gleich aufgefallen. »Nun, dann wird Mrs. Meyer sicher in einem deutschen Gesangsverein mitsingen, oder?«

Der Polizist schüttelte den Kopf. »Nein, meine Dame, ich bin Junggeselle. Sozusagen noch zu haben«, es sollte lustig klingen.

»Aha! Sind die New Yorkerinnen so kompliziert?« Kokett legte Cecelia den Kopf zur Seite.

Meyer ließ sich den ungeahnten Flirt in seinem Büro gefallen. »Vielen Dank für das Kompliment. Ich treffe so wenig Frauen mit Klasse und Eleganz, wissen Sie! Selten, dass eine Dame vor mir sitzt, von der ich den Eindruck habe, sie besitzt beides.«

»Nun habe ich zu danken!« Sie schlug die Augen nieder und nahm May das Taschentuch wieder aus den Händen.

Meyer räusperte sich. »Für heute gebe ich Ihnen eine Durchschrift mit. Ich kann Ihnen versichern, dass wir Ihre ›Freundin‹ suchen werden. Sobald es Neuigkeiten gibt, werde ich mich bei Ihnen melden.«

Diese Begegnung half ihr durch die nächsten Tage. Cecelia war froh, dass sie sich endlich gegen Louisa zur Wehr gesetzt hatte. Was ihr noch mehr Schwung verlieh, war allerdings der Gedanke an William Meyer. In ihrer Erinnerung sah sie den liebenswürdigen Polizisten vor sich, die freundlichen Augen, den federnden Gang – das komplette Gegenteil zu ihrem verstorbenen Mann. Schnell verscheuchte sie die Bilder von William in Strehlen und in Dresden.

Nur in der Nacht gelang es ihr nicht, William King Thomas aus ihren Gedanken zu vertreiben. Cecelia lag oft wach. Sie erklärte ihre dunklen Augenringe am nächsten Morgen Fanny gegenüber damit, dass sie über neue Hutkreationen gegrübelt hätte. Doch das war meistens gelogen. Ihre Gedanken flogen fast jede Nacht über den schwarzen Ozean zurück nach Deutschland. Es war nicht das Heimweh, das sie plagte. Nein, Cecelia versuchte in den Nächten, ihr Leben wieder zurechtzurücken. Sie suchte nach der Wahrheit. Und nie kam sie ans Ziel. Denn sie scheute das, was kommen würde. Neue Fragen. Selbstvorwürfe. Eingeständnisse. Wie hoch war ihr Anteil an dem Verbrechen? War es nur Williams eigene Verderbtheit? Oder hätte sie seine Schritte ahnen – und verhindern müssen? Dazu diese entsetzlichen Szenen in Bremerhaven. William im Krankenlager. Verunstaltet, abweisend, abstoßend.

Und so lag sie wach. Dazu kamen die ganz alltäglichen Sorgen aus ihrem New Yorker Leben. Und niemand war da, der ihr etwas davon abnehmen konnte. Officer Meyer erschien ihr wie ein Lichtblick in diesem dunklen Winter. Ein Mann mit Anstand, der an seine gute Sache glaubte. Nach allem, was man hörte, eine Ausnahme bei der New Yorker Polizei. Cecelia wünschte, ein wenig von seinem Strahlen würde auf sie fallen und das Dunkel wieder hell werden lassen.

Fanny hörte sich Cecelias Ausflüchte wegen ihrer zunehmenden Abgeschlagenheit geduldig an. Sie stellte keine Fragen, nickte nur und murmelte etwas, das nach Verständnis klang. Seit ihrer Rückkehr aus St. Louis vor fünf Tagen hatte sie sich verändert. Cecelia wusste nicht genau, was es war. Aber Fanny wirkte selbstsicherer und gleichzeitig kühler als vor ihrer Reise. Auf alle ihre Nachfragen reagierte sie einsilbig. Die Weihnachtstage seien schön gewesen. Das Wiedersehen mit ihrem Vater zu Herzen gehend und auch die Brüder hatten innige Grüße nach New York ausrichten lassen.

Fanny selbst hatte versucht, sich so unauffällig wie möglich in ihrer Heimatstadt zu bewegen. Sie wollte keinen Aufruhr erregen, keine unnötigen Fragen aufwerfen. Offenbar war es ihr gelungen. Die Schwägerin eines Massenmörders konnte sich wieder frei bewegen, dachte Cecelia grimmig, weil sie einfach nicht dahinterkam, was es genau war, das die kleine Schwester so verändert hatte.

Doch nun fand sie die Erklärung im Briefkasten. Ein Brief aus St. Louis. Die Handschrift erkannte sie sofort. Cecelia erstarrte, als sie den Brief in der Hand hielt. Der Absender war C. Fröhlich. War das etwa Carl? Ihr ehemaliger Verlobter? Mit zitternden Händen legte sie den Umschlag auf den Tisch. Zum Glück war niemand in der Nähe. Sie musste sich setzen. Dann sah sie auf die Adresse. »Miss Fanny Paris« stand dort. Nicht Cecelia Thorpe.

Was wollte Carl von Fanny? Cecelia hatte die Gedanken an ihn all die Jahre verdrängt. Damals, im Sommer 1866, hatte sie sich nicht gut benommen. Er war so verliebt gewesen, wollte alles für Cecelia tun. Seinen schmalen Verlobungsring trug sie schon. Doch dann kam William, und der dünne Ring verschwand in der Schatulle zusammen mit den Briefen und kleinen Geschenken von Carl. Per Brief hatte sie die Verlobung aufgelöst. Keine Woche später war sie die Ehefrau von Alexander King Thompson alias William King Thomas geworden. Sie hatte Carl nie wiedergesehen. Ein frostiges Schreiben war noch von ihm gekommen – mit Glückwünschen zur Hochzeit. Dann verschwand Carl Fröhlich aus ihren Gedanken.

Und Cecelia beruhigte sich mit der Vorstellung, dass er ein gewissenhafter Bankangestellter geworden war mit einer patenten Ehefrau – wahrscheinlich aus der deutschen Gemeinde. Carl Fröhlich pflegte ja damals auch das Vereinsleben, ganz wie, ja, wie William Meyer, dachte sie mit einem Schauder. Das war aber schon das Einzige, was die beiden miteinander verband.

Cecelia schloss die Augen. Was hatte sie nur mit den deutschen Männern in Amerika? Sie schüttelte den Kopf und guckte weiter auf den Brief. Ob Carl Kinder hatte? Bestimmt! Ein hübsches Häuschen, eine adrette Ehefrau. Sie lächelte mit einem Anflug von Bitterkeit. Aber warum schrieb er Fanny? Cecelia beherrschte sich und öffnete den Umschlag nicht, sondern legte ihn auf Fannys Bett. Heute Abend würde sie mehr erfahren.

31. Deutsche Männer

New York City, 9. Januar 1877

DIE STIMMUNG WAR FROSTIG an diesem Morgen. Schlimmer als jeder Wintertag in New York. Die Feindseligkeit kroch förmlich in Cecelia hinein, wann immer sie ihre Schwester ansah. Sie ließ das Rührei auf ihrem Teller kalt werden.

»Mommy, hast du gar keinen Hunger?« William sah besorgt zu seiner Mutter. Er und seine Schwestern hatten die eisige Atmosphäre zwischen Mutter und Tante längst bemerkt. Die Kinder waren ratlos und unsicher. »Mommy?« William legte seine warme Hand auf die seiner Mutter.

Cecelia räusperte sich und zwang sich zu einem Lächeln. »Ach, Willie, mein Schatz, ich habe heute keinen rechten Appetit. Nichts Schlimmes. Ein wenig Magendrücken.« Es war noch nicht einmal gelogen. Ihr Magen schmerzte, seit sie gestern den Brief von Carl Fröhlich entdeckt hatte. Den ganzen Tag lang war ihr unwohl gewesen, doch erst nach dem fürchterlichen Streit mit Fanny hatte sie bohrende Magenschmerzen. Sie nippte an ihrer Kaffeetasse.

Fanny sah sie abschätzend an. »Dann würde ich aber auch keinen Kaffee trinken«, bemerkte sie spitz.

Cecelia spürte, wie ihr Herz schneller schlug, wie die Wärme in ihren Kopf stieg. So eine Unverschämtheit. Billige Ratschläge von einem billigen Flittchen! »Untersteh dich, mir Ratschläge zu erteilen«, zischte sie mit unterdrückter Wut. »An deiner Stelle wäre ich ganz still!«

Fanny ignorierte die Sätze und drehte sich zu May, die im Hochstuhl saß und den Brei auf ihrer kleinen Schürze verschmierte. »Na, du bist ja eine! May, du machst dich ganz schmutzig, tz, tz, tz …« Mit einem Lächeln wollte sie dem Kind den Löffel aus der Hand nehmen. May sah sie verdutzt an und hielt den Löffel fest in ihrer kleinen Faust.

»Nimm die Hände von May! Sofort! Wenn hier eine schmutzig ist, dann bist es ja wohl du! Verschwinde, geh raus, geh zur Arbeit. Geh mir aus den Augen!« Cecelias Stimme überschlug sich fast.

Ängstlich sahen sich die Kinder an. Mit aufreizender Bedächtigkeit faltete Fanny ihre Serviette zusammen und legte sie auf den Tisch. Ein verächtlicher Blick, dann ging sie aus dem Raum. Cecelia atmete tief aus und schloss kurz die Augen.

»Mommy? Mommy?« Die Stimme von Blanche zitterte. Tränen standen in ihren Augen. »Was ist denn los mit Tante Fanny? Warum bist du so böse auf sie?«

»Ach, weißt du, Blanche, wir haben uns gestern gestritten. Das ist manchmal so unter Schwestern. Bei euch doch auch, oder?«

Das Mädchen nickte. »Aber nicht so schlimm wie bei euch«, sagte sie leise.

»Dafür ziehen wir uns nicht an den Haaren!«, versuchte Cecelia, ihre verängstigten Kinder aufzumuntern.

»Aber wir schimpfen nicht so doll!« Klina sprang ihrer großen Schwester zur Seite.

Cecelias Antwort war ein dünnes Lächeln. Mehr konnte sie jetzt nicht zustande bringen. Innerlich fühlte sie sich leer und erschöpft. Dieser Streit mit Fanny hatte so vieles herausgeschleudert, was besser ungesagt geblieben wäre. Doch jetzt standen die Sätze in der Welt.

Sie läutete nach Dora.

Zwei Stunden später saß Cecelia in ihrem Atelier. Keine Kundschaft. Zum Glück. May schlief, Cecelia hörte Dora in der Küche hantieren. Vor ihr lagen zwei neue Ausgaben französischer Modeblätter. Sie hatte sich so auf die Magazine gefreut. Seitenweise neue Ideen direkt aus Paris für ihren Salon. Doch jetzt warf sie nur einen müden Blick auf die Bilder. Ihre Gedanken kreisten um ihre Schwester – und um Carl Fröhlich. Sie sah den schmucken Bankbeamten von damals vor sich. Hörte sein Englisch mit dem deutschen Akzent. Doch dann schob sich Fanny vor das Bild. Fanny in all ihrer Jugend, die Taille schlank, noch nicht gezeichnet von diversen Schwangerschaften. Cecelia lachte bitter. Und erst die Haare! Fannys Locken waren tatsächlich noch dunkelbraun und glänzten. Ganz anders bei Cecelia, die seit Monaten versuchte, mit schwarzem Puder den mittlerweile fast weißen Haaransatz zu übertünchen.

Beinahe elf Jahre lagen zwischen ihnen. Elf entscheidende

Jahre im Leben einer Frau, dachte Cecelia. Zwischen 20 und 30 – da passiert alles. Da kommt ein Mann, da kommen die Kinder, ein Heim, der gesellschaftliche Aufstieg. All das hatte Fanny noch vor sich. Aber warum verschleuderte sie sich jetzt an Carl Fröhlich? Wollte sie ihr, der großen Schwester, etwas heimzahlen? War das die Rache für ... für was eigentlich? Cecelia nahm ein paar grüne Ripsbänder und rollte sie zusammen. Warum fing ihre kleine Schwester eine Affäre mit einem verheirateten Mann an, der gerade zum vierten Mal Vater geworden war? Warum musste es ausgerechnet Carl Fröhlich sein? Als wenn es nicht genügend andere Kandidaten gäbe, hier in New York? Die ganze Stadt war voll von vielversprechenden, jungen, gut aussehenden Männern!

Cecelia schnaubte verächtlich. Was bildete Fanny sich ein? Dass sie Narrenfreiheit hätte, nur weil sie jetzt in New York war und ihr mit den Kindern half? Nein, nein. Cecelia schüttelte kaum sichtbar den Kopf. Da würde sie nicht mitmachen. Bei diesem Betrug. Denn etwas anderes war es in ihren Augen nicht. Vier kleine Kinder, das jüngste gerade einmal ein halbes Jahr alt. Die arme Ehefrau. Louise hieß sie. Das hatte sie aus Fanny herausbekommen. Cecelia versuchte, sich zu erinnern, aber sie hatte keine Idee, wer es sein könnte. Sie fühlte sich an ihr eigenes Schicksal erinnert. Eine Frau mit vier kleinen Kindern. Und der eigene Ehemann ein Betrüger. Gut, so schlimm wie bei William stand es um Carl nicht. Er war kein Verbrecher. Aber ein Ehebrecher. Und das war abstoßend genug. Wie schnippisch Fanny reagiert hatte, als Cecelia sie zur Rede stellte. Neid warf sie ihr vor, Neid und Eifersucht. Auf sie, die jüngere Paris-Tochter. Hübsch, jung, ungebunden – das ganze Leben stand ihr noch offen. Cecelias Schicksal dagegen, Fanny hatte abfällig gelacht, da konnte man ja nur noch die Scherben zusammenkehren. Wieder spürte Cecelia die Wut in sich aufsteigen. Die grünen Ripsbänder lagen eng verknotet im passenden Karton. Kleine, strenge Knäuel waren es geworden.

Es klopfte an der Tür. Cecelia hatte ganz vergessen, aufzuschließen. Schnell stand sie auf und strich sich das Kleid glatt. An der Tür hörte sie ein Räuspern. Es war eine Männerstimme. Sie gehörte zu einem Polizisten in dunkelblauer Uniform. Nervös öffnete sie die Tür einen Spalt.

»Guten Morgen, meine Dame!« Der Officer tippte sich an seinen Hut und verbeugte sich.

Cecelia spürte, wie ihr plötzlich warm wurde. Vor ihr stand William Meyer.

»Darf ich hereinkommen?«, fragte er höflich, und auch er wirkte einen Moment lang verunsichert.

»Aber natürlich, bitte treten Sie ein!« Cecelias Wangen waren rot.

Etwas unbeholfen betrat er den Raum und sah sich um. Dies hier war eine Frauenwelt. Nervös strich er mit seiner behandschuhten Hand über seinen Schnurrbart.

Cecelia bemerkte seine Unsicherheit und lächelte ihn an: »Das ist aber eine Überraschung. Ich hoffe, Sie haben gute Neuigkeiten!« Sie war unruhig. William Meyer machte sie unruhig. Aber auch die Frage nach der falschen Freundin.

»Wie man's nimmt, Gnädige Frau. Ich wollte Ihnen nur Bescheid sagen, dass der Fall, also Ihr Fall gegen Mrs. Williams, an den Marine Court New York City übertragen wurde. Richter Sinnot übernimmt die Anklage, und Deputy Sheriff Bollett kümmert sich um die Ermittlungen.«

»Ach, was hat das zu bedeuten?«

»Nichts weiter. Ist nur eine Frage der Zuständigkeiten. Die Kollegen vom Marine Court machen ihre Sache sehr gut. Bestimmt gibt es schnell Fortschritte in der Angelegenheit. Und wenn Sie Glück haben, bekommen Sie Ihren Schmuck bald wieder.«

Cecelia lauschte der Stimme. Tief und beruhigend, fast ein Bariton. Sie hätte ihm noch länger zuhören können. »Wollen Sie sich nicht setzen? Mögen Sie vielleicht eine Tasse Kaffee?«

Er zögerte.

»Ach, bitte, Herr Officer. Eine Tasse Kaffee, und danach können Sie ja weiter Verbrecher jagen.«

Der Polizist schmunzelte. »Überzeugt!«

Als er eine Stunde später wieder aufbrach, begleitete ihn eine gelöste Cecelia zur Tür. Die Wut über Fanny, der Ärger um Louisa – sie zählten im Moment nicht. Sie fühlte sich leicht, ja, mädchenhaft.

Und auch William Meyer hatte in ihrer Gegenwart die Strenge seines Amtes verloren. Vielleicht waren es die sanften Farben um ihn herum oder der verhaltene Duft nach Maiglöckchen-Parfüm, der im Raum hing? Er hätte es nicht sagen können. Aber er war hingerissen von dieser Frau, die so lebhaft von ihren Kindern und ihrem Start in New York erzählte.

»Dann muss ich mich jetzt also im Marine Court melden?«, fragte Cecelia mit einem traurigen Lächeln.

»Ja«, Meyer suchte nach Worten. »Was Ihren Fall angeht, schon.« Er schwieg und sammelte sich. »Aber vielleicht darf ich Sie auch einmal zu einer Tasse Tee einladen? Nicht in meinem Büro, natürlich. Sondern in einem hübschen Café in der Stadt?«

Cecelia nickte. »Gern. – Sehr gern!«

32. Herrenbesuch

New York City, 10. Januar 1877

VORSICHTIG LUGTE DORA durch die Lagen des feinen Papiers. Es raschelte, sie sah sich um. Sie war allein. Es war ein Strauß Rosen. Das Dienstmädchen schloss für einen Moment die Augen und versuchte sich auszumalen, diese Blumen wären für sie selbst abgegeben worden. Mit einem Seufzer suchte sie eine passende Vase. Die beigefügte Karte stellte sie gut sichtbar vor den Strauß auf den Esstisch. Hier würde ihre Herrschaft sie gleich entdecken. Von wem der Blumengruß wohl stammte? Dora traute sich nicht, den Umschlag zu öffnen.

Viele Männer gingen in diesem Haushalt nicht ein und aus. Schade, sonst wäre vielleicht auch mal ein interessanter Mann für sie dabei. Dora träumte vor sich hin. Dann könnte sie ihre eigene Familie gründen. Aber, ach. Kein Mann, keine Familie. Sie zog das Häubchen zurecht. Da wird schon noch einer kommen! Ihre Herrschaft hatte es neulich selbst gesagt: »Wer weiß, wie lange wir unsere gute Dora halten können«, hatte sie gesagt. »Sie wird von Tag zu Tag hübscher!« Dora hoffte sehr, dass die Prophezeiung wahr werden würde.

Es klingelte. Aus ihren Gedanken geschreckt, eilte Dora zur Haustür. Ein Mann in Uniform stand da und verlangte nach Mrs. Thorpe. Er schien es eilig zu haben und war bei Weitem nicht so freundlich und höflich wie sein Kollege am Tag zuvor.

»Mrs. Thorpe ist nicht im Haus«, antwortete Dora knapp. »Sie wird frühestens in einer Stunde wieder hier sein.«

Der Uniformierte zögerte. Er hinterließ Dora seine Karte

und wollte sich am frühen Nachmittag wieder melden. Es sei wichtig, meinte er, es ginge um die Anzeige.

Dora nickte und schloss die Tür. »Sheriff«, las sie auf der Karte. Die Schwestern hatten sich furchtbar zerstritten, und jetzt war dauernd die Polizei im Haus. Sie musste unbedingt herausfinden, was hier vor sich ging.

Drei Stunden später saß Dora fassungslos am Küchentisch. Gerade hatte sie das Teegeschirr abgeräumt und ein Tablett mit Portwein ins Wohnzimmer gebracht. Sie konnte es nicht glauben. Ihre Herrschaft war hintergangen und bestohlen worden – von dieser Mrs. O'Connor. Einer Witwe mit vier kleinen Kindern Schmuck und wertvolle Dinge abzunehmen. Nicht möglich! Aber wie gut, dass die Frau jetzt hinter Gittern war. Denn das hatte der Sheriff, der nun im Wohnzimmer saß, berichtet. Aber warum brachte er einen Reporter von der Zeitung mit? Sicher, es war eine Unverschämtheit, ihre Herrschaft zu bestehlen, aber weshalb sollte das gleich in die New-York Times kommen? Sie konnte sich keinen Reim darauf machen.

Cecelia klingelte nach ihr. Dora zupfte sich die Schleife ihrer Schürze zurecht und betrat mit einem betont ahnungslosen Gesicht den Raum. Sofort bemerkte sie die roten Augen ihrer Dienstherrin. Einen Aschenbecher sollte sie bringen, die Herren wollten eine Zigarre rauchen. Dora musste eine Weile suchen, bis sie den großen Kristallaschenbecher fand, so selten wurde in diesem Haushalt geraucht. Ja, ein männerloser Haushalt. Da gibt es Aschenbecher nur in den hintersten Schrankwinkeln, dachte sie und stellte das schwere Stück vorsichtig auf die Tischplatte, auf der ein vollgeschriebener Notizblock lag und zwei zerknüllte Blätter. »Soll ich die Zettel wegschmeißen?«, fragte sie unschuldig.

Der Reporter nickte und blickte nicht einmal auf.

»Thorpe«, las sie. Doch das Wort war durchgestrichen. Daneben stand »Thomas« mit einem Ausrufezeichen. »Dynamit-Teufel«, konnte sie entziffern. »William King Thomas«. Das Papier war fast durchgescheuert, so sehr hatte der Reporter herumgekritzelt und versucht, die Wörter zu schwärzen. Dora dachte nach. Die Sache wurde ja immer verrückter. Jetzt war auch noch ein Dynamit-Teufel im Spiel! Das Wort hatte sie schon einmal gehört. Sie versuchte, sich zu erinnern. In Doras Kopf ratterte es unablässig – beim Zubereiten des Abendessens, beim Abwaschen und beim Fegen der Küche. Die vollgeschmierten Zettel hatte sie vorsichtshalber mit in ihre Kammer genommen. Dort wollte sie sie heute Abend noch einmal lesen, wenn sie endlich Ruhe hatte.

Sie ging durch die Wohnung und riss die Fenster auf. Dieser ekelhafte Zigarrenqualm! Alles stank danach. Unter der Tür zum Esszimmer fiel ein Lichtschein auf den Boden. Sie hörte leise Stimmen. Die Schwestern redeten wieder miteinander. Vorsichtig klopfte sie an die Tür.

»Dora, Sie können für heute Feierabend machen! Danke, dass Sie noch einmal gelüftet haben. Sehr umsichtig von Ihnen, Gute Nacht!«

Dora zog sich zurück und versuchte, im Schein einer Kerze die Zettel noch weiter zu entziffern.

Im Wohnzimmer strich Cecelia vorsichtig über eine Blüte im Rosenstrauß, der auf dem Tisch stand.

»Sehr spendabel der Herr Verehrer von der Polizei«, bemerkte Fanny und versuchte, nicht schnippisch zu klingen.

»Ich weiß gar nicht, wann ich das letzte Mal einen so schönen Strauß bekommen habe. Von William im Zweifel. Aber das liegt Ewigkeiten zurück.« Cecelia seufzte. »Fanny, es ist gerade alles etwas viel für mich. Kannst du das verstehen?«

Die jüngere Schwester nickte.

»Was Carl in St. Louis angeht, es ist natürlich deine Sache. Aber ich habe noch einmal darüber nachgedacht. Vielleicht hat er etwas ganz anderes im Sinn als du. Du weißt ja, ich habe

mich damals nicht gut benommen, als es auseinanderging.«
Cecelia schluckte. »Und vielleicht ist das jetzt seine Art, es
mir heimzuzahlen. Sich an mir zu rächen. Dieser Gedanke
kam mir heute. Ich weiß es natürlich nicht. Mein Gott, ich
habe den Mann jetzt mehr als zehn Jahre nicht gesehen, aber
ich würde es zumindest nicht ausschließen, dass es vielleicht
nicht nur Zuneigung zu dir sein könnte.«

Fanny schnaubte entrüstet, aber Cecelia bemerkte, wie
sie nervös an ihrem Ärmel zupfte. »Du brauchst dich nicht
als große Schwester zu präsentieren, die alles besser weiß«,
sagte Fanny verärgert.

»Um Gottes willen, nein, Fanny, das will ich gar nicht. Ich
weiß nicht alles besser, sonst säße ich jetzt nicht hier – ganz
und gar ratlos in meinen Angelegenheiten.«

Fanny war froh, das Thema zu wechseln. »Das ist doch
im Moment auch viel entscheidender, wie es mit dir weiter-
geht und damit auch mit uns hier in New York. Du musst mir
glauben, zwischen Carl und mir ist nichts vorgefallen. Wir
haben uns getroffen, das habe ich dir ja alles schon erzählt,
und uns wunderbar unterhalten. Ich weiß, dass er vier Kinder
und eine Frau hat. Und natürlich habe ich für mich andere
Pläne, als die Geliebte eines Bankdirektors im Mittleren Westen zu werden.« Ihre Stimme war lauter geworden. Sie sah
ihre Schwester direkt an.

Cecelia war erleichtert. »Dann entschuldige bitte, dass ich
gestern so ausfallend geworden bin!«

Fanny nickte. »Schon geschehen.«

Cecelia griff nach Fannys Hand und drückte sie. »Was
würde ich sonst tun hier? Ohne dich?«, fragte sie mit einem
Anflug von Rührung.

Und zum ersten Mal, seit dieser verfluchte Brief aus
St. Louis ins Haus geflattert war, lagen sich die Schwestern
wieder in den Armen.

33. Kein Geheimnis mehr

New York City, 11. Januar 1877

AM NÄCHSTEN MORGEN verließ Dora zeitig die Wohnung. Sie erledigte ihre Besorgungen mit May im Kinderwagen. Sie hatte sich von Gretchen überreden lassen, die Kleine mitzunehmen. Ihre Herrschaft machte heute einen besseren Eindruck, dachte sie. Und die Stimmung unter den Schwestern war auch wieder freundlich. Na, Gott sei Dank, die armen Kinderchen – sie hatten sich ja schon richtig Sorgen gemacht, die Kleinen. Dora schob den Wagen über den Bürgersteig. Nachdem sie gestern Abend nicht weitergekommen war beim Entziffern der Notizen, wollte sie heute die neue Ausgabe der New-York Times kaufen. Vielleicht würde sie dort ja auf die Antwort ihrer Fragen stoßen. Schließlich arbeitete der Reporter von gestern für diese Zeitung.

May saß im Wagen und sang vor sich hin. Dora musste lächeln. Das Mädchen war ihr ans Herz gewachsen. Nun würde sie schon bald ihren zweiten Geburtstag feiern. Noch bevor sie zum Gemüsehändler kam, hatte Dora die Zeitung gekauft. Ungeduldig schlug sie die Seiten auf und suchte nach einer Meldung, die ihr weiterhelfen könnte. May klopfte mit ihren Händchen in den roten Fäustlingen auf ihre Decke. »Doa, Doa, fahren!«

»Ja, gleich, mein Schätzchen!« Dora versuchte, sich auf die Schrift zu konzentrieren. Es war gar nicht so einfach, zum Glück war sie noch in Deutschland zur Schule gegangen, wenigstens drei Jahre. Lesen konnte sie also, wenn auch nur langsam. Aber das Englische machte ihr in gedruckter Form noch immer Schwierigkeiten. Plötzlich hielt sie inne. Da war es, wonach sie gesucht hatte. Da stand das Wort »Dynamit-Teufel«! Stockend las sie:

**Eine angeblich vertrauensvolle Frau.
Wie Mrs. Thomas, die Witwe des »Dynamit-Teufels«,
betrogen wurde**

Mrs. Cecelia Thomas, die Witwe des »Dynamit-Teufels« Thomas, machte vor rund 18 Monaten im Gramercy Park Hotel die Bekanntschaft mit Louisa O'Connor alias »Louisa Randolph« alias »Louisa Williams« – einer Frau von Kultur, mit angenehmen Umgangsformen, großer Konversationskunst und einer noblen Adresse. »Mrs. Williams« bekam bald einen großen Einfluss auf Mrs. Thomas, sodass diese ihr einen Schal aus Kamelhaar lieh, ebenso Diamantringe, eine Diamantbrosche sowie eine Armbanduhr und eine Kette, ebenfalls mit Diamanten besetzt. Außerdem einen ledernen Reisekoffer. Nachdem »Mrs. Williams« den geliehenen Schmuck und die anderen Dinge nach geraumer Zeit immer noch nicht zurückgegeben hatte, entschuldigte sie sich mit der Ausrede, dass sie die Sachen »ihrer Schwester geliehen habe«. Wenig später zog sie aus dem Gramercy Park Hotel aus und konnte nicht mehr von Mrs. Thomas gefunden werden.
Darauf erstattete Mrs. Thomas beim Marine Court Anzeige, um ihr Eigentum zurückzubekommen. Sie erwirkte einen Haftbefehl von Richter Sinnott, der den Wert der entwendeten Dinge auf 2.500 Dollar setzte. In den anschließenden Ermittlungen fand der beauftragte Deputy Sheriff Frank Bollett heraus, dass »Mrs. Williams« vom Gramercy Park Hotel in das Hoffman

*House gezogen war. Von dort aus wechselte sie wieder
die Adresse und zog ins Barnum's Hotel. Schließlich
ließ sie sich in der 23. Straße, 333 West nieder.*
*Dank einer List erwirkte der Deputy Sheriff eine
Befragung von »Mrs. Williams«. Er hatte vorgege-
ben, einen Brief von einem Gentleman, mit dem sie
gut bekannt sei, für sie zu haben, und nahm sie fest. Sie
versuchte vergeblich, Richard O'Gorman (mit dem sie
angeblich gut bekannt sei) als Anwalt zu betrauen, um
nicht ins Gefängnis zu müssen. Mr. O'Gorman lehnte
dies ab mit dem Hinweis, dass sie alles andere als einen
guten Charakter hätte. Das Ergebnis war: »Mrs. Williams« wurde ins Gefängnis Ludlow Street gebracht.*

Dora stieß die Luft aus. Ungläubig starrte sie auf die Zeitung.
Was bedeutete das? Hieß ihre Herrin gar nicht Cecelia Thorpe,
sondern Cecelia Thomas? Und ihre Freundin Louisa O'Connor? Hatte gleich mehrere falsche Namen! Dora war entsetzt.
Lug und Trug um sie herum. Sie las den Artikel ein zweites
Mal. Erst jetzt dämmerte ihr, warum Cecelia ihren Nachnamen abgelegt hatte. Ihr Mann war ein Dynamit-Teufel! Dora
ließ die Zeitung sinken und dachte angestrengt nach. Dynamit-Teufel Thomas. Sie grübelte.

Auf einmal fielen ihr die vielen Ungereimtheiten im Haushalt von Cecelia auf. Es gab in der ganzen Wohnung kein Foto
ihres verstorbenen Mannes. Überhaupt wurde er so gut wie
nie erwähnt. Thomas, Thomas, Thomas … Sie stand auf und
legte die Zeitung zusammen. Ihr war kalt. Auf einmal erinnerte sich Dora. Damals war es auch ein kalter Wintermorgen
gewesen. Vor gut einem Jahr in Deutschland. Die Katastrophe. Die Explosion in Bremerhaven. Die vielen Toten und die
grausam Verletzten. Der Dynamit-Teufel! Entsetzt schlug sie
die Hand vor den Mund. Das Verbrechen war auch in New

York ein großes Thema gewesen. Sie blickte zu May, die ungeduldig auf ihre Wolldecke trommelte. Dann war dieses kleine Mädchen das Kind eines Massenmörders? Die Zeitung zitterte in Doras Hand.

Als sie eine Stunde später wieder in die Wohnung zurückkehrte, wusste sie sofort, dass sie nicht die Einzige war, die den Zeitungsartikel gelesen hatte. Mit blassem Gesicht kam ihr Cecelia entgegen und nahm ihr May ab. Sie drückte ihre jüngste Tochter an sich. Ihre Schultern zuckten. Dora hörte das unterdrückte Schluchzen und beeilte sich, in die Küche zu kommen. Sie selbst war völlig verunsichert. Die Frau eines Schwerverbrechers – ihre Herrschaft. Dieser Gedanke wollte ihr nicht in den Kopf.

Jetzt war es heraus. Cecelia starrte auf die Zeitung, die auf dem Tisch lag. Sie war eine dumme und gutgläubige Frau, das war das eine – für jedermann nachzulesen. Aber viel schlimmer – sie war mit einem Kriminellen verheiratet gewesen. Mit einem Massenmörder. Für einen Moment schloss sie die Augen.

»Mommy müde?«, fragte May mit unschuldigem Gesicht.

Cecelia lächelte matt. »Ja, Mommy ist sehr, sehr müde.«

May drehte sich aus der Umarmung und ließ ihren Mantel fallen. »Mommy Bett. May zu Doa Puppen spielen.« Damit stapfte sie aus dem Raum.

Cecelia seufzte. Und dabei hatte der Reporter ihr doch versprochen, nichts über ihren toten Mann zu schreiben, nichts über das Verbrechen. Eine winzige Hoffnung blieb: Im gesamten Artikel war nur von »Mrs. Thomas« die Rede, der Name »Thorpe« fiel nirgendwo. Vielleicht würde niemand darauf kommen, dass es einen Zusammenhang gab – dass es sich um ein und dieselbe Frau handelte. Vielleicht könnte sie weiter unbehelligt in New York leben, als Mrs. Thorpe. Und das dunkle Thomas-Geheimnis würde sich nicht über sie und ihre Kinder in der neuen Heimat legen.

Es klopfte. Dora stand im Türrahmen. »Mrs. Thorpe, ich habe hier diesen Brief im Eingang gefunden. Wahrscheinlich hatten Sie die Klingel nicht gehört. Bitte sehr!« Dora überreichte ein kleines Billet, das schon etwas feucht geworden war. Dann verschwand sie schnell.

Cecelia las »An Mrs. Thomas«. Zuerst fiel es ihr gar nicht auf. Doch dann durchfuhr es sie – dies war der erste Brief in New York, der an Mrs. Thomas und nicht an Mrs. Thorpe gerichtet war. Cecelia erstarrte. Ihre schlimmsten Befürchtungen wurden in diesem Moment wahr. Am liebsten hätte sie den Umschlag mit den verwischten Buchstaben fortgeschleudert. Sie schluckte. Schnell überflog sie die Zeilen. Es war ein Brief von einem John H. White, ein Rechtsanwalt. Er schrieb, dass er Louisa vertrete und dass die Vorwürfe gegen seine Mandantin haltlos seien und es nicht angehen könne, dass sie, Cecelia, den tadellosen Ruf von Mrs. Randolph zerstöre. Cecelia schüttelte den Kopf. Wo hatte Louisa nur diesen Advokaten aufgetrieben? Wahrscheinlich eine verflossene Affäre, an die sie sich jetzt, in der Not, erinnert hatte.

Cecelia versuchte, sich zu sammeln. Eines konnte sie jetzt ganz gewiss nicht, warten und alles den anderen überlassen. Louisas Rachefeldzug hatte schon begonnen. Und deshalb musste sie selbst etwas unternehmen, durfte nicht länger nur reagieren. Auf einmal wurde sie ganz ruhig. Sie setzte sich an ihren Sekretär und begann zu schreiben. An Nathan Simonsky. Zuerst wollte sie das Existenzielle regeln, die Geldangelegenheiten. Auch an die Claussens schrieb sie, schließlich war ein Teil ihres Vermögens von Adolph Julius Claussen in Zuckerrohrplantagen auf Kuba angelegt. Da musste sie reinen Tisch machen. Ein kurzer Brief an ihren Stiefvater nach St. Louis folgte. Dann überlegte sie, wem sie in ihrem neuen Umfeld in New York wirklich trauen konnte. Neben Jennie Byrnes, die sie schon durch den Brief an ihren Mann ins Bild gesetzt hatte, fielen ihr Kate Woods und Belle Worsham ein. Nun, Kate Woods war keine verlässliche Freundin. Sie kam aus Louisas Umfeld, hatte sich Cecelia gegenüber zwar immer freundlich gezeigt, aber doch eher als spendable Kundin, nicht mehr.

Was war mit Belle Worsham? Cecelia zögerte. Belle war eine Geschäftsfrau durch und durch, hatte einen schwerreichen Mann an ihrer Seite und lebte ein Leben in Luxus. Doch zur wahren New Yorker Aristokratie gehörte Belle nicht, darüber war sich Cecelia im Klaren. Und es gab etwas zwischen den beiden Frauen, das sie verband. Ihre Herkunft, ihre Vergangenheit und ihre Art, sich davon zu befreien. Beide Frauen leugneten ihre Wurzeln als uneheliche Töchter aus ärmlichen Verhältnissen. Beide Frauen hatten einen beinahe kämpferischen Ehrgeiz entwickelt, diesen Anfängen zu entkommen. Und beide hatten sich dazu einen reichen Mann gesucht. Allerdings hatte Belle dabei weit mehr Gespür bewiesen als Cecelia. Collis P. Huntington gehörte zu den reichsten Männern von ganz Amerika. Das war der große Unterschied.

Sie, Cecelia, hatte sich mit einem Mann eingelassen, der nur einen Bruchteil von dem besaß, was ein Eisenbahnbaron anhäufte, und sie hatte sich mit einem Mann eingelassen, der für Geld über Leichen ging. Sie öffnete eine Schublade im Sekretär. Dahinter lag ein kleines Geheimfach. Sie drückte auf das hölzerne Türchen mit dem Elfenbeinknopf, es sprang auf und gab den Blick frei auf einen Stapel säuberlich zusammengeschnürter Briefe und Fotografien. Cecelia löste das Band und zog ein Bild von William heraus. Er hätte hier so gut hineingepasst, dachte sie. Ein stattlicher Mann, die kleine Goldrandbrille und der gepflegte Vollbart – er hatte so etwas Gediegenes, ja, Zuverlässiges. Sie starrte die Fotografie an. Diesen Mann hatte sie geliebt. Ihr Hals wurde eng, sie unterdrückte das Weinen. William, warum hast du mir das angetan? Warum hast du unseren Kindern das angetan? Zärtlich strich sie über die Fotografie. So viele glückliche Stunden hatten sie geteilt. So ein schönes Leben hatte er ihr bereitet. Sehnsüchtig dachte sie an ihre Jahre in Sachsen zurück. Vorbei, alles vorbei.

Sie schob das Bild zurück in den Stapel, eine andere Ecke schaute hervor, eine andere Fotografie. Neugierig zog Cecelia den Karton heraus. »Oh, mein Gott!« Entsetzt starrte sie auf die Postkarte. Es war dieses furchtbare Bild mit dem abgetrennten Kopf von William. »Oh, nein!« Cecelias Magen rebellierte. Diese Karte wollte sie längst verbrannt haben. Doch damals an Bord der »Wieland«, als ihr die Steuarts aus Leipzig das Bild nachgeschickt hatten, hatte sie sich nicht getraut und sie schnell zu ihren Habseligkeiten dazugesteckt. Hastig drehte sie die Karte um und legte sie zurück zu den anderen Papieren.

Als alles wieder verborgen in den Tiefen des Sekretärs lag, stützte Cecelia den Kopf in ihre Hände und weinte. Ihr Blick fiel auf die Rosen auf dem Esstisch. Der Blumen-Gruß von der New Yorker Polizei. Von Officer William Meyer. Sie lachte auf. Es war alles verrückt. Die ganze Welt war verrückt! Ihr toter Mann ein Schwerverbrecher. Ihr neuester Verehrer ein Hüter des Gesetzes. Und sie selbst? Cecelia zog das Schultertuch enger und setzte sich wieder an die Schreibplatte. Sie musste retten, was zu retten war.

Der Brief an Belle Worsham ging ihr leicht von der Hand. Dann noch ein paar Zeilen an William Meyer. Sie nahm seine Einladung an und gab zu verstehen, dass sie ohnehin dringend mit ihm sprechen müsse. Als sie Dora mit den fertigen Briefen zur Post geschickt hatte, fühlte sie sich besser.

34. Die Schlammschlacht

New York City, 12. Januar 1877

ALLES AUS. ALLES VORBEI. Der Neuanfang in New York. Ihre
Rettung aus Deutschland, die Flucht nach Amerika. Die Katast-
rophe von Bremerhaven hatte sie eingeholt. Eine Träne rollte über
Cecelias Wange. Und das Schlimmste war: Es war ihre eigene
Schuld. Ihre eigene Vertrauensseligkeit, ihre eigene Dummheit.
Sie hatte sich an Louisa gehängt, hatte sie ins Vertrauen gezo-
gen. Und jetzt warf diese Frau, diese Betrügerin und Diebin mit
Dreck. Langsam hob Cecelia die rechte Hand. Sie hielt die neue
Ausgabe der New-York Times in die Höhe. Zentnerschwer, der
Arm, die Hand, die Zeitung. Nur zwei Tage hatte Louisa im
Ludlow-Gefängnis verbracht. Offenbar war sie schon wieder
auf freiem Fuß. Dabei war der gestohlene Schmuck nicht mehr
aufgetaucht. Cecelia verstand das alles nicht. Und das Erste, was
diese Frau tat, war, sich an die Zeitung zu wenden. Cecelia las:

Eine Gegendarstellung

*In der Angelegenheit um die Inhaftierung von Mrs.
Louisa Randolph, in dem Rechtsstreit gegen Mrs. Cecelia Thomas, Witwe des »Dynamit-Teufels« Thomas,
erklären Mrs. Randolph und ihr Anwalt John H. White
Folgendes:*
*Die Gegenstände, um die es in dem Streit geht, sind
weit weniger wertvoll, als von Deputy Sheriff Bollett
angegeben. Außerdem sind die Dinge von Mrs. Thomas freiwillig in den Besitz von Mrs. Randolph über-*

*gegangen. Aus diesen genannten Gründen wurde Mrs.
Randolph aus der Haft entlassen.*

*Das gesamte Verfahren gegen Mrs. Randolph sei von
Mrs. Thomas aus Rachsucht initiiert worden; die Vorwürfe seien völlig aus der Luft gegriffen. Weiter sagte
Mrs. Randolph, dass sie keinen falschen Namen angegeben habe und dass die Behauptung, sie würde unter
falschem Namen agieren, schlicht unrechtmäßig und
unwahr sei. Weiter sagt sie, dass sie mit Mrs. Thomas befreundet gewesen sei, als diese mittellos war;
und dass das Verfahren gegen sie (Mrs. Randolph) das
Zeugnis reiner Undankbarkeit sei.*

Zwei Tage hintereinander wurde die Stadt jetzt mit Geschichten über Cecelia Thomas versorgt. Alle konnten es lesen. Die
ganze Stadt, ja, ganz Amerika. Belle Worsham hatte ihr heute
Morgen die New-York Times durch einen Boten bringen lassen. War das jetzt ein gutes Zeichen? War wenigstens Belle
eine Freundin? Cecelia wusste es nicht. Wusste gar nichts
mehr. Regungslos starrte sie die Zeitung an. Sie spürte wieder
die Schmerzen in ihrer rechten Schulter und an den Händen.
Das Rheuma. Die feuchte Kälte machte ihr in jedem Winter
zu schaffen. Diese Nervenanspannung tat ihr Übriges.

Die Kinder saßen ungewohnt artig am Frühstückstisch. Die
verweinten Augen ihrer Mutter machten ihnen Angst. Alle
schwiegen, nur May plapperte in ihrem Kinderstühlchen vor
sich hin, bis Blanche sie zurechtwies.

»Lass nur, Blanche, May ist ja noch so klein.« Cecelia strich
über die Hand ihrer ältesten Tochter.

»Ich wollte nur nicht, dass sie dich stört, Mommy!«

Cecelia schüttelte den Kopf. Sie betrachtete ihre Kinder.
Sie sprachen immer noch ein Kauderwelsch aus Englisch und
Deutsch. Aber die deutschen Wörter wurden weniger.

»Beeil dich, Willie! Ich nehm dich mit und bring dich zur Schule.« Fanny war vom Tisch aufgestanden und wandte sich zur Tür. »Dann kümmert Gretchen sich um die anderen, bis der Lehrer kommt. Und du hast ein wenig Ruhe«, sagte sie an Cecelia gerichtet.

Erleichtert sprang Willie auf.

»Na, komm, wir müssen uns beeilen. Ich muss dann auch weiter zur Arbeit«, trieb Fanny ihren Neffen an.

Wenig später saß Cecelia allein im aufgeräumten Esszimmer und breitete die Zeitung noch einmal vor sich aus.

War das das Ende ihrer Existenz in New York? Ging ihre Flucht jetzt weiter? Cecelia atmete schwer. Was sollte sie tun? Wo sollte sie noch hin? Sie schob den Stuhl zurück und ging in ihr Schlafzimmer. In ihrer Kommode zwischen den eingerollten Strümpfen bewahrte sie ihren kleinen Vorrat an Laudanum-Flaschen auf. Nur drei Flaschen standen da in der hintersten Ecke der Schublade. Immer für den Fall, dass ihre Gelenke so schmerzten, dass sie es kaum aushalten konnte.

Dora besorgte ihr immer wieder Nachschub. Doch das war kaum nötig gewesen in den vergangenen Wochen, Cecelia hatte sich beinahe an das Ziehen in der Schulter und in der Hand gewöhnt. Hastig öffnete sie ein Fläschchen und trank in vollen Zügen. Es brannte in ihrer Kehle, aber sie wusste, dass es gleich besser werden würde. Sie lockerte ihr Korsett unter dem Morgenkleid und ließ sich auf ihr Bett sinken. Noch einmal die Flasche, wie schnell sie leer war! Dann schloss sie die Augen und seufzte tief. Langsam begann die Branntwein-Opium-Mischung zu wirken. Welch ein Segen.

Während Cecelia dunkle Traumwelten durchschritt und den Vormittag verschlief, musste Dora ein paarmal Besucher an der Ladentür abfangen. Für jedermann sichtbar hing das Schild »Geschlossen« am Fenster und dennoch klopfte und läutete es immer wieder. Dora erkannte die eine oder andere Besucherin vom Sehen. Da war Belle Worsham, wie immer in Begleitung ihres schüchternen Sohnes, die einen Brief abgab. Eine halbe Stunde später kam ein aufgeregter Nathan Simonsky vorbei und wollte sich kaum abwimmeln lassen. Die anderen Frauen kannte Dora nicht. Vielleicht waren es Kundinnen.

Als Fanny von der Arbeit zurückkehrte, lag ein kleines Häufchen von ungeöffneten Briefen in der Silberschale auf dem Esstisch.

»Wo ist meine Schwester?« Fannys Stimme klang beunruhigt.

Dora zeigte mit dem Kopf in Richtung Schlafzimmer. »Die gnädige Frau schläft. Ihr geht es nicht gut«, wisperte sie.

Fanny guckte sie scharf an. Was wusste das Dienstmädchen? »Dora, war heute jemand zu Besuch?«

Dora nickte und erzählte, wie sie alle an der Tür abgewiesen hatte. Fanny war erleichtert. Wenigstens hatte es so keine unschönen Begegnungen gegeben. Ihr Blick fiel auf die Briefe.

Leise öffnete sie die Tür zu Cecelias Schlafzimmer. Fanny nahm sofort den leichten Geruch von Branntwein wahr. Laudanum. Sie wusste, dass ihre Schwester ab und an zu dem Mittel griff, gerade jetzt im Winter, wenn das Rheuma sie plagte. Und heute hatte sie allen Grund gehabt, auch ohne Rheuma eine ganze Flasche leer zu trinken. Fanny seufzte. Am liebsten hätte sie sich selbst auch einmal einen großen Schluck gegönnt. Aber eine musste ja den Überblick bewahren.

Sie setzte sich an die Bettkante und strich über Cecelias Wange. Ihre große, immer bewunderte Schwester. Wie sehr hatte Fanny sich gewünscht, einmal nach Europa fahren zu können, um Cecelia dort zu besuchen, in Deutschland. Wie hatte sie sie beneidet – ein liebevoller Ehemann, immer spendabel, vier wunderbare Kinder, ein herrschaftliches Zuhause. Angesehen in der Gesellschaft, sogar Adelige waren in ihrem

Bekanntenkreis, hatte Cecelia in ihren Briefen aus Dresden geschrieben. Was war davon geblieben?

Dieser Mann hatte alles zerstört. Fanny hatte nie recht verstanden, was Cecelia an ihm fand. Aber wahrscheinlich war es das Geld, seine Erfahrung, sein weltmännisches Auftreten. Fanny hatte William nur wenige Male gesehen. Ganz zu Beginn, nachdem Cecelia ihn so überhastet geheiratet hatte. Dann noch zwei-, dreimal in Edwardsville. Sie erinnerte sich, obwohl sie damals noch ein Kind war, an einen fröhlichen Abend, an dem er die Runde mit allerhand Geschichten unterhielt. Aber sie erinnerte sich auch daran, wie abstoßend seine Tischmanieren gewesen waren. Wie maßlos er war beim Essen und Trinken. Kein Wunder, dass er so unförmig geworden war. Fanny fand ihn abstoßend, aber Cecelia schien glücklich gewesen zu sein. Und die Kinder waren allesamt entzückend.

Fanny verließ das Zimmer und sah nach ihren Nichten und ihrem Neffen.

»Tante Fanny, was ist mit Mommy?« Klina war aufgesprungen.

»Oh, eurer Mutter geht es nicht gut. Bei diesem Wetter hat sie immer große Schmerzen. Ihr wisst doch, das Rheuma.« Fanny streichelte Klina über den Kopf und nahm May auf den Schoß.

»Aber es hat nichts mit euch zu tun, oder?« Blanches Stimme klang ängstlich. »Ihr habt euch doch wieder vertragen?«

Fanny lachte: »Aber ja. Nein, eure Mommy braucht einfach ein wenig Erholung. Lassen wir sie schlafen.«

Erst nachdem die Kinder längst im Bett waren, kam Cecelia langsam zu sich. Ihr Kopf schmerzte, die Zunge fühlte sich pelzig an. Benommen zog sie einen Morgenrock über und trat hinaus auf den Flur. In Fannys Zimmer brannte noch Licht. Sie klopfte an. Fanny saß im Sessel und las.

»Geht es dir besser?«

Cecelia nickte schwach.

»Komm, setz dich!«

»Ich wollte eigentlich in die Küche. Ich fühle mich wie ausgedörrt.« Cecelia deutete auf ihren Hals.

»Setz dich! Ich hole dir Wasser.«

Staunend beobachtete Fanny wenig später ihre Schwester, wie sie drei volle Gläser Wasser hinunterstürzte.

»Du hast einige Briefe bekommen heute«, fing sie an. »Es waren wohl auch allerhand Besucher da. Aber Dora hat alle wieder nach Hause geschickt.«

»Gute Dora!« murmelte Cecelia. »Wo sind die Briefe?«

»Hier, ich habe sie vorsichtshalber mit ins Zimmer genommen. Man weiß ja nie. Willie und Blanche können mittlerweile ganz gut lesen. Aber ich habe keinen geöffnet. Bitte sehr!«

Cecelia sah die Umschläge durch. William Meyer hatte geantwortet. Von Belle Worsham war ein Brief dabei. Das sah nach der Schrift von Simonsky aus. Auf jeden Fall war es das Briefpapier von der Bank, in der er arbeitete. Ein dünner Umschlag stammte von Jennie Byrnes. Langsam begann Cecelia zu lesen.

Fanny wartete ungeduldig. Schließlich war auch ihr eigenes Schicksal eng mit dem ihrer Schwester verknüpft. Hatte Cecelia genügend Unterstützer, um in New York zu bleiben? Oder würden sie weiterziehen müssen? Fanny war unsicher. Nur eines wusste sie, wenn ihre Schwester nicht in New York bleiben konnte, dann war auch ihre Zeit hier vorbei. Schon einmal hatte sie der »Dynamit-Teufel« ihre Existenz gekostet, vor einem Jahr in St. Louis. Sie war genauso gefangen in der »Thomas-Katastrophe« wie ihre Schwester. Fanny starrte auf die leere Karaffe und grübelte. Ihr fiel der alte Spruch ein: Blut ist dicker als Wasser. Ja. Die Familienbande waren eng. Aber durch das Massaker im Hafen waren sie fester, als ihr lieb war.

35. Im Kontor

Bremerhaven, 8. Juni 1877

MIT EINER LÄSSIGEN BEWEGUNG ließ er den Zylinder auf die Hutablage fallen. Einige Spritzer Wasser tropften auf die darunter hängenden Mäntel und Gehröcke. Georg Claussen bemerkte es gar nicht. »Guten Morgen, meine Herren!«, rief er in die Runde.

Die Männer im Kontor von Claussen & Wieting nahmen Haltung an und erwiderten den Gruß des Firmeninhabers. Claussen ging langsam zu seinem Schreibtisch am Kopfende des Raums. Eine halbhoch getäfelte Wand mit Glasfenstern trennte seinen Arbeitsplatz von denen der anderen.

»Na, das ist ja ein Wetter! Und ich dachte, es wird Sommer. Wilken, was gibt's Neues? Was ist mit der Ladung der ›Oder‹? Ist alles versichert?«

Georg Wilken legte seinen Federhalter an die Seite und wandte sich an seinen Vorgesetzten. »Ja, Herr Claussen, alles läuft wunschgemäß. Ich werde Ihnen die Unterlagen gleich vorlegen«, antwortete der Comptoirist zackig.

Claussen nickte erfreut. »Schön! Das höre ich gern.«

Er klopfte an die Scheibe der geöffneten Tür zum Zimmer seines Partners Ernst Wieting. Der Mittfünfziger saß schon seit über einer Stunde am Schreibtisch. Sein Büro war ebenso wie das von Claussen vom Rest des großen Schreibsaals getrennt, sodass beide Inhaber jeweils in Ruhe arbeiten konnten, aber ihre Mitarbeiter nie aus den Augen verloren.

Wieting räumte seine Kaffeetasse und die Reste eines Mettbrotes beiseite. Er hatte sich angewöhnt, im Kontor zu frühstücken und dabei die Provinzial-Zeitung zu lesen. Ihm gefiel es, als Erster da zu sein. So konnte er genau sehen, wer es mit der Pünktlichkeit genau nahm und wer eher nicht. Claussen war natürlich eine Ausnahme. Sein Seniorpartner, der bis nach Bremen bekannt und geschätzt war, war immer noch ein ausgezeichneter Geschäftsmann, aber der Ehrgeiz loderte nicht mehr ganz so stark in ihm.

»Guten Morgen, Ernst! Ja, ja, der frühe Vogel … Aber er pickt sein Frühstück gar nicht auf! Was ist los, geht's dir nicht gut?« Georg Claussen klang fast besorgt.

Ernst Wieting schüttelte den Kopf. »Mach dir keine Sorgen. Gertraude sagt, ich soll mal ein bisschen kürzertreten«, antwortete er mit einem Lachen und dann leise: »Angeblich musste sie meine Hosen schon wieder weiter machen.« Er strich sich über den Bauch.

»Soso. Die Frau gibt an, was gegessen werden darf. *Ich* kann das ganz allein entscheiden. Aber weißt du, Ernst, das ist auch nicht das Wahre. So ganz allein. Alle meine Ehefrauen überlebt.« Er seufzte. »Dann schon lieber mal einen Wink bekommen, dass die Hose kneift.«

Wieting faltete die Zeitung sorgfältig zusammen und stand auf. »Sag mal, Georg, wirst du es heute verkünden?«

Claussen sah ihn nachdenklich an. »Ja, ich denke, heute ist ein guter Tag. Ich habe gestern Abend noch einmal mit ihr gesprochen. Sie ist ängstlich und aufgeregt. Aber das wird schon. Na, dann …« Er warf einen flüchtigen Blick auf seinen Schreibtisch, dann nickte er seinem Geschäftspartner zu, und beide Männer stellten sich vor ihre Mitarbeiter.

»Meine Herren, ich möchte Ihnen etwas mitteilen«, begann Claussen mit lauter Stimme.

Auf der Stelle wurde es ruhig.

»Mein Kompagnon und ich haben einen Beschluss gefasst, der Sie alle betrifft.« Er machte eine kleine Pause, räusperte sich und sagte: »Ab morgen wird hier bei uns im Kontor eine Frau arbeiten.«

Entgeisterte Blicke, man hörte, wie jemand empört die Luft ausstieß.

»Ja, ich weiß, das gab es noch nie«, fuhr Claussen fort. »Aber es ist ein besonderer Fall, dafür werden Sie Verständnis haben. Es geht um meine Schwiegertochter. Johanne Claussen. Wie Sie alle wissen, wurde sie von der schrecklichen Explosion am Hafen vor über einem Jahr wohl am härtesten getroffen«, Claussen stockte kurz und sprach dann weiter: »Sie hat beinahe ihre ganze Familie verloren. Auch ihren Mann, meinen Sohn Christian.« Nun war es absolut still in dem ansonsten so geschäftigen Raum. Alle Augen waren auf den Patriarchen gerichtet, der sich eine Träne von der Wange wischte. Claussen schluckte kurz und sammelte sich wieder: »Und wahrscheinlich wissen Sie auch, dass Johanne durch das Unglück eine Hand verloren hat. Es ist meine Pflicht und Verantwortung, dieser so geprüften Frau zu helfen. Nicht nur als Schwiegervater, sondern auch als Christ. Und bei allem Geschäftssinn bin ich mir sicher, Sie alle hier haben ein mitfühlendes Herz. Johanne Claussen wird ab morgen für zwei, drei Stunden am Tag zu uns kommen. Sie soll das Geschäft kennenlernen. Von der Pike auf. Damit Sie in absehbarer Zeit einen Teil der Geschäfte ihres Vaters und meines Sohnes weiterführen kann. Sie lernt seit Monaten Stenografie – mit ihrer gesunden, linken Hand. Ich erwarte von Ihnen, dass Sie ihr helfen, wann immer es nottut, und sie in unseren Kreis aufnehmen.« Claussen faltete das Taschentuch und ließ es in seiner Westentasche verschwinden. Ernst Wieting warf ihm einen anerkennenden Blick zu.

Alle schwiegen. Bürowärter Scheffer hatte seinen Stuhl beiseitegeschoben und sah seinen Arbeitgeber erwartungsvoll an.

»Scheffer, bitte, Sie sind der Älteste hier, wie lange sind Sie jetzt bei mir? Müssten wohl bald 20 Jahre sein.« Claussens Stimme war zu einem Murmeln geworden.

Die Stimme von Christian Scheffer zitterte leicht: »Siebenundzwanzigeinhalb Jahre sind es jetzt, Herr Claussen!« Der dünne Mann, der seine immer weniger werdenden Haare mit der gleichen Akkuratesse scheitelte, wie er es früher mit dem noch vollen Haar getan hatte, nahm Haltung an. »Herr Claussen, Herr Wieting, selbstverständlich kennen wir die traurige Geschichte von Frau Claussen. Und auch wenn es ungewohnt ist, so darf ich doch im Namen aller meiner Kollegen sagen, wir werden versuchen zu helfen, wo immer wir können«, sagte er mit zunehmender Sicherheit und deutete eine Verbeugung an.

Claussen seufzte und drückte dann seinem treuesten Mitarbeiter die Hand. »Ich wusste, dass ich mich auf Sie verlassen kann!«

Christian Scheffer nickte noch einmal zur Bekräftigung. Ein Zeichen für den alten Claussen, aber auch für ihn selbst, ja, er meinte es ernst. Christian Heinrich Scheffer, 51 Jahre alt, der im Büro seine wahre Berufung gefunden hatte, nachdem er als Seemann gescheitert war, war ein Mann, der Wort hielt. Das war erst einmal das Wichtigste. Und so richtig hatte er die Bedeutung von dem, was der Seniorchef vorgebracht hatte, noch gar nicht verstanden. Es brauste in seinen Ohren. Selten, viel zu selten, sprach er selbst vor vielen Menschen. Aber Scheffer wusste, dass er es war, der etwas sagen musste zu diesem ungeheuerlichen Vorschlag. Eine Frau im Comptoir! Aber er war loyal. Schließlich hatte Georg Claussen ihm damals eine Chance gegeben.

Damals, als er armselig und mutlos nach Bremerhaven zurückgekehrt war, gedemütigt vom Leben auf dem Meer. Die Seekrankheit hatte ihn nie in Ruhe gelassen. Dazu die rauen Sitten an Bord, das elende Essen. Scheffer hatte sich in den knapp zwei Jahren seiner kläglichen Laufbahn auf verschiedenen Segelschiffen nicht aus der Rolle des Opfers befreien können.

Und Claussen war sein Retter gewesen. Er hatte ihn zu dem gemacht, was er heute war: Ein angesehener Bürovorsteher in einem der angesehensten Kontorhäuser in Bremerhaven. Mit Geschäftsverbindungen nach Amerika, nach England und nach Südamerika. Nein, er musste nicht auf einem Schiff die Welt erkunden. Das konnte er jeden Tag von hier aus, im Kontor tun. Sogar ein bisschen Englisch hatte er gelernt im Lauf der Jahre. Das war weltmännisch, jedenfalls mehr, als angetrunken in fremden Hafenspelunken zu sitzen und sich nur durch bloße Lautstärke bemerkbar zu machen.

Voller Abscheu dachte er an manche Seeleute, die er erlebt hatte, ohne Manieren, oft schmutzig und fast immer vulgär. Im Grunde brauchte er nur aus der Tür herauszuspazieren, um wieder einen von dieser Sorte zu treffen. Gleich hier im Hafen. Ein verächtliches Schnauben entfuhr ihm. Wenn die Seeleute ihn kommen sahen in seinem dunklen Anzug, dazu den schwarzen Überwurf, Zylinder, die immer geputzten Schuhe, dann machten sie schon freiwillig Platz. Vor ihnen stand schließlich ein Herr, das merkten auch die rauesten Matrosen, dachte Scheffer zufrieden. Vor ihrer dampfenden Männlichkeit brauchte er sich nicht zu fürchten. Nur manchmal stieg eine Ahnung in ihm auf, dass sie etwas hatten, was ihm fehlte.

»Christian? Christian!« Jemand klopfte gegen Scheffers Ellenbogen und riss ihn aus seinen Gedanken. Es war Georg Wilken, sein Nachbar am Schreibpult seit vielen Jahren und beinahe so etwas wie ein Freund. »Christian, wie soll denn das gehen? Wo sollen wir denn hier eine Frau unterbringen? Das gehört sich nicht in einem anständigen Bureau!«, zischte ihn Wilken an. Sein schwarzer Schnurrbart zitterte.

Scheffer sammelte sich, strich sich nervös über sein dünnes Haar und sah seinen Kollegen streng an. »Georg, arbeitest du nicht in einem der besten Büros der Stadt?«, wies er ihn mit halblauter Stimme zurecht.

Wilken starrte den Bürovorsteher empört an. Seine ohnehin zu enge Weste spannte sich. »Ja, natürlich. Aber eine Frau! Überleg doch mal. Eine Frau, das ist doch unmöglich!«

Insgeheim musste Scheffer ihm recht geben. Die einzige Frau, die in seinem eigenen Leben eine Rolle spielte, war seine verwitwete Schwester, die ihm den Haushalt führte. Und plötzlich sollte ausgerechnet hier im Büro, wo es um große, wichtige Dinge ging – Übersee-Geschäfte, Handel, Wandel, Geld, Waren, Schiffe –, ausgerechnet hier sollte es nun eine Frau geben? Scheffer seufzte tief. Da verlangte sein Vorgesetzter viel von ihm.

»Ich weiß es doch auch nicht, wie das funktionieren soll. Aber Herr Claussen hat es so angeordnet, und wir werden uns fügen. Alles Weitere wird man sehen.«

Das war sein letztes Wort, lauter als gedacht. Die anderen horchten auf. Das waren Buchhalter Johann Cordes, Schreiber Georg Hashagen, Lehrling Wilhelm Schröder und Rechnungsrevisor Martin Gelbrecht.

»Meine Herren, für den Moment ist alles gesagt, ich bitte Sie, weiterzuarbeiten«, Scheffers Stimme klang streng – wie es sich für einen Bürovorsteher gehörte, der sich selbst als »Bureauwärter« verstand. Es gab nur einen einzigen Bureauwärter in der ganzen Stadt, und das war Christian Scheffer.

Das Getuschel um ihn herum war längst verstummt und man hörte wieder die Federn auf dem Papier kratzen. Auch er vollendete die Zahlenkolonnen mit den Einnahmen der letzten Auswandererpassagen. Doch sosehr er sich auch bemühte, es gelang ihm nicht, dass die Ziffern ruhig und fügsam ihren Platz im Rechnungsbuch einnahmen, so wie sonst. Nein, heute tanzten sie aus der Reihe oder sprangen in die falsche Spalte. Scheffer hielt inne und betrachtete ärgerlich sein Werk. Das kann ja heiter werden, dachte er grimmig. Wenn allein der Gedanke an eine Frau schon solche Resultate hervorbringt.

Als er versuchte, die Seiten möglichst lautlos aus dem Buch zu reißen, um noch einmal von vorn zu beginnen, merkte er, dass Wilken ihn beobachtete. Er fühlte sich ertappt, als er ein breites Grinsen unter dem buschigen Bart sah.

Scheffer wurde rot. Sein Nachbar hatte ihn durchschaut, die Souveränität des Bürowärters wankte bedrohlich. »Was gibt's da zu lachen?«, fragte er gereizt.

Wilken legte beschwichtigend die Hand auf Scheffers Arm. »Was meinst du, Christian, wollen wir heute Mittag nicht mal wieder zu Beermann gehen und Kabeljau essen?«

Scheffer spürte die gute Absicht und willigte ein. Zwei Stunden später verließen die beiden Männer die Büroräume von Claussen & Wieting und machten sich auf den Weg zum Marktplatz.

36. Männerwelt

Bremerhaven, 11. Juni 1877

Die Türglocke bimmelte, als Johanne auf die Straße hinausging. Der neue, gerade erworbene Hut saß eine Spur zu fest auf dem Haar. So würde sie Kopfschmerzen bekommen. Vor dem Schaufenster von Lucie Wätjens Putzgeschäft versuchte Johanne, mit einer Hand die Hutnadeln zu lockern. Die Inhaberin beobachtete sie aus dem Inneren des Geschäfts und trat eilig auf die Straße.

»Frau Claussen, ist etwas nicht in Ordnung mit dem Hut? Sitzt er nicht richtig?«, fragte sie besorgt.

Johanne nickte: »Ja, die Nadeln sind etwas zu stramm gesteckt.« Sie beugte sich zu Bremerhavens beliebtester Putzmacherin hinab, sodass diese für Abhilfe sorgen konnte.

»Wäre doch schade drum. Das Modell steht Ihnen so gut. Und so ein bisschen Farbe bringt doch gleich viel mehr Frische ins Gesicht«, bemerkte Lucie Wätjen mit Verkaufsstimme.

Johanne lächelte gequält. Ja, es war der erste Hut, der nicht komplett in Schwarz gehalten war, sondern ein paar dunkelrote Seidenblumen an der Seite drapiert hatte.

»Todschick, Frau Claussen, todschick!« Lucie Wätjen verstand sich aufs Hutmachen – Reden war ihre Sache nicht. Und auch mit ihrem Taktgefühl war es nicht weit her. Innerlich geriet Johanne über diese achtlose Bemerkung außer sich. Wie konnte die Frau in ihrem Beisein ein solches Wort benutzen? »Todschick«? Schnell verabschiedete sie sich.

Ein paar Meter vor dem Geschäftshaus in der Hafenstraße 115 verlangsamte Johanne ihre Schritte und tupfte sich noch einmal mit einem Taschentuch über das Gesicht. Sie wollte nicht abgehetzt erscheinen. Sie atmete tief ein, dann drückte sie die Klinke zu Claussen & Wieting herunter. Sie hatte die Tür noch gar nicht geschlossen, da stand Christian Scheffer schon eilfertig an ihrer Seite.

»Guten Morgen, Frau Claussen! Im Namen meiner Kollegen begrüße ich Sie ganz herzlich bei uns im Kontor. Mein Name ist Christian Scheffer, und ich bin hier der Bürowärter.« Seine Stimme klang aufgeregt.

Buchhalter Johann Cordes pfiff durch die Zähne. »Alle Achtung, Scheffer, ganz der feine Herr!«, spottete er.

Scheffer funkelte ihn böse an. »Das verbitt ich mir. Begrüße mal lieber unsere neue …«, er suchte nach einem passenden Wort, »unsere neue … Mitstreiterin.«

Johannes Herz klopfte. Das fing ja gut an. Ihr Schwiegervater hatte ihr schon von dem beflissenen Bürowärter erzählt. Aber wer war dieser unverschämte Dicke, der sie so ungeniert anstarrte? »Vielen Dank! Herr Scheffer, ich freue mich, dass ich hier anfangen kann«, sagte sie und bemühte sich, das Zittern in ihrer Stimme zu unterdrücken.

Die übrigen Kollegen taten es dem Bürowärter gleich und begrüßten Johanne höflich. Nur der dicke Buchhalter Cordes hatte etwas Anzügliches, als er kurz stockte und tat, als müsse er überlegen, welche Hand er ihr geben sollte. Alle anderen hatten dezent darüber hinweggesehen und mit größter Selbstverständlichkeit ihre linke Hand geschüttelt.

In diesem Moment ging die Tür von Claussens Büro auf und der Senior kam seiner Schwiegertochter entgegen. »Mir scheint, ich bin zu spät. Du kennst schon alle?«, fragte er Johanne.

Sie nickte.

»Komm, Ernst, hier ist unsere Neue! Claussen & Wieting haben jetzt eine Frau im Kontor. So was gibt es doch höchstens in Amerika, oder?« Georg Claussen war bester Stimmung. Sein eigener Schachzug gefiel ihm ausgezeichnet. »Da werden die Leute sich das Maul zerreißen. Bremerhaven ist klein. Sei's drum. Da stehen wir drüber, was, Ernst?«

Sein Geschäftspartner nickte zustimmend. Ernst Wieting war nicht ganz so überschwänglich. Dennoch: Man musste der Frau eine Chance geben. Und warum nicht einmal etwas tun, mit dem niemand rechnete? Claussen war ein Mann mit Ideen. Dafür bewunderte Wieting seinen Geschäftspartner bis heute. Immer Pioniergeist, immer unerschrocken. Eine Wasserleitung legen zu lassen als Privatmann, damit die Stadt frisches Wasser bekam, damit hatte Claussen vor 40 Jahren angefangen. Natürlich hatte er auch daran verdient, aber das war nur recht und billig. Ernst Wieting war noch heute beeindruckt von der Chuzpe seines Partners. Dann, vor 30 Jahren, der Bau des Auswandererhauses. Tausende Betten, eine Großküche, Speisesäle, ein eigenes kleines Hospital. Die gewaltige Herberge war vorbildlich organisiert. So etwas gab es sonst nirgends auf der Welt. Nun gut, die Zeit war vorbei. Das Haus schon lange geschlossen. Aber die ersten Jahre im Auswandererhaus waren sensationell gewesen.

Und jetzt also eine Frau im Büro. Georg Claussen wusste gewiss, was er tat. Und Ernst Wieting war an seiner Seite. Er begrüßte Johanne mit ausgesuchter Höflichkeit und hielt eine kurze, warmherzige Ansprache zu ihrer Begrüßung.

»Na, Hanne, erst einmal eine Tasse Kaffee?«, fragte Claussen freundlich und führte seine Schwiegertochter in sein Büro. Nachdem er ihr einen Stuhl angeboten hatte, schloss er die Tür, sodass die Mitarbeiter ihren Seniorchef und die neue Kollegin zwar sehen, aber nicht hören konnten. Und auch Claussen bekam nicht mit, was seine Angestellten tuschelten.

»Ja, kiek ma, glieks nen Kaffee für unsere neue Comptoiristin!«, lästerte Cordes.

Scheffer sah ihn streng an. »Es ist ihr erster Tag. Außerdem war sie die Frau von seinem verstorbenen Sohn!«, raunte er.

Cordes machte eine wegwerfende Handbewegung. »Ist jetzt auch schon über 'n Jahr her. Vielleicht gefällt sie ihm ja selbst. War ja schon dreimal verheiratet. Der weiß doch, wie's geht«, erwiderte Cordes frech.

»Johann, jetzt reicht's! Als Bürowärter ermahn ich dich jetzt zum letzten Mal. Wenn du es immer noch nicht verstanden hast, melde ich den Vorfall bei Herrn Wieting!« Scheffer zitterte vor Wut. Ein Anblick, der zwar nicht furchteinflößend, aber doch ungewöhnlich war. Die anderen pflichteten ihm murmelnd bei.

»Cordes, du musst nicht immer das letzte Wort haben!«, unterstützte ihn Georg Hashagen. Und selbst der stille Martin Gelbrecht nickte zustimmend. Nur Wilhelm Schröder, der Lehrling, zeigte keine Regung. Vor Johann Cordes nahm er sich in Acht. Schon einige Mal hatte ihn der Buchhalter für seine Zwecke eingespannt und ohne Dank die Ergebnisse seiner Fleißarbeiten entgegengenommen.

Das ganze Jahr über, selbst im Sommer, ließ der alte Claussen ein kleines Feuer in seinem Kamin flackern, um immer heißes Wasser für Kaffee und Tee zu haben. Johanne spürte, wie in ihr die Hitze aufstieg. Neben all der Aufregung des Tages saß sie nun auch noch in dem viel zu warmen Büro und die Tür war geschlossen. Sie seufzte kaum hörbar. »Könntest du vielleicht das Fenster öffnen?«, fragte sie.

Claussen erhob sich wortlos und klappte das Fenster auf. Welch eine Wohltat! Er beobachtete Johanne genau. »Da bist du nicht die Erste, der es hier zu warm ist«, schmunzelte er. »Aber du weißt ja, wie das ist mit älteren Herrschaften, die frieren so schnell.« Mit einem Lächeln reichte er ihr eine dampfende Tasse Kaffee.

Johanne stieß die Luft aus: »Ja, der Kaffee wird mir guttun!«

Sie ließ den Blick durch das Büro ihres Schwiegervaters gleiten. Ein schlichter Raum. Zwei gerahmte Urkunden hingen an der Wand. In verschnörkelten Lettern stand da »Johann Georg Claussen junior« und darunter »sächsisch und königlich preußischer Konsular-Agent«, verziert von gewaltigen Wappen. Die andere Urkunde stammte von der schlesischen Feuer- und See-Versicherungsgesellschaft, deren Vertreter Claussen ebenfalls war. Zwei Stiche von Segelschiffen, die in Bremerhaven gebaut worden waren, vervollständigten den Wandschmuck.

Auf dem Schreibtisch selbst stapelten sich die Papiere. Die Tintenfässer waren gar nicht mehr zu sehen, auch die lederne Schreibunterlage war vollständig bedeckt von Listen, Briefen und Zeitungsseiten.

»Keine Angst, das sieht bloß so durcheinander aus. Ich finde alles, was ich suche«, sagte Claussen mit einem verschmitzten Lächeln und nippte an seinem Kaffee. »Jetzt aber mal zu dir, Johanne. Heute ist dein erster Tag bei Claussen und Wieting. Ich habe einiges an Korrespondenz zu erledigen. Und meine Augen machen ja nicht mehr so gut mit. Deswegen will ich dir die Briefe diktieren, und du schreibst sie dann in dieser modernen Schrift auf, nicht wahr?«

»Ja, Schwiegervater, so machen wir es.« Johanne wollte schnell ihre Tasse abstellen. Doch sie wusste nicht, wohin. Alles war voller Papierstapel.

»Nun trink erst mal in Ruhe aus! Christian Scheffer weiß Bescheid. Er zeigt dir gleich dein Schreibpult. Dort liegt dann alles, was du brauchst. Ich warte hier in meinem Büro auf dich«, sagte Claussen und lehnte sich zurück. »Aber bevor wir anfangen, will ich noch schnell die Zeitung überfliegen. Das ist wichtig, vielleicht steht etwas drin über unsere Schiffe oder die Ladungen, die wir versichert haben.«

Unsicher erhob sich Johanne und wandte sich zur Tür. In dem Moment klopfte es auch schon, und Scheffer stand vor ihr.

»Frau Claussen, ich zeige Ihnen nun Ihr Schreibpult«, sagte er mit einer winzigen Verbeugung.

Johanne folgte ihm – an den anderen Männern vorbei. Alle taten sehr geschäftig. Es war eine unausgesprochene Einigkeit, selbst der dicke Cordes machte mit. Eine Frau, und dazu noch eine mit nur einer Hand – über diese exotische Entscheidung ihrer Vorgesetzten verloren sie kein Wort mehr. Ihre Arbeit war zu bedeutsam, als dass sie sich von ihrer neuen »Kollegin« davon abhalten lassen konnten.

37. Am Strand

Brooklyn, Manhattan Beach, 2. September 1877

»NUN PASS DOCH AUF! Der ganze Sand! Jetzt ist alles schmutzig!« Ungehalten klopfte sich Cecelia den Sand von ihrem Kleid. May sah sie erschrocken an. Ihr kleiner Mund zitterte. Schon kullerten Tränen über ihr Gesicht. Cecelia hob sie empor. »Ach, meine Kleine, es war gar nicht so gemeint! Mommy ist so selten am Strand«, versuchte sie, das Mädchen zu trösten. Wenig später saß May wieder zufrieden auf der Wolldecke und schaufelte kleine Sandberge zusammen.

Cecelia sah schweigend zu und verkniff sich den Drang, die Wolldecke auszuschütteln.

Es war ihr erster Ausflug ans Meer, seit sie in New York lebten. William Meyer hatte die Idee gehabt. Cecelia betrachtete sein Profil. Er hatte die Augen geschlossen und genoss die Sonnenstrahlen. Sein Hut lag achtlos neben ihm, und der Wind ließ seine blonden Haare über die Stirn wehen.

Seit einem Dreivierteljahr bemühte sich der Polizist um sie. Auf eine feine, unaufdringliche, aber doch hartnäckige Art. Cecelia war dankbar für diesen Mann an ihrer Seite. Für diesen dritten William in ihrem Leben – nach ihrem Mann und ihrem Sohn. Nach den schrecklichen Zeitungsartikeln im Winter hatte sie ihm alles erzählt, von »ihrem« William in Deutschland, von seinem Verbrechen, von ihren Wochen danach als Witwe in Dresden, in denen sie sich kaum auf die Straße trauen konnte. William Meyer hatte sich alles angehört – auf ihren Spaziergängen durch den Central Park oder bei ihren Treffen in kleinen Lokalen abseits des belebten Broadway. Meistens hatte er geschwiegen, manchmal nachgefragt. Doch nie hatte er ihr einen Vorwurf gemacht. Er glaubte ihr. Und langsam glaubte auch Cecelia, dass sie nur ein Opfer war. Die nichtsahnende, belogene Ehefrau eines Mannes, der alle getäuscht hatte. Doch dass sie William King Thomas vor 13 Jahren als Alexander King Thompson geheiratet hatte, verschwieg sie.

Und Meyer hielt zu ihr in den Wochen nach den Veröffentlichungen in der New-York Times. Als immer mehr Menschen aus Cecelias Umfeld ihre wahre Identität herausfanden und begannen, sich von ihr abzuwenden. Dass ausgerechnet ein Polizist zu einer festen Stütze in ihrem unsicheren Dasein in Amerika werden würde, Cecelia staunte selbst über die Wendungen ihres Schicksals. Aber in diesem Fall nahm sie sie dankbar an. Jedenfalls bis zu einem gewissen Punkt. Denn sie wusste natürlich längst, dass der Mann, der da neben ihr auf der Decke saß, mehr wollte als nur ihr ein vertrauensvoller Freund zu sein. Cecelia seufzte.

Und da war sie wieder. Die alte Cecelia, mit ihren Hoffnungen auf eine große Zukunft. Ein kleiner Polizeibeamter, mit gerade einmal 1.500 Dollar im Jahr, nein, der war nicht vorgesehen in ihrem Schicksal. Da war sie sich sicher. Natürlich hätte sie jetzt das Geld gut gebrauchen können, aber als feste Aussicht für die nächsten Jahrzehnte? Nein, so hoffnungslos war sie noch nicht.

Fanny, der das Interesse von William Meyer an ihrer Schwester längst aufgefallen war, hatte sie vor einiger Zeit darauf angesprochen, und Cecelia hatte sofort abgewehrt.

»Warum?«, hatte Fanny gefragt. »Was glaubst du, wer noch vorbeikommt und dich fragen wird mit 34 Jahren, vier Kindern und einem zweifelhaften Ruf?«

Cecelia hatte daraufhin zwei Tage nicht mit ihr gesprochen. Erst dann war ihr Ärger so weit abgeebbt, dass sie Fanny kühl ins Gesicht sagte: »Entweder kommt noch ein richtiger Gentleman vorbei mit Geld. Oder aber ich schaffe es allein.« Die jüngere Schwester hatte nur die Achseln gezuckt.

Cecelia war verunsichert, wollte sich aber keine Blöße geben. Wann immer sie sich mit Ängsten vor der Zukunft marterte, dauerte es nicht lange, und das Bild von Belle Worsham tauchte vor ihr auf. Sie war eine der wenigen Frauen gewesen, die auch in der Krise zu ihr gehalten hatten. Zuerst traute Cecelia der reichen Belle nicht. Warum stand sie zu ihr? Was erwartete sie von ihr? Erst langsam begriff sie, dass sie, Cecelia, die Sehnsucht von Arabella Worsham nach Frankreich stillte. Belle war besessen von Kunst, Eleganz und Mode. Das alles bot Frankreich in ihren Augen. Und mit Cecelia hatte Belle eine echte Französin als Freundin. Viele Freundinnen hatte Belle ohnehin nicht. Trotz ihres Reichtums und ihres Ehrgeizes, was Kultur und Bildung anbelangte, ignorierten die Familien mit den großen Namen in New York Belle mit Nachdruck. Schließlich war sie nur die Geliebte von Huntington, dessen Ehefrau die Öffentlichkeit mied.

Erst vor ein paar Wochen hatte Belle Cecelia von ihrem neuem Haus in der Fifth Avenue vorgeschwärmt. Es war nun beinahe fertiggestellt. Ein Traum aus Stein, Marmor und Stuck. Cecelia sollte unbedingt einmal vorbeischauen. Belle ließ einen Palast erschaffen. Ihr Vorbild war ein kleines, französisches Château – Cecelia würde es sicher an ihre Heimat erinnern, meinte Belle. Cecelia nickte – und erzählte nicht, dass es im Elsass kaum Schlösser, sondern nur trutzige Burgruinen gab.

Eine Möwe kreischte und riss Cecelia aus ihren Gedanken. Sie drehte an ihrem Sonnenschirm und richtete sich auf. »Nanu, was hast du vor?« William Meyer versuchte, sich an sie zu lehnen, aber Cecelia wich ihm aus.

»Oh, ich glaube, ich sehe mir einmal mit Blanche und Willie das Wasser an.«

Klina, die die ganze Zeit um die Picknickdecke herumgetollt war, hatte die Bemerkung mitbekommen. »Ich will auch mit! Darf ich dann meine Schuhe ausziehen und die Füße ins Wasser halten?«

»So wirst du nie eine Dame!« Cecelia schüttelte den Kopf.

»Warte Mommy, warte!«, schrie Klina und warf Schuhe und Strümpfe in hohem Bogen von sich.

Während May an der Seite von William Meyer, Fanny und Gretchen zurückblieb, spazierte Cecelia mit ihren drei anderen Kindern am Wasser entlang. Blanche trug ihren Sonnenschirm schon so selbstverständlich, wie es ein neunjähriges Mädchen tun konnte. Cecelia beobachtete sie wohlwollend. Blanche entwickelte sich gut. Sie würde eines Tages eine elegante junge Frau werden, dachte sie.

»Guck mal, ist das nicht eine wunderschöne Muschel?«
Ihr Sohn zog ein Exemplar aus seiner Hosentasche. »Die ist für dich!«

Zärtlich streichelte ihm Cecelia über die Wange. »Ich danke dir, mein Schatz!«

»Schenkt Mr. Meyer dir auch Sachen?« Williams blaue Augen waren unverwandt auf seine Mutter gerichtet.

»Nein, wie kommst du denn darauf?«

»Ach, ich glaube, er will dich heiraten. Aber ich will keinen neuen Dad.« Er schwieg. »Auch wenn er eine schöne Uniform hat.«

Cecelia musste das Lachen unterdrücken. »Willie, du bist der einzige Mann in unserer Familie. Keine Sorge. Ich habe nicht vor, wieder zu heiraten.«

Erleichtert schlenderte der Junge weiter. »Na, Gott sei Dank.«

Als sie zu den anderen zurückkehrten, sprang William Meyer auf. Er glättete sein Haar, setzte seinen Hut auf und hielt Cecelia seinen Arm entgegen: »Darf ich bitten?«

»Wozu? Ein Tänzchen im Sand?«

Er schüttelte den Kopf: »Ich habe alles mit Fanny besprochen. Sie und Gretchen kümmern sich um die Kinder. Und ich möchte dich zu einer Tasse Kaffee ins neue Hotel dort drüben einladen!«

Fanny raunte nur: »Wie soll ich jemals einen Mann kennenlernen, wenn ich immer nur von Kindern umringt bin? Weiß ja keiner, dass ich bloß die Tante bin und nicht die Mutter.«

»Schwesterherz, da wird schon noch einer kommen, der das sofort erkennt!« Cecelia warf Fanny eine Kusshand. »In einer Stunde sind wir zurück. Und dann machen wir uns auch auf den Heimweg!« Cecelia drückte alle an sich, dann gingen sie. William Meyers Gesicht glühte vor Stolz – oder von der heißen Septembersonne, das wusste Cecelia nicht so genau.

In einiger Entfernung stand das brandneue Hotel Manhattan. Ein gewaltiger Bau, erst vor zwei Monaten war es eröffnet worden. Überall Türme, gemauerte Rundbögen, Wandelgänge. Es sah aus wie eine überdimensionierte Mischung aus einem Schweizer Chalet, einer deutschen Burg und einer mondänen Unterkunft an der Côte d'Azur. Cecelia war beeindruckt. Das hier war Amerika! Das »Manhattan« war in diesem Sommer das beste und luxuriöseste Hotel in ganz New York.

Sie schluckte. Sie hatte nicht damit gerechnet, hier einzukehren. Ihr Tageskleid hatte sie schon dreimal umgeändert, man sah, dass es nicht das Neueste war. Einzig ihr Hut war à la mode. Sie war ihre eigene Werbung für ihren Salon.

Meyer schien ihre Gedanken zu lesen. »Nun, meine Liebe? Das ist doch wohl eine wirklich feine Adresse! Keine Sorge, auch wenn wir nicht Astor heißen oder Vanderbilt, für uns gibt es hier auch ein Plätzchen.«

Cecelia bewunderte seine unbekümmerte Art. Oder war er einfach gedankenlos? Bemerkte er nicht die kleinen Zeichen, die zeigten, ob jemand in diese Kulisse der Reichen hineinpasste oder nicht? Cecelias Lächeln war etwas gequält, als sie das Restaurant mit der großen Terrasse betraten.

Zwischen Kübeln mit rot blühenden Mandevillen wurden sie von einem Kellner zu einem leeren Tisch im Schatten geleitet. Die Terrasse war gut besucht. Frauen mit großen, auffälligen Hüten unterhielten sich angeregt. Einige Männer hatten sich abgewandt und pafften gelangweilt an ihren Zigarren. Hier trafen sich die feinen New Yorker, wenn sie dem Schmutz und dem Lärm ihrer Stadt entkommen wollten.

Wie schade nur, dass mein Begleiter bloß ein einfacher Officer ist, dachte Cecelia enttäuscht. So konnte er sie nur zu Kaffee und Kuchen einladen, ein feudales Abendessen an diesem Ort würde er sich nur unter großen Einschränkungen leisten können. Und es wäre auch nicht richtig. Ihr treuer Polizist passte in diese Szenerie einfach nicht hinein. Cecelia bedachte ihn mit einem wehmütigen Blick.

In diesem Moment rief eine laute Frauenstimme: »Das ist ja nicht zu fassen! Da traut sich diese Person doch tatsächlich hierherzukommen!«

Cecelia erstarrte. Sie kannte diese Stimme, würde sie aus Tausenden heraushören. Es war Louisa O'Connor.

Die Gespräche verstummten, die Gäste guckten zu Louisa, deren Tisch voll besetzt war. Seit Cecelia sie das letzte Mal gesehen hatte, war sie fülliger geworden. Ihre Konturen verwischten langsam. Sie wirkte matronenhaft, mit einem Kinn, das beim Sprechen bebte, und Lidern, die schwer auf den Augen lagen. Die starke Schminke und das auffällig gefärbte Haar konnten nicht davon ablenken.

»Ja, diese Dame da vorn meine ich!« Louisa zeigte mit ihrem zusammengeklappten Fächer auf Cecelia. »Das ist Mrs. William King Thomas!«

Nur ein Hüsteln war zu hören und das Klappern von Geschirr.

»Ihr werter Gatte war ein Schwerverbrecher. Ein Mann, der fast 100 Menschen auf dem Gewissen hat und noch viele mehr verunstaltet hat mit seinem Sprengstoff.«

Totenstille. Jetzt drehten sich auch die letzten Gäste zu Cecelia um.

»Die feine Mrs. Thomas …« Weiter kam Louisa nicht, denn William Meyer war aufgesprungen und an ihren Tisch geeilt. »Ich muss doch sehr bitten. Das ist Störung der öffentlichen Ordnung, meine Dame«, fuhr er sie an und zog seinen Dienstausweis hervor. »Wenn Sie nicht sofort Ruhe geben, nehme ich Sie fest, hier an Ort und Stelle.« Seine Stimme erlaubte keinen Widerspruch.

Louisa schnaubte empört. »Bekommt Mrs. Thomas jetzt etwa Polizeischutz? So weit sind wir schon!«

»Bitte beruhigen Sie sich, meine Herrschaften« William Meyer wandte sich an die umstehenden Tische. »Vielleicht hat die Dame hier ein wenig zu viel Sonne genossen.« Lächelnd drehte er sich zu Louisa. »Wer weiß, vielleicht bekommt Ihnen der Schatten hinter dicken Mauern und vergitterten Fenstern besser? Da haben Sie doch schon einmal residiert? Im Gefängnis, nicht wahr?«

Louisa wedelte empört mit ihrem Fächer. Meyer steckte seine Polizeimarke wieder ein und ging gemessenen Schrittes zurück an seinen Platz. Doch der Tisch war leer. Cecelia war verschwunden.

38. Im maurischen Salon

New York, 6. September 1877

BELLE HATTE NICHT ZU VIEL VERSPROCHEN. Schon aus dem Fenster der Droschke machte das Haus einen vornehmen Eindruck. Die Fassade verziert, aber nicht pompös, sondern elegant. Cecelia war beeindruckt, als sie auf die Straße trat. Von hier aus war es nicht mehr weit zum Central Park. Die Luft schien besser zu sein. Auch wenn die Straßen genauso staubig waren wie im Rest der Stadt. Doch hier säumten Bäume die Avenue. Der Garten um Belles Haus war gerade angelegt worden. Für einen kurzen Moment musste sie an Strehlen denken. Ihr Zuhause dort, der Garten. Kein Vergleich zu dieser Adresse – Fifth Avenue, West 54th Street –, und dennoch erfasste sie ein Anflug von Wehmut. Der Kies knirschte unter ihren Stiefeln auf dem Weg zum Eingang. Wie viele Dienstboten Belle wohl hatte? Cecelia seufzte. Sie läutete und trat einen Schritt zurück.

Ein junger Mann in gestärkter Livree ließ sie herein. »Wenn Sie mir folgen mögen?« Seine Stimme hallte im Eingangsbereich, der sich zu einem gewaltigen Treppenhaus erstreckte. Cecelia schaute in die Höhe. Breite Treppen, das Geländer kunstvoll verziert, schwere Teppichläufer. Groß, ein wenig düster, sehr herrschaftlich. Auf einmal fühlte sie sich in ihrem grünen Tageskleid schäbig. Immerhin hatte sie ihre Diamantbrosche mit der Perle angesteckt, die wie ein großer, schimmernder Tropfen herabhing.

Der Diener führte sie durch eine Zimmerflucht. Überall kostbare Wandvertäfelungen und Schnitzereien, dazu Gemälde in üppigen Goldrahmen. Cecelia ließ den Kopf in den Nacken sinken und sah Deckenmalereien und Stuckleisten, die eher in ein englisches Tudor-Schloss gepasst hätten als in ein amerikanisches Stadthaus. Sie presste die Lippen zusammen. Wenn sie je geglaubt hatte, dass sie und Belle Freundinnen auf Augenhöhe waren, wurde ihr in diesem Moment klar, dass dies ein Trugschluss war. Am liebsten wäre sie umgekehrt.

»Oh, Mrs. Thomas! Wie schön, dass Sie uns besuchen kommen!« Es war die Stimme von Archer. Wie aus dem Nichts stand der Junge vor ihr.

»Archer, wie lange haben wir uns nicht gesehen! Und eine Brille trägst du jetzt. Die steht dir gut, da siehst du doch gleich aus wie ein kluger kleiner Gentleman!« Cecelia beugte sich zu ihm und tätschelte seine Schulter. Archer wurde rot, machte eine Verbeugung und rannte davon. Verwundert sah sie ihm nach. Immer noch der schüchterne Junge – obwohl er aufwuchs wie ein Königssohn.

»Cecelia?« Sie hörte Belles Stimme. »War Archer ungezogen zu dir?« Arabella kam ihr entgegen. Sie trug ein taubenblaues Kleid. An ihren Ohren funkelten die farblich passenden Aquamarine in Diamanten eingefasst.

Für einen kurzen Moment standen sich die beiden Frauen etwas ratlos gegenüber.

»Cecelia, ich musste oft an dich denken, auf unserer Reise durch Europa! Für mich war alles neu dort. Ganz anders als bei dir. Du kennst dich aus in der Alten Welt. Das nächste Mal nehme ich dich einfach mit!« Belle drückte Cecelia an sich. Ihre Zuneigung war echt. Cecelia lächelte verloren. Sie war eingeschüchtert von dem Haus, von der Hausherrin, von der gesamten Situation.

»Komm, meine Liebe. Wir haben uns so viel zu erzählen! Ich habe deinen Brief bekommen, aber ich hatte noch so viel zu organisieren hier. Archer und ich sind erst vor einer Woche wieder in Amerika angekommen. Du machst dir keine Vorstellung, was für eine Baustelle dieses ganze Haus immer noch ist.« Belle machte eine ausladende Handbewegung. »Vielleicht ist es doch besser, man bleibt in der Nähe, wenn ein Haus gebaut wird. Aber, ach, dafür habe ich viele neue Ideen mitgebracht. Aus Italien, aber auch aus deinem Heimatland.«

Cecelia war es unangenehm, wenn Belle sie immer wieder auf ihre Heimat ansprach. Sie hatte nur die ersten Lebensjahre in Frankreich verbracht – und noch nicht einmal in Paris, sondern in Mülhausen im Elsass. Ihre wahre Heimat war St. Louis, aber das verschwieg sie lieber.

Belle war voller Energie: »Ich zeige dir jetzt mein Lieblingszimmer. Ich bin völlig begeistert. Und ich überlege ernsthaft, ob ich nicht das Rauchen anfangen soll.« Mit einem Lachen schob sie Cecelia in den Rauchsalon. Das Zimmer war ein perfektes Abbild aus »1001 Nacht«. Ein orientalischer Traum mitten in New York. »Nun, was sagst du dazu?« Belle konnte ihren Stolz nicht verbergen.

Cecelia staunte. »So etwas habe ich noch nie gesehen. Wunderbar. Es ist ja wirklich wie aus dem Morgenland.«

Die fünf Meter hohe Zimmerdecke war mit bunten Stuckarbeiten verziert. Die schwarzen Möbel, der Kamin und die ebenfalls schwarze Tür betonten die Farbigkeit der Decke, der Wände und des riesigen Perserteppichs. Auf dem Kaminsims standen mehrarmige Messingleuchter und Gefäße, die vermutlich wirklich aus dem Orient stammten. In einer Bodenvase war ein ganzer Arm voller Pfauenfedern arrangiert. Und auf dem schwarzen Tischchen in der Mitte stand schon ein Tablett mit Mokkatässchen.

»Ich wusste, dass es dir gefallen würde!« Belle freute sich wie ein kleines Kind. »Cecelia, extra für dich habe ich meine Köchin gebeten, passend zum maurischen Zimmer exotisches Gebäck mit Rosenwasser und Mandeln zu backen.« Auf dem Tisch standen schon einige Messingteller mit den Köstlichkeiten bereit. Vorsichtig setzte sich Cecelia auf einen der Stühle, die mit schwarzem Samt bezogen und mit Fantasieblumen bestickt waren. Belle läutete nach einem Diener und schickte Archer mit der Gouvernante in den Central Park.

»So, nun sind wir die nächsten ein, zwei Stunden ungestört. Erzähl mir, wie es dir ergangen ist«, ermunterte sie Cecelia. Und diese berichtete zunächst stockend, dann immer bereitwilliger von ihrem Sommer in New York bis hin zu dem fürchterlichen Wiedersehen mit Louisa O'Connor vor zwei Tagen.

Belle hörte schweigend zu. Dann ging sie an einen Wandschrank und holte eine Flasche Feigenlikör und zwei Kristallgläser heraus. »Das ist ja schlimm mit dieser Frau. Ich habe sie nur ein paarmal flüchtig erlebt. Sie hatte so etwas Billiges.

Bestimmt ist sie in den irischen Kreisen unterwegs, nach allem, was du erzählst. Die Männer, die du genannt hast, Richard O'Gorman, John H. White ... Da kann Collis mir bestimmt schnell eine Auskunft geben. Und dann bringen wir diese Dame zum Schweigen.«

Cecelia guckte sie erschrocken an.

»Nein, nicht so, wie du denkst! Bestimmt gibt es über sie auch das ein oder andere, was besser nicht an die Öffentlichkeit gerät. Ich werde das herausfinden ... Aber sei froh, dass du mit deinem Polizisten dort warst. Ich finde, er hat sich tadellos verhalten.«

Cecelia nickte.

»Sag einmal, wäre das nicht ein Mann für dich? Er steht treu an deiner Seite, benimmt sich großartig. Ein feiner Mensch, wenn du mich fragst.«

Cecelia schüttelte den Kopf.

Belle lachte auf: »Jaja, ich kann es mir denken. Wenn er wenigstens Polizeipräsident wäre. Will er denn keine Karriere machen oder wenigstens ein bisschen was nebenbei verdienen? Das machen doch alle dort.«

»Er ist nicht so ein Mann, glaube ich. Er hat seine Überzeugungen«, entgegnete Cecelia.

Belle stand auf und zupfte die Pfauenfedern zurecht. »Ich habe auch meine Überzeugungen. Eine davon heißt zum Beispiel, verkauf dich nicht unter Wert. Ich meine, wenn alle es machen in der Stadt, dann muss nicht einer so tun, als wäre er der letzte anständige Polizist von ganz New York. Er scheint dich sehr zu mögen. Da muss ihm klar sein, dass du eine Frau bist, die ein anderes Leben gewöhnt ist.« Belle zog eine Feder aus der Vase und wedelte damit durch die Luft. »Oder es gibt noch einen anderen Mann für dich. Einen, der dir aus der Patsche hilft. Und der genug Geld hat, dass du dir keine Sorgen mehr machen musst. Darum geht es doch!«

Cecelia atmete tief ein.

Belle sprang zum nächsten Thema: »Dein Salon kann doch auch nicht so furchtbar viel abwerfen, oder? Sind eigentlich Kundinnen weggeblieben nach der Geschichte in der Zeitung?«

»Ja, die eine oder andere schon. Glaube ich wenigstens. Es spricht mich niemand darauf an. Aber es gibt Frauen in meiner Kundenkartei, die habe ich seit Jahresbeginn nicht mehr gesehen. Weißt du, was das Schlimmste ist? Seit Sonntag ist mir klar, dass Louisa keine Ruhe geben wird. Ich habe keines der Schmuckstücke von ihr zurückbekommen. Und dennoch, sie tut alles, um mir zu schaden. Wie soll ich weitermachen? Was ist mit meinen Kindern?«

Belle schwieg.

»Es stimmt ja, was du sagst. Ich drehe jeden Penny zweimal um. Das Schulgeld für Willie, der Privatlehrer für die Mädchen, die Miete, das Essen ...«

»Für den Moment kann ich dir Geld leihen!« Belle war ehrlich besorgt.

»Das ist sehr freundlich von dir.« Cecelia rührte verlegen in ihrer leeren Mokkatasse herum. »Aber, nein. Ich muss nur feststellen, dass mein Salon nicht der Erfolg ist, den ich mir versprochen hatte. Vielleicht liegt es an meiner Vergangenheit, die jetzt hochgekommen ist. Vielleicht ist es die Lage, vielleicht habe ich mich aber auch einfach überschätzt.« Ihre Stimme war brüchig geworden.

Wortlos reichte Belle ihr ein Taschentuch.

»Ich bin wirklich ratlos«, schluchzte Cecelia. »Ich weiß nicht mehr, was ich tun soll. Wenn die Kinder nicht wären, dann, dann ...«

Belle schnitt ihr das Wort ab. »Nein, das denkst du gar nicht zu Ende. Du hast vier wunderbare Kinder. Auch wenn es momentan schwer ist, du kannst dich nicht einfach davonmachen.«

In dem Moment klopfte es zaghaft an der Tür.

Belle stand auf: »Wer stört denn da?«

Ihr Sohn steckte den Kopf durch den Türspalt. »Wir sind zurück.«

»Ach, du meine Güte!« Cecelia sprang auf. »Es ist ja schon 12 Uhr. Ich muss los. Die Kinder …«

Belle begleitete sie zur Tür. »Mein Kutscher bringt dich nach Hause. Dann bist du schneller.«

Dankbar nahm Cecelia das Angebot an.

»Wir werden eine Lösung finden. Ich werde dir helfen«, versprach Belle und drückte sie kurz an sich. Und Cecelia fühlte sich auf einmal gar nicht mehr so fehl am Platz in diesem prächtigen Haus.

39. Die Versteigerung

Bremerhaven, 26. April 1878

MIT WUCHT SCHLUG GESINE die Haustür zu. Sie schnaubte und stellte den Korb ab. »Wat shall ick nu miene Herrschaft seggen? Dat is so unmöchlich! Ick kunn dat gor nich gloeven«, sie schüttelte den Kopf. Dann nahm sie ihre Einkäufe und ging in die Küche. Heute war Freitag. Gesine hatte ganz frischen Dorsch bekommen. Dazu Kohlrabi und zwei Bund Möhren vom Markt. In zwei Stunden sollte das Mittagessen fertig sein, vorher musste sie noch aufräumen, Teppiche klopfen und in der Stube und im Esszimmer staubwischen.

Sie band ihre Schütze fest, als Sophie plötzlich vor ihr in der Küche stand. Sie hatte Elsie an der Hand.

»Na, Gesine, hast du alles bekommen auf dem Markt?«

»Ja, gnädiges Fräulein, ist alles da.« Gesine zeigte auf ihre Einkäufe.

»Und sonst? War viel los?«

Prüfend sah Gesine die jüngste Etmer-Schwester an. »Ja, gnädiges Fräulein. Auf dem Markt war's voll, so wie jeden Freitag.«

Sophie stand etwas verlegen im Türrahmen.

Elsie zog an ihrem Rock. »Hunger!«

Gesine holte ein Rosinenbrötchen aus dem Korb. »Hier, mien Deern, ein Hedwig für dich! Und für uns mache ich eine Tasse Kaffee!«

Wenig später saßen die beiden Frauen am großen Küchentisch und rührten schweigend in ihren Kaffeetassen. Gesine räusperte sich und versuchte, darauf zu achten, dass ihr keine plattdeutschen Brocken in die Sprache plumpsten.

»Also, vor dem Amtshaus war alles voller Menschen. Die haben sich richtig rangedrückt ans Fenster. Und drinnen war es auch voll, soweit ich das erkennen konnte. Die waren schon im Gange, als ich vorbeikam.« Sie schwieg.

Sophie sah sie erwartungsvoll an.

»Ich bin dann weitergegangen. Musste ja einkaufen.«

Wieder Schweigen.

Gesine wurde lauter: »Aber dann, auf dem Rückweg, da waren noch mehr Menschen vor dem Haus. Ich hab mich kurz dazugestellt, und wissen Sie was, Fräulein Sophie? Wer sich den Ehering von dem Verbrecher gekauft hat? Der Bartling!« Sie war empört. »Ja, Bertus Bartling, der wohnt doch hier bei uns in der Straße. In der 117. War ein guter Geschäftsfreund vom seligen Herrn Etmer. Ich habe gehört, der soll 18 Mark dafür bezahlt haben! Da frag ich mich doch, was will man denn damit, mit einem goldenen Ring von 'nem Massenmörder?«

Sophie schluckte. Sie kannte Bertus Bartling. Natürlich kannte sie ihn. In Bremerhaven kannte immer noch jeder jeden – auch wenn die Einwohnerzahl von Jahr zu Jahr wuchs. Bartling war ein ehrgeiziger Mittdreißiger, der mit seinen beiden unverheirateten Schwestern nur ein Stück weiter nördlich in der Hafenstraße wohnte.

»Bist du dir sicher, Gesine?«, fragte Sophie.

»Ja, das hat mir der alte Tietjen erzählt. Der hat die ganze Zeit da herumgestanden.«

»Und weißt du noch mehr?«

Gesine nickte. »Ich hab den Kommissar da gesehen. Den Herrn Pohl. Aber er hatte keine Uniform an. Und es sah von außen aus, als würde er mitbieten.«

»Was, Kommissar Pohl? Er hat doch damals selbst mitgearbeitet an dem Fall!« Sophies Stimme überschlug sich fast.

»Joa, dat weeß ick. Viellecht wull he en Andenken!« Das Dienstmädchen war aufgebracht.

Die Versteigerung der Habseligkeiten von William King Thomas hatte schon seit Tagen für große Unruhe bei Johanne und ihren Schwestern gesorgt. Die ganze Stadt sprach auf einmal wieder von der Katastrophe am Hafen, die nun fast zweieinhalb Jahren zurücklag.

»Ich hatte gedacht, dass da nur Menschen hingehen, die nicht so viel Geld haben und günstig an ein paar Sachen kommen wollen. Etwas zum Anziehen.« Sophie stockte. »Aber ich konnte mir nicht vorstellen, dass jemand dort mitbietet, um sich ein Andenken an diesen Mann zu kaufen. Die Sachen sind doch mit Blut besudelt.« Sie war fassungslos. »Was wird Johanne dazu sagen, wenn sie aus dem Kontor kommt?«

Gesine zuckte mit den Achseln und seufzte. Von oben war die krächzende Stimme von Johnny zu hören. Der Papagei war allein in seiner Voliere im Wohnzimmer.

»Guuuter Junge! Guuuter Junge!«, rief er in einem fort und pfiff durchdringend.

Den ganzen Tag über hatte Johanne das Gefühl, alle würden sie anstarren. Bis auf ein paar Frauen, die bei ihrem Anblick schnell die Lider senkten. Um wenig später umso ausdauernder über sie zu tuscheln. Ein einziger Spießrutenlauf, dieser ganze Freitag. Sie hatte es befürchtet. Ursprünglich wollte sie gar nicht das Haus verlassen. Wollte sich verschanzen in ihrer Wohnung zusammen mit den Schwestern, Elschen und Gesine. Aber Georg Claussen hatte ihr ins Gewissen geredet – schon als sie vor Wochen die ersten Andeutungen machte.

Es war diese Versteigerung, die alles wieder hochspülte. Als Johanne die Ankündigung in der Zeitung gelesen hatte, war ihr fast schlecht geworden. Sie sah auf einmal die Gipsmasken wieder vor sich. Der tote Thomas und gleich daneben der lebendige. Das dicke Gesicht, die winzigen Augen, der kleine Mund. Wie oft hatte ihr die Erinnerung an diesen Anblick mitten in der Nacht den Schlaf geraubt? Der Teufel in Menschengestalt. Laudanum hatte meistens geholfen. Mittlerweile hatte Johanne seit über einem Jahr keinen Tropfen mehr angerührt. Sie war so froh über die Fortschritte, die sie machte. Trotz ihrer Behinderung, trotz ihres Witwendaseins. Und jetzt war auf einmal alles wieder da. Das ganze Unheil.

Ihr Magen zog sich zusammen, als sie nur daran dachte – die persönlichen Habseligkeiten von William King Thomas. Was kam da nun alles unter den Hammer? Seine Koffer, seine Kleidung, vielleicht gar seine Wäsche? Wie widerlich.

Wer würde dafür Geld ausgeben? Niemand, Johanne war sich sicher. Warum wurde überhaupt eine Auktion veranstaltet? Es gab doch eine Witwe. Genau wie sie selbst. Wie hieß sie noch, die elegante Dame, die Bremerhaven damals, im Winter 1875, einen Besuch abgestattet hatte? Ja, natürlich, Cäcilie, nein, Cecelia. Cecelia Thomas. Aber die Frau war weit weg. Amerika, hieß es, sie sei nach Amerika gegangen mit den Kindern. Musste weg aus Dresden, kein Geld mehr, kein Ansehen mehr, gar nichts mehr. Auch ihr Leben war zerstört.

Johanne dachte an die fremde Frau, über die sie so viel in den Zeitungen gelesen hatte. Ja, auch das Leben von Cecelia Thomas war zerstört. Ob sie Mitgefühl empfand? Nein. Diese Frau hatte ihren Mann zu seiner Tat getrieben. Hatte ihn mit ihrer Verschwendungssucht so weit gebracht, dass er ein Schiff versenken wollte. Ein ganzes Schiff – voller Menschen, einfach so. Niemand hätte die Schreie gehört, niemand hätte ihnen zu Hilfe eilen können. Mitten auf dem Atlantik. Nur damit Cecelia Thomas weiter einkaufen gehen konnte. Kleider, Juwelen, Pelze, Hüte, Schirme, Taschen, Schuhe. Blutiges Geld.

Johanne fielen die Zeitungsartikel wieder ein. Doch die Frau wurde für unschuldig erklärt. Der Mord an 81 Menschen war ganz allein das Werk eines einzelnen Mannes gewesen. William King Thomas. Seine Frau hatte damit nichts zu tun, so hieß es nach Abschluss der Untersuchungen. Doch Johanne glaubte nicht daran. Nein, solche mörderischen Pläne konnte ein Mann nicht vor seiner eigenen Frau verbergen. Sie wird es gewusst oder zumindest geahnt haben. Johanne hatte keinen Zweifel. Und jetzt wurde die benutzte Wäsche von diesem Scheusal hier in Bremerhaven versteigert!

Mit schnellen Schritten verließ Johanne das Kontor und ging am Hafenbecken entlang zum Weserdeich. Beinahe wäre sie über die Schienen der Hafenbahn gestolpert. Sie stieß mit einem Arbeiter zusammen, der ihr mit seinen Säcken über der Schulter nicht mehr ausweichen konnte. »Pass doch op!« Johanne achtete nicht auf ihn und hastete weiter. Sie brauchte dringend Ruhe und frische Luft. Nach ein paar Minuten stand sie auf dem Weserdeich.

Eine Familie, der Kleidung nach Auswanderer aus Süddeutschland, hatte sich auf dem Gras niedergelassen und machte ein Picknick. Wenigstens starren sie mich nicht an, dachte Johanne. Sie kennen mich nicht, kennen meine Geschichte nicht. Johanne wurde langsamer. Ein leichter Wind war aufgekommen. Frisch, aber nicht kalt – und selbst hier an der Wesermündung, wo man schon das Meer sehen konnte, roch die Luft nach Frühling. Am Himmel blitzte die Sonne immer wieder zwischen den Wolken hervor. Draußen am Horizont sah Johanne ein Schiff auf die Küste zusteuern. Vielleicht würde die Familie hier im Gras mit diesem Schiff nach Amerika fahren. Die meisten wollten nach Amerika.

Genau wie Gustav damals. Ihr Bruder, der Stolz der Familie, der in Kalifornien bei einem befreundeten Kaufmann ins Geschäft einsteigen sollte. So große Hoffnungen hatte der Vater in ihn gesetzt. Ja, Gustav sollte den Namen Etmer noch größer machen. Und er hätte es geschafft, Johanne wusste es. Jeder wusste es. Doch dann kam der 11. Dezember 1875.

Langsam wandte Johanne den Kopf nach rechts. Der stolze Leuchtturm stand da. So, wie er vor zweieinhalb Jahren dagestanden hatte. Unzerstört. Nur die Fensterscheiben waren damals zu Bruch gegangen. Das Mauerwerk hatte die Detonation überstanden. Dort, an der Südmole, hatte damals die »Mosel« gelegen. Sie schluckte. Erinnerte sich an den strahlenden Wintertag, das Gewimmel der vielen Menschen, die Vorfreude und die leichte Traurigkeit, die in der Luft lagen – wie immer, wenn ein Schiff ablegt.

Sie sah das Gesicht von Gustav. Sie hörte die Stimme ihres Vaters, das aufgeregte Rufen ihres kleinen Bruders Philipp. Und dann stand da Christian. Seine Augen lachten, er war ganz unbekümmert. So hatte Johanne ihn das letzte Mal gesehen – lebend. Ein fröhlicher Mann. Ihr Mann. Johannes Augen wurden feucht. Sie stand auf dem Deich, und die Tränen liefen ihr über das Gesicht. Laut schluchzend stand sie da. Nie wieder würde sie in diese lachenden blauen Augen blicken. Nie wieder würde Christian sie in den Arm nehmen und sie einfach nur halten. Sie festhalten – mit all dem Schweren, was sie zu tragen hatte.

Zuerst merkte Johanne gar nichts. Der Wind hatte zugenommen, ihr Rock bauschte sich auf, ihr Kopf brauste. Sie merkte nicht, wie eine Hand ihren Arm berührte. Es war die Frau von der Auswandererfamilie. Die Fremde hatte sie beobachtet und gesehen, wie sie tränenüberströmt auf die Wellen starrte. Johanne spürte die Hand, sah der anderen Frau ins Gesicht. Trost sprach aus ihren Augen und Mitgefühl. »Danke«, murmelte Johanne, »danke.«

40. In der Kirche

New York, 21. Mai 1878

DER JUNGE MANN klappte nervös seine Taschenuhr zu. Seit mehr als einer Viertelstunde wartete er nun schon. Er betrachtete sein Spiegelbild in der Fensterscheibe. Vorzeigbar. Nur die Sache mit dem Bartwuchs war noch immer sein größtes Problem. Obwohl er jetzt schon in einem Alter war, in dem andere Männer eine Familie gründeten, wollte sich bei ihm keine überzeugende Barttracht einstellen. Ein Jammer. So blieb sein Gesicht glatt und jungenhaft. Für einen aufstrebenden Bankier war das nicht das Richtige. Er legte die Stirn in Falten und probierte vor seinem schwachen Abbild in der Fensterscheibe verschiedene Gesichtsausdrücke aus, die ihm das Aussehen eines erfahrenen Geschäftsmannes geben sollten.

Beinahe hätte er auch noch begonnen, leise Selbstgespräche zu führen, wenn ihn nicht die Stimme von Cecelia aus seinen Gedanken gerissen hätte: »Oh, Herr Simonsky. Wie schön, Sie endlich einmal wiederzusehen! Ich bin ja so froh. Wie lange ist es her, seit unserem letzten Treffen?« Sie wartete seine Antwort nicht ab: »Sie hatten mir und den Kindern zu Weihnachten diese wunderbaren deutschen Pfefferkuchen geschickt. Habe ich mich überhaupt bedankt dafür? Ich befürchte, nein.« Sie strahlte den jungen Bankangestellten an.

Simonsky stand mit hochrotem Kopf vor ihr. »Ach, meine liebe Frau Thorpe, oder soll ich Thomas sagen?«

Sie nickte.

»Meine liebe Frau Thomas, ich freue mich ja so!« Sein glattes Gesicht leuchtete vor Freude.

Beide nahmen Platz und Cecelia bestellte einen Kaffee.

»Wie komme ich zu der Ehre, von dem Bankier meines Vertrauens eingeladen zu werden?« Sie legte den Kopf kokett zur Seite und lächelte.

Zu gern hätte sich Simonsky auf diese flirrende Stimmung eingelassen. Denn er verehrte sie noch immer. Doch der Anlass für dieses Treffen war kein heiterer.

Cecelia bemerkte schnell, wie er nach Worten suchte. »Was ist denn los?«

»Nun, wie soll ich beginnen?« Er zupfte an seiner Uhrenkette und entschloss sich dann für einen zügigen, ungeschönten Bericht. »Es gibt schlechte Nachrichten. Das Geld, das Sie bei Adolph Claussen angelegt haben … Sie wissen schon, die Zuckerrohrplantage auf Kuba. Also, ich habe gestern Abend die Nachricht bekommen, dass Herr Claussen Insolvenz angemeldet hat.«

Cecelias Mund wurde trocken. »Wie? Und was ist mit meinem Geld?«

Simonsky senkte den Blick. Er seufzte. »Es ist weg, befürchte ich.«

Cecelias Stimme war nur noch ein Flüstern: »Das kann doch nicht sein. Das glaube ich nicht. Adolph Claussen hat mir noch im Herbst erzählt, dass er mit großen Gewinnen rechne für dieses Jahr. Er kann doch nicht gelogen haben. Und was ist mit Jennie? Sie ist meine Freundin. Jetzt haben die beiden mich um mein Geld gebracht!«

Simonsky räusperte sich und gab sich Mühe, den Sachverhalt seriös aufzuklären. »Mrs. Thomas, ich bin mir sicher, dass Ihre Freundin, Mrs. Byrnes, nichts davon wusste. Geschäfte sind Männersache. Und leider hat der Mann von Mrs. Byrnes kein glückliches Händchen bewiesen. Man muss es einfach so sagen. Die Rendite-Aussichten waren beeindruckend. Und es gibt einige Beispiele, bei denen sich das Engagement im Zuckerrohr mehr als gelohnt hat. Doch es gibt auch viele Fälle, in denen es nicht geklappt hat. Mr. Claussen gehört leider zu der zweiten Sorte.«

»Aber hätten Sie mich denn nicht warnen müssen? Das ist doch Ihre Aufgabe! Sie sind doch der Bankkaufmann, Sie kennen sich doch aus. Ihnen habe ich vertraut!« Plötzlich war die Herzlichkeit zwischen den beiden dahin. »Wie viel Geld habe ich verloren? Sie kennen die Zahlen!«

Simonsky hatte die Zahlen ein um das andere Mal durchgerechnet. Er kannte die Summe genau. »Bei den 300 Dollar am Anfang ist es nicht geblieben. Sie haben ja noch mehr hineingesteckt. Also, insgesamt haben Sie fast 2.000 Dollar investiert. Andere haben aber noch weit mehr investiert. Die Zahl der Gläubiger ist hoch. Unwahrscheinlich, dass Sie etwas wiederbekommen werden. Leider.«

In Cecelias Ohren rauschte das Blut. Sie sah Simonsky an. Dieser Junge, dieser große Junge! Wie konnte sie einem Kind ihr Geld anvertrauen? Schon wieder war sie hereingefallen. Schon wieder hatte sie den falschen Leuten vertraut.

»Es tut mir leid, Mrs. Thomas. Aber ich befürchte, dass Sie das Geld abschreiben müssen. Die Familie Claussen scheint mir tatsächlich mittellos. Gleichwohl es reiche Verwandte gibt. Die Eltern von Mrs. Byrnes sind sehr wohlhabend. Und vielleicht gibt es auch von der Seite Mr. Claussens noch solvente Verwandtschaft in Deutschland. Aber das sind nur Mutmaßungen meinerseits. Die Bank bemüht sich natürlich, rechtlich gegen Adolph Claussen vorzugehen. Aber die Erfolgsaussichten sind gering. Ich kann Ihnen tatsächlich nichts Erfreulicheres sagen.«

Er legte einen großen Umschlag mit den Aufstellungen ihres Kontos auf den Tisch. Cecelia blickte hinein und erschrak. Von den 10.000 Dollar ihres Stiefvaters vor gut zwei Jahren besaß sie jetzt noch etwas über 2.000 Dollar. Das Geld war dahingeschmolzen. Der Salon, die Wohnung, die Kinder, die Dienstboten, alles war teuer in New York. »Und was ist mit den Anlagen, die Sie für mich getätigt haben?«

Simonsky blickte sie an: »Das Geld ist sicher und bringt Zinsen. Doch Sie können es jetzt nicht sofort abheben. Es sind langfristige Anlagen, verstehen Sie? Das sind Laufzeiten von mindestens fünf Jahren.«

Cecelia sah durch ihn hindurch. Er bemerkte, dass sie Tränen in den Augen hatte, und schämte sich. Ausgerechnet vor ihr hatte er versagt, als Bankkaufmann. In dieser Stadt, die jeden dazu verleiten konnte, das ganz große Geld zu machen, hatte er nicht einmal eine Witwe mit vier kleinen Kindern in eine halbwegs sorgenfreie Existenz führen können.

»Ich möchte gehen.« Sie hatte den Satz ganz leise gesprochen, beinahe geflüstert.

Simonsky nickte und bezahlte. Schweigend verließen sie das Café. Draußen war es laut. Eine Droschke kam direkt vor ihnen zum Stehen. Ein paar Meter weiter wurden Kohlen ausgeliefert. Und auf dem Gehweg schoben sich Frauen auf dem Weg zur nahen Markthalle an ihnen vorbei. »Darf ich Ihnen eine Droschke bestellen? Oder darf ich Sie vielleicht noch ein Stück begleiten?« Simonskys Stimme war kaum zu verstehen.

Cecelia schüttelte den Kopf. Sie reichte ihm die Hand zum Abschied. »Auf Wiedersehen, Herr Simonsky.«

Lahm erwiderte er die Verabschiedung. Dann drehte sie sich um und ging. Simonsky sah ihr nach, bis sie um die nächste Ecke bog und verschwand. Die Scham über sein eigenes Versagen durchströmte ihn. Er stöhnte. Es klang fast wie ein Schluchzen. Doch niemand nahm davon Notiz.

Cecelia lief wie benommen durch die Straßen. Wieder ein Rückschlag. Wieder war sie getäuscht worden. Erst William, dann Louisa, nun der pleitegegangene Zuckerbaron Claussen und Simonsky, ein Bankkaufmann, der sie sehenden Auges ins Verderben hatte rennen lassen. Wie konnte es sein, dass sie eine so miserable Menschenkenntnis besaß? Und jetzt stand sie mit dem Rücken zur Wand. Der Hutsalon war nun im zweiten Geschäftsjahr, und sie konnte sich anstrengen, wie sie wollte, die Nächte über Modelle kreieren, das Schaufenster täglich neu dekorieren – die Umsätze waren zu gering. Sie hatte sich überschätzt. Ihr Hutsalon hatte keine Chance gegen die großen Modehäuser.

Cecelias Schritte waren schwer. Sie achtete nicht auf ihre Umgebung. Sah nicht auf die Schaufensterscheiben. Die Auslagen der Obst- und Gemüsehändler. Bemerkte nicht, wie die Menschen um sie herum immer einfacher gekleidet waren. Plötzlich hielt sie inne. Sie stand vor einer Kirche. Es war die Basilika von St. Patrick's. Hier war sie ein paarmal mit den Kindern in den Gottesdienst gegangen. Louisa hatte ihr den Tipp gegeben. Eine katholische Kirche in New York. Mittlerweile wurde an der 5th Avenue die große Ausführung von St. Patrick's gebaut. Doch jetzt stand sie vor dem Portal der »kleinen« St.-Patrick's-Kirche. Fast bescheiden fiel sie gegen den Neubau im Norden der Stadt aus.

Langsam betrat Cecelia das Kirchenschiff. Es roch nach Weihrauch. Ein paar Frauen saßen auf den vorderen Bänken. Ein alter Mann hatte sich am Rand einen Platz gesucht und war eingeschlafen auf der harten Kirchenbank.

In einigem Abstand entfernt setzte sich auch Cecelia auf eine Bank und starrte nach vorn. Auf die Glasrosette, durch die die Maisonne goldenes Licht schickte, sodass es aussah, als würde der gekreuzigte Jesus auf einem Sonnenstrahl vor dem Fenster schweben. Cecelias Tränen liefen die Wangen hinab auf ihren Kragen. Sie weinte still, niemand sollte sie so in ihrem Kummer sehen. Versunken saß sie da, die Schultern eingefallen.

Plötzlich reichte ihr eine Hand ein Taschentuch. Cecelia zuckte zusammen. Sie hatte gar nicht bemerkt, dass hinter ihr jemand Platz genommen hatte. Die Fremde räusperte sich: »Bitte sehr.«

Cecelia nahm das Tuch und drehte sich zu der Unbekannten um. Beide Frauen erschraken, als sie sich erkannten. »Kate! Was machst du hier?«, schluchzte Cecelia.

»Um Gottes willen, was ist denn dir passiert? Du bist ja in einer entsetzlichen Verfassung! Ich habe dich von hinten gar nicht erkannt. Sah nur, dass es jemandem sehr schlecht gehen musste, aber dass du das bist ...« Kate Woods drückte Cecelias Hand. »Wollen wir nach draußen gehen?« Mitfühlend strich sie Cecelia über den Arm. Diese kleine Geste brachte Cecelia erneut zum Weinen.

Die beiden Frauen gingen zu den Gräbern gleich neben der Kirche. Hier auf dem kleinen Friedhof waren sie ungestört, und hier würde sich auch niemand über Cecelias Verfassung wundern. Im Sonnenlicht bemerkte sie, wie elegant Kate Woods gekleidet war. Ein lindgrünes Tageskleid mit Bordüren und Raffungen. Dazu ein farblich passender Hut, die langen Handschuhe aus teurem Ziegenleder. Smaragde funkelten an den Ohren.

»Dein Kleid und dein Hut ...«, begann Cecelia.

Kate sah sie fragend an.

»Wunderschön! Und dann noch die Ohrringe ...«

»Ja, und ich muss dringend mal wieder zu dir in den Salon kommen. Du hast auch immer so hübsche Einfälle!«, gab Kate zurück.

Cecelia trocknete ihre Tränen und sah zu Boden. »Ich weiß nicht, wie lange ich den Salon noch halten kann.«

»Nanu? Was ist los?«

Und dann erzählte ihr Cecelia alles. Kurz nur dachte sie daran, dass auch Kate sie enttäuschen könnte. Womöglich hatte sie immer noch Kontakt zu Louisa, Cecelia wusste es nicht. Aber es war ihr gleichgültig. Sie hatte nichts mehr zu verlieren.

So schritten zwei elegant gekleidete Damen auf dem Friedhof der St. Patrick's Kirche langsam zwischen den Gräberreihen entlang, und aus Cecelia Thomas wurde Cecelia Paris, mit all dem, was in den Jahren geschehen war. Kate Woods hörte zu. Aus Cecelia sprudelte alles heraus. Die Anstrengung und die fast noch größere Erschöpfung, ihrer Vergangenheit zu entkommen und gleichzeitig allein für sich und die Kinder zu sorgen.

Kate konnte sich das Ausmaß gar nicht recht vorstellen. Sie selbst war früh Witwe eines ungeliebten, aber vermögenden Ehemannes geworden, hatte aber keine Kinder und wollte keine zweite Heirat eingehen. Das war alles, was Cecelia von ihr wusste. Doch je mehr sie selbst an diesem Vormittag von sich preisgab, desto mehr spürte auch Kate, dass sie ehrlich sein sollte zu dieser Frau, die gerade ihre Lebensgeschichte vor ihr ausbreitete. Nachdem Cecelia schlussendlich von ihrer Zuckerrohrpleite und dem geschmolzenen Vermögen berichtete, blieb Kate abrupt stehen.

»Ich weiß, wie du wieder zu Geld kommen kannst«, sagte sie und guckte Cecelia ernst an.

»Ja?« Cecelia überkam ein mulmiges Gefühl.

Kate bemerkte diesen Anflug von Ängstlichkeit in Cecelias Gesicht. »Wahrscheinlich ahnst du schon, was ich meine, oder?« Sie wartete keine Antwort ab. »Als alleinstehende Frau mit Kindern ohne Ernährer bleibt dir im Grunde nur eine Möglichkeit.«

Cecelia fiel ihr ins Wort: »Nein, Kate, das ist nicht dein Ernst! Ich bin 34 Jahre alt! Guck mich an, meine Haare werden grau. Ich bin Mutter. Das ist ganz und gar unmöglich. Und außerdem, vergiss bitte eines nicht: Ich bin eine ehrbare Frau!« Empörung klang in ihrer Stimme.

»Bitte beruhige dich. Was hast du denn von mir gedacht? Dass ich dir vorschlage, als Freudenmädchen zu arbeiten? Cecelia! Nein, natürlich nicht!« Sie schwieg einen Moment und tat so, als würde sie die Inschrift eines Grabsteins in Form eines Obelisken studieren.

»Was dann? Was ist dein Vorschlag?« Cecelias Stimme zitterte noch immer.

»Hast du dir nie überlegt, wie ich mir das alles leisten kann?«, fragte Kate und strich über ihr Kleid und ihren Beutel.

»Dein verstorbener Mann war vermögend, dachte ich«, erwiderte Cecelia.

Kate nickte: »Na ja, er war nicht arm. Aber richtig reich war er auch nicht. Das Geld von ihm ist längst aufgebraucht. Nein. Ich arbeite als Madame.« Nun war es heraus.

Cecelia schwieg. In ihrem Kopf ratterte es. Kate war eine Zuhälterin, eine Puffmutter, eine Bordellchefin. Sie wusste nicht, was sie sagen sollte.

»Cecelia, du bist eine erwachsene Frau und hast in deinem Leben mit Sicherheit schon so manches gesehen … Ich führe ein sauberes Haus, mit sauberen Mädchen. Meine Kundschaft schätzt das sehr. Allesamt reiche Herren, hier aus der Stadt oder auf der Durchreise. Ich achte darauf, dass es bei mir niveauvoll und kultiviert zugeht, da kannst du dir sicher sein.«

Cecelia war wie vom Donner gerührt.

»Und ich will dir helfen. Für dich und deine Kinder. Komm mich besuchen. Schau dir alles an. Ich werde dir helfen, ein eigenes kleines Haus zu führen. Ganz diskret, ganz vornehm, und vor allen Dingen gewinnbringend. Dann wirst du keine schlaflosen Nächte mehr haben, weil so ein selbst ernannter Zuckerbaron pleitegeht.« Sie lachte kurz auf. »Überleg es dir.«

41. Ein neuer Mann

Bremerhaven, 21. Juni 1878

»SCHWIEGERVATER, SOLLEN WIR später weitermachen?«
Johanne sah Georg Claussen nachdenklich an. Vor einem
Monat hatten sie seinen 70. Geburtstag gefeiert. Ein schönes
Fest mit über 100 Gästen – im Clubhaus in der Fährstraße.
Glückwünsche waren sogar aus dem Bremer Rathaus gekom-
men. Der Pastor hatte eine kurze Rede gehalten. Der Bre-
merhavener Gemeinderat war beinahe komplett erschienen.
Und natürlich die große Familie Claussen. 17 Kinder aus drei
Ehen. Dazu Dutzende Enkelkinder. Nur ein viertes Mal zu
heiraten, das kam für ihn nicht infrage.

Doch langsam merkte man es Georg Claussen an, das Alter.
Seine Konzentration ließ nach, das Lesen fiel ihm schwer.
Die neue Brille setzte er nie auf. Nein, dieses Zwicken auf
der Nase könne er nicht aushalten, war ein ums andere Mal
seine Antwort, wenn Johanne ihn darauf ansprach. Lieber
benutzte er eine fleckige Lupe, die keine guten Dienste leistete. Die Listen mit den Kalkulationen musste ihm Johanne
nun immer vorlesen. Ganz langsam, Spalte für Spalte, und
dann noch einmal. Zum Glück hatte der alte Mann ein enor-
mes Gedächtnis, sodass er sich die vielen Zahlen einigermaßen merken konnte. Doch oft war er gar nicht richtig bei
der Sache. Geistesabwesend saß er da, verstummte mitten im
Satz. »Machen wir eine Pause?«, fragte Johanne noch einmal.

Langsam wandte sich Claussen zu ihr. »Ach, Johanne, vielleicht ist es das Beste. Weißt du, ich musste gerade an die Sache
mit Adolph Claussen denken. Hatte ich dir davon erzählt?«

Johanne schüttelte den Kopf.

»Er ist mein Neffe. Schon vor Jahren ist er nach New York ausgewandert. Hat sich gut verheiratet mit einer Frau aus Irland. Ich komm gerade nicht auf ihren Namen. Sie ist die Tochter von einem großen Bauunternehmer in New York. Aber Adolph ist Kaufmann. Leider kein besonders erfolgreicher. Vor einiger Zeit hatte er sich im Zuckerrohrgeschäft versucht. Klang ganz vielversprechend, irgendwelche Plantagen auf Kuba. Mich hatte er deswegen auch einmal angeschrieben. Es hörte sich wirklich gut an. Aber ich habe keine Ahnung von Zucker. Deswegen hab ich's sein gelassen. Na ja, jetzt ist er bankrott. Hat etliche Tausend Dollar Schulden. Und sein reicher Schwiegervater hilft ihm wohl auch nicht so richtig aus der Patsche.« Claussen seufzte. »Ich hab ihn lange nicht gesehen. Er ist ein guter Junge. Eben ein Claussen. Ich denk die ganze Zeit, ob ich ihm nicht helfen kann.«

Das war also der Grund für seine Unkonzentriertheit. Johanne staunte. Sie hatte tatsächlich schon von den Claussens in New York gehört. Das letzte Mal zu Weihnachten. Da war ein langer Brief aus Amerika gekommen. Vielleicht hatte er da schon Geldsorgen gehabt, überlegte sie kurz.

»Ich spreche noch einmal mit Ernst. Vielleicht können wir ja von hier aus etwas unternehmen. Ein zinsfreier Kredit zum Beispiel. Da muss er nicht betteln gehen bei seiner irischen Familie«, überlegte Claussen laut. »Johanne, wir machen gleich weiter, ja? Vorher will ich mit Ernst reden.«

Claussen stand auf. Es klopfte.

Christian Scheffer blickte durch das Glasfenster der Tür. Neben ihm stand ein Mann, den Johanne nicht kannte. Er war ein wenig größer als der Bürowärter, schlank, mit fast weißblonden Haaren.

»Herein!«, rief Claussen.

Scheffer drückte devot die Tür einen Spalt auf und nahm Haltung an. »Herr Claussen, hier ist Besuch für Sie. Herr Notholt von der Oldenburger Versicherungsgesellschaft. Er sagt, sie beide hätten sich zu einem Termin verabredet.«

Claussen überlegte kurz: »Ach, das habe ich beinahe vergessen. Herr Notholt, Guten Tag, kommen Sie doch herein! Darf ich vorstellen? Das ist Johanne Claussen. Meine Schwiegertochter. Sie führt die Geschäfte meines verstorbenen Sohnes weiter.«

Unsicher sah Hermann Notholt zu Johanne. »Mein herzliches Beileid«, murmelte er.

Johanne reagierte schnell und reichte ihm ihre linke Hand zur Begrüßung. Der Besucher wurde noch nervöser. Er hatte schon davon gehört, dass in Claussens Kontor eine Frau arbeitete, noch dazu eine Invalidin. Aber als er ihr nun gegenüberstand, wusste er kaum, wohin er schauen sollte. Er spürte, wie in ihm die Hitze aufstieg, sein Gesicht wurde rot.

Auch Johanne war die Situation unangenehm. »Vielen Dank. Es liegt schon eine Zeit zurück. Mein Mann starb vor zweieinhalb Jahren«, antwortete sie mit leiser Stimme.

Ein verlegenes Schweigen machte sich in dem kleinen Büro breit, das mit vier Personen mehr als ausgefüllt war. Auch heute flackerte ein kleines Feuer im Kamin des Seniorchefs. Die zusätzliche Wärme verstärkte noch das Unwohlsein der Anwesenden. Nur Claussen schien davon nichts mitzubekommen.

»Na, dann kommen Sie mal mit, Herr Notholt, wir setzen uns am besten mit meinem Kompagnon Ernst Wieting zusammen, gleich nebenan.« Er geleitete seinen Gast in das Nachbarbüro. Johanne verabschiedete sich und ging zu ihrem Schreibpult.

Als die Tür zu Wietings Zimmer ins Schloss fiel, atmete sie auf. Wie sie es hasste, diese Momente der Unsicherheit im Umgang mit ihrer Behinderung. Was sollte der arme Mann denn davon halten? Und dann arbeitete sie hier auch noch zwischen lauter Männern. Sie schüttelte den Kopf, der Mann muss ja denken, wir sind hier im Panoptikum und ich bin die Hauptattraktion. Johanne setzte sich seufzend auf ihren Stuhl und begann langsam, ihre Schreibutensilien auszubreiten.

»Psst, Johanne, well is dat?« Es war die Stimme von Georg Wilken.

Erstaunt sah Johanne auf. Normalerweise gehörte Wilken nicht zu den Neugierigsten in der Runde. Leise antwortete sie: »Ein Herr Notholt von der Oldenburger Versicherungsgesellschaft.«

»Notholt, Notholt … Den Nomen kenn ick«, erwiderte Wilken und dachte nach. »Natürlich, da gibt's einen Kapitän. Diedrich Notholt! Der ist auch schon für uns gefahren. Hab ihn aber lange nicht mehr gesehen. Müsste wohl auch schon älter sein. Wahrscheinlich fährt er gar nicht mehr zur See.«

»Ruhe, bitte!«, zischte Christian Scheffer seinen Bureau-Freund an. »Wer kann sich denn dabei konzentrieren?«

Buchhalter Cordes grunzte zustimmend. Johanne zuckte zusammen.

Nach einer kurzen Pause redete Georg Wilken einfach weiter: »Notholt? Ob der alte Kapitän der Vater ist? Er ist aber nicht aus Bremerhaven. Ich glaube, der kommt immer von der anderen Weserseite her. Brake oder Oldenburg. Und den Notholt heute, den habe ich hier noch nie gesehen.«

»Nun ist es aber genug, Georg. Du kannst gern in deiner Mittagspause weiter nachdenken, wo der Mann herkommt. Oder du gehst einfach hin und fragst ihn!« Die Stimme des Bureau-Wärters hatte angefangen zu zittern.

Wilken klopfte ihm auf den Unterarm. »Nu reg di mol nich so up! Dat is nich god for din hart.«

Scheffer schnaubte und tauchte seinen Federhalter ins Tintenfass.

Johanne hatte stumm zugehört. Sie erinnerte sich an den alten Notholt. Eine beeindruckende Erscheinung. Weißes Haar, ein Gesicht, in dem Wind und Sonne Spuren hinterlassen hatten. Schon im Geschäft ihres Vaters war er Kunde gewesen. Ein freundlicher Herr mit resoluter Stimme und aufrechter Haltung. Ja, natürlich, dann war der junge Mann der Sohn des alten Kapitäns. Sein Auftreten war zwar nicht so selbstbewusst wie das seines Vaters, aber die Statur, die Augenpartie, sogar die Stimmlage – eine gewisse Ähnlichkeit war nicht zu leugnen. Aber der junge Notholt war kein Seemann. Ein Mann, der lieber an Land geblieben ist. Sie blickte auf zu Wietings Büro. Hermann Notholt war von der Seite zu sehen. Er schien zuzuhören. Jetzt lächelte er seinen beiden Gesprächspartnern kurz zu. Johanne zwang sich, wieder auf ihre Arbeit zu konzentrieren. Sie musste noch zwei Briefe beantworten. Mit einem Seufzer machte sie sich ans Werk.

Als sie fast zwei Stunden später die fertigen Seiten in die Unterschriftenmappe legte, hatten sich die anderen längst in die Mittagspause verabschiedet. Johanne war noch nie mit den Männern in eines der Lokale am Marktplatz oder in der Bürgermeister-Smidt-Straße gegangen. Sie wollte nicht noch mehr Aufsehen erregen. Nicht einmal in Bremerhaven, wo so viele Fremde durch die Straßen zogen und keinerlei Notiz von ihr nahmen. Aber Johanne wusste, dass die Einheimischen sie sehr genau beobachteten. Sie kannten ihre Geschichte. Die Katastrophe am Hafen. Die beinahe komplett ausgelöschte Familie Etmer. Und obwohl sie nun schon seit einem Jahr im Kontor ihres Schwiegervaters aushalf, hatten sich die Leute noch immer nicht an den Gedanken gewöhnt, dass eine Frau – noch dazu eine verkrüppelte – zwischen lauter Männern arbeiten ging.

Das Gerede über ein Verhältnis zwischen ihr und ihrem Schwiegervater flackerte immer wieder auf. Denn Johanne hatte das Arbeiten doch gar nicht nötig, so tuschelten sie, sie hatte doch das meiste bekommen, als das väterliche Geschäft verkauft wurde. Und dann noch die vielen Tausend Mark aus der Spendensammlung für die Hinterbliebenen. Ja, für die bösartigsten Zungen war Johanne schon so etwas wie eine Gewinnerin der Katastrophe. Sie wusste davon und versuchte, das Gerede nicht weiter zu befeuern, sondern sich möglichst unauffällig zu verhalten.

»Hanne, wir gehen in Löhrs Hotel zum Mittagessen. Herr Notholt wird uns begleiten. Es wäre mir eine Freude, wenn du auch mitkommen würdest!« Georg Claussen sah sie erwartungsvoll an. »Leiste uns doch Gesellschaft. Unser Gast aus Oldenburg würde sich bestimmt freuen.« Er drehte sich zu Hermann Notholt um, der freundlich nickte.

Johanne zögerte.

»Lass dir Zeit, wir warten draußen vor dem Eingang«, sagte der alte Claussen, der sich manchmal weder Widerspruch noch Weigern vorstellen konnte.

Hektisch setzte Johanne ihren Hut auf. War es ein guter Einfall mitzugehen? Sie zurrte den Stoff über dem Armstumpf zusammen. Beklommen befühlte sie den Ärmel, den Sophie mit einem festen Gummiband vernäht hatte. Üblicherweise bekam niemand das zerstörte Handgelenk zu sehen. Sophie hatte alle Kleider von Johanne entsprechend geändert.

Ein kurzer Blick in den kleinen Taschenspiegel. Sie zupfte zwei Locken zurecht. Dazu noch ein paar Tropfen von dem Eau de Cologne, das sie immer in ihrem Beutel trug. So würde es gehen. Johanne atmete noch einmal tief durch, dann trat sie auf die Straße.

Der Geruch von Teer lag beißend in der Luft. Nur ein paar Meter entfernt auf der anderen Seite der Straße wurde ein Schiffsdeck ausgebessert. Matrosen drückten schwarz bestrichene Hanfseile in die Fugen der Schiffsplanken. Johanne hielt sich ein Taschentuch vor die Nase. Sie wandte den Kopf ab. Wie sie den Geruch hasste!

»Na, na, min deern, so schlimm ist es ja nun nich!« Der alte Claussen schüttelte bedächtig seinen Kopf. Er bot Johanne seinen Arm an, sodass sie sich einhaken konnte. »Komm, stütz mich ein wenig. Und dann sind wir hier ganz schnell weg und gehen dahin, wo es besser riecht!«

In dem Moment stolperte sie und knickte um. Sie versuchte, das Gleichgewicht zu halten, ein stechender Schmerz zog von ihrem Fußgelenk das Bein hinauf. Johanne stöhnte, dann sank sie herab. Doch bevor sie den Boden berührte, packten sie zwei kräftige Hände unter den Armen und rissen sie wieder hoch. Es war Hermann Notholt, der ohne nachzudenken geholfen hatte. Er stützte sie, bis Johanne wieder sicher stand.

»Verzeihen Sie bitte, Frau Claussen, um Gottes willen, ich hoffe, Ihnen ist nichts geschehen!« Herman Notholt wurde rot – ob es wegen der Anstrengung war oder aus Verlegenheit, konnte Johanne nicht sagen. Mit schmerzverzerrtem Gesicht stand sie mitten auf dem Bürgersteig und strich ihr Kleid glatt.

Erst jetzt bemerkte sie, dass das Gummiband an der rechten Ärmelöffnung gerissen war. Rosafarbene Haut war zu erkennen. Der Armstumpf. Hektisch riss sie den Stoff herunter, um wieder alles zu bedecken. Tränen traten ihr in die Augen. Genau das wollte sie doch vermeiden, und nun hatte er alles gesehen! Gesehen, was für ein Krüppel sie wirklich war.

»Hanne, was machst du denn für Sachen? Ich glaube, es ist besser, ich stütze dich als umgekehrt!« Besorgt wandte sich Claussen an seine Schwiegertochter. Er schien ihre Pein zu ahnen und hakte sie so ein, dass der Stumpf nicht zu sehen war. Passanten waren stehen geblieben und bildeten einen Halbkreis um die Frau und ihre drei Begleiter.

»Hast du Schmerzen? Was ist mit deinem Fuß?« Claussen war besorgt.

Auch Ernst Wieting schob sich an Johannes Seite. »Sollen wir dich nach Hause bringen?«

Johanne schüttelte den Kopf.

»Vielleicht sollten wir unsere Verabredung auf ein anderes Mal verschieben?«, schlug Notholt vor.

»Nein, nein, es geht schon wieder.« Vorsichtig machte Johanne ein paar Schritte. Die Schaulustigen gingen weiter.

»Schön langsam, Hanne, wir haben Zeit.« Claussen hielt weiter ihren Arm. »Jetzt brauchen wir alle eine Stärkung!«

Johanne nickte, dann sah sie Hermann Notholt an. Kurz nur, doch lang genug. Er lächelte. Ihr Herz klopfte.

»Sind Sie so ein stürmischer Mensch?«, fragte er mit leisem Spott in der Stimme.

»Keineswegs«, antwortete sie und ärgerte sich sofort, dass ihr nichts Charmanteres eingefallen war. »Normalerweise bin ich gut zu Fuß«, lächelte sie zurück und merkte, wie sie langsam rot wurde.

»Den Eindruck hatte ich auch«, erwiderte Notholt, doch weiter kam er nicht. In dem Moment mischte sich Ernst Wieting ein und zeigte auf ein Schiff, von dem gerade große Ballen Baumwolle gelöscht wurden.

»Mit dem Schiff hier, mit der ›Frankfurt‹ ist Ihr Vater oft gefahren! Wie kommt er denn eigentlich so zurecht, ganz ohne Schiffe? Das kennt er doch gar nicht.« Wieting lachte.

Hermann Notholt lächelte Johanne mit einem Seufzer an, dann erzählte er von seinem Vater und dessen Leben im Ruhestand.

Johanne hörte ihm zu. Seine Stimme gefiel ihr. Eine volle Stimme, dunkel, aber nicht rau. Vielleicht singt er, dachte sie. Sicherlich gibt es in Oldenburg einen Männergesangverein oder sogar mehrere. Das Fußgelenk schmerzte bei jedem Schritt, doch sie ließ sich nichts anmerken. Wie diese Stimme wohl klang, wenn sie ihren Namen sagte?

42. Eine Freundin in New York

Bremerhaven, im September 1878

Liebste Meta!

Vielen Dank für Deinen langen Brief! Was habe ich mich über die Fotografie gefreut von Dir und Ludwig zusammen mit dem kleinen Carl. Was für ein hübscher Junge! Und Dir steht das Mutterglück ins Gesicht geschrieben. Ich freue mich so sehr mit Euch! Du hast geschrieben, dass Ludwig mittlerweile in zwei Restaurants als Koch arbeitet. Ist das nicht zu viel für ihn? Oder macht man das so in Amerika? Ich bewundere Euren Fleiß und Eure Ausdauer. Auch dass Du nun noch zu Hause arbeitest und Zubehör für Hüte herstellst, nötigt mir Bewunderung ab. Alles für Euer großes Ziel: ein eigenes Lokal. Du weißt, meine liebe Meta, dass mein Angebot an Euch weiter besteht – gern kann ich Euch einen zinslosen Kredit geben. Die Spenden, die ich bekommen habe, sind gut angelegt, an einen Teil des Geldes komme ich heran. Bitte gib mir Bescheid. Ich würde Euch von Herzen gern unterstützen!

Kann denn Dein kleiner Carl schon sprechen? Und wie sieht es mit dem Laufen aus? In Deinem letzten Brief hast Du geschrieben, dass er ein lebhafter Junge sei. Über meine Elsie bin ich jeden Tag dankbar. So ein munteres Kind! Ihr Haar ist noch immer flachs-

*blond und reicht bis zur Schulter. Ich werde Dir das
nächste Mal wieder eine Fotografie schicken.*

*Vor ein paar Jahren hat hier in der Stadt eine Klein-
kinderschule aufgemacht. Ich überlege noch, ob ich
sie vielleicht im nächsten Jahr dorthin gebe. Bestimmt
würde es ihr guttun, mit anderen Kindern zu spielen. Immer nur unter Frauen, das ist gewiss nicht das
Wahre für ein kleines Mädchen. Gesine und Sophie
halten meine Idee für unsinnig, aber ich werde mir
bald einmal das Institut ansehen. So kann Sophie sich
mehr ihrer Arbeit bei den Barmherzigen Schwestern
zuwenden im neuen Krankenhaus. Und Gesine hat
ohnehin genug zu tun in unserem Weiber-Haushalt ...
Das einzige männliche Wesen ist Johnny. Du erinnerst
Dich? Mein Papagei. Er sitzt auch jetzt wieder neben
mir in seiner Voliere. Ein putziges Tier!*

*Liebe Meta, Du siehst, das Leben verläuft hier in unse-
rem Hause in ruhigen Bahnen, und dennoch. Es ver-
geht kein Tag, an dem ich nicht an Christian denke.
Fast drei Jahre bin ich nun schon allein. Noch immer
gehe ich wenigstens einmal in der Woche zum Friedhof. Es sind stille Momente und glaube mir, ich ver-
gieße manche Träne. Um ihn, meinen guten Ehemann,
um meine lieben Eltern und meine Brüder.*

*Doch ich nehme mein Schicksal an. Du würdest stau-
nen, wie gut wir unseren Alltag bestreiten. Ich bin
mittlerweile recht geschickt mit meiner linken Hand,
Elschen wächst zu einem fröhlichen Mädchen heran.
Und das Verhältnis zwischen uns Schwestern ist eng
und freundlich. Zum Glück haben wir keine finanziel-*

len Sorgen! Das Gerede in der Stadt hat nachgelassen, bilde ich mir ein. Sicher schüttelt noch mancher den Kopf, wenn er mich ins Kontor gehen sieht, aber es gibt andere Themen, die die Leute beschäftigen. So haben wir diese entsetzliche Katastrophe nicht unbeschadet, aber doch mit Gottvertrauen überstanden. Einzig, dass keine von uns seitdem einen Mann getroffen hat, mag manchen verwundern. Es hat alles seine Zeit. Sophie ist noch jung. Henriette geht in ihrem Wirken im Glauert'schen Geschäft auf. Und ich?

Liebe Meta, nun muss ich Dir etwas gestehen, was ich bislang noch keinem gesagt habe. Nach dem Tod von Christian konnte ich mir nicht vorstellen, dass ich jemals wieder einen Mann treffen würde, der mir gefallen könnte. Und jetzt muss ich es Dir sagen, ich habe einen solchen Mann kennengelernt! Er heißt Hermann Notholt und kommt aus Oldenburg. Er arbeitet als Inspektor bei einer Versicherung. Ich habe ihn das erste Mal im Sommer im Kontor getroffen. Du musst wissen, dass sein Vater, Diedrich Notholt, hier viele Jahre tätig war. Er fuhr als Kapitän für den Norddeutschen Lloyd. Vielleicht kennst Du ihn sogar? Er war regelmäßig bei Vater im Geschäft. Ein großer Mann mit schlohweißem Haar und einer tiefen Stimme. Sein Sohn hat auch eine schöne Stimme.

Er kommt jetzt häufiger ins Kontor. Ob es wirklich immer so Dringendes zu besprechen gibt? Mein Schwiegervater hat mich neulich schon beiseitegenommen und mir angedeutet, dass der Herr von der Oldenburger Versicherungsgesellschaft möglicherweise auch meinetwegen so gern nach Bremerhaven reist. Ich bin feuerrot geworden, als er mir das in seinem Büro erzählt hat. Zum Glück war die Tür zur Schreibstube geschlossen. Es fehlt noch, dass die ganzen Männer so etwas aufschnappen. Ich bin ja froh, dass sie sich mittlerweile an mich gewöhnt haben und wir ein freundliches Verhältnis zueinander pflegen.

Georg scheint sich für mich zu freuen. Auch wenn ich die Witwe seines Sohnes bin, so sagte er mir, sei ich noch zu jung, um mein ganzes Leben lang den Witwenschleier zu tragen. Was denkst Du? Ziemt es sich, an einen anderen Mann als an meinen lieben Christian zu denken? Und was werden die Leute sagen? Ich bin so ängstlich. Und weißt Du, was mich beinahe noch mehr martert? Die Vorstellung, dass ausgerechnet ich, eine verkrüppelte Frau mit einer Tochter aus erster Ehe, tatsächlich für einen Mann interessant sein könnte. Dass er auf mein Geld aus ist, glaube ich nicht. Seine Familie ist nicht unvermögend. Und Hermann Notholt selbst hat, nach Meinung von Georg, Aussichten auf eine gute Karriere. Was also sollte ich dann an der Seite eines solches Mannes? Mein Schatten würde auf seinen vielversprechenden Weg fallen.

Und gleichzeitig gefällt er mir sehr! Bislang hatten wir nur ein einziges Mal Gelegenheit, uns allein zu unterhalten. Ich glaube, mein Schwiegervater hatte es so eingefädelt. Er kam mit Hermann Notholt zu uns nach Hause, zum Mittagessen. Es war vor zwei Wochen. An dem Tag war ich nicht im Kontor. Ich gehe nur zwei- bis dreimal in der Woche hin. Es gab Fleischbrühe, Kalbfleisch in Curry und Reis und einen Grießpudding. Dazu ein Fläschchen Rheinwein. Nachdem *wir beim Pudding angelangt waren, sagte Georg plötzlich etwas von einem Termin, den er vergessen habe, und verschwand. So saßen Hermann und ich auf einmal allein am Tisch. Sophie war unterwegs mit Elsie, Henriette wie immer im Geschäft. Einzig Johnny hielt in seinem Vogelbauer die Stellung.*

Und Meta, glaube mir, ich wusste gar nicht, wo ich hingucken sollte. Allein in unserem Esszimmer mit einem fremden Mann, dazu noch Wein im Kopfe ... Hermann (wir siezen uns selbstverständlich!), also, Herr Notholt, erkundigte sich nach meiner Arbeit, ließ sich von mir eine Fotografie von Elschen zeigen. Er ist ein ruhiger Mann und sehr aufmerksam. Er merkt sich die Dinge, die ich ihm erzähle. Als wir dann bei einer Tasse Mokka angelangt waren, berührten sich einmal kurz unsere Hände, als wir beide nach dem Zuckertopf griffen. Meta, es ging mir durch und durch. Nur zwei Tage später bekam ich einen Dankesbrief aus Oldenburg. Er schrieb, dass ich ihn sehr gern einmal in seiner Heimatstadt besuchen solle, vielleicht zusammen mit meinem Schwiegervater. Ich habe noch nicht geantwortet. Was soll ich ihm schreiben?

Liebe Meta, bitte behalte all das für Dich. Ich habe mit noch niemandem darüber gesprochen. Selbst meine Schwestern wissen nicht, welcher Sturm in mir tobt. Du weißt, wie wichtig mir Dein Rat ist. Bitte schreib Du mir, was ich tun soll!

Ich grüße Dich von Herzen!

Deine Hanne

43. In Bremen

Bremen, 30. Oktober 1878

JOHANNE HIELT IHRE LEDERNE REISETASCHE eng an sich gedrückt und sah sich um. Es war ihre eigene Entscheidung gewesen, sich nicht abholen zu lassen. Georg Claussen hatte ihr angeboten, jemanden kommen zu lassen, doch sie hatte es abgelehnt. »Ich bin doch kein kleines Kind mehr! Außerdem kenne ich Bremen«, hatte sie zu ihm gesagt und abgewunken. Auch seinen Hinweis, dass sie seit ihrer Kur im Taunus Bremerhaven kaum verlassen hatte, tat sie ab. Jetzt wünschte sie sich, sie hätte auf ihren Schwiegervater gehört.

Verlassen stand Johanne am Bahnsteig. Das Fauchen und Zischen der Lokomotive übertönte alles, nur der Pfiff des Schaffners durchdrang den Lärm im Staatsbahnhof in Bremen. Auf der gegenüberliegenden Seite sah Johanne die vertrauten Gestalten, die sich auf den Weg nach Bremerhaven machten. Auswandererfamilien mit all ihren Habseligkeiten. Sie blickte kurz an sich herunter. Das neue Kleid saß gut. Ein leichter Wollstoff in Dunkelblau mit Samt abgesetzt. Wie gut, dass sie bei der Schneiderin gewesen war. Die Farbe stand ihr, und wenigstens sah sie nicht so provinziell aus, wie sie sich innerlich fühlte.

»Gnädige Frau, kann ich Ihnen weiterhelfen? Benötigen Sie eine Droschke?« Ein junger Mann stand vor ihr und verbeugte sich knapp.

»Nein, ich muss nur zu Casper's Hotel. Das ist ein kurzer Weg«, entgegnete sie.

»Darf ich Ihnen dann das Gepäck abnehmen?« Er blieb hartnäckig.

»Ist nicht nötig, vielen Dank!« Johanne ging einfach los, sie musste diesen Mann abwimmeln. Wahrscheinlich hatte ihn das neue Kleid nicht beeindruckt und er erkannte sofort, mit wem er es hier zu tun hatte. Eine ahnungslose Frau, die sich in der großen fremden Stadt nicht zurechtfand.

Johanne hastete den Bahnsteig entlang, bis sie in der Eingangshalle angekommen war. »Durch die Halle durch, und dann siehst du das Hotel schon«, hatte Georg ihr gesagt. Als sie die Stufen auf den Vorplatz hinabstieg, sah sie sich noch einmal unauffällig um. Der Mann war weg. Erleichtert überquerte sie den Platz und tauchte kurz darauf in die gedämpfte Vornehmheit eines in die Jahre gekommenen Grandhotels ein.

Während sie ihr Zimmer bezog, sah sie immer wieder nervös auf die Taschenuhr. Mittlerweile musste Hermann Notholt im Foyer sein. Dort waren sie verabredet, von dort aus wollten sie gemeinsam in die Stadt fahren. Johanne legte sich das neue französische Schultertuch über. Es war ein milder Oktobertag. Das sollte reichen. Für die Oper am Abend würde sie sich noch einmal umziehen. Wann war sie das letzte Mal in einer Opernaufführung gewesen? Es war Jahre her, damals mit Christian im Stadttheater im Volksgarten. Zum wiederholten Mal zupfte sie eine Strähne zurecht, die immer wieder hinter dem Ohr hervorsprang. Ein letzter Blick in den Spiegel, dann ging sie mit klopfendem Herzen die große Treppe hinab.

Die Halle war leer. Bis auf zwei Bedienstete hinter dem Tresen und einem älteren Paar, das am Fenster saß, war niemand zu sehen. Johanne schluckte. So hatte sie Hermann Notholt nicht eingeschätzt. Dass er sie hier in einer fremden Stadt einfach warten ließ. Enttäuscht sah sie sich um. Nein, er war nirgends zu sehen.

»Ist vielleicht eine Nachricht für mich hinterlassen worden?« Sie versuchte es am Empfang.

»Ihr Name? Ihre Zimmernummer?« Der Rezeptionist war freundlich.

Johanne antwortete leise.

Der Hotelangestellte hinter der Theke schaute nach. »Nein, das tut mir leid. Ich habe nichts für Sie!«

Unschlüssig blieb sie stehen und sah sich noch einmal um. Sie verglich ihre Taschenuhr mit der Uhr an der Wand. Alles korrekt. Für 12 Uhr hatten sie sich verabredet. Nun war es bereits 15 Minuten später. Eigenartig. Wie konnte sie sich so täuschen? Oder war etwas dazwischengekommen?

Sie nahm sich eine Ausgabe der Bremer Nachrichten und setzte sich auf einen Sessel in der Nähe des Eingangs. Hier konnte sie ihn nicht übersehen. Hatte er diese Verabredung gar nicht ernst gemeint? Hatte er vielleicht doch kalte Füße bekommen? Johannes Anspannung wuchs. Natürlich, sie hätte es wissen sollen. Die ganze Sache war eine Schnapsidee. Warum sollte sich ein aufstrebender Versicherungskaufmann in eine verwitwete Frau mit nur einer Hand verlieben? Noch dazu mit einem Kind, dessen Vater er nicht war?

Johanne seufzte. Hätte sie doch bloß auf Meta gehört! In ihrem letzten Brief hatte sie es doch geschrieben. Sie hatte sich für Johanne gefreut, sie aber gleichzeitig beschworen, nichts zu überstürzen. Johanne blickte aus dem Fenster. Und was machte sie? Schlug alle gut gemeinten Ratschläge in den Wind! Ließ sich von ihrem Schwiegervater eine Passage nach Bremen und ein Hotelzimmer besorgen und wollte allen Ernstes daran glauben, dass hier ein Mann auf sie wartete, der sich ehrlich für sie interessierte. Wenn er vielleicht doch nur auf das Geld aus war? Wenn er in ihr nur die Möglichkeit sah, ganz schnell an viele Tausend Mark zu kommen, dazu beste Verbindungen in die Geschäftswelt von Bremerhaven – allein durch den Namen Claussen. Ihre Vorfreude, die Aufregung, der Stolz, dass sie es ganz allein und ohne

Hilfe nach Bremen in dieses Hotel geschafft hatte, waren verflogen.

Was hatte sie sich eingeredet, in was hatte sie sich hineingesteigert? Das Bild einer Familie hatte sie vor sich gesehen. Sie wäre die Frau von Hermann Notholt und die Mutter seiner Kinder geworden. Geschwister für Elsie. Tränen stiegen in ihre Augen. Hastig blätterte sie die Zeitung um, niemand sollte sehen, wie es ihr ging. Sie schluckte. Die Buchstaben verschwammen. Es war alles vergeblich. Sie hatte sich etwas vorgemacht. Gleich würde sie an die Rezeption gehen und nach dem nächsten Zug nach Bremerhaven fragen.

Zum Glück hatte sie niemandem etwas gesagt. Hatte einfach erzählt, dass sie in die Oper nach Bremen wolle. Zusammen mit Margarethe Etmer, einer entfernten Tante, mit der sie sich ab und zu schrieb. Ihre Schwestern waren verwundert gewesen, Gesine hatte sie scheel angeguckt. Nur Claussen war eingeweiht. Ihm würde sie sagen, wie ihr Ausflug ausgegangen war. Natürlich, er sollte das Ende dieser verrückten Idee erfahren. Notholt war sein Geschäftsfreund. Er würde wiederkommen. Nach Bremerhaven. Ins Kontor. Vielleicht sollte sie die Arbeit dort aufgeben. Sie hatte mit Elsie und dem Haushalt genug zu tun. Dann müsste sie ihm auch nicht mehr begegnen. Und auch die letzten Nörgler in der Stadt würden dann endlich schweigen. Die verkrüppelte Witwe Claussen würde das machen, was sich gehört. Das Andenken ihres toten Mannes ehren.

»Frau Claussen, zum Glück sind Sie noch da!«

Sie hob den Kopf. Hermann Notholt stand vor ihr. Er war außer Atem.

»Entschuldigen Sie vielmals. Es tut mir so leid, dass Sie warten mussten.« Er nestelte an der Krempe seines Zylinders. »Mein Zug ist auf halber Strecke liegen geblieben. Kühe hatten sich auf dem Gleisbett verirrt. Ich kann von Glück sagen, dass der Zug nicht entgleist ist. Aber ich steckte fast eine Stunde lang fest, bis es weiterging. Irgendetwas war durch den starken Bremsvorgang in der Lokomotive kaputtgegangen, und es dauerte lange, bis alles wieder funktionierte.«

Johanne sah ihn unverwandt an. Ihr Herz schlug schnell.

»Sind Sie gut angekommen? Gefällt Ihnen Ihr Zimmer?« Notholt wurde langsam ruhiger.

Sie nickte. »Ich hatte befürchtet, dass Sie gar nicht mehr kommen.«

»Was?« Entgeistert sah er sie an. »Das hätten Sie von mir gedacht? Ich freue mich seit Wochen auf diesen Tag! Nie würde ich Sie hier sitzen lassen.«

Johanne lächelte erleichtert. »Ich war unsicher. Und hatte mir gleichzeitig Sorgen gemacht.«

»Ach, wie mir das leidtut. Darf ich Sie noch einen Moment warten lassen? Ich will nur schnell mein Gepäck abgeben. Ich wohne im Hotel gleich nebenan. In fünf Minuten bin ich wieder da und dann beginnt der schöne Teil dieses Tages«, versprach er.

Johanne brachte kein Wort heraus. »Natürlich! Lassen Sie sich Zeit. Ich warte auf Sie«, antworte sie schließlich. Ihre Augen strahlten. Und in ihrem Magen vibrierte es.

Hermann Notholt machte sein Versprechen wahr. Gemeinsam spazierten sie durch die Bremer Wallanlagen. Überall sah man Kinderwärterinnen, die ihre Zöglinge im Kinderwagen ausführten. Ältere Damen eilten mit ihren Einkäufen nach Hause, andere hielten einen Plausch und hatten nur einen flüchtigen Blick für das junge Paar übrig, das an ihnen vorüberging. Ein letztes Stück Beklommenheit verfolgte Johanne. Auch hier in Bremen konnte sie jederzeit jemanden treffen, der sie kannte. Die anderen Gedanken, die sie in der Wartehalle des Hotels so gequält hatten, versteckte sie hinter einem beinahe unbeschwerten Lachen.

Hermann Notholt war hingerissen von seiner Begleitung, die ihm wie befreit erschien. Längst hatte er sich an ihre Behinderung gewöhnt. Er verlor kein Wort darüber und behandelte Johanne zuvorkommend. Sie staunte. War er ein so vornehmer Mensch, dass er einfach über ihren Makel hinwegsah? Oder war es ihm schlicht unangenehm und er versuchte, es zu übergehen?

Sie sah ihn von der Seite an. Beide schwiegen. Man hörte nur das Geräusch ihrer Schritte auf dem Kiesweg. »Finden Sie es sehr schlimm, dass ich meine Hand verloren habe?«, fragte sie in die Stille.

Notholt war überrascht: »Wie kommen Sie darauf? Mache ich den Eindruck?«

»Nein, eigentlich nicht. Aber vielleicht ist es Ihnen unangenehm und deswegen überspielen Sie es.«

Er räusperte sich. »Frau Claussen, oder darf ich Johanne sagen?«

Ihre Augen wurden groß. Sie nickte.

»Also, Johanne, ich kenne Ihre Geschichte. Sie haben einen Teil davon erzählt, anderes weiß ich von Ihrem Schwiegervater oder aus der Zeitung. Ich muss ehrlich zugeben, dass ich tief beeindruckt bin, wie Sie es geschafft haben, diesen Schicksalsschlag zu überwinden. Es sind jetzt bald drei Jahre her«, er verstummte und sah sie an.

Sie schlug die Augen nieder. Mit einem Mal war die Oktobersonne nicht mehr golden für sie. In ihren Ohren hörte sie den Knall, diesen unbeschreiblichen Knall, der ihr altes Leben am 11. Dezember 1875 beendet hatte.

Notholt bemerkte die Veränderung in ihrem Gesicht. »Das wollte ich nicht! Bitte, Johanne, ich wollte diese wunderschöne Stimmung nicht zerstören. Ich wollte Ihnen doch bloß sagen, dass ich Sie bewundere, und zwar von ganzem Herzen. Wie Sie Ihr Schicksal angenommen haben. Und da scheint mir eine fehlende Hand beinahe noch das Geringste.«

Johanne schluckte. Der Knall in ihren Ohren war leiser geworden. Leise genug, um die Worte Hermann Notholts zu verstehen.

Er zeigte auf eine leere Parkbank. »Wollen wir uns setzen?«

Immer noch stumm nahm sie neben ihm Platz.

Notholt setzte seinen Zylinder ab. »Johanne, ich wollte Sie eigentlich erst nach der Oper fragen. Aber ich glaube, jetzt ist der richtige Moment gekommen.« Sein Blick war ernst. »Wollen Sie meine Frau werden?«

Johanne war wie vom Donner gerührt. Damit hatte sie nicht gerechnet. Davon geträumt, ja, heimlich. Aber jetzt saß sie hier, im wahren Leben. Auf einer Parkbank und hatte gerade einen Heiratsantrag bekommen. Sie blickte ihn an. Ihre Stimme zitterte ein wenig: »Ich werde darüber nachdenken.«

Hermann Notholt nahm ihre linke Hand und hielt sie umschlossen. »Es wäre mein größtes Glück.«

44. Ein besonderes Haus

New York City, 12. Dezember 1878

DER SCHNEE KNIRSCHTE unter den Sohlen. Blanche mochte das Geräusch. Und trat noch ein wenig fester auf in ihren eng geschnürten Lederstiefeln.

»Was ist los? Warum stampfst du so?« Fanny blickte ihre älteste Nichte erstaunt an.

Blanche kicherte. »Ach, ich finde, es klingt so schön. Der Schnee. Da muss ich immer an Deutschland denken. Da lag im Winter auch richtig viel Schnee. Und es gab so leckere Kuchen. Extra für Weihnachten.« Sie seufzte.

Fanny lächelte. »Denkst du noch oft an Deutschland?«

Blanche überlegte und verlangsamte das Tempo. Unter einer Gaslaterne blieb sie stehen. Das warme Licht schien auf die dicken Zöpfe, die auf ihren Schultern lagen. Es waren nicht mehr viele Spaziergänger unterwegs um diese Zeit im Central Park. Blanche zog langsam die Hände aus dem Pelzmuff.

Fanny wurde ungeduldig. »Nun, wenn du länger nachdenken musst, tust du das besser zu Hause. Hier ist es mir zu kalt.«

»Ja, hör auf zu trödeln!« Klina meldete sich zu Wort. Sie hielt die Hand ihrer Tante fest umklammert und drängte nach Hause.

Missmutig setzte sich Blanche wieder in Bewegung. »Du weißt doch gar nichts mehr aus Deutschland. Du warst viel zu klein!«

»Neeiihein!«, schrie Klina, »ich weiß alles, genau wie du. Da war Papa noch da.«

Fanny seufzte. Die zankenden Nichten, die Erinnerung an den unseligen Schwager, dazu die Uhrzeit. Bestimmt würde Cecelia ihr Vorwürfe machen, weil sie so spät waren. Wortlos zog sie die Mädchen weiter.

Fannys Einschätzung war richtig. Cecelia musste im Salon nach dem Rechten sehen und bald darauf die Gäste empfangen, die sich für den Abend angekündigt hatten. Doch sie war nervös. Die Mädchen waren immer noch nicht zu Hause.

Seit dreieinhalb Monaten war Cecelia die Hauptmieterin von zwei nebeneinanderliegenden Häusern, die nachträglich mit einer Zwischentür verbunden worden waren. Unauffällige, elegante Reihenhäuser, zwei Stockwerke, mit einem schmiedeeisernen Treppengeländer. So sahen fast alle Häuser in der 28th Street aus. Belle Worsham hatte ihr die beiden Immobilien zu einem lächerlich geringen Mietzins überlassen. Ein Freundschaftspreis.

Erst wenn die Geschäfte wirklich liefen, wollte sie ein bisschen mehr Geld haben, hatte sie gesagt. Das konnte schon bald passieren, denn Cecelias Umsätze in ihrem »House of assignation« waren erstaunlich schnell gestiegen. Es schien so, als könnte sie sich zum ersten Mal in New York tatsächlich auf zwei Frauen verlassen. Echte Freundinnen – Belle Worsham und Kate Woods. Cecelia hatte beide miteinander bekannt gemacht. Zuerst war die Stimmung zwischen den beiden Frauen zurückhaltend, ja, kühl gewesen. Doch dann überwogen Neugierde und Sympathie – und über allem der Geschäftssinn. Cecelia staunte noch immer über diesen Zusammenschluss, der sie vor dem wirtschaftlichen Ruin bewahrt hatte.

Den Hutsalon hatte sie im Sommer ohne großes Bedauern geschlossen. Miete, Material und ihre vielen unbezahlten Stunden im Atelier – es war einfach zu viel geworden für die paar

Dollar, die das Ganze einbrachte. Es war ein Irrweg gewesen, der sie viel Geld gekostet hatte. Stiefvater John Paris verlor nie ein Wort darüber. Doch er ahnte, dass von den 10.000 Dollar Erspartem nicht mehr viel übrig war. Jetzt fertigte sie nur noch Hüte für ihre Freundinnen an und für die jungen Frauen, die sich bei ihr einmieteten. Ganz aufgeben wollte sie die Hutmacherei nicht. Es gab kaum eine schönere Tätigkeit für sie.

Das Blatt hatte sich gewendet, dachte sie zufrieden, als sie sich im Schlafzimmer den Schmuck für den Abend anlegte. Sie wählte die Granatohrringe und die passende dreireihige Kette. Das Set stammte aus Böhmen, ein Geschenk von William. Dem toten William. Der lebendige William – William Meyer – war mit glitzernden Geschenken zurückhaltend. Dafür blieb er an ihrer Seite und, wichtiger noch, stand ihr bei. Erst langsam begann Cecelia zu begreifen, um wie viel kostbarer dies war als eine Handvoll Juwelen.

Die Glocke ertönte. Gott sei Dank. Fanny war zurück mit den Mädchen.

»Da seid ihr ja! Ich dachte schon, euch sei etwas passiert.«

Fanny schüttelte den Kopf. »Nein, deine Mädchen wollten nur nicht aufhören, Schlittschuh zu laufen. Das ist alles. Und der Rückweg nahm einfach kein Ende.«

»Ja, Mommy, mir tun die Füße weh, so lange sind wir gelaufen!«, jammerte Klina.

Blanche schob sie an die Seite. »Es war wunderbar! Entschuldige, dass wir so spät sind. Tante Fanny hat uns die ganze Zeit gedrängt, aber wir konnten einfach nicht aufhören.« Sie strahlte.

Cecelia drückte ihre Töchter an sich. »Jetzt schnell – Dora hat extra auf euch gewartet mit dem Abendessen. Willie und May sitzen schon in der Küche.«

Während Fanny sich vorsichtig die Hutnadeln aus dem Haar zog und dem Dienstmädchen die Pelerine überreichte, wartete Cecelia. »Willst du dich zu den Kindern in die Küche setzen? Es ist noch Hühnerpastete da. Dora macht doch immer diese köstliche Krebssoße dazu.«

Fanny zog die Augenbrauen hoch. »Ach, jetzt sitze ich schon bei den Dienstboten in der Küche ...«

»Aber, nein! Dora kann auch im Esszimmer für dich decken. Aber ich dachte, du bist gern mit den Kindern zusammen. Und ich muss jetzt sofort rüber. Ich wollte schon längst da sein.«

Fanny sah ihre ältere Schwester ernst an: »Dann bringe am besten auch ich die Kinder ins Bett.«

»Das brauchst du nicht. Gretchen ist schließlich auch noch da. Ich sage schon einmal Gute Nacht. Kommst du anschließend noch auf ein Glas Champagner in den Salon?«

Fanny schüttelte den Kopf. »Nein, danke, ich bin müde. Und außerdem fühle ich mich dort nicht wohl. In der Gesellschaft dieser ...« Sie suchte nach dem passenden Wort.

»Jaja, du brauchst nicht weiterzureden. Ich weiß Bescheid.« Es gab Cecelia einen Stich, wenn sie sah, wie sich Fanny von ihr und ihrer neuen Einnahmequelle abwandte. »Du hast keinen Grund, dich über meine Gäste zu mokieren. Falls du wieder deine moralischen Bedenken hast, erinnere ich dich gern an dein Abenteuer in St. Louis mit Carl vor einem Jahr.« Beleidigt rauschte sie an Fanny vorbei in Richtung Küche.

Fanny sah ihr nach. Vielleicht war es der Altersunterschied. Immerhin elf Jahre lagen zwischen ihnen. Vielleicht war es auch der Umstand, dass Cecelia Kinder hatte, für die sie allein verantwortlich war. Vielleicht waren es aber auch ihre unterschiedlichen Väter. Niemand wusste, wer der leibliche Vater von Cecelia und ihrem Bruder Jules war. Ihre Mutter hatte dieses Geheimnis mit ins Grab genommen. Fanny seufzte. Sie war froh, dass sie selbst eine andere Herkunft hatte. Dass ihre gemeinsame Mutter mit John Paris einen guten Ehemann gefunden hatte. Einen Mann mit Familiensinn, der sogar Cecelia und Jules als seine eigenen Kinder angenommen hatte. Jetzt saß er da in St. Louis. Verwitwet. Nur ihre jüngste Schwester Ida war noch bei ihm. Vielleicht sollte ich mich um ihn kümmern, dachte Fanny. Er war nun auch schon über 50. Und Ida war erst zwölf Jahre alt. Keine Frau im Haus, bis auf das Hausmädchen. Dort würde sie wahrscheinlich genauso gebraucht wie hier bei Cecelia. Langsam ging sie die Treppe hinunter ins Souterrain, wo sie schon die Stimmen der Kinder aus der Küche hörte.

Der Korken fuhr mit einem sanften Plopp aus der Flasche. Geschickt hielt Cecelia den teuren französischen Champagner über die Kristallgläser und füllte das erste. Jeden Moment müssten die Gäste kommen. Sie griff nach dem vollen Glas und trank es mit hastigen Zügen aus. Das tat gut. Immer dieser Ärger mit Fanny. Allein ihre missbilligenden Blicke reichten ihr schon. Was hatte sie denn erwartet? Dass sie mit ihren vier Kindern in ein Armenhaus gehen würde? Hauptsache, die Moral stimmt? Das passte doch alles nicht. Aber seit Fanny regelmäßig in den Bet-Kreis dieser Methodengemeinde ging, war das Verhältnis der Schwestern angespannt. Cecelia schüttelte sich. Zum Glück war William nicht so.

Zufrieden sah sie sich um. Der Salon zur Straße hinaus sah wunderschön aus. Kate Woods hatte sie beraten, und Belle hatte ihr das Geld für die Anschaffung der Möbel geliehen. Das Ergebnis war bezaubernd. Ein Raum ganz in dunkles Rot und Violett getaucht. Die beiden Ottomane, mit lilafarbenem Samt bezogen, standen einladend um den Kamin. Behagliche Wärme. Dazu die Sessel, kleine Tischchen, die wie zufällig um die Sitzmöbel herumstanden. Und auf denen die Besucher gleich ihre Gläser abstellen würden. Die Vorhänge waren zugezogen. Niemand konnte hinausschauen und niemand konnte hineinsehen. Die Gäste sollten sich wohlfühlen – ohne Angst vor neugierigen Blicken.

Auf dem Fußboden waren fast keine Dielenbretter mehr zu erkennen, die vielen Perserteppiche hatte Dora nach Cecelias Anweisung sorgfältig verteilt. Sie stammten zum größten Teil von Belle, die wieder einmal ihr eigenes Haus umgestaltete. Zum Glück hing Belle nicht sonderlich an ihren Besitztümern – solange sie neue erstehen konnte. Dann durften Möbel, Teppiche, Geschirr und Kerzenleuchter leichter Hand an einer neuen Adresse ausgebreitet werden. Cecelia zündete noch einen weiteren Silberleuchter auf dem Kaminsims an. Sie rückte die Porzellanhunde zurecht, die dort als streng guckendes Pärchen den Raum bewachten.

Es klopfte an der Tür. Cecelia hörte die leisen Schritte von Betty, dem schwarzen Dienstmädchen, das seit der Eröffnung des »Hotels« vor zwei Monaten bei ihr arbeitete. Ein Glücksgriff! Fleißig, diskret, freundlich und sehr kinderlieb. Und Betty machte ihre Arbeit ohne Murren, ließ sich nie anmerken, dass sie in einem Haus mit einem moralisch zweifelhaften Ruf arbeitete. Dafür zahlte Cecelia gut, und die Arbeitszeiten waren zwar ungewöhnlich, aber überschaubar.

Sie hörte eine Männerstimme an der Tür. Ein bärtiger Herr, leicht untersetzt mit dunkler Stimme stand im Eingangsbereich. Es war Robert Warrington, ein Broker von der Wallstreet. Mit einem Lächeln ließ Cecelia ihn ins Haus. Er war nicht das erste Mal zu Gast bei ihr, und sie wusste, dass er direkt in das private Zimmer geführt werden wollte. So diskret wie möglich, er war verheiratet und ihm schien das alles hier unangenehm zu sein. Jedenfalls solange er befürchten musste, noch jemanden zu treffen, den er vielleicht aus anderen Lebensbereichen kannte. Es verlangte jedes Mal das grüne Zimmer.

Auch hier hatte Betty alles vorbereitet. Das Feuer im Kamin verbreitete angenehme Wärme, Cecelia zündete eine Petroleumlampe an und ließ den Docht auf kleinster Flamme brennen. Nicht zu hell. Das war das Erste, was Kate Woods ihr beigebracht hatte. Die Kissen auf dem Bett waren hübsch drapiert, die Tagesdecke straffgezogen. »Ihr Gast ist noch nicht da. Ich vermute, sie wird jeden Augenblick kommen.«

Warrington nickte mit einem gequälten Lächeln. »Ja, sie ist selten pünktlich.«

»Wir haben eine Lieferung neuen Champagners direkt aus Frankreich bekommen. Mögen Sie eine Flasche? Dazu könnte Ihnen Betty ein paar Austern bringen oder eine Schildkrötensuppe zum Aufwärmen bei dem Wetter ...«

»Ja, etwas zu trinken ist sehr gut. Und vielleicht die Austern. Das reicht mir.«

Er vermied es, Cecelia in die Augen zu sehen. Und so zog sie leise die Tür hinter sich zu und verschwand.

Von unten hörte sie, wie jemand im Flur den Schnee von seinen Schuhen klopfte. »Cecelia, bist du da?« Es war William. Noch in seiner Uniform stand er im Foyer und wischte sich vorsichtig den Schnee von seinem Hut.

»Ja, hier bin ich!« Ihr war wohler, wenn William im Haus war. Sie wusste nie, wer alles kommen würde. In der Regel waren die Gäste vornehm und wussten sich zu benehmen. Einen Skandal konnte sich niemand hier leisten, der in diesem Haus verkehrte. Aber trotzdem. Ein Glas Wein zu viel, Streit mit der Geliebten oder eine unliebsame Begegnung, es konnte immer Momente geben, in denen eine Frau als Hausherrin allein überfordert war.

Sie küsste William auf die kalte Wange: »Wie gut, dass du da bist.«

»Ja, ich bin auch froh. Das ist ein Wetter!« Er sah sie zärtlich an und drückte ihre Hand. »Wie elegant du aussiehst!«

Wer die Umstände nicht kannte, hätte denken können, hier begrüßten sich eine Ehefrau und ihr Mann nach seiner Rückkehr von der Wache. Doch Polizistenfrauen trugen in der Regel nicht solchen Schmuck und auch das Dekolleté wäre vermutlich etwas weniger offenherzig ausgefallen. Nein, Cecelia hatte den Antrag von William nun schon zweimal ausgeschlagen. Er tat sich schwer mit ihrer Haltung. Doch seine Gefühle für sie waren stärker als die Kränkung der Zurückweisung.

Seiner alten Mutter hatte er bis heute nicht die ganze Wahrheit erzählt über das unmoralische Zusammenleben. Cecelia wollte sich ihre Geschäftsfähigkeit bewahren, die sie als Witwe besaß. Und er wollte mit ihr zusammen sein. Was blieb ihm anderes übrig, als sich auf diese Verbindung einzulassen? Seit ihm klar war, dass Cecelia ihre Selbstständigkeit nicht aufgeben und ihr sein karges Polizistengehalt nicht ausreichen würde, war im Leben von William Meyer einiges geschehen.

Cecelia hatte ihn dazu gebracht, sein Wertesystem zu überdenken. Er sah ein, dass er als einer der wenigen, rechtschaffenen New Yorker Polizisten diese Stadt nicht vor ihrem Verfall bewahren konnte. Seine Kollegen hatten ihn schon oft belächelt, wenn er ohne Arglist und ohne Berechnung seine Fälle vor ihnen ausführte. Natürlich wusste er, dass die meisten von ihnen korrupt waren. Erst zögernd, dann zunehmend sicherer hatte auch William Meyer sich mit den dunklen Kräften dieser großen Stadt arrangiert. Nicht zu seinem Nachteil, was das Finanzielle anbelangte. Cecelia dankte es ihm. Auch dass er nun mehr oder minder zum Aufpasser ihres »House of assignation« geworden war, ihres Hotels für gewisse Stunden, machte ihn in ihren Augen zum Beschützer. Und wenn dem Polizisten ab und zu Zweifel an seinen neuen Lebensumständen kamen, gönnte sich William Meyer ein Glas Whisky, oder zwei oder drei.

»Sind schon viele Gäste da?« Er tat sich immer noch schwer mit dem Wort »Gast«. Dabei waren es doch Gäste, auch wenn sie nur für ein paar Stunden blieben.

»Bislang ist nur das grüne Zimmer belegt. Aber ich habe insgesamt vier Anmeldungen«, antwortete Cecelia.

»Da haben wir ja eine 80-prozentige Auslastung«, rechnete Meyer und schmunzelte. »So kurz vor Weihnachten hält es mancher ja gar nicht zu Hause aus.«

Cecelia schüttelte den Kopf. »Wie auch immer. Hauptsache, sie kommen zu uns und gehen nicht irgendwo anders hin.«

Wieder klopfte es.

»Siehst du! So soll es sein!« Triumphierend drehte sie sich zur Tür. Cecelia ließ eine Frau herein, deren Gesicht kaum zu erkennen war in einer pelzumsäumten Kapuze, die sie sich über ihren Kopf gezogen hatte.

»Guten Abend, ich habe eine Verabredung mit Mr. Evendale«, sagte die Fremde leise, ohne die Kapuze zurückzuschlagen.

Cecelia führte sie ein Stockwerk höher in den blauen Salon. Kurz darauf brachte Betty eisgekühlten Champagner ins Zimmer. Bald schon füllte sich das Haus. Vier Paare hatten sich unter dem Dach von Cecelia eingefunden, für die anderswo kein Platz gewesen wäre. Meist waren es Liebespaare, von denen einer oder sogar beide anderweitig verheiratet waren. Häufiger noch waren es reiche New Yorker, die eine feste Geliebte hatten und ebenfalls die Fassade eines vornehmen Hauses suchten, hinter der sie ihre Mätresse trafen. Manchmal brachten die Männer auch Frauen mit, die sie für ihre Dienste bezahlten. In der Regel außerordentlich hübsche junge Frauen, die teuer gekleidet waren. Von Kate Woods wusste Cecelia, wie sie mit diesen zahlenden Gästen umzugehen hatte und weshalb der Verkauf von Champagner ein äußerst lukrativer Nebenverdienst der Zimmervermietung war.

»So, ich glaube, heute kommt niemand mehr.« Mit einem Seufzer ließ Cecelia sich auf einen Ottomanen im Salon fallen. Das geschmackvolle Zimmer wurde selten von den Gästen genutzt. Die meisten wollten nicht gesehen werden und steuerten zielgerichtet ein privates Zimmer an. Andere wollten keine Zeit bei belanglosem Geplauder mit Fremden verlieren.

»Bist du zufrieden?« William hatte seine Uniform längst gegen einen Hausanzug getauscht und sah Cecelia an.

»Ja, ich habe schon viele Anmeldungen für die nächsten Tage. Ich glaube, vor Weihnachten wird es hier richtig voll werden. Bevor die meisten Männer dann die Feiertage mit ihrer Familie verbringen.«

William schüttelte den Kopf. »Das ist schon eine verlogene Welt«, murmelte er.

Cecelia fiel ihm ins Wort. »Das war sie immer schon. Daran wirst auch du nichts ändern können.« Ihr Tonfall klang spitz.

William sah sie an und schwieg. Nur das Ticken der Pendüle auf der Kommode war zu hören. Es war schon nach zehn. Bald würden die Ersten aufbrechen. In dem Moment klopfte es leise an der Haustür.

Überrascht sah Cecelia zu William. »Ich habe keine Anmeldungen mehr. Wer mag das sein?«

William stand auf und schob die Klappe des kleinen Seitenfensters am Eingang zur Seite. Ein unbekannter Mann stand dort. Groß, grauer Bart, die Kleidung wertig, aber nicht so teuer wie die maßgeschneiderten Anzüge, die die übrigen Gäste trugen.

»Ich kenne ihn nicht. Schon etwas älter, allein. Sieht aber ganz manierlich aus. Scheint auf jeden Fall nicht betrunken zu sein«, raunte er Cecelia zu, die hinter ihm stand.

Sie ging zur Tür und öffnete sie einen Spalt. »Guten Abend, Cecelia! Nun habe ich dich endlich gefunden. Euer Dienstmädchen von nebenan hat mich herübergeschickt. Ist das nicht etwas übertrieben, in dieser teuren Gegend gleich zwei Häuser zu mieten?«

Ein freundlicher Tadel. Durchaus angemessen aus dem Mund von John Paris, Cecelias Stiefvater aus St. Louis.

Teil III

45. Ein Brief aus Kanada

New York City, 16. Januar 1879

GRIMMIG SAH CECELIA aus dem Fenster. Es schneite unaufhörlich. Sie beobachtete einen Kutscher, der wild gestikulierend vor seinem Pferd stand und versuchte, es anzutreiben. Doch die Räder der Droschke steckten fest. Cecelia schüttelte den Kopf. Sie würde William Bescheid sagen, vielleicht konnte er dem Mann helfen. Doch schon in dem Moment, in dem sie sich vom Fenster abwandte, war der Anflug von Hilfsbereitschaft vergessen. Dieser weiße Schein von draußen, der das Esszimmer so kalt und hell erschienen ließ, bereitete ihr fast körperliche Pein. Niemand verstand Cecelias tiefe Abneigung gegen Schnee. Woher sollten sie auch wissen, was sie damals durchmachen musste in Strehlen? In dem eiskalten Winter 1875, in dem das Haus beinahe unter dem Schnee zusammengebrochen war?

Ärgerlich rührte sie mit dem Schürhaken im Kaminfeuer. Funken stoben auf. Cecelia spürte einen stechenden Schmerz auf dem Handrücken. Jetzt hatte sie sich auch noch verbrannt. Wütend verließ sie das Zimmer und lief in die Küche, um kaltes Wasser über ihre Hand fließen zu lassen. Dora wich erschrocken zur Seite. Sie wusste sofort, wann ihre Herrschaft in einer schlechten Verfassung war und sich ihre Wut auf alles um sie herum ausbreitete. »Soll ich ihnen ein bisschen Schnee von draußen holen, gnädige Frau? Das kühlt noch besser«, bot sie an.

Cecelia drehte sich um. »Auf gar keinen Fall! Es reicht ja wohl, wenn die ganze Stadt im Schnee versinkt. Da hol ich mir den Schnee doch nicht noch ins Haus.«

Ihre Stimme klang schrill durch die Küche. Sie hörte sich an wie ihre eigene Mutter. Ihre Wut wuchs. Dora wusste, dass es jetzt ratsam war, das Weite zu suchen. Und so murmelte sie etwas Unverständliches und wollte in Richtung Treppenhaus verschwinden.

»Wohin denn so eilig?« Cecelia ließ sich nicht abschütteln. In ihrem Zorn ging es längst nicht mehr um die schmerzende Hand. »Holen Sie mir ein kaltes Tuch!«

Dora blieb stehen und sah zu Boden. »Das hatte ich ja vor, gnädige Frau!«

Cecelia stieß die Luft aus und verschwand in den Salon.

Das Feuer im Kamin prasselte. Die Petroleumlampen verbreiteten eine gemütliche Atmosphäre. Eine Zigarre dampfte im Aschenbecher. Und hinter der aufgeschlagenen New-York Evening Post saß William Meyer, der es sich im Sessel bequem gemacht hatte.

»Musst du heute gar nicht zum Dienst?«, fragte Cecelia, deren Wut beim Anblick des zufriedenen Mannes noch einmal aufflackerte. Ihr Ton war noch immer scharf und ungnädig.

Der Polizist ließ sich nichts anmerken. Diese Frau war ihm bis heute ein Rätsel, aber eines, das er gar nicht lösen wollte. »Doch, doch. Ich muss schon noch hinaus. Eigentlich habe ich Spätschicht. Aber wenn es so weiterschneit, werde ich tatsächlich schon bald aufbrechen müssen.« Er runzelte die Stirn.

»Ich bewundere deine Ruhe. Ich wünschte, ich hätte selbst so ein dickes Fell«, presste sie hervor.

William Meyer falte die Zeitung zusammen und warf einen Blick auf die erloschene Zigarre. »Was ist denn los mit dir? Ist es wegen Fanny?«

Cecelia seufzte: »Das Wetter macht mich verrückt. Ja, und meine Schwester raubt mir noch den allerletzten Nerv. Mit

ihrem Getue und Gebete. Was soll das? Sie war nie besonders fromm. Jetzt schleicht sie hier herum wie eine Nonne.
Ein einziger Vorwurf.«

William wollte sie zu sich ziehen und berührte dabei die
verbrannte Hand.

Cecelia zuckte zusammen und zog die Hand weg. »Es ist
eben am Kamin passiert. Meine eigene Schuld.«

Sie ließ sich auf das Sofa gleiten und seufzte. »Ich könnte
ein Glas Portwein vertragen. Vielleicht hilft das.«

William war überrascht. Normalerweise trank Cecelia nie
vor dem Mittagessen Alkohol. Doch bereitwillig holte er zwei
Gläser und die Karaffe, die auf dem Buffet stand.

»Auf den New Yorker Winter!«, stöhnte sie und stürzte
den Portwein hinunter. Sie schloss die Augen und atmete tief
ein und aus. »Manchmal wird mir das alles zu viel! Die Kinder, das Geschäft, die Familie.«

»Was meinst du mit Familie? Gehöre ich auch dazu?«,
fragte er.

Zum ersten Mal an diesem Morgen glitt ein Lächeln über
ihr Gesicht. »Du? Du bist mein Mann. Auch wenn wir nicht
verheiratet sind. Als Braut wäre ich einfach schon zu alt. Du
machst mir keine Sorgen. Nein, ich meinte Fanny und meinen
Stiefvater. Er will heute Mittag zum Essen kommen. Wenn er
es schaffen sollte durch den Schnee.«

William schenkte noch ein wenig Portwein nach. »Wenn
Fanny so weitermacht, werdet ihr nicht mehr lange unter
einem Dach leben können. Das ist abzusehen.«

Erstaunt hörte ihm Cecelia zu. Ihr Polizist benannte die
Dinge manchmal so klar, wie sie es selbst nicht konnte.

»Aber was ist mit John? Wieso macht dir dein Stiefvater
Probleme? Er hat die ganze Situation hier mit Fassung auf-
genommen. Überlege einmal, sein Geld, das er dir gegeben
hatte, ist fast weg. Und dann findet er dich und die Kinder

in einem Haus, in dem Huren aus- und eingehen. Das würde nicht jeder so einfach schlucken.«

Cecelia nickte. »Ich staune ja selbst über seine Gelassenheit. Aber er wirkt so ... Ich weiß es nicht. Enttäuscht? So müde, ich würde fast sagen, niedergeschlagen.«

William schwieg. Als John Paris vor etwas über einem Monat unerwartet vor der Tür stand, machte er den Eindruck eines gepflegten Mannes in mittleren Jahren. Nicht reich, aber von zurückhaltender Eleganz. Für William war es das »Französische«, so wie er es auch für Cecelia empfand. Nur dass man es bei Paris auch noch deutlich hörte – sein Amerikanisch klang mit dem französischen Akzent singender und weniger gewöhnlich. Rätselhaft, dass er Witwer geblieben war nach dem Tod seiner Frau vor sechs Jahren. Es war schließlich auch noch ein Kind im Haus. Die kleine Ida. Kaum älter als Blanche.

»Und was meinst du? Kannst du ihm helfen?« William schaute Cecelia ernst an.

Sie zuckte mit den Schultern. »Mir scheint, dass er unglücklich ist in St. Louis und einsam.«

»Aber du hast doch so viele Geschwister dort in der Gegend. Er könnte doch zu ihnen gehen. Oder Fanny kehrt nach St. Louis zurück, sie könnte bei ihm wohnen und sich um ihn kümmern.«

»Das habe ich auch schon überlegt. Aber dieses ewige Gerede von Gott ... das hält der eigene Vater nicht aus.«

»Mach dir nicht zu viele Gedanken, mein Schatz, sprich doch einfach mit ihm heute beim Mittagessen. Er fährt doch diese Woche wieder zurück, nicht wahr?«

Cecelia nickte und starrte nachdenklich durch ihr leeres Glas auf die bestickte Tischdecke, als ein dumpfer Knall zu hören war. Sie zuckte zusammen.

Ein Schneeball war mit Wucht gegen das Fenster geprallt.

»Dieser verdammte Schnee! Mich so zu erschrecken!«, schimpfte sie und lief zum Fenster.

Im Flockengestöber erkannte sie ihren Sohn. William hatte sich die Mütze vom Kopf gerissen und balgte sich mit glühenden Wangen mit zwei anderen Jungen aus der Nachbarschaft.

»Komm sofort ins Haus! Ihr hättet beinahe die Scheibe kaputt gemacht!«, rief Cecelia durch das geöffnete Fenster.

William überhörte die Aufforderung und schleuderte einen weiteren Schneeball gegen einen der Jungen. Alle drei prusteten vor Vergnügen.

»Warum seid ihr überhaupt schon da? Die Schule ist doch noch längst nicht vorbei.«

»Weil es die ganze Zeit schneit. Die Lehrer meinten, wir kämen sonst nicht mehr nach Hause.«

Schnell machte sie das Fenster wieder zu. Wahrscheinlich konnte sie ihr »House of assignation« heute geschlossen lassen. Die Straßen waren spätestens bis zum Abend unpassierbar. Sie seufzte. Das bedeutete: Keine Einnahmen bis auf Weiteres. Hoffentlich würde es bald anfangen zu tauen.

Zwei Stunden später zeugte lediglich eine Pfütze im Flur des Hauses von Tauwasser. Hier hatte John Paris seinen Schirm zum Trocknen aufgespannt. Daneben standen die nassen Gummigaloschen, mit denen Paris seine teuren Lederschuhe bei diesem Wetter schützte. Und auch um die Schnürstiefel von Ida hatte sich eine Lache gebildet. Dora hatte vorsorglich überall Aufwischtücher verteilt, sodass die teuren Teppiche und der Parkettboden im Haus keinen Schaden nahmen. Mittlerweile saßen alle Thomas-Kinder am langen Esstisch und betrachteten neugierig ihren Großvater und Ida. Fanny fehlte an der Tafel, sie hatte es tatsächlich auf sich genommen, durch den Schnee zur Arbeit zu gehen. Auch William Meyer war nicht zum Mittagessen geblieben. Von seinem alten Pflichtgefühl als Polizist war doch noch etwas geblieben. Zumindest an einem Tag wie heute, an dem New York im Schnee versank.

Und so saß Cecelia allein als Gastgeberin am Tisch. Strenge Mutter, liebevolle Tochter und besorgte, große Schwester. Heute war sie alles in einer Person. Und auch die Geschäftsfrau blitzte auf, als John Paris begann, von seinen Plänen zu erzählen: »Ich habe alles durchgerechnet. Wir könnten uns eine kleine Wohnung hier in Manhattan leisten. Natürlich würde ich arbeiten. Ich bin gelernter Kaufmann. Da lässt sich mit Sicherheit etwas finden.«

Cecelia runzelte die Stirn. »Dir ist aber klar, dass das Leben hier um einiges teurer ist als in St. Louis?«

»Natürlich. Aber ich bin sparsam. Außerdem kann ich die Wohnung in St. Louis verkaufen, das wäre gut für den Start.«

Er schwieg und blickte auf Ida. Das Mädchen löffelte still die heiße Hühnersuppe. Ein ernstes Kind, beinahe wie Blanche, dachte Cecelia. Ganze zwei Jahre waren die Mädchen auseinander. Sie verstanden sich gut. Tante und Nichte. Ihr war die eigene Halbschwester fremd. Geboren in dem Jahr, in dem sie selbst ein totes Kind zur Welt gebracht hatte. Damals im Sommer 1866 in Sachsen. Cecelia erinnerte sich an Dr. Grenser, wie er ihr das tote Baby in Tücher gewickelt in die Arme gelegt hatte.

»Cecelia, du hörst ja gar nicht zu!« John Paris tätschelte ihre Hand. Sie zuckte zusammen, die kleine Brandwunde schmerzte. »Kurz und gut, für Ida wäre es auch schön, in eurer Nähe zu sein. Deine Kinder sind ja beinahe so etwas wie Geschwister für sie. Ida möchte auch nach New York kommen, nicht wahr, Ida?«

Das Mädchen sah auf und spielte verlegen an ihren Zöpfen. Ihre Stimme war leise: »Dann könnte ich Blanche häufiger sehen.«

Cecelia sah sie erstaunt an. »Ja, warum nicht?«

Blanche stieß jubelnd die Hand in die Luft. »Das wäre wundervoll.«

»Und mich siehst du dann auch!«, rief Klina aufgeregt, während May unbeobachtet einzelne Lauchstücke aus der Suppe unter ihrem Tellerrand versteckte.

Cecelia betrachtete ihren Stiefvater. Er war plötzlich so voller Tatendrang. Die Aussicht, noch einmal neu anzufangen mit Mitte 50 in New York, ließ ihn wie einen jungen Mann erscheinen. Das Müde und Traurige, mit dem er noch vor ein paar Tagen vor ihr gestanden hatte, war gewichen. Cecelia staunte und ein Anflug von Rührung überkam sie. Vor ihr saß ein Mann, der das Schicksal noch einmal herausfordern wollte.

»Das wäre doch gelacht, wenn wir das nicht schaffen würden! Mit meinen Töchtern in New York?« Seine Stimme klang rau. Cecelia lächelte.

Es klopfte an der Tür. Es war Dora. »Hier ist ein Eilbrief aus Kanada.«

Erstaunt nahm Cecelia den Umschlag entgegen. Das Papier war feucht, die Schrift sah ungelenk aus. Sie kannte niemanden in Kanada.

M. Clifton, Brunswick Street, Halifax, Nova Scotia, Kanada – lautete der Absender. Eine Frauenschrift. Wer konnte das sein? Bedächtig ging sie zu ihrem Sekretär und nahm den Brieföffner aus der Schublade. Mit einem Ruck öffnete sie den Umschlag und faltete einen eng beschriebenen Bogen Papier auseinander.

»Wer schreibt uns denn aus Kanada?«, rief Klina und sprang von ihrem Stuhl.

»Du isst erst einmal deine Suppe auf!« Blanche führte die jüngere Schwester zurück an den Tisch.

Klina schob beleidigt die Unterlippe nach vorn. »Ich hab überhaupt keinen Hunger mehr.«

Cecelia bekam von dem Gerangel gar nichts mit, nachdem sie die ersten Zeilen überflogen hatte. Sie ließ den Brief sinken. Die gute Stimmung, die Zuversicht waren gewichen. Sie starrte unverwandt auf das Papier in ihrer Hand.

»Wer schreibt dir? Cecelia, was ist los?« John Paris griff vorsichtig nach ihrem Unterarm.

Langsam drehte sich Cecelia zu ihm: »Eine Mrs. Clifton.«

»Wer ist das? Kennst du sie?«

Cecelia schüttelte den Kopf. »Nicht vor den Kindern«, murmelte sie, und ihr Stiefvater brachte die Mädchen und den Jungen in ihre Zimmer.

Als er wieder da war, hatte sich Cecelia ein Glas Portwein eingeschenkt. Es war ihr drittes an diesem Tag, an diesem 16. Januar 1879, an dem in New York ein neuer Schneefall-Rekord aufgestellt wurde.

46. Das Rotkehlchen

Bremerhaven, 8. Mai 1879

DIE GRÜNEN FEDERN waren aufgeplustert. Vorsichtig strich Johanne mit dem Zeigefinger darüber. Johnny legte seinen kleinen Kopf zurück und sah sie von der Seite an. Johanne kraulte ihn unter seinem Schnabel. Er gurrte vor Vergnügen. Sie spürte, wie der Vogelhals vibrierte. »Ach, Johnny, du Guter. Bist mir richtig ans Herz gewachsen. Aber leider kann ich dich nicht mitnehmen.« Johanne seufzte und wunderte sich über sich selbst, weil sie auf einmal Tränen in den Augen hatte. Ging ihr der Abschied von einem Papagei näher als der Abschied von ihrem Zuhause, ihren Schwestern, ihrer Heimatstadt? Schnell suchte sie nach einem Taschentuch.

Johnny würde bei Sophie bleiben, sie ging gut mit ihm um. Gesine hatte bis heute ihre Angst vor dem starken Sittich-Schnabel nicht verloren. Vorsichtig ließ Johanne den Vogel ihren Arm hinunter in seine Voliere wandern. Seine schwarzen Knopfaugen sahen sie unablässig an.

»Feeeiiiner Juuuunge! Feeeiiiner Juuuunge!«, schnarrte er und schnalzte danach.

»Ja, Johnny, du bist wirklich ein feiner Kerl! Aber nach New York werde ich ohne dich fahren.«

Sie schloss das Türchen, steckte dem Tier noch ein Stückchen Apfel zwischen die Gitterstäbe und ging in die Küche.

Gesine stand am blank gescheuerten Spülstein und stellte die letzten Teller und Schüsseln zum Trocknen ab. »Oh, gnädige Frau, so flink bin ich gar nicht.«

»Ist schon gut, Gesine. Die Droschke müsste aber gleich da sein. Und denk an die Blumen!«

»Die sind doch schon alle da«, Gesine zeigte stolz auf den Drahtkorb, der voller Pflanzen war. Vergissmeinnicht, Tränendes Herz und Schleierkraut hatte sie auf dem Markt gekauft.

Die Droschke brachte sie zum Tor des Leher Friedhofs. Zwei alte Frauen starrten neugierig auf die beiden Besucherinnen, die aus dem Wagen stiegen. Sie grüßten, um kurz darauf die Köpfe zusammenzustecken. Johanne konnte ein paar Wörter aufschnappen. Sie hörte ihren Namen, »Explosion«, »hat das ganze Geld gekriegt«. Sie begann zu zittern.

»Nun man schnell«, Gesine wollte sie an den tratschenden Frauen vorbeilenken.

Doch Johanne blieb stehen. »Ja, ich bin Johanne Claussen. Das haben Sie ganz richtig bemerkt. Und nur, dass Sie es wissen, ich würde jede Mark zurückzahlen, wenn ich damit meine Familie wieder lebendig machen könnte.«

Ihr Gesicht war rot angelaufen, die Frauen starrten sie an. Alle schwiegen. Gesine hielt Johanne das Tor auf. Dann gingen sie weiter.

»Warum hört das nicht auf, Gesine? Warum reden die Menschen so über mich?«

Gesine zucke mit den Schultern. »Dat wed ick nich. Schlechte Lüüd, schlechte Lüüd. Die wissen jo gor nich, wat se dörmokt hebbt.« Sie wagte nicht, Johanne ins Gesicht zu sehen. »Ick hol gliecks eene Kanne Woter.«

Johanne nahm ihr den Korb mit den Pflanzen ab, und Gesine eilte zur Wasserpumpe.

Johannes Schritte verlangsamten sich. Gleich neben dem jungen Ahorn bog sie ab. Reihe zehn – hier war das Etmer'sche Familiengrab. Hier lagen sie alle begraben. Die beiden kleinen Brüder mit dem Unglücksnamen Heinrich. Dazwischen die Mutter. Auch Johannes älteste Schwester, Catharine. Und die Toten von der Explosion: Ihre Brüder Gustav und Philipp, dessen Leichnam nie gefunden worden war. Der Vater und seine zweite Frau Auguste. Johanne blieb an dem letzten Grab stehen. Es war das Grab von Christian. Es war ihr Wunsch gewesen, dass Christian auf der Grabstelle ihrer Familie bestattet worden war. Ihr Schwiegervater hatte ihren Wunsch respektiert. Sie zog ihren Handschuh aus, kniete sich nieder und wischte vorsichtig über den Liegestein, auf dem sein Name stand: Caspar Diedrich Christian Claussen – 5. November 1850 – 11. Dezember 1875.

Christian war nur ein Jahr älter geworden, als sie es jetzt

war. Johanne seufzte. Dann nahm sie ein kleines Fläschchen aus ihrem Beutel und begann vorsichtig, etwas Erde abzufüllen. Sie würde diese Erde mitnehmen über den Ozean. Eine Erinnerung an die Heimat und eine Erinnerung an Christian. Sie steckte die volle Flasche ein und stand auf. Ganz leise fing sie an zu beten, Psalm 23.

»Der Herr ist mein Hirte, mir wird nichts mangeln. Er weidet mich auf einer grünen Aue und führet mich zum frischen Wasser. Er erquicket meine Seele, er führet mich auf rechter Straße um seines Namens willen. Und ob ich schon wandert im finstern Tal, fürchte ich kein Unglück, denn du bist bei mir.«

Sie hielt inne. Die Sonne schien auf ihr Gesicht. Hinter ihr hatte sich eine Buche vor Jahren selbst gesät und machte sich daran, ein stattlicher Baum zu werden. Vorsichtig lehnte sich Johanne an den noch jungen Stamm. Sie hörte die Vögel zwitschern. Ein friedlicher Ort. Hier war auch ihr eigener Platz vorgesehen gewesen. Eines Tages. Bestattet neben ihrem Mann, ihren Eltern, ihren Geschwistern. Und jetzt? Wo würde ihr Grab später einmal zu finden sein? In der Fremde? Tausende von Meilen entfernt? Tränen traten ihr in die Augen. War es wirklich die richtige Entscheidung, alles zurückzulassen und nach Amerika zu gehen? Was hatte Hermann Notholt noch zu ihr gesagt auf der Parkbank in Bremen? Er würde sie bewundern, von ganzem Herzen. Wie sie ihr Schicksal angenommen hätte und nicht daran zugrunde gegangen sei.

Johanne schluckte. Jetzt dachte sie am Grab ihres toten Mannes an einen anderen, der beinahe sein Nachfolger geworden wäre. Nein, unmöglich. Johanne hatte den Antrag nicht angenommen. Sie konnte nicht. »Ach, Christian. Es gibt für mich keinen anderen Mann als dich. Das habe ich auch Hermann Notholt gesagt. Oh, er war enttäuscht. Aber es geht nicht anders. Ich kann es nicht.«

Ihr Blick heftete sich auf die Namensplatte des Grabes vor ihr. »Stell dir vor, Christian, die Leute glauben tatsächlich immer noch, dein Vater und ich, wir hätten ein Verhältnis. Ist das nicht bösartig und gemein? So ein ehrenwerter Mann. Ein guter Christ, der mir beigestanden hat wie kein Zweiter.« Sie schüttelte den Kopf. Eine der beiden Eiben neben dem großen Grabstein mit dem Sandsteinkreuz wackelte auffällig. Johanne hielt inne. Es war Gesine. Sie stellte schnaufend die volle Gießkanne ab. Dann verschwand sie wieder, um Schaufel und Harke zu holen.

Es war ein Brief von Meta gewesen, der sie ins Grübeln gebracht hatte. Zusammen mit ihrem Mann hatte Meta ein kleines Feinkostgeschäft in New York eröffnet. Und das zweite Kindchen war da. Ein Mädchen, Meta hatte es Johanne genannt. Sie wollte eine kleine »Hanni« bei sich haben, hatte sie geschrieben. Und warum denn die große »Hanni« nicht käme? Was würde sie noch halten in Bremerhaven, nachdem sie Hermann Notholts Antrag ausgeschlagen hatte? In Bremerhaven würde Johanne doch nur die entstellte Witwe mit dem vielen Geld sein, das ihr nicht zustünde. Von den Gerüchten um sie und ihren Schwiegervater ganz zu schweigen. Metas Worte hatten hart geklungen, als Johanne den Brief das erste Mal gelesen hatte. Aber dann gingen sie ihr nicht mehr aus dem Kopf. Bis ihr Entschluss feststand: Sie würde nach Amerika gehen.

Johanne starrte den Grabstein an. Sie wartete auf ein Zeichen. Irgendetwas, das ihr bewies, dass Christian ihre Entscheidung verstand und guthieß. Sie sah in den Himmel. Langsam zog eine große Wolke vorüber und verdeckte die Sonne. »Ich kann einfach nicht weitermachen. Diese Albträume immer wieder. Das Pfeifen in meinen Ohren, das manchmal einfach so kommt und nicht wieder aufhören will. Seit diesem Knall. Seit dem Knall …« Ihre Stimme war noch leiser geworden. Sie wartete auf eine Antwort. Nichts. »Du weißt ja, die ›Mosel‹ liegt regelmäßig im Hafen. Kein besonderes Schiff. Außer für mich. Christian, ich habe zwei Billets für Elschen und mich gekauft. Für die zweite Klasse auf der ›Mosel‹. Ich will mit diesem Schiff fahren. Ich muss. Damit das Grauen aufhört in meinem Kopf. Ich will merken, dass es ein ganz normaler Dampfer ist. So wie der Norddeutsche Lloyd viele hat. Ich will einfach, dass der Fluch ein Ende hat. Und deswegen werde ich auf der ›Mosel‹ nach New York fahren.«

Klang das wirklich überzeugend? Oder wollte sie sich einfach nur davonstehlen? So wie es Sophie gesagt hatte. Vorgestern, als sie ihr von ihren Plänen berichtet hatte. Beide Schwestern waren fassungslos gewesen, nachdem Johanne sie ins Vertrauen gezogen hatte. Henriette hatte die meiste Zeit geschwiegen. Vielleicht konnte sie Johannes Entschluss ein wenig besser verstehen. Jetzt, wo sie kurz davorstand, ein zweites Mal zu heiraten. Diedrich Meyer, ihren fleißigen Mitarbeiter in der Kolonialwarenhandlung.

Henriette war schließlich kein Krüppel. Die Narben an ihren Händen und Beinen waren verblasst. Selbst der blutige Riss an ihrer Stirn war nur noch eine weiße Linie, die ihrem Gesicht manchmal einen strengen Ausdruck verlieh. Johanne freute sich für Henriette. Bestimmt würde sie jetzt bald eine Familie gründen. Ihr Leben hatte sich gut entwickelt seit dem Unglück. Und selbst Sophie schien seit ihrem 20. Geburtstag vor einem halben Jahr fest entschlossen, bald einen eigenen Hausstand zu gründen. Mit dem Geld aus dem Spendenfonds und ihrem Erbteil war sie eine gute Partie.

Johanne schloss die Augen. Die Wolke hatte die Sonne wieder freigegeben. Sie seufzte. »Ach, Christian, wenn du noch bei mir wärst, dann wäre alles ganz anders gekommen. Bestimmt hätte Elsie längst Geschwister. Wir hätten eine schöne große Familie. Ein Haus voller Kinderlachen. Und manchmal auch Geschrei.« Sie musste lächeln. »Doch jetzt liegst du hier. Und glaub mir, manchmal wünschte ich, ich könnte neben dir ruhen. Wieder vereint. Warum habe ich die Katastrophe überlebt? Und du musstest sterben? Niemand konnte mir darauf eine Antwort geben. Dein Vater nicht. Pastor Wolf nicht. Nicht einmal Gott.« Sie schluckte. »Aber es war seine Entscheidung, mich am Leben zu lassen und mir das Liebste zu nehmen, was ich hatte. Christian, ich darf so etwas gar nicht denken. Wäre ich ins Wasser gegangen, wie ich es mir oft überlegt hatte, man hätte mich gar nicht hierhergebracht. Als Selbstmörderin. Nein, ich konnte nicht. Wegen Elschen. Ich konnte sie nicht im Stich lassen. Und jetzt werde ich sie mitnehmen. Und wir werden in Amerika ein neues Leben beginnen. Aber ich verspreche dir, du bleibst in meinem Herzen. Egal, wohin mich mein Weg führen wird.«

Sie beugte sich noch einmal herunter und strich sanft über den Grabstein. Ein leises Rascheln war zu hören. Johanne hob den Kopf. Ein Rotkehlchen saß auf einem schwankenden Eibenzweig und sah sie neugierig an. Der furchtlose kleine Vogel hüpfte hinab und zupfte am Efeu, das um den Grabstein wuchs. Johanne rührte sich nicht. Der Vogel guckte sie unverwandt an. Das war das Zeichen, dachte Johanne. Das war das Zeichen von Christian. Und ihr Herz klopfte schneller. Dann hörte sie ein lautes Husten. Gesine wollte sich bemerkbar machen. Das Vögelchen flog erschrocken davon. Hoffentlich gibt es in Amerika Rotkehlchen, dachte Johanne und klopfte sich die Erde von ihrem Kleid.

47. In der Operette

New York City, 22. Mai 1879

VORSICHTIG STIEG CECELIA aus der Kutsche. John Paris bot ihr seine Hand. Sie sah hinreißend aus in ihrem neuen fliederfarbenen Kleid. Wie immer war alles perfekt aufeinander abgestimmt, der Hut, die Schuhe, die Handschuhe, der Fächer. Sie hatte den guten Geschmack ihrer Mutter geerbt, dachte Paris mit Wehmut. Und auch dieses Kämpferische, sich nicht unterkriegen zu lassen – das war das Erbe von Catharine. Cecelia erinnerte ihn so oft an seine verstorbene Frau. Zum Glück neigte sie nicht so zur Raserei. Mit Catharine hatte er so manche Szene erlebt, die ihn fassungslos gemacht hatte. Einen solchen Furor, den Catharine von einem Moment auf den nächsten entwickeln konnte, hatte er vorher nicht gekannt. Wahrscheinlich war das vor sechs Jahren ihr Todesurteil gewesen. Diese Wutanfälle, kein Herz konnte das auf Dauer aushalten.

»Du hast die Eleganz deiner Mutter«, sagte er leise zu Cecelia.

Sie lächelte traurig. »Ach, die arme Mama. Sie wollte mir helfen, damals, als ich diesen fürchterlichen Streit mit William hatte. Die anstrengende Reise nach Europa, die Aufregung, zum ersten Mal wieder in der Heimat zu sein. Es war alles zu viel für ihr schwaches Herz.«

John Paris nickte. »Doch nun lass uns keinen traurigen Gedanken nachhängen. Wir sind heute hier, um uns einen vergnügten Abend zu machen!«

Sie hakte sich bei ihm unter. Und gemeinsam bahnten sie sich einen Weg durch die Menge. Die Menschen standen in Trauben vor den Eingängen, in der Hoffnung, doch noch eine Karte zu ergattern. Die Operette »H.M.S. Pinafore« von Gilbert und Sullivan aus London zog die Massen an. Obwohl das Stück zeitweise an mehreren Bühnen der Stadt gleichzeitig aufgeführt wurde, schienen die Kartenkontingente nie auszureichen.

Schützend stellte sich Paris an Cecelias Seite und stieß einen jungen Mann fort, der sich an ihnen vorbeidrängeln wollte. »Nun gehen Sie doch aus dem Weg, wenn Sie keine Billetts haben«, schimpfte Paris. »Das ist doch wirklich nicht zu glauben!«

Während sich Cecelia an seinen Arm klammerte, ließ sie ihren Blick schweifen. Gab es bekannte Gesichter? Kunden gar, die regelmäßig in ihrem Haus zu Gast waren? Ein Herr mit rotblondem Bart, der mit seiner Begleiterin sprach, kam ihr bekannt vor. Ihre Blicke begegneten sich. Sie erkannte ihn: Es war Robert Warrington, der Aktienhändler von der Wallstreet. Geflissentlich blickte sie durch ihn hindurch, und auch der Börsenmakler ließ sich nichts anmerken.

Cecelia wandte sich wieder ihrem Stiefvater zu: »Es soll auch eine Aufführung extra für Kinder geben. Vielleicht wäre das etwas für meine vier, und Ida könnte auch mitkommen!«

»Meinst du, es ist das richtige Thema für Kinder?« Paris runzelte die Stirn.

»Ja, das ist es! Mein Junge hat es sich auch schon angesehen und war begeistert«, rief ihnen eine dunkelhaarige Frau zu, deren mit Diamanten verzierte Kämme im Licht der Kronleuchter funkelten.

»Belle! Was für eine schöne Überraschung!«, rief Cecelia voller Freude.

Belle Worsham wedelte aufgeregt mit ihrem Fächer. »In dieser Begleitung habe ich dich noch nie angetroffen.«

»Darf ich vorstellen? Das ist mein Stiefvater John Paris. Er ist vor ein paar Wochen in die Stadt gezogen.«

»Oh, dann herzlich willkommen in New York! Über kurz oder lang kommen alle hierher«, sagte sie mit einem breiten Lächeln. »New York ist die wahre Hauptstadt von Amerika. Stimmt's, Collis?«

Ein grauhaariger Mann, mindestens so alt wie John Paris, trat einen Schritt zu der Gruppe. Das also war Collis P. Huntington, dachte Cecelia. Der berühmte Eisenbahnbaron, der Belle dieses sorglose Leben ermöglichte.

Sie konnte ihre Aufregung, einem der reichsten Männer des Landes gegenüberzustehen, kaum verbergen. Huntington bemerkte es und sah sie offen an. »Kennen Sie sich aus in der Seefahrt?«, versuchte er, eine Unterhaltung über das Thema der Operette zu beginnen.

Sie schüttelte den Kopf.

Doch bevor sie etwas antworten konnte, kam er ihr zuvor: »Ich auch nicht besonders. Das Eisenbahngeschäft ist mir lieber. So ein Zug ist irgendwie eine stabilere Angelegenheit.«

»Nun, nach Europa kommt man mit der Eisenbahn aber nicht«, wandte John Paris trocken ein.

»Ja, da haben Sie recht. Dann werde ich heute Abend mal besser die Ohren spitzen.« Er lachte freundlich.

Belle klopfte ihm mit dem Fächer auf den Arm. »Oh, Collis, es geht um Musik – nicht um neue Verbindungen durch die Welt.« Und an Cecelia und ihren Stiefvater gewandt sagte sie: »Collis ist meinetwegen mitgekommen. Er macht sich nicht so viel aus Operetten.«

Cecelia lächelte und musterte den Multimillionär ein weiteres Mal. Er erinnerte sie an ihren toten Ehemann. Die kräftige Statur, der Vollbart, das schüttere Haar. Ja, sie sah auf einmal William vor sich und schluckte. Plötzlich fiel es ihr schwer, die Unterhaltung fortzusetzen. Der zweite Gong ertönte und erlöste sie.

»Cecelia, meine Liebe, wo sitzt ihr? Ah, Parkett, schön nah an der Bühne, hoffe ich. Wir haben eine Loge. Bestimmt sehen wir uns in der Pause. Lass uns ein Glas Champagner trinken. Ich muss doch wissen, wie es deinen Kindern geht und deinen Geschäften …« Belle kicherte und zog den Eisenbahn-Magnaten mit selbstverständlicher Geste hinter sich her.

Der Vorhang hob sich. Ein angedeutetes Segelschiff füllte die Bühne aus. Die Machenschaften an Bord, das Hin- und Her, die spritzigen Dialoge und die eingängigen Melodien rissen die Zuschauer mit. Mit Ausnahme von Cecelia. Sie vergrub sich immer tiefer in ihren Sitz und dachte an William. Sie sah ihn, wie er mit Blanche und William spielte. Sah ihn, wie er liebevoll Klina fütterte, und sah ihn, als er vor ihr stand an einem ihrer Geburtstage, in den Händen eine wunderschöne Perlenkette. Und dann schoben sich Särge vor diese zärtlichen Bilder. Eine endlose Reihe von Särgen. Damals in Bremerhaven. Sie schloss die Augen und versuchte, die Erinnerungen abzuschütteln. Auf der Bühne sang die Tochter des Kapitäns von ihrem Herzeleid: »Heavy the sorrows that bows the head – when love is alive and hope is dead.« Fast vier Jahre waren nun schon seit dem Tod von William vergangen. Liebte sie ihn noch? Sie zögerte. Wenn sie ehrlich war, liebte sie die Erinnerungen an die schönen Zeiten, die sie gemeinsam gehabt hatten. Doch in vielem war er ihr ein Rätsel geblieben. Auch nach seinem Tod. Die Sache mit Mary Clifton schoss ihr durch den Kopf.

Um Gottes willen. Dieser Brief! Sie wollte ihn mit aller Macht vergessen. Dabei kannte sie die Zeilen fast auswendig, so oft hatte sie sie gelesen.

Verehrte Mrs. Thomas,

sicher wundern Sie sich, von mir zu hören. Sie kennen mich vermutlich gar nicht. dennoch gibt es etwas, das uns beide verbindet: die Liebe zu William King

Thomas oder besser Alexander Keith, wie er richtig hieß. Das wissen Sie doch wahrscheinlich? Bevor Sie 1865 in sein Leben traten, waren Alexander und ich ein Paar. Er wollte mich heiraten. Wir kannten uns seit Jahren – aus unserer gemeinsamen Heimatstadt Halifax in Nova Scotia.

Doch dann lernte er Sie kennen. Ich weiß nicht, wie Sie es angestellt hatten, aber Alexander ließ mich fallen. Wandte sich von mir ab, ließ mich allein in New York zurück. Eine große Enttäuschung. Die größte in meinem Leben. Die Situation für mich war kaum zu ertragen. Nicht nur, dass mich der Mann, den ich seit Jahren liebte, einfach im Stich ließ, nein, es war viel schlimmer ... Ich war schwanger – mit Zwillingen. Als Sie beide im Sommer 1865 heirateten, kehrte ich nach Kanada zurück. Eine hochschwangere Frau, mittellos, von ihrem Verlobten sitzen gelassen. Sie haben keine Vorstellung davon, was ich durchgemacht habe. Nach der Geburt meiner Kinder im Dezember 1865 wollte ich meinem Leben ein Ende setzen. Ich nahm Gift. Doch ich wurde gerettet.

Die Kinder von Alexander sind mittlerweile 13 Jahre alt. Das Mädchen heißt Mary, der Junge Henry. Eine Zeit lang musste ich sie ins Waisenhaus geben, ich konnte sie nicht ernähren – ich bin nur ein einfaches Zimmermädchen. Mittlerweile leben die beiden bei mir. Sie sind meine einzige Freude. Dass ihr leiblicher Vater ein Mörder war, habe ich ihnen bis heute verschwiegen. Ihr Leben ist auch so hart genug. Nun werden Sie sich fragen, warum ich Ihnen all das erzähle? Die Antwort ist einfach: Ich benötige Geld. Ich bin krank. Das

Rheuma hat meine Hände verkrüppelt, ich kann meine Arbeit nur noch schlecht ausführen. Einen Mann, der mich und die Kinder versorgt, habe ich nie gefunden.

Ich weiß, dass Sie es auch nicht einfach hatten, nachdem Alexander das Verbrechen in Deutschland begangen hatte. Doch ich vermute, dass Sie nicht ins Armenhaus gehen mussten für eine warme Mahlzeit, so wie ich es immer wieder tun muss.

Sehr verehrte Mrs. Thomas, ich habe Ihre Adresse in New York herausgefunden. Ich hatte Hilfe, wie wäre es mir sonst gelungen aus einer so großen Entfernung? Ich bin mir sicher, dass Sie Geld besitzen, vielleicht keine Reichtümer, aber doch genug, um einen Teil davon den Halbgeschwistern Ihrer Kinder abzugeben. Sagt man nicht immer, Blut ist dicker als Wasser? Auf uns beide trifft dieser Satz nicht zu, aber doch auf unsere Kinder.

Bitte helfen Sie uns.

Mit ergebensten Grüßen
Ihre Mary Clifton

Cecelia war entsetzt – über die Existenz dieser Kinder, die Unverfrorenheit dieser Frau und über die Vorstellung, dass sie selbst nun für eine weitere, charakterlose Seite ihres toten Mannes aufkommen sollte. William hatte am Anfang ihrer Ehe ein- oder zweimal von einer Liebschaft gesprochen, die er lange vor ihrer Zeit gehabt hatte. Nun, er war damals Ende 30 gewesen, ein gestandener Mann, natürlich hatte er Erfahrungen gesammelt. Vielleicht auch mit einem Zimmermädchen. Ein Anflug von Hochmut überkam Cecelia.

Es war nicht ihre Schuld, dass diese Frau jetzt mittellos mit zwei Kindern in Kanada saß und Bettelbriefe schrieb. Und wer sagte überhaupt, dass die Kinder tatsächlich von William waren? Die moralischen Standards dieser Mrs. Clifton schienen nicht sonderlich hoch zu sein, wenn sie sich auf eine so folgenschwere Affäre einließ – ohne Trauschein. Cecelia hatte die Nase gerümpft und wollte den Vorfall vergessen. Doch irgendetwas hatte sie davon abgehalten, den Brief einfach ins Kaminfeuer zu werfen.

Die Menschen applaudierten begeistert. Einige trampelten mit den Füßen. Der erste Akt von »H.M.S. Pinafore« war vorüber, der rote Vorhang senkte sich. John Paris drehte sich zu ihr und klatschte überschwänglich. Schnell bewegte auch Cecelia die Hände. Sie hatte die letzte halbe Stunde gar nichts mitbekommen, so sehr beschäftigte sie die Sache mit Mary Clifton.

»Was ist los? Gefällt es dir nicht?« John Paris bemerkte ihre Zurückhaltung.

Sie schüttelte den Kopf und guckte angestrengt auf die Bühne, wo der Vorhang langsam zum Stehen kam.

Kurz darauf schlenderte Cecelia eingehakt an der Seite ihres Stiefvaters durch die Gänge. »Was ist mit dir? Sollen wir nach Hause fahren?« John Paris wunderte sich über Cecelias Zurückhaltung.

»Nein, nein. Es ist nur … Mir geht dieser Brief aus Kanada einfach nicht aus dem Sinn«, gab sie zu.

Paris war überrascht. »Was? Mitten in dieser wunderbaren Vorstellung denkst du an so etwas? Bitte, Cecelia, tu mir den Gefallen und genieße den Abend!« Er überlegte: »Vielleicht solltest du diese Frau ein wenig unterstützen. Innerhalb deiner Möglichkeiten.«

»Wie bitte? Jetzt, wo wir gerade dabei sind, uns halbwegs zu etablieren? Du weißt, ich nehme beinahe alles auf mich für die Kinder. Aber das gilt nicht für wildfremde Kinder! Da soll diese Frau doch selbst zusehen, wie sie zurechtkommt. Mir blieb schließlich auch nichts anderes übrig.« Sie redete sich in Rage: »Und dann mit diesen Zwillingen zu kommen! Wer weiß denn überhaupt, mit wem diese Dame noch alles verbandelt war? Als Zimmermädchen im Hotel lernt man wahrscheinlich eine ganze Menge allein reisender Männer kennen.«

John Paris betrachtete sie schweigend. Er sah die Angst in ihren Augen und die Verachtung in ihrem Gesicht. Zum Glück war es so laut und betriebsam im Foyer, dass niemand diesen Ausbruch mitbekam.

»Cecelia, bitte! Erinnere dich an deine eigene Geschichte und die deiner Mutter. Ich habe Catharine kennengelernt, als du und dein Bruder Jules schon da waren. Euer leiblicher Vater hat euch und eure Mutter verlassen. Und du wirst doch wohl nicht sagen, dass deine Mutter ein schlechter Mensch war, oder?«

Ihre Wangen wurden rot. Ihr Atem ging schnell. John Paris hatte einen wunden Punkt getroffen.

»Ich habe euch alle drei sofort in mein Herz geschlossen. Mir war es gleichgültig, was die Leute gesagt haben. Aber einer der Gründe, weshalb wir nach Amerika gegangen sind, war natürlich das Gerede zu Hause. Für Catharine waren die Jahre, bevor wir uns kennenlernten, ein einziger Spießrutenlauf. In St. Louis konnten wir von vorn anfangen. Überleg es dir noch einmal.« Und dann ging er sogar noch einen Schritt weiter: »Und wenn ich mir die Bemerkung erlauben darf, William Meyer und du – ihr seid doch auch nicht verheiratet, oder bin ich schlecht informiert?«

Cecelia sah ihn entgeistert an. Sie musste sich beherrschen und schwieg, sonst hätte sie sich im Ton vergriffen. Doch das Verhältnis zu ihrem Stiefvater hatte an diesem Abend einen Riss bekommen.

48. Die Überfahrt

Auf der »Mosel«, 17. Juli 1879

WAS FÜR EIN LÄCHELN! Dieser junge Steward Gideon Behrens benahm sich vom ersten Tag an Bord so zuvorkommend zu Johanne, als sei sie eine Gräfin. Mit wenigen Griffen zog er den Dampferstuhl in den Schatten. Das Tischchen wurde danebengerückt, die Wolldecke lag griffbereit auf der Lehne. »Alles zu Ihrer Zufriedenheit, gnädige Frau?«

Johanne nickte und bestellte eine Tasse Tee. Mit einer Verbeugung entfernte sich der junge Mann.

Johanne grübelte. War er so freundlich wegen ihrer Versehrtheit oder weil er sie mochte? Johanne ärgerte sich über sich selbst. Warum genoss sie nicht einfach die Aufmerksamkeit – ohne Hintergedanken? Sie war nicht mehr in Bremerhaven.

Jetzt hatte sie vielleicht noch eine Stunde Ruhe, länger nicht. Dann würde Elschen wieder wach sein. Und Johanne wollte ihre Tochter nicht allein in der Kajüte aufwachen lassen. Was für ein Geschrei das geben würde, hatte sie vor drei Tagen erlebt, als sie selbst im Deckchair eingeschlafen war.

Das Wetter war nun schon seit Tagen so angenehm, dass sie es in der Kajüte kaum aushielt. Die Sonne schien, dazu eine leichte Brise. Die Segel hatte der Kapitän nicht gesetzt. Er vertraute den Dampfturbinen im Inneren des Schiffes. Und so pflügte sich die »Mosel« durch den Ozean, unermüdlich und pflichtbewusst. Wie seltsam, dachte Johanne, jetzt denke ich über dieses Schiff schon wie über ein lebendiges Wesen.

Sie zog die Wolldecke zurecht mit dem Zeichen des Norddeutschen Lloyd: Der gekreuzte Bremer Schlüssel mit einem Anker. Schon lange war Bremerhaven vom Horizont verschwunden. Ringsherum nur Meer. Mit ihr waren nicht ganz 200 Kajütspassagiere und einige Hundert Menschen im Zwischendeck an Bord. Eine Welt für sich. Die alte Welt wurde blasser und verschwand. Die neue Welt, Amerika, war noch nicht da. War ungewiss, schemenhaft, löste Angst aus und Aufregung.

»Bitte sehr, Frau Claussen, Ihr Tee!« Geschickt stellte der Steward ein kleines Tablett mit dem Tee und einem Schälchen gezuckerten Plätzchen auf den Tisch. Johanne gab ihm ein Trinkgeld. Der Steward verbeugte sich tief und ließ sie wieder allein. Vielleicht war das der wahre Grund für seine Zuvorkommenheit – die Aussicht auf ein paar Münzen? Johanne beruhigte sich.

Sie genoss die sanften Bewegungen des Schiffes. Zuerst hatte sie darauf gewartet, dass irgendetwas passieren müsste. Mit ihr. Auf der »Mosel«. Dass sie eine solche Fahrt auf diesem Schicksalsschiff nicht ohne Weiteres unternehmen konnte. Dass sie zusammenbrechen würde, dass ihr die Nerven versagen würden, dass sie unentwegt an Christian und ihre tote Familie denken würde. Sie wartete. Rechnete jeden Augenblick mit einem Ausbruch der Erschütterung und der Verzweiflung. Doch es passierte nichts. Die Toten blieben tot und ließen sie in Ruhe. Die Erinnerungen an jenen Dezembermorgen vor dreieinhalb Jahren kamen nicht mit voller Wucht zurück. Kein Geschmack von Blut, kein Schreien in der Luft, kein Qualm in den Augen. Und kein Knall in den Ohren. Die Erde bebte nicht, die Schiffsplanken waren stabil und bewegten sich mit leisem Knarren. Die »Mosel« wiegte Johanne in einen Zustand angenehmer Ruhe. Verwundert merkte sie, dass ihre Heilung vielleicht doch schon weiter fortgeschritten war, als sie es gedacht hatte.

Das werde ich Georg schreiben, nahm sie sich vor. Heute Abend setze ich mich hin und schreibe ihm.

Und mit einem Schlag war das Gefühl, sorglos über das Meer zu gleiten, dahin. Vor sich sah sie ihren Schwiegervater, wie er im Bett lag. Die Augen wässrig. Aus seinem Mund kam ein angestrengtes Gemurmel. Kaum zu verstehen. Der tatkräftige Kaufmann hatte kurz vor ihrer Abreise einen Schlaganfall erlitten. Johanne machte sich Vorwürfe. Ihre Reisepläne hatte sie lange vor ihm geheim gehalten. Sie ahnte, dass ihr Schwiegervater diesen Entschluss nicht einfach so hinnehmen würde. Und wirklich, er war wie vor den Kopf gestoßen, als sie es ihm endlich gesagt hatte. Zwei Tage später kam dann die Nachricht aus dem Kontor: Claussen hatte einen Schlaganfall erlitten. Johanne war kurz davor gewesen, die Billets für die Überfahrt zurückzugeben.

Doch dann wurde ihr die Entscheidung abgenommen. Mimi, seine älteste Tochter, nahm ihn zu sich und kümmerte sich um ihn. Als Johanne ihren Schwiegervater zum Abschied noch einmal besuchte, schien es ihm besser zu gehen. Der Arzt meinte, es sei nur ein leichter Schlaganfall gewesen. Das Sprechen wurde von Tag zu Tag besser. Nur geschwächt war er. Nein, Johanne musste sich keine Vorwürfe machen.

»Frau Claussen, entschuldigen Sie die Störung, aber es ist jetzt gleich halb drei. Sie baten mich, Ihnen Bescheid zu geben.« Es war Gideon Behrens – zuverlässig wie eine Taschenuhr.

Johanne bedankte sich und machte sich auf den Weg zu ihrer Kabine. Sie lauschte an der Tür. Alles ruhig. Vorsichtig betrat sie den Raum. Elschen schlief noch. Sie hätte sich gar nicht so zu beeilen müssen. Johanne betrachtete ihre Tochter. Im Schlaf hatte sie immer noch die Züge eines Babys, dachte sie gerührt. Dabei war Elsie ein großes Kind. Die Stiefelchen, die vor dem Bett standen, würden in Amerika bald gegen ein neues Paar eingetauscht werden müssen. Wie schnell es ging, bald würde Elsie in die Schule kommen, dachte Johanne wehmütig und streichelte die rosigen Wangen ihrer Tochter.

Eine Stunde später gingen sie gemeinsam auf dem Deck spazieren. Elsie hüpfte aufgeregt an ihrer Seite. »Mama, wann sind wir endlich da?«

»Das dauert noch ein paar Tage, mein Schatz!« Johanne sah zum Horizont. Das glatte Meer streckte sich endlos dahin, bis es den Himmel berührte. Gedankenverloren starrte sie in die Ferne. Plötzlich riss sich Elsie los und lief davon.

»Elsie! Elsie! Bleib doch stehen, nun renn doch nicht so!«

Doch das Mädchen wandte sich nur lachend um und lief weiter. Johanne sah noch die fliegenden blonden Zöpfe ihrer Tochter zwischen den vielen schwarz gekleideten Menschen, dann war Elsie verschwunden.

Besorgt hastete sie hinter dem Mädchen her. Was war nur in das Kind gefahren? Einfach so davonzulaufen mitten auf dem Schiff? Johannes Herz klopfte. Zum ersten Mal spürte sie Angst auf der »Mosel«. Angst um ihre kleine Tochter. Dass sie über Bord ging oder falschen Leuten in die Hände fiel. Besonders die vielen Passagiere aus dem Zwischendeck lösten bei Johanne Unbehagen aus. Ganze Trauben von dunkel gekleideten Familien, die Frauen und Mädchen mit schwarzen Kopftüchern, die Männer mit langen Bärten, die in einem sonderbar klingenden Deutsch immerfort zu beten schienen.

»Elsie, wo bist du?« Mit wachsender Angst lief Johanne genau auf eine solche Gruppe zu. Hier irgendwo musste Elsie sein. »Wo ist meine Tochter? Haben Sie meine Tochter gesehen?«

Die Menschen starrten Johanne an. Ein Mann löste sich aus der Menge und ging auf sie zu. Er bemühte sich, deutlich zu sprechen, doch sein Deutsch klang wie aus einer anderen

Zeit, Johanne verstand fast nichts. Aufgelöst stand sie vor ihm, den Tränen nahe. Zwei Frauen, die beide einen Säugling im Arm hielten, wisperten dem Mann etwa zu.

»Was ist denn hier los? Ist jemand über Bord gegangen?« Es war die Stimme des dritten Offiziers, der den Tumult bemerkt hatte.

Johanne liefen die Tränen über das Gesicht. »Meine Tochter«, schluchzte sie. »Sie ist verschwunden.«

In Windeseile machte die Nachricht von dem vermissten Kind die Runde auf dem Schiff. Kapitän Neynaber kam eilig zu Johanne, die noch immer zwischen den Auswandererfamilien stand und einem Offizier schilderte, wo sie Elsie zuletzt gesehen hatte.

Hermann Neynaber beruhigte sie. »So schnell geht kein Kind über Bord. Wir durchkämmen jetzt das komplette Schiff. Bestimmt bringen wir Ihnen die Kleine gleich wieder!«

In dem Moment spürte Johanne, wie jemand an ihrem Rock zog. Sie sah sich um. Ein kleines Mädchen stand vor ihr. Große ernste Augen, ein streng gefaltetes Kopftuch über dem Haar. Das Mädchen zog Johanne zu sich und zeigte mit dem Finger auf eine Treppe, die in die Tiefe führte. Dort ging es ins Zwischendeck. Johanne folgte dem Kind. Die Luft war zum Schneiden in den niedrigen Räumen. Sie blinzelte. Wie dunkel es hier unten war, wenn man aus dem Sonnenlicht kam. Sie sah ein Stockbett neben dem anderen. Auf einigen Matratzen lagen Menschen. Eine Frau stillte ihr Baby. Ein alter Mann lag da mit offenem Mund und schlief. Sein Atem rasselte. In der Mitte des Saals türmte sich ein riesiger Berg aus Truhen und Koffern. Und überall Kinder. Sie rannten herum, spielten Fangen. Als wenn sie die trübselige Umgebung gar nicht spüren würden.

Das Mädchen ging zielsicher vor Johanne einen schmalen Gang zwischen weiteren Betten entlang. Am Ende angekommen, nur beleuchtet von einer Petroleumlampe an der Wand, saßen zwei weitere Mädchen in der Ecke. Ein paar blonde Zöpfe leuchteten im Dunkeln. Johanne schrie vor Erleichterung auf: »Elsie, da bist du ja!«

Beide Kinder hoben erstaunt die Köpfe, und Johanne schloss ihre Tochter in die Arme.

»Guck mal, Mama, das ist Catharine. Sie hat eine Puppe!« Elsie, die die Aufregung gar nicht verstand, zeigte auf das Mädchen neben ihr, das eine Puppe aus Stoffresten im Arm hielt. Und selbst die Puppe trug ein dunkles Kopftuch auf ihrem schiefen Kopf aus Sackleinen.

Als Johanne am Abend im Speisesaal mit Elsie beim Dinner saß, gesellte sich der Kapitän zu ihnen an den Tisch. Er grüßte freundlich in die Runde. Doch bevor irgendjemand das Wort an ihn richten konnte, wandte er sich an Elsie: »Na, du hast uns ja einen schönen Schrecken eingejagt, meine Kleine!«, sagte er und strich ihr übers Haar.

Das Mädchen sah ihn an und schwieg.

»Ich glaube, sie weiß gar, wie viel Sorgen ich mir gemacht habe, und was auf dem Schiff los war ihretwegen«, antwortete dafür ihre Mutter und lächelte.

Der Kapitän nickte. »Normalerweise wird ja auch noch etwas strenger darauf geachtet, dass sich die dritte Klasse getrennt von den Kajütspassagieren auf dem Schiff bewegt. Aber wenn da jemand so flink ist …« Er schmunzelte. »Zum Glück sind die Hutterer ordentliche Leute. Da habe ich auch schon ganz andere nach Amerika gebracht«, er schüttelte den Kopf bei der Vorstellung. »Ich weiß gar nicht genau, aber es müssten wohl so um die hundert Hutterer sein, die wir jetzt dabeihaben. Alle aus Russland. Ganz strenge Christen. Sind so ein bisschen in der Zeit stehen geblieben, denk ich manchmal. Aber sehr anständig. Beten viel.«

Johanne nickte.

»Vielleicht hat's ja geholfen. Das Beten!« Der Kapitän blickte noch einmal auf Elsie und schmunzelte. »Wie lange bleiben Sie denn in den Vereinigten Staaten, wenn ich Sie fragen darf?«, erkundigte er sich.

»Ich weiß es nicht genau. Noch habe ich keine Rückfahrkarte gekauft«, antwortete Johanne nachdenklich.

Neynaber zog überrascht die Brauen hoch, senkte dann aber auch die Stimme: »Na, sieh mal an. Wollen Sie der Heimat etwa den Rücken kehren?« Er wartete keine Antwort ab. »Bei dem, was Sie mitgemacht haben, wäre es ja auch kein Wunder …«

Johanne räusperte sich: »Wissen Sie, Herr Kapitän, Sie kennen meinen Schwiegervater, Sie kannten meinen Vater, meinen verstorbenen Mann. Und meinen Bruder Gustav kannten Sie wahrscheinlich auch.«

Neynaber nickte.

»Das liegt nun schon über drei Jahre zurück. Ich habe versucht, mit der neuen Situation zurechtzukommen. Ich musste ja. Allein wegen Elsie.« Ihre Stimme wurde leiser, wie immer, wenn sie über das Vergangene sprach. Sie schluckte. »Ich hab mich in den letzten Jahren in die Geschäfte meines Vaters und meines Mannes eingearbeitet. Was blieb mir anderes übrig. Zum Glück stand mir die ganze Zeit mein Schwiegervater bei. Und ein paar andere mehr. Jetzt habe ich die Offerte bekommen, mich finanziell in New York zu engagieren. Außerdem habe ich in der Stadt Verwandte und eine alte Freundin. Ich gehe also nicht verloren.«

»Donnerwetter, dann sind Sie ja eine richtige Geschäftsfrau! Das war mir gar nicht klar. In Bremerhaven erzählen die Leute ja so allerhand, aber dass *Sie* die Geschäfte machen, also das imponiert mir!«

»Ja, es wird immer noch geredet. Das ist es ja gerade. Die Leute zerreißen sich das Maul und setzen Lügen in die Welt.

Über meinen Schwiegervater und mich. Neid spielt sicherlich eine Rolle. Auf einmal bekamen meine Schwestern und ich so viel Geld aus dem Spendentopf. Das konnten wohl viele nicht ganz verstehen.«

»Jaja, man kann's den Leuten nie recht machen. Aber Sie wissen ja, Frau Claussen, Neid muss man sich erarbeiten, Mitleid gibt's geschenkt.«

Sie nickte. »Eine Frage noch, Herr Kapitän, Sie waren ja schon so oft in Amerika. Können Sie mir sagen, ob es dort Rotkehlchen gibt?«

Hermann Neynaber starrte sie überrascht an. Dann fing er an zu lachen. »Wenn überhaupt, kenne ich mich mit Seevögeln aus. Aber ob es dort Rotkehlchen gibt? Rothäute kenne ich. Die gibt's da. Das sind die Indianer.« Und der Kapitän lachte so laut über seinen eigenen Witz, dass Johanne verlegen zur Seite blickte.

49. Amerika!

In der Bucht von New York, 21. Juli 1879

DER HIMMEL WAR WOLKENLOS. Nur ab und zu zog ein schmaler Schatten über die Schiffsplanken. Möwen umkreisten den Dampfer. Ein Vogel setzte sich auf die Absperrung an der Reling. Die hellen Augen sahen Johanne aufmerksam an. Eine Silbermöwe, genau wie zu Hause, dachte Johanne. Neben ihr standen die gestapelten Koffer. Zwei Reisekoffer, zwei Taschen, drei Hutschachteln. Die beiden Truhen und der große Lederkoffer waren im Gepäckraum irgendwo in den unteren Teil des Schiffes verladen worden. Kapitän Neynaber hatte ihr versichert, dass sie alle ihre Stücke spätestens in Castle Garden wiederbekäme. Er würde einen vertrauenswürdigen Gepäckträger beauftragen, versprach er.

Seit dem Schrecken von Elschens Alleingang ins Zwischendeck spürte Johanne, dass sie und ihre Tochter besonderes Augenmerk genossen. Doch in spätestens ein bis zwei Stunden würde die Fürsorglichkeit des Schiffsführers enden. Dann würden sie an Land gehen. In Amerika ankommen. In New York. Johanne griff nach Elschens Hand. »Komm, wir gucken! Die Häuser kommen immer näher«, ihre Stimme zitterte.

Elsie ließ den kleinen Rest Kreide in ihrer Hand sinken. Während ihre Mutter auf den Horizont starrte, hatte sie Kreise auf das Holz gemalt. Wilde Spiralen bedeckten den Boden. Elsie stand auf und wischte sich die Hände an ihrem Kleid ab. Zurück blieben weiße Wölkchen auf dem blauen Leinenstoff. Die einzigen Wolken an diesem sonnigen Morgen.

Langsam näherte sich die »Mosel« der Südspitze Manhattans. Johanne sah die vielen Anleger, an denen Schiffe festgemacht waren. Sie sah die unzähligen Häuser und Dächer, ab und zu von einem Kirchturm unterbrochen. Ein rundes Gebäude markierte die Landspitze, auf die sie zusteuerten. Das musste Castle Garden sein. Meta hatte ihr davon geschrieben. Eine alte Festung, durch die die Einwanderer hindurchmussten. Jetzt war sie selbst eine Immigrantin. Wirklich? Ängstlich drückte sie ihre Tochter an sich. Sollte das hier ihre neue Heimat werden? Die kleine Elsie eine Amerikanerin? Johannes Herz klopfte. Vor Angst. Vor Aufregung.

Sie war die Erste aus der Familie Etmer, die nach Amerika kam. Dabei sollte es doch Gustav sein. Nun lag er zwischen den Eltern und Brüdern in der heimatlichen Erde. Sie wischte eine Träne fort. Johanne blickte sich unsicher um, doch ihre Verfassung kümmerte niemanden. Eine prickelnde Aufregung lag in der Luft. Und sie selbst? Sie dachte an die Toten. Sie waren wieder alle bei ihr. Christian. Der Vater. Die Mutter. Ihre Brüder. Ihre Schwester. Johanne drückte ihre Elsie an sich. Die Toten waren mitgekommen. Würden immer mitkommen. Gehörten zu ihr. Ihr ganzes Leben lang.

»Mama, nicht so doll! Ich kann gar nichts mehr sehen!« Elsie befreite sich aus der Umarmung. »Da, da. Amerika! So viele Häuser. Ist Amerika viel größer als Bremerhaven?«

Johanne zwinkerte ihr zu. »Ja, viel größer!«

»Und hier sind auch viel mehr Schiffe!«

Johanne nickte. Obwohl sie im Hafen aufgewachsen war, musste sie ihrer kleinen Tochter recht geben. Die unendlichen Häuserreihen waren beeindruckend, aber die vielen Schiffe – die meisten von ihnen mit Masten und Segeln – waren es mindestens genauso sehr. Der Schlepper, der die »Mosel« zu ihrer Anlegeposition brachte, stieß große weiße Dampfwolken aus. Eine Fähre pflügte sich durchs Wasser. Diese riesige

Bucht, durch die sie nun schon seit über einer Stunde fuhren, kam ihr vor wie ein belebter Marktplatz. Nur tummelten sich hier keine Kutschen und Fuhrwerke, sondern Schiffe aller Art und in allen Größen. Der enorme Verkehr auf dem Wasser, dazu die Silhouette Manhattans, in der Ferne eine riesenhafte Brücke, die über das Wasser führte – Johanne fühlte sich beklommen.

Elsie zog sie näher an die Reling. Zögernd folgte Johanne ihr. Die Stimmung ringsherum war freudig-verhalten. Viele der Kajütspassagiere hatten diese Reise schon einige Male gemacht, und blieben gelassen. Doch weiter hinten hörte Johanne, wie Frauen weinten und Männer jubelten. Die Zwischendeckpassagiere waren allesamt an Deck. Einige von ihnen schleuderten ihre durchgelegenen Stroh-Matratzen ins Wasser. Ein Blechnapf flog hinterher.

Kopfschüttelnd verfolgten die Hutterer das ausgelassene Treiben ihrer Mitreisenden. Die Gruppe stand dicht gedrängt zusammen, einer ihrer Anführer schien ein Gebet zu sprechen, der Rest stand mit gefalteten Händen und gesenktem Kopf daneben, sogar die Kinder. Johanne erkannte die kleine Catharine Tschetter. Das Kind stand an der Seite seiner Mutter und hielt sich ängstlich fest. Johanne musste lächeln. So ein freundliches Mädchen, doch an eine Freundschaft zwischen Elsie und ihr war nicht zu denken. Nicht nur der Klassenunterschied auf dem Schiff machte den Kontakt nahezu unmöglich, auch die religiöse Strenge gepaart mit dem schwer verständlichen Deutsch dieser Menschen sorgten dafür, dass Elsies Ausflug ins Zwischendeck ein einmaliges Abenteuer geblieben war.

Ihre Tochter hatte gar keine Augen für die Spielgefährtin. Sie drängte weiter nach vorn. »Hoppla, Elschen, nicht so schnell!« Während Elsie an der linken Hand zog, versuchte Johanne, ihre Tasche mit dem rechten Arm festzuhalten. Vergeblich. Die volle Tasche fiel auf den Boden mit der Öffnung nach unten. Ein Fläschchen Parfüm ging zu Bruch. Ein Apfel rollte über die Planken, gestärkte Taschentücher flatterten heraus. Hektisch versuchte Johanne, alles aufzuheben. Auch ein Bündel Briefe, das mit einem schmalen blasslila Band zusammengehalten war, war herausgeglitten. Ein Mann bückte sich und gab ihr den kleinen Packen zurück. Johanne bedankte sich und stopfte den verrutschten Stapel schnell in ihre Tasche zurück.

Es waren die Briefe aus Oldenburg. Johanne atmete tief durch. Auf einmal sah sie Hermann Notholt vor sich. Sie hatte die ganzen Tage versucht, nicht an ihn zu denken. Und jetzt vermisste sie ihn. Um wie viel besser würde sie sich in diesem Augenblick fühlen, wenn er neben ihr stünde und ihre Hand hielte. Der Zauber von New York wich den Erinnerungen an die Heimat. Noch ein Mensch, den sie enttäuscht hatte, dachte Johanne. Fast sechs Wochen hatte sie ihn warten lassen mit einer Antwort nach seinem Heiratsantrag. Sie hatte ihre Schwestern ins Vertrauen gezogen, Gesine wusste vermutlich auch Bescheid. Ihr Schwiegervater hatte ab und an hintersinnige Bemerkungen gemacht, wenn der Name »Notholt« fiel. Doch er fragte nie nach.

Konnte sich Johanne nach der Katastrophe in eine neue Ehe wagen? Ihre Schwestern waren zurückhaltend gewesen. Sophie gefiel die Vorstellung nicht, dass ihre älteste Schwester vielleicht bald einen neuen Hausstand gründen würde. Was sollte dann aus ihr werden? Henriette stand der Entscheidung offener gegenüber. Sie selbst arbeitete von früh bis spät in der Kolonialwarenhandlung.

Und Johanne? Frühmorgens war sie in den Wochen nach ihrem Ausflug nach Bremen manchmal hinunter zum Neuen Hafen gegangen, zu der Stelle an der Mole, an der sie ihr altes Leben verloren hatte. Von dem riesigen Krater war nichts mehr

zu sehen. Das Loch war schnell zugeschüttet worden damals.
Hier wurden täglich Schiffe abgefertigt. Da blieb keine Zeit für
Besinnung oder Trauer. Die Passagiere, die nur zu ihren Schiffen drängten, wussten nicht, dass der Boden unter ihren Füßen
mit Blut getränkt war. Nichts erinnerte an die Unglücksstelle.
Nur wenn man genau hinsah – durch all die Geschäftigkeit hindurch –, konnte man die Umrisse des riesigen Loches erkennen, das der Sprengstoff in den Kai gerissen hatte.

Manchmal hatte Johanne hier Marie Herhold getroffen.
Auch sie hatte am 11. Dezember ihren Mann verloren. Eine
Frau, alt geworden vor ihrer Zeit. Johanne hatte ihr manchmal
etwas Geld zugesteckt. Sie wusste, dass sie ganz allein dastand
mit ihren fünf Kindern. Und ihr Anteil von dem Spenden-
konto würde kaum ausreichen, bis alle aus dem Haus waren.
Auch die Habenichts kamen regelmäßig im Dezember an den
Kai. Ihr einziger Sohn, der kleine Carl Habenicht, war durch
die Explosion tödlich verwundet worden. Er war nur neun
Jahre alt geworden. Seine Eltern kamen über seinen Verlust
nicht hinweg. Johanne kannte fast alle Familien, die in Bremerhaven von der Katastrophe betroffen waren. Sie wussten
voneinander, ahnten um die Wunden, doch sprachen sie nur
selten miteinander darüber.

Und Johanne konnte auch mit Hermann Notholt nicht
über das sprechen, was sie innerlich so sehr bewegte. Ihre
Schuldgefühle den Toten gegenüber. Die Selbstanklage,
warum ausgerechnet sie dieses Inferno überlebt hatte, und
nicht ihr Christian, der Vater oder die Brüder. Selbst der kleine
Carl Habenicht musste sterben, und sie wandelte noch immer
über die Stätte des Grauens. Wie sollte Hermann Notholt das
verstehen? Einzig Sophie und Henriette ahnten von Johannes
innerem Kampf, weil sie vielleicht selbst mit ihrem Schicksal
haderten. Doch die Sprachlosigkeit überwog sogar in der eigenen Familie. Zwei Tage vor dem dritten Jahrestag der Katas-

trophe hatte Johanne einen Brief nach Oldenburg geschickt. Es war ein höfliches Schreiben, sie schrieb von ihrer Versehrtheit, ihrer fehlenden Hand, deutete an, wie groß der Kummer um den Verlust ihres Mannes und ihrer Familie noch immer sei und dass sie die Toten ehren wolle. So könne sie keine Braut sein, die unbeschwert in eine neue Verbindung ginge. Mit herzlichen Wünschen für seine Zukunft und der Gewissheit, dass er sicher bald eine passende Frau finden werde, schloss sie den Brief. Sie weinte lange, nachdem sie von der Post zurückgekehrt war.

Danach traf sie ihn noch dreimal zufällig in Bremerhaven. Sie wäre am liebsten davongelaufen. Doch Hermann Notholt ließ sie nicht eine Sekunde spüren, dass er enttäuscht war oder gekränkt. Er behandelte sie so freundlich, wie er es seit der ersten Minute ihres Kennenlernens getan hatte. Johanne schämte sich nur noch mehr. Dieser Mann verdiente tatsächlich eine andere Frau, glaubte sie. Eine gesunde Frau – ohne Narben an Körper und Seele. Und so tauschten sie ein paar Höflichkeiten aus und verabschiedeten sich wieder. Johannes Wangen brannten. Einmal meinte sie, dass seine Augen verdächtig glänzten. Aber vielleicht bildete sie sich das auch nur ein. Nie sprachen sie über das, was hätte sein können. Und Johannes Entschluss, alles hinter sich zu lassen und woanders noch einmal neu anzufangen, wuchs.

Jetzt stand sie hier auf dem Bug der »Mosel« mit Blick auf ihre Zukunft: New York. Sie kniete sich zu ihrer Tochter: »Guck mal, Elschen, mein Schatz, das wird jetzt unser neues Zuhause!« Ihre Stimme klang dünn.

»Mama, warum weinst du denn?«

Johanne versuchte zu lächeln.

Das Mädchen schlang die Arme um ihren Hals und küsste sie auf die Wange. »Nicht weinen, Mama. Nicht mehr so viel weinen.«

50. Zu Gast

New York City, 21. Juli 1879

AUF DEM DACH der Kutsche türmten sich die Koffer. Auch auf der Rückseite hatte der Kutscher ganze Arbeit geleistet, die Reisetruhe war befestigt, dazu zwei Taschen. Nur die Hutschachteln mussten mit ins Innere des Wagens. Und so saßen Johanne und Elsie eingeklemmt zwischen Bremerhavener Hutmodellen auf ihren Sitzen zusammen mit den amerikanischen Verwandten.

Adolph Claussen drehte nervös an seinem Zylinder auf seinem Schoß. »Jetzt könnt ihr gar nicht viel sehen«, sagte er bedauernd. »Ich wollte euch doch etwas von der Stadt zeigen.«

»Oh, wir sehen schon allerhand!«

Über die Schachteln hinweg erblickte Johanne Häuserfassaden, Restauranteingänge, Reklametafeln, Markisen, Schaufenster. Hier reihte sich Haus an Haus. Bäume suchte sie vergebens. Und all diese Menschen. Sie staunte. Dass Straßen so voll sein konnten. Und das bei der Hitze! Sie selbst schwitzte in ihrem gestärkten Reisekleid.

Elsie saß schweigend neben ihrer Mutter und starrte das fremde Mädchen an, das ihr gegenüber mit den Beinen baumelte. Adolph Claussen hatte seine Tochter Ida mitgenommen, extra für Elsie. Dass diese ausschließlich Deutsch verstand und Ida fast nur Englisch sprach, hatte Claussen nicht bedacht.

»Wir machen noch einmal eine Tour durch die Stadt, wenn wir nicht so voll beladen sind, Johanne, du wirst sehen, New

York ist etwas ganz anderes als Bremerhaven«, wandte sich Claussen an den Besuch aus der Heimat.

Obwohl sie sich zum ersten Mal in ihrem Leben begegneten, hatte er sie gleich beim Vornamen genannt. »Wir sind doch eine Familie!«, hatte er gesagt und ihr herzlich die Hand geschüttelt.

Ja, Adolph war ein Cousin von Christian gewesen. Trotzdem war Johanne etwas verwundert über diesen vertraulichen Ton. Für sie war Adolph Claussen ein wildfremder Mann, mit dem sie lediglich Briefkontakt gepflegt hatte, zumeist mit geschäftlichem Hintergrund.

Seine Insolvenz im Zuckerrohrgeschäft auf Kuba lag ein gutes Jahr zurück. Damals hatte Georg Claussen seinen Neffen finanziell unterstützt. Johanne kannte die Zahlen. Und sie wusste auch, dass sich Adolph Claussen wieder in neue Tätigkeitsfelder gestürzt hatte. Sein schwerreicher Schwiegervater Matthew Byrnes, der in New York als Bauunternehmer schon Hunderte von Häusern errichtet hatte, brachte ihn auf die Idee: Holzhandel. Ein wichtiger Baustoff, nicht zuletzt bei den Projekten seines Schwiegervaters. Gleichzeitig war Adolph auf diese Weise etwas mehr unter der Kontrolle seiner irischen Familie.

Aus den Augenwinkeln beobachtete Johanne den amerikanischen Claussen. Er lebte jetzt seit 20 Jahren in dieser Stadt, sein Deutsch klang amerikanisch eingefärbt. In seinem maßgeschneiderten Anzug aus leichter Wolle, den glänzenden Schuhen und der himmelblauen Seidenkrawatte machte er einen wohlhabenden Eindruck. Am kleinen Finger seiner linken Hand trug er einen goldenen Siegelring, in den seine Initialen eingraviert waren. Er hatte so gar nichts von einem Pleitier, dachte Johanne, um sich gleich darauf selbst zu tadeln. Die Insolvenz lag über ein Jahr zurück. Sie würde sich seine Ideen mit dem Holzhandel, in den sie vielleicht sogar investieren wollte, erst einmal anhören.

Die Kutsche fuhr in flottem Tempo durch die Stadt. Johanne hörte den Fahrer schimpfen. Ihr Englisch war zu schlecht, um zu verstehen, mit welchen Ausdrücken der Mann den rasenden Verkehr um sich herum kommentierte.

»Ja, als Kutscher braucht man hier gute Nerven!«, sagte Claussen und schmunzelte. »Aber gleich hast du's geschafft. Ich habe ein Zimmer für euch im Windsor Hotel gebucht. Das hatte ich dir ja schon nach Bremerhaven telegrafiert. Es wird dir gefallen; gar nicht weit weg von uns!«

Johanne lächelte.

»Und heute Abend wirst du die ganze Familie Claussen kennenlernen. Jennie freut sich schon so auf dich! Ich werde dich abholen, und dann werden wir bei uns ein schönes Abendessen einnehmen.«

»Wie geht es Jennie überhaupt? Und was macht eure jüngste Tochter? Wie unhöflich, dass ich erst jetzt danach frage. In dem ganzen Trubel habe ich prompt vergessen, dass ihr doch gerade erst noch ein kleines Töchterchen bekommen habt. Herzlichen Glückwunsch!«

»Vielen Dank. Siehst du, so klein ist die Welt – unsere Maria ist gerade einmal fünf Wochen alt, und du weißt schon Bescheid in Bremerhaven.« Er räusperte sich. »Jennie ist tatsächlich noch ein wenig erschöpft. Es war eine sehr schwere Geburt. Gott sei Dank ist alles gut gegangen. Maria ist gesund, und Jennie hat auch alles überstanden. Sie lässt dich und Elisabeth sehr herzlich grüßen.«

Johanne streichelte ihrer Tochter über den Kopf: »Sie wird von allen nur Elsie genannt. Ich glaube, sie weiß gar nicht, dass Elisabeth ihr richtiger Name ist.«

Als sie aus der Kutsche stiegen, schwankte Johanne. Es war so ein ungewohntes Gefühl, wieder festen Boden unter den Füßen zu haben nach den zwei Wochen auf See. Zu schade, dass die Reise vorbei war. Dieses sanfte Schaukeln an Bord hatte so eine beruhigende Wirkung gehabt. Jetzt stand sie wieder auf harten Pflastersteinen – direkt vor dem Eingang des Windsor Hotels an der 5th Avenue. Johanne hatte kaum Zeit gehabt, das imposante Gebäude zu würdigen, als auch schon ein eilfertiger Portier zu ihr kam. Johanne verstand nicht, was er sagte, und murmelte ein paar englische Floskeln, von denen sie glaubte, sie seien angemessen.

Adolph Claussen regelte alles: Die Bezahlung des Kutschers, Trinkgelder für den Portier und die beiden Gepäckträger, und am Empfangstresen betonte er, dass für den Besuch aus »Germany« alles zur Zufriedenheit abzulaufen habe. Johanne staunte über ihren weltgewandten Begleiter, aber noch mehr über das riesige Gebäude, in dem sie nun für die nächsten Wochen wohnen sollte. Das Hotel glich eher einem Palast als einer Herberge. Ihr kam Löhrs Hotel in Bremerhaven in den Sinn. Die erste Adresse in ihrer Heimatstadt. Lächerlich im Vergleich zu dem, was sie hier sah.

»Ist das nicht etwas übertrieben? Hier wohnen doch bestimmt nur Fürsten und Grafen. Da passen Elsie und ich doch gar nicht hinein«, sagte sie leise zu Claussen.

»Ach, ich bitte dich! Adelige gibt es in Amerika nicht. Höchstens zu Besuch aus Europa. Nein, nein, Johanne. Amerika ist etwas ganz anderes als Deutschland. Hier ist alles ein bisschen größer. Und keine Sorge, es ist bezahlbar. Für den Anfang ist es genau das Richtige. Nach den Strapazen der Schiffspassage kannst du hier ein wenig zur Ruhe kommen und dich umgucken. Bis zum Central Park ist es gar nicht so weit. Da kann man schön spazieren gehen. Ich denke an Elsie. Aber das werden wir euch alles zeigen. Soll ich dich noch zu eurem Zimmer begleiten?«

»Das wäre freundlich. Mein Englisch ist doch noch sehr holprig«, entgegnete Johanne dankbar.

Mit Elsie an der Hand folgte sie dem Vetter aus New York, wie er mit seiner ebenso forschen, kleinen Tochter Ida zum Lift ging. Ängstlich schmiegte sich Elsie an ihre Mutter, als der Fahrstuhl mit einem leichten Ruckeln in die Höhe stieg. Auch Johanne wurde etwas mulmig zumute. Jetzt hatte sie es übers Meer geschafft, sogar auf der »Mosel«, und dann trieb ihr so ein neumodischer Fahrstuhl die Schweißperlen auf die Stirn. Zum Glück waren es nur drei Stockwerke. Zukünftig würde sie die Treppe benutzen, nahm sie sich vor.

Endlich standen sie vor dem Zimmer 373. Die goldenen Zahlen waren ähnlich verschnörkelt wie das Monogramm auf Adolph Claussens Siegelring.

»Ich werde euch so gegen sechs abholen. Dann treffen wir uns in der Empfangshalle. Es ist mir eine Freude!«

Ida sagte etwas auf Englisch. Elsie schwieg. Das Kind aus New York guckte verwundert zu seinem Vater.

»Ida, Elsie spricht nur Deutsch. Du kannst doch auch ein paar Wörter auf Deutsch!«

Ida überlegte. »Auffwidasän!«, sagte sie.

Und zum ersten Mal lächelte Elsie zurück.

Nur zweieinhalb Stunden später trafen sich die beiden Mädchen wieder. Die Claussens lebten in einer großzügig geschnittenen Wohnung, nur ein paar Häuserblocks vom Hotel Windsor entfernt. Adolph Claussen präsentierte stolz sein Zuhause, seine Frau und seine Kinder. Alle hatten sich für den Besuch aus Bremerhaven herausgeputzt, das bemerkte Johanne sofort. Auch die Anstrengung, die dahintersteckte. Besonders für Jennie Claussen. Sie hielt ihre jüngste Tochter im Arm und sah erschöpft aus. Die anderen Kinder hatten sich der Größe nach im Flur aufgebaut. Die achtjährige Jennie, daneben Matthew, nur ein Jahr jünger. Ida machte das Trio komplett.

»Was für eine schöne Familie! Ich freue mich so über die Einladung!« Johanne sah Adolph hilfesuchend an, damit er ihre Komplimente übersetzen konnte.

Artig machten die Mädchen einen Knicks, Matthew verbeugte sich galant vor der Frau aus Germany. Keines der Kinder schien ihre Behinderung zu bemerken. Elsie hatte sich währenddessen beinahe in die Rockfalten ihrer Mutter verkrochen.

»Noch ein bisschen schüchtern, die kleine Elisabeth. Na, Ida, ihr kennt euch doch schon. Sag einmal Guten Tag zu unserem Besuch!«

»Guttn Tak!«

Elsie riskierte einen Blick, ein kurzes Lächeln. Nur sprechen mochte sie nicht. Plötzlich rannte Ida davon und kam mit einem Steckenpferd zurück. Ihre Geschwister lachten, dann verschwanden auch sie und brachten ein zweites Steckenpferd mit – für Elsie. Ida wurde ungeduldig und stürmte mit einem lauten Wiehern auf ihrem Holzpferd durch den Korridor. Elsie sah ihre Mutter fragend an. Johanne nickte. Und in etwas langsamerer Gangart folgte Elsie dem Mädchen.

»Meine liebe Cousine – ich mache dich jetzt einfach mal dazu, auch wenn wir es offiziell gar nicht sind«, Adolph lachte leise, »hier wartet eine kleine Erfrischung auf dich!«

Er zeigte zum Esszimmer, dessen lange Tafel festlich gedeckt war. Die geschliffenen Weingläser funkelten in der Abendsonne, die über die Häuserdächer der gegenüberliegenden Straßenseite schien. Feine Damastservietten lagen bereit, das Silberbesteck glänzte.

Etwas umständlich überreichte Johanne ihr Gastgeschenk. Es war eine Silberschale in Form eines Korbes von der Bremer Silberschmiede Wilkens & Söhne. Handgearbeitet und reich verziert.

»How beautiful!« Jennie Claussen war begeistert.

Adolph Claussen erhob sein Glas. Der Inhalt sah verführerisch aus. Eine hellgelbe Flüssigkeit gekrönt von einem weißen Klecks Eischnee. »Das ist Römischer Punsch. Eine Mischung aus Champagner, Rum und etwas Zitrone. Sehr erfrischend. Auf unseren Besuch!«

»Ich habe mein ganzes Gewicht als Familienvorstand eingesetzt, um dir ein ›irish stew‹ zu ersparen«, plauderte er weiter, nachdem er getrunken hatte. Johanne sah ihn fragend an. Sie kannte kein »irish stew«.

Adolph holte aus: »Du bist hier – so wie ich – in einem irischen Haushalt gelandet. Die Eltern von Jennie sind Iren. Unsere erste Köchin stammt aus Irland, die zweite Köchin auch. Und unser Dienstmädchen ebenfalls. Wahrscheinlich haben unsere Kinder auch einen irischen Akzent. ›Irish stew‹ ist ein Lamm-Eintopf, den meine Frau für ihr Leben gern isst. Aber heute haben sich unsere beiden Marys, so heißen die Köchinnen, etwas anderes einfallen lassen. Dir zu Ehren!«

Und er erzählte und erzählte. Das Essen wurde aufgetragen. Fünf Gänge. Eine klare Suppe mit Maccaroni-Nudeln, gefolgt von Lachs mit Hummersoße, danach Hühnchen-Kroketten und Weißbrot mit Béchamelsoße. Als Zwischengang ein weiteres Glas Römischer Punsch. Es ging weiter: Schnepfen mit Kartoffeln und Spargel. Johanne war kurz verunsichert. Mit nur einer Gabel konnte sie das Fleisch und den Spargel nicht zerteilen. Ohne ein Wort darüber zu verlieren, schnitt Adolph ihr die Speisen klein – wie für seine jüngste Tochter. Der Höhepunkt kam zum Schluss: Eine der beiden Marys brachte einen zitternden Berg aus Gelatine gefüllt mit Früchten aller Art. Es sah aus wie der Turm einer gotischen Kirche. »Das nennt man hier Jelly en macédoine – so eine Art Obstsalat in Gelee. Darauf freuen sich die Kinder immer am meisten.«

351

Als der Mokka serviert wurde, durften die Kinder die Tafel verlassen. Mit Adolph als Übersetzer kam eine etwas schwerfällige Unterhaltung zwischen Johanne und Jennie in Gang. Ob es an der Sprachbarriere oder an dem opulenten Abendessen lag – Johanne fühlte sich matt und wurde trotz aller Anstrengung immer einsilbiger. Als sie ein Weinen aus einem der Kinderzimmer hörte – es war Elsie –, schien es ihr an der Zeit aufzubrechen. Adolph Claussen bestellte eine Droschke und bot sich an, sie zu begleiten. Schon am Sonntag würden sie sich wiedersehen, bestimmte er. Im Central Park. Johanne nickte, ohne darüber nachzudenken. Im Moment konnte sie noch keine eigenen Ziele in dieser Stadt setzen. Alles war noch zu neu, zu groß, zu fremd. Kaum hatte sich die Kutsche in Bewegung gesetzt, schlief Elsie auf dem Schoß der Mutter ein.

Der Vetter hatte es sich nicht nehmen lassen, Johanne in der Kutsche zum Hotel zu begleiten. »Es ist viel für so ein Kind, hm?«, meinte Adolph Claussen und betrachtete die schlafende Elsie.

»Ja, nicht nur für sie«, erwiderte Johanne.

Er nickte. »Natürlich, es ist euer erster Tag in New York. Vielleicht war das alles etwas zu viel?« Zum ersten Mal an diesem Abend wirkte er einen Moment lang unsicher.

»Nein, nein. Es ist wunderbar, wie ihr euch um Elsie und mich kümmert. Wir wären ja sonst ganz verloren hier.«

»Ach, das glaube ich nicht. Gewöhnt euch ein. Und über die finanziellen Dinge reden wir dann.«

Auf einmal war Johanne ganz wach: »Was meinst du damit?«

»Nun, du willst dich doch geschäftlich engagieren. Das hattest du doch in einem Brief angedeutet. Das Geschäft mit dem Holz boomt. Guck dir an, was hier gebaut wird.« Jetzt klang auch Claussen wieder selbstbewusst. »In Kanada gibt es riesige Wälder. Ich bin schon in Verhandlungen.«

»Willst du Wald kaufen?«

»Warum denn nicht?«

»Aber kennst du dich denn aus in der Forstwirtschaft? Da muss man doch auch vor Ort sein. Das kann man doch nicht einfach so von hier aus machen, aus dem Kontor in New York.« Johannes Zweifel waren nicht zu überhören.

Adolph Claussen wischte mit der Hand durch die Luft, sodass der goldene Ring am kleinen Finger in der Dunkelheit aufblitzte. »Da kenne ich die richtigen Leute. Keine Sorge. Ich bin gerade dabei, die Geldgeber zusammenzubringen, und dann stellen wir das auf die Beine. Wirst schon sehen!«

Die Droschke kam zum Stehen. Johanne suchte nach ihrer Geldbörse.

»Lass nur, ich fahre mit dem Wagen wieder zurück. Jetzt erholt ihr euch erst einmal in eurem schönen neuen Zuhause.« Er half ihr und Elsie hinaus und verabschiedete sich höflich.

Johanne sah ihm nach. Irgendetwas störte sie an diesem Mann.

51. Juwelen

New York City, 23. Juli 1879

UM SIE HERUM brauste der Verkehr. Pferdebahnen zogen über
die Schienen, Kutschen wirbelten Staub auf. Cecelia stand auf
dem Union Square und wartete auf den rechten Moment, um
die 4th Avenue zu überqueren. Lebensgefährlich. Ihr Blick
blieb an der Häuserfassade gegenüber hängen. Eine steinerne
Figur. Atlas, der die Welt auf seinen Schultern trug. Doch
dieser Atlas war kein gewaltiger Titan aus der griechischen
Mythologie, sondern ein schlanker Mann, der anmutig einen
Fuß vor den anderen setzte. Und es war auch nicht die Welt,
die auf seinen Schultern lastete, sondern eine große Uhr. So
elegant würde ich auch gern die Lasten tragen, die mich nie-
derdrücken, dachte Cecelia und ging schnurstracks durch das
Portal, über das der steinerne Schönling ragte: Es war der Eingang von Tiffanys & Co.

Cecelia schlenderte langsam an den Verkaufstischen entlang. Eigentlich war sie auf dem Weg zu ihrem Stiefvater,
der in der Nachbarstraße wohnte. Doch die Vorstellung,
wenigstens einmal wieder einen Blick auf die Auslage in
den Vitrinen zu werfen, war einfach zu verlockend. Schon
bemühte sich ein etwas devoter Verkäufer um sie und versuchte herauszufinden, welche Edelsteine ihr besonders
gefielen.

Cecelias Antwort war knapp und klar: »Diamanten. Es
gibt für mich nichts Schöneres.«

Der Verkäufer nickte beflissen: »Sie haben recht. Diamanten sind die Könige unter den Steinen. Wir haben auch wun-

derschöne Farbsteine. Aber keiner kann es von der Leucht-
kraft her mit einem Diamanten aufnehmen.«

Während er das sagte, musterte er seine Kundin unauffällig.
Ihr Äußeres ließ nicht darauf schließen, dass sie sich hier tatsächlich ein größeres Stück leisten könnte. Aber man durfte
sich nicht täuschen lassen. Er hatte schon ganz andere Herrschaften vor sich gehabt, ungepflegt und vulgär im Auftreten, und auf einmal zogen sie ganze Bündel von Dollarno-
ten aus der Tasche.

Cecelia streifte ihren rechten Handschuh ab und schob
den Ärmelrand ein kleines Stück nach oben. Der Verkäufer
staunte über das Diamant-Armband, das zum Vorschein kam.
Die Dame hier hatte Geschmack *und* Geld oder wenigstens
jemanden an ihrer Seite, der ihr solche Geschenke machen
konnte.»Ein außergewöhnlich schönes Stück! Mein Kompliment. Es stammt aber nicht aus unserem Geschäft. Ich würde
es wiedererkennen.«

»Nein. Es ist aus Deutschland. Es wurde in Dresden angefertigt vom Hoflieferanten des Königs von Sachsen.«

Der Verkäufer räusperte sich.»Nun, Schmuck für Könige.
Das ist natürlich eine Klasse für sich.« Er schwieg kurz, dann
fuhr er fort:»Auch wir haben gekrönte Häupter unter unseren
Kunden. Ich persönlich bin allerdings der Meinung, es kommt
nicht auf den Adel von Geburt an, sondern auf den Adel der
Haltung. Auf Klasse und Eleganz. Meine werte Dame, das
brauche ich Ihnen nicht zu erklären. Sie sind ja selbst ein solches Beispiel.«

Cecelia errötete. Der Verkäufer bemerkte die Wirkung seiner Worte und präsentierte ihr eine Auswahl an Diamantrin-
gen. Cecelias Augen leuchteten. Sie probierte einige Ringe auf.
Wie gut sich das Gold an ihrem Finger anfühlte. Wie schwer
einige Exemplare waren. Wehmütig legte sie den prächtigsten
Ring zurück in die Samtschatulle. Vor ein paar Jahren noch

hätte sie nur einen kleinen Hinweis geben müssen. William hätte ihr einen solchen Wunsch sofort erfüllt. Doch jetzt? Sie konnte sich keinen einzigen dieser wunderbaren Ringe leisten. Noch nicht.

Vielleicht würde ihr »House of assignation« in der zweiten Jahreshälfte mehr abwerfen. Dann, ja, dann …, dachte sie und korrigierte sich innerlich. Ja, dann – werde ich das Geld für die Kinder zurücklegen.

Mit einem Schlag war sie wieder nüchtern. Vor ihr lagen jetzt nur noch in Gold gefasste, sehr teure Edelsteine. Kalt und unbezahlbar.

Eilig bog Cecelia in die 14th Street ein. Sie hatte zwar noch etwas Zeit bis zu der Verabredung mit ihrem Stiefvater, aber sie wollte sich nicht mehr verführen lassen. Von den Geschäften und Kaufhäusern in der Gegend.

Cecelia verlangsamte ihre Schritte und beobachtete die Kunden, die selbst an einem heißen Tag wie diesem durch den Haupteingang eines Kaufhauses strömten. Es waren fast nur Frauen. An ihren Kleidern, Hüten und Frisuren war zu erkennen, aus welcher Gegend der Stadt sie wohl gekommen waren. Hier trafen sich arme Einwandererfrauen mit irischer Aussprache genauso wie manche Millionärsgattin aus dem nördlichen Teil der 5th Avenue. Doch die richtig vornehmen und teuer gekleideten Frauen sah sie heute nicht.

Denn New Yorks Geldadel hatte der Stadt längst den Rücken gekehrt – und verbrachte den Sommer entweder in Europa oder in Newport. Sie seufzte. Auch in ihrem Haus blieben die solventen Kunden aus. Und sie selbst hatte nichts Besseres zu tun, als geradewegs zu einem der teuersten Juweliere der Stadt zu gehen! Cecelia war beschämt über ihr kindisches Verhalten.

Gedankenverloren ging sie an der Fassade von R. H. Macy & Co. vorbei. Alle eleganten New Yorkerinnen hatten die Stadt doch noch nicht verlassen. Eine von ihnen stand gerade vor ihr – in einem Traum aus zartgelber Seide. Es war Kate Woods.

»Cecelia! Wir treffen uns immer nur per Zufall. Nein, so etwas! Gut siehst du aus!« Aus Kates Mund sprudelten die Worte nur so heraus.

Cecelia dagegen war einen Moment perplex und starrte die stark geschminkten Lippen ihrer Freundin an. »Oh, das ist wirklich eine Überraschung, dass du bei dieser Hitze in der Stadt bist!«

Kate drückte sie an sich. »Gerade wollte ich mich auf den Weg machen, um etwas zu essen. Ich sterbe vor Hunger! Magst du mich begleiten? Meine Kutsche steht abfahrbereit.«

Cecelia nickte und guckte verstohlen auf das etwas zu sommerliche Dekolleté, das ihre Freundin zur Schau trug. In ihrem Ausschnitt lag eine auffällige, zweireihige Perlenkette.

»Gefällt sie dir? Wunderschön, nicht? Ich habe sie von einem Verehrer. Mehr wird nicht verraten.« Kate lachte. Sie zog einen Taschenspiegel aus ihrem Beutel und begutachtete sich kritisch. »Jünger werden wir alle nicht«, murmelte sie, während sie vorsichtig ihr Gesicht puderte und mit etwas roter Farbe aus einem Döschen die Lippen nachzog. Dann lehnte sie sich zurück. »Was machen die Geschäfte, meine Liebe?«

Cecelia überlegte kurz, ob sie die Wahrheit sagen sollte, und entschied sich, ehrlich über die Flaute in diesen Wochen zu berichten.

»Daran musst du dich gewöhnen. Wenn die Gattinnen hinaus wollen ans Meer oder gleich ganz nach Europa, müssen die Ehemänner natürlich mit«, lachte sie. »Aber sei unbesorgt, sie kommen alle wieder. Und haben dann viel nachzuholen.« Sie kicherte. »Mach das Beste aus der Zeit. Geh ein bisschen bummeln oder unternimm etwas mit deinen Kindern. Fahrt doch selbst ans Meer.«

»Ja, du hast recht. Aber du hast keine Kinder, Kate. Ich muss an die Zukunft von meinen vieren denken und etwas Geld auf die Seite legen.«

Kate nickte. »Natürlich. Das bewundere ich an dir. Wie verantwortungsbewusst du bist. Ja, es hat alles zwei Seiten. Du hast eine bezaubernde Familie. Und ich? Ich gönne mir ab und zu das, was mir gefällt.« Dabei strich sie über den gelben Seidentaft ihres Kleides. »Kennst du eigentlich schon die neueste Geschichte von unserer lieben Freundin Louisa?«

Cecelia schüttelte den Kopf. Seit Wochen hatte sie nicht an Louisa gedacht. Diese falsche Schlange. Noch immer stieg die Wut in ihr auf, wenn sie an den Schmuck dachte, den sie ihr gestohlen hatte.

»Sie war in San Francisco, ist mir zu Ohren gekommen. Dort hat sie es auch im Hotelgewerbe versucht. Du weißt, was ich meine. Aber offenbar hat sie nicht so viel Talent wie wir zwei.« Kate verzog spöttisch das Gesicht.

»Warum?«

»Sie ist pleitegegangen. Hatte ihr Haus unglaublich teuer ausstatten lassen, und dann fehlte die Kundschaft.«

»Wie kommt denn das?«

»Es gibt genug Konkurrenz. Und Louisa hatte wohl nicht die besten Mädchen. Jedenfalls stand sie zuletzt auf der Straße. Völlig überschuldet. Dieses Mal war kein irischer Gentleman zur Stelle, der sie gerettet hätte. Das Letzte, was ich über sie gehörte habe, ist, dass sie nach Mexiko gegangen sein soll. Ohne Mann, ohne Geld und wohl auch ohne Ansehen.«

Cecelia blickte aus der Kutsche und genoss das Gefühl einer tiefen Genugtuung.

Zwei Stunden später stand sie vor dem Haus, in dem John Paris zusammen mit Ida und einem Dienstmädchen wohnte. Eine unauffällige Backsteinfassade. Fünf Stockwerke, mit einem kleinen Gemüsehändler im Erdgeschoss. Nervös drückte Cecelia den Klingelknopf. Sie war zu spät. Das unverhoffte Wiedersehen mit Kate hatte länger gedauert als geplant. Hoffentlich war ihr Stiefvater noch zu Hause!

Das Dienstmädchen öffnete die Tür. John Paris saß an seinem wuchtigen Schreibtisch, der die Hälfte des Esszimmers einnahm. Die Schreibfläche war von Papierstapeln bedeckt.

»Ah, da bist du ja!« Paris stand auf und legte die Brille ab. »Guck dir das an! Zum Verrücktwerden!« Er lachte.

Cecelia ließ sich auf einen Stuhl fallen und bat um ein Glas Wasser. »Mein Gott, wie schaffst du das? In dieser Hitze noch einen klaren Gedanken fassen zu können!« Sie wedelte sich mit ihrem Fächer Luft zu. »Was sind das denn überhaupt für Papiere?«

Ihr Stiefvater seufzte. »Das sind die Verkaufszahlen meines Vorgängers, der bei Tiemann und Company gearbeitet hat. Sein Umsatz ging ziemlich zurück in den letzten Jahren. Jetzt soll ich das Geschäft wieder ankurbeln.«

»Was genau verkaufst du da eigentlich?«

»Medizinische Instrumente. Sehr gute Produkte. Im Grunde vergleichbar mit denen, die ich in den letzten Jahren in St. Louis verkauft habe. Da waren es Geräte von William Hernstein. Dieser hier heißt Tiemann. Wieder ein Deutscher. Die können das einfach. Wunderbare Qualität. Und trotzdem ist der Umsatz rückläufig, zumindest im Großraum New York.« Er schüttelte den Kopf.

Cecelia hörte aufmerksam zu.

»Du weißt ja, in meiner Jugend wollte ich immer Arzt werden. Ich habe mich sehr für medizinische Themen interessiert. Und als ich im Bürgerkrieg gekämpft habe, habe ich natürlich alles gesehen, was an Verletzungen möglich ist.«

»Lass uns das Thema wechseln.« Cecelia verzog das Gesicht.

»Aber warum denn? Ich bin gerade dabei, mir hier eine neue Existenz aufzubauen. Ich zeig dir jetzt mal, was ich den Ärzten anbiete.«

Er stand auf und verschwand im Schlafzimmer. Dort hatte er ein kleines Warenlager zusammengestellt. Cecelia griff zur Karaffe und schenkte sich ein weiteres Glas Wasser ein. »Ich muss bald zurück. Ich hatte den Kindern versprochen, dass wir noch einmal in den Park gehen.«

»Ein wenig Geduld, bitte. Ich habe schließlich auch auf dich gewartet.« Paris stand im Türrahmen und hielt eine elegante Kiste aus poliertem Mahagoni in die Luft. Vorsichtig legte er sie auf den Tisch.

»Bitte, mach sie auf! Dann siehst du, was man aus Hotelsilber und Nickel für wunderbare Dinge herstellen kann.«

Die Kiste erinnerte Cecelia an einen Besteckkasten. Langsam schob sie den Deckel nach oben. Vor ihr blinkte das silberne Blatt einer Säge. Daneben lagen polierte Spatel, Messer und Zangen. Ein ganzer Bestecksatz, der auf seinen Einsatz wartete.

»Ein Amputationsset! Das Beste, was es derzeit gibt. Da franst nichts aus. Ganz gerade Schnitte sind da möglich. Ein Traum für jeden Arzt, der ein Bein oder einen Arm abnehmen muss«, schwärmte Paris.

Auf einmal fröstelte Cecelia. »Bitte räum es wieder weg, das ist schaurig«, sagte sie und wandte den Blick ab.

»Was hast du? Damit kann man Menschenleben retten. Wenn schlecht amputiert wird, entzünden sich die Wunden oft oder es gibt Blutvergiftungen«, ereiferte sich ihr Stiefvater und strich vorsichtig über die Klinge der Säge.

»Mag sein. Aber ich will damit nichts zu tun haben.« Ihre Stimme klang schroff.

»Meine Güte, dass du so empfindsam bist, das ist mir neu.« Verwundert sah er sie an.

»Ja, so kann man sich täuschen. Für mich wäre das nichts –
im Krankenhaus zu arbeiten und solch schlimme Verletzungen zu behandeln.« Sie griff nach der Karaffe.

»Nun übertreibst du aber. Du hast doch so etwas noch
nie gesehen!« Paris war verstimmt, seine Euphorie verflogen.

»Wenn du wüsstest. William hat mich damals, als ich gerade
unser erstes Kind verloren hatte, zu sämtlichen Schlachtfeldern in Sachsen gezerrt und in die Lazarette dort. Und außerdem …«, sie räusperte sich.

Paris sah sie fragend an. »Ja?«

»Schon gut. Ich muss wieder los.« Cecelia stellte ihr leeres
Glas zurück auf den Tisch.

Wenig später winkte sie auf der Straße eine Droschke herbei. Der Anblick der entsetzlichen Säge ging ihr nicht aus
dem Kopf. Während die Räder über die staubigen Straßen
rollten, schloss sie die Augen. Sie fiel in einen leichten Schlaf.
Im Traum sah sie einen Mann im Krankenbett. Ihm fehlte ein
Arm. Ein Bett weiter lag ein anderer. Beide Beine waren ihm
abgetrennt. Cecelia riss erschrocken die Augen auf. Das war
kein Traumbild. Sie erinnerte sich. Diese Männer hatte sie
gesehen in dem zugigen Lazarett. Damals in Bremerhaven.

52. Little Germany

New York City, 24. Juli 1879

JETZT EINEN FÄCHER! Johanne stöhnte innerlich. Es war beinahe windstill, und die staubige Luft machte das Atmen schwer. Zu gern hätte sie sich wenigstens einen kleinen Lufthauch zugewedelt. Unmöglich. Mit nur einer Hand, die fest von einer verschwitzten Kinderhand umklammert wurde.

»Komm, wir stellen uns weiter unter die Markise. Wir müssen ja nicht hier in der prallen Sonne stehen.« Sie zog Elsie zurück in den Schatten. »Seltsam, der Page sagte doch, Meta würde am Empfang auf uns warten.«

Ratlos sah sie sich noch einmal um. Ein weiterer Page eilte zu ihr. Johanne schüttelte den Kopf. Das hatte der junge Mann verstanden. Zum Glück. Ganz ohne Englisch. Sie musste dringend die Sprache lernen. Ihre heimlichen Englischstunden mit der Fibel zu Hause im Bremerhavener Wohnzimmer zeigten nur wenig Erfolg.

Sie sah das gestreifte Sofa vor sich. Den Tisch mit dem Spitzendeckchen, an dem Sophie so lange gestickt hatte. Und sie hörte eine Stimme, an die sie sich in den vergangenen Tagen gar nicht mehr erinnert hatte: Johnny, ihr fröhlicher grüner Papagei. Hoffentlich kümmerte sich Sophie gut um den Vogel. Sie seufzte. Ach, sie sollte ihn nach Amerika nachholen. Schiffspassagen war Johnny schließlich gewohnt.

»Weißt du, an wen ich gerade denken muss?« Sie beugte sich zu Elsie hinunter. »An unseren Johnny. Er fehlt mir mit seinem Gekrächze.«

Elsie nickte und ahmte den Vogel nach: »Johnny, Johnny. Gutä Junnge.«

Beide lachten.

»Die Hitze scheint euch ja nichts auszumachen, so fröhlich, wie ihr seid!«, rief eine Frau hinter ihnen. Johanne erkannte die Stimme sofort: Es war Meta. Fünf Jahre hatten sie sich nicht gesehen, doch Johanne kam es vor, als seien es nur ein paar Tage gewesen. Sie schlossen sich in die Arme, und Meta wischte sich eine Freudenträne aus den Augenwinkeln.

»Ist das schön. Ick heb di so vermisst! Und dat is diene Lüttsche?«

Johanne nickte. Und plötzlich schien ihr diese große Stadt, die fremde Sprache nicht mehr ganz so furchteinflößend – solange sie nur Metas lachendes Gesicht vor sich hatte.

»Dass ich dich einmal hier sehen würde! Nie hätte ich damit gerechnet. Und dann noch in so einem schicken Hotel!« Meta drückte Johanne erneut an sich. »Und die kleine Elisabeth ist ja auch schon so groß! Guck mal, die habe ich dir mitgebracht, ganz feine Karamellbonbons. Ich habe sie gestern Abend noch gemacht.«

Elsie bedankte sich schüchtern.

»Mein kleiner Carl könnte sich nur von solchen Bonbons ernähren«, erzählte Meta fröhlich.

»Wo hast du denn deine Kinder gelassen? Wo ist die kleine Hanni?«

»Die beiden sind zu Hause. Eine Frau aus der Nachbarschaft passt gelegentlich auf sie auf. Und unser Feinkostgeschäft ist gleich unten im Haus. Ludwig ist also auch nicht weit, für alle Fälle.«

»Fast wie bei uns damals, weißt du noch?«

Meta nickte. »Ja, schön war's bei euch. Ihr wart meine Familie! Und jetzt …« Ihre Stimme zitterte.

»Jetzt hast du selbst eine Familie«, beendete Johanne den Satz.

Meta schloss ihre Freundin ein weiteres Mal in die Arme. »Junge, Junge, Junge, was du alles mitmachen musstest. Das ist ein Schicksal!«, murmelte sie. Fragend sah sie Johanne an.

»Ich komme schon zurecht. Meistens geht es ganz gut.«

»So, dann wollen wir nach Kleindeutschland aufbrechen. Wir könnten sogar mit der Hochbahn fahren. Oder möchtest du lieber die Droschke nehmen?«

»Ach, warum nicht die Bahn?«

An Metas Seite fühlte sich Johanne sicher. Und so spazierten die beiden Frauen mit dem Kind in der Mitte zur 47th Street an der 3rd Avenue und bestiegen die »El«, die elevated Railway in Richtung Süden. Wieder eine technische Neuheit in Johannes Leben! Gestern hatte sie den Fahrstuhl überlebt, heute saß sie in einer Hochbahn, die drei Meter über dem Asphalt durch die Stadt rumpelte. Elsie sah begeistert aus dem Fenster. Sie schienen durch die Luft zu schweben, rauschten an Häusern vorbei, manchmal so nah, dass man in die Wohnungen hineinsehen konnte. Die Lokomotive war sehr laut und stieß dicke Rauchschwaden aus, die die aufgehängte Wäsche zwischen einigen Häusern grau färbten.

»Schneller wären wir mit einer Droschke auf keinen Fall. Und es ist günstiger«, erklärte Meta. Nach fünf Jahren in New York bewegte sie sich ganz selbstverständlich durch die Stadt. Johanne war beeindruckt.

Das Publikum in ihrem Waggon änderte sich. Johanne schnappte immer mal wieder ein deutsches Wort auf und freute sich darüber. Das Windsor Hotel mit seiner Eleganz lag nun schon eine Weile hinter ihnen. Sie blickte sich unauffällig um. Manches Kleid wirkte fadenscheinig. Sie sah fleckige Bowlerhüte und staubige Schuhe. Meta schien die Veränderung unter den Fahrgästen nicht zu wahrzunehmen. An der 9th Street stiegen sie aus.

»Den Rest gehen wir zu Fuß. Es sind nur ein paar Häuserblöcke«, sagte sie und guckte zu Elsie: »Und weißt du, was wir gleich machen, Elsie? Wir gehen auf den Spielplatz auf dem Weißen Platz. Da gibt's Schaukeln, mit denen kannst du so hoch schwingen, dass du auf die Dächer der Häuser gucken kannst!«

»Da fall ich aber doch runter«, meinte Elsie kleinlaut.

»Dann hab ich wohl übertrieben. Aber es ist ein sehr schöner Spielplatz. Carl geht doch auch immer mit mir hin. Aber er ist noch so klein. Vielleicht kannst du ihm ja zeigen, wie man sich richtig festhält an einer Schaukel, sodass man nicht herunterfällt?«

Begeistert nickte Elsie und begann zu hopsen.

»Elsie, pass auf!« Johanne riss ihre Tochter an sich. Gerade waren sie die eisernen Treppen hinabgestiegen, zurück auf die Straße. Hier zogen Pferdebahnen entlang, Droschken, Leiterwagen, junge Männer, die beladene Handkarren über die Straße schoben. Alle hatten es eilig.

»Ja, hier wird es voll. Seid nur vorsichtig!« Meta ging voraus und gab ihnen ein Zeichen, sodass sie schnell die belebte Avenue überqueren konnten. »Das ist kein Vergleich zur Bürgermeister-Smidt-Straße, was?« Sie lachte. »Aber du wirst dich schon daran gewöhnen, Hanni. Das geht ganz schnell.«

Satzfetzen in den unterschiedlichsten deutschen Dialekten drangen an Johannes Ohren. Schwäbisch, Hessisch, ein Mann mit mächtigem Bart beschimpfte einen kleinen Jungen mit bayerischen Ausdrücken. Auch wenn Johanne dieses Sprachengewirr aus Bremerhaven kannte, hier wirkte es auf einmal anders. In Amerika. Dass hier jede deutsche Provinz weiterlebte in ihrer eigenen Mundart, ihrem eigenen Dialekt, hatte sie nicht erwartet.

»Daran gewöhnt man sich. Hier findet jeder die Menschen aus seiner Heimat wieder. Es gibt sogar mehrere plattdeutsche

Vereine. Ludwig singt in einem Männerchor. Ende August wird es ein großes Fest geben von allen plattdeutschen Vereinen hier in New York im Jones Wood. Das ist ein hübscher Park. Da fahren wir alle hin, das ganze Haus. Ihr beiden solltet unbedingt mitkommen!«, schwärmte Meta.

Johanne nickte. Sie las Reklametafeln für deutsches Brot und sah einen schmutzigen Jungen, der die New Yorker Staatszeitung anpries.

»Und sonntags bummeln Ludwig und ich oft die Straße runter. Da fängt die Bowery an mit schönen Bierhallen und Musikbühnen. Fast alles in deutscher Hand. Hier in der Gegend muss man fast kein Englisch können.«

Johanne las ein Straßenschild: 7th Street. Das New Yorker Straßensystem brachte sie durcheinander. Als sie am Morgen aufgewacht war, hatte sie den Stadtplan auseinandergefaltet, den Adolph Claussen ihr geschenkt hatte. Straßen hatten Nummern, aber auch Namen. Dasselbe bei den Hauptstraßen, den Avenues. Zum Glück musste sie sich hier jetzt nicht zurechtfinden. Meta war bei ihr. Johanne betrachtete neugierig die Umgebung. Die Häuser hatten mehrere Stockwerke, häufig waren die Fassaden mit schräg verlaufenden eisernen Treppen verbunden.

»Für den Fall, dass es einmal brennt«, erklärte Meta.

Wie fortschrittlich, dachte Johanne.

Es war Mittagszeit. Auf den Baustellen, die immer wieder zwischen den Häusern zu sehen waren, ließen die Männer die Arbeit ruhen und tranken im Schatten ein Bier.

»Meine Güte, ich dachte, es ist schon alles voller Häuser, aber hier wird ja noch weitergebaut!«

»Ja, hier wird immer gebaut. Zum Glück ist der Weiße Platz da vorn. Die Amerikaner nennen ihn Tompkin Square. Wir Deutschen sagen ›Weißer Platz‹. Dabei ist er gar nicht weiß, sondern grün«, erzählte Meta.

Wenig später standen sie vor einem Haus aus roten Backsteinen, vier Stockwerke hoch. Vor dem Erdgeschoss war eine Art hölzerne Veranda aufgebaut mit einer hellgrauen Markise. Ein Schild hing über dem Eingang »Brünings Delikatessen«. Ein paar Männer standen vor dem Fenster und aßen. Johanne blickte in die Auslage. Sie sah Dauerwürste sorgfältig gestapelt, einen großen Korb mit Bretzeln und verschiedene Holzfässer. Saure Gurken, Silberzwiebeln, Rote Beete. Die kleinen Schildchen davor waren in Deutsch geschrieben.

»Kommt herein, ich ziehe nur schnell meine Schürze über und helfe Ludwig«, rief Meta und schob Johanne mit ihrer Tochter ins Ladenlokal. Vor dem Tresen hatte sich eine kleine Schlange gebildet. Ludwig Brüning, ein schlaksiger Mann mit freundlichen grauen Augen, erfüllte die Wünsche seiner Kunden mit wenigen Handgriffen. Hier ein Brot mit Leberwurst, dort ein Paar Frankfurter Rindswürstchen mit Senf, dazu Kartoffelsalat und eine Gewürzgurke. Bis jeder eine Mahlzeit hatte.

»Ihr habt es also geschafft! Das ist ja wunderbar. Komm, lass dich anschauen!« Ludwig kam mit schnellen Schritten hinter dem Tresen hervor. »Ach, Meta war so aufgeregt, dass du kommst und deine kleine Tochter mitbringst!« Er beugte sich zu Elsie und hob sie in die Luft. »Ein Spielkamerad wartet oben auf dich. Carl. Und da kannst du dir auch die kleine Hanni ansehen. Aber wahrscheinlich schlafen die beiden jetzt gerade.« Er sah auf die Uhr, die über der Essecke hing. Es war mittlerweile kurz nach halb zwei. »Was möchtest du trinken? Ich hoffe, du hast Appetit mitgebracht. Such dir etwas aus!«

Johanne setzte sich zusammen mit Elsie an einen leeren Tisch und beobachtete, wie das Ehepaar Brüning gemeinsam hinter dem Tresen hantierte. Ihr Blick fiel auf ein paar Stiche, die über ihrem Tisch hingen. Es waren Stadtansichten von Bremerhaven. Sie sah den Hafen, den Simon Loschen-

Leuchtturm, die Große Kirche. Auf einmal hatte sie Sehnsucht nach zu Hause, so viel kleiner, so viel überschaubarer.

Sie trank ein paar Schluck von dem kühlen Bier. Wieder beobachtete sie Meta und Ludwig. Bei ihnen ging alles Hand in Hand. Johanne schloss für einen Moment die Augen. Sie sah Hermann Notholt vor sich. Vielleicht wären sie auch so eine gute Einheit geworden wie Meta und Ludwig. Vielleicht wäre Hermann ein guter Vater für Elsie geworden.

Sie trank ihr Glas leer.

»Na, träumst du von Bremerhaven?«, rief Meta. »Hast dich ja schon in die Heimweh-Ecke gesetzt.«

Johanne nickte etwas gequält.

»Ach, so war das doch nicht gemeint. Was meinst du, wie oft ich am Anfang geweint habe. Ich hätte mich am liebsten auf das nächste Schiff begeben und wäre wieder zurückgefahren. Das kannst du mir glauben.«

»Weißt du, Meta, ich bewundere dich und Ludwig. Was ihr hier aufgebaut habt. Dieses schöne Geschäft. Dazu zwei Kinder. Du kannst stolz sein!«

Meta tauschte das leere Bierglas gegen ein volles aus. »Bei dem Wetter kann man schon mal zwei vertragen«, sagte sie und duldete keinen Widerspruch. »Ja, das ist schon ein Geschenk. Wer hätte das gedacht, in meinem Alter. Du bist noch so viel jünger. Du wolltest doch auch immer eine große Familie haben …« Sie wusste nicht weiter. »Was war eigentlich mit deinem Verehrer, diesem Hermann Notholt? Wollte er Kinder?«

Johanne nickte und kämpfte mit den Tränen.

»Ach, Hanni, das wollte ich nicht. Denkst du viel an ihn?«

»Ja. Manchmal glaube ich, ich habe einen großen Fehler gemacht.«

Meta strich ihr mitfühlend über die Schulter. »Gleich gehen wir hoch, da können wir in Ruhe reden.«

53. Seidenblumen

New York City, 25. Juli 1879

LEISE ÖFFNETE META die Tür zu ihrer Wohnung. Alles lag in einem Dämmerlicht. Die Fensterläden waren zugeklappt, die Vorhänge zugezogen. »Himmel, ist das stickig hier!«, flüsterte sie zu Johanne. »Wahrscheinlich schlafen alle drei.«

Nur die Dielenbretter knarrten leise, als die beiden Frauen mit Elsie ins Wohnzimmer gingen. Tatsächlich, im Lehnstuhl saß eine zusammengesunkene alte Frau und schlief. In ihrem Schoß hielt sie einen Stopfpilz und ein paar löchrige Strümpfe. Ihr Gesicht hatte einen bekümmerten Ausdruck – selbst im Schlaf.

»Das ist Wilhelmine Schulz. Eine herzensgute Frau. Sie hilft mir manchmal aus mit den Kindern. Ich stecke ihr dann ein wenig Geld zu, denn die Schulzes leben von der Hand in den Mund«, wisperte Meta.

Erst jetzt nahm Johanne wahr, wie einfach das Zimmer eingerichtet war. Ein Sofa stand an der Wand. Der Samtbezug war sauber, aber etwas abgenutzt. Ein ausgeblichenes Quilt lag auf dem Sitzpolster. Ein Tisch und zwei Stühle machten die Sitzecke komplett. An der Wand hing ein gedrechseltes Regal mit ein paar Büchern und zwei tanzenden Nippfiguren aus Porzellan. Dieses wirbelnde Pärchen, dem schon ein Arm fehlte, war zusammen mit drei Holzstichen die einzige Zierde der kleinen Wohnstube. Direkt vor dem gefegten Kamin stand eine Wiege, in der die kleine Hanni schlief. Das Mädchen hatte die Decke weggestrampelt, sodass die kleinen nackten Kinderfüße zu sehen waren. Daneben stand ein Gitterbett, in dem ihr großer Bruder lag.

Carl war das Abbild von Meta, dachte Johanne. Die dunklen Locken, die vollen Lippen.

»Lassen wir sie schlafen, da haben wir noch einen Moment Ruhe.« Meta führte sie leise in die Küche und brühte einen Kaffee.

»Und du kannst dir hier die Bilder angucken«, sagte sie zu Elsie und gab ihr einen kleinen Stapel abgegriffener Märchenbücher, in denen das Kind sofort zu blättern begann.

Johanne hatte ihren Hut abgenommen und wusch sich das Gesicht mit kaltem Wasser. Beide Frauen setzten sich an den Küchentisch, dessen Platte ganz stumpf war vom vielen Abschrubben. Unschlüssig rührte Johanne in ihrer Tasse und schwieg.

»Erzähl doch mal, wie war denn die Schiffspassage überhaupt? Dass du ausgerechnet auf der ›Mosel‹ fahren wolltest! Also, das hab ich nicht verstanden.« Meta sah Johanne neugierig an.

»Diese Entscheidung hat niemand verstanden. Meine Schwestern fanden die Idee unmöglich. Sie wollten sie mir ausreden. Selbst Pastor Wolf fing noch einmal damit an, als ich mich von ihm verabschiedet habe.« Johanne stockte. »Ich weiß es ja selbst nicht genau. Ich wollte die bösen Geister vertreiben. Einen Schlussstrich ziehen, wenn man das überhaupt kann. Wahrscheinlich ein dummer Gedanke.«

Meta zuckte mit den Schultern. »Warum denn nicht? Ich meine, es war ja das Unglücksschiff.«

»Ja, du sagst es. Aber es ist eben auch nur ein Schiff. Ich hatte gedacht, dass irgendetwas passieren würde unterwegs. Irgendetwas, dass ich merke, jetzt ist der Bann gebrochen. Aber nichts ist passiert. Außer dass Elsie mir einmal verloren gegangen ist. Da war ich in großer Angst. Gar nicht auszumalen, wenn ihr etwas zugestoßen wäre. Dann läge auf der ›Mosel‹ wirklich ein Fluch. Aber zum Glück haben wir Elsie im Zwischendeck wiedergefunden.«

»Oh Gott, da ist dir der Schreck bestimmt in die Glieder gefahren. Ich kriege eine Gänsehaut, allein bei der Vorstellung!« Meta rieb sich die Arme. »Erzähl weiter!«

Und so berichtete Johanne von der Reise, von ihren Erlebnissen mit den Claussens in New York, ihrer ersten Fahrt mit einem Aufzug.

Meta schmunzelte. »Und was gibt es Neues in Bremerhaven? Wie geht es deinen Schwestern?«

In der kleinen, aufgeheizten Küche saßen die Frauen im Dämmerlicht, und auf einmal war es, als säßen sie in der Hafenstraße und die Weser würde keine hundert Meter entfernt in die Nordsee fließen.

»Ich will ja nicht zu neugierig sein«, setzte Meta an, nachdem Johanne ihren Bericht über Bremerhaven beendet hatte. »Aber was ist denn jetzt mit dem Mann, der sich so um dich bemüht hat? Mit Hermann Notholt?«

Johanne seufzte. »Ich habe seinen Antrag nicht angenommen. Das hatte ich dir ja schon geschrieben.«

Meta nickte. »Aber richtig glücklich bist du nicht mit der Entscheidung, oder?«

Johanne schüttelte den Kopf. »Aber du hattest mir doch selbst geraten, nichts zu überstürzen.«

»Na ja, abwarten oder einen Antrag gleich ganz abzulehnen, das sind ja wohl zwei verschiedene Dinge.«

Johanne versuchte, Meta zu erklären, warum sie Hermann Notholt nicht heiraten konnte. Sie senkte ihre Stimme, damit Elsie, die noch immer über die Bilderbücher gebeugt war, nicht alles mitbekam. Johanne erzählte – der verkrüppelte Arm, der tote Christian, der Knall in ihren Ohren, ihre heimlichen Selbstmordgedanken.

Meta hörte ruhig zu. »So, min Deern, es ist zwar mitten am Tag und gleich wachen die Kinder wieder auf. Aber jetzt haben wir uns einen Schnaps verdient.« Sie ging an den

Küchenschrank und zog eine unbeschriftete Flasche heraus. Die beiden Frauen tranken schweigend ihre Gläser leer.

»Weißt du, Hanni, ich kenn dich jetzt, seit du neun Jahre alt warst. Du hast es nicht leicht gehabt, eure Mutter ist so früh gestorben. Ihr wart allein, der Bruder gestorben, der andere krank ...«

»Ja, aber dann bist du ja gekommen.«

Meta nickte. »Und ich erinnere mich noch gut. Du warst immer ein fröhliches Mädchen, natürlich auch pflichtbewusst, musstest dich ja schließlich um deine Geschwister kümmern, nachdem Gott dann auch noch deine große Schwester zu sich genommen hatte. Aber du hast auch gern gelacht und hattest oft den Schalk im Nacken.« Bei der Erinnerung musste Meta schmunzeln. »Warum der Herrgott eure Familie so gestraft hat, das weiß nur er. Aber ich weiß auch etwas. Nämlich, dass du nicht schuld warst an dem Unglück. Du darfst dir keine Vorwürfe machen! Es war ein Verbrechen.«

Johanne schwieg.

»Hanni, du hast schwer zu tragen. Und allein, dass du jetzt immer auf Hilfe angewiesen bist mit deiner Hand, das ist schon eine Prüfung. Aber selbst wenn du jetzt bis an dein Lebensende trauerst und die Schuld bei dir suchst, wird davon keiner wieder lebendig.«

In Johannes Augen sammelten sich Tränen.

»Hanni, miene Lüttsche!« Metas Stimme zitterte. Sie drückte Johannes gesunde Hand. »Denk auch an Elsie! Sie braucht doch einen Vater. Und was du von dem Hermann erzählst, ist er doch wohl ein guter Charakter. Hanni, bitte überleg es dir noch einmal!«

Plötzlich fühlte sich Johanne wieder wie das zehnjährige Etmer-Mädchen, das von Schulhofstreitereien erzählte und bei Meta immer ein offenes Ohr fand. »Ja. Du hast ja recht«, murmelte sie und war dankbar über die Ratschläge der Frau,

die sie so lange und so gut kannte. Allein für dieses Wiedersehen mit Meta hatte sich der lange Weg über den Ozean gelohnt.

Nebenan waren Stimmen zu hören. Das Baby weinte leise.
Elsie sprang auf und sah fragend zu Meta. Die lächelte und öffnete die Tür. Carl stand in seinem Bett und rüttelte an den Gitterstäben. Seine Locken klebten am Kopf. An Hannis Wiege
stand Frau Schulz und wollte gerade das Kind herausheben.

»Lass nur, Mine, das kann ich auch machen!«, rief Meta
und nahm ihre Tochter auf den Arm. Mit der freien Hand
griff sie nach Carl und beförderte ihn schwungvoll aus seinem
Bett. »Guckt mal, ihr beiden, wir haben Besuch! Das ist Elsie!«

Die Brüning-Kinder nahmen das fremde Mädchen in
Augenschein. Hannis Weinen verstummte. Elsie berührte vorsichtig Hannis nackte Füße, und das kleine Mädchen begann
zu lachen. Johanne strich Elsie über den Kopf.

Wilhelmine war verlegen. »Ich bin bloß die Nachbarin.
Und Sie sind Metas Freundin aus Bremerhaven, richtig?«
Offenbar hatte Meta ihr zuvor Bescheid gegeben über Johannes Behinderung, denn die Kinderfrau machte keine Anstalten,
Johanne die Hand zu geben, sondern nickte ihr nur freundlich zu. »Herzlich willkommen in Amerika!«, sagte sie und
legte die Stopfsachen auf den Tisch. »Ich bin fast fertig. Aber
langsam brauch ich wohl doch eine Brille. Hast du noch etwas
zu tun für mich?«

Meta schüttelte den Kopf.

»Gar nichts?« Unschlüssig stand die alte Frau neben dem
Lehnstuhl. »Vielleicht die Blumen?«

Meta überlegte. »Der Karton steht neben dem Kleider-
schrank im Schlafzimmer.«

Kurz darauf kehrte Wilhelmine Schulz mit einer verschnür-
ten Pappkiste zurück. Sie öffnete den Deckel. Im Inneren
lagen sorgfältig gestapelt Seiden- und Taftstoffe in leuchtenden Farben, dazu gefärbte Federn und mehrere Rollen Bänder

und Draht. An der Seite sah Johanne zwei Rosen. Sie sahen täuschend echt aus – bestanden aber aus mehreren Lagen Seidentaft, deren Farben von Hellrosa in ein mattes Pink übergingen.

»Die sind ja wunderschön!« Vorsichtig nahm Johanne eine Blume aus der Kiste. »Hast du die gemacht?«

Meta nickte. »Ja, die sind von mir. Für die Hüte. Abends, wenn die Kinder schlafen und alles vorbereitet ist für das Geschäft und mir selbst nicht die Augen zufallen, dann mache ich manchmal solche Blumen.«

»Das sind ja richtige kleine Kunstwerke!«

Meta lächelte bescheiden. »Danke, danke, Hanni. Das Material ist sehr gut. Hochwertig. Und die Muster krieg ich von der Hutmacherin, sie zeigt mir genau, was sie haben will und wie ich es machen muss. Ja, und so kann ich noch ein bisschen was dazuverdienen.« Sie überlegte kurz. »Ach, Mine, lass das mal lieber mit den Blumen. Frag doch unten Ludwig, ob du ihm beim Abwaschen helfen kannst! Und ansonsten sehen wir uns morgen gegen 11 Uhr wieder.«

Wilhelmine Schulz herzte die Kinder und verabschiedete sich.

»Stopfen kann sie wirklich gut. Aber die Seidenblumen? Die mache ich besser selbst. Das Material ist so teuer.«

Johanne nickte. »Wahrscheinlich werden das auch wunderschöne Hüte, oder? Hast du selbst auch einen Hut von dieser Frau?«

»Ja, der ist aber eher etwas für den Winter. War auch nicht so teuer. Das könnte ich mir doch gar nicht leisten. Aber für dich könnte etwas dabei sein!«

»Ich hab meine eigenen Hüte mitgebracht.«

»Die sind doch wahrscheinlich alle von Lucie Wätjen aus der Fährstraße. Hanni, du bist jetzt in New York und wohnst in so einem schicken Hotel. Ich bring dich in den nächsten Tagen einmal zu der Hutmacherin. Sie macht das mittlerweile nur noch nebenbei. Aber was sie macht, das ist einfach schick. Die Frau ist Französin. Und das Gute ist, sie spricht sogar Deutsch.«

»Wie interessant! Also wenn die Hüte so schön aussehen wie deine Blumen, ja, dann überlege ich es mir.« Johanne lachte. Sie fühlte sich unbeschwert. Ein schicker neuer Hut für den Sommer in New York. Oder vielleicht zwei. Die Idee gefiel ihr.

Gut gelaunt half sie Meta mit den Kindern und bald darauf saßen sie auf einer Parkbank auf dem Tompkin Square und aßen die Wurstbrote auf, die vom Mittagsgeschäft im Delikatessenladen übrig geblieben waren.

54. Ein Besuch

New York City, 15. August 1879

CECELIA HIELT IHRE HAND mit dem Ring in die Sonnenstrahlen, die durch die Vorhänge drangen. Selbst hier, im abgedunkelten Wohnzimmer, funkelten der Saphir und der Diamant um die Wette. Andächtig betrachtete sie das Schmuckstück. Es war überwältigend. Die beiden Steine wurden von einem Band aus Platin gehalten. Allein der Diamant dürfte ein Vierkaräter sein, schätzte Cecelia. Das geöffnete Etui stand noch auf dem Tisch. »Tiffanys & Co.« war in goldener Schrift im Innenfutter zu lesen.

Als William ihr gestern Abend nach dem Essen die kleine Schachtel überreicht und mit zitternder Stimme um ihre Hand angehalten hatte, hätte Cecelia fast geweint vor Rührung. Und als er ihr den Ring ansteckte, war sie sprachlos gewesen. Genau diesen Ring hatte sie in einer der Vitrinen bei Tiffanys gesehen und bewundert. Und auf einmal steckte er an ihrem Finger. Verrückt. Ihr Polizeibeamter verschenkte einen Verlobungsring, den sich unter normalen Umständen wahrscheinlich noch nicht einmal der Polizeipräsident leisten konnte.

Sie lächelte versonnen. Hier in New York konnten sich viele Polizisten viel leisten. Das hatte sie William so oft gesagt, und endlich hatte er es eingesehen. Das hier – dieses kostbare Zeichen der Liebe – war der Beweis. William machte mittlerweile gute Geschäfte innerhalb seiner Dienstzeit. Anders ging es nicht, so teuer, wie das Leben hier war. Cecelia seufzte zufrieden. Sie hatte seinen Antrag angenommen. Sie würde noch einmal heiraten. Ganz klein, ganz bescheiden. Nur der Ring würde allen zeigen, wie groß ihre Liebe war. Oder zumindest, wie viel sie wert war.

Es läutete an der Tür. Cecelia hörte Doras festen Schritt. Vorsichtig legte sie den Ring in die Schachtel zurück und ließ sie in einem hohlen Buch verschwinden, in dem sie einen Teil ihres Schmucks aufbewahrte.

Frauenstimmen. Sie sprachen Deutsch. Diese ganzen Deutschen in der Stadt! Da hätte sie gleich nach Berlin ziehen können. Cecelia strengte sich an, um die Unterhaltung zu verstehen. Sie erkannte die Stimme von Meta, ihrer Seidenblumen-Lieferantin aus Little Germany. Sicher hatte sie wieder ein paar schöne Exemplare angefertigt. Sie war sehr geschickt. Ihre Blumen sahen täuschend echt aus.

Gut gelaunt ging sie in den Korridor und begrüßte Meta. »Guten Tag, Mrs. Brüning! Na, haben Sie wieder eine ganze Blumenwiese dabei?«

»Mrs. Thomas! Wie schön, Sie zu sehen. Geht es Ihnen gut? Endlich habe ich Ihren Auftrag fertigbekommen«, begann Meta. »Aber ich sehe gar kein Schild mehr ›Salon Paris‹. Haben Sie Ihr Geschäft jetzt ganz aufgegeben?«

Cecelia lächelte. Sie war bester Dinge. »Ach, liebe Mrs. Brüning, wir haben uns ewig nicht gesehen. Es ist bestimmt schon bald ein Jahr her, nicht wahr? Die letzten Male hat meine Schwester die Blumen bei Ihnen in Little Germany direkt abgeholt. Aber …« Cecelia suchte nach den passenden Worten auf Deutsch. »Ich mache jetzt nur noch nebenbei ein paar Hüte. Wissen Sie, ich muss mich einfach mehr um meine Kinder kümmern.« Sie zuckte die Achseln. Das Lügen fiel ihr nicht schwer.

»Wie schade! Nun habe ich gerade eine Freundin aus Deutschland dabei. Und ihr hatte ich so von Ihren Hüten vorgeschwärmt.« Meta trat einen Schritt zur Seite und wies auf Johanne, die hinter ihr stand. Wie immer hielt sie die linke Hand über dem rechten Ärmelende, sodass ihre Behinderung nicht zu sehen war.

»Eigentlich mache ich ja fast nichts mehr. Aber wenn das so ist?« Cecelia schenkte der fremden Besucherin ein beinahe herzliches Lächeln und bat die beiden Frauen herein.

Johanne war einen Moment irritiert. Meta hatte nie davon gesprochen, dass die Hutmacherin Thomas mit Nachnamen hieß. Sie überlegte. Meta hatte den Namen gar nicht erwähnt, nannte sie nur »meine Hutmacherin« oder erzählte vom »Salon Paris«. Eigenartig. Aber wahrscheinlich kam jetzt wieder ihre Neurasthenie zum Ausdruck. Johanne dachte an Dr. Michaelis in Homburg. Der Nachname Thomas war nun wirklich nichts Besonderes in Amerika. Dass sie jetzt sofort an den Mörder ihrer Familie dachte, war ein Zeichen für ihre angegriffenen Nerven, versuchte sie sich selbst zu beruhigen. Außerdem würde die Witwe eines Massenmörders den Namen ihres Mannes doch wohl als Erstes ablegen.

Dennoch konnte sie ein leichtes Unbehagen nicht abschütteln. Dabei war diese Mrs. Thomas sehr freundlich. Führte ihren Besuch über lange Perserteppiche in einen Salon, in dem ein rosafarbenes Sofa und zwei passende Sessel standen. An den hellgelben Wänden hingen Ölgemälde, etwas zu düster geratene Stillleben im Stile holländischer Meister. Auf einem langen Tisch waren mehrere Kisten aufgetürmt. Daneben standen drei Köpfe aus Holz, auf denen halbfertige Hüte drapiert waren. Unter dem Tisch und an der Wand entlang stapelten sich weitere Kisten, Holzformen und Hutschachteln. Einige waren geöffnet. Aus einer Schachtel quollen Federn, aus einer anderen leuchteten Bänder in verschiedenen Farben. Ein Schild mit dem Schriftzug »Salon Paris« stand senkrecht an der Wand.

»Das ist jetzt mein kleines Reich, in dem ich ab und an noch arbeite.« Cecelia schloss die Flügeltür. Kaum merklich bewegten sich einige Kristall-Anhänger des Kronleuchters im Lufthauch. Nur Johanne sah das Funkeln. Meta und die Gastgeberin plauderten angeregt.

Cecelia läutete nach Dora und bestellte Erfrischungen für ihre Gäste. Als Dora das Tablett mit den Getränken brachte, betrachtete sie neugierig die beiden Frauen. Eine der beiden kannte sie. Die Frau, die die künstlichen Blumen herstellte. Aber die andere? Beim Hinausgehen ließ Dora ihren Blick kurz über die zweite Frau schweifen. Irgendetwas stimmte nicht mit ihr. Sie saß so seltsam auf dem Sessel, so hoch aufgerichtet. Und sie hielt die ganze Zeit die Hände in den Schoß gepresst.

Cecelia war noch immer ganz beseelt von ihrem Verlobungsgeschenk, das sie am liebsten präsentiert hätte. Doch dieser Besuch war das falsche Publikum. Zwischen ihr selbst und Meta mit ihrer Freundin, deren Namen sie schon wieder vergessen hatte, klaffte ein Standesunterschied. Zwei fleißige Frauen mit kleinbürgerlichem Hintergrund. Nur keinen Neid schüren.

Sie gab Meta das vereinbarte Honorar und erkundigte sich höflich nach den Kindern. Das Gespräch plätscherte dahin, bis Johanne ihr Glas mit Limonade nahm. Es war etwas dabei, das Cecelia stutzig machte. Warum tat diese Frau alles mit der linken Hand? Warum lag der rechte Arm wie betäubt in ihrem Schoß?

»Sie müssen mein Deutsch verzeihen, es ist schon so lange her, dass ich in Ihrem Heimatland war!«, wandte sie sich an Johanne. »Und Deutsch ist wirklich eine schwierige Sprache.« Sie lachte. »Zum Glück sprechen ja so viele Menschen Englisch. Selbst in Deutschland. In der Stadt, in der ich gelebt habe, gab es sogar eine richtige amerikanische Kolonie.«

»Wie interessant! Das wusste ich gar nicht«, antwortete Johanne höflich. Ihr Mund war trocken.

»Und Sie? Machen Sie es wie Meta, starten Sie in New York neu? Oder kehren Sie wieder zurück in die alte Heimat?«, fragte Cecelia.

Johanne räusperte sich: »Ich möchte hierbleiben. Meta ist mir ein großes Vorbild.«

»Ja, natürlich. Das kann ich gut verstehen. Wie läuft überhaupt das Delikatessengeschäft?« Damit wandte sich Cecelia wieder Meta zu, die begeistert über den Laden berichtete.

Johanne überlegte fieberhaft. Konnte es wirklich sein, dass diese Frau, die sich so freundlich und interessiert mit ihrer alten Freundin Meta unterhielt, dass diese Frau die Witwe von William King Thomas war? Gab es einen solchen Zufall? Würde Gott ihre Schritte ganz über den Ozean, durch diese riesige Stadt, an der Seite ihrer alten Kinderfrau ausgerechnet in das Haus dieser Frau lenken? Auf Johannes Oberlippe bildeten sich kleine Schweißperlen.

»Es ist warm hier. Noch ein Glas Limonade?« Cecelia schenkte nach.

Johannes Hand zitterte, als sie das Glas zum Mund führte. Sie trank hastig und verschluckte sich. Ihr Gesicht wurde rot, sie rang nach Luft. Besorgt sprang Meta auf und klopfte ihr auf den Rücken. Johannes Augen tränten. Hektisch griff sie nach dem Beutel, den sie so geschickt auf ihrem rechten Handgelenk platziert hatte. Der Beutel glitt zur Seite. Und auf einmal war er zu sehen – der Ärmel mit der leeren Öffnung. Nur Rüschen, keine Hand.

Cecelia traute ihren Augen nicht. Sie starrte auf diesen Arm, der so abrupt endete. War das ein Trick? Hielt die Fremde ihre Hand verborgen? Sie schauderte. Johanne saß auf dem Sessel mit hochrotem Kopf und hustete, während Meta besorgt an ihrer Seite stand. Cecelia konnte den Blick nicht von dem Armstumpf abwenden. Plötzlich sah sie das silberne Sägeblatt vor sich. Den Amputationskoffer, den John Paris ihr gezeigt hatte. Hatte solch eine Säge, von der ihr Stiefvater so geschwärmt hatte, hier ihre präzise Arbeit verrichtet und diese junge Frau so entsetzlich entstellt? Was für ein Schicksal. Cecelia sprang auf. »Sie Arme, war die Limonade zu kalt?«

Johanne rollte das Taschentuch zusammen und stopfte es zurück in den Beutel. Schnell zupfte sie die Rüschen zurecht und bedeckte die leere Ärmelöffnung. Für einen Moment schloss sie die Augen. »Es geht schon wieder.« Sie atmete tief durch.

Cecelia nickte ihr aufmunternd zu. »Sie Ärmste! Sagen Sie, Mrs., Mrs. … Oh, Sie müssen verzeihen, mir ist Ihr Name entfallen.«

»Ich heiße Claussen«, antwortete Johanne.

»Ach, das ist ja eine Überraschung. Mir ist es vorhin gar nicht aufgefallen. Claussen! Ich kenne auch eine Familie Claussen hier in der Stadt«, Cecelia guckte sie neugierig an. »Sind Sie zufällig mit Adolph und Jennie Claussen verwandt?«

Johanne nickte.

Cecelia überspielte den Schrecken. »Das ist ja ein toller Zufall! Jennie Claussen war eine gute Kundin von mir. Eine herzensgute Frau, ganz bescheiden. Leider ist der Kontakt ein wenig eingeschlafen. Sie ist sehr beschäftigt. Entzückende Kinder!«

Die Überraschung war Johanne anzumerken: »Ach, dann kennen Sie die Claussens? Leider ist mein Englisch noch zu schlecht, deshalb kann ich mich mit Mrs. Claussen kaum verständigen. Aber ihr Mann, Adolph, kommt aus Bremerhaven. Ein Cousin meines verstorbenen Mannes. Aus ihm ist ein richtiger amerikanischer Geschäftsmann geworden.«

Cecelia zog die Augenbrauen in die Höhe und stöhnte kurz auf. »Nun ja, nicht jedes geschäftliche Vorhaben ist mit Fortune gesegnet. Soweit ich weiß, verlief das letzte finanzielle Engagement von Mr. Claussen nicht ganz so erfolgreich.« Sie sah zu Boden. Die Besucherinnen sollten nicht sehen, wie sehr ihr dieser Mann mit seiner unsäglichen Pleite noch immer zu schaffen machte.

»Ich glaube, ich weiß, worauf Sie anspielen. Es ging um Zuckerrohr«, Johanne seufzte. »Die Pleite hat sich bis nach Deutschland herumgesprochen. Von seiner Familie dort gab es Unterstützung. Aber sein Schwiegervater hier in Amerika hat ihm wohl noch mehr geholfen. Er muss sehr vermögend sein.«

»Meinen Sie Matthew Burns?«

»Ja, ich glaube, so heißt er, der Vater von Mrs. Claussen«, erwiderte Johanne.

»Matthew Burns hat halb New York gebaut. Ein unglaublich geschäftstüchtiger Bauunternehmer. Sagenhaft! Dabei kam er aus ganz kleinen Verhältnissen. Er ist aus Irland eingewandert, dann im Goldrausch nach Kalifornien gegangen und hat dort sein erstes Geschäft eröffnet«, Cecelia wurde immer gesprächiger.

»Oh, Sie kennen sich ja sehr gut aus!« Johanne war beeindruckt.

»Ach, wissen Sie, New York ist ein Dorf!« Cecelia lachte kurz auf. »Eine sehr gute Freundin von mir ist mit C. P. Huntington verheiratet. Sagt Ihnen der Name etwas? Der Eisenbahn-Millionär?«

Meta nickte beeindruckt. Johanne schüttelte den Kopf.

»Nun, Matthew Burns und Collis Huntington haben zu Beginn ihrer Karriere Tür an Tür in Sacramento in Kalifornien ihre ersten kleinen Läden eröffnet. Das ist Ewigkeiten her. Der eine hat dann sein Glück mit Häusern gemacht, der andere mit der Eisenbahn. Hier in Amerika ist einfach alles möglich«, schwärmte sie.

Cecelia dachte an Belle. Sie hatte lange nichts mehr von ihr gehört. Vermutlich war sie wieder in Europa unterwegs – immer auf der Jagd nach neuen Kunstwerken, mit denen sie ihren Palast in der 5th Avenue verschönerte. Die Wände waren voll davon. Mit einem Seufzer blickte sie Johanne an. »Jetzt sind wir ins Plaudern gekommen. Ja, Mrs. Claussen, New York ist eine aufregende Stadt. Aber wenn man erst einmal Fuß gefasst hat, merkt man, dass es hier genauso klein sein kann wie in einem Dorf im …«, sie suchte nach dem richtigen deutschen Wort. »Schwarzwald!«

Meta und Johanne lachten.

»Meine Vorfahren stammen aus dem Elsass«, erklärte Cecelia mit einem Schmunzeln. »Da ist der Schwarzwald nicht weit.«

Johanne war beeindruckt von der Weltläufigkeit Cecelias. Ihr Misstrauen war gewichen. Wahrscheinlich lag das Unbehagen nur daran, dass die Nerven ihr von Zeit zu Zeit einen Streich spielten.

»Meta sagte, Sie wären an einem Hut interessiert. Normalerweise entwerfe ich nur noch für gute Kundinnen oder Freundinnen ein Modell. Aber ich tue Ihnen gern den Gefallen. Am besten machen wir dazu einen Termin, und dann können wir in Ruhe Maß nehmen und besprechen, was Ihnen vorschwebt«, schlug Cecelia vor.

»Mrs. Thomas, das ist sehr großzügig von Ihnen«, Johannes Freude war echt, »Meta, dann kommen wir gern ein weiteres Mal, oder?«

Meta nickte. »Vielleicht schaffe ich bis dahin auch noch ein paar Blumen. Allerdings habe ich gerade mit den Kindern doch recht viel zu tun, und dann das Geschäft ...« Sie seufzte.

»Aber bitte, liebe Mrs. Brüning! Das hat doch keine Eile. Ich weiß, wie schwierig es manchmal ist, wenn man sich eine Existenz aufbaut und gleichzeitig eine gute Mutter sein will. Bitte, lassen Sie sich Zeit«, beruhigte sie Meta.

Cecelia brachte ihren Besuch zur Haustür. Hier vereinbarten die Frauen ein weiteres Treffen in der kommenden Woche. Die Verabschiedung fiel herzlich aus. Denn Cecelias prächtige Stimmung wurde sogar noch gesteigert: Sie würde etwas Gutes tun! Sie würde der Frau ohne Hand einen schönen Hut entwerfen, der vielleicht ein wenig von dieser grässlichen Verstümmelung ablenken würde. Das arme Ding!

»Wie schön, dass Sie mich besucht haben! So konnte ich nach so langer Zeit wieder einmal Deutsch sprechen. Ich hoffe, Sie verzeihen mir meine Fehler!«, Cecelia zwinkerte Meta zu. »Seit meiner Zeit in Dresden spreche ich kaum noch Deutsch. Oder wir versuchen es auf Englisch!«, wandte sie sich an Johanne. »Das müssen Sie ja nun lernen, wenn Sie hier leben wollen. Alles Gute! Bis nächste Woche!«

Auf der Straße hakte sich Meta bei Johanne ein.

»Na, was hab ich dir gesagt? Sie ist doch wirklich eine charmante Frau. Und extra deinetwegen hat sie die ganze

Zeit Deutsch mit uns gesprochen. Klingt doch drollig diese Mischung aus Deutsch und Englisch?«, bemerkte Meta mit einem Schmunzeln.

»Ja, das stimmt. Vielen Dank, dass ich dich begleiten durfte«, Johanne drückte Metas Arm. »Aber hast du gewusst, dass Mrs. Thomas in Dresden gelebt hat?« Johanne spürte, wie das Misstrauen zurückkehrte. Ihr Herz schlug schneller.

»Ob sie in Dresden oder in Berlin oder im Schwarzwald gewohnt hat, das tut doch nichts zur Sache. Sie kennt sogar die Claussens, hat dir noch einen gut gemeinten Hinweis gegeben zu den Fähigkeiten von Adolph als Geschäftsmann. Und jetzt grübelst du hier herum. Was ist los mit dir?« Prüfend betrachtete Meta ihre Freundin.

»Bitte halt mich nicht für hysterisch. Aber ich glaube nicht, dass es so viele Amerikanerinnen, die Thomas heißen, in Dresden gibt«, antwortete Johanne.

»Denkst du jetzt etwa, dass sie die Frau von dem Dynamit-Teufel ist? Hanni, das ist hier New York und nicht Bremerhaven. Das sind doch ganz andere Dimensionen. Vielleicht ist diese Reise nach Amerika doch ein wenig viel für dich?« Meta sah sie besorgt an.

Johanne schüttelte den Kopf.

»Jetzt kehren wir erst einmal zurück nach Hause. Die Kinder werden sich freuen. Wollen wir uns eine Droschke gönnen?« Meta wartete keine Antwort ab und winkte einen Kutscher herbei.

Auf dem Weg durch die staubigen Straßen starrte Johanne durch das Fenster. Was war nur los? War alles vergeblich? Der Aufbruch nach Amerika, die Fahrt mit der »Mosel«, all der Mut, neu anzufangen? Konnte sie die Vergangenheit denn nie ruhen lassen? Sie spürte, wie ihr Hals eng wurde. Sie sah Hermann Notholt vor sich. Alles hatte sie hinter sich gelassen. Vielleicht sogar ein neues Glück. Nur um Tausende Kilometer entfernt zu merken, dass die Vergangenheit immer bei ihr war. Die Katastrophe von Bremerhaven ließ sie nicht mehr los. Sie strich den Stoff an ihren Armstumpf glatt.

Aber was war, wenn ihre innere Stimme die Wahrheit sagte? Wenn Cecelia Thomas, die redselige und freundliche Hutmacherin in Wirklichkeit die Frau des Teufels war?

55. Küchenmärchen

New York City, 18. August 1879

»MOMMY! MOOOOMMMY!« Klinas Stimme schrillte durch das Treppenhaus. Cecelia ließ die Tasse Tee sinken und horchte. Sie erkannte innerhalb von Sekunden am Tonfall jedes ihrer Kinder, ob echte Gefahr oder etwas Belangloseres dahintersteckte. Klina klang aufgebracht, aber nicht nach einer ernsten Bedrohung. Cecelia nippte noch einmal am Tee und seufzte. In dem Moment wurde die Tür aufgerissen und ihre Tochter stand heulend vor ihr. »Mommy, stimmt es, dass bei großen Mädchen die Hand abgeschnitten wird, wenn sie am Daumen lutschen?«

Cecelia rollte die Augen. »Wer hat dir denn diesen Unsinn erzählt? Etwa dein Bruder?«

Klina schluchzte und hielt sich den Daumen. »Nein. Willie war's nicht.«

Cecelia drückte ihre Tochter an sich. »Nun zeig einmal. Ist es wahr, dass du immer noch am Daumen nuckelst? Du bist jetzt acht Jahre alt, Klina. Da macht ein feines Mädchen so etwas nicht mehr«, tadelte sie das Kind.

Schuldbewusst senkte Klina den Blick auf ihren Daumen, den sie noch immer fest umschlossen hielt. »Mommy, Dora hat erzählt, dass die Hand abgeschnitten wird, wenn man noch nuckelt, obwohl man schon groß ist. Sie hat gesagt, dass sie eine Frau gesehen hat, bei der das passiert ist. Eine Frau ohne Hand!« Klinas Stimme war vor Aufregung ganz hoch.

»So ein Unsinn! Na, mit Dora werde ich gleich einmal sprechen. Solche Schreckensgeschichten zu verbreiten«, Cecelia schüttelte ärgerlich den Kopf.

»Schimpf nicht mit Dora. Sie hat ja nur erzählt, dass eine Frau bei dir zu Besuch war, die nur eine Hand hatte.« Fragend sah sie ihre Mutter an.

»Ja, das ist richtig. Aber das kommt doch nicht vom Daumenlutschen. Vielleicht ist sie so geboren. Oder sie hatte einen Unfall … Ich weiß es nicht. Man fragt auch nicht danach. Das ist taktlos. Und was noch wichtiger ist, man redet auch anschließend nicht darüber und erzählt Schauermärchen«, sagte Cecelia streng. »Und du, mein Schatz, glaub nicht alles, was du hörst. Und vor allen Dingen, benimm dich wie eine junge Dame, nicht wie ein Baby.« Sie streichelte Klina über die Wange und gab ihr einen Kuss.

»Oh, wie gut, dass ich dich gefragt habe. Ja, Mommy, ich hör auf, versprochen!« Und schon lief sie aus dem Salon zurück in den Flur.

Cecelia schenkte sich noch eine weitere Tasse Tee ein und blickte nachdenklich auf die silberne Kanne. Wieder sah sie den leeren Ärmel vor sich. Es grauste sie. Und diese Mrs. Claussen war doch höchstens Mitte 20. Ein schlimmes Schicksal. Es gab so viele Menschen, denen das Glück nicht hold war, dachte sie mitfühlend. Verglichen damit ging es ihr doch mittlerweile gut. Die Kinder gesund und wohlgeraten. Auch die vorlaute Klina. Cecelia musste lächeln. Die Existenz ihrer Familie war vorerst gesichert. Wie gut, dass sie auf Kate gehört hatte und die Hutmacherei nur noch aus Vergnügen betrieb. Um wie viel lukrativer war doch die Zimmervermietung. Und bald würde sie sogar noch einmal heiraten. Wer hätte das gedacht, damals auf der grässlichen Überfahrt auf der »Wieland« vor dreieinhalb Jahren?

Erleichtert lehnte sie sich im Sessel zurück und schloss die Augen. Die späten Abende ... Cecelia ging erst dann zu Bett, wenn die letzten Gäste das Haus verlassen hatten. Das war vielleicht der einzige Nachteil ihres »Houses of assignation«, diese unablässige Müdigkeit. Hoffentlich geben die Kinder einen Moment Ruhe, dachte sie noch, dann glitt sie in einen kurzen, tiefen Schlaf.

In der Küche saß Klina und wartete darauf, dass Dora ihr einen weiteren Keks aus der rot gemusterten Blechdose gab, die normalerweise unerreichbar auf dem obersten Bord in der Speisekammer aufbewahrt wurde. Jetzt stand die Dose auf dem Tisch. Klina traute sich nicht, selbst hineinzugreifen. Dora hatte gerade mit ihr geschimpft. »Ich hab's Mommy doch nur gesagt, weil ich solche Angst hatte«, beschwor Klina das Dienstmädchen mit leiser Stimme. »Sie ist gar nicht böse auf dich.«

Dora schwieg und drehte den Deckel der Keksdose langsam zu. »Du musst ja nicht sofort zu deiner Mutter rennen. Ich will ja auch, dass du dich wie ein vornehmes Mädchen benimmst«, sagte sie vorwurfsvoll, dann stand sie auf, um die Dose zurückzubringen.

Klina seufzte.

»Na, ich will nicht so sein. Hier, der letzte für dich. Aber jetzt gehst du ganz schnell zu deinen Geschwistern und lässt mich in Ruhe arbeiten!«

Das Mädchen konnte schließlich nichts dafür, dass seine Mutter zu Wutanfällen neigte. Dora stöhnte. Da konnte sie sich auf etwas gefasst machen. Erst neulich hatte Cecelia Dora eine Standpauke gehalten. Der Anlass war so nichtig, dass Dora ihn schon wieder vergessen hatte. Wenn sie die Kinder nicht so sehr in ihr Herz geschlossen hätte, hätte sie sich längst eine andere Anstellung gesucht. Deutsche Dienstmädchen wurden in New York mit Kusshand genommen. Am liebsten würde sie in einem wirklich vornehmen Haushalt arbeiten, irgendwo an der Fifth Avenue in einem dieser prächtigen Häuser, die aussahen wie ein Schloss, dachte Dora. Hier war ja alles nur Tand. Natürlich wusste sie, was sich im Haus nebenan abspielte. Wie Mrs. Thomas zu ihrem Geld kam, und vor allen Dingen, in welchem gottlosen Verhältnis sie zu Mr. Meyer stand. Und den Kindern dann zu erzählen, was sich für ein »vornehmes Mädchen« gehörte und was nicht …

Dora begann, die Erbsen zu pulen, die für das Abendessen vorgesehen waren. Die Köchin hatte heute einen freien Nachmittag – angeblich musste sie dringend zu ihrer kranken Mutter. Dora glaubte ihr kein Wort. Das hatte sie bei der Familie Thomas gelernt – misstrauisch zu sein.

Sie legte das Messer an die Seite. Ihr fiel der Brief ein, den Cecelia vor ein paar Wochen auf ihrem Sekretär vergessen hatte. Die eng beschriebenen Blätter lagen wie eine Einladung auf der aufgeklappten Schreibfläche des Sekretärs. Sie war beeindruckt, dass Mrs. Thomas in genauso scharfem Ton schreiben konnte, wie sie schimpfte. Ein Grund mehr aufzupassen, dass sie selbst eines Tages kein schlechtes Empfehlungsschreiben von ihr bekam.

Dora grübelte. Ihr war der Name der Frau entfallen, an die der Brief gerichtet war. Ein bitterböser Brief! Die Schreibfeder wurde bei Cecelia zur Waffe. Angestrengt dachte Dora nach. Cecelia hatte die Adressatin angeherrscht, sie nie mehr mit Bettelbriefen zu behelligen. Sie sei Witwe und müsse sich um ihre eigenen vier vaterlosen Kinder kümmern. Und dass sie nicht das Andenken ihres verstorbenen Mannes beschmutzen solle. Alles sei ein Lügengebilde, um sie zu erpressen. Die Geschichte von der armen Dienstmagd, sitzen gelassen mit Zwillingen im Bauch – eine unverschämte Lüge. Sollte sie die Dreistigkeit besitzen, sich noch einmal bei ihr zu melden, würde sie juristisch gegen sie vorgehen. Ein Anwalt sei bereits im Bilde, so hatte Cecelia gedroht.

Dora stopfte sich ein paar Erbsen in den Mund. Wie süß sie waren! Schnell nahm sie noch eine Handvoll. Sie war allein. Die Bodendielen vor der Küche knarrten so laut, dass sie immer gewarnt war, wenn jemand vor der Tür stand. Sie lauschte. Alles war ruhig. In was für ein Haus war sie hier geraten? Immer gab es neue unheilvolle Ereignisse. Erst die Sache mit dem falschen Namen, dann der Betrug mit dieser Louisa O'Connor. Der Polizist, der nach und nach zum Liebhaber der Herrschaft wurde. Das Stundenhotel, dieser Brief …

Der verstorbene Mr. Thomas musste ein wahrer Bösewicht gewesen sein. Ein Verbrecher, der viele Menschen auf dem Gewissen hatte, sich außerdem selbst das Leben nahm und ein schwangeres Dienstmädchen mit Zwillingen zurückließ. Dora schüttelte den Kopf. Und seine Witwe? Auch nicht viel besser. Nein, eine vornehme Adresse war das hier nicht. Dafür wurde es selten langweilig. Allein dieser Besuch neulich – die Frau ohne Hand. Dora zuckte zusammen. Aber es war weniger der Gedanke an die verstümmelte Frau als vielmehr die Stimme ihrer Herrschaft, die in diesem Moment laut und streng nach ihr rief. Pflichtschuldig wischte sich Dora die

Hände ab und machte sich auf den Weg in den Salon, um den angekündigten Tadel über sich ergehen zu lassen.

56. Eine Schere

New York City, 22. August 1879

JEDES MAL, WENN der schwarze Spazierstock auf den Boden traf, wirbelte er eine kleine Staubwolke auf. Der Sommer in New York war stickig. Johanne vermisste die frische Brise, die fast immer durch Bremerhaven wehte. Eigenartig, erst in der Fremde fielen ihr so viele Dinge ein, die sie schätzte in der Heimat. Versonnen betrachtete sie den Spazierstock, der jetzt in die Luft zeigte. Ausholende Bewegungen, die andere Passanten in Bedrängnis brachten. Adolph Claussen scherte sich nicht darum. Mit großer Geste präsentierte er die wichtigste Straße der Stadt: Die Wall Street – mitsamt der Börse, den Bankhäusern, den Bürobauten.

»Hier schlägt das Herz von New York, ach was, von ganz Amerika!« erklärte er stolz.

Johanne folgte seinem Blick. Die Gehwege waren voller Menschen. Voller Männer. Sie selbst war hier im doppelten

Sinne eine Exotin, als Frau und als Fremde. Doch an der Seite von Adolph Claussen hatte sie nichts zu befürchten. Er bewegte sich mit größter Selbstverständlichkeit durch die aufgeregt rufenden Männer. Andere standen in kleinen Grüppchen zusammen und schienen sich zu beraten. »Hier werden die Geschäfte gemacht. Weißt du, die Börse ist jetzt schon zu klein für die vielen Transaktionen im Land. Eisenbahn, Schiffslinien, Öl, Stahl … Hier wird das große Geld gemacht. Ganz in der Nähe hatte ich mein Kontor. In der Pearl Street, gar nicht weit. Im Moment suche ich noch Räumlichkeiten. Mein Schwiegervater hat mir etwas in Aussicht gestellt, mal sehen«, er sprach mehr mit sich selbst als mit seiner Begleiterin.

Höflich hatte er sich bereit erklärt, ihr die Stadt zu zeigen, doch insgeheim ging sie ihm auf die Nerven. Diese vielen Fragen! Manchmal hatte er den Eindruck, diese Frau verstand überhaupt nichts von dem, was er erzählte. Wie konnte Georg Claussen bloß seine Schwiegertochter zu ihm schicken? Ein großzügiger Scheck hätte doch genügt. Neulich erst hatte er mit Jennie über Johanne gesprochen. Aber Jennie war sehr einsilbig gewesen und dann einfach im Sessel eingeschlafen. In letzter Zeit war sie oft erschöpft. Er müsste sie einmal aufs Land schicken, dachte Adolph, damit sie sich erholen konnte. Für ihn war das hier ringsherum die beste Erholung. Die brummende Geschäftigkeit auf der Wall Street, wo all das Geld herkam, mit dem das Land aufgebaut wurde. Das Eisenbahn-Imperium der Vanderbilts – Millionen Dollar wert. Die schwerreichen Astors, Goulds, Rockefellers … Wenn da der Name »Claussen« in einem Atemzug genannt werden würde! Adolph Claussen seufzte. Man musste schließlich Vorbilder haben. Das Bild mit dem Herzen von Amerika gefiel ihm. Es pumpte von New York aus immer neue Ströme von Dollars in Welt. Vielleicht sollte er seiner spröden angeheirateten Cousine das Thema Geld mit dieser Idee beschreiben? Ach, hoffnungslos.

Am liebsten wäre er jetzt in eine Austernbar gegangen. Dort würde er mit Sicherheit den einen oder anderen Geschäftsfreund treffen und könnte sich austauschen über Investments, neue Gründungen oder aber Banken, die dringend Geld anlegen wollten. Denn er brauchte immer noch Kapital für den geplanten Holzhandel im großen Stil. Sein Schwiegervater hielt sich dummerweise noch bedeckt. Adolph Claussen überlegte kurz, ob er es wagen könnte, mit Johanne in eine Bar zu gehen. Er verwarf den Gedanken sofort. Arglos und mit schwer verständlichem Englisch würde sie neben ihm sitzen. Als einzige Frau. Höchstens ein paar Serviermädchen gab es in dieser Gegend in den Restaurants und Bars. Nachher käme noch jemand auf seltsame Gedanken … Dabei war seine Ehe vorbildlich. Und dann die Behinderung, womöglich sah noch jemand den Armstumpf!

Verstohlen betrachtete er Johanne von der Seite. Eigentlich hatte sie ein ganz hübsches Profil. Und zum Glück hatte sie sich hier schon neu eingekleidet, sodass sie nicht mehr ganz so wie eine deutsche Einwanderin daherkam.

Johanne bemerkte seinen Blick und lächelte verlegen. »Ich weiß es sehr zu schätzen, dass du mich hier ausführst und mir alles zeigst. Aber ich möchte deine Zeit doch nicht zu sehr in Anspruch nehmen. Ich bin etwas später noch mit Meta verabredet. Wir wollen zusammen zu einer Hutmacherin gehen.«

Adolph lachte auf. »Das gefällt mir! So seid ihr Frauen. Immer nach der Mode … Aber ich freue mich. Du fasst langsam Fuß in New York, neue Garderobe, neuer Hut – und neues Leben!«

Johanne nickte unter ihrem Sonnenschirm. »Ja, so kann man das sagen.« Und bei sich dachte sie, aber keine neuen Geschäfte.

Erleichtert über das absehbare Ende des Rundgangs schlug Adolph ein Restaurant in der Nähe des Broadways vor. Ein kleines deutsches Lokal, weit genug entfernt von der Wall Street. Hierher würde er später noch einmal allein gehen.

Als sie sich nach dem Mittagessen verabschiedeten, bestand Johanne darauf, allein zu Meta zu gehen. Ein wenig Bewegung würde ihr guttun, und Adolph solle sich keine Umstände machen, sie käme schon zurecht. Adolph staunte, ließ sie aber gewähren und war insgeheim erleichtert, sich ohne Begleitung auf den Heimweg machen zu können. Eine Austernbar lag auf seinem Weg.

Johanne vermisste Elsie. Sie hatte sie auf dem Hinweg zu Meta gebracht. Hier fühlte sich die Kleine wohl. Stundenlang spielte sie mit Carl – betreut von Wilhelmine, die gar nicht unglücklich war über den Zuwachs in der Kinderschar. Carl hatte damit eine kleine Spielgefährtin. Das blonde Mädchen aus Bremerhaven war gut erzogen. Und so erlaubte ihr Wilhemine Schulz, von Zeit zu Zeit hinunter ins Geschäft zu gehen und mit einem Stück Wurst zu den kleinen Brüning-Geschwistern zurückzukehren.

Vielleicht würde sie Elschen mitnehmen zu der Hutmacherin? Johanne überlegte. Aber nein, bei der Hitze wäre es vermutlich nicht das Richtige für ein Kind. Elsie noch zwei, höchstens drei Stunden in der Obhut von Frau Schulz zu belassen, wäre sicherlich vernünftiger. Außerdem wollte sie nicht, dass ihr Elschen zu dieser Frau mitkam. Zu der Hutmacherin. Wieder stieg das Unbehagen in Johanne auf. So gut es ging, hatte sie die Gedanken an Mrs. Thomas verbannt. Sie mochte auch mit Meta nicht mehr über ihre Vermutung sprechen. Meta fand ihre Verdächtigungen haltlos und war zum Schluss sogar beinahe beleidigt gewesen, weil die Hutmacherin schließlich ihre Auftraggeberin und Bekannte war. Johanne schwieg. Sie wollte die Freundschaft zu Meta nicht aufs Spiel setzen. Und schon gar nicht hier, in New York, wo es sonst niemanden gab, dem sie vertrauen konnte.

Sie dachte an Bremerhaven. Erst gestern hatte sie einen Brief von Sophie bekommen. Den dritten nun schon. Dass sie ihre Schwestern, den Hafen, ja, selbst das Kontor einmal so vermissen würde! Sogar Johnny, der Papagei, tauchte regelmäßig in ihren Träumen auf. Sophie schrieb, dass sie Hermann Notholt getroffen habe im Haus von Georg Claussen. Er hatte dem alten Mann einen Krankenbesuch abgestattet. Sophie war zufällig im Haus. Und wie sie schrieb, hatte er sich sofort nach ihr erkundigt. Sophie meinte, dass er Johanne noch nicht vergessen habe, und deutete an, dass sie vielleicht ihren Entschluss noch einmal überdenken solle.

Habe ich mich verrannt? Johannes Schritte wurden langsamer. Ein Mann in einem fleckigen Gehrock konnte sie nur knapp überholen, ohne mit ihr zusammenzustoßen. Er schüttelte leise schimpfend den Kopf. Johanne konnte die Worte nicht verstehen. Sie fühlte sich einsam. Mitten auf dem Gehweg zwischen hastenden Menschen und schreienden Straßenjungen stand sie da und sehnte sich danach, die Haustür aufzuschließen und in Gesines freundliches Gesicht zu blicken. Nach Hause zu kommen. Sie sah Hermann Notholt vor sich. Hörte auf einmal seine Stimme zwischen dem Rattern von Wagenrädern, klappernden Hufen und dem Rufen der Händler, die vor ihrer Ladentür auf Kundenfang gingen. Ihr war zum Weinen.

Bis zu Brünings Delikatessengeschäft hatte sie sich wieder gefangen. Als Johanne die Tür öffnete, bediente Ludwig zwei Frauen, die nach Leberwurst verlangten. Meta stand über die Auslage gebeugt und sortierte die Gläser mit eingemachtem Gemüse. Erfreut über den Anblick ihrer Freundin kam sie hinter dem Verkaufstresen hervor. Johanne bemerkte zum ersten Mal eine feine graue Strähne in Metas hochgestecktem Haar, das nicht mehr ganz so ordentlich frisiert war wie noch am Morgen. »Hanni! Da bist du ja«, sagte sie und umarmte Johanne. »Du willst bestimmt dein Elschen sehen, nicht wahr? Die Kinder waren mit Wihelmine draußen auf dem Weißen Platz. Jetzt sind sie wieder oben. Die Kleine muss Mittagsschlaf halten. Elsie und Carl spielen ganz ruhig. Es klappt wunderbar.«

In dem Geschäft waren nur zwei Tische besetzt. Draußen unter der Markise stand ein Mann und nahm sein Mittagessen mit einer Zeitung in der Hand ein.

Meta drehte ein Gurkenglas auf und hielt es Johanne hin. »Magst du?«

Johanne schüttelte den Kopf.

Meta betrachtete sie prüfend. »Was ist los mit dir, Hanni? Bedrückt dich etwas?«

Johanne seufzte. »Ach, lass uns zu den Kindern gehen. Ich sehne mich nach Elschen.«

Meta nickte und stellte das Glas zurück. »Irgendetwas ist doch mit dir. Seit ein paar Tagen schon fällt es mir auf. Was ist es? Hast du Heimweh?«

Johanne wich ihrem Blick aus.

»Ich hab da etwas, was dir helfen wird.« Mit ein paar Schritten war sie wieder hinter dem Tresen und griff eine Schale mit eingelegten Bratheringen heraus. »Die hast du schon als Kind geliebt. Das habe ich nicht vergessen«, frohlockte sie. »Dazu gibt es ein paar Pellkartoffeln. Fast wie zu Hause in Bremerhaven!«

Johanne lehnte sich an die Wand und starrte ihre Freundin mit traurigen Augen an: »Ich habe schon gegessen.«

»Ja, natürlich. Die Mittagszeit ist vorbei. Und dann komm ich immer mit Erinnerungen an Bremerhaven ... Es tut mir leid, manchmal bin ich ein richtiger Trampel.« Meta schlug sich mit der Hand an die Stirn. »Ich mach ja alles noch schlimmer.« Sie strich Johanne über die Schulter. »Elsie wird dich auf andere Gedanken bringen!«

Gemeinsam gingen die beiden Frauen die dunkle Stiege zur Wohnung hinauf, hinter deren Tür man Kinderstimmen hörte.

»Mama!« Elsie sprang auf und lief ihrer Mutter in die Arme. Verdutzt sah ihr der kleine Carl nach.

Johanne schloss die Augen und drückte Elsie an sich. Ihre Wangen waren so weich, die blonden Zöpfe, ach, Johanne hätte sie am liebsten gar nicht mehr losgelassen. Ein leises Schluchzen war zu hören.

»Mama! Nicht weinen!«

»Ich habe gerade so an Bremerhaven gedacht. Und da bin ich ganz traurig geworden.«

Elsie versuchte, über Johannes Haar zu streichen, doch Johanne trug immer noch ihren Hut. Umständlich entfernte sie die Hutnadeln und legte den Hut auf eine Kommode. Eine Feder war abgebrochen. Wenn Lucie Wätjen das sehen würde, dachte Johanne. Und schon wieder waren ihre Gedanken in Bremerhaven.

»Beinahe hätte ich es vergessen! Wir haben doch heute noch einen Termin für dich«, rief Meta beim Anblick des lädierten Hutes. »Heute bekommst du mindestens ein neues Exemplar. Hanni, wir wollten doch zu Mrs. Thomas.«

Johanne nickte. Natürlich hatte sie das nicht vergessen.

Elsie rutschte von ihrem Schoß und ging zurück zu Carl. Der Junge saß mit ein paar Bauklötzen und einem kleinen Holzpferd auf dem Fußboden, während die Nachbarin die kleine Hanni im Arm hielt.

»Mine bleibt heute etwas länger und wir zwei haben einen freien Nachmittag. Und für das Wochenende haben Ludwig und ich auch schon Pläne geschmiedet«, sagte Meta und warf Johanne einen vielsagenden Blick zu. »Am Sonntag könnten wir in den Atlantic Garden gehen. Das ist ein riesiger Biergarten in der Bowery. Dort sind fast nur Deutsche. Ganze Familien. Viele hier aus der Umgebung. Und die Kinder sind auch dabei. Was denkst du?«

Johanne, die vor Elsie und Carl gekniet hatte, richtete sich auf. »Eine schöne Idee, was, Elsie? Wir gehen zusammen in ein richtig großes Restaurant. Dort gibt es auch Limonade für die Kinder.«

Elsie klatschte in die Hände.

Etwa eine Stunde später standen Johanne und Meta vor der Haustür von Cecelia Thomas. Der Türklopfer aus Messing glänzte in der Sonne, als sie auf ihren Einlass warteten. Johanne fühlte sich unbehaglich. Warum waren sie nicht zur berühmten »Ladies Mile« gegangen? Dorthin, wo fast alle New Yorker Frauen einkaufen gingen? In eines der Kaufhäuser dort, die Kleider, Hüte, Handschuhe und Fächer im Übermaß anboten? Johanne hatte schon einige Male davon gehört. Doch Meta hatte darauf bestanden, zu Mrs. Thomas zu gehen. »Keine macht elegantere Kreationen als sie«, hatte sie gesagt, »du wirst sehen.« Und so hatte sich Johanne dem Vorschlag ihres ehemaligen Kindermädchens gefügt, das mit seiner resoluten Art keinen Widerspruch zuließ.

Dora öffnete die Tür. Ihre Neugierde, die bei jedem Klopfen an der Haustür geweckt wurde, verschwand beim Anblick der beiden Frauen. Ach, die Blumen-Dame und ihre Freundin, dachte sie. Doch dann fiel ihr wieder das gruselige Geheimnis der zweiten Frau ein: die fehlende Hand. Verstohlen musterte sie Johanne beim Eintreten. Ihr fiel auf, wie geschickt Johanne den Beutel drapiert hatte, wie sie sozusagen die Hände übereinanderlegte und selbst im Gehen darauf achtete, dass niemand den Malus bemerkte. Was wohl die Ursache war für diese Verstümmelung? Ein schrecklicher Unfall? Vielleicht war sie unter eine Kutsche geraten? Nein, wahrscheinlich war es ein Racheakt, überlegte Dora. Ein eifersüchtiger Mann hatte die Frau so verunstaltet. Ein Schauer glitt über ihren Rücken, während sie sich in der Küche daranmachte, die Teekanne vorzuwärmen und die Tassen auf das Tablett zu stellen.

Cecelia ärgerte sich über sich selbst. Zu dumm, dass sie diesen Termin nicht einfach wieder abgesagt hatte. Die Hutmacherei war doch längst passé, jetzt vergeudete sie ihre Zeit damit, einer wildfremden Frau einen Gefallen zu tun, weil sie ihr leidgetan hatte. Sie stöhnte. Fanny war mit den Kindern unterwegs. Sie hatte ihnen ein Eis versprochen an ihrem freien Nachmittag. Hoffentlich hält sie das Versprechen und schleppt sie nicht wieder mit zu ihrem Bet-Kreis, dachte Cecelia. Einmal war sie dahintergekommen, dass ihre Schwester die Kinder heimlich zu einem Predigertreffen mitgenommen hatte. Klina hatte es ausgeplaudert. Cecelia war außer sich gewesen und hatte kurz überlegt, Fanny aus dem Haus zu werfen.

Sie überprüfte ihr Spiegelbild im Flur. Die langen Nächte waren nicht mehr fortzupudern, dachte sie grimmig. Sie räusperte sich leise und übte ein Lächeln im halbdunklen Flur. Schließlich konnte die Frau ohne Hand nichts dafür, dass sie schon genug zu tun hatte mit ihrer frömmelnden Schwester, den vier Kindern, ihrem nicht ganz seriösen Hotelbetrieb nebenan und einem Mann, mit dem sie immer noch in einem unschicklichen Verhältnis lebte. Von ihren immer wiederkehrenden Rheumaanfällen ganz zu schweigen. Cecelia zwang sich, weiterzulächeln, als sie die Tür zum Salon öffnete.

Die Begrüßung fiel freundlich aus. Während Cecelia Tee trank, nippten Johanne und Meta an ihren Gläsern mit Zitronenlimonade. Dora stellte noch ein silbernes Körbchen mit Biskuitgebäck auf den Tisch. Betont unauffällig warf sie einen Blick auf Johanne und staunte erneut, wie geschickt die Besucherin ihren Armstumpf verborgen hielt.

Cecelia blätterte in einem Modemagazin und deutete auf eine Kopfbedeckung. »Dieses Modell könnte ich mir sehr gut bei Ihnen vorstellen«, begann sie. »Um ihr schönes blondes Haar richtig zur Geltung zu bringen, würde ich aber zu dem Strohhut keine hellen Federn, sondern etwas in verschiedenen Blautönen vorschlagen, dazu ein breites Band zum Festbinden – vielleicht in diesem Ton?« Sie zog eine Rolle mit glänzendem Seidenband in Himmelblau hervor.

Johanne sah unsicher zu Meta. Ihre Freundin nickte begeistert. »Ja, genau richtig. Das passt wunderbar zu deinen Augen!«

Johanne lächelte verlegen und griff nach dem Band. Ihr Beutel glitt zur Seite, und Cecelia konnte nicht anders, als auf die leere Ärmelöffnung zu starren.

Johanne blickte ihr offen ins Gesicht. »Sie haben es wahrscheinlich schon gesehen, ich bin versehrt.«

Cecelia atmete hörbar. »Ja, Sie Arme! Auf den ersten Blick sieht man gar nichts.« Sie wollte ein Kompliment machen, aber schon als die Worte heraus waren, spürte sie, dass es ihr nicht gelungen war. Nervös suchte sie nach den passenden deutschen Wörtern. »Man könnte beinahe meinen, es sei eine Kriegsverletzung. Viele Männer, die hier im Bürgerkrieg gekämpft haben, sind so zurückgekehrt. In Deutschland habe ich ähnliche Verletzungen gesehen. Es muss 1866 gewesen sein nach dem Krieg zwischen Preußen und Sachsen.«

Meta staunte: »Haben Sie im Lazarett gearbeitet?«

»Nein, aber wir lebten damals in Sachsen. Und mein Mann, das heißt, mein verstorbener Mann, wollte unbedingt die Schlachtfelder sehen, obwohl er gar kein Soldat war.« Sie schüttelte sich bei dem Gedanken daran.

Johanne sah sie eindringlich an. Cecelia wich ihrem Blick aus. Dann begann Johanne, mit leiser Stimme zu erzählen: »Es war ein Unfall. Ein schlimmes Unglück. Vielleicht haben Sie davon in der Zeitung gelesen. Eine Explosion. In meiner Heimatstadt, in Bremerhaven. Es liegt jetzt beinahe vier Jahre zurück.« Sie ließ Cecelia nicht aus den Augen.

»Sie Ärmste! Aber Sie tragen Ihr Schicksal mit großer Würde«, sagte Cecelia schnell und sprang auf. »Nun wollen wir doch gucken, ob der Strohhut mit den blauen Federn etwas für Sie ist. Wo habe ich denn nur die kurzen Straußenfedern?« Sie fing an, verschiedene Beutel und kleine Pappschachteln zu durchsuchen.

Johanne erzählte weiter: »Es war Dezember, kurz vor Weihnachten. Ich hatte meine kleine Tochter auf dem Arm und wollte meinen Bruder Gustav am Schiff verabschieden. Er war auf dem Weg nach Amerika. Unsere ganze Familie war da. Meine Eltern, meine Schwestern, mein kleiner Bruder. Und mein Mann. Christian hieß er.« Johannes Stimme klang rau.

»Sie haben sicher Schweres durchgemacht. Aber Sie müssen mir das jetzt gar nicht berichten.« Cecelia zupfte nervös an den Federn, die sie endlich gefunden hatte.

Johanne überhörte ihren Einwand. »Und auf einmal gab es einen ungeheuren Knall. Die Erde bebte. Ich konnte nicht mehr atmen und wurde weggeschleudert. Die ganze Zeit habe ich meine kleine Elsie an mich gedrückt, das weiß ich noch. An mehr kann ich mich nicht erinnern.« Johanne wandte ihren Blick nicht von Cecelia. »Als ich wieder zu mir kam, lag ich in einem Hafenschuppen, der zu einem Lazarett umgewandelt war. Es gab in Bremerhaven kein Krankenhaus.«

Meta blickte ihre Freundin mit Tränen in den Augen an. »Hanni, du musst uns das jetzt wirklich nicht alles erzählen«, flüsterte sie.

»Aber ich will es.« Sie räusperte sich. Ihre Stimme war

wieder klar. »Ich hatte unvorstellbare Schmerzen. Nur mit Opium und Branntwein zu ertragen. Doch dass ich meine Hand verloren hatte, war gar nicht das Schlimmste. Mein Mann war tot. Mein Vater, meine Stiefmutter, meine Brüder, mein Schwager. Umgebracht mit Sprengstoff. Plötzlich stand ich allein da – mit meinen beiden Schwestern. Auch sie verwundet, aber nicht so schwer. Nur meine kleine Elsie hatte wie durch ein Wunder nichts abbekommen.«

Meta griff nach Johannes gesunder Hand und drückte sie.

»Zuerst dachte man, es sei ein Unfall gewesen. Dass ein Kessel vom Schiff in die Luft geflogen sei. Doch das stimmte nicht. Es war ein Verbrechen. Ein Mann hatte geplant, ein Schiff auf hoher See zu versenken. Mit Dynamit. Durch einen dummen Zufall explodierte das Fass aber schon im Hafen.«

Cecelia ordnete hektisch die Federn und legte Scheren und andere Werkzeuge säuberlich nebeneinander. Sie tat sehr beschäftigt und vermied es aufzublicken. »Das tut mir alles sehr leid für Sie. Vielleicht ist heute kein guter Tag, um einen neuen Hut zu bestellen. Wir können uns gern noch einmal treffen. Ich habe ohnehin gleich eine Verabredung«, log sie.

Johanne stand auf und ging langsam auf Cecelia zu. Sie war es. Sie war die Frau von William King Thomas. Die Frau des Mörders. Cecelia Thomas.

Drohend stand Johanne vor ihr. Cecelia wich zurück. Plötzlich hob Johanne ihren rechten Arm und hielt den Stumpf in die Höhe. Sie riss den Stoff ab, sodass die glatte Haut zu sehen war, die sich um das verstümmelte Handgelenk gebildet hatte. Cecelia guckte mit Abscheu auf das verunstaltete Ende des Armes. Wie ein Schlaglicht sah sie wieder die glänzende Amputationssäge vor sich. »Was soll das? Lassen Sie mich in Ruhe!«

»Das würde ich gern. Aber ich kann es nicht. Denn ich weiß, dass der Mann, der mir das hier angetan hat, der meine Familie auf dem Gewissen hat und der mein Leben zerstört hat, Ihr Mann war!«, schrie Johanne. Sie zitterte am ganzen Körper. »Sie sind die Frau von William King Thomas. Ihr Mann war der Dynamit-Teufel! Sehen Sie, was er angerichtet hat! Gucken Sie es sich genau an!« Sie war außer sich. »Ihr Mann war ein Mörder! Und Sie? Sie sind keinen Deut besser! Es stand ja alles in der Zeitung. Wie sie geprasst haben in Dresden oder wo Sie überall gelebt haben. In Saus und Braus. Alles Geld verschwendet. Und nur ein wahrhaft böser Mensch kommt dann auf die Idee, ein Schiff zu versenken, um wieder zu Geld zu kommen. Erzählen Sie mir nicht, dass Sie nichts von seinen Absichten gewusst haben. Sie steckten doch dahinter!« Johannes Stimme überschlug sich. In ihrem ganzen Leben hatte sie noch nie einen Menschen so angeschrien.

Cecelia atmete schwer. »Was konnte ich dafür? Verlassen Sie mein Haus, sofort!«

Johanne rührte sich nicht.

»Ich rufe mein Dienstmädchen, das bringt Sie zur Tür«, versuchte Cecelia, die Situation wieder in den Griff zu bekommen.

»Nein, ich lasse mich nicht einfach hinauswerfen. Zuerst sagen Sie mir, welche Rolle Sie bei diesem Verbrechen gespielt haben! Warum sind Sie nicht in Dresden geblieben? Was wollen Sie denn hier in New York?« Johanne war überrascht über ihre eigene Kaltblütigkeit.

Cecelia sah sie ungerührt an: »Und was wollen *Sie* in New York?«

»Ich wollte noch einmal neu anfangen. Die Vergangenheit hinter mir lassen«, Johannes Stimme war leiser geworden.

»Nun, dann haben wir etwas gemeinsam«, entgegnete

Cecelia kühl. »Ich habe alles aufgegeben in Dresden. Wir waren angesehene Mitglieder in der amerikanischen Kolonie. Mein Mann war Vize-Präsident im American Club. Aber er war viel unterwegs. Geschäftlich. Was er genau gemacht hat, darüber hat er mit mir nie gesprochen.« Sie machte eine kurze Pause und sah Johanne herausfordernd an: »Er war ein herzensguter Mann. Er liebte seine Kinder. Ich kannte keine andere Seite von ihm.«

Während Cecelia das sagte, fiel ihr eine Szene ein, über die sie nie mit jemandem gesprochen hatte. Als William einen seiner Wutanfälle bekommen hatte in Strehlen und auf sie losgegangen war. Dieser große, schwere Mann. Zum Glück konnte sie ihm gerade noch entkommen und aus dem Fenster klettern, um sich in einem Busch an der Hauswand zu verbergen. Sie hatte Todesangst gehabt damals. Sie stieß die Luft aus. Der Anlass für diesen fürchterlichen Streit waren die Rechnungen gewesen. Die vielen Rechnungen – wie Wegmarken von Cecelias Einkaufstouren durch Dresden. Ja, es stimmte, sie war keine sparsame Hausfrau gewesen. Nein. Sie wollte ihren Lebensstandard halten, und außerdem trösteten die neuen Kleider sie, wenn William wieder einmal ohne Angabe von Gründen wochenlang auf mysteriösen Geschäftsreisen unterwegs war, hinter deren Sinn sie nie kam.

Cecelia hatte sich wieder gefangen. »Sie wissen gar nicht, was wir durchgemacht haben. Dresden war unser Zuhause. Meine Kinder liebten Deutschland.«

»Meine Familie liebte unsere Heimat auch!« Johanne spürte, wie die Wut zurückkehrte. »Und jetzt sind sie tot. Alle tot!«

Cecelia atmete hörbar aus. »Ihr Schicksal ist bedauerlich, aber ich bin nicht schuld daran. Verstehen Sie das? Und nun verlassen Sie bitte mein Haus«, sie griff nach der Glocke, um nach Dora zu läuten.

Johanne hörte, wie das Blut in ihren Ohren rauschte, ihr

Herz raste. Das war also das wahre Gesicht der Frau Thomas. Kalt und herzlos. Johanne zitterte vor Wut. Blitzschnell drehte sie sich zu dem Tisch mit den Hutmacher-Utensilien. Mit ihrer gesunden Hand ergriff sie eine große Schere und hielt sie Cecelia unter das Kinn. »Ich kann Sie auch verstümmeln!«, schrie sie.

Meta stand fassungslos daneben.

Cecelia spürte die Spitze der Schere direkt auf ihrer Haut. »Bitte! Bitte beruhigen Sie sich doch!«

Johanne hörte nur ihr eigenes Blut pulsieren. Der Zorn in ihr gab ihr Kraft. Eine Kraft, von der sie nie gewusst hatte, dass sie in ihr steckte. Sie drängte Cecelia gegen die Wand.

»Hanni, was machst du da! Hör auf damit!« Meta war wieder zu sich gekommen und versuchte, nach der Schere zu greifen. »Willst du dich unglücklich machen?«

Doch Johanne hörte nicht auf sie, sondern presste sich weiter gegen Cecelia, die vergeblich versuchte, sich aus der Umklammerung zu befreien.

Meta begann, Johannes Arm zur Seite zu drücken. Johanne stämmte sich dagegen, bis Meta schließlich mit aller Kraft Johannes Arm nach unten bog. Doch Johanne hielt die Schere fest umschlossen. Und so bohrte sich die Klingenspitze wie ein zu groß geratener Zirkel in Cecelias Wange und hinterließ einen tiefen Schnitt in der Haut. Blut quoll hervor und tropfte auf den Teppich. Cecelia schrie auf und sank ohnmächtig zu Boden.

Geistesgegenwärtig drückte Meta ein Kissen auf die Wunde, um den Blutstrom zu stoppen. Dora, von den Schreien alarmiert, riss die Tür auf und schlug die Hände vor den Mund, als sie ihre Herrschaft auf dem Boden liegen sah.

»Helfen Sie, schnell! Holen Sie kaltes Wasser und ein Tuch!«, rief Meta und hielt vorsichtig Cecelias Kopf, während das Blut über ihre Hände tropfte.

Johanne lehnte am Sessel und atmete schwer. Ihr Herz klopfte wie verrückt. Sie spürte das Pochen sogar in ihrem Armstumpf.

57. Am Cäcilienplatz

Oldenburg, 11. Dezember 1927

DIE SCHNEEFLOCKEN BILDETEN einen feinen Schleier vor dem Fenster. Ein Stück Himmel war zu sehen, ohne Anfang und ohne Ende. Seit gestern Abend schneite es. Und es sollte so bald nicht aufhören, hatte das Dienstmädchen ihr beim Frühstück gesagt. Johanne versuchte, die Wolldecke noch ein wenig fester um ihre Beine zu wickeln. Es gelang ihr nicht. Ärgerlich blickte sie auf ihren rechten Arm. Nun lebte sie schon mehr als 50 Jahre als Invalidin, und sie hatte sich immer noch nicht damit abgefunden.

Seit dem Schlaganfall vor drei Jahren war alles noch schlimmer geworden. Ihre linke Seite war gelähmt. Sosehr sie sich auch anstrengte, Arm, Hand und Bein wollten ihr nicht mehr gehorchen. Man hatte ihr einen Rollstuhl besorgt. Auch das Sprechen und das Essen fielen Johanne schwer.

Jetzt musste sie gefüttert werden wie ein kleines Kind. Eine Zumutung.

Immerhin konnte sie sich bemerkbar machen. Eine Spezialkonstruktion mit einem langen Band, das mit einem Glöckchen verbunden war, ermöglichte es Johanne, in ihrer Bedürftigkeit nach Hilfe zu läuten. Doch sie wollte niemanden sehen. Lieber wurden ihr die Beine kalt. Zum Glück war der Sessel so nah an das Fenster gerückt worden, dass sie hinausschauen konnte. Der Schnee lag auf den Dächern der gegenüberliegenden Häuser. Später wollte Elsie kommen, um mit ihr einen kleinen Spaziergang zu unternehmen. Einmal durch den Cäcilienpark. Nur ein wenig frische Luft. Im Rollstuhl durch den Schnee? Elsie war auch schon über 50. Aber sie würde wenigstens auf eine Tasse Kaffee vorbeikommen. Auf Elsie war Verlass. Und von der Ofener Straße bis zur Hindenburgstraße war es schließlich nur ein Katzensprung. Selbst bei diesem Wetter.

Wenn sie den Kopf ein wenig drehte, konnte sie ein paar kahle Baumwipfel vom Cäcilienplatz sehen. Ein hübscher kleiner Park, Mittelpunkt des Dobbenviertels. Gerade um die Ecke des Residenztheaters. Die beste Wohngegend von ganz Oldenburg. Und ausgerechnet hier traf sie wieder auf Cäcilie. Der Park hieß so, es gab eine Straße mit dem Namen. Und eine Schule. Die Namensgeberin war die Großherzogin von Oldenburg gewesen. Jetzt lebte Johanne seit mehr als 40 Jahren in einer Stadt, in der der Name »Cäcilie« allgegenwärtig war. Eine eigentümliche Fügung. Was wohl aus ihr geworden war? Aus der amerikanischen Cecelia?

In den ersten Monaten nach ihrer Rückkehr aus Amerika waren die Briefe von Meta noch voll gewesen von Neuigkeiten über Cecelia. Ihr deutsches Dienstmädchen, Dora, hatte Metas Adresse herausgefunden und kam eine Zeit lang regelmäßig in Brünings Delikatessengeschäft, um aus dem Haus ihrer Herrschaft zu berichten. Dora fasste Vertrauen zu Meta, während Meta immer ein wenig distanziert blieb. Ihr erschien das Dienstmädchen eine Spur zu neugierig und zu schwatzhaft.

Nach dem entsetzlichen Vorfall mit der Schere im Sommer 1879 dauerte es lange, bis der herbeigerufene Arzt kam. Cecelia überlebte den Angriff, aber die klaffende Wunde in ihrem Gesicht konnte nicht mehr genäht werden. Eine breite Narbe blieb zurück, die sich vom Kinn über einen Teil der Lippe bis hoch zum Wangenknochen zog. Selbst mit viel Puder war dieser Riss nicht zu überdecken. Cecelia begann, Hüte mit einem Gesichtsschleier zu tragen. Obwohl ihr William Meyer sehr zuredete, sah sie von einer Anzeige gegen Meta ab. »Sie wollte mir helfen. Es war ein Unglück.« Auch gegen Johanne unternahm sie nichts.

Die Begegnung mit Johanne hatte nicht nur äußerlich Spuren bei Cecelia hinterlassen. Das erzählte Dora mit einer gewissen Häme. Ihre Dienstherrin war durch den Angriff weit mehr getroffen, als man es an ihrem entstellten Gesicht erahnen konnte. Es schien, als sei alle Energie, all die Tatkraft, die sie seit ihrer Ankunft in New York im Winter 1876 aufgebracht hatte, dahin. Sie klagte über schwere Rheuma-Schübe, verließ das Bett tagelang nicht und versuchte, mit vielen Fläschchen Laudanum ihre Schmerzen zu betäuben. Sie wirkte apathisch und nach innen gekehrt.

Manchmal führte Cecelia Selbstgespräche. Es war ihr gleichgültig, ob jemand im Zimmer war. Und so hörte Dora nicht nur einmal, wie ihre Herrin mit sich haderte. Sie war gefangen in der Vergangenheit. Verwechselte in ihrem betäubten und berauschten Zustand William Meyer mit William King Thomas. Einmal schrie sie den Polizisten voller Wut an, als sie dachte, er sei ihr toter Ehemann. Weil er sie immer wieder geschlagen hätte in seinen Tobsuchtsanfällen in Leipzig, in Dresden, in Strehlen. Sie weinte viel.

Dora hatte mitbekommen, dass es nur Tage später zu einem Zerwürfnis unter den Schwestern kam. Fanny machte Cecelia verantwortlich für ihr eigenes Schicksal. Der Rausschmiss aus dem Geschäft in St. Louis im Januar 1876 und ihre Jahre in New York, die sie zum Wohle ihrer Schwester als besseres Kindermädchen verbracht hätte. Fanny war mittlerweile fest davon überzeugt, dass Cecelia mehr von den mörderischen Plänen ihres Mannes gewusst hatte, als sie je zugegeben hatte.

Dora hatte an der Tür gelauscht und schilderte genüsslich jeden Wortwechsel, den Meta anschließend in nüchternen Worten zu Papier brachte und nach Bremerhaven schickte. Es ging so weit, dass Fanny ihre Stellung in New York kündigte und zurück nach St. Louis ging. Auch wenn es ihr das Herz brach, ihre Nichten, den Neffen, ihren Vater und die jüngere Schwester zurückzulassen. Die Kinder vermissten ihre Tante so sehr, dass Cecelia ihnen eifersüchtig verbot, den Namen »Fanny« noch weiter zu erwähnen.

Für die Kinder war diese Zeit schwer zu ertragen. Hilflos mussten sie mit ansehen, wie ihre Mutter krank im Bett lag und in ihrem Zustand gar nicht in der Lage war, sich um die vier zu kümmern. William Meyer bemühte sich, einen geordneten Alltag für die Kinder zu organisieren. Doch er war überfordert, floh in lange Schichtdienste und verbrachte die Abende lieber außer Haus. Dora deutete in ihren Berichten an, dass er mit zwielichtigen Männern verkehrte und sich wohl auch mit käuflichen Damen einließ. Er schien keine Verantwortung zu spüren – weder Cecelia noch den Kindern oder dem »House of assignation« gegenüber. Es dauerte nur wenige Monate, bis das Stundenhotel schließen musste.

Kate Woods hatte Unterstützung angeboten, als sie von Cecelias Zustand erfuhr. Doch der Niedergang war nicht mehr aufzuhalten. Ohne die elegante französische Hausherrin war der Treffpunkt in der 28th Street nur eines von vielen Etablissements in der Stadt. Gäste blieben fort, und die Huren zahlten ihre Zimmermiete nicht, bis John Paris sie hinauswarf. Er war es schließlich, der gemeinsam mit Kate Woods eine Lösung fand und Kate das Haus mitsamt der Ausstattung überließ. Mit dem Erlös für Möbel, Teppiche und Kunstgegenstände konnte er Cecelia und ihre Kinder eine Zeit lang durchbringen.

Die armen Kinder, so begann Dora oft. Es war ein Trauerspiel. Blanche, William junior, Klina und die kleine May waren die Einzigen, die dem Dienstmädchen wirklich leidtaten. Blanche übernahm mit ihren elf Jahren als älteste Tochter nun die Verantwortung für ihre jüngeren Geschwister. Sie wurde noch ernster, als sie es ohnehin schon war. William war der neuen Situation nicht gewachsen. Er trieb sich viel herum und fand Anschluss in Straßenbanden, die sich als Taschendiebe auf Pferdebahnen ihren Lebensunterhalt ergaunerten. »Wahrscheinlich gerät der Junge nach seinem Vater«, meinte Dora mit einem Seufzer. »Aber es ist ja auch niemand da, der ihm Einhalt gebietet.«

Das lebhafteste der Thomas-Kinder, Klina, war mittlerweile acht Jahre alt. Angesichts der Umstände um sie herum verlor sie ihre Fröhlichkeit und wurde zu einem verschlossenen Mädchen, das häufig in Tränen ausbrach. Nur die kleine May stapfte scheinbar unbeschwert durchs Haus und spielte oft stundenlang mit ihren Puppen am Bett der Mutter, die davon nichts mitbekam. Dora konnte sich endlos darüber auslassen, wie ungerecht der Herrgott sei. Denn in ihren Augen wurden die Thomas-Kinder am meisten bestraft für die Untaten des Vaters und das Versagen der Mutter.

Als Johanne dies in den Briefen las, wurde ihr schwer ums Herz. Die Kinder waren unschuldig. Der Vater, der so viel Schuld auf sich geladen hatte, tot. Die Mutter – nachdem ihr Lügengebilde zusammengebrochen war – nicht mehr in der

Lage, sich um sie zu kümmern. Johanne überlegte tatsächlich ein paar Wochen lang, wie sie den Kindern des Mörders ihrer Familie helfen könnte. Doch dann merkte sie, dass dieser Großmut ihre seelischen Möglichkeiten überstieg, und tat den Gedanken wieder ab.

Nach einem langen dunklen Winter, in dem sich John Paris um seine Stieftochter und seine Enkelkinder kümmerte, kam Cecelia langsam wieder zu sich. Sie löste die Verlobung mit William Meyer. Dieser war dankbar über den Schritt, den er selbst nicht zu tun wagte. Er überließ ihr den kostbaren Ring von Tiffanys und noch ein paar andere Dinge von Wert und verschwand aus ihrem Leben. Erleichtert, die Frau, die ihm zu einer Last geworden war, loszuwerden. Auch Cecelia schien seinen Weggang nicht zu bedauern. Dieser William war ihr fremd geworden in den vergangenen Monaten. Kein Wegbegleiter mehr, kein Freund, kein Gefährte. Und schon gar nicht der liebevolle Stiefvater ihrer Kinder. Dora beobachtete mit einiger Verwunderung, wie ihre Herrschaft sich gewandelt hatte. Ihr Drang, es mit den Reichen und Schönen der Stadt aufzunehmen, ihr unbedingter Ehrgeiz, in New York Fuß zu fassen, schienen erloschen. Sie wirkte ernst und konzentriert. Dora erzählte, dass Belle Worsham noch einige Male vorbeigekommen war und Cecelia beraten hatte. Im Frühjahr 1880 löste Cecelia ihren Haushalt auf. Sie behielt einzig ein paar kostbare Schmuckstücke aus Dresdner Tagen und den Ring von Tiffanys und verließ mit ihren Kindern und ein paar Habseligkeiten die Stadt.

Obwohl Dora keine Gelegenheit ausließ, um zu lauschen, bekam sie zu ihrem eigenen Verdruss nicht heraus, wohin die vaterlose Familie ging. »Ich glaube, sie sind gar nicht so weit gezogen«, sagte sie zu Meta. »Irgendwohin, nach New Jersey oder nach Connecticut.« Beweisen konnte sie es nicht. Das Einzige, was Dora mitbekommen hatte, war, dass Cecelia alle ihre Kisten, Schachteln und Werkzeuge aus dem ehemaligen Hutsalon mitgenommen hatte. Darunter waren auch die hübschen künstlichen Blumen, die Meta angefertigt hatte. »Bestimmt hat sie irgendwo wieder ein Hutgeschäft aufgemacht. ›Salon Paris‹ in einer kleinen Stadt, in der es noch keine Kaufhäuser gibt«, mutmaßte Dora, die sich nun selbst nach einer neuen Anstellung umsehen musste. Bald darauf fand Dora einen neuen Arbeitsplatz im Norden Manhattans. Sie begann in einem herrschaftlichen Haus in einer Seitenstraße der 5th Avenue, in der die Dame des Hauses größere Hüte trug, als Cecelia sie je hatte.

Johannes Blick verlor sich zwischen den Schneeflocken am Fenster. Damals hatte sie immer wieder diese Neuigkeiten aus New York aufgesogen, die in Metas Briefen standen. Obwohl sie selbst im Frühjahr 1880, als Cecelia mit ihren Kindern verschwand, vor einer wichtigen Entscheidung in ihrem Leben stand.

Ein schiefes Lächeln breitete sich auf ihrem gelähmten Gesicht aus. Sie erinnerte sich an ihre Rückkehr nach Bremerhaven. Schon im Herbst 1879 hatte sie Amerika wieder verlassen. Sie hatte das Angebot ausgeschlagen, in Adolph Claussens neu entstehenden Holzhandel zu investieren. Seine Pläne wirkten auf sie unseriös und hochfliegend. Nach ihrer Entscheidung gegen eine Beteiligung, die sie mutig vorgetragen hatte, wurde das Verhältnis zu den amerikanischen Verwandten kühl. Johanne empfand kein Bedauern.

Sie verließ auch bald das für ihren Geschmack viel zu groß geratene Hotel Windsor und wohnte in ihren letzten Wochen in New York in einem gepflegten Boardinghouse ganz in der Nähe von Metas Wohnung. Die beiden Frauen trafen sich fast täglich. Meta machte sich schwere Vorwürfe, schickte Blumen an Cecelia und Entschuldigungsschreiben, auf die sie nie eine Antwort erhielt.

Johanne war über sich selbst erstaunt. Die Begegnung mit der Witwe von William King Thomas hatte sie verändert. Am Anfang konnte sie noch gar nicht sagen, was es genau war. Erst später wurde ihr bewusst, dass sie noch nie zuvor den Zorn, die Trauer und die Enttäuschung über ihr Schicksal so herausgeschrien hatte wie in dem Salon der Hutmacherin. Dieser Auftritt war nicht damenhaft und bestimmt nicht vornehm gewesen. Aber er war nötig. Nur der Moment mit der Schere tat Johanne im Nachhinein leid. Nie hatte sie vorgehabt, diese Frau zu bedrohen oder ihr tatsächlich etwas anzutun. Johanne schämte sich dafür. Doch sie konnte es nicht mehr rückgängig machen.

Die alte Frau im Sessel lehnte ihren Kopf zurück und schloss die Augen. Wieder sah sie Meta vor sich in der stickigen Wohnung in Little Germany. Wie sie ihr zuredete und versuchte, sie zu überzeugen zurückzukehren. Nach Bremerhaven. Zu Hermann Notholt. Er hatte ihr geschrieben. Der Brief war auf Irrwegen vom Hotel Windsor ins Boardinghouse gelangt. Für Meta ein Zeichen des Schicksals. Immer und immer wieder gingen die beiden Frauen die Zeilen durch, bis Ludwig Brüning sich einmischte. »Ich weiß gar nicht, was es da so lange zu beratschlagen gibt«, schimpfte er. »Ich kenne diesen Hermann nicht. Und du auch nicht, Meta! Aber eines kann man doch wohl sagen, nach allem, was du uns erzählt hast, Hanni, und was da in dem Brief steht. Er meint es ernst. Wenn du mich fragst, fahr zurück nach Bremerhaven. So einen ehrlichen Kerl findest du so schnell nicht noch einmal!« Er ließ die verdutzten Freundinnen zurück und ging wieder hinter seinen Verkaufstresen.

Johanne kehrte tatsächlich zurück. Ein Jahr später war sie Johanne Notholt und wohnte in einer der vornehmsten Straßen in Oldenburg. Elsie wurde eine liebevolle große Schwester, als Johanne im Abstand von zwei Jahren zwei

Söhne bekam. Johanne seufzte. Sie war dankbar. Gott hatte ihr eine zweite Chance geschenkt.

Heute war der 11. Dezember. Ihr Schicksalstag. Meta hatte einmal zu ihr gesagt, es sei ihr zweiter Geburtstag, weil sie das Inferno überlebt hatte. Doch die Vorstellung gefiel Johanne nicht. Zu viel war ihr an diesem Tag genommen worden. Wenn sie sich sehr anstrengte, konnte sie Christian vor sich sehen. Das Bild war undeutlich. Sie konnte sich nicht mehr genau an das Gesicht ihres ersten Mannes erinnern. Es war das Alter! Sie war jetzt eine betagte Frau. In Gedanken kehrte sie in ihre gemeinsame Wohnung zurück in der Hafenstraße. Ihr erstes eigenes Heim. Frisch verheiratet. Unbeschwert und voller Zuversicht auf ein erfülltes, langes Leben. Es lag schon so lange zurück. Selbst Christians Grabstein war verwittert. Elsie erzählte es neulich, nachdem sie das Grab ihres Vaters und die anderen Gräber der Etmer'schen Familie für den Totensonntag hergerichtet hatte.

Johannes Augen füllten sich mit Tränen. Sie wischte sich mit ihrem rechten Unterarm über das Gesicht. Die hölzerne Handprothese, die Elsie ihr immer wieder anlegen wollte, hatte sie längst von dem Dienstmädchen in einer tiefen Schublade mit Leinentüchern verschwinden lassen. Nie konnte sie sich an diesen Ersatz gewöhnen. Die Lederriemen, mit denen die künstliche Hand um den Unterarm gebunden wurde, hinterließen jedes Mal schmerzende Einschnitte. Außerdem drückte das Holz auf den Stumpf. Nein, Johanne blieb dabei, ihren rechten Arm am Handgelenk zu verhüllen und so zu halten, dass die Behinderung nicht auffiel. Ihre Söhne kannten sie gar nicht anders und störten sich nicht daran.

Das Schneetreiben war stärker geworden. Der Anblick machte Johanne schläfrig. Sie hörte noch, wie sich langsame Schritte näherten. Es knarrte, als die Tür vorsichtig geöffnet wurde. Hermann Notholt sah nach seiner Frau, mit der er nun seit fast 50 Jahren verheiratet war. Er strich die Wolldecke glatt und verließ leise das Zimmer. Die Schneeflocken wirbelten heftiger. Sie wirbelten vor dem Fenster und sanken geräuschlos. Auf die Bäume auf dem Cäcilienplatz. Auf die Häuserdächer. Auf die Straßen. Alles war weiß. Auch die Grabsteine auf einem Friedhof in Bremerhaven.

Am 17. Februar 1928 starb Johanne Elisabeth Notholt, geborene Etmer, verwitwete Claussen. Sie wurde 72 Jahre alt.

Fast genau ein Jahr später, am 1. Februar 1929, folgte ihr Mann Johann Hermann August Notholt im Alter von 75 Jahren.

58. Epilog

DIE MEISTEN FIGUREN in diesem Buch gab es tatsächlich. Dieser Roman zeigt einen Ausschnitt aus ihrem echten Leben zwischen den Jahren 1875 bis 1879. Mit dem Ende dieses Romans im Sommer 1879 ist die Geschichte von Johanne, Cecelia, ihren Kindern, Fanny oder Georg Claussen noch nicht vorbei. Was ich herausfinden konnte, habe ich aufgeschrieben. Manche Spur ist erhalten geblieben in Archiven, in alten Briefen, in Passagierlisten. Andere Lebenswege sind verwischt.

Gerade Frauen verschwanden häufig mit der Heirat aus den Registern, wenn sie – wie damals üblich – den Namen ihres Mannes annahmen. Da sie viel seltener im Berufsleben oder im öffentlichen Leben standen, tauchten sie kaum mehr auf. Nach umfangreicher (aber sicher nicht vollständiger) Recherche konnte ich die Puzzlestücke für einige Figuren zusammensetzen. So kamen Lebensdaten (Geburt, Hochzeit, Kinder, Tod und Nachkommen) zusammen. Dann wurden daraus Schicksale mit einer Stimme, einem Charakter. Sind sich Johanne und Cecelia tatsächlich in New York begegnet? Ich weiß es nicht. Waren Belle Worsham und Cecelia wirklich Freundinnen? In diesem Buch wurden sie es. Cecelia ist es offenbar wirklich gelungen, ihr altes Leben abzuschütteln und in den USA unterzutauchen. Sie wird ein letztes Mal im Januar 1877 in der New-York Times erwähnt, als es um den Rechtsstreit mit Louisa O'Connor alias Louisa Randolph geht. Danach verliert sich ihre Spur. Ihren Hutsalon, das »House of assignation«, ihre Beziehung zum Polizisten William Meyer – all dies entsprang meiner Fantasie.

Anders verhält es sich mit Johanne. Ihren Weg nach Oldenburg konnte ich nachvollziehen. Entfernte Verwandte ihres zweiten Mannes halfen mir weiter auf meiner Spurensuche. Was ich belegen konnte, habe ich für alle entscheidenden Figuren dieser Geschichte im Personenregister zusammengefasst.

Personen-Register

Cecelia F. Thomas, geborene Paris (1844–?)

Cecelia wurde 1844 als Cécile F. in Frankreich als zweites uneheliches Kind nach ihrem Bruder Jules Baptiste (1840–1917) geboren. Ihre Mutter war Catharine Paris (1826–1873), sie nannte sich später »Kate«. Catharine heiratete Louis A. Paris (1824–1886). Beide wanderten in die USA aus und eröffneten in St. Louis eine Kurzwarenhandlung. Im US-Census von 1860 wurde Louis Paris als »französischer Konsul« bezeichnet. 1870 gehören fünf gemeinsame Kinder zur Familie. Cecelias Halbgeschwister sind: Louis A. Jr., Fanny, Jennie, Blanche und Ida. Eine weitere Halbschwester Mary F. Paris ist offenbar im Kindesalter gestorben.

Cecelia zog 1865 in das knapp 60 Kilometer entfernte Städtchen Highland/Illionis. Die Kleinstadt war von Schweizer Einwanderern gegründet worden. Hier lebten auch viele deutschstämmige Einwohner. Dort arbeitete sie in einem Hutgeschäft und lernte William King Thomas kennen, der sich damals noch Alexander King Thompson nannte. Cecelia löste ihre Verlobung mit einem Bankangestellten namens Fröhlich in St. Louis auf und heiratete am 21. August 1865 (nur zwei Wochen nach ihrem Kennenlernen) Thomas. Cecelia war damals 21, ihr Bräutigam 35 Jahre alt. Das Paar zog nach Edwardsville zwischen St. Louis und Highlands. Im Januar 1866 floh Thomas vor seinen Gläubigern mit seiner Frau nach Deutschland. Auf der »Hermann« kamen sie am 25. Januar 1866 in Bremerhaven an. Das Paar zog nach Dresden. Im Sommer 1866 erlitt Cecelia eine Fehl- oder Totgeburt. In Dresden wurde Thomas Vize-

Präsident des »American Club«. Ihr Vermögen betrug rund 45.000 US-Dollar. Sie nannten sich »Thomas« oder »Thompson« und unternahmen viele Reisen (Schweiz, Italien, Österreich und Frankreich). Die Sommermonate verbrachten sie häufig in Pillnitz bei Dresden.

1868 kam ihre erste Tochter Blanche zur Welt, 1869 folgte William jr. 1871 wurde Klina geboren, im März 1875 folgte die dritte Tochter May. Die Familie lebte zeitweise in Leipzig im Hotel de Pologne, hatte aber auch verschiedene Aufenthalte in Österreich und Sachsen. Im Sommer 1873 ließen sie sich in der »Villa Thomas« in Strehlen bei Dresden nieder. Nach Jahren der Verschwendung waren die Finanzen der Thomas' erschöpft. Sie waren überall verschuldet. Nach der Explosion am 11. Dezember 1875 reiste Cecelia kurz darauf nach Bremerhaven zu polizeilichen Vernehmungen. Sie konnte ihren Mann auf dem Sterbebett noch ein- oder zweimal sehen. Zurück in Dresden bereitete sie unverzüglich die Abreise in die USA vor. Am 19. Januar 1876 reiste sie mit ihren Kindern von Hamburg mit der »Wieland« unter dem Namen »Thorpe« in der 2. Klasse nach New York. Dort bezog sie Zimmer in einem Boardinghouse, 56 West, 39th Street, und zog anschließend in das Gramacy Park Hotel, New York. Im Januar 1877 tauchte sie noch einmal in der New-York Times auf, als es um den Rechtsstreit mit Louisa Williams alias Louisa Randolph ging. Danach verlor sich ihre Spur.

Anders Cecelias Stiefvater Louis A. Paris: Im US-Census von 1880 wurde er zusammen mit der jüngsten Tochter Ida (zu dem Zeitpunkt 14 Jahre alt) als Witwer in der 102 West 14th Street in New York City aufgeführt. Als Beruf wurde »Agent Proprietary Medicines« genannt. Sechs Jahre später starb Louis Paris. Dieses Mal wurde sein Beruf mit »Merchant« umschrieben. Er wurde am 6. März 1886 auf dem Calvary Friedhof in New York beerdigt.

Die Spuren zweier von Cecelias Kindern sind noch in Aufzeichnungen zu finden: William Thomas jr. (1869–1903) war verheiratet und hatte als Kunstmaler in New York gearbeitet. Er starb mit nur 34 Jahren und wurde am 27. Dezember 1903 auf dem Friedhof in Woodlawn, New York beerdigt.

Auch Cecelias jüngste Tochter, May Thomas (1875–1899), starb jung – mit 24 Jahren im November 1899. In ihrer Sterbeurkunde wurde sie als verheiratet unter dem Namen May Virginia Thomas Doty aufgeführt. Ihre Adresse war 59 West 76th Street, New York. Auch ihr Grab befand sich auf dem Woodlawn Friedhof.

～⚬～

Cecelias Geschwister

Fanny Paris (1855–1887) war das zweite gemeinsame Kind ihrer Eltern Louis und Catharine Paris und wurde 1855 in St. Louis geboren. In Zeitungsberichten über die »Thomas-Katastrophe« wurde sie »Shopgirl« genannt. Ihr Name fand sich in der US-Volkszählung von 1880 in St. Louis wieder. Sie war unverheiratet und arbeitete als Verkäuferin. Nur sieben Jahre später – am 29. März 1887 – starb sie mit gerade einmal 32 Jahren.

Eine andere Schwester, Blanche Marie Paris (1861–1930), reiste 1873 mit Fanny und der Mutter Catharine ins Elsass. Ursprünglich wollte Catharine Paris Cecelia in Sachsen besuchen. Denn sie hatte davon gehört, dass ihr Schwiegersohn handgreiflich geworden war gegenüber Cecelia. Der Hintergrund dürfte der Börsencrash von 1873 gewesen sein sowie die Tatsache, dass das Vermögen der Thomas' zu diesem Zeitpunkt beinahe komplett aufgebraucht war. Doch Cecelias Familie kam nicht in Sachsen an. Catharine starb 1873 in

ihrem Heimatort Walheim (zwischen Basel und Mülhausen).
Blanche blieb im Elsass bei Verwandten. Dort lernte sie Arm-
and Louis Zeller (1858–1942) kennen. Die beiden heirateten
und zogen später nach Highlands, Illinois, USA. Eine der
Töchter trug den Namen Mary Cecelia Zeller.

Bis heute gibt es zahlreiche Einwohner von Highlands, die
Paris oder Zeller mit Nachnamen heißen. Sie sind vermutlich
allesamt Nachkommen von Cecelias Geschwistern.

∽⊚∾

William King Thomas (1827–1875)

Der wahre Name von William King Thomas war Alexander Keith Jr., genannt »Sandy«. Er wurde am 13. November
1827 in Halkirk (Schottland) als Sohn von John Keith geboren. 1836 wanderten seine Eltern mit ihm und seinen beiden
Geschwistern nach Halifax in Kanada aus, wo es sein Onkel
Alexander Keith sen. als Gründer der Alexander Keith's Bre-
wery zu Wohlstand und politischem Einfluss gebracht hatte.

Im amerikanischen Bürgerkrieg von 1861 bis 1865 soll William King Thomas mit einem Schiff Blockadebrecher gewesen
und in Gefangenschaft geraten sein. Auch stand er im Verdacht,
schon einmal einen Sprengstoffanschlag verübt zu haben. Vermutlich durch Betrug kam er zu einem beträchtlichen Vermögen, das er in den Folgejahren durch Spekulationen und
aufwendigen Lebensstil verlor. Seine Geldprobleme wollte er
durch einen Versicherungsbetrug lösen, indem er eine wert-
lose Schiffsfracht sehr hoch versichern ließ, um dann das Schiff
durch Lithofracteur (»Steinbrecher«, einem besonders wirksa-
men Sprengstoff, ähnlich wie Dynamit) zu versenken. 1873 gab
er bei dem Uhrmacher J. I. Fuchs in Bernburg an der Saale

eine Uhr in Auftrag, die zwölf Tage lang lautlos, und ohne aufgezogen zu werden, laufen sollte. Am zwölften Tag sollte die Mechanik einen starken Schlag auslösen. Thomas hatte dem Uhrmacher eine Lügengeschichte aufgetischt, nach der er eine solche Uhr für eine neue Form der Seidenproduktion benötige. In Wirklichkeit sollte der Schlag ein mit Sprengstoff gefülltes Fass zur Explosion bringen. Es war die erste Zeitschaltuhr für eine Dynamitexplosion in der zivilen Welt. Der ahnungslose Uhrmacher erfüllte diesen Auftrag. 1875 baute Thomas die Bombe zusammen, getarnt als harmlose Frachttonne. Einen ersten Versuch unternahm Keith im Juni 1875, als er ein mit Lithofracteur gefülltes Fass auf dem Lloyd-Dampfer »Rhein« nach New York schickte, das er in London mit 9.000 Pfund hatte versichern lassen. Er selbst folgte dem Schiff auf dem Dampfer »Republic«, musste aber nach der Ankunft in New York feststellen, dass der Zündmechanismus versagt hatte und die Bombe nicht detoniert war. Bei einem weiteren Versuch weigerte sich der Zahlmeister des Dampfers »Celtic«, den Empfang einer angeblich mit Dollarmünzen gefüllten Kiste zu quittieren, ohne den Inhalt vorher in Augenschein genommen zu haben. Beim dritten Versuch wollte Keith das Sprengstofffass mit dem zuvor in Gang gesetzten Uhrwerk auf die »Mosel« verladen lassen. Er selbst wollte in Southampton von Bord gehen. Die »Mosel« sollte mit den 400 Menschen an Bord während der Überfahrt über den Atlantik explodieren und untergehen. Beim Beladen des Schiffes am 11. Dezember 1875 schlug das Fass auf das Pflaster der Kaje und explodierte. 81 Menschen wurden getötet, etwa 200 Personen zum Teil schwer verletzt (andere Quellen sprechen von 83 Todesopfern). Thomas befand sich bereits an Bord und schoss sich in seiner Kabine zwei Kugeln in den Kopf, um einer Strafe zu entgehen. Er war aber nicht sofort tot. Erst fünf Tage später, am 16. Dezember 1875, erlag er seinen Verletzungen.

Die Ärzte (unter ihnen Dr. Soldan) trennten seinen Kopf ab und konservierten ihn in Formalin – aus kriminalistischen Gründen. Thomas' Rumpf wurde am Rand des Wulsdorfer Friedhofs verscharrt; der Kopf dagegen im Museum aufbewahrt. Bei einem Luftangriff im Zweiten Weltkrieg wurde das »Exponat« zerstört.

Die Keith-Brauerei in Halifax existiert bis heute. Noch heute gibt es viele Nachkommen der Familie Keith in Kanada.

Auf dem Bremerhavener Friedhof in Wulsdorf erinnert ein Feld mit 43 Gräbern und einem Gedenkstein an die »Thomas-Katastrophe«.

⁓⊙⌣

Johanne Elisabeth Notholt, geborene Etmer, verwitwete Claussen (1855–1928)

Sie wurde am 8. April 1855 als Johanne Elisabeth Etmer geboren. Ihre Eltern waren der Kaufmann Johann Philipp Etmer (1825–1875) und Adelheid Catharine Etmer, geb. Meyer (1823–1864). Johanne ist das dritte Kind. Sie hat insgesamt sieben Geschwister:

Adelheid Catharine (1852–1869),

Bernhard Gustav (1853–1875),

Emma Henriette (1856–?),

Marie Sophie (1858–?),

Johann Philipp (1860–1875),

Friedrich Heinrich I. (1863–1864)

und Friedrich Heinrich II. (1864–1873). Der Junge litt seit seiner Geburt an einem sogenannten Wasserkopf. Die Mutter starb vermutlich bei der Geburt oder im Wochenbett (das Bremerhavener Sterberegister aus dem 1864 ist nicht mehr vorhanden; in späteren Jahren ist ihr Tod nicht aufgeführt).

Am 5. März 1874 heiratete Johanne Caspar Diedrich Christian Claussen. Johanne ist 18, Christian 23 Jahre alt. Beide waren zu dem Zeitpunkt Halbwaisen, ihre Mütter waren tot. Die kirchliche Trauung fand am 27. März 1874 in der Großen Kirche in Bremerhaven statt.

Das junge Ehepaar Claussen bezog eine Wohnung in der Hafenstraße 97 in Bremerhaven. Kurz darauf eröffnete Christian Claussen sein Comptoir im Haus seines Schwiegervaters, in der Hafenstraße 37. Im Adressbuch der Stadt wird er als Speditionsgeschäftsführer, Haupt-Agent der Feuer-Versicherungs-Aktien-Gesellschaft zu Berlin, außerdem Vertreter für die Firma R. Luchting & Co. geführt. Am 29. Januar 1875 brachte Johanne ihre Tochter Adelheid Elisabeth Claussen zur Welt. Zwei Monate später wurde sie getauft. Im August des Jahres 1875 heiratete ihr Vater, Johann Philipp Etmer ein zweites Mal, nachdem er elf Jahre lang Witwer war. Seine zweite Frau hieß Johanne Auguste Henriette Fuhrer und stammte aus Hamburg.

Als die Etmers am 11. Dezember 1875 Johannes Bruder Gustav bei seiner Abreise nach Amerika an der »Mosel« verabschiedeten, wurden die meisten von ihnen getötet oder verletzt. Johannes Ehemann Christian starb mit 25 Jahren. Auch die Brüder Gustav (22) und Johann Philipp (15) kamen um. Johannes Vater Johann Philipp Etmer (50) starb. Ebenso wie seine zweite Frau Auguste (28). Der Ehemann von Johannes Schwester Emma Henriette, Wilhelm Glauert (33), erlag seinen Verletzungen, ebenso dessen Bruder Conrad (36). Auch Zahlmeister Wilhelm Bomhoff (31) wurde in den Zeitungen zur Familie Etmer gezählt. Vermutlich war er mit Sophie, der jüngsten Schwester von Johanne, verlobt.

Johanne selbst verlor bei der Explosion ihre rechte Hand, Schwester Emma Henriette erlitt Verletzungen im Gesicht und an Händen und Beinen. Auch ihre jüngste Schwester Marie Sophie wurde verletzt.

Am 15. Dezember 1875 wurden die Toten der Familie unter großer Anteilnahme der Bremerhavener Bevölkerung auf dem Friedhof in Lehe beerdigt.

Der Name Johanne Claussen findet sich erst im Jahr 1879 wieder. Da steht eine Johanne Claussen in den Passagierlisten der »Mosel«(!), die in Begleitung ihrer vierjährigen Tochter »Elise« nach Amerika reiste. Das Schiff kam am 21. Juli 1879 in New York an. Auf dem Einreisevermerk steht: »Verbleib in USA«.

Am 9. November 1880 heiratete Johanne den Versicherungsinspektor Johann Hermann August Notholt (1853–1929). 1881 brachte sie ihren ersten gemeinsamen Sohn, Erich Paul Wilhelm Notholt (1881–1953), zur Welt. Zwei Jahre später bekam sie einen weiteren Sohn: Hans Hermann Anton Notholt (1883–?). Johanne lebte mit ihrer Familie in Oldenburg.

Am 17. Februar 1928 starb Johanne im Alter von 72 Jahren.

∽◎◦

Johannes erster Ehemann
Caspar Diedrich Christian Claussen (1850–1875)

Caspar Diedrich Christian Claussen, genannt »Christian«, kam am 5. November 1850 in Bremerhaven zur Welt. Seine Mutter war Johanne Helene Elisabeth Claussen, geb. Joppert. Sie ist die dritte Ehefrau von Johann Georg Claussen, dessen erste beiden Ehefrauen gestorben waren. 1874 heiratete Christian Claussen Johanne Etmer.

Christian Claussen starb bei der Explosion am 11. Dezember 1875 in Bremerhaven.

❦

Johannes zweiter Ehemann
Hermann Notholt (1853–1929)

Johann Hermann August Notholt wurde am 22. September 1853 geboren. Er war der Sohn von Diedrich Notholt (1817–1880), der als Kapitän auf Auswandererschiffen regelmäßig von Bremerhaven nach Amerika fuhr. Johann Hermann Notholt arbeitete als Versicherungsinspekteur. Später wurde er Versicherungs-Oberinspekteur. Nach der Heirat mit Johanne wurde er Vater zweier Söhne. Er überlebte seine Frau um ein knappes Jahr und starb im Februar 1929.

❦

Johannes Tochter Elisabeth »Elsie« Claussen (1875–?)

Johannes einzige Tochter wurde am 29. Januar 1875 als Adelheid Elisabeth Claussen in Bremerhaven geboren. Nach dem Tod ihres Vaters, Christian Claussen, am 11. Dezember 1875 wuchs sie als Halbwaise auf. Durch die zweite Heirat Johannes mit Hermann Notholt 1880 zog sie zusammen mit ihrer Mutter nach Oldenburg. Offenbar wurde sie nicht von ihrem Stiefvater adoptiert, denn sie behielt den Nachnamen Claussen. »Elsie« bekam zwei Halbbrüder, mit denen sie sich bis ins Erwachsenenalter gut verstand. Am 11. September 1900 heiratete sie den zwei Jahre älteren Dr. Karl August Wilcken aus Westerstede bei Oldenburg. Vermutlich 1898 kam ihr Sohn Jochen Wilcken zur Welt. Sie überlebte ihren Ehemann und wird im Adressbuch von Oldenburg von 1932 als Witwe Wilcken aufgeführt.

❧

Johannes Schwiegervater, Johann Georg Claussen (1808–1885)

Johann Georg Claussen kam am 11. Mai 1808 als Sohn eines Kaufmanns in Brake zur Welt. Schon mit 15 Jahren zog er 1833 in das erst sechs Jahre zuvor gegründete Bremerhaven. Hier eröffnete er bald darauf ein Speditionsunternehmen und arbeitete gleichzeitig als Auswanderungsmakler. Mit einer Mischung aus Innovations- und Tatkraft ließ er 1838 die erste Wasserleitung in der Stadt bauen. Sein größtes Projekt folgte 1849/1850, als er das Auswandererhaus bauen ließ. Es war eine große Herberge zur Unterbringung und Verpflegung von Auswanderern, die auf das Auslaufen ihrer Schiffe warteten. Bis zu 4.500 Menschen konnten hier pro Tag mit einer Mahlzeit versorgt werden. Es gab Schlafplätze für bis zu 2.000 Auswanderer. Das Haus war lange Zeit das größte Gebäude der Stadt und galt als vorbildliche soziale Einrichtung. Nach dem Bau der Bahnstrecke von Bremen nach Bremerhaven 1855 konnten die meisten Auswanderer direkt an Bord ihrer Schiffe gehen. Daraufhin konnte das riesige Haus nicht mehr wirtschaftlich geführt und musste 1865 geschlossen werden. Überreste des Hauses stehen noch und sind heute baulich in die Bremerhavener Hochschule integriert.

Johann Georg Claussen gehörte zu den einflussreichsten Bürgern der Stadt. Er arbeitete im Kirchen- und Ortsvorstand Bremerhavens, war Mitglied der Bremer Bürgerschaft und sechs Jahre lang als Vorsitzender des Gemeinderates in Bremerhaven tätig.

Er war dreimal verheiratet und Vater von 17 Kindern. Darunter Christian Claussen, der aus seiner dritten Ehe stammte. Nachdem Johann Georg Claussen dreimal Witwer geworden war, heiratete er nicht mehr und starb am 29. September 1885 krank und altersschwach mit 77 Jahren. In einem Nachruf schrieb die Nordsee-Zeitung am 1. Oktober 1885:

Nach längerem Leiden verschied am letzten Dienstag einer unserer ältesten und besten Mitbürger, Herr Joh. Geo. Claussen, im 78. Lebensjahre nach rastlos tätigem Leben. Sein Hinscheiden erregt in den weitesten Kreisen allgemeine Theilnahme. Wegen seines streng ehrenhaften Charakters und seiner großen geschäftlichen Fähigkeiten erfreute sich der nun Verstorbene der allgemeinen Achtung. Das Gemeindewesen Bremerhavens hat dem Verstorbenen viel zu danken. (...) In früheren Zeiten war derselbe viele Jahre hindurch Mitglied des Gemeinderates, in welcher Eigenschaft er in öffentlichen Angelegenheiten zum Wohle unserer Stadt und im Interesse ihrer Entwicklung eine ungewöhnliche Energie und Arbeitskraft eingesetzt hat. Dabei gehörte er nicht zu den streitbaren Naturen. Güte war der vorherrschende Zug seines Charakters.(...)

Sein ältester Sohn Daniel C. Claussen war der Gründer einer Kohlen- und Brennstoffhandlung, die unter dem Namen »Dan. Claussen« bis vor wenigen Jahren in Bremerhaven existierte.

Familie Glauert in Bremerhaven

Die Bremerhavener Familie Glauert bestand 1875 aus mindestens vier Mitgliedern. Vater Christian Friedrich Anton Glau-

ert war ursprünglich Tischler in Bremerhaven. 1870 wohnte
er als »Privatier« (Adressbuch von 1870) bei seinen Söhnen
in der Bürgermeister-Smidt-Straße 32. Dort betrieb Conrad
Glauert eine Kolonialwarenhandlung zusammen mit seinem
Bruder Wilhelm Leonhard Glauert. Dieser war mit Johannes
Schwester, Emma Henriette, verheiratet. Das Geschäft wurde
später verpachtet an Friedrich Diedrich Heinrich Meyer
(Quelle: Bremerhavener Adressbuch von 1879). Auch ein
»Fräulein Glauert« gehörte zur Familie. Sie war die Schwester
von Conrad und Wilhelm und trug bei der Explosion schwere
Verletzungen davon. Der linke Fuß musste ihr amputiert wer-
den. Wie die Zeitungen 1875 berichteten, war der Vater Glau-
ert nach dem Verlust seiner Söhne ein gebrochener Mann.

Inspektor Schnepel (1830–?)

August Ludwig Carl Schnepel wurde 1830 in Reineberg bei
Minden geboren. Er wurde Polizeiinspektor. Nachdem Schnepel das Verbrechen der »Thomas-Katastrophe« so schnell auf-
klären konnte, wurde er am 15. Januar 1876 zum Direktor der
Strafanstalt in Oslebshausen in Bremen ernannt. Das Gefängnis gibt es bis heute.

Adolph Julius Wilhelm Claussen (1837–1911) und Jane
»Jennie« Caroline Byrnes Claussen (1843–1883)

Adolph Claussen war der Neffe von Johannes Schwiegervater,
Georg Johann Claussen. Er kam am 20. November 1837 in
Bremerhaven zur Welt. Er verließ die Heimat und ging nach

New York. Am 22. Juli 1869 heiratete er Jane »Jennie« Byrnes
(1843–1883). Seine Ehefrau war die Tochter der irischen Ein-
wanderer Matthew Byrnes (1809–1890) und Jane C. Byrnes
(1813–1883). Matthew Byrnes machte eine beeindruckende
Karriere als Bauunternehmer in New York. Über tausend
Gebäude soll er mit seiner Firma in der Stadt errichtet haben.
Zu Beginn seiner Karriere betrieb er ein Ladengeschäft in
Sacramento, Kalifornien, Tür an Tür mit Collis P. Huntington.
Adolph Claussen und Jennie Byrnes bekamen fünf Kinder:

Jennie Byrnes Claussen (1871–?),
Matthew Byrnes Claussen (1872–1949),
Ida Claussen (1874–1960),
Adolph Claussen (1877, Totgeburt) und
Maria Louise Claussen (1879–1880)

Adolph Claussen arbeitete als Kaufmann. Seine Büro-Ad-
resse wechselte er häufig: 1871 96 Wall Street, 1872 97 Water
Street, 1878 9 Pearl Street in Manhattan. Im Mai 1878 musste
er Insolvenz anmelden, nachdem sein Investment in eine
kubanische Zuckerrohrplantage gescheitert war. Sein Schul-
denstand wurde nach der Pleite mit 49.600 Dollar beziffert.
Claussens Vermögenswerte waren lediglich gering, schrieb
die New-York Times damals. Offenbar erholte sich Claussen bald von der Pleite oder aber sein schwerreicher Schwiegervater unterstützte ihn und die Familie. Denn 1880 lebte
die Familie Claussen – laut US-Census – in gehobener Nachbarschaft (19. Ward, District 6th; Bereich: West 47th Street/
5th Avenue bis West 45th Street/6th Avenue). Andere Quelle:
West 12 Street oder Lexington Avenue 367.
 Nachdem Jennie Byrnes am 14. Februar 1883 mit nur
39 Jahren starb, heiratete Claussen nicht wieder. Er überlebte
seine Frau um beinahe 30 Jahre und starb am 11. August

1911 in New York. Von den gemeinsamen Kindern machte Ida als Ida Baronin von Claussen (1874–1960) in den nächsten Jahren regelmäßig Schlagzeilen. Sie heiratete fünfmal, nannte sich »Baronin« und schrieb 1910 ein Buch namens »Forget it!«. Ihr exzentrisches Verhalten brachte sie mehrere Male ins Gefängnis bzw. in eine Nervenheilanstalt.

∽◎∾

Arabella Huntington alias Belle Worsham (1850–1924)

Belle wurde vermutlich 1850 als Catherine Arabella Yarrington in Richmond, Virgina geboren (sie verriet ihr wahres Alter nie und versuchte auch, ihre Herkunft im Dunkeln zu lassen). Das Mädchen wurde in der Familie »Belle« genannt. Ihr Vater starb früh, sodass sich die Mutter allein mit fünf Kindern durchschlagen musste und eine Pension eröffnete. Noch keine 20 Jahre alt begann Arabella, die zu einer Schönheit herangewachsen war, ein Verhältnis mit dem beinahe 30 Jahre älteren Collis P. Huntington. Vermutlich lernte sich das ungleiche Paar im Spielsalon von John Worsham in Richmond kennen, denn Huntington war ein leidenschaftlicher Kartenspieler.

1869 brach die gesamte Familie Yarrington nach New York auf. Arabella heiratete (zum Schein?) den Spielsalonbetreiber John Worsham. 1870 brachte sie ihren Sohn Archer zur Welt. Angeblich starb John Worsham kurz darauf. Wahrscheinlicher ist aber, dass Worsham gar nicht tot war, sondern nur aus New York verschwand und zu seiner wahren Ehefrau Annette zurückkehrte und seinen Spielsalon weiterführte. Der verheiratete Huntington gab Arabella in der Öffentlichkeit als seine Nichte aus und überschüttete sie mit Geschenken. Bald zog Arabella mit Mutter, Geschwistern und ihrem kleinen Sohn in die Lexington Avenue in die Nähe des Gramacy Parks – gar nicht weit entfernt von Huntingtons Wohnung.

Mit der finanziellen Unterstützung von Collis P. Huntington gaben sich Mutter und Tochter als reiche Ladys aus dem Süden aus, erhielten von den Banken problemlos Kredite und kauften diverse Immobilien in New York. Unter anderem das Haus in der 4 West 54th Street, an der Ecke Fifth Avenue. Arabella baute das Haus nach ihren Vorstellungen um und stattete es mit kostbarem Inventar aus. Sie nutzte jede freie Minute, um zu lesen und sich weiterzubilden. So lernte sie Französisch, studierte Architekturbücher und las alles über Kunst. Trotzdem wurde ihr kein Zugang in die High Society gewährt. In den Folgejahren erkrankte die erste Frau von Huntington, Elizabeth, schwer an Krebs. Arabella und ihre Mutter sollen sie gepflegt haben. Nach dem Tod Elizabeth' dauerte es nur ein paar Monate, bis Collis P. Huntington Arabella 1884 heiratete.

Collis P. Huntington starb im Jahr 1900. Er vermachte Arabella zwei Drittel seines Vermögens (damals 150 Millionen Dollar). Das übrige Drittel ging an Huntingtons Lieblingsneffen Henry E. Huntington (1850–1927). Er war der Präsident der Pacific Electric Railway. Ihre gemeinsame Erbschaft verband die beiden miteinander. Im Juli 1913 heirateten sie in Paris. Beide Eheleute waren zu dem Zeitpunkt schon über 60 Jahre alt. Gemeinsam reisten sie ausgiebig durch Europa, sammelten Kunstwerke und engagierten sich in mehreren karitativen Organisationen. 1919 wandelten sie ihr Anwesen in San Marino bei Los Angeles und ihre Kunstsammlungen in eine gemeinnützige Stiftung um. Zu ihren Lebzeiten war Arabella Huntington eine der reichsten Frauen der Welt. Ihre Kunstsammlung war weltberühmt. Sie starb am 16. September 1924 an den Folgen eines Herzinfarkts und wurde im Familien-Mausoleum in San Marino beigesetzt.

Collis Potter Huntington (1821–1900)

Collis P. Huntington war ein millionenschwerer Eisenbahn-Tycoon im Amerika des 19. Jahrhunderts. Er gehörte zu den »Big Four«, zusammen mit Leland Stanford, Mark Hopkins und Charles Crocker. Sie erschlossen mit der Central Pacific Railroad den westlichen Teil der ersten transkontinentalen Bahnverbindung in den USA. Huntington war ein Selfmade-Millionär. Er stammte aus sehr ärmlichen Verhältnissen. 1848 ging er im Zuge des Goldrauschs nach Kalifornien und wurde dort zu einem erfolgreichen Geschäftsmann.

Huntington erkannte schnell die Bedeutung der Eisenbahn für die Erschließung des Westens der USA. Er gründete mehrere Eisenbahngesellschaften, später auch die nach ihm benannte und geplante Stadt Huntington in West Virginia. Seine Geschäftsmethoden waren umstritten. So präsentierte er dem US-Senat falsche Landkarten mit erfundenen Gebirgszügen, um die doppelte Prämie zur Erschließung des Geländes für den Schienenausbau zu erhalten. Sein Ruf war zwischenzeitlich miserabel. So beschrieb der San Francisco Examiner ihn als »No more soul than a shark« und »as ruthless as a crocodile«.

Nur wenige Monate nach dem Tod seiner ersten Frau Elizabeth heiratete er 1884 Arabella Worsham, die schon seit vielen Jahren seine Geliebte war. Sein mutmaßlicher Sohn war Archer Milton Huntington (1870–1955). Aber Collis P. Huntington war nicht nur ein skrupelloser Geschäftsmann, sondern auch ein Philanthrop und Mäzen. So unterstützte er die Ausbildung afroamerikanischer Kinder und Jugendlicher, spendete viel Geld für Bibliotheken und Institute und stiftete einen großen Teil seiner wertvollen Kunstsammlung der Allgemeinheit.

Kate Woods

Über Kate Woods fand sich einzig eine »Empfehlung« in einem kleinen Büchlein namens »The Gentlemen's Companion New York City in 1870«:

> *Die Adresse 105 W 25th Street wird von Mrs. Kate Woods geführt, in der höheren Gesellschaft bekannt als »Hotel de Wood«. Es handelt sich um ein zweistöckiges Reihenhaus – reich ausgestattet mit den teuersten Möbeln und neuesten Errungenschaften. Ihre Auswahl an Ölgemälden allein dürften 10.000 Dollar wert sein. Wandspiegel mit Rahmen aus wertvollem Palisanderholz, französische Skulpturen etc. Die Ausstattung des Hauses dürfte rund siebzigtausend Dollar betragen. Für Mrs. Wood arbeiten drei junge Damen von ausgesuchter Schönheit. In ihrem Haus verkehren vornehme Kunden – auch aus dem Ausland. Es handelt sich um die beste Adresse in der 25. Straße.*

Florence de Meli (1853–1933)

Florence de Meli kam am 24. Mai 1853 in Philadelphia zur Welt. 1870 heiratete sie in Dresden den US-Amerikaner Henri-Antoine de Meli (1842–1915). Im November desselben Jahres brachte sie ihren Sohn Henry D. de Meli zur Welt. 1875 folgte die Tochter Marie Antoinette »Minnie« de Meli.

Die Familie lebte in Dresden. Doch die Ehe der de Melis war unglücklich. Im Herbst 1881 verließ Florence heimlich die Stadt und reiste über Umwege (u. a. Frankfurt) nach New York zu ihren Brüdern. Sie befürchtete, von ihrem Mann und ihrer verhassten Schwiegermutter in eine Irrenanstalt abgeschoben zu werden. Ihre Kinder blieben beim Vater in Deutschland.

Um den Jahreswechsel 1883/1884 fand in New York der Scheidungsprozess statt. Doch die Richter entschieden zu ihren Ungunsten. Florence blieb Mrs. de Meli bis zum Tod ihres Mannes 1915. In seinem millionenschweren Testament ging sie leer aus. Die letzten Jahre ihres Lebens verbrachte Florence de Meli in den Hamptons bei New York City, wo sie 1933 starb.

~◉~

Der amerikanische Konsul John Henry Steuart (1831–1892)

John Henry Steuart arbeitete im diplomatischen Dienst der USA und wurde amerikanischer Konsul in Leipzig. Anschließend ging er als Konsul nach Antwerpen. Nach dem Tod seiner ersten Frau Martha, die mit Cecelia befreundet war, heiratete er 1890 mit 59 Jahren ein zweites Mal. Aus dieser zweiten Ehe entstammte die Tochter Gladys Virginia Steuart. Sie heiratete später den ungarischen Grafen Gyula Apponyi de Nagy-Appony. Aus dieser Ehe stammte unter anderem Tochter Geraldine (1915–2002), die 1938 den albanischen König Ahmet Zogu heiratete und damit Königin von Albanien wurde.

~◉~

Kapitän Carl Hebich (1836–1898)

Carl Hebich gehörte zu den erfahrensten Kapitänen der deutschen Handelsmarine und führte die größten und schnellsten Schiffe der Hamburg-Amerika-Linie, so auch die »Wieland«, mit der Cecelia und ihre Kinder im Januar 1876 von Hamburg nach New York reisten.

～⊛〜

Die »Mosel«

Die »Mosel« gehörte zu einer Serie von Dampfschiffen – der sogenannten Strassburg-Klasse –, die der Norddeutsche Lloyd in den 1870er-Jahren in Auftrag gab. Insgesamt 13 Schiffe zählten zu dieser Serie, die von drei englischen Werften gebaut wurden. Die »Mosel« entstand 1872 bei Caird & Company im schottischen Greenock und begann ihre Jungfernfahrt von Bremerhaven nach New York am 4. Januar 1873. Sie wurde als einziges Schiff der Strassburg-Klasse ausschließlich auf der Strecke Bremerhaven–New York eingesetzt. Am 9. August 1882 befand sich die Mosel mit 620 Passagieren – die meisten von ihnen Auswanderer – wieder einmal auf dem Weg nach Amerika. Nach einem Zwischenstopp in Southampton steuerte sie mit knapp 13 Knoten Höchstgeschwindigkeit durch den Ärmelkanal, als sie im dichten Nebel bei Cap Lizard in Cornwall auf Grund lief und strandete. Das Schiff war nicht mehr zu retten. Alle Menschen an Bord konnten aber glücklicherweise in Sicherheit gebracht werden. Später nannten Taucher aus der Gegend das Wrack der »Mosel« »junk shop« (Trödelladen), weil sie immer wieder Dinge wie Zahnbürsten, Mundharmonikas, Scheren, Taschenmesser oder Kämme aus dem Rumpf bergen konnten.

Die Schiffsglocke der »Mosel« befindet sich heute im Schifffahrtsmuseum in Bremerhaven.

～⊛〜

Kapitän Hermann Friedrich August Neynaber (1822–1899)

Hermann August Friedrich Neynaber, auch »HFA« oder »HAF« genannt, war einer der erfahrensten Kapitäne beim Norddeutschen Lloyd. Er hätte am 11.12.1875 das Kommando auf der »Mosel« gehabt. Er war jedoch krank geworden und wurde an jenem Tag ersetzt. Neynaber war auch im Juli 1879 Schiffsführer auf der »Mosel«, als Johanne nach New York fuhr.

⚬

Die beiden Ärzte Dr. Soldan und Dr. Grenzer haben wirklich gelebt. Dr. Soldan war ein bekannter Arzt in Bremerhaven und der erste Chefarzt des Bremerhavener Krankenhauses, das bald nach der Explosion gebaut wurde. Dr. Grenzer praktizierte in Leipzig. Eine Nachricht von ihm an Cecelia befindet sich im Bremer Staatsarchiv, in dem die Akten zur »Thomas-Katastrophe« gelagert sind.

⚬

Mary Clifton

Mary Clifton stammte aus Halifax in Kanada und arbeitete als Zimmermädchen. Sie war die Geliebte von William King Thomas und ging mit ihm zusammen nach New York. Sie erwartete Zwillinge, doch Thomas verließ sie. Sie kehrte nach Halifax zurück. Was aus ihr und den Kindern wurde, ist unbekannt. (Quelle: Untersuchungsbericht Detektei Pinkerton 1876)

⚬

William Meyer, Meta, Ludwig, Gesine, Dora, Wilhelmine Schulz, Gretchen und alle anderen, die hier namentlich nicht genannt werden, sind in keinem Archiv zu finden. Sie sind meiner Fantasie entsprungen und ich habe sie meinen Protagonisten an die Seite gestellt.

Noch ein Wort zum Geld und den finanziellen Verhältnissen, die in diesem Roman eine Rolle spielen. Es ist schwer möglich, ganz korrekte Umrechnungstabellen zu finden, um den heutigen Wert von genannten Summen nachzuvollziehen. Man kann aber mit Sicherheit davon ausgehen, dass beispielsweise die 45.000 US-Dollar, mit denen das Ehepaar Thomas 1866 in Dresden ankam, so viel wert waren wie ein heutiges Millionenvermögen. Ähnlich sieht es mit der Zuckerrohrpleite von Adolph Claussen aus. Sein knapp 50.000-Dollar-Bankrott würde heutzutage einer Millionenpleite entsprechen.

Sollten bei aller gewissenhaften Recherche Fehler oder Ungenauigkeiten aufgetreten sein, so habe ich sie allein zu verantworten.

Quellenangaben

- Seite 20f. und 25ff.
  Die Briefe von Cecelia und William King Thomas wurden für den Roman von Silke Böschen aus dem Englischen ins Deutsche übersetzt. Sie befinden sich im Original im Staatsarchiv Bremen.

- Seite 32
  Dresdner Anzeiger vom 12.12.1875

- Seite 49ff.
  Bremerhavener Zeitung vom 13.12.1875

- Seite 76
  Nordseezeitung vom 15.12.1875

- Seite 94f.
  Dresdner Nachrichten vom 24.12.1875

- Seite 226f.
  New-York Times vom 11.01.1877; für den Roman ins Deutsche übersetzt von Silke Böschen

- Seite 232
  New-York Times vom 12.01.1877; für den Roman ins Deutsche übersetzt von Silke Böschen

Danksagung

Auch wenn das Schreiben oft eine einsame Sache ist, so haben doch an diesem Buch viele Menschen mitgewirkt und mitgeholfen. Ihnen danke ich von Herzen.

So zuallererst meinem Mann Steffen Leiwesmeier. Er hat von Anfang an an das Projekt geglaubt und mich unterstützt, wann und wo er nur konnte. Unvergessen die Reise nach Dresden, als ich sehr schwanger tagelang in den unterirdischen Räumen der sächsischen Staats- und Landesbibliothek verschwand, und Steffen mit unserer älteren Tochter Fanny an der Elbe entlangspazierte und Eierschecke spendierte.

Meine Schwester Astrid Böschen war häufig an meiner Seite. Ihr Interesse an der Geschichte von Johanne und Cecelia ist zum Glück nie erloschen – auch wenn ich in meiner Begeisterung sicherlich manches Mal an ihren Nerven gezerrt habe. Gemeinsam haben wir im Bremerhavener Stadtarchiv uralte Adressbücher gewälzt und sind fast verrückt geworden mit den Mikrofiche-Platten am Lesegerät, die irgendwie immer mit dem falschen Ende vor uns lagen. Uwe Jürgensen vom Stadtarchiv half mit Geduld und seinem großen Wissen über die Geschichte Bremerhavens.

Johanne Claussen wurde auch dank der Hilfe von Erich Notholt zu einer lebendigen Figur. Vom Bodensee aus sandte er mir gute Hinweise und Fotos aus seinem Familienarchiv – zum Teil sogar aus Mexiko, wo ein Teil von Johannes Nachfahren heute lebt.

Wie man all die Fakten und Erkenntnisse in einen Roman gießt und die Figuren wieder lebendig werden lässt, das hat mir Sonja Rudorf aus Frankfurt gezeigt. Meine Schreiblehrerin und -trainerin war immer ansprechbar und mit guten Ideen zur Stelle.

Zum Glück habe ich in Hamburg die Literarische Agentur Kossack gefunden – und dort meine Agentin Antje Hartmann. Mit viel Ausdauer und Hartnäckigkeit hat sie mein Projekt verfolgt und mich nach mancher Absage wiederaufgerichtet. Ihr echtes Interesse an meiner Geschichte hat mich beeindruckt. Auch ihre Schilderung, wie sie zum ersten Mal Auszüge aus meinem Roman las – ganz unglamourös in einem Flix-Bus von Hamburg nach Kiel –, gefiel mir sehr.

Meine Lektorin Susanne Tachlinski gab dem Roman den rechten Schliff. Unglaublich konzentriert und gleichzeitig sehr offen half sie mir, aus dem Manuskript ein Buch zu machen.

Meine langjährige Freundin Dorothee Harre soll ebenfalls nicht unerwähnt bleiben. Von Anfang an ließ sie sich von meiner Begeisterung anstecken, behielt aber einen kühlen Kopf und stand mir immer mit gutem Rat zur Seite.

Das gleiche gilt für Constanze Buss – lustig und klug zugleich.

Meine Eltern verfolgten mein Projekt erst einmal verwundert – die Fernsehtochter schreibt ein Buch, aha. Doch sie hatten nie Zweifel am guten Gelingen. Und das Interesse an alten Geschichten, an Geschichte selbst – das hat nicht zuletzt meine Mutter in mir geweckt. Königin Luise und den Preußen sei Dank. Die Museumsdörfer und Heimathäuser – und damit die Vergangenheit der einfachen Leute und Bauern hat mir mein Vater nahegebracht. Was für ein Vergnügen Schreiben sein kann, zeigte mir meine Großmutter Sophie Böschen. Danke ihnen allen.

Weitere Titel finden Sie auf den
folgenden Seiten und im Internet:

WWW.GMEINER-VERLAG.DE

Kathrin Hanke
Störtebekers Piratin
Historischer Roman
348 Seiten, 12 x 20 cm
Paperback
ISBN 978-3-8392-2486-1
€ 14,00 [D] / € 14,40 [A]

Die Zeit der Freibeuter um 1367. In einer stürmischen Vollmondnacht wird das Mädchen Ava geboren. Unter widrigen Umständen wächst die Kleine isoliert im ostfriesischen Brookmerland bei ihrer Großmutter Edda auf. Diese weiht sie nicht nur in die Heilpflanzenkunde ein, sondern vor allem in die Welt der nordischen Götter. Als Edda bei einem Überfall getötet wird, kann Ava entkommen. Sie schlägt sich bis ins mecklenburgische Wismar durch, wo sie auf einen jungen Mann trifft: Klaus Störtebeker.

GMEINER SPANNUNG

WWW.GMEINER-VERLAG.DE
Wir machen's spannend

Cornelia Naumann
Scherben des Glücks
Historischer Roman
672 Seiten, 12 x 20 cm
Paperback
ISBN 978-3-8392-2508-0
€ 16,00 [D] / € 16,50 [A]

Das riesige Berliner Stadtschloss, Inbegriff des luxuriösen Hoflebens, wird der preußischen Prinzessin Wilhelmine zum Gefängnis, deren Vater »Soldatenkönig« Friedrich Wilhelm seine Tochter gegen ihren Willen verheiraten will. Um den Bruder, der nach einem Fluchtversuch eingekerkert wurde, aus der Festungshaft zu befreien, gibt die Prinzessin schließlich nach und heiratet den Prinzen von Bayreuth-Brandenburg. Was die trotz aller Entbehrungen verwöhnte Königstochter hier vorfindet, verschlägt ihr die Sprache. Aber da ist ja der charmante Gatte, und vor allem die Musik …

GMEINER SPANNUNG

WWW.GMEINER-VERLAG.DE
Wir machen's spannend

Strandleben **plus**

Beckmann / Ueckert
Cuxland
Lieblingsplätze
192 Seiten, 14 x 21 cm
Paperback
ISBN 978-3-8392-2195-2
€ 16,00 [D] / € 16,50 [A]

Im U-Boot durch den Kreidesee tauchen oder kreatives Schweißen lernen, auf der Nordsee nach Helgoland schippern oder sich mit dem Wakeboard über den Ostesee ziehen lassen. Das Cuxland bietet so viel mehr als Strandurlaub. Vom Skulpturenpark bis zum Mühlencafé, von der Schwebefähre zur Alpacafarm finden sich im Cuxland Attraktionen, die Sie sicherlich nicht erwartet hätten. Leuchttürme, Kutterhäfen oder das kuriose Muschelmuseum geben maritimes Flair und lassen den Besuch in der Gegend zwischen Niederelbe und Unterweser unvergesslich werden.

GMEINER KULTUR

WWW.GMEINER-VERLAG.DE
Mensch, Kultur, Region